3

鉄幹晶子全集 別巻

tekkan akiko complete works

勉誠出版

目次

短歌

凡　例

一　『鉄幹晶子全集別巻』拾遺篇は全集未収録の詩・短歌を発表年月日順に収録した。

一　表記について

1　漢字の字体（旧字、異体字、俗字など）は適宜改め、仮名遣いは原典通りとした。

2　当時の慣用や著者特有の表記、仮名遣いについては特に注記していない。

　例　咀《のろ》ふ　自働車　椽台《えんだい》　一週忌

3　誤植、欠字、不明字また判読困難なものについては次の様に示した。短歌の場合は各句(1)〜(5)を記し脚註の冒頭で訂正した。

　例　罌粟《けし》《ママ》　「□《（欠）》」　「□《（不明）》」　(2)(3)御《み》空《ら》の青《そあを》雲《ぐも》→御空《みそら》の青雲《あをぐも》　(2)わかの→われの　(3)わが背《せ》《よ》も（ルビママ）　(4)旅のこちす（ママ）

4　「（無題）」は題がない場合を「無題」は作者自身による題名を示す。

5　掲載誌紙名の「昴」（スバル）、「朱欒」（ザンボア）はすべて漢字表記とした。「トキハギ」（常盤木）はカタカナで統一した。

一　本文中の身体・人種・職業・性に関する不適切な表現、語句は原文の歴史性を考慮してそのままにした。

別巻三について

一　本巻は大正期上巻の短歌の拾遺を収録した。
一　本文の組み方は一段に統一した。
一　各作品の下に[初]（初出作品）、掲載誌紙名、発行年月日、題、署名[再]（再出作品―三回まで）、掲載誌紙名、発行年月日を記した。発行同年月日の作品については雑誌、新聞（五十音順）の順とした。但し「明星」、「昴」、「冬柏」は他の雑誌より先に記した。
一　一字欠落しているルビについては脚註を使わず訂正した。
一　無署名の作品で内容から判断できたものについては（与謝野寛）（与謝野晶子）のように示した。
一　署名欄の「選者」は晶子である。
一　歌番号は鉄幹（寛）を1、2、3…、晶子を[1]、[2]、[3]…とした。
一　作品は原則として発表年月日順にしたが、日付が不明のものについてはその月または年の最後に配置した。

大正期　上

大正元年（一九一二）

[1] はた清《きよ》しフルハムの街歩《まちあゆ》めるはおしろい塗《ぬ》らずもの足《た》らねども

[2] ほの白《しろ》き緑《みどり》のうへに小雨《こさめ》ふり森《もり》しづかなる夏《なつ》のひと時《とき》

[3] 俄《にはか》にも東《ひがし》の空《そら》のかきくづれ天津日《あまつひ》の無《な》き歎《なげ》きするかな

[4] 小雨降《こざめふ》り白《しろ》き沙漠《さばく》にあるごとし巴里《パリー》の空《そら》も諒闇《りやうあん》に泣《な》く

[5] 大君《おほぎみ》の崩《かく》れませるを旅《たび》に聞《き》くひがひがしさよ涙《なみだ》ながる、

[6] 大宮《おほみや》を拝《をろが》みつ、もこの歎《なげ》きこの悲《かな》しさも申《まを》してましを

[7] 国《くに》こぞり悲《かな》しむ時《とき》にあな悲《かな》し世界《せかい》のはてにありてかなしむ

1 [初]「東京朝日新聞」大元・8・8倫敦《ロンドン》より―与謝野晶子

2 [初]「東京朝日新聞」大元・8・10倫敦《ロンドン》のユウ公園《こうゑん》にて―与謝野晶子

3 [初]「東京朝日新聞」大元・8・19晶子女史《あきこじよし》の哀歌《あいか》―（与謝野晶子）[再]「台湾愛国婦人」大元・11・1―与謝野晶子

4 [初]「東京朝日新聞」大元・8・19晶子女史《あきこじよし》の哀歌《あいか》―（与謝野晶子）[再]「桜府日報」大元・9・18―与謝野晶子

5 [初]「東京朝日新聞」大元・8・19晶子女史《あきこじよし》の哀歌《あいか》―（与謝野晶子）[再]「台湾愛国婦人」大元・11・1―与謝野晶子

6 [初]「東京朝日新聞」大元・8・19晶子女史《あきこじよし》の哀歌《あいか》―（与謝野晶子）[再]「桜府日報」大元・9・18―与謝野晶子

7 [初]「東京朝日新聞」大元・8・19晶子女史《あきこじよし》の哀歌《あいか》―（与謝野晶子）

8 めでたくも生《い》くるかひある大御代《おほみよ》と賤《しづ》の女《め》われもたのみしものを

9 我帝《わがみかど》長《なが》き眠《ねむり》に就《つ》かせりとこの大事《だいじ》をば空隔《そらへだ》て聞《き》く

10 大君《おほきみ》の終《はて》のいでまし御車《みくるま》の音《おと》だに近《ちか》く聞《き》かましものを

11 ひんがしの皇土《わうど》の草《くさ》も木《き》も泣《な》ける七月《ふづき》のはてのうら寒《さむ》きかな

12 あはれなるさすらひ人《びと》にわれなると私事《わたくしごと》もかへり見《み》て泣《な》く

13 今日《けふ》われに天津日《あまつひ》もなし声《こゑ》もなし照《て》る花《はな》もなし涙《なみだ》のみ降《ふ》る

14 何《なに》せしぞときはかきはに祈《いの》られし神《かみ》の御裔《みすゑ》の清《きよ》き御命《みいのち》

15 歎《なげ》きつゝ衣被《ころもかづ》けば大君《おほぎみ》のかくれ給《たま》ひし黒雲《くろくも》の引《ひ》く

16 第《だい》一の現人神《あらひとがみ》をうしなふと世界《せかい》の人《ひと》もなげく大君《おほぎみ》

8 初「東京朝日新聞」大元・8・19晶《あき》子《こ》女《ぢよ》史《し》の哀《あい》歌《か》―(与謝野晶子)再「台湾愛国婦人」大元・11・1―与謝野晶子

9 初「東京朝日新聞」大元・8・19晶《あき》子《こ》女《ぢよ》史《し》の哀《あい》歌《か》―(与謝野晶子)再「桜府日報」大元・9・18―与謝野晶子

10 初「東京朝日新聞」大元・8・19晶《あき》子《こ》女《ぢよ》史《し》の哀《あい》歌《か》―(与謝野晶子)再「桜府日報」大元・9・18―与謝野晶子「台湾愛国婦人」大元・11・1

11 初「東京朝日新聞」大元・8・19晶《あき》子《こ》女《ぢよ》史《し》の哀《あい》歌《か》―(与謝野晶子)

12 初「東京朝日新聞」大元・8・19晶《あき》子《こ》女《ぢよ》史《し》の哀《あい》歌《か》―(与謝野晶子)再「台湾愛国婦人」大元・11・1―与謝野晶子

13 初「東京朝日新聞」大元・8・19晶《あき》子《こ》女《ぢよ》史《し》の哀《あい》歌《か》―(与謝野晶子)

14 初「東京朝日新聞」大元・8・19晶《あき》子《こ》女《ぢよ》史《し》の哀《あい》歌《か》―(与謝野晶子)再「桜府日報」大元・9・18―与謝野晶子

15 初「東京朝日新聞」大元・8・19晶《あき》子《こ》女《ぢよ》史《し》の哀《あい》歌《か》―(与謝野晶子)再「台湾愛国婦人」大元・11・1―与謝野晶子

16 初「東京朝日新聞」大元・8・19晶《あき》子《こ》女《ぢよ》史《し》の哀《あい》歌《か》―(与謝野晶子)再「桜府日報」大元・9・18―与謝野晶子「台湾愛国婦人」大元・11・1

17 ひんがしに真広《まひろ》き人《ひと》の道《みち》あるもこの大君《おほぎみ》の御代《みよ》に初《はじ》まる

18 神倭《かんやまと》磐余彦《いはれひこ》よりいや高《たか》くいや大《おほ》きくもいましつるかな

19 いましけりすべての王《わう》よひれ伏《ふ》せとのたまはすべき大稜威《おほみいつ》もて

20 大御代《おほみよ》は咲《さ》く花《はな》のごととこしへに光《ひかり》てるべし人申《ひとまを》すべし

21 こゝちよくいとうれしけれ馬車にあるわが膝ぬらす夏の夜の雨

22 秋の雨さうびの帽の走り入る船乗場こそなまめかしけれ

23 セエヌ河《がは》みどりと黄《き》とを盛上《もりあ》げし森《もり》の間《あひだ》の一《ひと》すぢの白《しろ》

24 嬉《うれ》しくも二十五日《にち》のあけがたの船《ふね》のマストにあすか風鳴《かぜな》る

25 ふな人《びと》はみなふるさとを懐《おも》ふなりなかにこの子《こ》は何《なに》をしのべる

17 初「東京朝日新聞」大元・8・19晶《あき》子《こ》女《ぢよ》史《し》の哀《あい》歌《か》―（与謝野晶子）再「桜府日報」大元・9・18―与謝野晶子

18 初「東京朝日新聞」大元・8・19晶《あき》子《こ》女《ぢよ》史《し》の哀《あい》歌《か》―（与謝野晶子）再「桜府日報」大元・9・18―与謝野晶子

19 初「東京朝日新聞」大元・8・19晶《あき》子《こ》女《ぢよ》史《し》の哀《あい》歌《か》―（与謝野晶子）

20 初「東京朝日新聞」大元・8・19晶《あき》子《こ》女《ぢよ》史《し》の哀《あい》歌《か》―（与謝野晶子）

21 初「早稲田文学」大元・9・1巴里より―晶子

22 初「三田文学」大元・10・1（無題）―晶子再「台湾愛国婦人」大元・11・1―与謝野晶子

23 初「東京朝日新聞」大元・10・11フオンテンブロウにて―与謝野晶子

24 初「大阪毎日新聞」大元・10・29（無題）―（与謝野晶子）「東京朝日新聞」大元・10・29船《せん》中《ちう》にて詠《よ》める歌《たう》再「婦人評論」大元・11・15―与謝野晶子「附録日米」大元・12・8「台湾愛国婦人」大2・1・1

25 初「東京朝日新聞」大元・10・29船《せん》中《ちう》にて詠《よ》める歌《たう》―（与謝野晶子）再「趣味」大元・11・1―与謝野晶子

26 やみの夜《よ》の大船《おほふな》ばたの燐光《りんくわう》はわが恋《こひ》に似《に》ぬ金《きん》をちらせば

27 日《ひ》も夜《よる》もうき思《おも》ひする船室《せんしつ》を出《い》でよと誘《さそ》ふ飛鳥風《あすかかぜ》かな

28 船室《せんしつ》や三千里《り》をば泣《な》きぬれてこしくろ髪《かみ》のくせづきしかな

29 かしこくもおほ君《きみ》の喪《も》にこもるべくかへり来《きた》りし臣《おみ》の子《こ》のふね

30 去年《こぞ》今年《ことし》身《み》のなげかるれ人《ひと》二人《ふたり》あるとしいとふ海《うみ》の大神《おほがみ》

31 さつま富士《ふじ》見《み》ゆと云《い》ふなりいかがせむ富士《ふじ》ならずともこひしきものを

32 夜《よ》も昼《ひる》も涙《なみだ》ながれてかく思《おも》ふ喪《も》にこもるべくかへらましわれ。

33 わが心《こゝろ》うち痛《いた》むこそうれしけれ青《あを》き空《そら》見《み》ぬ森《もり》を歩《あゆ》めば。

34 からかねの獅子《しゝ》の背中《せなか》のマロニエの紅葉《もみじ》ちるなり森《もり》の夕風《ゆふかぜ》。

26 初「東京朝日新聞」大元・10・29船中《せんちう》にて詠《よ》める歌《うた》——（与謝野晶子）

27 初「東京朝日新聞」大元・10・29船中《せんちう》にて詠《よ》める歌《うた》——（与謝野晶子）再「台湾愛国婦人」大2・1・1——与謝野晶子

28 初「東京朝日新聞」大元・10・29船中《せんちう》にて詠《よ》める歌《うた》——（与謝野晶子）

29 初「東京朝日新聞」大元・10・29船中《せんちう》にて詠《よ》める歌《うた》——（与謝野晶子）

30 初「趣味」大元・11・1平野丸にて——与謝野晶子再「台湾愛国婦人」大2・1・1

31 初「趣味」大元・11・1平野丸にて——与謝野晶子再「台湾愛国婦人」大2・1・1

32 初「台湾愛国婦人」大元・11・1巴里より——与謝野晶子

33 初「台湾愛国婦人」大元・11・1巴里より——与謝野晶子

34 初「台湾愛国婦人」大元・11・1巴里より——与謝野晶子

35
長《なが》やかに青《あを》き絹《きぬ》ひくセエヌ河《がは》その遠方《をちかた》のむらさきの街《まち》。

36
からかふひ紅《あか》きを盛《も》れる石《いし》の盤《ばん》ならべるもとの水色《みづいろ》の椅子《いす》。

37
いづくにか神等卓《かみらたく》すゑうち語《かた》る森《もり》としおもひ君《きみ》とわれ行《ゆ》く。

38
船室《せんしつ》のくもり硝子《がらす》ぞうつすなりセエヌの岸《きし》のうす黄《き》の秋《あき》を。

39
水色《みづいろ》の煙《けむり》とならびわが船《ふね》のセエヌを上《のぼ》る秋《あき》の夕《ゆふ》ぐれ。

40
もゝいろの灯《ひ》もて車《くるま》の走《は》せ来《きた》る初秋《はつあき》の夜《よ》の雨《あま》あがりかな。

41
われ一人《ひとり》もの恐《おそろ》しき大海《おほうみ》をかへり来《き》にけり鬼《おに》にかあらむ

42
恋《こひ》と云《い》へどそのかみの世《よ》のいわけなき涙《なみだ》ながすにあらぬものから

43
あなかなしあるまじきことさせつるも皆外《みなほか》ならぬわれの心《こゝろ》ぞ

35 初「台湾愛国婦人」大元・11・1巴里より——与謝野晶子

36 初「台湾愛国婦人」大元・11・1巴里より——与謝野晶子

37 初「台湾愛国婦人」大元・11・1巴里より——与謝野晶子

38 初「台湾愛国婦人」大元・11・1巴里より——与謝野晶子

39 初「台湾愛国婦人」大元・11・1巴里より——与謝野晶子

40 初「台湾愛国婦人」大元・11・1巴里より——与謝野晶子

41 初「大阪毎日新聞」大元・11・17短歌——与謝野晶子 再「三田文学」大元・12・1

42 初「大阪毎日新聞」大元・11・17短歌——与謝野晶子 再「台湾愛国婦人」大2・1・1

43 初「大阪毎日新聞」大元・11・17短歌——与謝野晶子 再「三田文学」大元・12・1

44 わが心子《こころこ》をおもふなど古《ふる》めきし涙《なみだ》の外《ほか》にありはあれども

45 客人《まろうど》はわれをさばかり哀《あは》れなる人《ひと》とおもはず語《かた》りてかへる

46 去年今年ひがごと多くなり行くやさばかり老の近きならねど

47 うつくしき戯《たはぶれ》　仇《がたき》若衆をば見まく欲りしてかへると云はむ

48 われならでまた誰かはと思ふこと子の上にのみあるははかなし

49 断ちがたき親子の中のおもひより帰りきつるに外ならねども

50 子の方にかい放ちたる心もて君と別れしわれならなくに

51 悲しみを中に生まむと見えざりしわがこころざしおん志

52 今さらにおもかげ身をば離れずとなにしに云はむしか思ふとも

44 初「大阪毎日新聞」大元・11・17短歌―与謝野晶子 再「台湾愛国婦人」大2・1・1

45 初「大阪毎日新聞」大元・11・17短歌―与謝野晶子 再「三田文学」大元・12・1

46 初「三田文学」大元・12・1不浄　五十首―与謝野晶子

47 初「三田文学」大元・12・1不浄　五十首―与謝野晶子

48 初「三田文学」大元・12・1不浄　五十首―与謝野晶子

49 初「三田文学」大元・12・1不浄　五十首―与謝野晶子

50 初「三田文学」大元・12・1不浄　五十首―与謝野晶子

51 初「三田文学」大元・12・1不浄　五十首―与謝野晶子

52 初「三田文学」大元・12・1不浄　五十首―与謝野晶子

53 よその君少しく近くよりもこよ人香《ひとが》をかがんみだれ心地に

54 ありしやうくはしく云はば神の代の恋人たちと思ひ給はむ

55 またさらに語らひ初めて新しき妹背つくりぬまた見ぬ夢に

56 いみじかる恋の力にひかれ行く翅負《はねおひ》ごこち忘れかねつも

57 思ひてきわがあやまちに子の死ぬと子の父死ぬと何れをきかむ

58 朝夕《あさゆふべ》おのれをなみすことごとに下の心のもりて見ゆれば

59 子にくるは咎《とが》なきことと思ふ人面やつれして病まむものかは

60 のどかなる恋を知らざる味気なさ月いくつまで堪へんいのちぞ

61 ある時ははるかに人のもてなせし女のむれもわがおもひぐさ

53 初「三田文学」大元・12・1不浄 五十首―与謝野晶子

54 初「三田文学」大元・12・1不浄 五十首―与謝野晶子

55 初「三田文学」大元・12・1不浄 五十首―与謝野晶子

56 初「三田文学」大元・12・1不浄 五十首―与謝野晶子

57 初「三田文学」大元・12・1不浄 五十首―与謝野晶子

58 初「三田文学」大元・12・1不浄 五十首―与謝野晶子

59 初「三田文学」大元・12・1不浄 五十首―与謝野晶子

60 初「三田文学」大元・12・1不浄 五十首―与謝野晶子

61 初「三田文学」大元・12・1不浄 五十首―与謝野晶子

62 いかならん何とならんと明日の日のやすからざるも恋すればこそ

63 いつのまになせしことぞと驚くはかへりつるをか別れこしをか

64 かへりくと言《こと》ずてなにも文をしぬ書かばつきじな君見む日まで

65 けふあすを過したひらにしづやかに君を思はむ思ひ死せむ

66 恋と云ふ根もおのれてふ枝も葉も殺す阿子《あこ》なるやどり木のため

67 物ぞおもふかしこき母と云ふごときききもならはぬことききながら

68 たちかへりわれかのさまにあることは西に東に人にしられじ

69 すぎさればありのすさびに咎おはせあるべき世ぞと思ひやれども

70 みにくさか恋《こひ》か妬《ねた》みか何故《なにゆゑ》のもつとも高《たか》きわが名《な》なるらん

62 初「三田文学」大元・12・1不浄 五十首—与謝野晶子

63 初「三田文学」大元・12・1不浄 五十首—与謝野晶子

64 初「三田文学」大元・12・1不浄 五十首—与謝野晶子

65 初「三田文学」大元・12・1不浄 五十首—与謝野晶子

66 初「三田文学」大元・12・1不浄 五十首—与謝野晶子

67 初「三田文学」大元・12・1不浄 五十首—与謝野晶子

68 初「三田文学」大元・12・1不浄 五十首—与謝野晶子

69 初「三田文学」大元・12・1不浄 五十首—与謝野晶子

70 初「東京日日新聞」大元・12・3(無題)—与謝野晶子 再「昴」大2・1・1

71
かへり見《み》て苦《く》をうくること三十年《みそとせ》にあまると泣《な》くは寂《さび》しき身《み》かな

72
わが生《う》みし一寸法師《すんぼうし》足《あし》まがりこの小法師《こぼうし》のすてられぬかな

73
身《み》おごりぬ何《なに》ももつともめでたしと思《おも》ふと問《と》はれ答《こた》へえぬまで

74
また彼《かれ》を見《み》ぬ日《ひ》なきためわれ呼《よ》びぬ十《とを》の指《ゆび》くみさんたまりやと

75
天《あま》つ神《かみ》うちふるへつゝ下《くだ》しつるその幼子《をさなご》の生《お》ひ立《た》ちて行《ゆ》く

76
まぼろしに白刃《しらは》の見《み》ゆれ身《み》を殺《ころ》し君《きみ》を刺《さ》さむとまだ思《おも》はなくに

77
くろ糸《いと》のさね這《は》ふよろひ着《き》て立《た》ちぬ寒《さむ》き夜中《よなか》のわたつみの神《かみ》

78
いつぞやの清《きよ》き心《こゝろ》をよべかへすことせむと組《く》む手《て》の冷《つめ》たさよ

79
涙《なみだ》する中《なか》に二人《ふたり》の終《をは》りの日《ひ》見《み》ゆるが如《ごと》く見《み》えざるごとし

71 初「東京日日新聞」大元・12・3（無題）―与謝野晶子 再「新公論」大2・1・1

72 初「東京日日新聞」大元・12・8（無題）―与謝野晶子 再「朱欒」大2・1・1

73 初「東京日日新聞」大元・12・8（無題）―与謝野晶子 再「雄弁」大2・1・1「ル・イブウ」大2・2・1

74 初「東京日日新聞」大元・12・11（無題）―与謝野晶子

75 初「東京日日新聞」大元・12・15（無題）―与謝野晶子 再「昴」大2・1・1

76 初「東京日日新聞」大元・12・15（無題）―与謝野晶子

77 初「東京日日新聞」大元・12・19（無題）―与謝野晶子 再「ル・イブウ」大2・2・1

78 初「東京日日新聞」大元・12・19（無題）―与謝野晶子

79 初「万朝報」大元・12・21（無題）―選者

80 皆蠟《みなろう》の火持《ひも》たぬはなしわれ持《も》たずあなやと見《み》れば三十路《みそぢ》しにける

81 身《み》のはてを心中者《しんぢうもの》におかむとは清原《きよはら》の女《じよ》も云《い》はぬことかな

82 夕《ゆふ》されば泣《な》くを寄《よ》り来《き》て肩《かた》なでぬわがお嬢様《ぜうさま》おしづまりやす

83 時《とき》まつと云《い》ふごときことするに似《に》ぬあやしかりける名残心《なごりごゝろ》に

84 梅《うめ》さきぬ翡翠《ひすい》の石《いし》の小房《せうばう》をおのれのために建《た》て給《たま》ふ君《きみ》

80 初「大阪毎日新聞」大元・12・22詠草―与謝野晶子

81 初「大阪毎日新聞」大元・12・22詠草―与謝野晶子 再「朱欒」大2・1・1

82 初「大阪毎日新聞」大元・12・22詠草―与謝野晶子 再「朱欒」大2・1・1

83 初「東京日日新聞」大元・12・28（無題）―与謝野晶子

84 初「東京日日新聞」大元・12・28（無題）―与謝野晶子

大正二年（一九一三）

85 羽子つけば小き鼓を打つごとしとことんと踏む足もめでたし

86 別れの日不興のしるし皆見せし君故にこそ死なむと思へ

87 この人にうしと思はれ生きたらむかひもなければ船出するてふ

88 かの日より恋さらがへり妬むことはた更がへり火もてつつまる

89 何とかや捨てられつる人間の女なりける君に答へず

90 ましぐらに走り去りつるわが業《わざ》が人にわざはひせしならねども

91 哀れなる女の中にわれ一人ことなることの無きはしれども

85 初「昴」大２・１・１炉―与謝野晶子

86 初「昴」大２・１・１炉―与謝野晶子 再「東京日日新聞」大２・１・９

87 初「昴」大２・１・１炉―与謝野晶子

88 初「昴」大２・１・１炉―与謝野晶子

89 初「昴」大２・１・１炉―与謝野晶子

90 初「昴」大２・１・１炉―与謝野晶子

91 初「昴」大２・１・１炉―与謝野晶子

92 ためらはむことかは逢はばまづ聞かむ見ざる三月の忍びたること

92 初「昴」大2・1・1炉―与謝野晶子 再「東京日日新聞」大2・1・8

93 かかる時君はそらごとしならひて帰りや来べき我を見るべき

93 初「昴」大2・1・1炉―与謝野晶子 再「東京日日新聞」大2・1・8

94 死よ死よ恋しきことを外にして今よりわれの語ることこれ

94 初「朱欒」大2・1・1三輪の神―与謝野晶子

95 うちうちのすこやかならずほのかにもあはれまるれば心みだるる

95 初「朱欒」大2・1・1三輪の神―与謝野晶子

96 そがひにしあるはうけれどいささかもわが目《め》もて見《み》ることを恐《おそ》るる

96 初「新公論」大2・1・1文杖―与謝野晶子

97 はなやげることをおのれにとふよりもふさひにたるをえらび給《たま》ひぬ

97 初「新公論」大2・1・1文杖―与謝野晶子

98 春《はる》の夜《よ》の桟敷《さじき》の女色《をんないろ》を愛《め》づ君《きみ》に烈《はげ》しくうつたなごころ

98 初「新公論」大2・1・1文杖―与謝野晶子

99 くはしくも云《い》ひつづけざる起臥《おきふし》も文見《ふみみ》る時《とき》の目《め》に見《み》ゆるべし

99 初「新公論」大2・1・1文杖―与謝野晶子

100 わがやつれはなはだしくばかなしくも帰《かへ》りし君《きみ》はものがくしせむ

100 初「新公論」大2・1・1文杖―与謝野晶子

101 くれなゐは身《み》にふさはざる日《ひ》ともなりひろごりて行《ゆ》くまぼろしの国《くに》

102 冷《ひや》ゝかにいと冷《ひや》ゝかに死《し》のたより待《ま》つごと君《きみ》を一度《ひとたび》は見《み》む

103 復讐《ふくしう》の初《はじ》めの一事《いちじ》ものごりを誰《たれ》にさせつるわれにさせつる

104 水《みづ》いろの船室《せんしつ》に居《ゐ》てときじくに涙《なみだ》ながせる恋《こひ》のなきがら

105 甲板《かんぱん》のオケストラこそめでたけれ涙《なみだ》ながるゝ悲《かな》しき日《ひ》にも

106 ほのほてふ花《はな》は咲《さ》けども初秋《はつあき》の日《ひ》のくれゆけば風《かぜ》に虫鳴《むしな》く

（以下《いか》二首《しゆ》新嘉坡《しんがぽーる》にて）

107 箱根山野菊《はこねやまのぎく》なびけり京《きやう》に入《い》るわがあこがれの心《こゝろ》のさまに

108 味気《あぢき》なく心《こゝろ》みだれぬ病《や》みたれば熱《ねつ》ある手《て》もて子《こ》を撫《な》でながら

109 子《こ》おもふはあからさまにも云《い》ひぞうるわりなき方《かた》の涙《なみだ》とへかし

101 初「新公論」大2・1・1文杖―与謝野晶子

102 初「新公論」大2・1・1文杖―与謝野晶子

103 初「新公論」大2・1・1文杖―与謝野晶子

104 初「台湾愛国婦人」大2・1・1離愁―与謝野晶子

105 初「台湾愛国婦人」大2・1・1離愁―与謝野晶子

106 初「台湾愛国婦人」大2・1・1離愁―与謝野晶子

107 初「台湾愛国婦人」大2・1・1離愁―与謝野晶子

108 初「台湾愛国婦人」大2・1・1離愁―与謝野晶子

109 初「台湾愛国婦人」大2・1・1離愁―与謝野晶子

110 御《み》心《こゝろ》の欠《か》くることなきしら玉《たま》を年経《としへ》てわれの手《て》にとりながら

111 をり〱はいと苦《くる》しうて死《し》なばやと薄命《はくめい》ならぬ身《み》もかこつなれ

112 人《ひと》の世《よ》の大事《だいじ》にすめることわりを知《し》れりと如《ごと》くかへりきつれど

113 わが世《よ》うし思《おも》ふ心《こゝろ》をとぐるとて唯《たゞ》たのめるは月日《つきひ》ばかりか

114 この恋《こひ》の昔《むかし》知れるは許《ゆる》すべし九十九髪《つくもがみ》して人故《ひとゆゑ》に泣《な》く

115 日《ひ》をふれば思《おも》ひしづめてさかしげに旅《たび》のことなど語《かた》るけうとさ

116 わがのぞみいづくにゆかば全《まつた》きぞさびしかりけり一人《ひとり》かへれば

117 何《なん》とせむ我身軽《わがみかろ》んじあることの甚《はなはだ》しかる春《はる》の頃《ころ》ほひ

118 春《はる》や来《こ》しわれをば一人浮《ひとりうか》べたる水銀色《すゐぎんいろ》のかの大海《おほうみ》も

110 [初]「台湾愛国婦人」大2・1・1離愁―与謝野晶子

111 [初]「台湾愛国婦人」大2・1・1離愁―与謝野晶子

112 [初]「台湾愛国婦人」大2・1・1離愁―与謝野晶子

113 [初]「台湾愛国婦人」大2・1・1離愁―与謝野晶子

114 [初]「台湾愛国婦人」大2・1・1離愁―与謝野晶子

115 [初]「台湾愛国婦人」大2・1・1離愁―与謝野晶子

116 [初]「台湾愛国婦人」大2・1・1離愁―与謝野晶子

117 [初]「中学世界」大2・1・1春の歌―与謝野晶子

118 [初]「中学世界」大2・1・1春の歌―与謝野晶子

119
春《はる》の宵口笛《よひくちぶゑ》吹《ふ》きて叱《しか》らる、都大路《みやこおほぢ》は君《きみ》とあゆまじ

120
逢《あ》ひし日《ひ》の粗服《そふく》の少女《をとめ》おもひいでおびゆる程《ほど》のかよわさとなる

121
そのかみの乞食《かたひ》の娘《むすめ》華奢《くわしや》になれ恋《こひ》になじみて香《かう》焚《た》く正月《しせうぐわつ》

122
この年《との》のうすにび色《いろ》の正月《しやうぐわつ》に恋《こひ》しき人《ひと》の文《ふみ》のみぞ読《よ》む

123
あまた見《み》し閻浮檀金《ゑんぶだんこん》の春《はる》ならぬ白金《びやくごん》の春《はる》しら梅《うめ》の春《はる》

124
天《あめ》の下《した》つるばみ色《いろ》の年《とし》くれてやや夜《よ》のあくるここちするかな

125
まだ知《し》らぬものさびにたる静《しづ》かなる春《はる》の初《はじ》めとなりにけらしな

126
たよわにも白《しろ》きわが手をもて擦《す》れば桃《もも》いろの粉《こ》のちる如《ごと》き春《はる》

127
春《はる》の子《こ》ら水《みづ》いろの輪《わ》と桃《もも》いろの輪《わ》を引《ひき》きわれを女王《によわう》とよびぬ

119 初「中学世界」大２・１・１春の歌―与謝野晶子

120 初「婦人評論」大２・１・１正月の歌―与謝野晶子

121 (5)正《しせう》→正《しやう》 初「婦人評論」大２・１・１正月の歌―与謝野晶子

122 (1)年《との》→年《とし》 初「婦人評論」大２・１・１正月の歌―与謝野晶子

123 初「婦人評論」大２・１・１正月の歌―与謝野晶子

124 初「雄弁」大２・１・１早春―与謝野晶子

125 初「雄弁」大２・１・１早春―与謝野晶子

126 初「雄弁」大２・１・１早春―与謝野晶子

127 初「雄弁」大２・１・１早春―与謝野晶子

128
恋《こひ》と云《い》ふ名《な》にして呼《よ》はむ春《はる》の夜《よ》の君《きみ》の友《とも》どちわれの友《とも》どち

129
ゆくりなく心《こゝろ》の中《なか》の恋《こひ》を捨《す》て合掌《かつしゆう》をしぬ春《はる》の世界《せかい》に

130
いろ〳〵の梅咲《うめさ》く頃《ころ》の早春《さうしゆん》は三月《やよひ》四月《ぐわつ》の春《はる》の下絵《したゑ》ぞ

131
何とかや掟《おき》てられける人間《にんげん》の女《をんな》なりける君《きみ》にこたへず

132
心《こゝろ》より起《おこ》りてやがてもの足《た》らぬすぢとなりにき十年《ねん》のこと

133
今日《けふ》いまだ人《ひと》は見知《みし》らず自《みづか》らの帯《お》び来《きた》りつる少《せう》なるものも

134
春《はる》の夜《よ》やたちまち君《きみ》が傍《かたはら》にありなどと云《い》ふ夢《ゆめ》のうはごと

135
ふと心《こゝろ》まことありげの恋《こひ》をする男《をとこ》と思《おも》ふ夕映《ゆふばえ》の雲《くも》

136
憎《にく》むべき境《さかひ》ならねば留《とゞ》まらず走《はし》り去《さ》らむと云《い》ふごとき君《きみ》

128 [初]「雄弁」大2・1・1早春―与謝野晶子

129 (4)合掌《かつしゆう》→合掌《がつしやう》
[初]「雄弁」大2・1・1早春―与謝野晶子

130 [初]「万朝報」大2・1・4(無題)―選者

131 [初]「東京日日新聞」大2・1・8(無題)―与謝野晶子

132 [初]「東京日日新聞」大2・1・9(無題)―与謝野晶子

133 [初]「大阪毎日新聞」大2・1・12詠草―与謝野晶子[再]「台湾愛国婦人」大2・3・1

134 [初]「大阪毎日新聞」大2・1・12詠草―与謝野晶子

135 [初]「大阪毎日新聞」大2・1・12詠草―与謝野晶子[再]「現代」大2・2・1

136 [初]「大阪毎日新聞」大2・1・12詠草―与謝野晶子

137 夕月夜《ゆふづくよ》よきときめきの胸《むね》いだき出《い》でぬはだらの雪《ゆき》の大路《おほぢ》に

138 めでたくもうたたねするに逢《あ》ひたりと宿世《すくせ》いはへる人《ひと》を見上《みあ》げぬ

139 王宮《おうきう》のその踊場《をどりば》にひとたびもわが名呼《なよ》ばれぬ夜《よ》ともなりぬる

140 一人《にん》の力《ちから》が左右《さいう》なしあたふ心《こゝろ》と知《し》れどあなどらずわれ

141 またもなくなまめかしかる遠方《をちかた》のくろき家《いへ》かな春《はる》ぐさの奥《おく》

142 春《はる》の日《ひ》はひとり坐《すわ》りてあることも筆《ふで》とることも皆《みな》うれしけれ

143 二心《ふたごゝろ》あたへられつとあきらかに宿命《すくめい》をしる唯《たゞ》そればかり

144 わが心《こゝろ》邪念《じやねん》のひとつ浮《うか》ばざる無聊《ぶれう》は誰《たれ》に与《あた》へられけむ

145 わが心《こゝろ》おだやかなるに仮面《めん》ませて引《ひ》き出《だ》しつれどおどけのみすれ

137 〔初〕「大阪毎日新聞」大２・１・12詠草―与謝野晶子〔再〕「台湾愛国婦人」大２・３・１

138 〔初〕「大阪毎日新聞」大２・１・12詠草―与謝野晶子〔再〕「現代」大２・２・１

139 〔初〕「東京日日新聞」大２・１・12（無題）―与謝野晶子〔再〕「現代」大２・２・１

140 〔初〕「二六新報」大２・１・12（無題）―与謝野晶子〔再〕「台湾愛国婦人」大２・３・１

141 〔初〕「二六新報」大２・１・14（無題）―与謝野晶子〔再〕「台湾愛国婦人」大２・３・１

142 〔初〕「二六新報」大２・１・14（無題）―与謝野晶子〔再〕「台湾愛国婦人」大２・３・１

143 〔初〕「東京日日新聞」大２・１・15（無題）―与謝野晶子

144 〔初〕「東京日日新聞」大２・１・15（無題）―与謝野晶子

145 〔初〕「二六新報」大２・１・20（無題）―与謝野晶子

146 君《きみ》により子生《こう》みぬさてはなしとげぬ不朽《ふきう》の悪《あく》も不朽《ふきう》の善《ぜん》も

147 紅梅《こうばい》のなつかしかりしふるさとの石垣《いしがき》の家《いへ》ありやあらずや

148 あるまじく身《み》を軽《かろ》んずるおのれには笑止《せうし》とおもひやませぬれども

149 げんげ草継子《さうまゝこ》のやうに首《くび》まげてこなた覗《のぞ》けるすみれの少女《をとめ》

150 草《くさ》ふみて歩《あゆ》み寄《よ》りたる白《しろ》き鳥《とり》わがたわつくる髪《かみ》に見《み》とるゝ

151 わが鏡家《かゞみや》かげにのこる雪《ゆき》よりも凄《すさ》まじき顔《かほ》うつすものかな

152 人《ひと》として男《をとこ》はなべてめでたけれわれは君《きみ》すら憎《にく》むことなし

153 神《かみ》よ汝《な》に似《に》る与《あた》ふるかそくばくの土人形《つちにんぎやう》をもてあそばしめ

154 さくらちる大沢《おほさは》の池渡月橋東寺《いけとげつけうとうじ》の塔《たふ》のうへのゆふぐも

146 [初]「二六新報」大2・1・20（無題）―与謝野晶子

147 [初]「二六新報」大2・1・23（無題）―与謝野晶子[再]「現代」大2・2・1

148 [初]「二六新報」大2・1・23（無題）―与謝野晶子[再]「台湾愛国婦人」大2・3・1

149 [初]「二六新報」大2・1・23（無題）―与謝野晶子[再]「現代」大2・2・1

150 [初]「二六新報」大2・1・23（無題）―与謝野晶子[再]「台湾愛国婦人」大2・3・1

151 [初]「二六新報」大2・1・23（無題）―与謝野晶子

152 [初]「二六新報」大2・1・29（無題）―与謝野晶子

153 [初]「二六新報」大2・1・29（無題）―与謝野晶子

154 [初]「現代」大2・2・1そよかぜ―与謝野晶子

155 わりなくも春《はる》の方人《かたうど》する群《むれ》に今年《ことし》もありぬ阿子等《あこら》の母《はゝ》は

156 少女《をとめ》にて仰《あふ》がれし日《ひ》のそくばくの目も折《をり》ふしのおもひ出《で》となる

157 うなだれて何《なに》を巧《たく》むぞ恋人《こひびと》と語《かた》るかたへのわが桜《さ》草《らさう》

158 白蘭《びやくらん》は歌《うた》もうたはず戯《たはぶ》れずとりことなれる王者《わうしや》ならまし

159 別《わか》れ居《ゐ》る心《こゝち》に深《ふか》くきざまるるこの線《せん》あまり長《なが》くひかるる

160 今《いま》いく日《ひ》一人《ひとり》あるらんかく思《おも》ふ夜々《よな〱》はなほ苦《くる》しかりけり

161 君《きみ》を見《み》む明日《あす》の心《こゝろ》の鮮明《せんめい》に知《し》らるるわれは今日《けふ》のくるしき

162 一日《いちじつ》に半日《はんじつ》になり逢《あ》ふまでのみじかげとなる人目《ひとめ》ばかりに

163 殊勝《しゆしやう》なる蛇《へび》つかひかな寝《ね》る時《とき》も人見《ひとみ》ぬときもふところにおく

155 初「現代」大２・２・１そよかぜ―与謝野晶子

156 初「現代」大２・２・１そよかぜ―与謝野晶子

157 (5)桜《さら》草《さう》→桜《さくら》草《さう》 初「現代」大２・２・１そよかぜ―与謝野晶子

158 初「現代」大２・２・１そよかぜ―与謝野晶子

159 (2)心《こゝち》に(ママ) 初「婦人評論」大２・２・１(無題)―与謝野晶子

160 初「婦人評論」大２・２・１(無題)―与謝野晶子

161 初「婦人評論」大２・２・１(無題)―与謝野晶子

162 初「婦人評論」大２・２・１(無題)―与謝野晶子

163 初「ル・イブウ」大２・２・１佐保姫―与謝野晶子

164 君《きみ》とわれ獅子《しし》をきざめる柱《はしら》をば離《はな》れて上《のぼ》る春《はる》の月見《つきみ》ぬ

165 よそ人《びと》も君《きみ》も恋《こひ》する自《みづか》らも不可思議《ふかしぎ》とせるもののごとかり

166 むらさきの毒《どく》のしづくの落《お》つる時黒星《ときくろぼし》つきししろがねの板《いた》

167 あそびごと蕩子《とうし》のごとくしか語《かた》る君《きみ》をはしなく思《おも》ひ出《い》でにき

168 意地《いぢ》わろの驢《ろ》に泣かされしはらからの車《くるま》もいにぬ日《ひ》のくれの靄《もや》

169 君《きみ》に似《に》るうれひは見《み》てき絵《ゑ》の具《ぐ》もてリユウバンスなど布《ぬの》に描《か》きてき

170 見《み》がたしや世界《せかい》はひろきところゆゑ男《をとこ》はそれに似《に》たるものゆゑ

171 すぐれたる心《こころ》の人《ひと》とみづからを思《おも》ひし日《ひ》より恋《こひ》もおこたる

172 落梅《らくばい》を蝶《てふ》の初《はじ》めてこし日《ひ》ともうちぞ興《きやう》ずる君《きみ》とむかひて

164 初「ル・イブウ」大2・2・1佐保姫―与謝野晶子

165 初「ル・イブウ」大2・2・1佐保姫―与謝野晶子

166 初「ル・イブウ」大2・2・1佐保姫―与謝野晶子

167 初「東京日日新聞」大2・2・1（無題）―与謝野晶子

168 初「東京日日新聞」大2・2・1（無題）―与謝野晶子

169 初「東京日日新聞」大2・2・1（無題）―与謝野晶子

170 初「二六新報」大2・2・1（無題）―与謝野晶子

171 初「二六新報」大2・2・1（無題）―与謝野晶子

172 初「二六新報」大2・2・1（無題）―与謝野晶子

173　今日《けふ》ののち隠《かく》さじとすることを述《の》ぶもとより君《きみ》とわれにかかはる

174　おとろへし我《われ》をば責《せ》めて花《はな》やかにもの云《い》はしむるあぢきなき魔《ま》よ

175　わがしらぬよきことかなとおいらかに巴里《ぱりー》の恋《こひ》もきく人《ひと》となる

176　誰《たれ》も皆《みな》こゝちよげなり美《うつ》くしきものとおもへるおのれの恋《こひ》に

177　さかしらは身《み》を捨《す》てがたくうちおもふ心《こゝろ》がさせぬありのすさびに

178　灯《ひ》の上《うへ》に灯《ひ》こそ点《てん》ずれ人《ひと》わらひなることそふるわざとおもはず

179　三十年《みそとせ》を人《ひと》のするごとあみまぜぬめでたきこととあはれなること

180　うぐひすや丘《をか》の間《あひだ》のひくき池湯槽《いけゆぶね》のやうに靄《もや》たつるかな

181　加茂川《かもがは》の柳《やなぎ》の枝《えだ》の春《はる》まてるおもかげ恋《こ》ひぬ炉《ろ》によりながら

173 初「東京日日新聞」大２・２・２（無題）―与謝野晶子
174 初「東京日日新聞」大２・２・２（無題）―与謝野晶子
175 初「二六新報」大２・２・３（無題）―与謝野晶子
176 初「二六新報」大２・２・３（無題）―与謝野晶子
177 初「東京日日新聞」大２・２・４（無題）―与謝野晶子
178 初「東京日日新聞」大２・２・４（無題）―与謝野晶子
179 初「東京日日新聞」大２・２・４（無題）―与謝野晶子
180 初「二六新報」大２・２・４（無題）―与謝野晶子
181 初「二六新報」大２・２・４（無題）―与謝野晶子

182 わがために生《い》くとや今日《けふ》し君《きみ》四十路《よそぢ》して云《い》ふことにおはすべからむ

183 古女《ふるをんな》もの知《し》らぬ故黙《ゆゑもく》し居《を》りものしらぬ故恋《ゆゑこひ》もこそすれ

184 身《み》の外《ほか》のよその女《をんな》の幸《さいはひ》の道《みち》など説《と》くもいとふるきかな

185 清元《きよもと》やすみだの川《かは》の川《かは》ばたの町家《まちや》そだちのうぐひすぞ啼《な》く

186 瞽女《ごぜ》を見《み》て大工《だいく》の投《な》げしかんなくづうらやはらかに土《つち》にちりしく

187 恋《こひ》に生《い》くこの境《さかひ》なる人《ひと》の見《み》ぬものをも見《み》つつ歩《あゆ》みぬわれは

188 病牛瘦牛癒《やまひうしやせうしなほ》すかの徳太菱木《とくたひしき》の里《さと》の外《ほか》にあらぬか

189 おのれをば自在《じざい》にせよと云《い》ふことはおのれの外《ほか》の人《ひと》の云《い》はなく

190 あたらしく海《うみ》より帰《かへ》りこし人《ひと》の家《いへ》はときじく紅《べに》の潮《しほ》わく

182 初「二六新報」大2・2・4（無題）―与謝野晶子
183 初「二六新報」大2・2・8（無題）―与謝野晶子
184 初「二六新報」大2・2・8（無題）―与謝野晶子
185 初「二六新報」大2・2・8（無題）―与謝野晶子
186 初「万朝報」大2・2・8（無題）―選者
187 初「大阪毎日新聞」大2・2・9詠草―与謝野晶子
188 初「大阪毎日新聞」大2・2・9詠草―与謝野晶子
189 初「大阪毎日新聞」大2・2・9詠草―与謝野晶子
190 初「大阪毎日新聞」大2・2・9詠草―与謝野晶子

191 暗緑《あんりよく》の夜明《よあけ》の庭《には》に人降《ひとお》りて臘梅咲《ろうばいさ》くとたなごゝろ打《う》つ

192 恋《こひ》しつゝ相《あひ》くりかへし味《あぢは》ふはわれのつらさと彼《かれ》のつらさと

193 驕慢《けうまん》ぞかたはなることわれに似《に》る人《ひと》のあらじと思《おも》へるそれも

194 春《はる》の日《ひ》の椿《つばき》ならねど貴《あて》におち黄《き》をこぼすなりをりをりのわれ

195 したたるはうす黄《き》のしづく浅《あさ》みどり焼《や》かば燃《も》ゆべき心《こゝろ》なれども

196 なほ寒《さむ》く霜《しも》にまじれる鶏《にはとり》の抜羽《ぬけば》きたなしあぢきなきかな

197 子《こ》の捨《す》てし蜜柑《みかん》の皮《かは》がかげろふを立《た》つる春《はる》ともなりにけるかな

198 妬《ねたみ》さへ今日《けふ》はものみなゆがみたる日《ひ》ととりなせば君《きみ》は憎《にく》まず

199 われを見《み》ぬ君《きみ》が涙《なみだ》になぞらへむ異国《いこく》の紅《あか》き酒《さけ》をたまひぬ

191 初「大阪毎日新聞」大２・２・９詠草―与謝野晶子
192 初「大阪毎日新聞」大２・２・９詠草―与謝野晶子
193 初「大阪毎日新聞」大２・２・９詠草―与謝野晶子
194 初「二六新報」大２・２・10（無題）―与謝野晶子
195 初「二六新報」大２・２・10（無題）―与謝野晶子
196 初「二六新報」大２・２・10（無題）―与謝野晶子
197 初「二六新報」大２・２・11（無題）―与謝野晶子
198 初「二六新報」大２・２・11（無題）―与謝野晶子
199 初「二六新報」大２・２・11（無題）―与謝野晶子

200 自《みづか》らは指《ゆび》ざす人《ひと》を見《み》るために頭《つむり》は曲《ま》げずつよきならねど

201 ひそかにも悲《かな》しきまどひするものか男《をとこ》につきて女《をんな》につきて

202 女《をんな》にてそしりどころのなしと云《い》ふわが上《うへ》もいとあさましきかな

203 うぐひすやおしろいつけぬわが癖《くせ》のものたらぬ日《ひ》は炉《ろ》にも遠《とほ》のく

204 他《た》を見《み》うる目《め》を上《あ》げよとか恋人《こひびと》もよきにさとしぬ云《い》ひがひなしや

205 この頃《ごろ》の世《よ》の大事《だいじ》とか云《い》ふことも心《こゝろ》ひかざりあはれなるかな

206 わがたのむ男《をとこ》はある日《ひ》ことまうけ初恋《はつこひ》しつる里《さと》を見《み》に行《ゆ》く

207 わが男《をとこ》わがする恋《こひ》もはかなけれ一人《ひとり》にて世《よ》はあるべかりけれ

208 いにしへのかの白鳥《はくてう》のなきがらも見《み》にけむさらに君泣《きみな》かれけむ

200 初「東京日日新聞」大2・2・15（無題）—与謝野晶子

201 初「東京日日新聞」大2・2・15（無題）—与謝野晶子

202 初「万朝報」大2・2・15（無題）—選者

203 初「東京日日新聞」大2・2・16（無題）—与謝野晶子

204 初「東京日日新聞」大2・2・16（無題）—与謝野晶子

205 初「東京日日新聞」大2・2・18（無題）—与謝野晶子 再「台湾愛国婦人」大2・5・1

206 初「東京日日新聞」大2・2・18（無題）—与謝野晶子 再「台湾愛国婦人」大2・5・1

207 初「東京日日新聞」大2・2・18（無題）—与謝野晶子

208 初「東京日日新聞」大2・2・19（無題）—与謝野晶子

209
わが知《し》らぬ君《きみ》がおもひでまぼろしに見《み》ゆれ雨《あめ》きぬそれの雲《くも》より

210
十日《とうか》見《み》ずうらむ心《こゝろ》が鬼《おに》めきしそらごとをすれ君《きみ》にくしなど

211
変《かは》りなしいささか恨《うら》むゆゑありて一夜《ひとよ》二夜《ふたよ》を寝《ね》がたくすれど

212
今日《けふ》の日《ひ》の君《きみ》にわれある如《ごと》くにもありつる人《ひと》を何《なに》と思《おも》はむ

213
わがひたる朝湯《あさゆ》の日記《につき》やかきなまし君《きみ》あらずとて老《お》ゆるならねば

214
そぞろにもめまひ覚《おぼ》えぬ入《い》りつるは男《をとこ》の恋《こひ》の温室《をんしつ》の中《なか》

215
死《し》なむまで君《きみ》憎《にく》めかし再生《さいせい》を君《きみ》に待《ま》ちつつわれは恋《こ》ふらく

216
おぢけたる梟《ふくろふ》飼《か》へる心《こゝろ》ぞと悪《あく》もあなづる恋《こひ》のたぐひに

217
あさはかに過《す》ぎし日《ひ》のこと知《し》りたるがはかなしなどゝ云《い》はず女《をんな》は

209 初「東京日日新聞」大2・2・19（無題）―与謝野晶子 再「台湾愛国婦人」大2・5・1

210 初「東京日日新聞」大2・2・19（無題）―与謝野晶子

211 初「東京日日新聞」大2・2・20（無題）―与謝野晶子

212 初「東京日日新聞」大2・2・20（無題）―与謝野晶子 再「台湾愛国婦人」大2・5・1

213 初「東京日日新聞」大2・2・20（無題）―与謝野晶子 再「台湾愛国婦人」大2・5・1

214 初「二六新報」大2・2・21（無題）―与謝野晶子

215 初「二六新報」大2・2・21（無題）―与謝野晶子

216 初「万朝報」大2・2・22（無題）―選者

217 初「二六新報」大2・2・25（無題）―与謝野晶子

218 あめつちを轟《とゞろか》し吹《ふ》くつむじ風雪《かぜゆき》あられよりげにあはれなり

219 この思《おも》ひたまたま起《おこ》るこころぞと軽《かろ》んずるごと重《おも》んずるごと

220 ことの外忍《ほかしの》べど恋《こひ》はもいろのものの花《はな》とも意地《いぢ》わろく咲《さ》く

221 三月《さんぐわつ》や散《ち》りし梅《うめ》より美《うつ》くしくあたたかに見《み》ゆ火《ひ》の上《うへ》の灰《はひ》

222 神《かみ》の上哲学《うへてつがく》の上恋《うへこひ》の上近代人《うへきんだいじん》は踰《こ》えてとほりぬ

223 青《あを》き糸《いと》もつるるまゝにもつれたる春《はる》とし思《おも》へ野山《のやま》も京《きやう》も

224 朝《あさ》の駅《えき》むらさきの花売《はなう》りに来《く》る子《こ》にわが投《な》げし銅銭《どうせん》の音《おと》

225 駅《えき》の人五人蒙古犬《ひといつたりもうこいぬ》ひとつ灯《は》かげにありて恐気《こはげ》なるかな

226 こちたくも鈴蘭《すゞらん》の香《か》のくゆるをば臥床《ふしど》にきゝて一日寝《ひとひね》くらす

218 初「二六新報」大2・2・25（無題）—与謝野晶子

219 初「二六新報」大2・2・26（無題）—与謝野晶子

220 初「二六新報」大2・2・26（無題）—与謝野晶子

221 初「二六新報」大2・2・27（無題）—与謝野晶子

222 初「二六新報」大2・2・28（無題）—与謝野晶子

223 初「二六新報」大2・2・28（無題）—与謝野晶子 再「台湾愛国婦人」大2・5・1

224 初「現代」大2・3・1シベリヤ—与謝野晶子

225 初「現代」大2・3・1シベリヤ—与謝野晶子

226 初「現代」大2・3・1シベリヤ—与謝野晶子

227 うつくしきふろしや仕官《しくわん》の今日《けふ》の伴《つれ》誰《たれ》ならんなど思《おも》ふものかな

228 しら樺《かば》の林《はやし》の中《なか》を二日《ふつか》三日《みか》わが汽車《きしや》歩《あゆ》み北《きた》に行《ゆ》くかな

229 書《か》きし文《ふみ》手《て》にして駅《えき》に降《お》りたてば雪《ゆき》ふりいでぬしべりやの夜《よる》

230 夜《よる》の雪《ゆき》　橙《だい〳〵》いろの食堂《しよくだう》のらんぷのかさがたのもしきかな

231 よこしまのなきわが涙《なみだ》　光《ひか》るなりろしあの寺《てら》の金《きん》のどおむに

232 汽車《きしや》に吸《す》ふろしあ煙草《たばこ》は目《め》にしみぬあらず心《こゝろ》に恋《こひ》のおもひに

233 濃《こ》　紫《むらさき》むかしのよしみあることの何《なに》にもまさる花《はな》すみれかな

234 今日《けふ》までは何《なん》のひとつも心《こゝろ》よりいでざりしごと目《め》あぐるわれは

235 幸《さいはひ》の時《とき》驕慢《けうまん》の頂　上《ちやうじやう》にある日《ひ》に血《ち》吐《は》くおもひもありぬ

227 初「現代」大2・3・1シベリヤ―与謝野晶子

228 初「現代」大2・3・1シベリヤ―与謝野晶子

229 初「現代」大2・3・1シベリヤ―与謝野晶子

230 初「現代」大2・3・1シベリヤ―与謝野晶子

231 初「現代」大2・3・1シベリヤ―与謝野晶子

232 初「現代」大2・3・1シベリヤ―与謝野晶子

233 初「台湾愛国婦人」大2・3・1ゆふぐも―与謝野晶子

234 初「台湾愛国婦人」大2・3・1ゆふぐも―与謝野晶子

235 初「台湾愛国婦人」大2・3・1ゆふぐも―与謝野晶子

236 ゆくりなく二度《ふたゝび》ことに逢《あ》ひたりと昔《むかし》の日記《にき》の書《か》けるかなしさ

237 恋《こひ》の傷《きず》いゆる日近《ひちか》しかゝることおめず語《かた》れば心《こゝろ》おとりす

238 春《はる》きたる旅《たび》に病《や》みたる昨日《きそ》のうさ他界《たかい》のことゝ忘《わす》るべからむ

239 すくなくも女王《によわう》の威儀《ゐぎ》をきずつけぬ仕人《つかうど》なりやその若《わか》き群《むれ》

240 衆人《しうじん》に答《こた》ふることの能《あた》はぬを唖《おし》とせられぬ何《なに》あらがはむ

241 くろ髪《かみ》をうつゝの指《ゆび》がむしるまであさましき日《ひ》の来《こ》ぬまに死《し》なむ

242 右《みぎ》の手《て》を黒漆《くろうるし》もて塗《ぬ》りかため文《ふみ》なかきそと掟《おき》てつる夢《ゆめ》

243 自《みづか》らにまたあくがれを断《た》たしむるほど人《ひと》の世《よ》はつらからずして

244 よろこびの身《み》にみつるをば語《かた》るなり人目《ひとめ》さまよく思《おも》ひのまゝに

236 初「台湾愛国婦人」大2・3・1ゆふぐも―
与謝野晶子

237 初「台湾愛国婦人」大2・3・1ゆふぐも―
与謝野晶子

238 初「台湾愛国婦人」大2・3・1ゆふぐも―
与謝野晶子

239 初「台湾愛国婦人」大2・3・1ゆふぐも―
与謝野晶子

240 初「台湾愛国婦人」大2・3・1ゆふぐも―
与謝野晶子

241 初「台湾愛国婦人」大2・3・1ゆふぐも―
与謝野晶子

242 初「台湾愛国婦人」大2・3・1ゆふぐも―
与謝野晶子

243 初「台湾愛国婦人」大2・3・1ゆふぐも―
与謝野晶子

244 初「台湾愛国婦人」大2・3・1ゆふぐも―
与謝野晶子

245
慢然《まんぜん》と春《はる》の力《ちから》を感《かん》ずなるわが住《す》む家《いへ》の山《やま》ざくら花《はな》

246
冬宮《とうきう》をめぐる川《かは》は水銀《すゐぎん》の金《かね》よりもやゝおもきいろする

247
この世《よ》なる地獄《ぢごく》のさまの大寺《おほでら》のいくつならべるクレムルの丘《をか》

248
わが馬車《ばしや》は亡国《ばうこく》の民朴《たみぼく》といふ男《をとこ》ものせてモスコウを馳《は》す

249
二《ふた》つなる心《こゝろ》は足《あし》と頭《かしら》をばたがひ違《ちが》ひにおけりとおもふ

250
わが知《し》るはほとばしる息《いき》たましひはそも鷲《わし》の子《こ》か人《ひと》の少女《をとめ》か

251
つつしみの終《をは》りとおもひ今生《こんじやう》の女《をんな》の性《せい》をけがさぬならむ

252
いはけなし君《きみ》と別《わか》れていく時《とき》ぞはたひと時《とき》ののち見《み》むは誰《たれ》

253
来《き》たまへとわが肩《かた》もちてゆすぶりぬ春《はる》と云《い》ふなるかの美少年《びせうねん》

245 初「台湾愛国婦人」大2・3・1ゆふぐも——与謝野晶子

246 初「婦人評論」大2・3・1旅の歌——与謝野晶子

247 初「婦人評論」大2・3・1旅の歌——与謝野晶子

248 初「婦人評論」大2・3・1旅の歌——与謝野晶子

249 初「二六新報」大2・3・5（無題）——与謝野晶子

250 初「二六新報」大2・3・5（無題）——与謝野晶子

251 初「二六新報」大2・3・5（無題）——与謝野晶子

252 初「東京日日新聞」大2・3・9（無題）——与謝野晶子

253 初「東京日日新聞」大2・3・9（無題）——与謝野晶子

254 よいやさあわが舞《まひ》の君《きみ》まふ春《はる》となりにけらしな花見小路《はなみこうぢ》に

255 恋《こひ》をする力《ちから》わななく時《とき》に咲《さ》く桜草《さくらさう》としおもひけるかな

256 わが知《し》らぬ人《ひと》の来《きた》りて埋《うづ》めたる愁《うれ》ひの種《たね》と云《い》ふもいつはり

257 いのちをばもてあつかふと云《い》ふごとく一日《ひとひ》けづらぬ黒髪《くろかみ》の裾《すそ》

258 さまざまの尽《つ》きぬ願《ねが》ひを君《きみ》により生《う》みし宝《たから》の阿子《あこ》を見《み》てする

259 星《ほし》の空《そら》黄《き》の粟《あは》の粒《つぶ》ちらばへるこゝちす春《はる》はものしたしさに

260 恋《こひ》もちぬ名《な》しらぬ花《はな》を摘《つ》む手《て》にもあやかしありとしつるいにしへ

261 鳥《とり》なく日《ひ》君《きみ》は家《や》かげの菜園《さいゑん》を二《ふた》めぐりしてもの云《い》ひにきぬ

262 うきさまは見《み》せでおん子《こ》は魂《たましひ》を静《しづ》めてなげく母《はゝ》に似《に》たれば
（ある人を悼みて）

254 [初]「二六新報」大2・3・10（無題）―与謝野晶子 [再]「台湾愛国婦人」大2・5・1

255 [初]「二六新報」大2・3・12（無題）―与謝野晶子 [再]「台湾愛国婦人」大2・5・1

256 [初]「東京日日新聞」大2・3・13（無題）―与謝野晶子 [再]「台湾愛国婦人」大2・5・1

257 [初]「東京日日新聞」大2・3・14（無題）―与謝野晶子

258 [初]「東京日日新聞」大2・3・14（無題）―与謝野晶子

259 [初]「東京日日新聞」大2・3・14（無題）―与謝野晶子 [再]「台湾愛国婦人」大2・5・1

260 [初]「二六新報」大2・3・14（無題）―与謝野晶子

261 [初]「二六新報」大2・3・14（無題）―与謝野晶子 [再]「台湾愛国婦人」大2・5・1

262 [初]「万朝報」大2・3・15（無題）―選者

263 清《きよ》らけき白《しろ》き一重《ひとへ》の花《はな》の夢見《ゆめみ》てのみあるは心細《こゝろぼそ》けれ

264 梨《なし》の花国《はなくに》なまりある若《わか》き人来《ひとき》て語《かた》るなり春《はる》の悲《かな》しき

265 人《ひと》の云《い》ふものの中程《なかほど》そのことをあしきこととすまだ知《し》らねども

266 わが心《こゝろ》ひく方《かた》ならばよしと云《い》ふたけきものをば後見《うしろみ》にする

267 この心春《こゝろはる》をにくしと思《おも》ふ時草《ときくさ》も木《き》もみな男《をとこ》と見《み》ゆる

268 あなをかし荷《に》の重《おも》さなど思《おも》へるはわがよく知《し》らぬ牛馬《うしうま》のこと

269 ほのほなり火《ひ》の世界《せかい》なりさてもやは青《あを》き水《みづ》見《み》ぬ夢《ゆめ》まぼろしに

270 おろかにも背《そむ》く人《ひと》をば怪《あや》しみぬもの丶あやなきくらがりに居《ゐ》て

271 春《はる》こしと金沙《きんしや》ちりめん折目《をりめ》よく肩《かた》にかかれど後《うしろ》に曳《ひ》けど

263 初「大阪毎日新聞」大２・３・16歌―与謝野晶子

264 初「大阪毎日新聞」大２・３・16歌―与謝野晶子 再「台湾愛国婦人」大２・５・１

265 初「大阪毎日新聞」大２・３・16歌―与謝野晶子

266 初「万朝報」大２・３・22（無題）―選者

267 初「二六新報」大２・３・23（無題）―与謝野晶子

268 初「二六新報」大２・３・25（無題）―与謝野晶子

269 初「二六新報」大２・３・25（無題）―与謝野晶子

270 初「二六新報」大２・３・25（無題）―与謝野晶子

271 初「東京日日新聞」大２・３・26（無題）―与謝野晶子 再「台湾愛国婦人」大２・５・１

272 この二人《ふたり》初《はじ》めてうしと云《い》ふことをわがためにしり君《きみ》がためしる

273 恋《こひ》いのち言葉《ことば》あれどもたましひのなしと見《み》る世《よ》をはかなみそめぬ

274 恋《こひ》ならぬ外《ほか》の思《おも》ひの来《く》るはうし心《こゝろ》の上《うへ》を馬走《うまはし》るより

275 こゝちよき青《あを》き硝子《がらす》を張《は》りにきぬ冬《ふゆ》に飽《あ》きたるひとみの前《まへ》に

276 燈火《ともしび》の遠《とほ》く透《す》くごと霊魂《れいこん》のおのれを見得《みう》る勝《すぐ》れたればか

277 若《わか》き日《ひ》の思《おも》ひの影《かげ》をさしのぞく春《はる》の野山《のやま》の靄《もや》の色《いろ》かな

278 こと一《ひと》つ足《た》らぬ思《おも》ひにわづらふも夢《ゆめ》の女《をんな》の心《こゝろ》なるらむ

279 春《はる》を愛《め》で恋《こひ》に死《し》ぬ子《こ》の物語《ものがたり》わが衰《おとろ》へはそれが粗筋《あらすぢ》

280 瞬間《しゆんかん》に亡《ほろ》ぶいのちと瞬間《しゆんかん》にかゞやくいのちもてる若《わか》き身《み》

272 初「東京日日新聞」大2・3・26（無題）―与謝野晶子 再「台湾愛国婦人」大2・5・1

273 初「東京日日新聞」大2・3・26（無題）―与謝野晶子

274 初「二六新報」大2・3・26（無題）―与謝野晶子

275 初「二六新報」大2・3・26（無題）―与謝野晶子

276 初「東京日日新聞」大2・3・28（無題）―与謝野晶子

277 初「東京日日新聞」大2・3・28（無題）―与謝野晶子

278 初「東京日日新聞」大2・3・28（無題）―与謝野晶子

279 初「東京日日新聞」大2・3・28（無題）―与謝野晶子

280 初「万朝報」大2・3・28（無題）―選者

281 花《はな》散《ち》りぬ火《ひ》散《ち》りぬやがておのれより氷《こほり》の屑《くづ》の散《ち》る日《ひ》来《きた》りぬ

282 かたはらの赤《あか》き薔薇《せうび》に虫《むし》這《は》ひぬ醜《みにく》きもののかつ哀《あは》れなる

283 君《きみ》ゆゑに泣《な》き飽《あ》かぬゆゑ恋《こひ》ならぬ恋《こひ》する日《ひ》ともなりにけらしな

284 こころをも少女《をとめ》といへる匂《にほ》ふ名《な》も君《きみ》を待《ま》ちたるみさかなにする

285 春雨《はるさめ》もやや強《つよ》き時《とき》碧《へき》玉《ぎよく》の磬《けい》を打《う》つなりやまざくら花《はな》

286 くろ髪《かみ》の匂《にほ》ふ夜床《よどこ》を持《も》つ人《ひと》の歌《うた》へることに耳《みゝ》をかたぶく

287 うば玉《たま》の黒《くろ》き被衣《かつぎ》を頭《かしら》より何時《いつ》おろしつとわれは知《し》らなく

288 とこしへに老《お》いざるわれと思《おも》ふより日《ひ》出《い》づる前《まへ》と思《おも》ふなるらし

289 飽《あ》かねどもそぞろにわれは庭《には》に出《い》づ小雨《こさめ》ののちの芝《しば》などに寝《ね》む

281 [初]「大阪毎日新聞」大２・３・30黄薔薇―与謝野晶子
282 [初]「大阪毎日新聞」大２・３・30黄薔薇―与謝野晶子
283 [初]「大阪毎日新聞」大２・３・30黄薔薇―与謝野晶子
284 [初]「大阪毎日新聞」大２・３・30黄薔薇―与謝野晶子
285 [初]「大阪毎日新聞」大２・３・30黄薔薇―与謝野晶子
286 [初]「東京日日新聞」大２・３・30（無題）―与謝野晶子
287 [初]「二六新報」大２・４・３（無題）―与謝野晶子
288 [初]「二六新報」大２・４・３（無題）―与謝野晶子
289 [初]「二六新報」大２・４・３（無題）―与謝野晶子

290 狂《くる》ふらん悔恨《くわいこん》のためこし方《かた》になしつることの足《たら》はざるため

291 くるしくもいにしへの日《ひ》の浮《うか》ぶかな此方《こなた》にさせる青《あを》きあかりに

292 来《きた》るべきやゝ遠《とほ》き日《ひ》の暗《くら》さをば知《し》れど今日《けふ》より何《なに》あなどらむ

293 大《おほ》ぞらに好々《すき〲》しかる男女《なんぢよ》居《ゐ》て話《はなし》するらむ春《はる》の夜《よ》の雨《あめ》

294 かた〳〵は世《よ》をおろかにしかた〳〵はとざまかうざま住《す》みぞわづらふ

295 わがつくる恋《こひ》の外《ほか》には耳《みゝ》もなしと思《おも》ふ頃《ころ》の終《をは》りなるらん

296 わが影《かげ》にかよわき女神《めがみ》一人《ひとり》ゐていかならむ日《ひ》もすゝり泣《な》きする

297 戸《と》の外《そと》に何《なに》ゐてわれをたぶらかす髪《かみ》ふりみだしあつき涙《なみだ》す

298 はかなくもおぼつかなくも思《おも》ほゆれ泡《あわ》など踏《ふ》みて立《た》てるおのれか

290 初「二六新報」大2・4・3（無題）―与謝野晶子

291 初「東京日日新聞」大2・4・5（無題）―与謝野晶子

292 初「東京日日新聞」大2・4・5（無題）―与謝野晶子

293 初「二六新報」大2・4・5（無題）―与謝野晶子

294 初「東京日日新聞」大・2・4・8（無題）―与謝野晶子

295 初「東京日日新聞」大・2・4・8（無題）―与謝野晶子

296 初「東京日日新聞」大・2・4・8（無題）―与謝野晶子

297 初「二六新報」大2・4・11（無題）―与謝野晶子

298 初「万朝報」大2・4・12（無題）―選者

299 本体《ほんたい》はひと時《とき》うかぶ楽声《がくせい》かはたまぼろしか絵《ゑ》にかあるらむ

300 男心《をごゝろ》ともつれあふたびわが知《し》らぬ性《さが》は得《え》たりきあなうこし方《かた》

301 あかつきの戸《と》の透間《すきま》より春風《はるかぜ》は踊《をど》り入《い》りなる恋《こひ》するごとく

302 再生《さいせい》はうつそ身《み》をはた外《ほか》にして、君《きみ》にいくたび、しつるおもひぞ

303 早足《はやあし》に墓場《はかば》にいたる心《こゝろ》をば、かたかたにみて恋《こひ》するわれは

304 こゝやよき彼《か》の蔭《かげ》やよき恋《こひ》と云《い》ふいみじきものを伴《ともな》ひ行《ゆ》くに

305 うつろなり虚無《きよむ》なりと云《い》ふその瞳少《ひとみすこ》しうるむはなみし能《あた》はず

306 白《しろ》き花《はな》おほよそ人《びと》がまだ知《し》らぬ光《ひかり》のもとにわれ一人《ひとり》嗅《か》ぐ

307 わが目《め》より恋《こひ》をこそ飲《の》めこの花《はな》は水《みづ》の養《やしな》ふたぐひならねば

299 初「東京日日新聞」大２・４・13（無題）―与謝野晶子

300 初「東京日日新聞」大２・４・13（無題）―与謝野晶子

301 初「二六新報」大２・４・14（無題）―与謝野晶子

302 初「婦人評論」大２・４・15並木―与謝野昌子（ママ）

303 初「婦人評論」大２・４・15並木―与謝野昌子（ママ）

304 初「東京日日新聞」大２・４・16（無題）―与謝野晶子

305 初「東京日日新聞」大２・４・16（無題）―与謝野晶子

306 初「東京日日新聞」大２・４・16（無題）―与謝野晶子

307 初「東京日日新聞」大２・４・16（無題）―与謝野晶子

308 いたり得《え》ず前《まへ》なる溝《みぞ》に落《お》ちしやとよしなしとこも思《おも》ふものかな

309 いと若《わか》きいのちにもの丶沁《し》み入《い》る日《ひ》天日《てんじつ》をしもわが恐《おそ》る丶日《ひ》

310 ならへるかならはぬ故《ゆゑ》か六《む》つ下《した》の甥《おひ》の吉三《きちさ》がとがるおとがひ

311 毒《どく》となりこ丶ちよさをば得《え》むと云《い》ふ恋《こひ》と云《い》へるか歌《うた》を云《い》へるか

312 立《た》ちよれば青桐《あをぎり》の幹《みき》夕《ゆふ》かぜが打《う》つなりあらずくろ髪《かみ》が打《う》つ

313 この人《ひと》に夢与《ゆめあた》へむはかたからむふるきちかひをうしなはるより

314 春《はる》の昼《ひる》われより炎《も》ゆるかげらふが硝子《がらす》すべると見《み》て一人《ひとり》ある

315 小《ちい》さなる反射《はんしや》の光《ひかり》くだけぬとも見入《みい》る子《こ》のいふがおこめく

316 深《ふか》くして日《ひ》のくれいろの心《しん》の臓光《ざうひかり》と闇《やみ》にまたがる女《をんな》

308 (4)よしなしとこ→よしなしこと
初「東京日日新聞」大2・4・16（無題）—与謝野晶子

309 初「二六新報」大2・4・17（無題）—与謝野晶子

310 初「二六新報」大2・4・20（無題）—与謝野晶子

311 初「二六新報」大2・4・21（無題）—与謝野晶子

312 初「二六新報」大2・4・21（無題）—与謝野晶子

313 初「二六新報」大2・4・21（無題）—与謝野晶子

314 初「二六新報」大2・4・21（無題）—与謝野晶子

315 初「二六新報」大2・4・21（無題）—与謝野晶子

316 初「東京日日新聞」大2・4・22（無題）—与謝野晶子

317 うつそみは恋《こひ》の初《はじ》めの日《ひ》につゞき少《すこ》しづゝ皆死《みなし》に与《あた》へらる

318 別《わか》れたる朝《あさ》の趣《おもむき》　続《つ》ぎがたしまた逢《あ》はむなどゆめもおもはず

319 あはれにも人嗤《ひとわら》ふこと多《おほ》き日《ひ》はわらはるる苦《く》を多《おほ》く隠《かく》す日《ひ》

320 くれなゐの瓶《びん》の花《はな》など春《はる》の夜《よ》は一人女《ひとりをんな》をもどくがごとし

321 灯《ひ》ともるとしつる胸《むね》こそ知《し》らぬ間《ま》に暗《やみ》となりけれ悪《わる》からねども

322 面瘦《おもや》せて心《こゝろ》ただれてある人《ひと》は苦《くる》しかりけり裂《さ》けよ二つに

323 若《わか》き子《こ》の夢《ゆめ》のやうなる恋《こひ》がたりふとそれかとも身《み》をまぜて聞《き》く

324 雨《あめ》の日《ひ》は一尺《しやく》ほどの障子口《せうじぐち》唯何《たゞなに》となくいとかなしけれ

325 雨《あめ》の日《ひ》のわが淋《さび》しさが黄《き》に咲《さ》きてさし出《い》でしかな連翹《れんげう》の花《はな》

317 初「東京日日新聞」大2・4・22（無題）—与謝野晶子

318 初「二六新報」大2・4・23（無題）—与謝野晶子

319 初「大阪毎日新聞」大2・4・27歌—与謝野晶子

320 初「大阪毎日新聞」大2・4・27歌—与謝野晶子

321 初「大阪毎日新聞」大2・4・27歌—与謝野晶子

322 初「大阪毎日新聞」大2・4・27歌—与謝野晶子

323 初「大阪毎日新聞」大2・4・27歌—与謝野晶子再「台湾愛国婦人」大2・5・1

324 初「大阪毎日新聞」大2・4・27歌—与謝野晶子再「台湾愛国婦人」大2・5・1

325 初「大阪毎日新聞」大2・4・27歌—与謝野晶子再「台湾愛国婦人」大2・5・1

326 夕《ゆふ》ぐれは眉《まゆ》うち寄《よ》せて凄《すご》げなる恨《うら》みを書《か》けど似合《にあ》はず吾《われ》に

327 けうとかる南風《みなみかぜ》かな光《ひかり》なき落日《らくじつ》の色《いろ》なべてなかるゝ

328 与《あた》へつゝわが惜《をし》まぬは命《いのち》なりはげしき酒《さけ》に比《くら》べても吸《す》へ

329 海越《うみこ》ゆと去年《こぞ》の今頃《いまごろ》かきさして置《お》きつる反古《ほご》に涙《なみだ》こぼるる

330 うらめどもまことは君《きみ》を外《ほか》にしてわれはもとより世《よ》も神《かみ》もなし

331 なほいまだ涸《から》しがたかり自《みづか》らをこれやいかなる悪《あく》ならんとも

332 この人《ひと》の心《こゝろ》のとげを抜《ぬ》き去《さ》れよ神《かみ》とひとしき恋人《こひゞと》ならば

333 若《わか》き子《こ》の心《こゝろ》騒《さわ》がすはかりごとすなるひなげしうゐきやうの花《はな》

334 とこ若《わか》の夏《なつ》の初《はじ》めとことほぎぬ思《おも》はるる子《こ》が思《おも》ふ人見《ひとみ》て

326 初「大阪毎日新聞」大2・4・27歌―与謝野晶子 再「台湾愛国婦人」大2・5・1

327 初「東京日日新聞」大2・4・30（無題）―与謝野晶子

328 初「東京日日新聞」大2・4・30（無題）―与謝野晶子

329 初「台湾愛国婦人」大2・5・1幻影―与謝野晶子

330 初「台湾愛国婦人」大2・5・1幻影―与謝野晶子

331 初「台湾愛国婦人」大2・5・1幻影―与謝野晶子

332 初「台湾愛国婦人」大2・5・1幻影―与謝野晶子

333 初「婦人画報」大2・5・1初夏の歌―与謝野晶子

334 初「婦人画報」大2・5・1初夏の歌―与謝野晶子

335 わが家《いへ》の皐月《さつき》の夏《なつ》の金《きん》の昼《ひる》少女《をとめ》ひきつれこしかそよ風《かぜ》

336 夜《よ》もひるもあたりを去《さ》らぬ初夏《はつなつ》の匂《にほ》ひいつしか心《こゝろ》をとりぬ

337 初夏《はつなつ》は水《みづ》の心《こゝろ》をうちそそり若葉《わかば》くゆらし人《ひと》にひろごる

338 かきつばた忘《わす》れられたる恋人《こひびと》のものぎよくして紫《むらさき》を着《き》る

339 ころもがへ初夏《はつなつ》の日《ひ》の恋人《こひびと》は孔雀《くじやく》にまさりかがやかしけれ

340 朱《あけ》の花《はな》不滅《ふめつ》を吸《す》ひに蝶《てふ》きたる瑠璃《るり》の紋《もん》ある羽《はね》のめでたし

341 手《て》ずさびにかひなの中《なか》にたたまりぬ一重《ひとへ》そぎたる上《うへ》のうすもの

342 少女子《をとめご》のくちびるに来《き》てうちふるふひなげしの咲《さ》く皐月《さつき》となりぬ

343 夜《よ》にひるに恋《こひ》の心《こゝろ》のすすむなり初夏《はつなつ》は来《き》て絃《いと》を弾《はじ》くか

335 初「婦人画報」大2・5・1初夏の歌──与謝野晶子

336 初「婦人画報」大2・5・1初夏の歌──与謝野晶子

337 初「婦人画報」大2・5・1初夏の歌──与謝野晶子

338 初「婦人画報」大2・5・1初夏の歌──与謝野晶子

339 初「婦人画報」大2・5・1初夏の歌──与謝野晶子

340 初「婦人画報」大2・5・1初夏の歌──与謝野晶子

341 初「婦人画報」大2・5・1初夏の歌──与謝野晶子

342 初「婦人画報」大2・5・1初夏の歌──与謝野晶子

343 初「婦人画報」大2・5・1初夏の歌──与謝野晶子

344
春《はる》に似《に》ず夏《なつ》は気高《けだか》くよそほひて人見《ひとみ》てしばし笑《ゑ》まず語《かた》らず

344（初）「婦人画報」大2・5・1初夏の歌—与謝野晶子

345
光《ひかり》より忘《わす》られてゆくたそがれとわれとさかひの見《み》えぬものから

345（初）「万朝報」大2・5・3（無題）—選者

346
行《ゆ》く春《はる》の花《はな》ちらすなりこゝちよき白刃《しらは》に似《に》たるあけがたの雨《あめ》

346（初）「東京日日新聞」大2・5・8（無題）—与謝野晶子

347
皐月《さつき》きぬ恋《こひ》と季節《きせつ》の女王《じよわう》きぬ日《ひ》を空《そら》として罌粟《けし》を地《ち》として

347（初）「東京日日新聞」大2・5・8（無題）—与謝野晶子

348
くちびるも味《あぢ》失《うしな》はん色褪《いろあ》せん君《きみ》が待《ま》たする惜《を》しき片時《かたとき》

348（初）「東京日日新聞」大2・5・9（無題）—与謝野晶子

349
今《いま》にして恋《こひ》も漸《やうや》く疑《うたが》はる死《し》一《ひと》つ外《ほか》に正《たゞ》しきは無《な》し

349（初）「東京日日新聞」大2・5・9（無題）—与謝野晶子

350
時《とき》に云《い》ふみづからをさへ果敢《はか》なしとまた時《とき》に云《い》ふ我《われ》ひとり好《よ》し

350（初）「東京日日新聞」大2・5・9（無題）—与謝野晶子

351
美《うつく》しき男《をとこ》なれども二度《ど》見《み》ればはた物足《ものた》らず美《うつく》しきのみ

351（初）「東京日日新聞」大2・5・9（無題）—与謝野晶子

352
旅《たび》をしも君《きみ》と語《かた》ればバガテルの薔薇《ばら》の園《その》より微風《そよかぜ》ぞ吹《ふ》く

352（初）「東京日日新聞」大2・5・9（無題）—与謝野晶子

353 わが目燃《めも》ゆ臥処《ふしど》に薔薇《ばら》を布《し》かねどもかの貴女《きじよ》の如綾《ごとあや》を着《き》ねども

354 生《せい》と死《し》とその中程《なかほど》にわれを据《す》ゑ苦《にが》き笑《わら》ひを教《をし》へつるかな

355 なつかしき彼《か》の日《ひ》は今日《けふ》につながれてありぬいのちもめでたきかなや

356 かの門《もん》にわれあるかぎり足早《あしばや》に行《ゆ》くそののちは何《なに》となるべき

357 人《ひと》の子《こ》のいのちの酒《さけ》のいくしづく沁《し》みつる胸《むね》をいだけるわれぞ

358 夏《なつ》の風《かぜ》ひなげしゆすり傍《そば》にきぬ恋《こひ》のごとしと相見《あひみ》てわらふ

359 家越《いへこ》えて帆柱《ほばしら》の旗《はた》かず知《し》らず青《あを》く靡《なび》ける水《みづ》の街《まち》かな

（和蘭にて）

360 けふの日の金色《こんじき》明日の灰《はい》の色王宮《わうきう》に似《に》る女のいのち

361 ひなげしの華美《はで》なる中に日の入りぬこの夕《ゆふ》ぐれの如く死なまし

353 初「東京日日新聞」大２・５・13（無題）―与謝野晶子

354 初「東京日日新聞」大２・５・13（無題）―与謝野晶子

355 初「万朝報」大２・５・17（無題）―選者

356 初「東京日日新聞」大２・５・18（無題）―与謝野晶子 再「現代」大２・６・１

357 初「東京日日新聞」大２・５・18（無題）―与謝野晶子 再「現代」大２・６・１

358 初「東京日日新聞」大２・５・18（無題）―与謝野晶子 再「現代」大２・６・１

359 初「万朝報」大２・５・31（無題）―選者

360 初「現代」大２・６・１巴里日記より―与謝野晶子

361 初「現代」大２・６・１巴里日記より―与謝野晶子

362
まづ先にまがつみの来て持ち去《さ》らんものを何とも知らぬ哀《かな》しさ

363
初夏と共にあゆみぬ木下路《こしたみち》よその恋人《こひびと》われらの二人

364
大ぞらの端《はし》をあふぎて涙しぬ七百年の古塔《こたふ》のもとに

365
うちつどひ夏の初めに火を焚《た》ける石室の炉《ろ》にひゞく瀬の音

366
夜の更《ふ》けて人ずくなゝる酒場より友と三人《みたり》のいづるくつ音

367
園のひるわがおもひごといさゝかは知るごときこと云ひて風《かぜ》すぐ

368
君と居て外《ほか》をねがはずしかれども一万年の明日《あす》をおもへり

369
けふ摘むは没落《ぼつらく》と云ふくろき実《み》か時ならずして咲《さ》きける花か

370
手をつかね時を忘《わす》れてわれありぬ二心ある恋《こひ》するごとき

362 ㊓「現代」大2・6・1巴里日記より―与謝野晶子

363 ㊓「現代」大2・6・1巴里日記より―与謝野晶子

364 ㊓「現代」大2・6・1巴里日記より―与謝野晶子

365 ㊓「現代」大2・6・1巴里日記より―与謝野晶子

366 ㊓「現代」大2・6・1巴里日記より―与謝野晶子

367 ㊓「現代」大2・6・1巴里日記より―与謝野晶子

368 ㊓「現代」大2・6・1巴里日記より―与謝野晶子

369 ㊓「現代」大2・6・1巴里日記より―与謝野晶子

370 ㊓「現代」大2・6・1巴里日記より―与謝野晶子

371 もの来り奪《うば》ふも知らぬ日をや見む尊《たふと》き愛よゝびさませわれ

372 河岸《かし》の道たはれ過ぎたるめうとぞとノオトルダムの塔に叱《しか》らる

373 髪上げて爪紅《つまべに》さして眉引けばものとゝのひぬ出でよとぞ云ふ

374 夏の花君に来れる日に咲《さ》きぬ幸びとを誰《たれ》とか云はむ

375 部屋《へや》のうち笑《わら》ひに満ちよ帰り来て戸《と》あけてかくもいのりぬあはれ

376 夏の旅《たび》そよ風のごとさきざきに待ちよろこばれ行くはたれだれ

377 初夏の夕日のもとに金色《こんじき》の麦の穂《ほ》ゆれて船の笛鳴《な》る

378 そよ風やひなげしの野の遠方《をとかた》にとりで光《ひか》りぬ初夏にして

379 蘆《あし》生《お》ふる川《かは》の上《うへ》なる六月《ぐわつ》の靄《もや》ここちよきほととぎすかな

371 初「現代」大２・６・１巴里日記より―与謝野晶子

372 初「現代」大２・６・１巴里日記より―与謝野晶子

373 初「現代」大２・６・１巴里日記より―与謝野晶子

374 初「現代」大２・６・１巴里日記より―与謝野晶子

375 初「現代」大２・６・１巴里日記より―与謝野晶子

376 初「現代」大２・６・１巴里日記より―与謝野晶子

377 初「現代」大２・６・１巴里日記より―与謝野晶子

378 (3)遠方《をとかた》(ルビママ) 初「現代」大２・６・１巴里日記より―与謝野晶子

379 初「婦人画報」大２・６・１六月―与謝野晶子

380 睡蓮《すゐれん》の水《みづ》の都《みやこ》を見《み》るといふ木蔭《こかげ》の君《きみ》にほととぎす啼《な》く

381 大川《おほかは》の水《みづ》にのぞめる青《あを》き窓君《まどきみ》も思《おも》ふや杜鵑《とけん》し啼《な》けば

382 ほととぎすわざはひわれに迫《せま》るごと心細《こゝろぼそ》かる涙《なみだ》こぼるる

383 大川《おほかは》の向《むか》ひの岸《きし》がうすいろの衣《ころも》と見《み》ゆる夕《ゆふ》ほととぎす

384 ほととぎすものの底《そこ》よりいとたかく浮《う》びいでつるときめきをする

385 君《きみ》を見《み》る目《め》も力《ちから》なく病《や》む夜半《よは》に杜鵑《とけん》きくこそうらがなしけれ

386 くれなゐをうす紫《むらさき》を染《そ》めぬまでわれの心《こゝろ》よ荒《あ》らしはつまじ

387 むつかしき欠《か》けし心《こゝろ》のあるゆゑに昔《むかし》も今《いま》ももののみや書《か》く

388 この人《ひと》はもの哀《あは》れにもかく思《おも》ふ衰《おとろ》へしなどあまり云《い》はじと

380 初「婦人画報」大2・6・1六月―与謝野晶子

381 初「婦人画報」大2・6・1六月―与謝野晶子

382 初「婦人画報」大2・6・1六月―与謝野晶子

383 初「婦人画報」大2・6・1六月―与謝野晶子

384 初「婦人画報」大2・6・1六月―与謝野晶子

385 初「婦人画報」大2・6・1六月―与謝野晶子

386 初「婦人評論」大2・6・1（無題）―与謝野晶子

387 初「婦人評論」大2・6・1（無題）―与謝野晶子

388 初「婦人評論」大2・6・1（無題）―与謝野晶子

389 おもひでに二十《はたち》の夏《なつ》の朝《あさ》の風《かぜ》めでたく白《しろ》く流《なが》れ入《い》るかな

390 何時《いつ》の日《ひ》かわが森《もり》に入《い》り摘《つ》みにけむそのはかなげの紫《むらさき》の花《はな》

391 空《うつ》ろぞと脅《おびや》かされて新《あたら》しくわが目《め》は冴《さ》えぬじつと観《み》るため

392 牛殺《うしごろ》し牛《うし》を殺《ころ》すをためらはず物《もの》の力《ちから》のおもしろきかな

393 貧《まづ》しさの此方《こなた》も墓《はか》の彼方《かなた》にも荒《あら》き踴躍《ゆやく》を取《と》るは誰々《たれ〴〵》

394 空色《そらいろ》の秘密《ひみつ》の花《はな》の蔭《かげ》ふめば金《きん》の雨《あめ》ふる朝《あさ》も夜《よ》も降《ふ》る

395 あなめでたすべて真白《ましろ》き羅《ら》の衣《きぬ》も駝鳥《だてう》の羽《はね》の扇《あふぎ》づかひも

396 夜《よ》を通《とほ》し戯《たは》れ画《ゑ》かきの遊《あそ》ぶなる酒場《さかば》と聞《き》きて我《われ》もこしかな

397 初夏《はつなつ》の青《あを》きセエヌを黄昏《たそが》れてわが船《ふね》のぼるしら鳥《とり》の如《ごと》
（巴里にて）

389 [初]「婦人評論」大2・6・1（無題）—与謝野晶子

390 [初]「婦人評論」大2・6・1（無題）—与謝野晶子

391 [初]「大阪毎日新聞」大2・6・1短歌—与謝野晶子

392 [初]「大阪毎日新聞」大2・6・1短歌—与謝野晶子

393 [初]「大阪毎日新聞」大2・6・1短歌—与謝野晶子

394 [初]「大阪毎日新聞」大2・6・1短歌—与謝野晶子

395 [初]「東京日日新聞」大2・6・6巴里雑詠の中より—与謝野晶子

396 [初]「東京日日新聞」大2・6・6巴里雑詠の中より—与謝野晶子

397 [初]「万朝報」大2・6・7（無題）—選者

398 肌《はだ》の香《か》と光《ひかり》と楽《がく》と縺《もつ》れたる踊場《をどりば》に居《ゐ》て遊《あそ》ぶみじか夜《よ》
（巴里にて）

399 薄《うす》ごろも恋《こひ》を知《し》れるも知《し》らざるも夏《なつ》は少女《をとめ》と名《な》のらせよかし

400 われに来《き》て夏《なつ》は照《て》りぬれわれはしもひなげしなどと同《おな》じ根《ね》ならむ

401 われらをば巣《す》に居《ゐ》る蜂《はち》のごとくにもとばりかこひぬ夜《よ》となりぬれば

402 百合《ゆり》咲《さ》きぬ日《ひ》のくれまへの湯上《ゆあが》りにうすごろもしてものをこそ思《おも》へ

403 雨《あめ》ののち白朝顔《しろあさがほ》のあかばみぬ頬《ほ》を打《う》たれたる女《をんな》のごとし

404 うらめしや別《わか》れ得《う》る身《み》を忘《わす》れえぬ性《さが》と何《なに》しに二《ふた》つもつらむ

405 水《みづ》の上《うへ》尋《ひろ》ほどはなれ白《しろ》き蓮《はす》あまた咲《さ》くなりある家《いへ》の夏《なつ》

406 ほとばしる程《ほど》のこころと内気《うちき》さと涙《なみだ》の外《ほか》にわれのあるべき

398 初「万朝報」大2・6・14（無題）―選者

399 初「万朝報」大2・6・21（無題）―選者

400 初「東京日日新聞」大2・6・26（無題）―与謝野晶子

401 初「東京日日新聞」大2・6・26（無題）―与謝野晶子

402 初「東京日日新聞」大2・6・28（無題）―与謝野晶子

403 初「東京日日新聞」大2・6・28（無題）―与謝野晶子

404 初「東京日日新聞」大2・6・29（無題）―与謝野晶子

405 初「婦人画報」大2・7・1夏の歌―与謝野晶子

406 初「婦人画報」大2・7・1夏の歌―与謝野晶子

407 わが行《ゆ》けば小《ち》さき足《あし》ども続《つゞ》ききぬ朝《あさ》のなぎさのしら砂《すな》の上《うへ》

408 夏《なつ》くると釘《くぎ》にかかりぬ紗《しや》の帽子《ぼうし》三《み》つ四《よ》つとなりわれも被《き》なまし

409 水《みづ》いろの帯《おび》引《ひ》きながら三《み》つの子《こ》が縁側《えんがは》はしる夏《なつ》の朝《あさ》かな

410 三度《みたび》ほどさびしき顔《かほ》を見《み》に行《ゆ》きしある夏《なつ》の日《ひ》のやれ鏡《かゞみ》かな

411 水《みづ》あぶる白《しろ》き素肌《すはだ》とおもひけり月《つき》の前《まへ》なる夕顔《ゆふがほ》の花《はな》

412 筆《ふで》すてて君《きみ》よりさきに老《お》いたりとわれはいやしくへつらひしかな

413 なにがしの山《やま》に遊《あそ》びぬそのかみの我等《われら》がゆめを掘《ほ》りいだすため

414 ここちよく空《そら》を見《み》んため家《いへ》を出《い》づ土用《どよう》の夏《なつ》の堪《た》へがたきため

415 マロニエの木蔭《こかげ》いづれば噴水《ふんすゐ》はひそかにわれを待《ま》つと云《い》ふらし

407 初「婦人画報」大2・7・1夏の歌—与謝野晶子
408 初「婦人画報」大2・7・1夏の歌—与謝野晶子
409 初「婦人画報」大2・7・1夏の歌—与謝野晶子
410 初「婦人画報」大2・7・1夏の歌—与謝野晶子
411 初「婦人画報」大2・7・1夏の歌—与謝野晶子
412 初「婦人画報」大2・7・1夏の歌—与謝野晶子
413 初「婦人画報」大2・7・1夏の歌—与謝野晶子
414 初「婦人画報」大2・7・1夏の歌—与謝野晶子
415 初「婦人画報」大2・7・1夏の歌—与謝野晶子

416 子《こ》とわれと麦《むぎ》わらをもて水吸《みづす》ひぬ君《きみ》は歌《うた》などよめるかたはら

417 古《ふる》くして見《み》ざる日記《にき》てふものありぬいくつにてせし恋《こひ》かしらねど

418 ひなげしの絵《ゑ》を一《ひと》つ描《か》きあざけりて恋《こひ》のやうなりいたましと書《か》く

419 よき悪《あ》しき消《き》えて又浮《またう》く青海《あをうみ》のまひろき上《うへ》の我《われ》はさゞ波《なみ》

420 裳《も》をとりて横《よこ》ぎる我《われ》に雨《あめ》の降《ふ》るオペラの前《まへ》の石《いし》だゝみかな
（巴里にて）

421 和泉《いづみ》なる故郷《ふるさと》の人《ひと》おのれをば忘《わす》れぬ事《こと》の少《すこ》しうるさし

422 わが叔父《をぢ》の泳《およ》ぐ間《あひだ》に四五人《にん》の新地《しんち》の人《ひと》のもてあそぶ砂《すな》

423 まだ見《み》ざる東京《とうけう》の人思《ひとおも》ひたるある別荘《べつそう》の石垣《いしがき》のもと

424 二十《はたち》の日《ひ》ある病《やまひ》して死《し》ぬらんと胸《むね》をいだきし二つの手《て》かな

416 初「婦人画報」大2・7・1夏の歌―与謝野晶子

417 初「婦人画報」大2・7・1夏の歌―与謝野晶子

418 初「東京日日新聞」大2・7・1（無題）―与謝野晶子

419 初「万朝報」大2・7・5（無題）―選者

420 初「万朝報」大2・7・19（無題）―選者

421 初「大阪毎日新聞」大2・7・20湯《ゆ》あかりの後《のち》―与謝野晶子

422 初「大阪毎日新聞」大2・7・20湯《ゆ》あかりの後《のち》―与謝野晶子

423 初「大阪毎日新聞」大2・7・20湯《ゆ》あかりの後《のち》―与謝野晶子

424 初「大阪毎日新聞」大2・7・20湯《ゆ》あかりの後《のち》―与謝野晶子

425 ある夏《なつ》の湯上《ゆあが》りののち竹椽《たけえん》にならびてありしかの従妹《いとこ》なし

426 天《あま》の川《がは》見《み》れば仄《ほのか》にもの丶香《か》の空《そら》より降《ふ》ると思《おも》ふものかな

427 夕立《ゆふだち》は幾《いく》ところをば濡《ぬ》らすらむなど語《かた》る日《ひ》の夏嬉《なつうれ》しけれ

428 日《ひ》のくれの夕立《ゆふだち》ののちあちこちの砂《すな》のくぼみしわが庭《には》の風《かぜ》

429 ギオロンの音《おと》の涼《すゞ》しき軒《のき》のまへテラスの卓《たく》に思《おも》ふ事書《ことか》く

430 ブロウニユの森《もり》のたそがれ泉水《せんすゐ》をいろいろの雲行《くもゆ》きかへる時《とき》

431 朝《あさ》の馬車白《ばしやしろ》き衣着《きぬき》て木《き》の精《せい》と思《おも》へとばかり森《もり》をやりける

432 夕雲《ゆふぐも》の前《まへ》にひろがる風《かぜ》をめで宿屋《やどや》をいづる三五人《さんごにん》かな

433 静《しづ》かなる姿涼《すがたすゞ》しきかたちぞとわが今年児《ことしご》のひる寝《ね》をほめぬ

425 初「大阪毎日新聞」大2・7・20湯《ゆ》あかりの後《のち》―与謝野晶子

426 初「大阪毎日新聞」大2・7・20湯《ゆ》あかりの後《のち》―与謝野晶子

427 初「東京日日新聞」大2・7・23（無題）―与謝野晶子

428 初「東京日日新聞」大2・7・25（無題）―与謝野晶子

429 初「婦人画報」大2・8・1水のおと―与謝野晶子

430 初「婦人画報」大2・8・1水のおと―与謝野晶子

431 初「婦人画報」大2・8・1水のおと―与謝野晶子

432 初「婦人画報」大2・8・1水のおと―与謝野晶子

433 初「婦人画報」大2・8・1水のおと―与謝野晶子

434 月《つき》の宵《よひ》ひろき帽子《ばうし》の走《はし》りきぬその車《くるま》ひく馬《うま》のあし音《おと》

435 おのれらの昔語《むかしがた》りと云《い》ふことはめでたきものと許《ゆる》しぬるかな

436 日《ひ》の夕《ゆふべ》うすくらがりの紫陽花《あぢさゐ》に小雨《こさめ》かかるが悲《かな》しかりけれ

437 百合《ゆり》の香《か》は心《こゝろ》やすくもはかなだつ思《おも》ひごとすることを許《ゆる》さず

438 夏《なつ》の花《はな》かたち勝《すぐ》れし少女子《をとめご》の二人三人《ふたりみたり》がおもかげに見《み》ゆ

439 白麻《しろあさ》のしとねにあれば暁《あかつき》はこの世《よ》ならざるこゝろし起《おこ》る

440 磯浜《いそはま》の熱《あつ》き砂《すな》などおもふ時《とき》心《こゝろ》さわがし少女《をとめ》の如《ごと》く

441 水《みづ》いろの真広《まひろ》き蚊帳《かや》に一人寝《ひとりね》て神《かみ》の女《むすめ》とわれを思《おも》へる

442 わき目《め》より夏《なつ》の花《はな》とぞはやされしその日《ひ》の歌《うた》も読《よ》めば悲《かな》しも

434 (初)「婦人画報」大2・8・1水のおと—与謝野晶子

435 (初)「婦人評論」大2・8・1(無題)—与謝野晶子

436 (初)「婦人評論」大2・8・1(無題)—与謝野晶子

437 (初)「婦人評論」大2・8・1(無題)—与謝野晶子

438 (初)「婦人評論」大2・8・1(無題)—与謝野晶子

439 (初)「婦人評論」大2・8・1(無題)—与謝野晶子

440 (初)「東京日日新聞」大2・8・1(無題)—与謝野晶子

441 (初)「東京日日新聞」大2・8・1(無題)—与謝野晶子

442 (初)「東京日日新聞」大2・8・1(無題)—与謝野晶子

443 夏《なつ》の末花壇《すゑくわだん》をめぐる小路《こみち》をば雨《あめ》の浸《ひた》すはいと哀《あは》れなれ

444 ふらんすの郵便切手《ゆうびんきつて》またもなくなつかしかりし日《ひ》も過《す》ぎさりぬ

445 あはれにも物《もの》を思《おも》ひて遠方《をちかた》の木《き》の梢《こずゑ》など見《み》てある夕《ゆふ》

446 この人《ひと》の心弱《こゝろよわ》さを見《み》し人《ひと》はさればよ君《きみ》をおきて他《た》になし

447 夢《ゆめ》のごとありつる君《きみ》が恋人《こひびと》として思《おも》ふ時《とき》われの美《うつく》し

448 ふつゝかに作《つく》りさしたる物語《ものがたり》そのごとくなる我身《わがみ》なりけり

449 歌《うた》を書《か》く筆《ふで》のきしるとうちも泣《な》く短命《たんめい》に死《し》ぬ気短《きみじか》さより

450 起《お》きいでて山《やま》を見《み》る日《ひ》のここちしぬ水色《みづいろ》に咲《さ》く朝顔《あさがほ》の花《はな》

451 秋《あき》の風《かぜ》黄色《きいろ》と紅《べに》のつめたさを思《おも》へる朝《あさ》の草《くさ》の庭《には》かな

443 初「万朝報」大2・8・2(無題)—選者

444 初「東京日日新聞」大2・8・6(無題)—与謝野晶子

445 初「東京日日新聞」大2・8・7(無題)—与謝野晶子

446 初「東京日日新聞」大2・8・8(無題)—与謝野晶子

447 初「東京日日新聞」大2・8・12(無題)—与謝野晶子

448 初「東京日日新聞」大2・8・12(無題)—与謝野晶子

449 初「東京日日新聞」大2・8・19(無題)—与謝野晶子

450 初「万朝報」大2・8・23(無題)—選者

451 初「大阪毎日新聞」大2・8・24初秋の第一日—与謝野晶子

452 さかしげに事《こと》しありくも秋《あき》くればあらはに見《み》えてうら悲《かな》しけれ

453 つめたかる岩《いは》に頬《ほ》ふれて泣《な》かましとあら磯《いそ》に行《ゆ》く愁《うれ》へざる子《こ》も

454 ある家《いへ》の蚊遣《かやり》の香《か》をばふと思《おも》ひなつかしむかな雨《あめ》のふる昼《ひる》

455 硝子戸《がらすど》をあららかに打《う》つ時《とき》などはいたづら子《ご》とも思《おも》ふ秋風《あきかぜ》

456 かの人《ひと》も死《し》にたらむなど冷《ひや》やかにそのかみの日《ひ》の少女《をとめ》は思《おも》ふ

457 風吹《かぜふ》けば琥珀《こはく》のけぶり立《た》ちのぼる月夜《つきよ》の原《はら》の草《くさ》の花《はな》かな

458 君《きみ》ゆゑにわがつぶやくは秋風《あきかぜ》の音《おと》に似《に》たらずくれなゐに吹《ふ》く

459 大《おほ》ぞらはまばゆく澄《す》めりくろ髪《かみ》のさやさや鳴《な》りて秋《あき》をしる朝《あさ》

460 小《ちさ》く咲《さ》く紅朝顔《べにあさがほ》にたたずめる色白《いろじろ》の子《こ》よ秋《あき》を思《おも》ふや

452 初「大阪毎日新聞」大2・8・24初秋の第一日―与謝野晶子

453 初「大阪毎日新聞」大2・8・24初秋の第一日―与謝野晶子

454 初「大阪毎日新聞」大2・8・24初秋の第一日―与謝野晶子

455 初「大阪毎日新聞」大2・8・24初秋の第一日―与謝野晶子

456 初「大阪毎日新聞」大2・8・24初秋の第一日―与謝野晶子

457 初「婦人画報」大2・9・1初秋―与謝野晶子

458 初「婦人画報」大2・9・1初秋―与謝野晶子

459 初「婦人画報」大2・9・1初秋―与謝野晶子 再「新家庭」大7・9・1

460 初「婦人画報」大2・9・1初秋―与謝野晶子

461
人恋《ひとこ》ひぬ秋《あき》の日沈《ひしづ》みくろ髪《かみ》に冷《つめた》き霧《きり》の降《ふ》り来《きた》る時《とき》

462
朝夕《あさゆふべ》われをなげくが煩《わづら》はしこゝろよ秋《あき》は死《し》にてあれかし

463
蠟《らふ》の火《ひ》は五十路《いそぢ》しぬらんまたたきをしつゝぞ教《をし》ふもの思《おも》ふなと

464
手《た》まくらに一《ひと》すぢの髪切《かみき》れしより恋《こひ》も男《をとこ》もものうくなりぬ

465
初秋《はつあき》のたそがれ時《どき》の空《そら》あかりふりさけ見《み》ればものゝ思《おも》はる

466
初秋《はつあき》は忍足《しのびあし》にてかたはらへ来《こ》し顔《かほ》のごと珍《めづ》らしきかな

467
秋《あき》の朝縁《あさえん》に坐《すわ》りてわが爪《つめ》の淡紅《うすべに》なるをめでたしとする

468
ふと心《こゝろ》唯《たゞ》二《ふた》もとの山《やま》かげの白樺《しらかば》こひぬ夢《ゆめ》に見《み》つらむ

469
水際《みづぎは》にとんぼをなぶる銀《ぎん》の風見《かざみ》つゝ心《こゝろ》は涙《なみだ》ながせり

461 (初)「婦人画報」大２・９・１初秋―与謝野晶子

462 (初)「婦人評論」大２・９・１初秋―与謝野晶子

463 (初)「婦人評論」大２・９・１初秋―与謝野晶子

464 (初)「婦人評論」大２・９・１初秋―与謝野晶子

465 (初)「婦人評論」大２・９・１初秋―与謝野晶子

466 (初)「東京日日新聞」大２・９・４(無題)―与謝野晶子

467 (初)「東京日日新聞」大２・９・４(無題)―与謝野晶子

468 (初)「東京日日新聞」大２・９・６(無題)―与謝野晶子

469 (初)「東京日日新聞」大２・９・10(無題)―与謝野晶子

470 弟《おとうと》の脚《あし》を折《を》りたるきりぎりす又泣《またな》きに来《き》ぬわれを忘《わす》れで

471 青白《あをじろ》き初秋《はつあき》の日《ひ》のあけがたは憎《にく》き男《をとこ》のまぼろしの見《み》ゆ

472 豆《まめ》などの黄《き》なる葉《は》濡《ぬ》らす雨見《あめみ》れば生《うま》れし日《ひ》より降《ふ》れるこゝちす

473 白楊《はくやう》の森《もり》などに行《ゆ》きわが泣《な》きし一《ひと》とせ前《まへ》のこの頃《ごろ》の風《かぜ》

474 わが心泥《こゝろひじ》のやうなるあたゝかさあるにもあらず水《みづ》とながるゝ

475 自《みづか》らを投《な》げ出《い》だすべき時来《ときた》る蘇《よみが》へるべくあらたまるべく

476 目《め》に見《み》えぬ大海《おほうみ》の波血《なみち》のながれこれらの音《おと》をきゝて夜寝《よるね》ず

477 この君《きみ》は手《て》わざに何《なに》をなすと聞《き》く男《をとこ》と云《い》へるピヤーを叩《たゝ》く

478 九月尽《ぐわつつ》く嬉《うれ》しさかはた恐《おそ》ろしきことか愁《うれい》が迫《せま》り来《く》われに

470 初「東京日日新聞」大2・9・17（無題）―与謝野晶子

471 初「東京日日新聞」大2・9・17（無題）―与謝野晶子

472 初「東京日日新聞」大2・9・18（無題）―与謝野晶子

473 初「万朝報」大2・9・20（無題）―選者

474 初「東京日日新聞」大2・9・26（無題）―与謝野晶子

475 初「万朝報」大2・9・27（無題）―選者

476 初「婦人画報」大2・10・1永夜集―与謝野晶子

477 初「婦人画報」大2・10・1永夜集―与謝野晶子

478 初「婦人評論」大2・10・1・九月尽く―与謝野晶子

479
上総《かづさ》なる栗山川《くりやまがは》をせき入《い》れてしろがねの魚飼《うほか》へる家《いへ》かな

480
彼《かれ》われに劣《おと》ると知《し》るをことさらに口《くち》にするまで衰《おとろ》へしかな

481
天地《あめつち》はまだ老《お》いほけずこゝちよき秋風《あきかぜ》吹《ふ》けばかくとし思《おも》ほゆ

482
わが背子《せこ》は悲《かな》しかりけり骨高《ほねたか》く上《あが》る病《やまひ》すこの十年《とゝせ》ほど

483
風《かぜ》のおと入日《いりひ》の名残《なごり》かたはらに我《われ》を咀《のろ》ひて欠伸《あくび》する空《そら》

484
夜《よ》の長《なが》しわれを刺《さ》す夢見《ゆめみ》る人《ひと》のありやあらずや安《やす》からぬかな

485
わが吐《は》ける火《ひ》の息《いき》われに帰《かへ》りきぬふさげるものの前《まへ》にあるらし

486
なつかしく汗《あせ》ばむ昼《ひる》のありなどと日記《にき》にするかな秋《あき》の女《をんな》は

487
白《しろ》き子《こ》を抱《いだ》きとる時世《ときよ》に知《し》らぬ幸人《さいはひひと》のかひなと思《おも》ふ

479 初「婦人評論」大2・10・1・九月尽く―与謝野晶子

480 初「東京日日新聞」大2・10・4（無題）―与謝野晶子 再『処女』大2・11・1

481 初「万朝報」大2・10・4（無題）―選者

482 初「東京日日新聞」大2・10・10（無題）与謝野晶子 再『処女』大2・11・1

483 初「万朝報」大2・10・11（無題）―選者

484 初「東京日日新聞」大2・10・15（無題）―与謝野晶子 再『処女』大2・11・1

485 初「東京日日新聞」大2・10・15（無題）―与謝野晶子

486 初「大阪毎日新聞」大2・10・19秋の女 短歌九首―与謝野晶子

487 初「大阪毎日新聞」大2・10・19秋の女 短歌九首―与謝野晶子

488 何時《いつ》よりも立枯《たちがれ》の木《き》は秋悲《あきかな》しゆめにも葉《は》をば落《おと》さざるゆゑ

489 物思《ものおも》ふ人《ひと》にかゝはりなき如《ごと》く秋《あき》の白馬大空《しろうまおほぞら》を駆《か》く

490 日《ひ》のくれに燈《ともしび》をもて廊行《ろうゆ》けば創造《そうぞう》の日《ひ》の神《かん》ごゝちする

491 くろ髪《かみ》の分目《わけめ》の如《ごと》くあざやかに心《こゝろ》分《わ》けなばわれも憎《にく》まじ

492 山《やま》の滝《たき》みづからの身《み》の冷《つめ》たさに驚《をどろ》く声《こゑ》を夜《よ》にひるに立《た》つ

493 年《とし》ふれば人《ひと》と等《ひと》しく衰《おとろ》ふる身《み》を持《も》つごとくへりくだり居《ゐ》ぬ

494 あかつきの石《いし》の湯槽《ゆふね》の湯《ゆ》の気《け》よりかの香《こう》ばしき思《おも》ひ出《で》の湧《わ》く

495 菊《きく》の花白《はなしろ》しめでたしうらがなし涙《なみだ》にひとし少女《をとめ》のごとし

496 君《きみ》に書《か》く消息《せうそく》にのみかゝつらひ日《ひ》のたそがれとなりぬあさまし

488 初「大阪毎日新聞」大2・10・19秋の女 短歌九首―与謝野晶子

489 初「東京日日新聞」大2・10・26（無題）―与謝野晶子 再「日本民族」大2・11・1

490 初「東京日日新聞」大2・10・26（無題）―与謝野晶子 再「日本民族」大2・11・1

491 初「東京日日新聞」大2・10・26（無題）―与謝野晶子

492 初「東京日日新聞」大2・10・30（無題）―与謝野晶子

493 初「東京日日新聞」大2・10・31（無題）―与謝野晶子

494 初「東京日日新聞」大2・10・31（無題）―与謝野晶子

495 初「東京日日新聞」大2・10・31（無題）―与謝野晶子

496 初「東京日日新聞」大2・10・31（無題）―与謝野晶子

497 ある日《ひ》ふと君《きみ》が前後《ぜんご》に三年程《みとせほど》思《おも》ひし人《ひと》の顔《かほ》を絵《ゑ》に描《か》く

498 棺《ひつぎ》にも珈琲《カフヱエ》のいろの汚染《しみ》つきし二束《ふたたば》ほどの反古《ほご》を持《も》たまし

499 めでたかる他《よそ》の国《くに》より来《きた》りつつ心《こゝろ》にやがて覇《は》となりしこと

500 涙《なみだ》して時《とき》にあらそふ生《い》ける日《ひ》の恋《こひ》なし終《を》へし二人《ふたり》ならねば

501 秋《あき》の風君《かぜきみ》を免《ゆる》すと免《ゆる》さじと同《おな》じことのみ思《おも》ふ子《こ》を吹《ふ》く

502 何故《なにゆゑ》にもの思《おも》ふらむゆるびなく相《あひ》おもへりとかつ許《ゆる》しつつ

503 箒川《はゝきがは》さやに紅葉《もみぢ》をうつすかなこころを合《あは》す恋人《こひびと》のごと

504 父母《ちゝはゝ》のこと云《い》ひ出《い》でぬ竹《たけ》の葉《は》に霜《しも》ふる朝《あさ》の田舎《ゐなか》めくため

505 君彼《きみかれ》をなほ独住《ひとりずみ》することのいちじろしなど時《とき》に思《おも》へり

497 (初)「日本民族」大2・11・1日記より―与謝野晶子(再)「大阪毎日新聞」大2・11・16

498 (初)「日本民族」大2・11・1日記より―与謝野晶子

499 (初)「日本民族」大2・11・1日記より―与謝野晶子

500 (初)「日本民族」大2・11・1日記より―与謝野晶子

501 (初)「日本民族」大2・11・1日記より―与謝野晶子

502 (初)「日本民族」大2・11・1日記より―与謝野晶子(再)「大阪毎日新聞」大2・11・16

503 (初)「婦人画報」大2・11・1木の実―与謝野晶子

504 (初)「婦人画報」大2・11・1木の実―与謝野晶子

505 (初)「婦人画報」大2・11・1木の実―与謝野晶子

506 うるし散《ち》る朝《あさ》にくらべて日《ひ》のくれのもの悲《がな》しかる神無月《かんなづき》かな

507 秋《あき》の山紅葉《やまもみぢ》しぬれば御社《みやしろ》も寺《てら》も少女《をとめ》の家《いへ》のこゝちす

508 秋《あき》の空澄《そらす》むにかも似《に》む男《をとこ》をばつぶさに知《し》りて猶笑《なほゑ》めること

509 赤《あか》ばめど日《ひ》のくれ色《いろ》のかぶろ菊《ぎく》おしごとをする妹《いもうと》とある

510 一人《いちにん》の君《きみ》におのれを補《おぎな》ひぬかくおごそかに思《おも》へるものを

511 今日《けふ》きのふ雁《かり》聞《き》くと云《い》ふ消息《せうそく》を木《こ》の実《み》に添《そ》へしかなしき女《をんな》

512 お濠《ほり》より道《みち》づれとなり阪《さか》も来《き》ぬこの痩《や》せし犬何処《いぬいづく》に住《す》むや

513 障子《しやうじ》より朝山《あさやま》の霧這《きりは》ひ入《い》れば人《ひと》のこひしさせまるものかな

514 逢《あ》はま　と思《おも》ふに到《いた》る日《ひ》を待《ま》つと秋風《あきかぜ》の吹《ふ》く家《いへ》にある人《ひと》

506 初「婦人画報」大2・11・1木の実―与謝野晶子

507 初「婦人画報」大2・11・1木の実―与謝野晶子

508 初「婦人画報」大2・11・1木の実―与謝野晶子

509 初「婦人画報」大2・11・1木の実―与謝野晶子

510 初「婦人画報」大2・11・1木の実―与謝野晶子

511 初「婦人画報」大2・11・1木の実―与謝野晶子

512 初「婦人画報」大2・11・1木の実―与謝野晶子

513 初「婦人画報」大2・11・1木の実―与謝野晶子

514 (1)逢ぁはま(欠)と
初「婦人画報」大2・11・1木の実―与謝野晶子

515 年《とし》たてば恋《こひ》の仇《かたき》も世《よ》がたりに容貌《かたち》めでたきためしにぞ引《ひ》く

516 暮《く》れかゝりノオトルダムの脂色《やにいろ》と秋《あき》のセエヌの薄《うす》き藤色《ふぢいろ》
（巴里にて）

517 しとゞにも露《つゆ》に押《お》されてさふらんの泣《な》ける夜明《よあけ》に人《ひと》を思《おも》ひぬ

518 幸作《こうさく》がさびしさびしと手《て》を振《ふ》りぬいと面白《おもしろ》く振《ふ》れるものかな

519 白《しろ》き波立《なみた》ちたる上《うへ》に櫂《かい》をやる手《て》の見《み》ゆるかなおのれの心《こゝろ》

520 気上《きあが》れば死《し》ぬことを云《い》ひしめやかにある日《ひ》はおもふ君《きみ》に生《い》きむと

521 まことなし店《みせ》のかまちに腰《こし》かけて妹《いもうと》とせし話《はなし》の外《ほか》に

522 アカシヤの木蔭《こかげ》の椅子《いす》に西班牙《スペイン》の大《おほ》きなる瞳《め》が犬《いぬ》ひきて来《き》ぬ

523 乞食《かたゐ》の子顔《こかほ》よき人《ひと》の六人《むたり》居《ゐ》る窓近《まどちか》く来《き》て今日《けふ》も歌《うた》へる

515 初「婦人画報」大２・11・１木の実―与謝野晶子

516 初「万朝報」大２・11・１（無題）―選者

517 初「東京日日新聞」大２・11・５（無題）―与謝野晶子

518 初「東京日日新聞」大２・11・10（無題）―与謝野晶子

519 初「東京日日新聞」大２・11・10（無題）―与謝野晶子

520 初「東京日日新聞」大２・11・13（無題）―与謝野晶子

521 初「東京日日新聞」大２・11・13（無題）―与謝野晶子

522 初「婦人評論」大２・11・15巴里《パリイ》日記《につき》より―与謝野晶子

523 初「婦人評論」大２・11・15巴里《パリイ》日記《につき》より―与謝野晶子

524 三月《みつき》ほど黒《くろ》きロオブをのみ着《き》たる伊太利亜人《いたりあびと》の行方知《ゆくへし》らずも

525 アカシヤの黄《き》に散《ち》る上《うへ》の三階《さんがい》の欄干《てすり》にありぬたそがれのわれ

526 ある朝《あした》水流《みづなが》し場《ば》へ抱《いだ》き行《ゆ》く棕櫚竹《しうろちく》の鉢艶《はちえん》なりしかな

527 船《ふね》のうへ木彫《きぼり》の象《ざう》を手《て》に載《の》せて椅子《いす》なる我《わ》れを覗《のぞ》く黒奴《くろんぼ》
（コロンボにて）

528 何《なん》となく海《うみ》の中《なか》なる島住居《しまずまゐ》するこゝちしぬ山茶花《さゞんくわ》咲《さ》けば

529 我《わ》が見《み》ると君《きみ》が見《み》る世《よ》ときはやかに異《こと》なりゆくも已《や》みがたきかな

530 白刃《しらは》をばある日《ひ》の君《きみ》の横顔《よこがほ》に死《し》なむばかりに投《な》げしとぞ思《おも》ふ

531 思《おも》はじと君思《きみおも》ひけむそのまへにまぼろしとしてありしいにしへ

532 西京《さいきやう》の宿屋《やどや》より見《み》る橋《はし》の脚《あし》こころにぞ浮《う》く小雪《こゆき》の降《ふ》れば

524 〔初〕「婦人評論」大2・11・15巴里《パリイ》日記《につき》より―与謝野晶子

525 〔初〕「婦人評論」大2・11・15巴里《パリイ》日記《につき》より―与謝野晶子

526 〔初〕「婦人評論」大2・11・15巴里《パリイ》日記《につき》より―与謝野晶子

527 〔初〕「万朝報」大2・11・15（無題）―選者

528 〔初〕「東京日日新聞」大2・11・19（無題）―与謝野晶子

529 〔初〕「万朝報」大2・11・22（無題）―選者

530 〔初〕「東京日日新聞」大2・11・23（無題）―与謝野晶子〔再〕「文章世界」大3・1・1

531 〔初〕「東京日日新聞」大2・11・27（無題）―与謝野晶子〔再〕「東京日日新聞」大2・11・28「文章世界」大3・1・1

532 〔初〕「婦人画報」大2・12・1冬夜集―与謝野晶子

533 木《こ》がらしに板《いた》の垣根《かきね》の傾《かたぶ》くを穢《きたな》き冬《ふゆ》の顔《かほ》とおもひぬ

534 黒瞳《くろひとみ》無辺《むへん》の冬《ふゆ》のここちするわづらひをして雪《ゆき》に向《むか》へり

535 わが今日《けふ》の恋《こひ》も冬《ふゆ》もと泣《な》きさけぶ寒《さむ》くあはれに思《おも》はるるとて

536 水色《みづいろ》の絃《いと》を張《は》りたる彼《か》の琴《こと》は冬《ふゆ》の袋《ふくろ》にかくれけるかな

537 銀《しろがね》が青《あを》みをおびてかすかなる淋《さび》しき冬《ふゆ》の世《よ》となりにけり

538 子《こ》のやはき瞼《まぶた》を撫《な》でて死《し》てふこと思《おも》へる時《とき》も涙《なみだ》こぼるる

539 ものの血《ち》の染《そ》みたる縄《なは》のきれはしも冬《ふゆ》の朝《あした》は唯事《たゞごと》と見《み》る

540 たそがれの短《みじか》きがため冬《ふゆ》の日《ひ》は夜《よ》となりてのち腹立《はらだ》ちやよし

541 とこしへに空《むな》しきものは風《かぜ》のごと牢獄《ろうごく》持《も》たず夜床《よどこ》を持《も》たず

533 (初)「婦人画報」大２・12・１冬夜集――与謝野晶子
534 (初)「婦人画報」大２・12・１冬夜集――与謝野晶子
535 (初)「婦人画報」大２・12・１冬夜集――与謝野晶子
536 (初)「婦人画報」大２・12・１冬夜集――与謝野晶子
537 (初)「婦人画報」大２・12・１冬夜集――与謝野晶子
538 (初)「婦人画報」大２・12・１冬夜集――与謝野晶子
539 (初)「婦人画報」大２・12・１冬夜集――与謝野晶子
540 (初)「婦人画報」大２・12・１冬夜集――与謝野晶子
541 (初)「東京日日新聞」大２・12・３（無題）――与謝野晶子

542 いと寒《さむ》き冷《つめた》き道《みち》を知《し》らぬごと日《ひ》もすがら行《ゆ》く夜《よ》もすがら行《ゆ》く

543 恋《こひ》ならで涙《なみだ》もよほす消息《せうそく》すかの若《わか》き人《ひと》ふるさとに似《に》る

544 かなしくも地中海《ちゝうかい》をば見返《みかへ》りぬ我世《わがよ》に二度《ど》とまた越《こ》えじかし

545 たそがれのかはせみ色《いろ》の灯《ひ》の見《み》ゆる家《いへ》見《み》て泣《な》きし白砂《しろすな》の磯《いそ》

546 水《みづ》を見《み》てわれは少《すこ》しの足《あし》ばやに河岸《かし》を歩《あゆ》めり十一月《ぐわつ》よ

547 噴水《ふんすい》のふるふが如《ごと》くいちじろく君《きみ》を怖《おそ》れて涙《なみだ》くだりぬ

548 黒土《くろつち》に築《きづ》けるものと家《いへ》のごと心《こゝろ》を思《おも》ふ吾《われ》ならなくに

549 見《み》てあれば少女《をとめ》のやうに涙《なみだ》おつ鉛《なまり》のいろの雪雲《ゆきくも》のため

550 われ知《し》らず白刃《しらは》にまさるものなるや絵《ゑ》の染色《そめいろ》と文字《もじ》と言葉《ことば》と

542 〔初〕「東京日日新聞」大2・12・3（無題）―与謝野晶子〔再〕「文章世界」大3・1・1

543 〔初〕「東京日日新聞」大2・12・6（無題）―与謝野晶子〔再〕「文章世界」大3・1・1

544 〔初〕「万朝報」大2・12・6（無題）―選者

545 〔初〕「大阪毎日新聞」大2・12・7短歌―与謝野晶子〔再〕「文章世界」大3・1・1

546 〔初〕「大阪毎日新聞」大2・12・7短歌―与謝野晶子

547 〔初〕「大阪毎日新聞」大2・12・7短歌―与謝野晶子

548 〔初〕「大阪毎日新聞」大2・12・7短歌―与謝野晶子

549 〔初〕「大阪毎日新聞」大2・12・7短歌―与謝野晶子

550 〔初〕「東京日日新聞」大2・12・8（無題）―与謝野晶子

551 一切《さい》の浮《う》き上《あが》りきぬおごそかには浮世絵《うきよゑ》の線《せん》のごとくに

552 われ泣《な》かむ何時《いつ》もの如《ごと》くとぞ云《い》ひて帳《とばり》を引《ひ》けば一人《ひとり》になりぬ

553 額《ぬか》づかむ社《やしろ》建《た》てたるごとくにも末子《すゑご》をおもふ君《きみ》もおのれも

554 サツフオオが寝《ね》たる男《をとこ》を見返《みかへ》りて泣《な》ける後《うし》ろに積《つも》る白雪《しらゆき》
（巴里にて）

555 別《わか》ればや唯《た》だ大《おほ》まかに恋人《こひびと》と君《きみ》を見《み》むこと断《た》ちしあかしに

556 忘《わす》れむとす肉《にく》をふるはず喜《よろこ》びてそれにいとよく似《に》たる怒《いか》りを

557 てのひらの上《うへ》にのせたるものとしも小《ちさ》く危《あやふ》くわが思《おも》はなくに

558 行《ゆ》きなまし悲《かな》しみの声《こゑ》おこりくる南北東西《なんぼくひがしにし》もなき国《くに》へ

559 われよりもはた君《きみ》よりもへだたれる美《うつく》しき国隙《くにすき》見《み》せしかな

551 (初)「東京日日新聞」大２・12・11（無題）―与謝野晶子

552 (初)「東京日日新聞」大２・12・12（無題）―与謝野晶子

553 (初)「東京日日新聞」大２・12・12（無題）―与謝野晶子

554 (初)「万朝報」大２・12・13（無題）―選者

555 (初)「東京日日新聞」大２・12・14（無題）―与謝野晶子

556 (初)「東京日日新聞」大２・12・15（無題）―与謝野晶子

557 (初)「東京日日新聞」大２・12・19（無題）―与謝野晶子

558 (初)「東京日日新聞」大２・12・19（無題）―与謝野晶子

559 (初)「東京日日新聞」大２・12・19（無題）―与謝野晶子

560 酔《ゑ》ひぬべきわれたらしめよ泣《な》きぬべく人《ひと》と死《し》ぬべくあらしめよなほ

561 我《わ》が見《み》ざる君《きみ》の知《し》らざるものありと夢《ゆめ》のやうなる物思《ものおも》ひする

562 赤《あか》い実《み》が南洋《なんよう》のよなここちするその青《あを》の木《き》の上《うへ》の雪《ゆき》かな

563 末《すゑ》の子《こ》の病《や》むかたはらを脱《ぬ》けいでし夜明《よあけ》に降《ふ》れる師走《しはす》の小雪《こゆき》

564 さがみのや城《ぜう》が島《しま》なる人来《ひとく》ると待《ま》つ日《ひ》の朝《あさ》のたわわなる雪《ゆき》

565 雪《ゆき》ふれば古錦絵《ふるにしきゑ》の思《おも》はれぬ江戸《えど》の男女《なんによ》のはた思《おも》はれぬ

566 東京《とうけう》へ赤《あか》きひとでの貝《かひ》などを友《とも》の持《も》てこし師走雪《しはすゆき》の日《ひ》

567 雪《ゆき》の日《ひ》や鼓《つゞみ》を打《う》てる家《いへ》ありて番町《ばんてう》かなし二階《かい》のかなし

568 雪《ゆき》の日《ひ》は雨《あめ》にまさらず青桐《あをぎり》の幹《みき》むくつけくなりにけるかな

560 [初]「東京日日新聞」大2・12・20（無題）―与謝野晶子

561 [初]「東京日日新聞」大2・12・20（無題）―与謝野晶子

562 [初]「大阪毎日新聞」大2・12・21初雪―与謝野晶子

563 [初]「大阪毎日新聞」大2・12・21初雪―与謝野晶子

564 [初]「大阪毎日新聞」大2・12・21初雪―与謝野晶子

565 [初]「大阪毎日新聞」大2・12・21初雪―与謝野晶子

566 [初]「大阪毎日新聞」大2・12・21初雪―与謝野晶子

567 [初]「大阪毎日新聞」大2・12・21初雪―与謝野晶子

568 [初]「大阪毎日新聞」大2・12・21初雪―与謝野晶子

569 椿《つばき》の木《き》おはぐろ色《いろ》をするゆゑに見《み》じと思《おも》へるわが庭《には》の雪《ゆき》

570 雪《ゆき》ふれば子《こ》らのつくりし小《こ》だらひの池《いけ》も初《はじ》めて池《いけ》ごこちする

571 菜《な》の畑《はた》に降《ふ》れる雪見《ゆきみ》て冬《ふゆ》の日《ひ》もいとなつかしきものと思《おも》ひぬ

572 うす青《あを》の雪《ゆき》はそがひにしたれどもうきこと多《おほ》く思《おも》はるゝかな

573 雪《ゆき》ぞ降《ふ》る青《あを》と赤《あか》とのすごろくをかたへにひろげ子等《こら》のある時《とき》

574 雪《ゆき》の日《ひ》のたそがれの色《いろ》しみじみと十七八の日《ひ》のおもはれぬ

575 数《かぞ》ふるに足《た》らぬよきこと悪《あ》しきことはた思出《おもひで》にすべからぬこと

569 初「大阪毎日新聞」大２・12・21初雪―与謝野晶子

570 初「大阪毎日新聞」大２・12・21初雪―与謝野晶子

571 初「大阪毎日新聞」大２・12・21初雪―与謝野晶子

572 初「東京日日新聞」大２・12・21（無題）―与謝野晶子

573 初「東京日日新聞」大２・12・21（無題）―与謝野晶子

574 初「東京日日新聞」大２・12・21（無題）―与謝野晶子

575 初「万朝報」大２・12・27（無題）―選者

大正三年（一九一四）

576 杉《すぎ》の根《ね》をみたらし川《がは》ぞ流《なが》れ行《ゆ》く帝《みかど》の民《たみ》のしたしきがごと。

577 伊勢《いせ》の宮淡雪《みやあはゆき》のごと注縄《しめ》かけし春《はる》の杉《すぎ》こそなまめかしけれ。

578 みやしろの暁《あかつき》の灯《ひ》を神路山杉《かみぢやますぎ》の中《なか》より見《み》るこゝちよさ。

579 大前《おほまへ》にかしは手打《でう》てばいみしかる杉《すぎ》の匂《にほひ》のちりきたるかな。

580 御社《みやしろ》の朱《しゆ》をとりまきて鉾杉《ほこすぎ》のあかるき緑山《みどりやま》にひろがる。

581 大前《おほまへ》の鈴《すず》の音《ね》ながるあかつきの霧《きり》を通《とほ》して杉《すぎ》を通《とほ》して。

582 伊勢《いせ》の宮朝《みやあさ》の心《こゝろ》にすがすがし雲《くも》をやどせる杉《すぎ》のむら立《だち》。

576 初「新公論」大3・1・1春―与謝野晶子

577 初「新公論」大3・1・1春―与謝野晶子

578 初「新公論」大3・1・1春―与謝野晶子

579 初「新公論」大3・1・1春―与謝野晶子

580 初「新公論」大3・1・1春―与謝野晶子

581 初「新公論」大3・1・1春―与謝野晶子

582 初「新公論」大3・1・1春―与謝野晶子

583 ゆたかにもみ雪《ゆき》ふるなり神路山杉《かみぢやますぎ》の木立《こだち》の白《しろ》くたわわに。

584 しづかにも大神《おほかみ》いましきよまりぬ三輪《みわ》の山辺《やまべ》の老杉《おひすぎ》のもと。

585 元朝《ぐわんてう》の風《かぜ》の童《わらは》がしのび来《き》て琴《こと》を弾《ひ》くなり春日《かすが》の杉《すぎ》に。

586 天《あま》てらす神《かみ》のいませる大宮《おほみや》の杉《すぎ》の枝鳴《えだな》る元朝《ぐわんてう》の風《かぜ》。

587 神路山朝《かみぢやまあさ》ぎよめすら丁等《よぼらう》の白衣《びやくえ》と青《あを》き杉《すぎ》のつらなる。

588 大前《おほまへ》の杉《すぎ》のごとくにすくすくとよきことせしめ伊勢《いせ》の大神《おほがみ》。

589 祈《いの》ることなき大御代《おほみよ》の神《かみ》なれば伊勢《いせ》の杉生《すぎふ》のしづかなる哉《かな》。

590 よき杉《すぎ》の神路《かみじ》の山《やま》を春風《はるかぜ》に身《み》をなしてしも飛《と》はばほしけれ。

591 日《ひ》のいでぬ若木《わかぎ》の杉《すぎ》も千年《せんねん》の杉《すぎ》も立《た》つなる御社《みやしろ》の上《うへ》に。

583 初「新公論」大3・1・1春―与謝野晶子

584 初「新公論」大3・1・1春―与謝野晶子

585 初「新公論」大3・1・1春―与謝野晶子

586 初「新公論」大3・1・1春―与謝野晶子

587 (2)朝《あさ》ぎよめすら→朝《あさ》ぎよめする(3)丁等《よぼらう》→丁《よぼろ》等《ら》
初「新公論」大3・1・1春―与謝野晶子
「時事新報」大3・1・1社頭《しやとう》の杉《すぎ》

588 初「新公論」大3・1・1春―与謝野晶子

589 初「新公論」大3・1・1春―与謝野晶子
「時事新報」大3・1・1社頭《しやとう》の杉《すぎ》

590 (5)飛はばほしけれ(ママ)
初「新公論」大3・1・1春―与謝野晶子

591 初「新公論」大3・1・1春―与謝野晶子

592 三輪《みわ》の山《やま》よき春《はる》の風来《かぜき》て吹《ふ》きぬ常盤《ときは》の杉《すぎ》のたかき梢《こずゑ》に。

593 大神《おほがみ》の姿《すがた》ならまし杉《すぎ》の木《き》はたわやめに似《に》ずわらべに似《に》ず。

594 元朝《ぐわんてう》やみもすそ川《がは》の板橋《いたばし》をとどろと踏《ふ》めば杉《すぎ》の枝鳴《えだな》る。

595 この鳥《とり》に鉄網《かなあみ》を張《は》る彼《か》の鳥《とり》に鉄網《かなあみ》を張《は》るにくき仕事師《しごとし》

596 われに来《き》て共《とも》に泣《な》くもの君《きみ》に行《ゆ》き泣《な》くものそれはもとよりあれど

597 わろ者《もの》にならず君《きみ》としいさかふはいささかだにも難《かた》くぞありける

598 わが悶《もだ》へ浅《あさ》き理《り》をさへなさざりとさめしここちのするもひと時《とき》

599 あさましき終《をは》りとならばいかならん癲癇病《てんかんやみ》の倒《たほ》るるがごと

600 なごやかに泣《な》かしめよなど泣《な》きて云《い》ふわれ恐《おそろ》しき病《やまひ》になりぬ

592 初「新公論」大3・1・1春―与謝野晶子
593 初「新公論」大3・1・1春―与謝野晶子
594 初「新公論」大3・1・1春―与謝野晶子
595 初「中央公論」大3・1・1砂上―与謝野晶子
596 初「中央公論」大3・1・1砂上―与謝野晶子
597 初「中央公論」大3・1・1砂上―与謝野晶子
598 初「中央公論」大3・1・1砂上―与謝野晶子
599 初「中央公論」大3・1・1砂上―与謝野晶子
600 初「中央公論」大3・1・1砂上―与謝野晶子

601 時《とき》にふと冷《つめた》きことをわれ云《い》ひぬ耳《みみ》に聞《き》かぬを頼《たの》みとするや

602 寺《てら》に行《ゆ》くいと弱《よわ》しとて昔《むかし》より知《し》れることをばまた泣《な》かむため

603 二日《ふつか》ほど重《おも》き思《おも》ひを忘《わす》れ居《ゐ》ぬ身《み》のおとろへを夜《よ》も夢《ゆめ》に見《み》て

604 変《かは》ること少《すこ》しありつと色《いろ》もなき味《あぢはひ》もなきことを見《み》かへる

605 死《し》なむなどもの思《おも》ふ時《とき》時計《とけい》なり忙《いそが》はしくも心《こころ》はれ行《ゆ》く

606 告《つ》ぐることありと云《い》ふ声《こゑ》 心《こころ》よりするを恐《おそ》れて逃《に》げもさまよふ

607 運命《うんめい》のわれ見《み》る瞳《ひとみ》 運命《うんめい》の手《て》なりとおもふこの君《きみ》のこと

608 霧《きり》のごと山《やま》のあなたに冬《ふゆ》といふ哀《あは》れなる日《ひ》は去《い》にけむ今《いま》

609 えも云《い》はぬ春《はる》の女神《めがみ》とわれをしてこの百人《もゝたり》は前《まへ》にこそ舞《ま》へ

601 初「中央公論」大3・1・1砂上—与謝野晶子

602 初「中央公論」大3・1・1砂上—与謝野晶子

603 初「中央公論」大3・1・1砂上—与謝野晶子

604 初「中央公論」大3・1・1砂上—与謝野晶子

605 初「中央公論」大3・1・1砂上—与謝野晶子

606 初「中央公論」大3・1・1砂上—与謝野晶子

607 初「中央公論」大3・1・1砂上—与謝野晶子

608 初「婦人画報」大3・1・1初春の歌—与謝野晶子

609 初「婦人画報」大3・1・1初春の歌—与謝野晶子

610 やや広《ひろ》き船室《せんしつ》のまどめでたかる春《はる》の初《はじ》めの空《そら》と海見《うみみ》ゆ

611 少女子《をとめご》は酒《さけ》に酔《ゑ》ふごと何《なに》を云《い》ふ春《はる》をもつともめでたしと云《い》ふ

612 たわたわと都大路《みやこおほぢ》に雪《ゆき》きよくふる朝《あさ》きゝぬ君《きみ》がよろこび

613 君娶《きみめと》るしら雪《ゆき》ふりてほのかにも昔《むかし》こひしき日《ひ》にやがてきく

614 うつくしきあらましごとを思《おも》ふかなこの新《あたら》しき妹《いも》と背《せ》のため

615 わが友《とも》のかたへに花《はは》のごとき人添《ひとそ》へて今年《ことし》のくるゝめでたき

616 この君《きみ》とうらわかぐさの妻君《つまぎみ》と世《よ》にさかえませ千年《せんねん》もかつ

617 梢《こずゑ》をばよき朝《あさ》の雲《くも》あまた過《す》ぐ香取《かとり》の宮《みや》のむら立《たち》の杉《すぎ》

618 杉《すぎ》の枝鳴《えだな》るをし聞《き》けば神路山遠《かみぢやまとう》なる伊勢《いせ》の海《うみ》なるごとし

610 初「婦人画報」大3・1・1初春の歌―与謝野晶子

611 初「婦人画報」大3・1・1初春の歌―与謝野晶子

612 初「婦人評論」大3・1・1祝の歌（石井柏亭氏のために）―与謝野晶子

613 初「婦人評論」大3・1・1祝の歌（石井柏亭氏のために）―与謝野晶子

614 初「婦人評論」大3・1・1祝の歌（石井柏亭氏のために）―与謝野晶子

615 (2)花《はは》→花《はな》 初「婦人評論」大3・1・1祝の歌（石井柏亭氏のために）―与謝野晶子

616 初「婦人評論」大3・1・1祝の歌（石井柏亭氏のために）―与謝野晶子

617 初「文章世界」大3・1・1碧雪集―与謝野晶子

618 初「時事新報」大3・1・1社頭《しやとう》の杉《すぎ》―与謝野晶子

619 一《ひと》すぢのみたらしの川《かわ》うす白《しろ》く夜《よ》の明《あ》け初《そ》むる杉《すぎ》のむら立《たち》

620 神《かみ》います伊勢《いせ》の大宮《おほみや》すくすくとみまへの杉《すぎ》の天《あま》そそるかな

621 元日《ぐわんじつ》の朝《あさ》まうでする馬《うま》下《お》りぬめでたき杉《すぎ》の林《はやし》の中《なか》に

622 ふる年《とし》のもの思《おも》ひなど皆忘《みなわす》れ杉《すぎ》見《み》て立《た》てば神風《かみかぜ》ぞ吹《ふ》く

623 春立《はるた》ちぬ春日《かすが》の宮《みや》の千年《せんねん》の杉《すぎ》の木立《こだち》を見《み》にもこよかし

624 伊勢《いせ》の宮青銅《みやせいどう》をもて作《つく》られし杉《すぎ》とぞ思《おも》ふ静《しづ》かにも立《た》つ

625 和泉《いづみ》なるわがうぶすなの大鳥《おほどり》の宮居《みやゐ》の杉《すぎ》の青《あを》き一《ひと》むら

626 あかつきや神《かみ》の御馬《みうま》の嘶《な》く声《こゑ》のひびくもよろし杉《すぎ》のむら立《たち》

627 船《ふね》すてゝ君《きみ》とぞ望《のぞ》む岩清水八幡《いはしみづやはた》の宮《みや》の杉《すぎ》の木立《こだち》を

619 初「時事新報」大3・1・1社頭《しやとう》の杉《すぎ》―― 与謝野晶子

620 初「時事新報」大3・1・1社頭《しやとう》の杉《すぎ》―― 与謝野晶子

621 初「時事新報」大3・1・1社頭《しやとう》の杉《すぎ》―― 与謝野晶子

622 初「時事新報」大3・1・1社頭《しやとう》の杉《すぎ》―― 与謝野晶子

623 初「時事新報」大3・1・1社頭《しやとう》の杉《すぎ》―― 与謝野晶子

624 初「時事新報」大3・1・1社頭《しやとう》の杉《すぎ》―― 与謝野晶子

625 初「時事新報」大3・1・1社頭《しやとう》の杉《すぎ》―― 与謝野晶子

626 初「時事新報」大3・1・1社頭《しやとう》の杉《すぎ》―― 与謝野晶子

627 初「時事新報」大3・1・1社頭《しやとう》の杉《すぎ》―― 与謝野晶子

628 杉《すぎ》はよし神《かみ》の御前《みまへ》も御後《みうしろ》も杉《すぎ》のかこめる香取《かとり》はよしや

629 人中《ひとなか》に足《あし》つまだてて銭《ぜに》投《な》ぐる恵方《ゑはう》の宮《みや》の杉木立《すぎこだち》かな

630 恋《こひ》すてふ女《をんな》きらはぬ神《かみ》いましわが寄《よ》る杉《すぎ》の蔭《かげ》とおもひぬ

631 かの弱《よわ》きその逞《たくま》しきとりどりに我《わ》が大馬《おほうま》の後《あと》の塵《ちり》たれ

632 世界《せかい》をば大浪《おほなみ》ひたすこの後《のち》に生《うま》れん人《ひと》を待《ま》てるよろこび

633 この日《ひ》より高《たか》きを行《ゆ》かず陶器《すゑもの》の土《つち》より成《な》りて土《つち》にある如《ごと》

634 わが時《とき》は常《つね》に新《あたら》し黄金《わうきん》をもて塗《ぬ》れるなり飛行《ひかう》するなり

635 狼煙《らうえん》と光《ひかり》にまじり血《ち》にまじり爆鳴《ばくめい》ぞする我《わ》れのたましひ

636 かの乞食夢《かたひゆめ》と懺悔《ざんげ》とおもひでを猶《な》ほ新《あたら》しき歌《うた》と偽《いつ》はる

628 初「時事新報」大3・1・1社《しや》頭《とう》の杉《すぎ》――与謝野晶子

629 初「時事新報」大3・1・1社《しや》頭《とう》の杉《すぎ》――与謝野晶子

630 初「時事新報」大3・1・1社《しや》頭《とう》の杉《すぎ》――与謝野晶子

631 初「福岡日日新聞」大3・1・1塵土集――よさの、ひろし

632 初「福岡日日新聞」大3・1・1塵土集――よさの、ひろし

633 初「福岡日日新聞」大3・1・1塵土集――よさの、ひろし

634 初「福岡日日新聞」大3・1・1塵土集――よさの、ひろし

635 初「福岡日日新聞」大3・1・1塵土集――よさの、ひろし

636 初「福岡日日新聞」大3・1・1塵土集――よさの、ひろし

637 青《あを》き空《そら》われを掩《おほ》ひて微笑《ほゝゑ》めりいざその空《そら》を我《わ》が傘《かさ》とせん

638 誰《たれ》と見《み》てけふはまたなくしら梅《うめ》をめづる男《をとこ》となり給《たま》ひけむ

639 この君《きみ》の思《おも》ひ人《びと》なる梅《うめ》咲《さ》きぬわれは帳《とばり》を出《い》でずもありなむ

640 しら梅《うめ》を花《はな》とおもはずしら梅《うめ》を人《ひと》とおもへり君《きみ》もおのれも

641 大《おほ》きなるしら梅《うめ》の枝炉《えだろ》にくべて立《た》つ煙《けぶり》見《み》む願《ねが》ひをぞする

642 と云《い》ひけむ梅《うめ》ちりつゞく如《ごと》くにも清《きよ》くいつまで忘《わす》れ給《たま》ふな

643 しろき梅鼠《うめねずみ》の空《そら》の下《もと》に咲《さ》く見《み》れど見《み》れどもものの思《おも》はる

644 この家《いへ》のしら梅《うめ》の花千駄《はなせんだ》が谷渋谷《やしぶや》の家《いへ》のしら梅《うめ》の花《はな》

645 たそがれのしら梅《うめ》の花君《はなきみ》と居《ゐ》るしら梅《うめ》の花妬《はなねた》ましきかな

637 初「福岡日日新聞」大3・1・1塵土集―よさの、ひろし

638 初「福岡日日新聞」大3・1・1白梅―与謝野晶子

639 初「福岡日日新聞」大3・1・1白梅―与謝野晶子

640 初「福岡日日新聞」大3・1・1白梅―与謝野晶子

641 初「福岡日日新聞」大3・1・1白梅―与謝野晶子

642 初「福岡日日新聞」大3・1・1白梅―与謝野晶子

643 初「福岡日日新聞」大3・1・1白梅―与謝野晶子

644 初「福岡日日新聞」大3・1・1白梅―与謝野晶子

645 初「福岡日日新聞」大3・1・1白梅―与謝野晶子

646 梅《うめ》咲《さ》きぬいにしへの日《ひ》のおもひでに君《きみ》の泣《な》く日《ひ》となりにけるかな

647 かにかくもおのれにありぬ幻《まぼろし》を君《きみ》の描《か》くなるしら梅《うめ》の花《はな》

648 ひそかにもこの世《よ》の中《なか》の白《しろ》き梅皆《うめみな》切《き》らしめよ君《きみ》の見《み》ぬため

649 しら梅《うめ》をうす紫《むらさき》の地《ち》に抜《ぬ》きて御《み》仏《ほとけ》となる日まで着《き》せまし

650 しら梅《うめ》とおのれを賞《ほ》めて人《ひと》云《い》ひぬ死《し》ぬとぞ苦《くる》し君《きみ》のいませば

651 しら梅《うめ》をわろものにして語《かた》る人《ひと》来《こ》よかし酒《さけ》も歌《うた》もやりてむ

652 しら梅《うめ》を折《を》るもかざすもかの恋《こひ》を嫉《ねた》むところと君《きみ》は知《し》らなく

653 棕梠《しゆろ》の葉《は》にうすき緑《みどり》の雲積《ゆきつも》り静《しづ》かに暮《く》るゝわが家《いへ》の庭《には》

654 燈籠《とうろう》の屋廊《やろう》の上《うへ》の淡雪《あはゆき》と杉《すぎ》の木立《こだち》とよしや春日《かすが》は

646 初「福岡日日新聞」大3・1・1白梅―与謝野晶子

647 初「福岡日日新聞」大3・1・1白梅―与謝野晶子

648 初「福岡日日新聞」大3・1・1白梅―与謝野晶子

649 初「福岡日日新聞」大3・1・1白梅―与謝野晶子

650 初「福岡日日新聞」大3・1・1白梅―与謝野晶子

651 初「福岡日日新聞」大3・1・1白梅―与謝野晶子

652 初「福岡日日新聞」大3・1・1白梅―与謝野晶子

653 (3)雲《きゆ》（ママ）
初「万朝報」大3・1・3（無題）―選者

654 初「東京日日新聞」大3・1・6（無題）―与謝野晶子

655 相模《さがみ》のや城《ぜう》が島《しま》なる水仙《すいせん》を葱畑《ねぎはた》のごと植《う》ゑて春待《はるま》つ

656 渋谷《しぶや》なる阪《さか》の上《うへ》なる一《ひと》つ家《や》にわが泣《な》ける声《こゑ》きこえくるかな

657 さばかりの憂《う》き日《ひ》に死《し》なで灰色《はひいろ》の思《おも》ひ出《で》ごとを負《お》ひてしわれ

658 男《をとこ》より思《おも》はれしこと知《し》らずなどわれかかること云《い》はまほしき日《ひ》

659 年《とし》こえて鶯《うぐひす》の啼《な》くころまでも君《きみ》はかの子《こ》を恋《こ》ひにけるかな

660 我《わ》れ並《なら》ぶ肉《にく》を慄《ふる》はすよろこびと其《そ》れにいとよく似《に》たる怒《いかり》と

661 たちまちに灰色《はひいろ》の水《みづ》あふれ来《き》て身《み》をひたすなりかの世《よ》おもへば

662 さる恥《はぢ》に堪《た》えて来《こ》しやと思《おも》ふにぞわれ自《みづか》らを斬《き》らまほしけれ

663 無《む》に帰《き》するてだてとなさばなりぬべき事《こと》も見過《みす》ぐし千日《にち》かふる

655 初「東京日日新聞」大３・１・６（無題）—与謝野晶子

656 初「東京日日新聞」大３・１・６（無題）—与謝野晶子

657 初「東京日日新聞」大３・１・６（無題）—与謝野晶子

658 初「東京日日新聞」大３・１・10（無題）—与謝野晶子

659 初「東京日日新聞」大３・１・10（無題）—与謝野晶子

660 初「万朝報」大３・１・10（無題）—選者

661 初「東京日日新聞」大３・１・11（無題）—与謝野晶子

662 初「東京日日新聞」大３・１・11（無題）—与謝野晶子

663 初「東京日日新聞」大３・１・11（無題）—与謝野晶子

664 まぼろしに見《み》ぬ約束《やくそく》を君《きみ》とせしその日《ひ》がふとも背《せ》より覗《のぞ》ける

665 炉《ろ》に火《ひ》つぎ炉《ろ》に火《ひ》つぎしてうらさびし百里《り》の遠《をち》のふるさとのため

666 ましろなる水《みづ》のほとりを青《あを》き甕《かめ》ひとつ抱《いだ》きて河上《かはかみ》に行《ゆ》く

667 うれしきは孔雀《くじやく》のいろと青海《あをうみ》と恋《こひ》のこゝろを現《あら》はせる甕《かめ》

668 わが心《こゝろ》うちしづまれと花《はな》やげと思《おも》ひのまゝのこと云《い》ふ甕《もたひ》

669 日《ひ》と月《つき》と王《わう》と后《きさき》とその後《あと》に青《あを》の甕《もたひ》は列《れつ》をなし行《ゆ》く

670 青《あを》の肌《はだ》つやよき甕《もたひ》まろき甕二《かめふた》つあらなくわれもしかるぞ

671 わが寝息《ねいき》ほのかにかゝるものとして青《あを》き甕《もたひ》をかたはらにしぬ

672 手《て》にすればほまれある日《ひ》の来《こ》しこゝちわれに知《し》らしむ青《あを》の甕《もたひ》は

664 初「東京日日新聞」大3・1・12（無題）—与謝野晶子

665 初「東京日日新聞」大3・1・12（無題）—与謝野晶子

666 初「読売新聞」大3・1・16甕—与謝野晶子

667 初「読売新聞」大3・1・16甕—与謝野晶子

668 初「読売新聞」大3・1・16甕—与謝野晶子

669 初「読売新聞」大3・1・16甕—与謝野晶子

670 初「読売新聞」大3・1・16甕—与謝野晶子

671 初「読売新聞」大3・1・16甕—与謝野晶子

672 初「読売新聞」大3・1・16甕—与謝野晶子

673
船《ふね》に置《お》き砂《さ》上《じやう》に据《す》ゑていさゝかもふさはぬ甕《かめ》はわが閨《ねや》におく

674
文《ふみ》かきて読《よ》みかへす時《とき》かたはらに涙《なみだ》して聞《き》く青《あを》の甕《もたひ》よ

675
わが甕水《もたひみづ》の中《なか》なる少女子《をとめご》の乳房《ちぶさ》と云《い》へる長《なが》き名《な》を持《も》つ

676
追《お》ひすがり熱《あつ》き気息《いき》して我《わ》が吸《す》へば触《ふ》るゝ物皆萎《ものみなしほ》れぬはなし

677
自《みづか》らを山《やま》の穴《あな》より来《こ》しとして物《もの》をめでたく見《み》むとしぞ思《おも》ふ

678
ここちよき男《をとこ》といへる藍色《あいいろ》の淵《ふち》見《み》てしばしやすらひし人《ひと》

679
雪《ゆき》の日《ひ》の宗右衛門町《そうえもんてう》笠屋町《かさやまち》役者《やくしや》の家《いへ》に灯《ひ》のともるころ

680
島《しま》の内《うち》小雪《こゆき》の中《なか》のほたほたと花《はな》の散《ち》るよな下駄《げた》のゆきかひ

681
なすことに吾《わ》が思《おも》ふこと合《あ》はぬ日《ひ》は日《ひ》の光《ひかり》さへ薄《うす》やかに見《み》ゆ

673 初「読売新聞」大３・１・16甕―与謝野晶子

674 初「読売新聞」大３・１・16甕―与謝野晶子

675 初「読売新聞」大３・１・16甕―与謝野晶子

676 初「万朝報」大３・１・17（無題）―選者

677 初「大阪毎日新聞」大３・１・18青色の甕―与謝野晶子

678 初「大阪毎日新聞」大３・１・18青色の甕―与謝野晶子

679 初「大阪毎日新聞」大３・１・18青色の甕―与謝野晶子

680 初「大阪毎日新聞」大３・１・18青色の甕―与謝野晶子

681 初「大阪毎日新聞」大３・１・18青色の甕―与謝野晶子

682 少《すくな》くもわれの心《こゝろ》の一片《きれ》のはしとぞ思《おも》ふ青《あを》き甕《もたひ》を

683 青色《あをいろ》の甕《もたひ》とわれの並《なら》ぶ時《とき》やや生《い》き様《ざま》の恥《はづか》しくして

684 抱《いだ》ける手《て》うち慄《ふる》ひつゝわれ思《おも》ふ青《あを》き甕《もたひ》は語《かた》らざるかな

685 涙《なみだ》おつお納戸《なんど》いろのいちじろき葛城山《かつらぎやま》を思《おも》ふこころに

686 友《とも》どちに狐《きつね》の憑《つ》きし真似《まね》したる農人町《のうにんまち》を久《ひさ》に見《み》ぬかな

687 その少女《をとめ》二十《はたち》越《こ》えてはいと優《ゆう》に見《み》えつなど云《い》ふ人《ひと》もあるらん

688 あけくれを幼《おさな》き手《て》して文《ふみ》かきしその頃《ころ》の顔《かほ》忘《わす》れけるかな

689 人《ひと》おもひ日《ひ》のくれまへにたゞ一人中《ひとりなか》の町《てう》より海端《うみばた》に出《い》づ

690 幼《おさな》くて天神《てんじん》の宮《みや》など行《ゆ》けるわが前《まへ》だれの紫《むらさき》ぞ見《み》ゆ

682 初「大阪毎日新聞」大3・1・18青色の甕――与謝野晶子

683 初「大阪毎日新聞」大3・1・18青色の甕――与謝野晶子

684 初「大阪毎日新聞」大3・1・18青色の甕――与謝野晶子

685 初「東京日日新聞」大3・1・18（無題）――与謝野晶子

686 初「東京日日新聞」大3・1・18（無題）――与謝野晶子

687 初「東京日日新聞」大3・1・19（無題）――与謝野晶子

688 初「東京日日新聞」大3・1・19（無題）――与謝野晶子

689 初「東京日日新聞」大3・1・23（無題）――与謝野晶子

690 初「東京日日新聞」大3・1・23（無題）――与謝野晶子

691 衰《おとろ》へてわれは小《を》ぐらき疑《うたがひ》の中《なか》にひたりぬ五千年ほど

692 面白《おもしろ》きうすいろの雲《くも》ながれいづ恋《こひ》する人《ひと》の夕《ゆふべ》のこゝろ

693 岩《いは》のごと恋《こひ》を一《ひと》つのかたまりになして見《み》るさへ憎《にく》からぬかな

694 何《なに》やらんはかなき遊《あそ》びしてありし或若《あるわか》き日《ひ》のふと見《み》えて消《け》ぬ

695 人《ひと》として初《はじ》めて伸《の》びし指《ゆび》のごと手《て》などを眺《なが》む君《きみ》と見《み》てのち

696 自《みづか》らを載《の》せて久遠《くをん》の日《ひ》に走《はし》るうつそみをしもめでぬ子《こ》やある

697 黒《くろ》き犬《いぬ》まろく身体《からだ》を光《ひか》らせて春来《はるく》ることを告《つ》ぐるなるらん

698 あさましく上《うへ》にふるへてその下《した》に蠟《らふ》をかくせる我身《わがみ》なりけり

699 四五町《ちやう》の廻《まは》りみちなど飽《あ》かずせし片恋《かたこひ》ごころ忘《わす》れかねつも

691 初「東京日日新聞」大３・１・24（無題）―与謝野晶子

692 初「東京日日新聞」大３・１・24（無題）―与謝野晶子

693 初「東京日日新聞」大３・１・24（無題）―与謝野晶子 再「我等」大３・３・１

694 初「万朝報」大３・１・24（無題）―選者 再「婦人画報」大３・２・１―与謝野晶子

695 初「東京日日新聞」大３・１・25（無題）―与謝野晶子

696 初「東京日日新聞」大３・１・25（無題）―与謝野晶子

697 初「読売新聞」大３・１・28片恋―与謝野晶子

698 初「読売新聞」大３・１・28片恋―与謝野晶子 再「我等」大３・３・１

699 初「読売新聞」大３・１・28片恋―与謝野晶子

700 金糸雀《かなりや》の羽《は》の色《いろ》の日《ひ》のかげおちぬ白花《しらはな》つづる椿《つばき》の葉《は》より

701 哀《あは》れにも野《の》の鼬《いたち》よりあわてたるかたちを見《み》せぬまた恋《こひ》をせじ

702 うちつづき髪《かみ》の根《ね》いたく涙《なみだ》おつもの云《い》ふにさへ声《こゑ》のひそまる

703 恋《こひ》すると美《うつ》くしむかや心《こゝろ》をばあほるもの居《ゐ》る心地《こゝち》わろさも

704 目《め》の前《まへ》を通《とほ》る煙《けぶり》に五《いつ》つほど異《こと》なる顔《かほ》のうかぶ夕《ゆふ》ぐれ

705 いづ方《かた》へ行《ゆ》くと心《こゝろ》を問《と》ふ心《こゝろ》まだわれになし人《ひと》とも死《し》なむ

706 いと甘《あま》く眠《ねむ》たき昼《ひる》のくることを心《こゝろ》の待《ま》てる二月《きさらぎ》にして

707 あぢきなし千疋猿《びきさる》の肩《かた》組《く》めるもつとも上《うへ》のかの赤《あか》き顔《かほ》

708 荒海《あらうみ》の大馬《おほうま》の背《せ》にまたがりて不思議《ふしぎ》の女《をんな》大地《だいち》にぞ来《く》る

700 [初]「読売新聞」大3・1・28片恋―与謝野晶子

701 [初]「読売新聞」大3・1・28片恋―与謝野晶子

702 [初]「読売新聞」大3・1・28片恋―与謝野晶子

703 [初]「読売新聞」大3・1・28片恋―与謝野晶子

704 [初]「読売新聞」大3・1・28片恋―与謝野晶子

705 [初]「読売新聞」大3・1・28片恋―与謝野晶子 [再]「我等」大3・3・1

706 [初]「東京日日新聞」大3・1・29（無題）―与謝野晶子

707 [初]「東京日日新聞」大3・1・29（無題）―与謝野晶子

708 [初]「万朝報」大3・1・31（無題）―選者

709 うるはしき柳《やなぎ》の枝《えだ》のうごくごと男《をとこ》の心《こゝろ》目《め》にうつれかし

710 歌《うた》よまん恋《こひ》もなさんとよき心《こゝろ》湧《わ》く春《はる》の日《ひ》の近《ちか》づきにけり

711 三条《さんでう》の川端《かははた》の夜《よ》の水《みづ》の音《おと》柳《やなぎ》の枝《えだ》のそよかぜのおと

712 石段《いしだん》を転《まろ》ぶやうにも降《お》りてこし舞子《まひこ》小《ちいさ》しはるかぜのなか

713 この君《きみ》と加茂川《かもがは》の岸《きし》わが歩《あゆ》む日《ひ》よりあまねく春《はる》となるらし

714 いと青《あを》き竹縁《ちくえん》のはし踏《ふ》むここちしみじみ寒《さむ》く春《はる》の雪《ゆき》ふる

715 花植《はなう》うと雪解《ゆきげ》の庭《には》の片隅《かたすみ》を箸《はし》につきつつものをこそ思《おも》へ

716 日《ひ》のくれや老《お》いたる馬《うま》の濡《ぬ》れしさま哀《あは》れに思《おも》ふ二月《きさらぎ》の雨《あめ》

717 嬉《うれ》しくも人形《にんぎやう》抱《だ》きて丹《に》の頬《ほ》して二月《きさらぎ》の春《はる》しのびこしかな

709 初「婦人画報」大3・2・1はかなき遊び―― 与謝野晶子
710 初「婦人画報」大3・2・1はかなき遊び―― 与謝野晶子
711 初「婦人画報」大3・2・1はかなき遊び―― 与謝野晶子
712 初「婦人画報」大3・2・1はかなき遊び―― 与謝野晶子
713 初「婦人画報」大3・2・1はかなき遊び―― 与謝野晶子
714 初「婦人画報」大3・2・1はかなき遊び―― 与謝野晶子
715 初「婦人画報」大3・2・1はかなき遊び―― 与謝野晶子
716 初「婦人画報」大3・2・1はかなき遊び―― 与謝野晶子
717 初「婦人画報」大3・2・1はかなき遊び―― 与謝野晶子

718 兄達《あにだち》も恋《こひ》しき人《ひと》も盗《ぬす》まむと云《い》ふ顔《かほ》したる紅梅《こうばい》の枝《えだ》

719 白梅《しらうめ》や艶《えん》に黒《くろ》ずみたりし家黒《いへくろ》ずみたりしなつかしき叔母《をば》

720 恋《こひ》をしてものごと妬《ねた》むわが性《さが》とおなじものもつ紅梅《こうばい》の花《はな》

721 早春《さうしゆん》のある夜鳴《よな》りたる火事《くわじ》の鐘《かね》四五日耳《ごにちみゝ》にのこりけるかな

722 目《め》のまへを淡雪《あはゆき》おける小《ちさ》き舟《ふね》ゆうゆうとして流《なが》れゆく時《とき》

723 ふるさとの山《やま》を見《み》ましとする心助《こゝろたす》くるごときこの頃《ごろ》の風《かぜ》

724 三角《さんかく》に紫《むらさき》のいろ残《のこ》りたる張物板《はりものいた》のいたましきかな

725 春来《はるく》ると親《おや》に別《わか》れて遠《とほ》き旅《たび》する前《まへ》のごとこころの騒《さわ》ぐ

726 柳《やなぎ》にやならん御空《みそら》の春《はる》の日《ひ》の青《あを》き雲《くも》とやなさん心《こゝろ》を

718 初「婦人画報」大3・2・1はかなき遊び―
与謝野晶子

719 初「婦人画報」大3・2・1はかなき遊び―
与謝野晶子

720 初「婦人画報」大3・2・1はかなき遊び―
与謝野晶子

721 初「婦人画報」大3・2・1はかなき遊び―
与謝野晶子

722 初「婦人画報」大3・2・1はかなき遊び―
与謝野晶子

723 初「婦人画報」大3・2・1はかなき遊び―
与謝野晶子

724 初「婦人画報」大3・2・1はかなき遊び―
与謝野晶子

725 初「婦人画報」大3・2・1はかなき遊び―
与謝野晶子

726 初「婦人画報」大3・2・1はかなき遊び―
与謝野晶子

727 朝夕《あさゆふ》につる鍋掛《なべか》けし山《やま》の小家《こや》目《め》に見《み》ゆるかな雪《ゆき》どけのころ

728 うかがへば蛇《へび》の身《み》ぶりをなせるもの中《なか》に光《ひか》りて悲《かな》しき心《こゝろ》

729 雨《あめ》と風《かぜ》交《ま》ぜて夜《よ》あけぬそのごとし恋《こひ》すれば皆人《みなひと》は痩《や》すらん

730 住吉《すみよし》の卯《う》の日詣《ひまゐ》りの我姿《わがすがた》ほのかに思《おも》ふ雪《ゆき》のひなかな

731 自《みづか》らを大地《だいち》の上《うへ》にふさひたるめでたきものゝ一《ひと》つと思《おも》ふ

732 わが影《かげ》をうしろの若《わか》き草《くさ》に引《ひ》き春《はる》の光《ひかり》を頬《ほ》に受《う》けて行《ゆ》く

733 相見《あひみ》るをな思《おも》ひそと念《ねん》ずれば白玉《しらたま》のごと身《み》の冷《ひ》えにけれ

734 網《あみ》の目《め》のつらなる如《ごと》く人《ひと》の世《よ》に我《われ》も挟《はさ》まる狭《せま》く苦《くる》しく

735 恋《こひ》ならぬあかしの我等《われら》おもへるは唯《た》だ文字《もじ》をもて争《あらそ》へること

727 初「婦人画報」大３・２・１はかなき遊び――与謝野晶子

728 初「婦人評論」大３・２・１夢――与謝野晶子

729 初「東京日日新聞」大３・２・２（無題）――与謝野晶子

730 初「東京日日新聞」大３・２・２（無題）――与謝野晶子

731 初「東京日日新聞」大３・２・２（無題）――与謝野晶子

732 初「万朝報」大３・２・７（無題）――選者

733 初「東京日日新聞」大３・２・11（無題）――与謝野晶子

734 初「万朝報」大３・２・14（無題）――選者

735 初「東京日日新聞」大３・２・21（無題）――与謝野晶子

736 恋《こひ》に次《つ》ぐよろしきことをこの君《きみ》とわれやなさんと思《おも》ひ立《た》ちけむ

737 取《と》り出《い》でぬあきたらぬこと一《ひと》つ二《ふた》つ偽《いつは》りをもて塗《ぬ》れる蔵《くら》より

738 春《はる》の日《ひ》を白《しろ》き椿《つばき》とわが手《て》なる静脈《せいみやく》の筋《すぢ》ながめてありぬ

739 プラタンの大《おほ》きやかなる若《わか》き芽《め》を呼吸《いき》をしかはす春《はる》の雨《あめ》かな

740 新《あた》らしき日《ひ》を手繰《たぐ》り寄《よ》せいと強《つよ》く深《ふか》く生《い》きんと願《ねが》ふばかりぞ

741 鶯《うぐひす》の啼《な》くくちばしの間《あひだ》より匂《にほ》へる春《はる》の大《おほ》ぞらも見《み》ゆ

742 わが髪《かみ》のうちぞたはぶるそよ風《かぜ》の通《とほ》り行《ゆ》くなる道《みち》となるらし

743 春《はる》の雨《あめ》あまき涙《なみだ》のおつる雨《あめ》まぼろしの雨桃《あめもゝ》いろの雨《あめ》

744 自動車《じどうしや》の音《おと》に煙《けむり》のごとき雨降《あめふ》りやめずやと思《おも》はるるかな

736 初「東京日日新聞」大3・2・21（無題）―与謝野晶子

737 初「万朝報」大3・2・21（無題）―選者

738 初「東京日日新聞」大3・2・24（無題）―与謝野晶子

739 初「東京日日新聞」大3・2・24（無題）―与謝野晶子

740 初「万朝報」大3・2・28（無題）―選者

741 初「婦人画報」大3・3・1山椿―与謝野晶子

742 初「婦人画報」大3・3・1山椿―与謝野晶子

743 初「婦人画報」大3・3・1山椿―与謝野晶子

744 初「婦人画報」大3・3・1山椿―与謝野晶子

745 時《とき》たてば少《すこ》しさびしきあぢきなき思《おも》ひもまじる春《はる》の雨《あめ》かな

746 美《うつ》くしく軽《かろ》き会《ゑ》釈《しやく》をする女《をんな》軒下《のきした》に呼《よ》びかひぬ柳《やなぎ》を

747 霞《かすみ》ひく春《はる》の夜明《よあけ》のひがし山《やま》まだ見《み》ぬ人《ひと》はけうとかりけり

748 大《おほ》そらの月《つき》の暈《かさ》よりしづくするここちして見《み》る夜《よる》のさざ波《なみ》

749 人見るを思はざらむと念ずればしら玉のごと尊くなりぬ

750 逢はんとも文を見むとも思はずと云ひもて行けばただの唯事

751 わがことも絵のここちして思はるる心なれども涙こぼるる

752 ある時《とき》はものを思《おも》へど悲《かな》しめど涙《なみだ》こぼれぬわが疲《つか》れやう

753 そそくさと霰《あられ》ふりたる夕方《ゆふがた》の庭《には》は海《うみ》よりさびしかりけり

745 初「婦人画報」大3・3・1山椿—与謝野晶子
746 初「婦人画報」大3・3・1山椿—与謝野晶子
747 初「婦人画報」大3・3・1山椿—与謝野晶子
748 初「婦人画報」大3・3・1山椿—与謝野晶子
749 初「我等」大3・3・1顔—与謝野晶子
750 初「我等」大3・3・1顔—与謝野晶子
751 初「我等」大3・3・1顔—与謝野晶子
752 初「東京日日新聞」大3・3・2（無題）—与謝野晶子
753 初「東京日日新聞」大3・3・2（無題）—与謝野晶子

754 何《なに》やらむ静《しづ》かならざる心《こゝろ》湧《わ》く嬉《うれ》しき春《はる》の淡雪《あはゆき》にして

755 その夢《ゆめ》も漸《やうや》くわれを離《はな》るらむ時《とき》なるもののあさましければ

756 わが心《こゝろ》二三時《ふたみとき》して雪《ゆき》やみぬ移《うつ》りやすきもあぢきなきかな

757 われ云《い》はん遠《とほ》き涯《はて》より来《きた》りぬと火《ひ》をば通《とほ》りて水《みづ》に及《およ》ぶと

758 あちこちに淡雪《あはゆき》おける東京《とうけう》の二月《ぐわつ》の末《すゑ》の堀端《ほりばた》のみち

759 紫《むらさき》も夕《ゆふべ》は寒《さむ》しくれなゐも夕《ゆふべ》はさむし君《きみ》もつめたし

760 わが宵《よひ》の湯上《ゆあが》りごこち紫《むらさき》の風《かぜ》としなりて身《み》の飛《と》ぶごとし

761 わが家《いへ》も絹《きぬ》の糸《いと》もて飾《かざ》らるゝ心地《こゝち》こそすれ春風《はるかぜ》ふけば

762 覇王樹《さぼてん》が翅《つばさ》すぼめて相寄《あひよ》れる鉢《はち》の上《うへ》にも雨《あめ》ふる雨《あめ》ふる

754 初「東京日日新聞」大3・3・3（無題）―与謝野晶子

755 初「東京日日新聞」大3・3・3（無題）―与謝野晶子

756 初「東京日日新聞」大3・3・3（無題）―与謝野晶子

757 初「万朝報」大3・3・7（無題）―選者

758 初「東京日日新聞」大3・3・10（無題）―与謝野晶子

759 初「東京日日新聞」大3・3・10（無題）―与謝野晶子

760 初「東京日日新聞」大3・3・10（無題）―与謝野晶子

761 初「万朝報」大3・3・14（無題）―選者

762 初「大阪毎日新聞」大3・3・15覇王樹―与謝野晶子 再「台湾愛国婦人」大3・6・1

763 わが手《て》なる柑子《かうじ》の実《み》よりほのかなる朱《しゆ》を散《ち》らす時降《ときふ》れる雨《あめ》かな

764 炎《ほのふ》をば名《な》としたりとは思《おも》へども花《はな》びら白《しろ》く透《すきとほ》りゆく

765 巴里《パリー》なる市庁《してう》の屋根《やね》にひるがへる古《ふる》き旗《はた》など思《おも》へる夕《ゆふべ》

766 濡《ぬ》れて行《ゆ》くセエヌの岸《きし》の敷石《しきいし》の道《みち》の目《め》に見《み》ゆ昼過《ひるす》ぎの雨《あめ》

767 丈高《たけたか》き素足《すあし》の人《ひと》のここちする青桐《あをきり》の木《き》の雨《あめ》の色《いろ》かな

768 身《み》ことごと透《すきとほ》り行《ゆ》くここちしぬ白《しろ》き浴槽《ゆぶね》に物《もの》を思《おも》へば

769 日《ひ》の光《ひかり》たはぶれごとのやうに射《さ》し小鳥《ことり》もやがてその如《ごと》く啼《な》く

770 東京《とうけう》の雪解《ゆきげ》の日《ひ》なり青《あを》き屋根《やね》はろばろ見《み》えて人《ひと》の恋《こひ》しき

771 菜《な》の花《はな》は春《はる》の世界《せかい》の粉《こ》か塵《ちり》か閻浮檀金《えんぶだんごん》にまさりめでたし。

763 初「大阪毎日新聞」大３・３・15覇王樹―与謝野晶子 再「台湾愛国婦人」大３・６・１

764 初「大阪毎日新聞」大３・３・15覇王樹―与謝野晶子

765 初「大阪毎日新聞」大３・３・15覇王樹―与謝野晶子 再「台湾愛国婦人」大３・６・１

766 初「大阪毎日新聞」大３・３・15覇王樹―与謝野晶子 再「台湾愛国婦人」大３・６・１

767 初「大阪毎日新聞」大３・３・15覇王樹―与謝野晶子 再「台湾愛国婦人」大３・６・１

768 初「東京日日新聞」大３・３・17（無題）―与謝野晶子

769 初「東京日日新聞」大３・３・17（無題）―与謝野晶子 再「台湾愛国婦人」大３・６・１

770 初「東京日日新聞」大３・３・17（無題）―与謝野晶子

771 初「婦人画報」大３・４・１菜の花―与謝野晶子

772 思《おも》ひ出《で》の生《い》きて跳《おど》れば菜《な》の花《はな》も血《ち》のごとき香《か》を立《た》て行《ゆ》くものか。

773 紫《むらさき》にひるがへる旗《はた》立《た》てて行《ゆ》く蝶《てふ》のをかしや菜《な》の花《はな》の上《うへ》。

774 菜《な》の花《はな》の中《なか》に一筋路《すぢみち》の見《み》え美《うつ》くしき瞳《め》の通《とほ》るまぼろし。

775 まろまろと菜種《なたね》の上《うへ》に月《つき》いでて涙《なみだ》ぐましもいにしへのため。

776 菜《な》の花《はな》の暮《く》るるに見呆《みほ》る棹《さを》もつ子《こ》大入道《おほにふだう》の出《で》てくるものを。

777 薔薇《ばら》よりも恋人《こひびと》よりも菜《な》の花《はな》の匂《にほ》ひにひたり日《ひ》の呼吸《いき》すはむ。

778 菜《な》の花《はな》の黄《き》なる奥《おく》より形《かたち》よき人《ひと》二三人《にん》歩《あゆ》みくるかな。

779 古家《ふるいへ》のひさしの端《はし》と並《なら》びたる菜《な》の花《はな》ざかり忘《わす》れかねつも。

780 十歳《とを》の子《こ》と九《こゝの》つの子《こ》と打並《うちなら》び魂《たま》なき骸《から》に物《もの》をこそ言《い》へ
（故平出氏を悼みて）

772 初「婦人画報」大3・4・1菜の花―与謝野晶子
773 初「婦人画報」大3・4・1菜の花―与謝野晶子
774 初「婦人画報」大3・4・1菜の花―与謝野晶子
775 初「婦人画報」大3・4・1菜の花―与謝野晶子
776 初「婦人画報」大3・4・1菜の花―与謝野晶子
777 初「婦人画報」大3・4・1菜の花―与謝野晶子
778 初「婦人画報」大3・4・1菜の花―与謝野晶子
779 初「婦人画報」大3・4・1菜の花―与謝野晶子
780 初「万朝報」大3・4・4（無題）―選者

781 日《ひ》の本《もと》の四月《ぐわつ》の春《はる》のあけぼのの桜《さくら》の下《した》を船《ふね》ながれ行《ゆ》く

782 ほのかにも草《くさ》の舞《ま》へるはなまめかし涙《なみだ》ぐみつつ思《おも》ふごと

783 泊《とま》り木《ぎ》を求《もと》むるよりもこの鳥《とり》は未《いま》だ疲《つか》れず更《さら》に飛《と》ばまし

784 しら玉《たま》の御命《みいのち》つひに打《う》ちくだけ悲《かな》しき日来《ひき》ぬああ大后《おほきさき》

785 わが君《きみ》は何《なに》てふ神《かみ》にいましけむ春逝《はるゆ》きてなしとこしへになし

786 日《ひ》の本《もと》はさくら真白《ましろ》くちりかへりかしこき魂《たま》の天《あま》かける時《とき》

787 いにしへの世《よ》の人人《ひとびと》の知《し》らさりしめてたき君《きみ》をわれらのみ見《み》し

788 めでたくもかたじけなくも畏《かしこ》くもいませる君《きみ》を我等《われら》うしなふ

789 神《かみ》のごといましぬ末《すゑ》の二《ふた》とせも先帝《せんてい》の代《よ》の四十五年《ねん》も

781 初「東京日日新聞」大３・４・５（無題）―与謝野晶子

782 (5)思《おも》ふごと↓人《ひと》思《おも》ふごと 初「東京日日新聞」大３・４・５（無題）―与謝野晶子 再「台湾愛国婦人」大３・６・１

783 初「万朝報」大３・４・11（無題）―選者

784 初「時事新報」大３・４・12哀悼《あいたう》の歌《うた》十五首《しゆ》の中《うち》（一）―与謝野晶子 再「台湾愛国婦人」大３・６・１

785 初「時事新報」大３・４・12哀悼《あいたう》の歌《うた》十五首《しゆ》の中《うち》（一）―与謝野晶子 再「台湾愛国婦人」大３・６・１

786 初「時事新報」大３・４・12哀悼《あいたう》の歌《うた》十五首《しゆ》の中《うち》（一）―与謝野晶子

787 初「時事新報」大３・４・12哀悼《あいたう》の歌《うた》十五首《しゆ》の中《うち》（一）―与謝野晶子

788 初「読売新聞」大３・４・15輓歌―与謝野晶子

789 初「読売新聞」大３・４・15輓歌―与謝野晶子 再「台湾愛国婦人」大３・６・１

790 記《しる》すらく四月《ぐわつ》の夜《よる》のほのぐらき御馬車《みばしや》の中《なか》のかなしかりしと

791 大君《おほぎみ》のおん母《はゝ》の宮天《みやあま》がけり給《たま》へる国《くに》のゆく春《はる》のかぜ

792 ひんがしの女《をんな》のために新《あたら》しき光《ひかり》となりていませしものを

793 この宮《みや》を末《すゑ》に生《う》みたることにより藤原《ふぢはら》の代《よ》もゆかしと思《おも》ひし

794 後《のち》かけていともめでたきためしにはこの后《きさき》をば語《かた》りつぐらん

795 まだきにも天《あめ》なるものは悲《かな》しみて雪《ゆき》やちらせし時《とき》ならなくに

796 月《つき》のごと仰《あふ》ぎまつりし君《きみ》なればいまさぬ今日《けふ》を闇《やみ》として泣《な》く

797 ひろやかに世《よ》の女子《をみなご》の行《ゆ》く道《みち》は大后《おほきさき》こそ教《をし》へ給《たま》ひし

798 いまさずて千《ち》よろづ人《びと》がまぼろしに見《み》まつる清《きよ》き御面《おんおも》はかな

790 初「読売新聞」大3・4・15晩歌—与謝野晶子　再「台湾愛国婦人」大3・6・1

791 初「読売新聞」大3・4・15晩歌—与謝野晶子　再「台湾愛国婦人」大3・6・1

792 初「読売新聞」大3・4・15晩歌—与謝野晶子

793 初「読売新聞」大3・4・15晩歌—与謝野晶子　再「新公論」大3・5・1

794 初「読売新聞」大3・4・15晩歌—与謝野晶子

795 初「読売新聞」大3・4・15晩歌—与謝野晶子

796 初「読売新聞」大3・4・15晩歌—与謝野晶子

797 初「読売新聞」大3・4・15晩歌—与謝野晶子

798 初「読売新聞」大3・4・15晩歌—与謝野晶子

799 鵞鳥《がてう》には思《おも》ひせまれる心《こゝろ》なし唯《た》だ声《こゑ》ばかり忙《せは》しげに鳴《な》く

800 山吹《やまぶき》の花《はな》のやうなるいなづます行《ゆ》く春《はる》の日《ひ》の日《ひ》のくれまへに

801 うすいろのあねもねの花《はな》養《やしな》ひぬこのこともいとさびしきかなや

802 自《みづか》らの恋《こひ》しかりけりわれと云《い》ふ美《うつく》しきものいづちいにけむ

803 落花《らくくわ》をば恋《こひ》しき磯《いそ》の砂《すな》としてふむ夕月《ゆふづき》の園《その》のうちかな

804 亡《な》き宮《みや》の清《きよ》き御《み》姿《すがた》みこころを忘《わす》れぬ人《ひと》はめでたからまし

805 とこわかの皐月《さつき》ついたちわが恋《こひ》の皐月《さつき》ついたちそよ風《かぜ》ぞ吹《ふ》く

806 君《きみ》とわれ岡《をか》を下《くだ》れば真白《ましろ》なる一重《ひとへ》のさうび水《みづ》のごと咲《さ》く

807 海《うみ》に似《に》る皐月《さつき》の空《そら》の下《もと》に居《ゐ》て東京《とうきやう》の街《まち》ものをおもへる

799 (初)「万朝報」大３・４・18（無題）—選者

800 (初)「東京日日新聞」大３・４・20（無題）—与謝野晶子

801 (初)「東京日日新聞」大３・４・23（無題）—与謝野晶子

802 (初)「東京日日新聞」大３・４・23（無題）—与謝野晶子

803 (初)「東京日日新聞」大３・４・23（無題）—与謝野晶子 (再)「台湾愛国婦人」大３・６・１

804 (初)「新公論」大３・５・１晩歌三首—与謝野晶子

805 (初)「婦人画報」大３・５・１皐月集—与謝野晶子

806 (初)「婦人画報」大３・５・１皐月集—与謝野晶子

807 (初)「婦人画報」大３・５・１皐月集—与謝野晶子

808 清《きよ》らなる若葉《わかば》のすもも立《た》ちならぶあたりにあるは白玉《しらたま》の風《かぜ》

809 君《きみ》と見《み》しユウ公園《こうゑん》の温室《をんしつ》の花《はな》のやうなる夕映《ゆふばえ》にして

810 わが住《す》める銀《ぎん》の家《いへ》より恋人《こひびと》の金《きん》の家《いへ》へと吹《ふ》く皐月風《さつきかぜ》

811 朝《あした》より薄黄表紙《うすきべうし》の本《ほん》ばかり君《きみ》は見《み》てあり皐月《さつき》ついたち

812 なつかしき橋《はし》の姿《すがた》とげんげ咲《さ》く和泉《いづみ》の野辺《のべ》の目《め》に見《み》ゆる時《とき》

813 夢《ゆめ》にして行《ゆ》き合《あ》ふ人《ひと》となつかしく七八日《か》見《み》て藤《ふぢ》ちらしけり

814 わが心傷《こゝろきず》つくまでに思《おも》ひしは忘《わす》れて十年《とゝせ》のちに逢《あ》ひし日《ひ》

815 しら雲《くも》の切間《きれま》に青《あを》の皐月空《さつきぞら》まことの恋《こひ》のごとくかゞやく

816 哀《あは》れなる物思《ものおも》ひする心《こゝろ》をばしらぬわれにて過《す》ぎし日《ひ》の数《かず》

808 (初)「婦人画報」大3・5・1皐月集―与謝野晶子

809 (初)「婦人画報」大3・5・1皐月集―与謝野晶子

810 (初)「婦人画報」大3・5・1皐月集―与謝野晶子

811 (初)「婦人画報」大3・5・1皐月集―与謝野晶子

812 (初)「東京日日新聞」大3・5・6(無題)―与謝野晶子

813 (初)「東京日日新聞」大3・5・6(無題)―与謝野晶子

814 (初)「東京日日新聞」大3・5・7(無題)―与謝野晶子

815 (初)「東京日日新聞」大3・5・7(無題)―与謝野晶子

816 (初)「東京日日新聞」大3・5・7(無題)―与謝野晶子

817
いと多《おほ》き思《おも》ひでごともわれさらに思《おも》はでありぬある刹那《せつな》まで

818
われゆめむ俄《にはか》にちとのくもりなく君《きみ》と思《おも》はん日《ひ》の来《きた》ること

819
燕《つばめ》とぶ光《ひかり》と音《おと》と花《はな》の香《か》に少女《をとめ》ごころの逸《はづ》むさまして

820
こひしきと悲《かな》しきことゝ恨《うら》めしきことゝ似《に》るなり衰《おとろ》へぬらん

821
十余年《じふよねん》君《きみ》が心《こゝろ》を見《み》きはめて少《すこ》しのどかに思《おも》ふものから

822
夏山《なつやま》の夜《よる》のしづくのしたゝりてなりつるごとく青《あを》みて思《おも》ふ

823
盛《さか》んなる雛罌粟《ひなげし》の日《ひ》に手《て》をとりてただ四五町《しごてう》を歩《あゆ》まむねがひ

824
青空《あをぞら》に銀《ぎん》の筋《すぢ》わき物思《ものおも》ふわが静脈《せいみやく》のふるふにならふ

825
病《や》める児《こ》の傍《かたは》らに居《ゐ》て物書《ものか》きぬ夏《なつ》は来《く》れども花《はな》を見《み》ずして

817 初「東京日日新聞」大３・５・９（無題）—与謝野晶子

818 初「東京日日新聞」大３・５・９（無題）—与謝野晶子

819 初「万朝報」大３・５・９（無題）—選者

820 初「東京日日新聞」大３・５・11（無題）—与謝野晶子

821 初「東京日日新聞」大３・５・11（無題）—与謝野晶子

822 初「東京日日新聞」大３・５・13（無題）—与謝野晶子

823 初「東京日日新聞」大３・５・13（無題）—与謝野晶子

824 初「東京日日新聞」大３・５・13（無題）—与謝野晶子

825 初「万朝報」大３・５・23（無題）—選者

826 出《い》でゝ行《ゆ》く心《こゝろ》を昨日《きのふ》見逃《みのが》しぬをとゝひもわれそのごとくせし

827 朝《あさ》がほは釣針《つりばり》のごと芽《め》を出《だ》しぬ皐月《さつき》の雨《あめ》のあくる日《ひ》の風《かぜ》

828 六月のたそがれ時《どき》の肌寒《はださむ》きおもむきと似《に》る物思《ものおも》ひかな

829 宥《なだ》むるは石《いし》を割《わ》るよりたやすかるものと君《きみ》すれ刺《さ》さむと思《おも》ふに

830 つらかりきはかなき言葉《ことば》なりけれどわが数年《すうねん》の時曇《ときくも》るほど

831 男てふ底しらぬ淵うち見つゝ歩みしものゝ行方しらずも

832 こは何ぞわれは夜中にいと深き森の道ゆくほほゑみつゝも

833 六月や障子の敷居のみ見つゝ日のくれ時をさびしと思へる

834 君とわれ打笑める時這ひいでぬ芝居のごとき蟹のむれかな

826 初「東京日日新聞」大3・5・27（無題）―与謝野晶子

827 初「東京日日新聞」大3・5・27（無題）―与謝野晶子

828 初「万朝報」大3・5・30（無題）―選者

829 初「東京日日新聞」大3・5・31（無題）―与謝野晶子

830 初「東京日日新聞」大3・5・31（無題）―与謝野晶子 再「番紅花《サフラン》」大3・6・1

831 初「番紅花《サフラン》」大3・6・1鈴蘭―与謝野晶子

832 初「番紅花《サフラン》」大3・6・1鈴蘭―与謝野晶子

833 初「番紅花《サフラン》」大3・6・1鈴蘭―与謝野晶子

834 初「番紅花《サフラン》」大3・6・1鈴蘭―与謝野晶子

835 恋をわれ思ふにいたり運命をそなへ物ともあなづりそめぬ

836 夕ぐれの部屋の中をば角かきぬ弱きことなど一つもなけれど

837 夜を寝ぬ青きまぶたを映す時魔の使かと鏡をおもふ

838 人ごとは目も及ばねばみづからの心のみ見る涙のみ見る

839 手をのせてふるき玉をえらびぬと男はなせりいとあぢきなし

840 昔今おのれと君と神と魔と恋といつはり愛とのろひと

841 小《ちひ》さなる鬼《おに》の娘《むすめ》の話《はなし》など子等《こら》と語《かた》ればつばくらめとぶ

842 二人《ふたり》寄《よ》ればただの話《はなし》も身《み》に沁《し》みて思《おも》はるるゆゑ悲《かな》しかりけれ

843 汗《あせ》ばみて恋《こひ》しき人《ひと》と物語《ものがた》る二階《にかい》の前《まへ》の春《はる》の大《おほ》ぞら

835 (初)「番紅花《サフラン》」大3・6・1鈴蘭―与謝野晶子

836 (初)「番紅花《サフラン》」大3・6・1鈴蘭―与謝野晶子

837 (初)「番紅花《サフラン》」大3・6・1鈴蘭―与謝野晶子

838 (初)「番紅花《サフラン》」大3・6・1鈴蘭―与謝野晶子

839 (初)「番紅花《サフラン》」大3・6・1鈴蘭―与謝野晶子 (再)「東京日日新聞」大3・6・13

840 (初)「番紅花《サフラン》」大3・6・1鈴蘭―与謝野晶子

841 (初)「台湾愛国婦人」大3・6・1行く春―与謝野晶子

842 (初)「台湾愛国婦人」大3・6・1行く春―与謝野晶子

843 (初)「台湾愛国婦人」大3・6・1行く春―与謝野晶子

844 つつましくわが手《て》を膝《ひざ》におく時《とき》もみだらに降《ふ》れる春《はる》の雨《あめ》かな

845 何時《いつ》の日《ひ》か白《しろ》く眠《ねむ》らむわが棺《ひつぎ》それならずやと覗《のぞ》く浴槽《よくさう》

846 この頃《ごろ》のアカシヤの木《き》の中《なか》を行《ゆ》くここちになりぬ髪《かみ》なぶりつゝ

847 海《うみ》を越《こ》え恋《こひ》しき人《ひと》を見《み》せしめし二《ふた》とせ前《まへ》の皐月《さつき》の風《かぜ》よ

848 夏《なつ》の朝《あさ》はなだの色《いろ》の紙《かみ》のべぬそよ風《かぜ》に似《に》る文《ふみ》かかむため

849 初夏《はつなつ》の朝《あさ》の心《こゝろ》よ底青《そこあを》し百合《ゆり》ひなげしを上《うへ》にうかべて

850 わが歌《うた》を歌《うた》へるごとくわが君《きみ》を恋《こひ》しと云《い》ふがごとく瀬《せ》の鳴《な》る

851 夕風《ゆふかぜ》や君《きみ》にひかれぬ夏《なつ》ぐさの迷《まよ》はしき道十町《みちじつちやう》がほど

852 鬼《おに》の居《ゐ》る国《くに》より吹《ふ》きも来《きた》るらし酢《す》のごとく刺《さ》す夏《なつ》の南風《なんぷう》

844 (初)「台湾愛国婦人」大3・6・1 行く春—与謝野晶子
845 (初)「台湾愛国婦人」大3・6・1 行く春—与謝野晶子
846 (初)「台湾愛国婦人」大3・6・1 行く春—与謝野晶子
847 (初)「台湾愛国婦人」大3・6・1 行く春—与謝野晶子
848 (初)「婦人画報」大3・6・1 夏の初め—与謝野晶子
849 (初)「婦人画報」大3・6・1 夏の初め—与謝野晶子
850 (初)「婦人画報」大3・6・1 夏の初め—与謝野晶子
851 (初)「婦人画報」大3・6・1 夏の初め—与謝野晶子
852 (初)「婦人画報」大3・6・1 夏の初め—与謝野晶子

853 なつかしく絶《た》えずわななき匂《にほ》ひする心《こゝろ》となりぬ初夏人《はつなつびと》は

854 ひなげしの花《はな》うち散《ち》らし降《ふ》りし雨《あめ》目《め》の残《のこ》るかな身《み》に残《のこ》るかな

855 わが心《こゝろ》そよ風《かぜ》となり初夏《はつなつ》の都《みやこ》の上《うへ》にひろごりて行《ゆ》く

856 初夏《はつなつ》も夕《ゆふ》ぐれ時《どき》となりぬればものの悲《かな》しや三十路《みそぢ》してのち

857 丘上《をかのぼ》り常盤木《ときわぎ》立《た》てる家《いへ》に入《い》り少女《をとめ》とあそぶ初夏《はつなつ》の風《かぜ》

858 何《なに》ごとをわれや思《おも》へる何《なに》ごとを初夏《はつなつ》の日《ひ》の風《かぜ》や思《おも》へる

859 おのれをば誘《いざな》ひ給《たま》ふ男《をとこ》居《ゐ》てかろき恋《こひ》をも死《し》ぬ恋《こひ》もする

860 いく時の後の禍となりいく年かへだてて見するわざはひとなり

861 君ゆゑに心が知りし嬉しさと悲しさなりと忘れぬものを

853 初「婦人画報」大３・６・１夏の初め―与謝野晶子

854 初「婦人画報」大３・６・１夏の初め―与謝野晶子

855 初「婦人画報」大３・６・１夏の初め―与謝野晶子

856 初「婦人画報」大３・６・１夏の初め―与謝野晶子

857 初「婦人画報」大３・６・１夏の初め―与謝野晶子

858 初「婦人画報」大３・６・１夏の初め―与謝野晶子

859 初「東京日日新聞」大３・６・13（無題）―与謝野晶子

860 初「文芸復興」大３・６・15歌二十首―与謝野晶子

861 初「文芸復興」大３・６・15歌二十首―与謝野晶子

862 真白なる垣の薔薇《そうび》の襞つくるたそがれ時に見まほしき人

863 自らの藍紫の色をもて猩々緋をば塗りかへてまし

864 初夏の空と野原と恋人に火を見てわが身やうやくおごる

865 この恋もわが心より大空に似る遠かたへ逸れて行くらん

866 朽《くち》木《き》色《いろ》蜂《はち》の巣《す》いろの衣《ころも》など着《つ》けむ日《ひ》までは見《み》じと思《おも》へる

867 恋《こひ》死《じに》をする夢《ゆめ》などを見《み》ぬ薬《くすり》飲《の》みたらばいとあぢきなからむ

868 セエヴルの水際《みぎは》を行《ゆ》きて紫《むらさき》のたそがれに見《み》る白《しろ》き大橋《おほはし》

869 不如意《ふによい》なる夏《なつ》の初《はじ》めとことわりて昼《ひる》も寝《ね》くらす天女《てんにょ》のやうに

870 山《やま》の風髪《かぜかみ》も背中《せなか》も夕立《ゆふだち》に与《あた》へし時《とき》のここちおもほゆ

862 (初)「文芸復興」大3・6・15歌二十首—与謝野晶子
863 (初)「文芸復興」大3・6・15歌二十首—与謝野晶子
864 (初)「文芸復興」大3・6・15歌二十首—与謝野晶子
865 (初)「文芸復興」大3・6・15歌二十首—与謝野晶子
866 (初)「東京日日新聞」大3・6・18(無題)—与謝野晶子
867 (初)「東京日日新聞」大3・6・18(無題)—与謝野晶子
868 (初)「万朝報」大3・6・20(無題)—選者
869 (初)「婦人画報」大3・7・1不死の鳥—与謝野晶子
870 (初)「婦人画報」大3・7・1不死の鳥—与謝野晶子

871 月《つき》に似《に》て日《ひ》に似ていとめでたかる朝顔《あさがほ》の花《はな》七《なな》つ八《や》つ咲《さ》く

872 ましろなる女《をんな》の子等《こら》も赤黒《あかぐろ》き子《こ》も差《さ》別《べつ》なく海風《うみかぜ》ぞ巻《ま》く

873 語《かた》りつつ盛《も》りつる砂《すな》をかきくづし風《かぜ》のやうにも君追《きみお》ひて行《ゆ》く

874 水無月《みなづき》のアカシヤの葉《は》の凍《こほ》りたりわたつみ色《いろ》の月《つき》のひかりに

875 楽《たの》しみて愁《うれ》ひ訴《うつた》ふこころさへあまたの中《なか》に持《も》てるおのれぞ

876 夕風《ゆふかぜ》や知《し》らぬ巨人《きよじん》に手《て》とられて歩《あゆ》むここちす磯《いそ》のしら砂《すな》

877 そぞろにも厨《くりや》よりいで玻璃《はり》に似《に》る光《ひか》りをほめぬ夏《なつ》の夜《よ》の月《つき》

878 組紐《くみひも》の結目《むすびめ》のごと物思《ものおも》ふ時《とき》のまじるとよろしと思《おも》へる

879 わが心《こゝろ》よしあるさまはしたれどもすでに色《いろ》ある衣《きぬ》まよそはず

871 初「婦人画報」大３・７・１不死の鳥―与謝野晶子
872 初「婦人画報」大３・７・１不死の鳥―与謝野晶子
873 初「婦人画報」大３・７・１不死の鳥―与謝野晶子
874 初「婦人画報」大３・７・１不死の鳥―与謝野晶子
875 初「婦人画報」大３・７・１不死の鳥―与謝野晶子
876 初「婦人画報」大３・７・１不死の鳥―与謝野晶子
877 初「婦人画報」大３・７・１不死の鳥―与謝野晶子
878 初「婦人画報」大３・７・１不死の鳥―与謝野晶子
879 初「婦人画報」大３・７・１不死の鳥―与謝野晶子

880 一人居《ひとりゐ》て心《こゝろ》足《た》らへりよく語《かた》る夏《なつ》の夕《ゆふべ》の砂浜《すなはま》のかぜ

881 夏《なつ》きたるまことは春《はる》も秋《あき》の日《ひ》もそれと分《わ》かなく思《おも》はるる子《こ》は

882 灰いろの幽霊の裾ここちよくなびきこそすれ鳴物《なりもの》の風

883 下根《げこん》なる芸術の子をもてあそぶ吃又の幕いとあぢきなし

884 弁慶が勧進帳を読むごとしわが思ふ子は笠とらずまだ

885 一ひらの畳に足らぬ大池へ宿禰《すくね》太郎が妻をしづむる

886 松若と忍草《しのぶ》売りつつ桜さく隅田の川をわれも行かまし

887 なにがしの小僧と云ふがはしけやし吉井勇に生《いき》うつしなる

888 水いろの襦袢の袖と宗之助いづれ恋しきいづれに逢はむ

880 初「婦人画報」大3・7・1不死の鳥—与謝野晶子

881 初「婦人画報」大3・7・1不死の鳥—与謝野晶子

882 初「我等」大3・7・1芝居の夢—与謝野晶子

883 初「我等」大3・7・1芝居の夢—与謝野晶子

884 初「我等」大3・7・1芝居の夢—与謝野晶子

885 初「我等」大3・7・1芝居の夢—与謝野晶子

886 初「我等」大3・7・1芝居の夢—与謝野晶子

887 初「我等」大3・7・1芝居の夢—与謝野晶子

888 初「我等」大3・7・1芝居の夢—与謝野晶子

889 かたはらへ前髪役者来て立ちぬ春の夜明の夢の浮橋

890 長唄の撥の音など聞くものか五月雨の日に芝居思へば

891 ささやかに青きを盛れる歌舞伎座の壺庭にふるここちよき雨

892 わが君が蝦蟇《がま》の術をば授かれる道具裏にてほととぎす啼く

893 四五人の男《をとこ》　女《をんな》にちりかかる芝居の夜の雪にならまし

894 はしけやしうす紅《くれなゐ》の玉に似る若衆とをどる藤娘かな

895 いとも酸《す》き杏《あんず》の一つ白紙《しらかみ》に包《つゝ》みて泣《な》きぬ思《おも》ひ出《で》のため

896 かの人《ひと》を猶《な》ほ思《おも》へるや久《ひさ》しくも恋《こひ》つくれると白《しろ》き罌粟《けし》いふ

897 夏《なつ》の夜《よ》の黒地《くろぢ》の上《うへ》に音羽屋《おとはや》の伊達模様《だてもやう》おくいなづまにして

889 子初「我等」大３・７・１芝居の夢―与謝野晶

890 子初「我等」大３・７・１芝居の夢―与謝野晶

891 子初「我等」大３・７・１芝居の夢―与謝野晶

892 子初「我等」大３・７・１芝居の夢―与謝野晶

893 子初「我等」大３・７・１芝居の夢―与謝野晶

894 子初「我等」大３・７・１芝居の夢―与謝野晶

895 子初「大阪毎日新聞」大３・７・５酸き杏―晶

896 子初「大阪毎日新聞」大３・７・５酸き杏―晶

897 子初「大阪毎日新聞」大３・７・５酸き杏―晶

898 草《くさ》の葉《は》に夕立《ゆふだち》そゝぐ如《ごと》くにも美《よ》き言葉《ことば》をば小止《をや》みなく聞《き》く

899 恋《こひ》するをよしといひはた悪《あ》しといふ二《ふた》やうごとはわれのみぞいふ

900 死《し》ぬ人《ひと》を知《し》るは唯《たゞ》ごと昔《むかし》より才尽《さいつ》くる日《ひ》を恐《おそ》るゝはわれ

901 燃《も》えに燃《も》え用《もち》ひがたしと知《し》る心《こゝろ》よそ人《びと》となり眺《なが》めてましを

902 頼《たの》もしく日《ひ》を指《ゆび》さして物云《ものい》ひぬその若《わか》き人《ひと》あたらしき人《ひと》

903 夏《なつ》のかぜ気息《いき》より熱《あつ》し花《はな》はみな唇《くちびる》をもて吸《す》はんとぞする

904 珍《めづ》らしき本意《ほい》遂《と》げ人《びと》となさるゝも珍《めづ》らしきまで忍《しの》ぶさがゆゑ

905 朝風《あさかぜ》に口《くち》を細《ほそ》めてもの云《い》へる射干花《ひあふぎ》のはな二《ふた》つ三《み》つある

906 かの蝉《せみ》も重《おも》き苦痛《くつう》に身《み》もだえて負《お》へる鉄鎖《くさり》を揺《ゆ》り鳴《な》らすらん

898 初「大阪毎日新聞」大3・7・5酸き杏―晶子

899 初「大阪毎日新聞」大3・7・5酸き杏―晶子

900 初「大阪毎日新聞」大3・7・5酸き杏―晶子

901 初「東京日日新聞」大3・7・9（無題）―与謝野晶子

902 初「万朝報」大3・7・11（無題）―選者

903 初「万朝報」大3・7・18（無題）―選者

904 初「東京日日新聞」大3・7・23（無題）―与謝野晶子

905 初「東京日日新聞」大3・7・23（無題）―与謝野晶子

906 初「万朝報」大3・7・25（無題）―選者

907 大海《わたつみ》の底《そこ》より風《かぜ》の吹《ふ》くものか柑子《こうじ》の扇《あふぎ》日《ひ》のかざす時《とき》

908 海《うみ》にいて思《おも》ふがままに白《しろ》の石青《いしあを》の石《いし》投《な》げさびしくなりぬ

909 たちまちにくわと丹《に》を染《そ》めて怒《いか》る時《とき》このわたつみにひざまづかるる

910 上《かみ》つ毛《け》の山《やま》も信濃《しなの》の遠山《とほやま》も波打《なみう》つ風《かぜ》はあさましきかな

911 山《やま》の石白樺《いししらかば》の木《き》に打《う》ちつけぬ鳥《とり》の声《こゑ》よりなきさびしさに

912 大空《おほぞら》に薄鼠色《うすねづみいろ》みなぎりて泣《な》きおどさるる心地《こゝち》こそすれ

913 黒繻子《くろじゆす》とお納戸繻子《なんどじゆす》のするすると動《うご》ける夜《よる》の波《なみ》に涼《すゞ》みぬ

914 妹《いもうと》は草花《くさばな》の名《な》も忘《わす》れつと云《い》ふ人《ひと》ながら美《うつく》しきかな

915 海《うみ》を来《こ》し風《かぜ》にさからふくろ髪《かみ》をあさましがりぬものを云《い》ひつつ

907 初「大阪毎日新聞」大3・7・26歌—与謝野晶子

908 初「婦人画報」大3・8・1ひたひ髪—与謝野晶子

909 初「婦人画報」大3・8・1ひたひ髪—与謝野晶子

910 初「婦人画報」大3・8・1ひたひ髪—与謝野晶子

911 初「婦人画報」大3・8・1ひたひ髪—与謝野晶子

912 初「婦人画報」大3・8・1ひたひ髪—与謝野晶子

913 初「婦人画報」大3・8・1ひたひ髪—与謝野晶子

914 初「婦人画報」大3・8・1ひたひ髪—与謝野晶子

915 初「婦人画報」大3・8・1ひたひ髪—与謝野晶子

916 はづかしくととのはぬことこの日《ひ》なほ云《い》ふにふさへる黒髪《くろかみ》ながら

917 朝《あした》より香《かう》たく家《いへ》の夏木立《なつこだち》隣《となり》になしてものを思《おも》へる

918 三味線《しやみせん》の稽古《けいこ》すみたる額髪《ひたいがみ》簾《すだれ》にうつり夕風《ゆふかぜ》ぞ吹《ふ》く

919 新《あたら》しき柱《はしら》の匂《にほ》ひわが髪《かみ》にまじるを覚《おぼ》え朝庭《あさには》に出《い》づ

920 あとしざりしつつ少女《をとめ》のごとく寄《よ》る夜明《よあけ》の波《なみ》と淡路《あはぢ》の島《しま》と

921 心《こゝろ》までくつがへさむとなす如《ごと》き上総《かづさ》の海《うみ》の夕《ゆふ》ぐれの風《かぜ》

922 大磯《おほいそ》の真白《ましろ》き石《いし》と鎌倉《かまくら》の青《あを》の石《いし》とがものをおもへる

923 山《やま》の雨《あめ》身《み》を投《な》ぐるごと湖の波《なみ》に消《き》ゆるを見《み》て飽《あ》かぬ時《とき》

924 山《やま》あひを呼《よ》びかはし行《ゆ》く朝《あさ》ありきその幾《いく》人に霧《きり》くだるかな

916 初「婦人画報」大3・8・1ひたひ髪—与謝野晶子
917 初「婦人画報」大3・8・1ひたひ髪—与謝野晶子
918 初「婦人画報」大3・8・1ひたひ髪—与謝野晶子
919 初「婦人画報」大3・8・1ひたひ髪—与謝野晶子
920 初「婦人画報」大3・8・1ひたひ髪—与謝野晶子
921 初「婦人画報」大3・8・1ひたひ髪—与謝野晶子
922 初「時事新報」大3・8・2水草—与謝野晶子
923 初「時事新報」大3・8・2水草—与謝野晶子
924 初「時事新報」大3・8・2水草—与謝野晶子

925 たそがれに草《くさ》のそよぎの如《ごと》く降《ふ》る山《やま》の雨《あめ》かな鐘《かね》叩虫鳴《な》く

926 何時《いつ》の日《ひ》か浜撫《なで》子の物語《ものがたり》うちあけし子《こ》の夏《なつ》の消息《せうそく》

927 木《こ》の間《ま》なる大陽《たいよう》の朱《しゆ》の光《ひか》りなど思《おも》はるゝかな魚《うを》が尾《を》を振る

928 白《しろ》の花《はな》うす紅《べに》の花《はな》もむらさきの夏草《なつぐさ》の花風《はなかぜ》にそよげる

929 涼《すゞ》しくも歓声《くわんせい》ぞ湧《わ》くしらじらと波《なみ》より魚《うを》の網《あみ》の上《あが》れば

930 ほほづきや白《しろ》き露《つゆ》ふる里《さと》の夜《よ》に一《ひと》つ匂《にほ》へるともし火《び》の色《いろ》

931 初秋《はつあき》や黄《き》なるまだらのひろがれる野《の》の遠方《をちかた》のたそがれの雲《くも》

932 昨日今日《きのふけふ》秋風《あきかぜ》ふけば心《こゝろ》にも白《しろ》きすゝきの波《なみ》の立《た》つかな

933 この秋《あき》の霧《きり》ふる頃《ころ》に咲《さ》き初《そ》めてもの思《おも》はする紅《べに》の朝顔《あさがほ》

925 初「時事新報」大3・8・2水草―与謝野晶子

926 初「時事新報」大3・8・2水草―与謝野晶子

927 初「時事新報」大3・8・2水草―与謝野晶子

928 初「時事新報」大3・8・2水草―与謝野晶子

929 初「時事新報」大3・8・2水草―与謝野晶子

930 初「万朝報」大3・8・8(無題)―選者

931 初「文章世界」大3・8・15初秋―与謝野晶子

932 初「文章世界」大3・8・15初秋―与謝野晶子

933 初「文章世界」大3・8・15初秋―与謝野晶子

934 手《て》をとりて水引草《みづひきさう》の前《まへ》にきぬわが恋《こひ》を吹《ふ》く秋《あき》の夕風《ゆふかぜ》

935 秋《あき》の来《き》ぬ濃青《こあを》と金《きん》の絵《ゑ》の具《ぐ》もて恋《こひ》する人《ひと》も塗《ぬ》る心《こゝろ》を

936 沖向《おきむ》きて秋呼《あきよ》ぶ声《こゑ》を立《た》つるをば宜《よろ》しと思《おも》ふ引網《ひきあみ》の群《むれ》

937 水色《みづいろ》の蚊帳《かや》に風吹《かぜふ》く紅萩《べにはぎ》の袖《そで》に風吹《かぜふ》く明星《みやうじやう》に吹《ふ》く

938 心《こゝろ》より若《わか》しとなせることなども秋《あき》は半《なかば》を笑《ゑ》みておもへり

939 桐《きり》の葉《は》はこばむよしなき禍《わざはひ》に落《お》つと哀《あは》れにをしへられつゝ

940 初秋《はつあき》の朝《あさ》の寝覚《ねざめ》の心《こゝろ》よりものぞ離《はな》るゝ恋《こひ》のはなるゝ

941 ほのかにも紅《べに》の芙蓉《ふよう》の咲《さ》けるより悲《かな》しきはなし初秋《はつあき》の日《ひ》に

942 朝顔《あさがほ》の瑠璃《るり》の壺《つぼ》よりしののめの微風《そよかぜ》おこる初秋《はつあき》にして

934 初「文章世界」大3・8・15初秋—与謝野晶子「万朝報」大3・8・15（無題）—選者
935 初「文章世界」大3・8・15初秋—与謝野晶子
936 初「文章世界」大3・8・15初秋—与謝野晶子
937 初「文章世界」大3・8・15初秋—与謝野晶子
938 初「文章世界」大3・8・15初秋—与謝野晶子
939 初「文章世界」大3・8・15初秋—与謝野晶子
940 初「文章世界」大3・8・15初秋—与謝野晶子
941 初「文章世界」大3・8・15初秋—与謝野晶子
942 初「文章世界」大3・8・15初秋—与謝野晶子

943 雨《あめ》まじり銀《ぎん》の嵐《あらし》の吹《ふ》く空《そら》に木末《こずゑ》の見《み》ゆるひともと銀杏《いてふ》

944 塵《ちり》にある切《き》れのはしをば取《と》り上《あ》げて思《おも》へるものか歎《なげ》けるものか

945 朝顔《あさがほ》をわが子《こ》の花《はな》と自《みづか》らと分《わ》けて養《やしな》ふにくき母《はゝ》われ

946 朝顔《あさがほ》の根《ね》にあさましき塵《ちり》つもる日《ひ》でりの夏《なつ》にわれ住《す》みわびぬ

947 大阪《おほさか》の大家《たいけ》の庭《には》の朝顔《あさがほ》を父《ちゝ》と見《み》にけむ母《はゝ》と見《み》にけむ

948 白金《はくきん》と金《きん》の戦《たゝか》ふこゝちするもろこしの葉《は》の初秋《はつあき》の風《かぜ》

949 日向葵《ひぐるま》の思《おも》ひの外《ほか》に終《をは》りたり野分《のわき》の朝《あさ》の白露《しらつゆ》の中《なか》

950 知《し》りがたき心《こゝろ》なれども秋《あき》といふ冷《つめた》きものを悦《よろこ》べりわれ

951 秋《あき》の風草《かぜぐさ》をなびかし手弱女《たをやめ》の髪《かみ》吹《ふ》きちらしわたつみに入《い》る

943 初「万朝報」大３・８・22（無題）―選者

944 初「東京日日新聞」大３・８・25（無題）―与謝野晶子

945 初「東京日日新聞」大３・８・25（無題）―与謝野晶子 再「十一人」大３・11・24

946 初「東京日日新聞」大３・８・25（無題）―与謝野晶子

947 初「東京日日新聞」大３・８・26（無題）―与謝野晶子

948 初「婦人画報」大３・９・１野分―与謝野晶子

949 初「婦人画報」大３・９・１野分―与謝野晶子

950 初「婦人画報」大３・９・１野分―与謝野晶子

951 (2)草《さぐ》→草《さく》 初「婦人画報」大３・９・１野分―与謝野晶子

952 花草《はなぐさ》に渦《うづ》をこそ巻《ま》け美《うつく》しき仮面《かめん》をえらぶ秋《あき》の風《かぜ》かな

953 虫《むし》すだき水《みづ》の音《おと》する初秋《はつあき》の月夜《つきよ》を泣《な》かぬわれ工夫《くふう》なし

954 秋《あき》のもの何《なに》かは水《みづ》に似《に》ざるべき冷《つめた》く淡《あは》しさむしつれなし

955 ひるすぎに紅萩《あかはぎ》ちらし小雨《こあめ》ふる夜《よる》の野分《のわけ》に継《つ》ぎ足《た》すごとく

956 朝顔《あさがほ》は婢《はしため》の乾《ほ》せるうづまきの湯帷布《ゆかた》の下《もと》にくれなゐを置《お》く

957 かしましく歌《うた》ふ子等《こら》かな朝顔《あさがほ》の花《はな》となれかし午《ひる》の来《こ》むまで

958 戦《たゝか》ひの起《おこ》ると書《か》ける巴里《パリー》なる夫人《マダム》フアロウの水色《みづいろ》の文《ふみ》

959 九月《ぐわつ》来《き》てプラタンの葉《は》の散《ち》る巴里目《パリーめ》に浮《うか》べつゝいくさ思《おも》へる

960 秋風《あきかぜ》は血《ち》の吼《ほ》ゆるごとく鳴《な》るものか欧羅巴《ヨーロツパ》より吹《ふ》くにあらねど

952 初「婦人画報」大3・9・1野分―与謝野晶子

953 初「婦人画報」大3・9・1野分―与謝野晶子

954 初「婦人画報」大3・9・1野分―与謝野晶子

955 初「婦人画報」大3・9・1野分―与謝野晶子

956 初「東京日日新聞」大3・9・3（無題）―与謝野晶子

957 初「東京日日新聞」大3・9・3（無題）―与謝野晶子 再「十一人」大3・11・24

958 初「東京日日新聞」大3・9・5（無題）―与謝野晶子 再「台湾愛国婦人」大3・12・1

959 初「東京日日新聞」大3・9・5（無題）―与謝野晶子

960 初「東京日日新聞」大3・9・5（無題）―与謝野晶子 再「台湾愛国婦人」大3・12・1

961
心《こゝろ》にも銀《しろがね》の河《かは》よこたはる夜《よ》の人《ひと》かなと思《おも》ひつゝ寝《ね》る

962
百日紅《さるすべり》書斎《しよさい》も部屋《へや》も文鳥《ぶんてう》の白《しろ》き女夫《めをと》も焼《や》かむとすなり

963
わが垣《かき》の崩《くづ》れし穴《あな》が笛《ふえ》を吹《ふ》き馬追《うまおひ》の鳴《な》きこほろぎの鳴《な》く

964
何時《いつ》までも人《ひと》の倚《よ》らざる隅《すみ》の卓《たく》その上《うへ》にある青《あを》き甕《かめ》かな

965
真実《しんじつ》を道理《だうり》の外《ほか》に見《み》る日《ひ》きぬ人《ひと》の浄《きよ》まる戦《たゝか》ひはきぬ

966
ものすべて妬《ねた》きころなり秋風《あきかぜ》も夕《ゆふべ》の月《つき》も男《をとこ》ぞと見《み》る

967
西《にし》の国内《くにうち》に満《み》ちたる力《ちから》もて戦《たゝか》ふことも羨《うらや》ましけれ

968
強《つよ》きものやがて正《たゞ》しきものとなるこのためしこそまがまがしけれ

969
ひんがしの帝《みかど》のもとに仏蘭西《フランス》の立《た》つとし勇《いさ》み気《き》づかひて泣《な》く

961 初「東京日日新聞」大3・9・5（無題）―与謝野晶子

962 初「東京日日新聞」大3・9・5（無題）―与謝野晶子

963 初「東京日日新聞」大3・9・6（無題）―与謝野晶子

964 初「東京日日新聞」大3・9・6（無題）―与謝野晶子

965 初「万朝報」大3・9・12（無題）―選者

966 初「東京日日新聞」大3・9・13（無題）―与謝野晶子

967 初「大阪毎日新聞」大3・9・15戦《たゝかひ》の歌《うた》―与謝野晶子 再「台湾愛国婦人」大3・12・1

968 初「大阪毎日新聞」大3・9・15戦《たゝかひ》の歌《うた》―与謝野晶子

969 初「大阪毎日新聞」大3・9・15戦《たゝかひ》の歌《うた》―与謝野晶子 再「台湾愛国婦人」大3・12・1

970 誇《ほこ》りかにふろしや部落《ぶらく》の野《の》童《わらは》が角吹《かくふ》きしより秋《あき》の立《た》ちにき

971 たたかひのかひあらしめよ憎《にく》きもの皆亡《みなほろ》べかし大地《おほつち》の上《うへ》

972 よしとすれしみじみと泣《な》く涙《なみだ》より時《とき》には少《すこ》し血《ち》を流《なが》すこと

973 かかる日《ひ》をわれ待《ま》ちにきと昨日今日《きのふけふ》いくさを思《おも》ふ王者《わうしや》ならねど

974 何故《なにゆゑ》の戦《たゝか》ひぞとは問《と》ふ間《ま》なし両《れう》の指《ゆび》より多《おほ》き種族《しゆぞく》に

975 誰《たれ》か世《よ》にたたかはざらん生《い》きんとは片時《かたとき》やまぬ血《ち》の声《こゑ》なれば

976 たわやめの心《こゝろ》の上《うへ》に真珠《しんじゆ》ちる初秋《はつあき》の日《ひ》の夕《ゆふ》ぐれの風《かぜ》

977 われは猶《なほ》身《み》の貧《まづ》しさを歎《なげ》くなり乞食《かたゐ》の衣《きぬ》を着《き》たる貴人《あてびと》

978 二《ふた》つの子《こ》はたりはたりと走《はし》りいづ秋《あき》の夕《ゆふべ》の部屋《へや》の隅《すみ》より

970 初「大阪毎日新聞」大3・9・15戦《たゝかひ》の歌《うた》—与謝野晶子

971 初「大阪毎日新聞」大3・9・15戦《たゝかひ》の歌《うた》—与謝野晶子

972 初「大阪毎日新聞」大3・9・15戦《たゝかひ》の歌《うた》—与謝野晶子

973 初「大阪毎日新聞」大3・9・15戦《たゝかひ》の歌《うた》—与謝野晶子

974 初「大阪毎日新聞」大3・9・15戦《たゝかひ》の歌《うた》—与謝野晶子

975 初「大阪毎日新聞」大3・9・15戦《たゝかひ》の歌《うた》—与謝野晶子 再「台湾愛国婦人」大3・12・1

976 初「東京日日新聞」大3・9・18（無題）—与謝野晶子 再「台湾愛国婦人」大3・12・1

977 初「万朝報」大3・9・19（無題）—選者

978 初「東京日日新聞」大3・9・22（無題）—与謝野晶子 再「台湾愛国婦人」大3・12・1

979
思《おも》はれて身《み》の賞《ほ》められて華《はな》やがぬ日《ひ》のあらんとも知《し》らざりしかな

980
黄に塗《ぬ》れるおもちやの鰒《ふぐ》の腹《はら》うごく風《かぜ》にも少《すこ》し涙《なみだ》ちりつゝ

981
一本《ひともと》の鶏頭《けいとう》咲《さ》きぬ恋人《こひびと》を載《の》せたる紅《あか》き帆《ほ》のかたちして

982
わが指《ゆび》を秋《あき》の花《はな》ともふと思《おも》ふ清《きよ》くめでたくさだ過《す》ぎぬれば

983
噴水《ふんすゐ》の涸《か》れ行《ゆ》く音《おと》をゆきずりに知《し》る日《ひ》となりぬ東京《とうきやう》の人《ひと》

984
港《みなと》なるましろき船《ふね》の明星《みやうじやう》の中《なか》を風吹《かぜふ》く王者《わうしや》のごとく

985
あぢきなし秋《あき》の雲《くも》より風《かぜ》よりも早《はや》く乱《みだ》るる心《こゝろ》と知《し》れば

986
青《あを》き蛾《が》の秋《あき》の障子《しやうじ》に羽《は》ばたけば物《もの》の思《おも》はる君《きみ》と居《ゐ》ながら

987
秋《あき》の風戸《かぜと》を繰《く》る顔《かほ》をものうげに打見《うちみ》る犬《いぬ》のくろき毛《け》を吹《ふ》く

979 初「東京日日新聞」大３・９・26（無題）―与謝野晶子 再「台湾愛国婦人」大３・12・１

980 初「東京日日新聞」大３・９・26（無題）―与謝野晶子

981 初「婦人画報」大３・10・１青き蛾―与謝野晶子

982 初「婦人画報」大３・10・１青き蛾―与謝野晶子

983 初「婦人画報」大３・10・１青き蛾―与謝野晶子

984 初「婦人画報」大３・10・１青き蛾―与謝野晶子

985 初「婦人画報」大３・10・１青き蛾―与謝野晶子

986 初「婦人画報」大３・10・１青き蛾―与謝野晶子

987 初「婦人画報」大３・10・１青き蛾―与謝野晶子

988 めだかの子《こ》金魚《きんぎよう》浮けたる水《みづ》さへも澄《す》みとほりたる秋《あき》のかなしさ

989 大空《おほぞら》に秋《あき》のしら雲《くも》乱《みだ》れ飛《と》ぶ砲車《ほうしや》のもとに轢《し》かれたるごと

990 遠方《をちかた》のセエヌの岸《きし》の靴《くつ》の音《おと》今日《けふ》も聞《き》くかな月夜《つきよ》となれば

991 死《し》のごとく更《ふ》けし夜《よ》ながらわが心《こゝろ》よき思出《おもひで》の波《なみ》に今《いま》乗《の》る

992 夜《よ》の塔《たふ》と果《はて》は成《な》るともこの窓《まど》に日《ひ》の射《さ》すほどは日《ひ》を浴《あ》びて居《ゐ》ん

993 月《つき》の下《もと》身《み》じろぎすればしら玉《たま》のわれより湧《わ》かんこゝちこそすれ

994 戦《いくさ》見《み》むかく云《い》ふ人《ひと》に行《ゆ》けと云《い》ひ秋《あき》を淋《さび》しく思《おも》ふ人《ひと》かな

995 たふとさは日《ひ》に及《およ》ばねどあはれさは夜《よ》渡《わた》る月《つき》に我《わ》れを比《くら》べん

996 こころよき水晶質《すゐしやうしつ》の身《み》と思《おも》ふ日《ひ》のうち続《つゞ》き秋《あき》更《ふ》けてゆく

988 初「婦人画報」大3・10・1青き蛾―与謝野晶子

989 初「婦人画報」大3・10・1青き蛾―与謝野晶子

990 初「婦人画報」大3・10・1青き蛾―与謝野晶子

991 初「婦人画報」大3・10・1青き蛾―与謝野晶子

992 初「万朝報」大3・10・3(無題)―選者

993 初「東京日日新聞」大3・10・4(無題)―与謝野晶子

994 初「東京日日新聞」大3・10・4(無題)―与謝野晶子

995 初「万朝報」大3・10・17(無題)―選者

996 初「万朝報」大3・10・24(無題)―選者

997 心《こゝろ》憂《う》しなほ暑《あつ》き日《ひ》に病《や》み初《そ》めし阿子《あこ》の寝巻《ねまき》の重《かさ》なり行《ゆ》くも

998 豆《まめ》どもの金《きん》の莢《さや》かな吾妹子《わがもこ》のさし櫛《ぐし》のごと横長《よこなが》くして

999 舞姫《まひひめ》と呼《よ》ばれ給《たま》へど袖《そで》ふらず板屋紅葉《いたやもみぢ》になにか異《こと》なる

1000 神無月《かみなづき》毛《け》のすり切《き》れし服《ふく》を着《き》る労働者《らうどうしや》めく木《き》かな草《くさ》かな

1001 疲《つか》れたるふろしや兵士《へいし》の姿《すがた》など幻《まぼろし》に見《み》てものの恐《おそ》ろし

1002 風《かぜ》負《お》はば雲《くも》となるべき長《なが》き袖《そで》まとへり心《こゝろ》はかなけれども

1003 紫《むらさき》のとばり帳《ちやう》立《だ》て冬《ふゆ》といひ衰《おとろ》へと云《い》ふ魔《ま》を寄《よ》せぬこと

1004 葉《は》の散《ち》りてあらはになりし垣根《かきね》より覗《のぞ》く人皆《ひとみな》醜《みにく》き顔《かほ》す

1005 からす瓜《うり》三《み》つ四《よ》つ提《さ》げて来《こ》し人《ひと》を迎《むか》へて笑《ゑ》めりまたこともなし

997 初「東京日日新聞」大３・10・29（無題）―与謝野晶子 再「台湾愛国婦人」大３・12・１

998 初「婦人画報」大３・11・１霧―与謝野晶子

999 初「婦人画報」大３・11・１霧―与謝野晶子

1000 初「婦人画報」大３・11・１霧―与謝野晶子

1001 初「婦人画報」大３・11・１霧―与謝野晶子

1002 初「婦人画報」大３・11・１霧―与謝野晶子

1003 初「婦人画報」大３・11・１霧―与謝野晶子

1004 初「婦人画報」大３・11・１霧―与謝野晶子

1005 初「婦人画報」大３・11・１霧―与謝野晶子

1006
むらさきの岩《いは》を包《つゝ》める蔓赤《つるあか》しくろ髪《がみ》の子《こ》の立《た》てるかたはら

1007
はしけやし白文鳥《はくぶんてう》のなきがらに涙《なみだ》かゝりぬ阿子《あこ》も病《や》めれば

1008
文鳥《ぶんてう》は死《し》に土《つち》の鳥《とり》この日《ひ》より籠《こ》の中《なか》に居《ゐ》ぬ阿子《あこ》の枕辺《まくらべ》

1009
落日《らくじつ》を見《み》てあやしくも目《め》うるみぬ独《ひと》り地《ち》に立《た》つ心地《こゝち》するかな

1010
木犀《もくせい》の香《か》を死《し》ねとまで運《はこ》びこし去年《きよねん》の雨《あめ》の忘《わす》れかねつも

1011
行《ゆ》く秋《あき》や真白《ましろ》き花《はな》と薄紅《うすべに》の花《はな》をながめて心疲《こゝろつか》れつ

1012
美《うつく》しき男《をとこ》なりしが妻《つま》もちぬうしや世《よ》の中云《なかい》はむかたなし

1013
朝風《あさかぜ》に白《しろ》く我身《わがみ》は吹《ふ》かれ居《を》り黍《きび》の如《ごと》くに葉《は》はならねども

1014
黒奴《くろんぼ》が刳船《くりぶね》浮《う》けて遊《あそ》ぶごと長閑《のど》けき恋《こひ》をするとなみしぬ

1006 初「婦人画報」大3・11・1霧—与謝野晶子

1007 初「東京日日新聞」大3・11・6(無題)—与謝野晶子 再「台湾愛国婦人」大3・12・1

1008 初「東京日日新聞」大3・11・6(無題)—与謝野晶子 再「台湾愛国婦人」大3・12・1

1009 初「万朝報」大3・11・7(無題)—選者

1010 初「東京日日新聞」大3・11・9(無題)—与謝野晶子

1011 初「東京日日新聞」大3・11・9(無題)—与謝野晶子

1012 初「東京日日新聞」大3・11・9(無題)—与謝野晶子

1013 初「東京日日新聞」大3・11・12(無題)—与謝野晶子 再「台湾愛国婦人」大3・12・1

1014 初「東京日日新聞」大3・11・12(無題)—与謝野晶子 再「台湾愛国婦人」大3・12・1

1015 秋《あき》来《く》れば短《みじか》き文《ふみ》をのみ書《か》きぬ生《い》きん死《し》なまし恋《こひ》に飽《あ》きぬと

1016 夕《ゆふべ》ゆふべ雲《くも》のやうなる煙《けぶり》をば立《た》つる長屋《ながや》のかなしなつかし

1017 目《め》の前《まへ》にしどろになりて降《ふ》るものは女気質《をんなかたぎ》の秋《あき》の雨《あめ》かな

1018 ふるさとへ遣《や》りつる文《ふみ》の返《かへ》しなし云《い》ふまじきこと云《い》ひしかなしさ

1019 よしあしを教《をし》ふる如《ごと》く懇《ねもご》ろに先《ま》づ飢《う》ゑし身《み》を救《すく》へとぞ思《おも》ふ

1020 冬《ふゆ》の風砂《かぜすな》を蹴《け》りつつ舞《ま》ふもあり木末《こずゑ》を打《う》ちて嘶《いなゝ》くもあり

1021 醒《さ》むる期《き》も酔《よ》へる長《なが》さも悪人《あくにん》のわれは初《はじ》めに知《し》りにきな皆《みな》

1022 くわと黄《き》なる蝶《てう》の飛《と》び来《き》ぬ病室《べうしつ》の硝子障子《がらすせうじ》の外《そと》の悲《かな》しさ

1023 夜《よ》も昼《ひる》も傷《いた》ましきもの湧《わ》きいづる心《こゝろ》は心 誇《こゝろほこり》はほこり

1015 初「東京日日新聞」大３・11・12（無題）―与謝野晶子

1016 初「東京日日新聞」大３・11・13（無題）―与謝野晶子

1017 初「東京日日新聞」大３・11・13（無題）―与謝野晶子

1018 初「東京日日新聞」大３・11・13（無題）―与謝野晶子

1019 初「万朝報」大３・11・14（無題）―選者

1020 初「万朝報」大３・11・21（無題）―選者

1021 初「大阪毎日新聞」大３・11・22黄なる花―与謝野晶子

1022 初「大阪毎日新聞」大３・11・22黄なる花―与謝野晶子

1023 初「大阪毎日新聞」大３・11・22黄なる花―与謝野晶子

1024 恋人《こひびと》はかりそめごとを語《かた》らへる時《とき》にも二人《ふたり》死《し》なんと思《おも》へる

1025 わが鏡《かゞみ》君《きみ》を憎《にく》むとかすかにも慄《ふる》ふ心《こゝろ》を覗《のぞ》く目《め》うつる

1026 わがために物《もの》を思《おも》へど君《きみ》がため物《もの》を思《おも》へとはかなまぬかな

1027 この人《ひと》の思《おも》ひ沈《しづ》める時《とき》よりもなほ重《おも》くるし初冬《はつふゆ》の空《そら》

1028 おほけなく落葉《おちば》ぞまがふ夜《よ》に聞《き》けば宝《たから》の君《きみ》の足音《あしおと》のごと

1029 さわがしく人のゆきかふかたはらにひともと柳人を眺むる

1030 冬《ふゆ》の雲《くも》瞳《ひとみ》の中《なか》を早《はや》く過《す》ぐわが見《み》し恋《こひ》のなぞや思《おも》はる

1031 病《や》みてより遠《とほ》き響《ひゞ》きを聞《き》くごとく思《おも》はれし死《し》の少《すこ》し近《ちか》づく

1032 自《みづか》らの秋《あき》の初《はじ》めの心《こゝろ》よりすこやかにして悲《かな》しきはなし

1024 (初)「大阪毎日新聞」大3・11・22黄なる花―与謝野晶子

1025 (初)「大阪毎日新聞」大3・11・22黄なる花―与謝野晶子

1026 (初)「大阪毎日新聞」大3・11・22黄なる花―与謝野晶子

1027 (初)「東京日日新聞」大3・11・23（無題）―与謝野晶子

1028 (初)「東京日日新聞」大3・11・23（無題）―与謝野晶子

1029 (初)「十一人」大3・11・24秋風―与謝野晶子

1030 (初)「東京日日新聞」大3・11・29（無題）―与謝野晶子

1031 (初)「東京日日新聞」大3・11・29（無題）―与謝野晶子

1032 (初)「台湾愛国婦人」大3・12・1我の思へる―与謝野晶子

1033 秋山《あきやま》の濡《ぬ》れたる苔《こけ》を踏《ふ》むごとくうらなつかしき話《はなし》する人《ひと》

1034 かりそめに物《もの》を思《おも》へと祈《いの》らねど母《はゝ》にならひて高《たか》く泣《な》けかし

1035 真顔《まがほ》して白樺《しらかば》の木《き》を眺《なが》むべき我墓《わがはか》のこと云《い》へるたはぶれ

1036 地《ち》の上《うへ》の人皆《ひとみな》剣《つるぎ》取《と》ることをこの世《よ》初《はじま》りはじめてぞ見《み》る

1037 悲《かな》しき日淋《ひさび》しき日《ひ》より薄紅《うすべに》の日《ひ》の次《つ》がれはた朱《あけ》にのびゆく

1038 幾《いく》もとの枯木立《かれこだち》をば背《せ》になして水仙《すゐせん》咲《さ》けり冬《ふゆ》の大地《だいち》に

1039 木枯《こがら》しの風《かぜ》吹《ふ》き入《い》れど君《きみ》と居《ゐ》てよろこべるなり威《ゐ》なき冬《ふゆ》かな

1040 黄《き》にきよし嵐《あらし》の夜《よる》の明星《みやうぜう》は少《すこ》しゆがめるここちすれども

1041 まことには冬《ふゆ》と云《い》ふなる刃《やいば》をばおそれて君《きみ》に寄《よ》りそへるのみ

1033 初「台湾愛国婦人」大3・12・1我の思へる―与謝野晶子
1034 初「台湾愛国婦人」大3・12・1我の思へる―与謝野晶子
1035 初「台湾愛国婦人」大3・12・1我の思へる―与謝野晶子
1036 初「台湾愛国婦人」大3・12・1我の思へる―与謝野晶子
1037 初「台湾愛国婦人」大3・12・1我の思へる―与謝野晶子
1038 初「婦人画報」大3・12・1初冬―与謝野晶子
1039 初「婦人画報」大3・12・1初冬―与謝野晶子
1040 初「婦人画報」大3・12・1初冬―与謝野晶子
1041 初「婦人画報」大3・12・1初冬―与謝野晶子

1042 寒《さむ》げにもをののき給《たま》ふ哀《あは》れさよ氷《こほり》の上《うへ》に踊《をど》らぬ仲間《なかま》

1043 ときは木《ぎ》の杉《すぎ》も尖《とが》れりあぢきなくけうとかりけり冬《ふゆ》の天地《あめつち》

1044 わが庭《には》にからかねのごと居《ゐ》るおち葉《ば》かの静《しづ》かなる死《し》に似《に》るおち葉《ば》

1045 火桶《ひをけ》の火林檎《ひりんご》の紅《べに》と恋人《こひびと》のくちびるの色《いろ》よろこびぬ冬《ふゆ》

1046 灰色《はいいろ》に砂《すな》を投《な》ぐると日輪《にちりん》を冬《ふゆ》は憎《にく》みぬかのをさなき日《ひ》

1047 冬《ふゆ》の髪《かみ》そゝけて鳴《な》りぬうら枯《が》れし草《くさ》のこゝちに風《かぜ》の吹《ふ》くらん

1048 失《うしな》ひし苦痛《くつう》か既《すで》に迫《せま》れるか今《いま》かわかなく死《し》よすくへかし

1049 霜《しも》の上《うへ》に鴉《からす》下《お》り居《ゐ》て地《ち》を掘《ほ》りぬかの党人《たうじん》の醜《みにく》きが如《ごと》

1050 白《しろ》き菊《きく》鴎《かもめ》のやうにあかつきの霧《きり》にうつれる初冬《はつふゆ》にして

1042 (初)「婦人画報」大3・12・1初冬―与謝野晶子

1043 (初)「婦人画報」大3・12・1初冬―与謝野晶子

1044 (初)「婦人画報」大3・12・1初冬―与謝野晶子

1045 (初)「婦人画報」大3・12・1初冬―与謝野晶子

1046 (初)「婦人画報」大3・12・1初冬―与謝野晶子

1047 (初)「万朝報」大3・12・1（無題）―選者

1048 (初)「東京日日新聞」大3・12・12（無題）―与謝野晶子

1049 (初)「万朝報」大3・12・12（無題）―選者

1050 (初)「大阪毎日新聞」大3・12・20短歌―与謝野晶子

1051 なほ冬《ふゆ》に紐鶏頭《ひもげいとう》が土這《つちは》へり女《おんな》のもてるうらみのごとく

1052 いく度《たび》か君《きみ》と別《わか》れし心地《こゝち》しぬわりなき熱《ねつ》のさしひきにより

1053 魂《たましひ》のはなれむとするわが骸《むくろ》はなれじと思《おも》ふ子等《こら》のかたはら

1054 むらさきの水晶《すゐしやう》を張《は》る空《そら》のもと白金《はくきん》の緒《を》の冬《ふゆ》の一《ひと》ふし

1055 二十日《はつか》ほどわが見《み》ぬ家《いへ》に帰《かへ》りきぬ心細《こゝろぼそ》かるものゝ塵《ちり》かな

1056 しら刃《は》ぞとわれは思《おも》へり君《きみ》は云《い》ふ二《ふた》とせまへのありのすさびと

1051 初「大阪毎日新聞」大3・12・20短歌―与謝野晶子

1052 初「大阪毎日新聞」大3・12・20短歌―与謝野晶子

1053 初「大阪毎日新聞」大3・12・20短歌―与謝野晶子

1054 初「万朝報」大3・12・26（無題）―選者

1055 初「東京日日新聞」大3・12・27（無題）―与謝野晶子

1056 初「東京日日新聞」大3・12・27（無題）―与謝野晶子

大正四年（一九一五）

1057 天上《てんじやう》の正月《しやうぐわつ》の靄《もや》かゝるをば富士《ふじ》と筑波《つくば》に見《み》むと朝出《あさい》づ

1058 隅田川《すみだがは》しづかに行《ゆ》くを初春《はつはる》の横顔《よこがほ》のごとめづる夕《ゆふ》ぐれ

1059 あなめでた初春《はつはる》の日《ひ》の沈《しづ》み行《ゆ》く西海《さいかい》の波《なみ》紺青《こんじやう》にして

1060 よき水《みづ》のせゝらぎを聞《き》き梅《うめ》嗅《か》ぎて春《はる》の初《はじ》めの浄楽《じやうらく》に居《ゐ》ぬ

1061 明《あ》けて行《ゆ》く元旦《ぐわんたん》の空《そら》初恋《はつこひ》のいのちの色《いろ》に似《に》ていみじけれ

1062 梅《うめ》咲《さ》くや春《はる》の心《こゝろ》をさぐるごと少《すこ》し冷《つめた》きかぜまよひ来《き》ぬ

1063 いと甘《あま》き涙《なみだ》ながれぬ初春《はつはる》の第《だい》一の夜《よ》の灯《ひ》をともす時《とき》

1057 初「婦人画報」大4・1・1朝雲集―与謝野晶子

1058 初「婦人画報」大4・1・1朝雲集―与謝野晶子

1059 初「婦人画報」大4・1・1朝雲集―与謝野晶子

1060 初「婦人画報」大4・1・1朝雲集―与謝野晶子

1061 初「婦人画報」大4・1・1朝雲集―与謝野晶子

1062 初「婦人画報」大4・1・1朝雲集―与謝野晶子

1063 初「婦人画報」大4・1・1朝雲集―与謝野晶子

1064
大神《おほがみ》の春《はる》は緑《みどり》の揺籃《えうらん》に笑《ゑ》めり手《て》あぐれ歌《うた》うたはまし

1065
元朝《ぐわんてう》や丸木《まるき》の橋《はし》は霜《しも》ぞ置《お》くこひしき人《ひと》の水荘《すゐそう》のまへ

1066
わが子等《こら》を古《いにしへ》の代《よ》につくられし宝《たから》と思《おも》ふ春《はる》の一日《じつ》

1067
われ死なむ代りに何をあたへむと君をながむる神のごとくに

1068
咀《のろ》ふ人咀はるる人かかること病するまでおもはざりけり

1069
昨日今日夜の明るく白日のくらし恋しき人も悲しき

1070
思ひきや生きむ力の薄らぎし心に断るめでたさありと

1071
親と云ふ憎きものゆゑ君ゆゑに保ちしものを投うつ日来ぬ

1072
はかなかる夢を醒むなと願ふごと何ごとも皆思はれにつつ

1064 初「婦人画報」大４・１・１朝雲集―与謝野晶子

1065 初「婦人画報」大４・１・１朝雲集―与謝野晶子

1066 初「婦人画報」大４・１・１朝雲集―与謝野晶子

1067 初「三田文学」大４・１・１短歌（五十首）―与謝野晶子

1068 初「三田文学」大４・１・１短歌（五十首）―与謝野晶子

1069 初「三田文学」大４・１・１短歌（五十首）―与謝野晶子

1070 初「三田文学」大４・１・１短歌（五十首）―与謝野晶子

1071 初「三田文学」大４・１・１短歌（五十首）―与謝野晶子

1072 初「三田文学」大４・１・１短歌（五十首）―与謝野晶子

1073 夜中より大雪降れり目のみ開く君も死にけむ医師も死にけむ

1074 灰色と今だに後を思はぬをいたましとする人のおはしぬ

1075 死なむまへ親の顔など偲ぶべき人ならませばわれなりませば

1076 死は悲し死は咀ふべしかく思ひ見れど見れども君の恋しき

1077 血ながして死ぬるならねど目に見えぬ恋をそれとも変へて思ふか

1078 いと早き川も流るれ大わたの波も聞ゆれ君も泣くらし

1079 この人を哀れと思へいたましく思へと目とづされど然らず

1080 たそがれや飲まむ薬の黄なる泡呪文となへぬ涙のまへに

1081 病むわれと恋人の君この外に世と云ふもののあるごとくして

1073 (初)「三田文学」大4・1・1短歌(五十首)――与謝野晶子

1074 (初)「三田文学」大4・1・1短歌(五十首)――与謝野晶子

1075 (初)「三田文学」大4・1・1短歌(五十首)――与謝野晶子

1076 (初)「三田文学」大4・1・1短歌(五十首)――与謝野晶子

1077 (初)「三田文学」大4・1・1短歌(五十首)――与謝野晶子

1078 (初)「三田文学」大4・1・1短歌(五十首)――与謝野晶子

1079 (初)「三田文学」大4・1・1短歌(五十首)――与謝野晶子

1080 (初)「三田文学」大4・1・1短歌(五十首)――与謝野晶子

1081 (初)「三田文学」大4・1・1短歌(五十首)――与謝野晶子

1082 百年に代へむと云ひしかの言葉そらごととして云ひしならねど

1083 わが飼ひしこの鳥死なむ君の鳥死なざるものかああ知りがたし

1084 妬ましき傷ましきはた悲しかる君にてこそはいまぞかるらめ

1085 哀れなりいとあはれなり死ぬと云ふ救へと云はばいかがし給ふ

1086 夕ばえの空を見つつもあやふしと自らのためなげきしも夢

1087 この冬の霙降る夜に死ぬやらむやをら静かにおごそかに泣く

1088 百年《もゝとせ》を十三年《ねん》におしあつめ来《こ》しとは思《おも》へ破滅《はめつ》はかなし

1089 まだ知《し》らず人《ひと》の思《おも》ひ出君《できみ》たどりゐめる時《とき》にはいかゞすべきぞ

1090 何《なに》とかや仇名《あだな》を君《きみ》の呼《よ》びなれし巴里《パリー》女《をんな》に身《み》や代《かは》りけむ

1082 初「三田文学」大4・1・1短歌（五十首）—与謝野晶子

1083 初「三田文学」大4・1・1短歌（五十首）—与謝野晶子

1084 初「三田文学」大4・1・1短歌（五十首）—与謝野晶子

1085 初「三田文学」大4・1・1短歌（五十首）—与謝野晶子

1086 初「三田文学」大4・1・1短歌（五十首）—与謝野晶子

1087 初「三田文学」大4・1・1短歌（五十首）—与謝野晶子

1088 初「万朝報」大4・1・2（無題）—選者

1089 初「東京日日新聞」大4・1・5（無題）—与謝野晶子

1090 初「東京日日新聞」大4・1・5（無題）—与謝野晶子

1091 白犬《しろいぬ》と黒《くろ》き上着《うはぎ》が御心《みこゝろ》を二千里遠《にせんりをち》へとりて逃《に》げ行《ゆ》く

1092 妬《ねた》ましと思《おも》ひいとよき思《おも》ひごと得《え》たりと思《おも》ひつくるまぼろし

1093 空黒《そらくろ》く日《ひ》の白《しろ》きかな風寒《かぜさむ》し思《おも》はれ顔《がほ》にありはあれども

1094 いつしかと君《きみ》が心《こゝろ》に植《う》ゑられし針《はり》もかかりと霜柱《しもばしら》云《い》ふ

1095 われ一人恋《ひとりこひ》を祈《いの》りていにしへを見《み》むと幼《をさな》く思《おも》ふならねど

1096 天《てん》は黄金水《きんみづ》は瑠璃《るり》いろその中《なか》を夢《ゆめ》のごとくに遊《あそ》ぶ白鳥《はくてう》

1097 自《みづか》らの目《め》になほ近《ちか》き人《ひと》ながら心《こゝろ》の遠《とほ》く去《さ》りしものかな

1098 銀《しろがね》の色《いろ》する風《かぜ》の通《かよ》ふなり離《はな》れじとせし人《ひと》のあひだに

1099 久方《ひさかた》の日《ひ》の娘《むすめ》とも云《い》ふごとき紅梅《こうばい》の花咲《はなさ》く日《ひ》となりぬ

1091 [初]「東京日日新聞」大4・1・5（無題）―与謝野晶子

1092 [初]「東京日日新聞」大4・1・5（無題）―与謝野晶子

1093 [初]「万朝報」大4・1・9（無題）―選者

1094 [初]「万朝報」大4・1・16（無題）―選者

1095 [初]「東京日日新聞」大4・1・18（無題）―与謝野晶子

1096 [初]「万朝報」大4・1・30（無題）―選者

1097 [初]「大阪毎日新聞」大4・1・31鼠色の雪―与謝野晶子

1098 [初]「大阪毎日新聞」大4・1・31鼠色の雪―与謝野晶子[再]「文章世界」大4・2・1

1099 [初]「婦人画報」大4・2・1梅―与謝野晶子

1100 朝《あさ》ごとに夜毎《よごと》に何《なに》を云《い》ひけるや物忘《ものわす》れせじ梅《うめ》は君《きみ》より

1101 わが子等《こら》と梅《うめ》ちるもとに語《かた》らへば鳥《とり》となりたるここちこそすれ

1102 青海《あをうみ》のちひさき島《しま》の岩《いは》かどにしら梅《うめ》の咲《さ》く夕月夜《ゆふつきよ》かな

1103 しら梅《うめ》は花《はな》と思《おも》へど悲《かな》しかり人《ひと》の中《なか》なる恋人《こひびと》のごと

1104 紅梅《こうばい》は身《み》も世《よ》も忘《わす》れ酔《ゑ》ふものかまだ灰色《はいいろ》の寒《さむ》き世界《せかい》に

1105 大寺《おほでら》の後《うしろ》の梅《うめ》のはやしをば月《つき》しろの世《よ》と見《み》る日《ひ》になりぬ

1106 二月《きさらぎ》や宿屋《やどや》の窓《まど》に小馬《こうま》来《き》ぬそらぞらしかる紅梅《こうばい》のもと

1107 紅梅《こうばい》は甕《かたひ》にありてもの思《おも》ひする人《ひと》の顔《かほ》見《み》も飽《あ》きぬらむ

1108 わがこととなけれどしかもなつかしき恋物語《こひものがたり》しにきぬ梅《うめ》は

1100 初「婦人画報」大４・２・１梅―与謝野晶子

1101 初「婦人画報」大４・２・１梅―与謝野晶子

1102 初「婦人画報」大４・２・１梅―与謝野晶子

1103 初「婦人画報」大４・２・１梅―与謝野晶子

1104 初「婦人画報」大４・２・１梅―与謝野晶子

1105 初「婦人画報」大４・２・１梅―与謝野晶子

1106 初「婦人画報」大４・２・１梅―与謝野晶子

1107 (2)甕《かたひ》→甕《もたひ》 初「婦人画報」大４・２・１梅―与謝野晶子

1108 初「婦人画報」大４・２・１梅―与謝野晶子

1109 わが今日《けふ》の姿《すがた》も明日《あす》のかたちをも見《み》する淋《さび》しき梅《うめ》植《う》ゑにけり

1110 一人《ひとり》居《ゐ》る夜《よる》の悲《かな》しさ物思《ものおも》ひする時《とき》梅《うめ》のかをる悲《かな》しさ

1111 君《きみ》とわが梅《うめ》見《み》て歩《ある》くひがし山《やま》北野《きたの》のほとり洛西《らくさい》の野辺《のべ》

1112 今《いま》ひと度《たび》天《あま》がけるべき夢《ゆめ》も見《み》む八重《やへ》のしら梅《うめ》窓《まど》近《ちか》く植《う》う

1113 恋《こひ》つくる人《ひと》はあれども梅《うめ》咲《さ》きて白《しろ》き雲《くも》飛《と》び山《やま》さむきかな

1114 洛外《らくぐわい》の靄《もや》より出《い》でて橋《はし》越《こ》えて君《きみ》を見《み》に来《き》ぬ梅《うめ》のちる春《はる》

1115 紅梅《こうばい》や男《をとこ》にまじり歌《うた》詠《よ》みしわがその頃《ころ》の姿《すがた》見《み》えつつ

1116 生《い》きながら鬼《おに》となるより忘《わす》れ得《え》で生《い》きん命《いのち》の悲《かな》しかりけり

1117 なほわれを死《し》にも誘《さそ》はず夢《ゆめ》に見《み》よ泣《な》けよと君《きみ》はよそにせしめず

1109 初「婦人画報」大4・2・1梅―与謝野晶子

1110 初「婦人画報」大4・2・1梅―与謝野晶子

1111 初「婦人画報」大4・2・1梅―与謝野晶子

1112 初「婦人画報」大4・2・1梅―与謝野晶子

1113 初「婦人画報」大4・2・1梅―与謝野晶子

1114 初「婦人画報」大4・2・1梅―与謝野晶子

1115 初「婦人画報」大4・2・1梅―与謝野晶子

1116 初「文章世界」大4・2・1夜の国の歌―与謝野晶子

1117 初「文章世界」大4・2・1夜の国の歌―与謝野晶子

1118 思《おも》はれしこともまことはこの時《とき》に比《くら》べてすこし慈悲《じひ》ありしのみ

1119 全《まつた》かる恋《こひ》せし人《ひと》を知《し》ることも破《やぶ》れつればぞ別《わか》れつればぞ

1120 思《おも》ひきや棄《す》てつる人《ひと》と云《い》ふごとき通俗《つうぞく》の名《な》を君《きみ》に負《お》はんと

1121 死《し》ねと云《い》ひ狂《くる》へと君《きみ》のなしにつることよりわれはめでたくならむ

1122 頰《ほ》に涙《なみだ》ながるゝありと知《し》りつるはこと起《おこ》りたる二三日《にち》ののち

1123 目《め》の前《まへ》をもの狂《くる》ほしやすと過《す》ぎぬ十三年《ねん》は嵐《あらし》のごとく

1124 胸《むね》にしむことと思《おも》ひしそれこれもなほ思《おも》はれし日《ひ》のことにして

1125 春雨《はるさめ》にうすくれなゐを染《そ》めさせし心《こゝろ》の日《ひ》より長《なが》き時《とき》たつ

1126 問《と》ひてまし同《おな》じ笑《ゑ》まひを酬《むく》い合《あ》ふことばかりして空《むな》しからずや

1118 初「文章世界」大４・２・１夜の国の歌―与謝野晶子

1119 初「文章世界」大４・２・１夜の国の歌―与謝野晶子

1120 初「文章世界」大４・２・１夜の国の歌―与謝野晶子 再「大阪毎日新聞」大４・２・21

1121 初「文章世界」大４・２・１夜の国の歌―与謝野晶子

1122 初「文章世界」大４・２・１夜の国の歌―与謝野晶子

1123 初「文章世界」大４・２・１夜の国の歌―与謝野晶子

1124 初「文章世界」大４・２・１夜の国の歌―与謝野晶子

1125 初「万朝報」大４・２・６（無題）―選者

1126 初「東京日日新聞」大４・２・18（無題）―与謝野晶子

1127 かすかなる光《ひかり》の中《なか》に苦《くるし》みて我《わ》が得《え》し物《もの》の捨《す》てがたきかな

1128 なほ君《きみ》をありと思《おも》はむなしとして死《し》ぬにまさらむ日《ひ》をば見《み》んとも

1129 弟《おとうと》の肩《かた》そびやかし物云《ものい》ふも来合《きあは》せて聞《き》く春《はる》の雨《あめ》かな

1130 二月《きさらぎ》の蕗《ふき》の薹《とう》など噛《か》むに似《に》る苦《にが》さ覚《おぼ》ゆれ君《きみ》が怒《いか》れば

1131 わがことをいと冷《ひやゝ》かに云《い》ひ放《はな》つ人《ひと》の顔《かほ》見《み》ゆ雨《あめ》ふる中《なか》に

1132 止《や》むまなく身《み》をいとはしとなす人《ひと》の涙《なみだ》に似《に》たる涙《なみだ》おつる日《ひ》

1133 人《ひと》きたり物《もの》を思《おも》へと云《い》はん時《とき》かくふるまはん我《われ》ならなくに

1134 一歩《ぽ》して命《いのち》の亡《ほろ》ぶ亡《ほろ》びざるけはしき際《きは》に一人《ひとり》われ来《き》ぬ

1135 身一つに飽き足らざるやわが背子はまた新しく国を思へり

1127 初「万朝報」大4・2・20（無題）―選者

1128 初「大阪毎日新聞」大4・2・21短歌―与謝野晶子

1129 初「万朝報」大4・2・27（無題）―選者 再「東京日日新聞」大4・3・17―与謝野晶子

1130 初「大阪毎日新聞」大4・2・28蕗の薹―与謝野晶子

1131 初「大阪毎日新聞」大4・2・28蕗の薹―与謝野晶子

1132 初「大阪毎日新聞」大4・2・28蕗の薹―与謝野晶子

1133 初「大阪毎日新聞」大4・2・28蕗の薹―与謝野晶子

1134 初「東京日日新聞」大4・2・28（無題）―与謝野晶子

1135 初「反響」大4・3・1良人のはなむけに―与謝野晶子

1136 炬火を高くかざして濁りたる颶風の中を分け行くは誰れ

1137 新しき民の列より君出でていや先にしも叫ぶ日の末よ

1138 灰色の石の中より此一つ光る真玉を撰べとぞ思ふ

1139 あはれ知る故郷人を頼むなり志あるわが背子のため

1140 ああ政治君四十路して恋人の名を聞くごとくあこがれて行く

1141 ふるさとの山川草木ふるさとの人この君と相思へかし

1142 浦島よ与謝の海辺を見に行きて空しからざる箱ひらきこよ

1143 万人に君うちかはり物を言ふ威をば見せしめめでたきが上

1144 ふるさとへ君まづ行きて翅ある身と名のりこよたゆたふなゆめ

1136 [初]「反響」大4・3・1良人のはなむけに―与謝野晶子

1137 (5)末よ→来よ [初]「反響」大4・3・1良人のはなむけに―与謝野晶子 [再]「大阪朝日新聞京都附録」大4・3・9「東京朝日新聞」大4・3・11

1138 [初]「反響」大4・3・1良人のはなむけに―与謝野晶子 [再]「大阪朝日新聞京都附録」大4・3・9

1139 [初]「反響」大4・3・1良人のはなむけに―与謝野晶子 [再]「大阪朝日新聞京都附録」大4・3・9「東京朝日新聞」大4・3・11

1140 [初]「反響」大4・3・1良人のはなむけに―与謝野晶子

1141 [初]「反響」大4・3・1良人のはなむけに―与謝野晶子

1142 [初]「反響」大4・3・1良人のはなむけに―与謝野晶子 [再]「東京朝日新聞」大4・3・11

1143 [初]「反響」大4・3・1良人のはなむけに―与謝野晶子

1144 [初]「反響」大4・3・1良人のはなむけに―与謝野晶子

1145 夕《せき》ぐれに雨《あめ》こぼれ来《き》てなぐさみぬ華《はな》やかならぬ春《はる》の人《ひと》われ

1146 ある時《とき》はやよの空《そら》の光《ひか》りよりよしと思《おも》ひぬ鶯《うぐひす》の声《こゑ》

1147 上《うへ》もなき黄金《きん》をもて咲《さ》く連翹《れんげう》よ心《こゝろ》をどれるこの連翅《れんげう》よ

1148 春《はる》の夜《よ》を人《ひと》とある時何《ときなに》ごとの怨《うら》みと知《し》らぬ涙《なみだ》ながれぬ

1149 春《はる》の夜《よ》を女《をんな》ばかりが語《かた》らへば暁 方《あかつきがた》のさびしかりけれ

1150 唯一人山《たゞひとりやま》かごにして大岩《おほいは》の洞穴《ほらあな》ぬけつ人《ひと》のなつかし

1151 大浜《おほはま》の高燈台《たかとうだい》に灯《ひ》の点《つ》きぬ春《はる》をなげけと教《をし》ふるやうに

1152 灰色《はいいろ》のいたましさをも知《し》りながら春《はる》の遊《あそ》びのむれにあるかな

1153 三月《ぐわつ》の空《そら》を紙《かみ》とし金《きん》をもて書《か》かまし君《きみ》を忘《わす》れまじくと

1145 初「婦人画報」大4・3・1水あかり―与謝野晶子

1146 (2)やよよ→やよひ 初「婦人画報」大4・3・1水あかり―与謝野晶子

1147 (5)連《れん》翅《げう》→連《れん》翹《げう》 初「婦人画報」大4・3・1水あかり―与謝野晶子

1148 初「婦人画報」大4・3・1水あかり―与謝野晶子

1149 初「婦人画報」大4・3・1水あかり―与謝野晶子

1150 初「婦人画報」大4・3・1水あかり―与謝野晶子

1151 初「婦人画報」大4・3・1水あかり―与謝野晶子

1152 初「婦人画報」大4・3・1水あかり―与謝野晶子

1153 初「婦人画報」大4・3・1水あかり―与謝野晶子

1154
春《はる》もはた秋《あき》もわが見《み》るまぼろしの海《うみ》に浮《うか》べる大形《おほがた》の船《ふね》

1155
木蓮《もくれん》のつぼみ美《うつ》くし翅《はね》ありて雲《くも》に寝《ね》る子《こ》が枕《まくら》にすべく

1156
神《かみ》てふは君《きみ》の如《ごと》くにわがごとく端《はし》より端《はし》へ行《ゆ》く人《ひと》のこと

1157
さくら草白《さうしろ》の蒲団《ふとん》の端《はし》もるゝわが子《こ》の指《ゆび》に名《な》も貸《か》せよかし

1158
忌月《きづき》来《き》ぬ亡《な》きわが姉《あね》の第《だい》一の子《こ》の病《や》めるだに悲《かな》しきものを

1159
いと青《あを》く清《きよ》らかにしてめでたけれ籠《こ》にある鳥《とり》の偸《ぬすみ》見《み》る空《そら》

1160
春《はる》の川桃《かはもゝ》の間《あひだ》をながれ行《ゆ》くわが心《こゝろ》をば君通《きみとほ》り行《ゆ》く

1161
かなしかる都《みやこ》の中《なか》の大川《おほかは》の三月《ぐわつ》の夜《よ》の水《みづ》あかりかな

1162
下界《げかい》なる君《きみ》とおのれの逢《あ》へる時《とき》ほそぼそ泣《な》けるおぼろ夜《よ》の月《つき》

1154 初「婦人画報」大４・３・１水あかり―与謝野晶子

1155 初「婦人画報」大４・３・１水あかり―与謝野晶子

1156 初「婦人画報」大４・３・１水あかり―与謝野晶子

1157 初「婦人画報」大４・３・１水あかり―与謝野晶子

1158 初「婦人画報」大４・３・１水あかり―与謝野晶子

1159 初「婦人画報」大４・３・１水あかり―与謝野晶子

1160 初「婦人画報」大４・３・１水あかり―与謝野晶子

1161 初「婦人画報」大４・３・１水あかり―与謝野晶子

1162 初「婦人画報」大４・３・１水あかり―与謝野晶子

1163 数《かず》しらぬ菫《すみれ》の花《はな》のうづまくと淵《ふち》に見入《みい》れば春風《はるかぜ》ぞ吹《ふ》く

1164 そよ風《かぜ》や小指《をゆび》ばかりの若草《わかぐさ》の精《せい》いできたるこゝちこそすれ

1165 ゆくりなくなす過《あやま》ちと思《おも》ふらむ稀《まれ》にわれをば忘《わす》れつとせむ

1166 紅椿《べにつばき》雨《あま》だれの音《おと》やるせなし紅椿《べにつばき》落《お》つべにつばき落《お》つ

1167 西京《さいきやう》の知恩院《ちおんゐん》の鐘《かね》思《おも》ひ居《ゐ》ぬ二月《ぐわつ》の末《すゑ》のあかつきの閨《ねや》

1168 終《をは》りぞとはてぞと二人《ふたり》あることに云《い》ふ物声《ものこゑ》を君《きみ》もきけるや

1169 朝《あさ》となり夜《よ》となることの繁《しげ》くしていかにすべきとふためくわれは

1170 自《みづか》らをたのみし人《ひと》と唯一《たゞひと》つ思《おも》ひ出《で》を呼《よ》び涙《なみだ》ながすも

1171 春《はる》の雨《あめ》降《ふ》りて終日《いちじつ》一人《ひとり》居《ゐ》し悲《かなし》みごころわすれかねつも

1163 初「婦人画報」大4・3・1水あかり―与謝野晶子

1164 初「婦人画報」大4・3・1水あかり―与謝野晶子

1165 初「東京日日新聞」大4・3・4（無題）―与謝野晶子

1166 初「東京日日新聞」大4・3・4（無題）―与謝野晶子

1167 初「万朝報」大4・3・6（無題）―選者

1168 初「大阪毎日新聞」大4・3・7短歌―与謝野晶子

1169 初「大阪毎日新聞」大4・3・7短歌―与謝野晶子

1170 初「大阪毎日新聞」大4・3・7短歌―与謝野晶子

1171 初「大阪毎日新聞」大4・3・7短歌―与謝野晶子

1172 わが歎《なげ》き見知《みし》らぬさまの若《わか》き人《ひと》いく人《たり》か見《み》つ死《し》なんとぞ思《おも》ふ

1173 太陽《たいやう》はやがて地上《ちぜう》へ落《お》ちにたりかく夜《よ》に昼《ひる》に云《い》へる痴人《しれびと》

1174 二月《きさらぎ》や折《を》れがちの葉《は》の中《なか》に咲《さ》く黄《き》の水仙《すいせん》もなほ寒《さむ》きかな

1175 はしけやし白椿《しろつばき》咲《さ》き草萌《くさも》えて淡《あは》くかがやく二月《きさらぎ》の春《はる》

1176 春《はる》の雨《あめ》よこしまごとは何一《なにひと》つしらぬめでたき恋人《こひびと》に似《に》ぬ

1177 すゞしろに二尺《しやく》が幅《はゞ》の水落《みづお》ちぬ霞《かすみ》立《た》つなる白川《しらかは》の里《さと》

1178 薄色《うすいろ》の春《はる》のふすまは脱《ぬ》けいでし朝《あさ》のあとさへなつかしきかな

1179 山《やま》かげの泉《いづみ》の水《みづ》のあふれ居《ゐ》るさまにも春《はる》のしら雲《くも》の湧《わ》く

1180 わが胸《むね》にあぢきなき風渦巻《かぜうづま》きぬさくら草《さう》など枯《か》れ行《ゆ》く見《み》れば

1172 初「大阪毎日新聞」大4・3・7短歌―与謝野晶子

1173 初「東京日日新聞」大4・3・8（無題）―与謝野晶子

1174 初「東京日日新聞」大4・3・8（無題）―与謝野晶子

1175 初「東京日日新聞」大4・3・16（無題）―与謝野晶子

1176 初「東京日日新聞」大4・3・17（無題）―与謝野晶子

1177 初「東京日日新聞」大4・3・21（無題）―与謝野晶子

1178 初「婦人画報」大4・4・1春愁―与謝野晶子

1179 初「婦人画報」大4・4・1春愁―与謝野晶子

1180 初「婦人画報」大4・4・1春愁―与謝野晶子

1181 日毎《ひごと》われ惜《を》しき昨日《きのふ》と云《い》ひくらす病得《やまひえ》たりぬ今年《ことし》の春《はる》に

1182 浅《あさ》みどり万樹《ばんじゆ》に勝《すぐ》れ嬉《うれ》しかる柳《やなぎ》の道《みち》の夕月夜《ゆふづくよ》かな

1183 面白《おもしろ》く自《みづか》ら飛《と》ぶと思《おも》ひつつ散《ち》るをよろこぶ山《やま》ざくら花《ばな》

1184 あら磯《いそ》の波《なみ》のごとくに咲《さ》きつづく桜《さくら》の山《やま》となりにけるかな

1185 山《やま》ざくら銀《ぎん》の箔《はく》おく夜《よ》となれば作《つく》らまほしや塔《たふ》に似《に》る家《いへ》

1186 秋《あき》よりも春《はる》をさびしと今年《ことし》よりまことの心《こゝろ》云《い》はんとぞ思《おも》ふ

1187 春雨《はるさめ》や青桐《あをぎり》の木《き》を垣《かき》にして支那《しな》めきし門建《もんた》てし家《いへ》かな

1188 自《みづか》らの手《て》より落《お》ちたる筆《ふで》ながら冷《つめた》げに見《み》ゆ物《もの》を思《おも》へば

1189 君《きみ》なげく夜明《よあけ》に軽《かろ》く空《そら》を飛《と》ぶ雲《くも》さへ思《おも》ひ沁《し》むらんほどに

1181 子 初「婦人画報」大4・4・1春愁―与謝野晶

1182 子 初「婦人画報」大4・4・1春愁―与謝野晶

1183 子 初「婦人画報」大4・4・1春愁―与謝野晶

1184 子 初「婦人画報」大4・4・1春愁―与謝野晶

1185 子 初「婦人画報」大4・4・1春愁―与謝野晶

1186 子 初「婦人画報」大4・4・1春愁―与謝野晶

1187 子 初「婦人画報」大4・4・1春愁―与謝野晶

1188 子 初「婦人画報」大4・4・1春愁―与謝野晶

1189 子 初「婦人画報」大4・4・1春愁―与謝野晶

1190 ある時《とき》は他界《たかい》の如《ごと》き静《しづ》けさとおごそかさある春《はる》の海《うみ》かな

1191 大《おほ》ぞらにささ原《はら》ありてそよめける心地《こゝち》するかなおぼろ夜《よ》の月《つき》

1192 白牡丹富貴《はくぼたんふうき》の家《いへ》のめでたさの極《きはま》りなくてうら悲《かな》しけれ

1193 春《はる》の雨《あめ》いわうの色《いろ》に曇《くも》りたる海《うみ》に艪《ろ》が泣《な》く身《み》に沁《し》みて泣《な》く

1194 火《ひ》をかくす山《やま》の如《ごと》くに静《しづ》かなり暫《しばら》くわれのもだしぬる時《とき》

1195 抛《なげう》つも取《と》るもひとしく新《あたら》しき我《わ》が力《ちから》をば試《ため》すよろこび

1196 春《はる》の雨螺旋《あめらせん》の階《かい》をうちつれて姫達降《ひめたちくだ》るこゝちこそすれ

1197 熊野《くまの》なる午王《ごおう》の前《さき》に血《ち》も吐《は》かむいつはり人《びと》を忘《わす》れかねつも

1198 木《こ》の間《ま》より能《のう》の役者《やくしや》の袂《たもと》見《み》る興津《おきつ》の館《たち》の春《はる》の夕《ゆふ》ぐれ

1190 初「婦人画報」大4・4・1春愁—与謝野晶子

1191 初「婦人画報」大4・4・1春愁—与謝野晶子

1192 初「婦人画報」大4・4・1春愁—与謝野晶子

1193 初「婦人画報」大4・4・1春愁—与謝野晶子

1194 初「万朝報」大4・4・3(無題)—選者

1195 初「万朝報」大4・4・17(無題)—選者

1196 初「東京日日新聞」大4・4・20(無題)—与謝野晶子

1197 (2)午《ご》王《うお》(ママ) 初「東京日日新聞」大4・4・20(無題)—与謝野晶子 再「新潮」大4・5・1

1198 初「万朝報」大4・4・24(無題)—選者

1199 恋をかついみじくさせぬ一人《ひとり》来て熊野にすなる川逍遥《かはせうえう》も

1200 われ憎し身のいと憎しわれ憎し男にくしと船に思へる

1201 甲板にものの音すれわがおもひいにしへの日にうち通ふかな

1202 白砂《しらすな》によき松《まつ》を置《お》き船《ふね》を置《お》き春風《はるかぜ》かよふ陸《くが》と海《うみ》とに

1203 紀伊《きい》の山《やま》たためる物《もの》をひらき行《ゆ》く心地《こゝち》するかな川船《かはふね》に居《ゐ》て

1204 淵《ふち》の水青《みづあを》くくるしや黒髪《くろかみ》も身《み》も投《な》げつべきわれここちする

1205 よし悪《あ》しは世《よ》に事古《ことふ》りぬ新《あたら》しくはた快《こゝろよ》く強《つよ》く生《い》きまし

1206 紫《むらさき》の藤《ふぢ》を手《て》にして我《わ》が行《ゆ》けば空《そら》さへ笑《ゑ》める心地《こゝち》するかな

1207 莚《むしろ》織《お》る重《おも》き響《ひゞ》きに似《に》たる波鳴《なみな》れる間《あひだ》にほととぎす啼《な》く

1199 初「新潮」大4・5・1旅の歌―与謝野晶子

1200 初「反響」大4・5・1旅にて―与謝野晶子

1201 初「反響」大4・5・1旅にて―与謝野晶子

1202 初「婦人画報」大4・5・1旅の歌―与謝野晶子

1203 初「婦人画報」大4・5・1旅の歌―与謝野晶子

1204 初「婦人画報」大4・5・1旅の歌―与謝野晶子

1205 初「万朝報」大4・5・8（無題）―選者

1206 初「万朝報」大4・5・15（無題）―選者

1207 初「婦人画報」大4・6・1緑蔭―与謝野晶子

1208 ほのかなる青《あを》き匂《にほ》ひす初夏《はつなつ》の机《つくゑ》のあたり閨《ねや》のほとりに

1209 若《わか》き日《ひ》の心《こゝろ》の傷《きず》に流《なが》れたる血《ち》の罌粟《けし》咲《さ》きぬ悲《かな》しきかなや

1210 夏《なつ》の朝《あさ》つややかにして悲《かな》しかる物思《ものおも》ふ身《み》の細《ほそ》き靴《くつ》かな

1211 百合《ゆり》附《つ》けぬ唯一人《たゞひとり》のみ思《おも》はるるめでたき妻《つま》に劣《おと》らぬ花《はな》を

1212 いく枝《えだ》か物乾棹《ものほしざを》に折《を》れてより卯《う》の花《はな》いとゞ淋《さび》しくなりぬ

1213 初夏《はつなつ》の夜《よ》の砂《すな》を踏《ふ》み磯《いそ》を行《ゆ》き心《こゝろ》しみじみ濡《ぬ》れにけるかな

1214 これに次《つ》ぐ懺悔《ざんげ》はわれの墳墓《おくつき》の石《いし》になすべし否石《いないし》にあらじ

1215 雑草《ざつさう》のいたましきかな天《あま》つ日《ひ》の真上《まうへ》に照《て》れば萎《しほ》れてぞ立《た》つ

1216 いと寒《さむ》く五月《ぐわつ》の末《すゑ》に炉《ろ》を焚《た》けばものゝ淋《さび》しさ秋《あき》に勝《まさ》るも

1208 初「婦人画報」大4・6・1緑蔭―与謝野晶子

1209 初「婦人画報」大4・6・1緑蔭―与謝野晶子

1210 初「婦人画報」大4・6・1緑蔭―与謝野晶子

1211 初「婦人画報」大4・6・1緑蔭―与謝野晶子

1212 初「婦人画報」大4・6・1緑蔭―与謝野晶子

1213 初「婦人画報」大4・6・1緑蔭―与謝野晶子

1214 初「東京日日新聞」大4・6・5（無題）―与謝野晶子

1215 初「万朝報」大4・6・5（無題）―選者

1216 初「大阪毎日新聞」大4・6・6皐月の炉―与謝野晶子

1217 その前《まへ》に懺悔《ざんげ》するものありてふを誇《ほこ》れと聞《き》くもうとましきかな

1218 ひと時《とき》は思《おも》ひ詰《つ》めつる事《こと》ながら有《あ》りのすさびになりにけるかな

1219 四十路《よそぢ》をば二《ふた》つ三《み》つ過《すぐ》しこの君《きみ》は懺悔《ざんげ》を聞《き》けと云《い》ひ給《たま》ふかな

1220 物語《ものがたり》めきたる君《きみ》が初恋《はつこひ》を妬《ねた》みて痩《や》せぬうき十余《よ》年《ねん》

1221 沈《ぢん》の樹は枯れて千とせに香れどもああ唯だ人は闇に倒るる

1222 並びつつ世の悩みより生れたる病は賢《さか》し信《しん》は幼《をさな》し

1223 飛鳥風《あすかかぜ》小雨《こさめ》を吹きて濡《ぬら》すなり春日《かすが》の森のむらさきの藤

1224 かの鳥も全身《ぜんしん》をもて快《こゝろよ》く空《そら》に書くなり大いなる円《ゑん》

1225 自《みづか》らを恋《こひ》の燃《も》えがらなどとして侮《あなど》りつゝもめでぬ薔薇《さうび》を

1217 初「大阪毎日新聞」大4・6・6皐月の炉――与謝野晶子

1218 初「万朝報」大4・6・12（無題）――選者

1219 初「大阪毎日新聞」大4・6・20歌――与謝野晶子

1220 初「東京日日新聞」大4・6・22（無題）――与謝野晶子

1221 初『灰の音』大4・6・28（無題）――与謝野寛

1222 初『灰の音』大4・6・28（無題）――与謝野寛

1223 初『灰の音』大4・6・28（無題）――与謝野寛

1224 初『灰の音』大4・6・28（無題）――与謝野寛

1225 初「婦人画報」大4・7・1橋の下――与謝野晶子

1226 夢《ゆめ》と云《い》ふうす紅《べに》の鳥《とりに》逃げ行《ゆ》きぬわがかたはらに寝《ね》る人《ひと》へまで

1227 指《ゆび》に摘《つ》み唐辛子《たうがらし》をば噛《か》み切《き》れば涼《すゞ》しき月《つき》も悲《かな》しくなりぬ

1228 木《き》を漏《も》るゝ初夏《はつなつ》の日《ひ》と黄《き》の薔薇《しやうび》めでたき中《なか》をそよ風《かぜ》ぞ吹《ふ》く

1229 今日《けふ》までに知《し》れるものとは替《か》へがたしかくもかたみに思《おも》ふ人《ひと》どち

1230 大空《おほぞら》の日《ひ》のかぎろへば罌粟《けし》ちれば相向《あひむか》ひたる君《きみ》がもだせば

1231 片恋《かたこひ》をよその子《こ》がすと云《い》ふことにかかはりもなき二人《ふたり》と思《おも》はむ

1232 万物《ばんぶつ》のまことを見《み》んとする心《こゝろ》にはかに添《そ》ひて死《し》より還《かへ》りぬ

1233 をかしげにふためく様《さま》し髱《たぼ》ながき子《こ》の濡《ぬ》れて行《ゆ》く両国《りやうごく》の雨《あめ》

1234 蓮月《れんげつ》の古手紙《ふるてがみ》など壁《かべ》に張《は》り読《よ》む間《ま》も恋《こひ》のわすれかねつも

1226 初「婦人画報」大4・7・1橋の下—与謝野晶子

1227 初「婦人画報」大4・7・1橋の下—与謝野晶子

1228 初「東京日日新聞」大4・7・2（無題）—与謝野晶子

1229 初「大阪毎日新聞」大4・7・4お伽話の神—与謝野晶子

1230 初「東京日日新聞」大4・7・4（無題）—与謝野晶子

1231 初「東京日日新聞」大4・7・5（無題）—与謝野晶子

1232 初「万朝報」大4・7・10（無題）—選者

1233 初「婦人画報」大4・8・1雨と恋—与謝野晶子

1234 初「婦人画報」大4・8・1雨と恋—与謝野晶子

1235 浜《はま》の石皆《いしみな》いとまろし誇《ほこ》りかに我《われ》に抗《さか》らふ人《ひと》と似《に》ぬかな

1236 日《ひ》の西《にし》に傾《かたむ》く頃《ころ》の身《み》となりてわが片恋《かたこひ》は救《すく》はれしかな

1237 ある時《とき》は智慧《ちゑ》の欠目《かけめ》の小《せう》ならぬ禍《わざはひ》とすれわすれがたしも

1238 避暑地《ひしよち》より年《とし》に一度文《ひとたびふみ》の来《き》ぬ女《をんな》か否《いな》かなほ知《し》らねども

1239 清《きよ》らなる素肌《すはだ》の人《ひと》の走《はし》り行《ゆ》くこゝちするかな初秋《はつあき》の風《かぜ》

1240 やがてこれ跡方《あとかた》もなくなりぬべき夏草《なつぐさ》の花日《はなひ》よりあかるし

1241 つくばひて笹《さゝ》の皮《かは》などはぎて捨《す》つ物思《ものおも》ふ身《み》は夏《なつ》の朝《あした》に

1242 秋《あき》の蚊帳《かや》浄土《じやうど》にいます仏達《ほとけたち》吹《ふ》くやうにして風《かぜ》きよく吹《ふ》く

1243 刺す日くと小踊りしつゝ狂乱のまへと云ふなる身かとまどひし

1235 初「婦人画報」大4・8・1雨と恋―与謝野晶子

1236 初「婦人画報」大4・8・1雨と恋―与謝野晶子

1237 初「婦人画報」大4・8・1雨と恋―与謝野晶子

1238 初「万朝報」大4・8・7（無題）―選者

1239 初「万朝報」大4・8・14（無題）―選者

1240 初「大阪毎日新聞」大4・8・29釣がね草―与謝野晶子再「台湾愛国婦人」大4・9・1

1241 初「大阪毎日新聞」大4・8・29釣がね草―与謝野晶子再「台湾愛国婦人」大4・9・1

1242 初「東京日日新聞」大4・8・31（無題）―与謝野晶子再「台湾愛国婦人」大4・10・1

1243 初「科学と文芸」大4・9・1果肉の甘さ―与謝野晶子

1244 まことには君を頼みしことなしと死ぬ期に云はん時あたへしめ

1245 あざやかに初秋こしと見ゆれどもわれはかにかくものがなしけれ

1246 裁《た》ちがたき厚紙《あつがみ》に似《に》る恋《こひ》などと趣《おもむ》きもなきことはおもはじ

1247 面白《おもしろ》く仮装《かさう》をしたる人《ひと》なれば知《し》らぬ恨《うら》みも云《い》ひ給《たま》ふかな

1248 自《みづか》らにこころの裂目《さけめ》ありたらば痛《いた》く沁《し》むべき風《かぜ》吹《ふ》く日《ひ》来《き》ぬ

1249 昨日《きのふ》まで心《こころ》しびれて居《ゐ》たりけんさはなかりけむかにかく秋《あき》来《く》

1250 階上《かいじやう》のうす水色《みづいろ》の窓匡《まどわく》を霧《きり》ふる中《なか》に見《み》てかへりきぬ

1251 秋雨《あきさめ》は羊《ひつじ》の皮《かは》の手《て》ざはりに降《ふ》れど寂《さび》しき風《かぜ》かよひきぬ

1252 紺《こん》と白紅《しろべに》も薄黄《うすき》もしどけなく夕《ゆふ》ぐものごとひろごる野《の》かな

1244 初「科学と文芸」大４・９・１果肉の甘さ―与謝野晶子

1245 初「科学と文芸」大４・９・１果肉の甘さ―与謝野晶子

1246 初「台湾愛国婦人」大４・９・１露草―与謝野晶子

1247 初「台湾愛国婦人」大４・９・１露草―与謝野晶子

1248 初「婦人画報」大４・９・１白き船―与謝野晶子

1249 初「婦人画報」大４・９・１白き船―与謝野晶子

1250 初「婦人画報」大４・９・１白き船―与謝野晶子

1251 初「婦人画報」大４・９・１白き船―与謝野晶子

1252 初「婦人画報」大４・９・１白き船―与謝野晶子

1253 直線《ちよくせん》とぎざ〳〵をもて立《た》ちながら草《くさ》の緑《みどり》の朱《しゆ》に変《かは》り行《ゆ》く

1254 白樺《しらかば》の立《た》つ山《やま》の霧《きり》プラタンの並木《なみき》にかかる東京《とうきやう》の霧《きり》

1255 わが船《ふね》へ白刃《しらは》かざして飛《と》び乗《の》りぬ秋《あき》こそ似《に》たれ海賊《かいぞく》どもに

1256 たてもなくゆすれて光《ひか》るこほろぎの声《こゑ》と思《おも》ひぬ夜中《よなか》の月《つき》に

1257 この二人秋《ふたりあき》にふさはぬ華奢《くわしや》をする人《ひと》と如《ごと》くに匂《にほ》ふ面《おも》する

1258 わが机《つくゑ》　柱《はしら》のあたりかげろふは水《みづ》の上《うへ》ゆくさまして飛《と》ぶも

1259 秋《あき》くればわが何時《いつ》よりかたわみつる心《こころ》のさまも目《め》に見《み》ゆるかな

1260 折目《をりめ》よき扇《あふぎ》に並《なら》びほほ笑《ゑ》みぬ西《にし》の桟敷《さじき》の紅《べに》の芙蓉《ふよう》は

1261 われ持《も》ちて男《をとこ》の友《とも》はかなしかり死《し》にぬ旅《たび》すと日《ひ》を並《なら》べ聞《き》く

1253 初「万朝報」大4・9・18（無題）―選者

1254 初「万朝報」大4・9・25（無題）―選者 再「台湾愛国婦人」大4・11・1―与謝野晶子

1255 初「大阪毎日新聞」大4・9・26秋の薔薇―与謝野晶子 再「台湾愛国婦人」大4・11・1

1256 (1)たてもなく→はてもなく 初「大阪毎日新聞」大4・9・26秋の薔薇―与謝野晶子 再「台湾愛国婦人」大4・11・1

1257 (4)人《ひと》と如《ごと》くに→人《ひと》の如《ごと》くに 初「大阪毎日新聞」大4・9・26秋の薔薇―与謝野晶子 再「台湾愛国婦人」大4・11・1

1258 初「台湾愛国婦人」大4・10・1秋の窓より―与謝野晶子

1259 初「台湾愛国婦人」大4・10・1秋の窓より―与謝野晶子

1260 初「婦人画報」大4・10・1秋の木のもと―与謝野晶子

1261 初「万朝報」大4・10・5（無題）―選者

1262 わだつみの深《ふか》き底《そこ》にもあらじとぞ思《おも》ふばかりの風心《かぜこゝろ》吹《ふ》く

1263 見《み》るところ秋《あき》は美《うつ》くし快《こゝろよ》し恋《こひ》の猟夫《さつを》も山《やま》のさつをも

1264 愁ありり月の光に紅《べに》をさしいのちを加へられつるものを

1265 大空の晴れゆく朝はうちくもり夕となれば輝くは何

1266 半里ほど路のかたへの草も見ずこしと初めて気づく淋しさ

1267 暫し絶えのちは七世《なゝよ》も恋しなき恋と君をば頼むなりとか

1268 秋《あき》になほ春《はる》の如《ごと》くも咲《さ》かせたる薔薇《さうび》贈《おく》りぬわれと比《くら》べむ

1269 白菊《しらぎく》を身《み》に沁《し》むものと思《おも》へるも秋《あき》にかかはる思《おも》ひ出《で》のため

1270 もの忘《わす》れなさむ薬《くすり》をおのれのみ飲《の》まじと彼《かれ》も歎《なげ》くなるらむ

1262 [初]「東京日日新聞」大４・10・21（無題）―与謝野晶子[再]「台湾愛国婦人」大４・11・1

1263 [初]「万朝報」大４・10・30（無題）―選者

1264 [初]「科学と文芸」大４・11・1光を断って―与謝野晶子

1265 [初]「科学と文芸」大４・11・1光を断って―与謝野晶子

1266 [初]「科学と文芸」大４・11・1光を断って―与謝野晶子

1267 [初]「科学と文芸」大４・11・1光を断って―与謝野晶子

1268 [初]「台湾愛国婦人」大４・11・1秋の窓にて―与謝野晶子

1269 [初]「台湾愛国婦人」大４・11・1秋の窓にて―与謝野晶子

1270 [初]「台湾愛国婦人」大４・11・1秋の窓にて―与謝野晶子

1271 自《みづか》らを褒《ほ》め過《す》ぎし人誰《ひとたれ》てふも十《と》とせ過《す》ぐれば忘《わす》るるものか

1272 何時《いつ》やらむ短《みじか》き夢《ゆめ》に見《み》しことを長《なが》くとどむる心《こゝろ》と知《し》りぬ

1273 自《みづか》らはかなしけれどもよわよわし月《つき》に一《ひと》たび長《なが》き文書《ふみか》く

1274 ある時《とき》に深《ふか》くをさめし妬《ねた》ましさこれならじかと夜《よ》の風《かぜ》を聞《き》く

1275 われ行《ゆ》きて乾《かわ》ける森《もり》の木《き》の肌《はだ》もうるほふほどの思《おも》ひつくりし

1276 自《みづか》らを愛《め》づると閉《と》ぢし心《こゝろ》をば押《お》しもひらけば君《きみ》ぞ見《み》えける

1277 あな恋しなつかしき人多かりしわがいくつかの年の初冬

1278 思ひごと流に投げしいく度のおもひでぞ湧く加茂川に来て

1279 いつはりてうらはかなど云ひにけむ斯くいにしへの見ゆるものから

1271 初「婦人画報」大4・11・1遠樹抄―与謝野晶子
1272 初「婦人画報」大4・11・1遠樹抄―与謝野晶子
1273 初「婦人画報」大4・11・1遠樹抄―与謝野晶子
1274 初「婦人画報」大4・11・1遠樹抄―与謝野晶子
1275 初「婦人画報」大4・11・1遠樹抄―与謝野晶子
1276 初「婦人画報」大4・11・1遠樹抄―与謝野晶子
1277 初「三田文学」大4・11・1朱葉集（百首）―与謝野晶子
1278 初「三田文学」大4・11・1朱葉集（百首）―与謝野晶子
1279 初「三田文学」大4・11・1朱葉集（百首）―与謝野晶子

1280 進むべき道にはあらぬ道こしと争ふ日にも云はぬなりけり

1281 池あまた閨をめぐれり自らは月なるかそも病むたわやめか

1282 初めより私ごころさしはさみききつれ恋のやぶれし話

1283 起きて吐く息《いき》の白しと日記《にき》するは老の初めのごとくいまはし

1284 とがりたる屋根葉のそよぎ枝うごきなやましげなる月の夜の路

1285 かぎりなくわれは烈しく衰へむさて笑はまし心老いねば

1286 春夏を多くよろこぶ人よりもわれらぞまさる秋の悲み

1287 絶えたりと君の歎くを見るよりも悪縁としてされし見む

1288 うらめしさ何のもとゐによることかあるひは君の知り給ふらむ

1280 初「三田文学」大4・11・1朱葉集(百首)―与謝野晶子

1281 初「三田文学」大4・11・1朱葉集(百首)―与謝野晶子

1282 初「三田文学」大4・11・1朱葉集(百首)―与謝野晶子

1283 初「三田文学」大4・11・1朱葉集(百首)―与謝野晶子

1284 初「三田文学」大4・11・1朱葉集(百首)―与謝野晶子

1285 初「三田文学」大4・11・1朱葉集(百首)―与謝野晶子

1286 初「三田文学」大4・11・1朱葉集(百首)―与謝野晶子

1287 初「三田文学」大4・11・1朱葉集(百首)―与謝野晶子

1288 初「三田文学」大4・11・1朱葉集(百首)―与謝野晶子

1289 こし方の破れし恋と君が云ふ中の一人はおのれに似るも

1290 ことごとに日のうち三たび心変《か》ふその思ふ子は三人《みたり》なるらむ

1291 秋の山安げに練れどうらがなし君と行けどもかつうらがなし

1292 大慈悲の仏ごころになすことは年に一たび文をかくこと

1293 これらをばいとよく君はおほふべしなほおほらかに日もおくるべし

1294 美くしき花と重り恋するも水晶なれば人のしらずも

1295 この少女悪魔が君に捧げつる犠牲《にへ》なりしかど君をすくひし

1296 奪はれし心がはりを見しと云ふこの話をばさかしまにせよ

1297 今日ののちたくみに嘘を云へよかしかかる涙はよし落すとも

1289 初「三田文学」大4・11・1朱葉集(百首)―与謝野晶子

1290 初「三田文学」大4・11・1朱葉集(百首)―与謝野晶子

1291 初「三田文学」大4・11・1朱葉集(百首)―与謝野晶子

1292 初「三田文学」大4・11・1朱葉集(百首)―与謝野晶子

1293 初「三田文学」大4・11・1朱葉集(百首)―与謝野晶子

1294 初「三田文学」大4・11・1朱葉集(百首)―与謝野晶子

1295 初「三田文学」大4・11・1朱葉集(百首)―与謝野晶子

1296 初「三田文学」大4・11・1朱葉集(百首)―与謝野晶子

1297 初「三田文学」大4・11・1朱葉集(百首)―与謝野晶子

1298 君は彼われは君ゆゑこの恋を貴き悔となせるなりけり

1299 物おもふ人の上なる御空《みそら》より遠く去りゆく雁の声かな

1300 臨終に人は初めて知るごとき執着をわれつねの日も持つ

1301 ふるごとも思ひ絶えつと云ふ顔を見たりしのちの十年なれども

1302 その頃の君が行きける道ならし表のまちも裏の通りも

1303 危しと云ふなる心なみしつつ同じことせし二人なれども

1304 くろ髪のうしほの上にひろごるや靄の降れるや人を思ふや

1305 病《や》む時《とき》もこの心《こゝろ》より外《ほか》になしとは思《おも》へども色《いろ》うすれ行《ゆ》く

1306 およそこれ三千《みち》とせばかりいにしへの例《れい》と聞《き》くさへゆゆしかしこし

1298 初「三田文学」大４・11・１朱葉集（百首）―与謝野晶子

1299 初「三田文学」大４・11・１朱葉集（百首）―与謝野晶子

1300 初「三田文学」大４・11・１朱葉集（百首）―与謝野晶子

1301 初「三田文学」大４・11・１朱葉集（百首）―与謝野晶子

1302 初「三田文学」大４・11・１朱葉集（百首）―与謝野晶子

1303 初「三田文学」大４・11・１朱葉集（百首）―与謝野晶子

1304 初「三田文学」大４・11・１朱葉集（百首）―与謝野晶子

1305 初「万朝報」大４・11・６（無題）―選者

1306 初「東京日日新聞」大４・11・10寿《じゅ》詞《し》十《じっ》章《しょう》―与謝野晶子

1307 われ知《し》らず大嘗宮《だいぜうきう》のみあかしにまさるいみじき光のあるを

1308 京《けう》の山青垣《やまあをがき》をなす比《たぐ》ひなき民《たみ》の歓声《くわんせい》散《ち》らざらんため

1309 大宮《おほみや》の内外《うちと》に見《み》ませ国民《くにたみ》が今世《いまよ》に知《し》らぬ歓《よろこ》びするを

1310 大空《おほぞら》を行《ゆ》きかふ雲《くも》もわたつみに立《た》つしら波《なみ》も寿《よ》詞《ごと》申《まを》さく

1311 長《なが》き夜《よ》は大嘗宮《だいじやうぐう》の御《み》祭《まつり》のをはりしあとにほのぼのと明《あ》く

1312 大君《おほぎみ》と神《かみ》と民衆《みんしゆう》もろともにいや栄《さか》えなん日《ひ》の出《い》づる国《くに》

1313 日暮《ひくれ》たる後《のち》の食事《しよくじ》はあつもののも冷《つめた》しとこそ思《おも》ふなりけれ

1314
大阪の人某氏、延若と改名せんとする俳優延次郎に贈る歌を代りて詠めと云ひければ。

わが若き延次郎《えんじろ》の名の惜しきこと限りもあらずきはまりもなし

1307 初「東京日日新聞」大4・11・10寿《じゆ》詞《し》十《じゆつ》章《せう》―与謝野晶子

1308 初「大阪毎日新聞」大4・11・11大典奉賀歌―与謝野晶子

1309 初「大阪毎日新聞」大4・11・11大典奉賀歌―与謝野晶子

1310 初「読売新聞」大4・11・11寿《よ》詞《ごと》十章《しやう》―与謝野晶子

1311 初「読売新聞」大4・11・11寿《よ》詞《ごと》十章《しやう》―与謝野晶子

1312 初「読売新聞」大4・11・11寿《よ》詞《ごと》十章《しやう》―与謝野晶子

1313 初「東京日日新聞」大4・11・25（無題）―与謝野晶子再「台湾愛国婦人」大4・12・1

1314 初「青鞜」大4・12・1短歌十首―与謝野晶子

1315 恋男《こひをとこ》紙屋治兵衛《かみやぢへゑ》の頬《ほお》かぶり治兵衛が惜しや名をば変へやる

1316 加茂川の夕涼みにも千鳥きく冬座敷にも延次郎話《えんじろばなし》

1317 西京の舞子のむれの美しさそれに適《ふさ》へる役者延次郎

1318 木屋町の宿屋はよしや延次郎の楽屋太鼓の音のひびけば

1319 声《こわ》いろに延次郎出せばその顔をすだれかかげて覗く舞姫

1320 とことはに京の舞子に見はやされ老ゆることなくあれ延次郎

1321 福助になまめかしさの及ばずと舞子はしらずよしや延次郎

1322 かの人もいかにかなりし延次郎に顔の似たりし女ともだち

1323 わがためにたゝずみて弾《ひ》くものゝごと琴《こと》めく雨《あめ》の秋《あき》の夕《ゆふ》ぐれ

1315 初「青鞜」大４・12・１短歌十首―与謝野晶子

1316 初「青鞜」大４・12・１短歌十首―与謝野晶子

1317 初「青鞜」大４・12・１短歌十首―与謝野晶子

1318 初「青鞜」大４・12・１短歌十首―与謝野晶子

1319 初「青鞜」大４・12・１短歌十首―与謝野晶子

1320 初「青鞜」大４・12・１短歌十首―与謝野晶子

1321 初「青鞜」大４・12・１短歌十首―与謝野晶子

1322 初「青鞜」大４・12・１短歌十首―与謝野晶子

1323 初「青年」大４・12・１山蕗の花―与謝野晶子

1324 たゞならぬことを思《おも》ひて土《つち》を掘《ほ》る土《つち》を掘《ほ》るとぞ見《み》ゆる工夫《こうふ》よ

1325 青《あを》の魚《うを》くれなゐの魚《うを》黄《き》の朝日波《あさひなみ》のおとなひ海上《かいじやう》の霧《きり》

1326 な愁《うれ》ひそこのめでたくも張《は》りつめし心《こゝろ》はものをわするゝ期《き》なし

1327 神無月《かんなづき》 冷《つめた》き水《みづ》を流《なが》すなる加茂《かも》の川辺《かはべ》に二夜《ふたよ》三夜《みよ》寝《ね》る

1328 白《しろ》きものひろげらるゝと見《み》し秋《あき》は黄《き》となり紅《べに》となりて暮《く》れゆく

1329 わが髪《かみ》に香油《かうゆ》のしづくこぼれくるここち覚《おぼ》ゆる秋《あき》の夜《よ》の月《つき》

1330 なつかしき水浅葱《みづあさぎ》なる秋《あき》のそら鳥《とり》ともなりて飛《と》ばましものを

1331 恐《おそ》れたる人《ひと》てふ仇名《あだな》のあたらざるものに思《おも》ひぬ恋《こひ》の上《うへ》には

1332 七《なゝ》たりか八《や》たりか友《とも》のありしごと思《おも》へどそれもあやまりにして

1324 初「青年」大4・12・1山蕗の花―与謝野晶子

1325 初「青年」大4・12・1山蕗の花―与謝野晶子

1326 初「青年」大4・12・1山蕗の花―与謝野晶子

1327 初「青年」大4・12・1山蕗の花―与謝野晶子

1328 初「青年」大4・12・1山蕗の花―与謝野晶子

1329 初「台湾愛国婦人」大4・12・1落葉―与謝野晶子

1330 初「台湾愛国婦人」大4・12・1落葉―与謝野晶子

1331 初「台湾愛国婦人」大4・12・1落葉―与謝野晶子

1332 初「台湾愛国婦人」大4・12・1落葉―与謝野晶子

1333 瑠《る》璃《り》色《いろ》の瓶《かめ》と並《なら》びてたわやめが夜《よ》に思《おも》ふことまろくめでたし

1334 冬《ふゆ》こしとまだ目《め》にたたぬことなどを云《い》へども君《きみ》と待《ま》ちぬ千鳥《ちどり》を

1335 いちじろく生《なま》の薪《たきゞ》の匂《にほ》ひする家《いへ》の悲《かな》しき冬《ふゆ》のたそがれ

1336 思《おも》ふ人許《ひとゆる》されぬことしいでつるさまとあさまし冬《ふゆ》の初《はじ》めは

1337 わが机《つくゑ》　涙《なみだ》の色《いろ》の冬《ふゆ》の日《ひ》の光《ひかり》も射《さ》していみじかりけれ

1338 松《まつ》の木《き》が小枝《こえだ》かなしくうち振《ふ》れば広葉《ひろは》なびくてまして身《み》に沁《し》む

1339 白《しろ》き磁《じ》の小鳥《ことり》の餌壺《ゑつぼ》こぼれたる山茶花《さざんくわ》の紅《べに》冬《ふゆ》のうす雲《ぐも》

1340 わが涙《なみだ》にじみ入《い》るべきひまもなき石《いし》を畳《たゝ》める心《こゝろ》もありぬ

1341 家移《いへうつ》すわが荷《に》の車《くるま》むらさきの包《つゝみ》もありて哀《あは》れなるかな

1333 初「婦人画報」大４・12・１紅類集―与謝野晶子

1334 初「婦人画報」大４・12・１紅類集―与謝野晶子

1335 初「婦人画報」大４・12・１紅類集―与謝野晶子

1336 初「婦人画報」大４・12・１紅類集―与謝野晶子

1337 初「婦人画報」大４・12・１紅類集―与謝野晶子

1338 (4)広葉《ひろは》なびくて（ママ）
初「婦人画報」大４・12・１紅類集―与謝野晶子

1339 初「婦人画報」大４・12・１紅類集―与謝野晶子

1340 初「婦人画報」大４・12・１紅類集―与謝野晶子

1341 初「婦人画報」大４・12・１紅類集―与謝野晶子

1342 日《ひ》ごろ経《へ》て白《しろ》の小菊《こぎく》の紫《むらさき》ににじみ行《ゆ》くこそ哀《あは》れなりけり

1343 よそ人《ひと》と君《きみ》がとる名《な》をかしげに誰《たれ》も語《かた》ればもの哀《あは》れなり

1344 わが心《こゝろ》今日《けふ》なき名《な》とる君《きみ》よりもなほ若《わか》くして妬《ねた》みつきせず

1345 牛込《うしごめ》の大阪上《おほさかうへ》にほのめける天上《てんぜう》の黄《き》の一《ひと》もと銀杏《いてう》

1346 市《いち》が谷《や》の雑木《ざうき》の紅葉《もみぢ》見《み》に出《い》でぬおち髪《がみ》すとてなげける人《ひと》も

1347 初冬《はつふゆ》の濁江《にごりえ》いろの大空《おほぞら》にかかはりもなき黄《き》の公孫樹《こうそんじゆ》

1348 初冬《はつふゆ》は鉛《なまり》のごとし堀《ほり》の水土手《みづどて》のもとにて白《しろ》く光《ひか》れば

1349 いと高《たか》き卓《たく》の上《うへ》にて身悶《みもだ》えす唯《た》だ一《ひと》つなる白玉椿《しらたまつばき》

1350 さいかちの実《み》のかしましや禅僧《ぜんそう》の口舌《こうぜつ》のごと憎《にく》からねども

1342 初「東京日日新聞」大4・12・2（無題）―与謝野晶子

1343 初「東京日日新聞」大4・12・2（無題）―与謝野晶子

1344 初「東京日日新聞」大4・12・21（無題）―与謝野晶子

1345 初「東京日日新聞」大4・12・21（無題）―与謝野晶子

1346 初「東京日日新聞」大4・12・23（無題）―与謝野晶子

1347 初「東京日日新聞」大4・12・23（無題）―与謝野晶子

1348 初「東京日日新聞」大4・12・23（無題）―与謝野晶子

1349 初「東京日日新聞」大4・12・29（無題）―与謝野晶子

1350 初「東京日日新聞」大4・12・29（無題）―与謝野晶子

大正五年（一九一六）

1351 この中に掃ふものあるここちして居ることさへもなつかしとしぬ

1352 若さをばわが心より根こぎにすかかる脅しもききぬ病む夜は

1353 うち覗き朱《しゆ》の層《そう》を見るわがこころ今日より後に何のかさなる

1354 たわやめの傍《ほとり》に咲《さ》くと云《い》ふ顔《かほ》をすれども梅《うめ》も少女《をとめ》のごとし

1355 古年《ふるとし》のことは一つのみ保《たも》たんと君《きみ》に申《まを》さく正 月《しやうぐわつ》のひと

1356 年々《とし〴〵》の正 月《しやうぐわつ》を見《み》むことによりいのちの延《の》びむことを思《おも》へり

1357 春《はる》立《た》ちぬ子鳩《こばと》のあまた居《ゐ》る巣《す》より二《ふた》つの鳩《はと》ののぞく大空《おほぞら》

1351 初「新潮」大5・1・1朱の層―与謝野晶子

1352 初「新潮」大5・1・1朱の層―与謝野晶子

1353 初「新潮」大5・1・1朱の層―与謝野晶子

1354 初「青年」大5・1・1新春―与謝野晶子

1355 初「青年」大5・1・1新春―与謝野晶子

1356 初「青年」大5・1・1新春―与謝野晶子

1357 初「青年」大5・1・1新春―与謝野晶子

1358 くれなゐを着《き》よそほひたる猿《さる》の来《き》て舞《ま》ふ時《とき》すこし心春《こゝろはる》めく

1359 三《み》つばかり猩々木《しやう〴〵ぼく》の鉢《はち》おきてよき煙草《たばこ》をば飲《の》める元日《ぐわんじつ》

1360 天地《あめつち》のめでたきこともいみじさも春《はる》の初《はじ》めとなりて現《あらは》る

1361 しらじらと気色《けしき》ばみたる波《なみ》もよしわが元朝《ぐわんてう》の富士《ふじ》ある下《した》に

1362 この日《ひ》より春《はる》と云《い》ふなる金《きん》の線《せん》踏《ふ》みてぞ歩《あゆ》む少女《をとめ》ますらを

1363 紅梅《こうばい》の落《お》ちたるを踏《ふ》むここちして初日《はつひ》さしたる磯《いそ》にこしかな

1364 天地《あめつち》を恋人《こひゞと》のごと眺《なが》むるは春《はる》の初《はじ》めのこころなりけり

1365 羽子《はご》の音街《おとまち》よりすれば君《きみ》と居《ゐ》ていやしづかさの思《おも》はるゝ家《いへ》

1366 青《あを》き菜《な》のくりやにありてめでたけれ君《きみ》とわが住《す》む初春《はつはる》の家《いへ》

1358 初「青年」大5・1・1新春―与謝野晶子

1359 初「青年」大5・1・1新春―与謝野晶子

1360 初「青年」大5・1・1新春―与謝野晶子

1361 初「台湾愛国婦人」大5・1・1春の初めの歌―与謝野晶子

1362 初「台湾愛国婦人」大5・1・1春の初めの歌―与謝野晶子

1363 初「台湾愛国婦人」大5・1・1春の初めの歌―与謝野晶子

1364 初「台湾愛国婦人」大5・1・1春の初めの歌―与謝野晶子

1365 初「台湾愛国婦人」大5・1・1春の初めの歌―与謝野晶子

1366 初「台湾愛国婦人」大5・1・1春の初めの歌―与謝野晶子

1367 加茂川《かもがは》の橋《はし》二《ふた》つ三《み》つ見《み》ゆるなる宿屋《やどや》に君《きみ》とありぬ元日《ぐわんじつ》

1368 正月《しやうぐわつ》のもちひ飾《かざ》ればふるさとも師《し》も父母《ちゝはゝ》もせちになつかし

1369 元日《ぐわんじつ》は去年《こぞ》も今年《ことし》も紫《むらさき》を著《き》て君《きみ》とのみありぬひねもす

1370 正月《しやうぐわつ》の松立《まつた》てる街《まち》ほのかなる紫《むらさき》をしてたそがるる時《とき》

1371 元朝《ぐわんてう》や大木《おほき》の松《まつ》の黒《くろ》き幹《みき》ことごとよりもいみじかりけれ

1372 正月《しやうぐわつ》の二日《ふつか》の朝《あさ》の眠《ねむり》よりやうやくさめて人《ひと》の美《うつ》くし

1373 肱《ひぢ》まげて君《きみ》が眠《ねむ》れば正月《しやうぐわつ》もさびしくなりぬ昔《むかし》の恋《こ》ひし

1374 淡雪《あはゆき》のちる夕《ゆふ》ぐれの寒菊《かんぎく》のむらさきの葉《は》のなまめかしけれ

1375 後《うしろ》をば見《み》つつ歩《あゆ》める鳩《はと》の羽《は》を春《はる》の初《はじ》めの山《やま》の風《かぜ》吹《ふ》く

1367 初「台湾愛国婦人」大5・1・1春の初めの歌―与謝野晶子

1368 初「台湾愛国婦人」大5・1・1春の初めの歌―与謝野晶子

1369 初「台湾愛国婦人」大5・1・1春の初めの歌―与謝野晶子

1370 初「台湾愛国婦人」大5・1・1春の初めの歌―与謝野晶子

1371 初「台湾愛国婦人」大5・1・1春の初めの歌―与謝野晶子

1372 初「台湾愛国婦人」大5・1・1春の初めの歌―与謝野晶子

1373 初「台湾愛国婦人」大5・1・1春の初めの歌―与謝野晶子

1374 初「台湾愛国婦人」大5・1・1春の初めの歌―与謝野晶子

1375 初「台湾愛国婦人」大5・1・1春の初めの歌―与謝野晶子

1376 自《みづか》らを鰭《ひれ》振《ふ》る魚《うを》と思《おも》ひつゝ羽子《はね》つく春《はる》となりにけるかな

1377 初春《はつはる》の街《まち》の敷石《しきいし》踏《ふ》めば云《い》ふ家《いへ》にてものを思《おも》へるもなし

1378 元日《ぐわんじつ》の南《みなみ》の縁《えん》に日《ひ》のさして香油《かうゆ》の匂《にほ》ひちるがめでたし

1379 まろうどは雪《ゆき》ふる国《くに》の高山《たかやま》の話《はなし》をすれど春《はる》なればよし

1380 春《はる》こしと思《おも》ひ知《し》りたるしるしにす大日輪《だいにちりん》にひざまづくこと

1381 かはらかにさらばと走《はし》り去《さ》りし冬稚児《ふゆちご》遊《あそ》びをばしつつ来《く》る春《はる》

1382 いみじかる初日《はつひ》か金《きん》の魚《うを》なるか波《なみ》をくぐれば白《しろ》き鳥《とり》飛《と》ぶ

1383 さにづらひ翅《つばさ》振《ふ》るなりわが春《はる》をよしと舞《ま》ふなり日《ひ》のまへの鳥《とり》

1384 珍《めづら》しく扇《あふぎ》ひらけば君《きみ》が歌《うた》ほのかに読《よ》まる元朝《ぐわんてう》にして

1376 初「婦人画報」大5・1・1歯朶の葉―与謝野晶子

1377 初「婦人画報」大5・1・1歯朶の葉―与謝野晶子

1378 初「婦人画報」大5・1・1歯朶の葉―与謝野晶子

1379 初「婦人画報」大5・1・1歯朶の葉―与謝野晶子

1380 初「婦人画報」大5・1・1歯朶の葉―与謝野晶子

1381 初「婦人画報」大5・1・1歯朶の葉―与謝野晶子

1382 初「婦人画報」大5・1・1歯朶の葉―与謝野晶子

1383 初「婦人画報」大5・1・1歯朶の葉―与謝野晶子

1384 初「婦人画報」大5・1・1歯朶の葉―与謝野晶子

1385 春《はる》来《く》れば雪解《ゆきげ》ならねど嬉《うれ》しかり厨《くりや》に水《みづ》の走《はし》る音《おと》する

1386 わが部屋《へや》に春風《はるかぜ》を生《う》む洞《ほら》と書《か》く靄《もや》もいづべし時《とき》になげけば

1387 君《きみ》と居《ゐ》て命《いのち》うれしく思《おも》ふことかの百歳《ひやくさい》の翁《おきな》にまさる

1388 炉《ろ》に向《むか》ひ変《かは》らぬことを君《きみ》と云《い》ふ正月《しやうぐわつ》もいとめでたかりけれ

1389 元日《ぐわんじつ》やわが恋《こひ》のごと清《きよ》らなるもちひに並《なら》ぶ温室《をんしつ》の花《はな》

1390 かぎりなく君《きみ》なつかしく幸《さいはひ》を自《みづか》らに知《し》る春《はる》とこそ思《おも》へ

1391 わが身《み》よりいと匂《にほ》はしき伝説《でんせつ》の生《うま》るゝ頃《ころ》と春《はる》を思《おも》へり

1392 海《うみ》に来《こ》と文《ふみ》もて誘《さそ》ふ友《とも》を持《も》ち山《やま》に寝《ね》ましと云《い》ふ背子《せこ》を持《も》つ

1393 元日《ぐわんじつ》も二日《か》も寝《い》ねでもの読《よ》みぬ君《きみ》と棲《す》みける後《のち》のならはし

1385 初「婦人画報」大5・1・1歯朶の葉―与謝野晶子

1386 初「婦人画報」大5・1・1歯朶の葉―与謝野晶子

1387 初「婦人画報」大5・1・1歯朶の葉―与謝野晶子

1388 初「婦人画報」大5・1・1歯朶の葉―与謝野晶子

1389 初「婦人画報」大5・1・1歯朶の葉―与謝野晶子

1390 初「婦人画報」大5・1・1歯朶の葉―与謝野晶子

1391 初「婦人画報」大5・1・1歯朶の葉―与謝野晶子

1392 初「婦人画報」大5・1・1歯朶の葉―与謝野晶子

1393 初「婦人画報」大5・1・1歯朶の葉―与謝野晶子

1394 元日《ぐわんじつ》は王者《わうしや》のごとし元日《ぐわんじつ》は大人《おとな》のさます子心《こゝろ》に似《に》る

1395 空《そら》にしもみなぎる水《みづ》のあるここちなすや氷柱《つらる》に初日光《はつひひか》れば

1396 くれなゐのめでたきこと丶紫《むらさき》のいみじきことを思《おも》ふ正月《しやうぐわつ》

1397 なつかしき浪華《なには》の子等《こら》を七八人《なゝやたり》続《つゞ》けて見《み》まし春《はる》の初《はじ》めに

1398 この年《とし》は弾初《ひきぞ》めの琴《こと》掻《か》き乱《みだ》し終《を》はりぬ心人恋《こゝろひとこひ》しさに

1399 おほらかに帆柱《ほばしら》立《た》てる海染《うみそ》めて初日《はつひ》のぼりぬかつらぎ山《やま》を

1400 手代衆《てだいしゆ》の歩《あゆ》みざまなど目《め》に見《み》えぬ正月《しやうぐわつ》となり浪華《なには》おもへば

1401 いつの日《ひ》も正月《しやうぐわつ》のごとあれかしと昔《むかし》おもひき今《いま》も思《おも》へり

1402 春風《はるかぜ》に羽子《はご》舞《ま》ふもとをめぐりかふ振袖《ふりそで》としも今《いま》はならまし

1394 初「婦人画報」大5・1・1歯朶の葉―与謝野晶子再「新家庭」大6・12・1

1395 (4)氷柱《つらる》→氷柱《つらら》 初「婦人画報」大5・1・1歯朶の葉―与謝野晶子

1396 初「大阪朝日新聞」大5・1・1春の歌―与謝野昌《ママ》子

1397 初「大阪朝日新聞」大5・1・1春の歌―与謝野昌《ママ》子

1398 初「大阪朝日新聞」大5・1・1春の歌―与謝野昌《ママ》子

1399 初「大阪朝日新聞」大5・1・1春の歌―与謝野昌《ママ》子

1400 初「大阪朝日新聞」大5・1・1春の歌―与謝野昌《ママ》子

1401 初「大阪朝日新聞」大5・1・1春の歌―与謝野昌《ママ》子

1402 初「大阪朝日新聞」大5・1・1春の歌―与謝野昌《ママ》子

1403 山門《さんもん》の円《まろ》き柱《はしら》もなつかしと春《はる》の初《はじ》めのひがし山《やま》ゆく

1404 あらたまの年《とし》の初《はじ》めの文《ふみ》ならばわれも許《ゆる》さむわが背子《せこ》に書《か》け

1405 雪少《ゆきすこ》しおけば東《ひがし》の山脈《やまなみ》は襟《えり》のかたちす正月《しやうぐわつ》にして

1406 うら白《しろ》を頭《かしら》に載《の》せて大原《おほはら》の黒装束《くろしやうぞく》の春《はる》きたりけり

1407 な触《ふ》れそとは云《い》はねども友染《いうぜん》の衣《ころも》は花《はな》にもろさ勝《まさ》れり

1408 二日三日《ふつかみか》遊《あそ》びぐせなど少《すこ》し附《つ》く正月《しやうぐわつ》人《ひと》は美《うつく》しきかな

1409 正月《しやうぐわつ》はいとしづかにて潮鳴《うしほな》る音街《おとまち》にすれ堺《さかひ》を行《ゆ》けば

1410 大宮《おほみや》の南殿《なでん》のもとを踏《ふ》みに行《ゆ》くわが春《はる》ならばいとよからまし

1411 いまだしと呼《よ》ぶもある時嬉《ときうれ》しさに国《くに》ことほぐも大君《おほぎみ》のため

1403 初「大阪朝日新聞」大5・1・1春の歌―与謝野昌《ママ》子

1404 初「大阪朝日新聞」大5・1・1春の歌―与謝野昌《ママ》子

1405 初「大阪朝日新聞」大5・1・1春の歌―与謝野昌《ママ》子

1406 初「大阪朝日新聞」大5・1・1春の歌―与謝野昌《ママ》子

1407 初「大阪朝日新聞」大5・1・1春の歌―与謝野昌《ママ》子

1408 初「大阪朝日新聞」大5・1・1春の歌―与謝野昌《ママ》子

1409 初「大阪朝日新聞」大5・1・1春の歌―与謝野昌《ママ》子

1410 初「大阪朝日新聞」大5・1・1春の歌―与謝野昌《ママ》子

1411 初「東京日日新聞」大5・1・1春《はる》の歌《うた》―与謝野晶子

1412 春《はる》と云《い》ふめでたきもの、来《こ》しことを白《しろ》き柳《やなぎ》の箸《はし》とり思《おも》ふ

1413 はなあられみどりの笹《さゝ》の根《ね》にあれば羽子《はね》かとぞ思《おも》ふ元朝《ぐわんてう》にして

1414 正月《せうぐわつ》や雪《ゆき》の底《そこ》にしある色《いろ》とおのれを思《おも》ふさびしめでたし

1415 一人《ひとり》あれば街《まち》のざわめき聞《き》く如《ごと》くここちよく鳴《な》る正月《せうぐわつ》の炉《ろ》よ

1416 もの来《きた》り春来《はるく》とぞ添《そ》ゆ紫《むらさき》と金《きん》と紅《あか》との三《み》すぢの線《せん》を

1417 正月《せうぐわつ》は紫《むらさき》を着《き》る人《ひと》おほく雪《ゆき》のいといとましろくぞ見《み》ゆ

1418 はしけやし金《きん》の盥《たらひ》に若水《わかみづ》は酒《さけ》の香《か》をしてあふれぬるかな

1419 正月《せうぐわつ》はうす紅《くれなゐ》の紙《かみ》のべぬ松《まつ》と少女《をとめ》を上《うへ》に置《お》くべく

1420 恨《うら》めしきこと忘《わす》れねど正月《せうぐわつ》は恋《こひ》も祝《いは》ひぬ一年《ひととせ》のため

1412
初「東京日日新聞」大5・1・1春《はる》の歌《うた》──
与謝野晶子

1413
初「東京日日新聞」大5・1・1春《はる》の歌《うた》──
与謝野晶子

1414
初「東京日日新聞」大5・1・1春《はる》の歌《うた》──
与謝野晶子

1415
初「東京日日新聞」大5・1・1春《はる》の歌《うた》──
与謝野晶子

1416
初「東京日日新聞」大5・1・1春《はる》の歌《うた》──
与謝野晶子

1417
初「東京日日新聞」大5・1・1春《はる》の歌《うた》──
与謝野晶子

1418
初「東京日日新聞」大5・1・2春《はる》の歌《うた》──
与謝野晶子

1419
初「東京日日新聞」大5・1・3春《はる》の歌《うた》──
与謝野晶子

1420
初「東京日日新聞」大5・1・3春《はる》の歌《うた》──
与謝野晶子

1421 元日《ぐわんじつ》も一人二人《ひとりふたり》の人《ひと》の上思《うへおも》ふとぞ云《い》ふをだやかげにも

1422 正月《せうぐわつ》はわがめでたさを思《おも》ふこと殊更《ことさら》めけどわろからぬかな

1423 正月《せうぐわつ》の炉《ろ》の火《ひ》はをかし牡丹《ぼたん》咲《さ》き雛罌粟《ひなげし》の花《はな》ひるがへる見《み》す

1424 垂氷《たるひ》する水車小屋《すゐしやごや》など許《ゆる》すべし恋《こひ》にはけうと寒《さむ》きおもひで

1425 人間《にんげん》の世《よ》のいみじさよきようさよ雪《ゆき》すこし散《ち》り元日《ぐわんじつ》暮《く》るる

1426 大人《おとな》にもあらず女《をんな》に似《ね》ぬごとしわれや放《はな》たる正月《せうぐわつ》の日《ひ》は

1427 地《ち》に住《す》むを少《すこ》しふさはず思《おも》へりと人《ひと》やわれ見《み》る正月《せうぐわつ》にして

1428 京《けう》の街先《まちさき》に立《た》ちたる三尺《しやく》と二尺《しやく》の袖《そで》のよろし元日《ぐわんじつ》

1429 逢《あ》ふことの覚《おぼ》えにしたる黒《くろ》き門松《もんまつ》の立《た》つ日《ひ》はまして気《き》あがる

1421 初「東京日日新聞」大5・1・3春《はる》の歌《うた》——与謝野晶子

1422 初「東京日日新聞」大5・1・3春《はる》の歌《うた》——与謝野晶子

1423 初「東京日日新聞」大5・1・3春《はる》の歌《うた》——与謝野晶子

1424 初「万朝報」大5・1・3（無題）——選者

1425 初「東京日日新聞」大5・1・4春《はる》の歌《うた》——与謝野晶子

1426 (3)似《ね》ぬごとし→似《に》ぬごとし 初「東京日日新聞」大5・1・4春《はる》の歌《うた》——与謝野晶子

1427 初「時事新報」大5・1・5春《はる》の歌《うた》——与謝野晶子

1428 初「時事新報」大5・1・5春《はる》の歌《うた》——与謝野晶子

1429 初「時事新報」大5・1・5春《はる》の歌《うた》——与謝野晶子

1430 玉《たま》にして海《うみ》の底《そこ》にしあるここちすれ正月《せうぐわつ》を一人《り》籠《こも》れば

1431 常磐木《ときはぎ》の枝《えだ》を払《はら》へる幹《みき》のさま今日《けふ》いとよろし春《はる》の立《た》つ朝《あさ》

1432 わが覗《のぞ》く窓《まど》のあなたに黒《くろ》き屋根《やね》遠《とほ》く霞《かす》みて海《うみ》かとぞ思ふ

1433 砂山《すなやま》をすゞろかに沙走《すなはし》るなりわが茅《ち》が崎《さき》の初春《はつはる》の風《かぜ》

1434 川床《かはどこ》の金《きん》の蘆《あし》こそなびくなれかのしべりやの夕《ゆふべ》のやうに

1435 湖《みづうみ》も空《そら》もこゝろもわが恋《こひ》も涙《なみだ》うかべて相《あひ》なげく時《とき》

1436 人《ひと》の子《こ》を救《すく》ふものなどまこと住《す》む処《ところ》とも見《み》み雪《ゆき》の降《ふ》る空《そら》

1437 山上《さんじやう》の雪《ゆき》よりいでし月《つき》の影《かげ》、心《こゝろ》も胆《きも》もぬすまむ目《め》すれ

1438 しめやかに二人《ふたり》三人《みたり》の語《かた》らへば夕《ゆふべ》に雪《ゆき》の降《ふ》りいでしかな

1430 初「時事新報」大5・1・5春《はる》の歌《うた》―与謝野晶子

1431 初「時事新報」大5・1・5春《はる》の歌《うた》―与謝野晶子

1432 初「万朝報」大5・1・8（無題）―選者

1433 初「万朝報」大5・1・15（無題）―選者

1434 初「万朝報」大5・1・22（無題）―選者

1435 初「万朝報」大5・1・29（無題）―選者

1436 (4)処《ところ》とも見《み》み（ママ）
初「婦人画報」大5・2・1雪―与謝野晶子

1437 初「婦人画報」大5・2・1雪―与謝野晶子

1438 初「婦人画報」大5・2・1雪―与謝野晶子

1439 青《あを》の鳥黒《とりくろ》きおほとり遊《あそ》ぶかな雪積《ゆきつ》む上《うへ》のゆふべのけぶり

1440 たゞ暫《しば》し何方行《いづらゆ》かんと雪《ゆき》の日《ひ》の辻《つじ》に立《た》つにも瞽女《ごぜ》ごこちしぬ

1441 雪《ゆき》はよし杉《すぎ》の木立《こだち》に降《ふ》りかさむ寒菊《かんぎく》の葉《は》をしどろになせる

1442 その中《なか》に渚《なぎさ》の砂《すな》は人《ひと》の子《こ》のあたたかさあり雪《ゆき》とくらべて

1443 しべりやの裸足少女《はだしをとめ》を見《み》つる駅思《えきおも》ひつつ居《ゐ》ぬ雪《ゆき》の二月《ぐわつ》に

1444 雪《ゆき》の日《ひ》の小川《をがは》の岸《きし》の直《す》ぐならぬ線《せん》いと長《なが》しいともめでたし

1445 われなどがさびしと時《とき》に云《い》ふたぐひなりと春降《はるふ》る雪《ゆき》を思《おも》へり

1446 わが厨雁《くりやがん》の胸《むね》より紅玉《こうぎよく》の血《ち》こそしたたれきさらぎの雪《ゆき》

1447 庭《には》の木《き》の雪《ゆき》にたわむをわが見《み》ればなべて少女《をとめ》の姿《すがた》とぞ思《おも》ふ

1439 初「婦人画報」大５・２・１雪―与謝野晶子

1440 初「婦人画報」大５・２・１雪―与謝野晶子

1441 初「婦人画報」大５・２・１雪―与謝野晶子

1442 初「婦人画報」大５・２・１雪―与謝野晶子

1443 初「婦人画報」大５・２・１雪―与謝野晶子

1444 初「婦人画報」大５・２・１雪―与謝野晶子

1445 初「婦人画報」大５・２・１雪―与謝野晶子

1446 初「婦人画報」大５・２・１雪―与謝野晶子

1447 初「婦人画報」大５・２・１雪―与謝野晶子

1448 雪《ゆき》の日《ひ》は声《こゑ》さへ人《ひと》の面《おもて》さへ匂《にほ》はしくしてなつかしきかな

1449 この白《しろ》き冷《つめた》きもののかたまりは雪《ゆき》の如《ごと》くも照《て》らず光《ひか》らず

1450 朝《あさ》に起《お》き夕《ゆふべ》に勝《まさ》る自《みづか》らを見《み》むと今《いま》ありはかなさに変《か》へ

1451 めでたくも光《ひか》る柑子《かうし》をになひ来《き》ぬ磯《いそ》の夕《ゆふべ》の松原《まつばら》の中《なか》

1452 茅《ち》が崎《さき》の磯辺《いそべ》の荘《せう》に仮寝《かりね》して朝汲《あさく》むものはしら玉《たま》の魚《うを》

1453 朗《ほがら》かに朝波《あさなみ》鳴《な》ればまだ引《ひ》かぬ戸《と》の中《なか》にさへ富士《ふじ》の入来《いりく》る

1454 昨日《きのふ》より客人《まろうど》となりよき帯《おび》を結《むす》ぶ寝覚《ねざめ》のいとうれしかれ

1455 いと小《ち》さき足《あし》と並《なら》びてわれも踏《ふ》む鳥《とり》の伝《つた》へるあとの砂地《すなぢ》を

1456 かたはらへ子《こ》の来《き》て語《かた》る話《はなし》とはかかはりもなき涙零《なみだこぼ》るる

1448 初「婦人画報」大5・2・1雪―与謝野晶子

1449 初「婦人画報」大5・2・1雪―与謝野晶子

1450 初「万朝報」大5・2・5(無題)―選者

1451 初「東京日日新聞」大5・2・23(無題)―与謝野晶子

1452 初「東京日日新聞」大5・2・23(無題)―与謝野晶子

1453 初「東京日日新聞」大5・2・23(無題)―与謝野晶子

1454 初「東京日日新聞」大5・2・26(無題)―与謝野晶子

1455 初「東京日日新聞」大5・2・26(無題)―与謝野晶子

1456 初「婦人画報」大5・3・1病める日に―与謝野晶子

1457
わが病《やまひ》いで行《ゆ》く道《みち》もなしなどと煉瓦《れんぐわ》の塀《へい》を見《み》つつ思《おも》へり

1458
病《や》む昼《ひる》はおもちやのピヤノ叩《たゝ》く子《こ》を夢《ゆめ》の中《なか》まで伴《ともな》ひぬわれ

1459
二十日《はつか》ほど病《や》める心《こゝろ》に撥《ばち》もてく春《はる》はこれさへ鳴《な》らさんとして

1460
あまたある子《こ》の寝《い》ねてのちあぢきなし春病《はるや》む人《ひと》は誰《たれ》もかかるや

1461
子等《こら》の膝病《ひざや》める身《み》を置《お》く白《しろ》き床《とこ》まだ百億里《おくり》へだたらねども

1462
弟《おとうと》の顔《かほ》　妹《いもうと》のかほ見《み》ゆれわが病《や》むを泣《な》く顔《かほ》にあらねど

1463
うらめしと心動《こゝろうご》きし哀《あは》れさをそのこととなく病《や》みて思《おも》ふ日《ひ》

1464
何時《いつ》癒《い》えて机《つくゑ》に倚《よ》らむはしけやし銀座《ぎんざ》の街《まち》を子等《こら》と行《ゆ》くべき

1465
白《しろ》きものわれの墓《はか》にはあらねども前《まへ》になげくはわが十五《じうご》の子《こ》

1457 (初)「婦人画報」大５・３・１病める日に―与謝野晶子
1458 (初)「婦人画報」大５・３・１病める日に―与謝野晶子
1459 (初)「婦人画報」大５・３・１病める日に―与謝野晶子
1460 (初)「婦人画報」大５・３・１病める日に―与謝野晶子
1461 (初)「婦人画報」大５・３・１病める日に―与謝野晶子
1462 (初)「婦人画報」大５・３・１病める日に―与謝野晶子
1463 (初)「婦人画報」大５・３・１病める日に―与謝野晶子
1464 (初)「婦人画報」大５・３・１病める日に―与謝野晶子
1465 (初)「婦人画報」大５・３・１病める日に―与謝野晶子

1466 こころよく熱《ねつ》も上《あが》らず脈《みやく》早《はや》く弄《ろう》するごとく鶯《うぐひす》の啼《な》く

1467 春《はる》の日《ひ》にありとあるもの仄《ほの》かなるこころはこびくわが病《や》む閨《ねや》に

1468 何《なに》に似む明日《あす》病院《びやうゐん》に行《ゆ》く母《はゝ》と知《し》りつゝ眠《ねむ》る幼《をさな》きこゝろ

1469 初春《はつはる》や魚《うを》の頭《かしら》に井《ゐ》の水《みづ》をしらじらそゝぐ荘《せう》の主人《あるじ》は

1470 この朝《あさ》は花屋《はなや》が持《も》てる桃《もゝ》さくら悲《かな》しと見《み》つつ病院《びやうゐん》に入《い》る

1471 富士《ふじ》いとゞ真白《ましろ》になりぬ蓬莱《ほうらい》と思《おも》へる荘《せう》の一日《ひとひ》二日《ふたひ》に

1472 あなきよう海老《えび》は油《あぶら》に煎《い》りてのち紅絹《もみ》にもまさる珊瑚《さんご》にまさる

1473 若《わか》みどり柳《やなぎ》のもとを行《ゆ》く時《とき》は春風《はるかぜ》の子《こ》と我《われ》も言《い》はまし

1474 死《し》ぬことは何《いづ》れにかかるものならん子《こ》の運命《うんめい》かわが運命《うんめい》か

1466 初「婦人画報」大5・3・1病める日に—与謝野晶子

1467 初「婦人画報」大5・3・1病める日に—与謝野晶子

1468 初「万朝報」大5・3・4（無題）—選者

1469 初「大阪毎日新聞」大5・3・6茅が崎にて—与謝野晶子

1470 初「万朝報」大5・3・11（無題）—選者

1471 初「東京日日新聞」大5・3・13（無題）—与謝野晶子

1472 初「東京日日新聞」大5・3・16（無題）—与謝野晶子

1473 初「万朝報」大5・3・18（無題）—選者 再「青年」大5・4・1—与謝野晶子

1474 初「東京日日新聞」大5・3・19（無題）—与謝野晶子

1475 生命《いのち》のみある日《ひ》のことを思《おも》ふこと漸《やうや》く尽《つ》きて神ごゝちする

1476 古柳《ふるやなぎ》はつかに萌《も》えぬ、乱《みだ》れたる我《わ》が髪《かみ》もまた春《はる》に遇《あ》へかし。

1477 美《うつ》くしく雫《しづく》しながら、門柳《かどやなぎ》、円《まる》く立《た》つなり、網《あみ》の如《ごと》くに。

1478 しろ薔薇《ばら》とフレジアをもて清《きよ》めたる産屋《うぶや》の中《なか》の我児《わこ》の啼《な》き声《ごゑ》。

1479 庭《にわ》の木《き》に鶯《うぐひす》　来《き》啼《な》く、産屋《うぶや》にて我《わ》が児《こ》の啼《な》くと共《とも》に尊《たふと》し。

1480 新《あたら》しき弥生《やよい》なるかな、児《こ》と共《とも》に母《はゝ》も生《うま》れし心地《こゝち》こそすれ。

1481 わが時《とき》は我《われ》ぞ取《と》らまし、人皆《ひとみな》に先《さき》だゝざれば我時《わがとき》は無《な》し。

1482 老人《おいびと》にわれ逆《さか》らはず、はた媚《こ》びず、身《み》を思《おも》ふ時《とき》さる暇《いとま》　無《な》し。

1483 手弱女《たおやめ》の言《い》はであれども、明《あき》らかに愚《おろ》かなるかな、人《ひと》の戦《たゝか》ひ。

1475 初「万朝報」大５・３・25（無題）―選者

1476 初「青年」大５・４・１陽春雑詠―与謝野晶子「三田文学」大５・４・１幻と病

1477 初「青年」大５・４・１陽春雑詠―与謝野晶子

1478 初「青年」大５・４・１陽春雑詠―与謝野晶子

1479 初「青年」大５・４・１陽春雑詠―与謝野晶子

1480 初「青年」大５・４・１陽春雑詠―与謝野晶子

1481 初「青年」大５・４・１陽春雑詠―与謝野晶子

1482 初「青年」大５・４・１陽春雑詠―与謝野晶子

1483 初「青年」大５・４・１陽春雑詠―与謝野晶子

1484 男《をとこ》みな賢《かしこ》き顔《かほ》を挙《あ》げながら、戦《たゝか》ふことを好《よ》しとするかな。

1485 人《ひと》と人《ひと》会《あ》へば手《て》を執《と》る。何《なに》なれば国《くに》と国《くに》とは血《ち》を流《なが》すらん、

1486 紅椿《べにつばき》ふつつかに咲《さ》く藪《やぶ》なども霞《かす》めばよろし京《きやう》の西山《にしやま》

1487 月《つき》かげも落花《らくくわ》する木《き》もたわやめも真白《ましろ》き裾《すそ》をひける夕《ゆふ》ぐれ

1488 悩《なや》ましき心《こゝろ》の上《うへ》の歌《うた》ごとに句点《くてん》を打《う》ちて桃《もゝ》さくらちる

1489 白鳥《はくてう》にたなごころ打《う》つ語《かた》らんと思《おも》へる子《こ》には小扇《こあふぎ》を上《あ》ぐ

1490 ふるさとの連翹《れんげう》の花《はな》おとろへて歎《なげ》くさまなど見《み》ゆる雨《あめ》かな

1491 春《はる》の月《つき》毛毯《まうせん》敷《し》きてわがやうに見呆《みほ》けてあらむだらりの帯《おび》を

1492 二三本《ぼん》紅《あか》き桜《さくら》の立《た》つもとにあるここちすれ朝《あさ》の日射《ひさ》せば

1484 初「青年」大5・4・1陽春雑詠―与謝野晶子

1485 初「青年」大5・4・1陽春雑詠―与謝野晶子

1486 初「婦人画報」大5・4・1藤さくら―与謝野晶子

1487 初「婦人画報」大5・4・1藤さくら―与謝野晶子

1488 初「婦人画報」大5・4・1藤さくら―与謝野晶子

1489 初「婦人画報」大5・4・1藤さくら―与謝野晶子

1490 初「婦人画報」大5・4・1藤さくら―与謝野晶子

1491 初「婦人画報」大5・4・1藤さくら―与謝野晶子

1492 初「婦人画報」大5・4・1藤さくら―与謝野晶子

1493 星《ほし》のごとたんぽぽの花《はな》ひろがりぬ若《わか》き楓《かへで》の下蔭《したかげ》のみち

1494 家近《いへちか》き菫《すみれ》げんげの花原《はなはら》に銀《ぎん》の箔摺《はくす》るはるの夜《よ》の月《つき》

1495 病《や》むよりも旅《たび》に人《ひと》をばやるよりもさびし一重《ひとへ》の庭《には》ざくらちる

1496 十五過《す》ぎ藤《ふぢ》より髪《かみ》の長《なが》ければやがて妬《ねた》まず春咲《はるさ》く花《はな》も

1497 牡丹《ぼたん》の葉《は》芍薬《しやくやく》の葉《は》もはやすでに扇《あふぎ》をひろげほのめくものか

1498 いく万光《よろづひか》れるものの尖見《さきみ》せて入海《いりうみ》ありぬ春《はる》の月夜《つきよ》に

1499 浅《あさ》みどり柳《やなぎ》の立《た》てる川《かは》の岸《きし》あかば行《ゆ》かまし国《くに》のはてにも

1500 悲《かな》しみの浅《あさ》き底《そこ》より咲《さ》きいでぬわが一《ひと》もとの緑《みどり》のさくら

1501 そのかみの帯襟などになぞらへて一日《ひとひ》見くらす海棠の花

1493 初「婦人画報」大５・４・１藤さくら—与謝野晶子

1494 初「婦人画報」大５・４・１藤さくら—与謝野晶子

1495 初「婦人画報」大５・４・１藤さくら—与謝野晶子

1496 初「婦人画報」大５・４・１藤さくら—与謝野晶子

1497 初「婦人画報」大５・４・１藤さくら—与謝野晶子

1498 初「婦人画報」大５・４・１藤さくら—与謝野晶子

1499 初「婦人画報」大５・４・１藤さくら—与謝野晶子

1500 初「婦人画報」大５・４・１藤さくら—与謝野晶子

1501 初「三田文学」大５・４・１幻と病—与謝野晶子

1502 病むことの多き一人は一人より恋の思ひのまさるなりけり

1503 君ゆゑに生きんといともしめやかに思へる人の病癒えよかし

1504 木の花のさくらとわれをなす人か思はれずとて身をそばむるは

1505 生死《いにしに》の中の渓をばさまよへる今の病に恋も似たりし

1506 なほおのれ病み呆《ほう》けしにあらねども薄道心を得たるならねど

1507 いのちもて人を思ふとあらはなるわがありさまも片恋のため

1508 悲しやとおよそ十年《ととせ》に三度ほど洩らせることを思ひつつ死ぬ

1509 わが家は目醒めてなほも眠るをば願へる子等がをだやかに住む

1510 春の日と椿の花のくれなゐのしみとほり来て胸の苦しき

1502 初「三田文学」大5・4・1幻と病―与謝野晶子

1503 初「三田文学」大5・4・1幻と病―与謝野晶子

1504 初「三田文学」大5・4・1幻と病―与謝野晶子

1505 (1)生死《いにしに》（ママ） 初「三田文学」大5・4・1幻と病―与謝野晶子

1506 初「三田文学」大5・4・1幻と病―与謝野晶子

1507 初「三田文学」大5・4・1幻と病―与謝野晶子

1508 初「三田文学」大5・4・1幻と病―与謝野晶子

1509 初「三田文学」大5・4・1幻と病―与謝野晶子

1510 初「三田文学」大5・4・1幻と病―与謝野晶子

1511 立《た》つ足《あし》はなくとも背《せ》には羽負《はねお》ひてこよと祈《いの》られ生《うま》れ来《き》つらむ

1512 いろ〳〵の花《はな》さす瓶《かめ》をかたはらに見出《みい》でざるなり君帰《きみかへ》りこよ

1513 一人《ひとり》居《ゐ》て一重《ひとへ》ざくらの散《ち》り沈《しづ》む水《みづ》のやうなる淡《あは》き愁《うれ》ひす

1514 さくら咲《さ》く阪《さか》の家《いへ》よりつばくらめつぶてのやうにいづる朝々《あさ〳〵》

1515 雲《くも》のごと砂《すな》をまじへて吹《ふ》く風《かぜ》は春《はる》のものかや夏《なつ》のものかや

1516 淋《さび》しさが右左《みぎひだり》より面見《おもみ》するやるせなき日《ひ》の春《はる》の夕風《ゆふかぜ》

1517 烈《はげ》しかる男《おとこ》の恋《こひ》にふるゝなと定《さだ》められつる身《み》にかあらまし

1518 そしるべき都《みやこ》の人《ひと》ぞ自《みづか》らを海人《あま》の群《むれ》にはかくと教《をし》へむ

1519 砂山《すなやま》をまた踏《ふ》みに行《ゆ》くやはらかさ恋《こひ》の心《こゝろ》に似《に》ると思《おも》へば

1511 初「万朝報」大５・４・８（無題）―選者

1512 初「大阪毎日新聞」大５・４・10一重ざくら―与謝野晶子

1513 初「大阪毎日新聞」大５・４・10一重ざくら―与謝野晶子

1514 初「東京日日新聞」大５・４・15（無題）―与謝野晶子

1515 初「万朝報」大５・４・15（無題）―選者

1516 初「東京日日新聞」大５・４・16（無題）―与謝野晶子

1517 初「東京日日新聞」大５・４・16（無題）―与謝野晶子

1518 初「大阪毎日新聞」大５・４・17短歌―与謝野晶子

1519 初「大阪毎日新聞」大５・４・17短歌―与謝野晶子

1520 荘《せう》の客《きやく》湯槽《ゆぶね》にあれば若《わか》やかにいと匂《にほ》やかに波《なみ》のひゞきぬ

1521 富士《ふじ》の嶺《ね》もかの足柄《あしがら》の山脈《やまなみ》も失《うしな》ひてのち波際《なみぎは》を去《さ》る

1522 うち並《なら》ぶ海《うみ》の男《をとこ》は争《あらそ》ふに似《に》る歓声《くわんせい》を日《ひ》のぼれば上《あ》ぐ

1523 なつかしき物《もの》あぢははむほどよりもことの多《おほ》かる間《あひだ》なれども

1524 初夏《はつなつ》もはた今《いま》のごとあるべきかこの世《よ》にわれの衰《おとろ》へむ時《とき》

1525 我等《われら》を見夏《みなつ》のいく度変《たびかは》りしやとしも問《と》はぬが宜《よろ》し雛罌粟《ひなげし》

1526 春《はる》かぜに杜鵑《とけん》まじりて歌《うた》ふなり山《やま》の上《うへ》なる七人《にん》のため

1527 板《いた》の間《ま》のくらがりに居《ゐ》る梅《うめ》の実《み》のうち思《おも》はれて恋《こ》ひしはらから

1528 さしぐまる何《なに》やらの荷《に》と乗《の》り居《ゐ》たる丁稚《でつち》車《ぐるま》の罌粟頭《おけし》思《おも》へば

1520 初『大阪毎日新聞』大5・4・17短歌—与謝野晶子

1521 初『大阪毎日新聞』大5・4・17短歌—与謝野晶子

1522 初『大阪毎日新聞』大5・4・17短歌—与謝野晶子

1523 初『万朝報』大5・4・29（無題）—選者

1524 初『婦人画報』大5・5・1初夏—与謝野晶子

1525 初『婦人画報』大5・5・1初夏—与謝野晶子

1526 初『万朝報』大5・5・6（無題）—選者

1527 初『大阪毎日新聞』大5・5・15おもひで—与謝野晶子

1528 初『大阪毎日新聞』大5・5・15おもひで—与謝野晶子

1529
夏《なつ》まつり幾日《いくか》ののちと数《かぞ》へつつ眠《ねむ》るここちを一夜《ひとよ》得《え》せしめ

1530
帳場《てうば》にて眠《ねむ》るつむりに男髷《をとこまげ》附《つ》けて鳴《な》らしぬ十歳《とを》の年《とし》の手《て》

1531
浜蔵《はまぐら》の売《う》られし年《とし》の柚子《ゆず》の木《き》の白《しろ》き花《はな》をば忘《わす》れずに居《ゐ》ぬ

1532
顔《かほ》よくて姉《あね》と揃《そろ》ひの着物《きもの》着《き》し叔母《をば》のしら髪《かみ》見《み》むはけうとし

1533
いがみあふ叔父《をぢ》兄弟《けうだい》の亡《な》きのちの淋《さび》しからましあはれ堺《さかひ》は

1534
火《ひ》のために逃《に》げつる小屋《こや》か何《なに》なりけむ提灯《てうちん》多《おほ》く吊《つ》りて寝《い》ねしは

1535
初夏《はつなつ》は夕《ゆふべ》の長《なが》しわがかたち衰《おとろ》へてなほ老《お》いはてぬごと

1536
初夏《はつなつ》は鳩《はと》の破《やぶ》りし障子《せうじ》さへをかしきものゝこゝちするかな

1537
子《こ》の生《うま》れ五十日《いそか》を経《へ》たる日《ひ》に吹《ふ》きぬみどりの色《いろ》の初夏《はつなつ》の風《かぜ》

1529 初「大阪毎日新聞」大５・５・15おもひで―与謝野晶子

1530 初「大阪毎日新聞」大５・５・15おもひで―与謝野晶子

1531 初「大阪毎日新聞」大５・５・15おもひで―与謝野晶子

1532 初「大阪毎日新聞」大５・５・15おもひで―与謝野晶子

1533 初「大阪毎日新聞」大５・５・15おもひで―与謝野晶子

1534 初「大阪毎日新聞」大５・５・15おもひで―与謝野晶子

1535 初「東京日日新聞」大５・５・15（無題）―与謝野晶子

1536 初「東京日日新聞」大５・５・23（無題）―与謝野晶子

1537 初「東京日日新聞」大５・５・23（無題）―与謝野晶子

1538 若《わか》き人共《ひととも》に恨《うら》めることあつて物云《ものい》はぬ日《ひ》の午過《ひるす》ぎの雨《あめ》

1539 初夏《はつなつ》の赤松《あかまつ》の幹《みき》うち濡《ぬ》れてうすら冷《つめ》たく晴《は》れし雨《あめ》かな

1540 夏来《なつきた》り雛罌粟《ひなげし》咲《さ》きぬこの人《ひと》にゆかりあるごとゆかりなきごと

1541 金蓮花《きんれんくわ》これ光明《こうめう》の花《はな》と見《み》え恋人達《こひびとたち》のいさかふと見《み》え

1542 棕梠《しゆろ》などの若葉《わかば》の鳴《な》ると思《おも》ふかな初夏《はつなつ》の日《ひ》の心《こゝろ》の中《なか》に

1543 そよ風《かぜ》の流《なが》るゝ中《なか》に大海《おほうみ》のうねりを挙《あ》ぐる草《くさ》の一《ひと》むら

1544 たくましく若《わか》き人《ひと》もてうち満《み》たし地《ち》のあらたまること近《ちか》づきぬ

1545 初夏《はつなつ》はきよし青磁《せいじ》の杯《さかづき》をとるこゝちにも似《に》ると思《おも》ひぬ

1546 上《うへ》の空青葉《そらあをば》の中《なか》に映《うつ》るごと水色《みづいろ》つくるあぢさゐの花《はな》

1538 初「東京日日新聞」大5・5・25（無題）—与謝野晶子
1539 初「東京日日新聞」大5・5・25（無題）—与謝野晶子
1540 初「東京日日新聞」大5・5・25（無題）—与謝野晶子
1541 初「東京日日新聞」大5・5・25（無題）—与謝野晶子
1542 初「東京日日新聞」大5・5・29（無題）—与謝野晶子
1543 初「東京日日新聞」大5・5・29（無題）—与謝野晶子
1544 初「青年」大5・6・1若き日—与謝野晶子
1545 初「青年」大5・6・1若き日—与謝野晶子
1546 初「青年」大5・6・1若き日—与謝野晶子

1547 路《みち》よけよ明日《あす》をば開《ひら》く人《ひと》のため今日《けふ》を鍛《きた》へて踏《ふ》む人《ひと》のため

1548 わが思《おも》ふ若《わか》き健男《たけを》は鍬《くは》に凭《よ》り額《ぬか》に汗《あせ》して鄙《ひな》にこそあれ

1549 水無月《みなづき》の光《ひかり》の中《なか》にひたりつゝ飽《あ》くこと知《し》らぬわが世《よ》なるかな

1550 いみじかる薔薇《さうび》ぞ匂《にほ》ふうす暗《ぐら》き雨《あめ》ふりくらす梅雨《つゆ》の世界《せかい》に

1551 初夏《はつなつ》の雨《あめ》に濡《ぬ》れたる瓦屋根《かはらやね》あやめの花《はな》のこゝちするかな

1552 四五人《にん》が単《ひとへ》の羽織《はおり》着《き》て行《ゆ》きぬ白鳥《はくてう》の浮《う》く水《みづ》のかたはら

1553 歌舞伎座《かぶきざ》の桟敷《さじき》の裏《うら》の廊下《らうか》など旅《たび》に思《おも》へり初夏《はつなつ》の朝《あさ》

1554 うすいろの薔薇《さうび》の花《はな》のかたまりに白《しろ》き糸巻《いとま》く初夏《はつなつ》の雨《あめ》

1555 ある時《とき》の思《おも》ひ上《あが》れる心《こゝろ》をば逆《さか》しまにして三時程《みときほど》泣《な》く

1547 初「青年」大5・6・1若き日―与謝野晶子

1548 初「青年」大5・6・1若き日―与謝野晶子

1549 初「婦人画報」大5・6・1噴水盤―与謝野晶子

1550 初「婦人画報」大5・6・1噴水盤―与謝野晶子

1551 初「婦人画報」大5・6・1噴水盤―与謝野晶子

1552 初「婦人画報」大5・6・1噴水盤―与謝野晶子

1553 初「婦人画報」大5・6・1噴水盤―与謝野晶子

1554 初「婦人画報」大5・6・1噴水盤―与謝野晶子

1555 初「万朝報」大5・6・3（無題）―選者

1556 思《おも》ふこと限《かぎ》りなけれどめでたくも唯《たゞ》一筋《ひとすぢ》の恋《こひ》にもとづく

1557 猿曳《さるひき》は猿《さる》の後《うしろ》に居《ゐ》てうたふ淋《さび》しやわれも人《ひと》のうしろに

1558 石《いし》を割《わ》る男《をとこ》の上《うへ》に大《おほ》とんぼ目《め》を光《ひか》らして舞《ま》へば涼《すゞ》しも

1559 くらがりの洞《ほら》と見《み》るまで廊長《ろうなが》しそれにならべる朝《あさ》がほの花《はな》

1560 心《こゝろ》をば思《おも》ふゆくりもなく拾《ひろ》ひ名《な》もあたひをも知《し》らぬ如《ごと》くに

1561 人皆《ひとみな》に燃《も》ゆる魂《たましひ》もつ者《もの》と知《し》られてのちに淋《さび》しき日《ひ》来《き》ぬ

1562 衰《おとろ》ふることを悲《かな》しとなす病《やまひ》われして君《きみ》もわれも悲《かな》しき

1563 めでたき日《ひ》こしとぞ思《おも》ふたそがれに両国橋《りやうごくばし》を浴衣《ゆかた》通《かよ》へば

1564 夏《なつ》の来《き》ぬわりなき一つのことにより思《おも》ひ余《あま》りて吐息《といき》しければ

1556 初「東京日日新聞」大5・6・10（無題）―与謝野晶子

1557 初「東京日日新聞」大5・6・10（無題）―与謝野晶子

1558 初「東京日日新聞」大5・6・14（無題）―与謝野晶子

1559 初「東京日日新聞」大5・6・14（無題）―与謝野晶子

1560 初「東京日日新聞」大5・6・14（無題）―与謝野晶子

1561 初「東京日日新聞」大5・6・14（無題）―与謝野晶子

1562 初「東京日日新聞」大5・6・16（無題）―与謝野晶子

1563 初「万朝報」大5・6・17（無題）―選者

1564 初「大阪毎日新聞」大5・6・19夏雲―与謝野晶子

1565 うづだかく雲《くも》の湧《わ》く日《ひ》も君《きみ》と居《ゐ》てものうら安《やす》く思《おも》ひなさるる

1566 ほのかなる悲《かな》しみに似《に》るほのかなる喜《よろこ》びきたる水無月《みなづき》の雨《あめ》

1567 若《わか》くしてものに迷《まよ》へる心《こゝろ》などうち思《おも》はるる橘《たちばな》の香《か》よ

1568 雛罌粟《ひなげし》を三十路《みそぢ》ののちも愛《め》づるなりわが本性《ほんせう》のにくき片《かた》はし

1569 二心《ふたごゝろ》ありやあらずや知《し》らずなど仮初事《かりそめごと》に今日《けふ》は為《な》し置《お》く

1570 さゝやかに打《う》ちも鳴《な》らしぬ夏《なつ》の虫鶏頭《むしけいとう》の芽《め》のこゝちする羽《は》を

1571 青《あを》き菜《な》といと清《きよ》らなる家兎《いへうさぎ》赤《あか》き髪《かみ》見《み》ゆわが窓《まど》のもと

1572 白《しろ》やかに湯気《ゆげ》伸《の》びいづる浴槽《ゆぶね》よりめでたきは無《な》し夏《なつ》の朝《あした》に

1573 七月《しちぐわつ》の夏《なつ》に比《くら》べて言《い》ふかひもなきここちするわれとなりにし

1565 初「大阪毎日新聞」大5・6・19夏雲―与謝野晶子

1566 初「大阪毎日新聞」大5・6・19夏雲―与謝野晶子

1567 初「大阪毎日新聞」大5・6・19夏雲―与謝野晶子

1568 初「大阪毎日新聞」大5・6・19夏雲―与謝野晶子 再「婦人画報」大5・7・1

1569 初「東京日日新聞」大5・6・19（無題）―与謝野晶子

1570 初「万朝報」大5・6・24（無題）―選者

1571 初「婦人画報」大5・7・1扇影―与謝野晶子

1572 初「婦人画報」大5・7・1扇影―与謝野晶子

1573 初「婦人画報」大5・7・1扇影―与謝野晶子

1574 この人《ひと》を計《はか》り得《う》べきは思《おも》へかし再《ふたゝ》び若《わか》き日《ひ》を見《み》るや見《み》ぬ

1575 衰《おとろ》へてこの人《ひと》は泣《な》く夕立《ゆふだち》の雨《あめ》の烈《はげ》しく進《すゝ》み行《ゆ》く時《とき》

1576 六月《ぐわつ》や初《はじ》めて簾《すだれ》したる日《ひ》は何人《なにびと》も皆《みな》見《み》るやまぼろし

1577 顔《かほ》もはた覚《おぼ》えず名《な》をば思《おも》はんと更《さら》に君《きみ》せずされど忘《わす》れず

1578 妬《ねた》む子《こ》も妬《ねた》まるゝ子《こ》も自《みづか》らを惜《をし》み給《たま》へと云《い》ひぬわりなし

1579 物忘《ものわす》れしては在《い》ますと思《おも》ふ人《ひと》われのみならずあらんとぞ思《おも》ふ

1580 わが涙《なみだ》わたくし事《こと》をまじへずとなしわがために泣《な》くぞと思《おも》ひ

1581 おん業《わざ》の深《ふか》き浅《あさ》きもしらぬ身《み》が君《きみ》を惜《を》しむと批《ひ》も打《う》たれまし

1582 幸《かう》四郎兄《らうあに》十郎《らう》の首桶《くびをけ》にうちかこつこと少《すこ》しあくどし

1574 初「婦人画報」大5・7・1扇影―与謝野晶子

1575 初「婦人画報」大5・7・1扇影―与謝野晶子

1576 初「東京日日新聞」大5・7・7(無題)―与謝野晶子

1577 初「東京日日新聞」大5・7・10(無題)―与謝野晶子

1578 初「東京日日新聞」大5・7・10(無題)―与謝野晶子

1579 初「青年」大5・8・1挽歌十首―与謝野晶子

1580 初「青年」大5・8・1挽歌十首―与謝野晶子

1581 初「青年」大5・8・1挽歌十首―与謝野晶子

1582 初「婦人画報」大5・8・1夏のおもひ―与謝野晶子

1583
大海《おほうみ》の波《なみ》と御空《みそら》の日《ひ》の中《なか》を物思《ものおも》ひつゝ此頃《このごろ》は飛《と》ぶ

1584
恋人《こひびと》は人呪《ひとのろ》ふ時少《ときすこ》し痩《や》せ呪《のろ》はるゝ時少《ときすこ》しやせつゝ

1585
やうやくに堪《た》へ苦《ぐる》しとも呻《なげ》くなり重《おも》くけはしき真実《しんじつ》のため

1586
わが心《こゝろ》煩《わづら》へること面《おも》なしとへりくだりしが忽《たちま》ち怒《いか》る

1587
木草《きぐさ》をば眺《なが》めてあれば夕立《ゆふだち》はわが手足《てあし》さへ打《う》つやと思《おも》ふ

1588
水色《みづいろ》の小《ちさ》き扇《あふぎ》を抱《いだ》きつゝ見《み》る日《ひ》となりぬ夜《よ》の天《あま》の川《がは》

1589
大《おほ》いなる戦《たゝかひ》を経《へ》て人ごころあらたまらんを見《み》て来《き》ませ君《きみ》

1590
日《ひ》を負《お》ひて博士《はかせ》きたると仰《あふ》ぐまで君《きみ》がたびぢをかゞやかしませ

1591
庭《には》などをうち見守《みまも》りぬ泣《な》くことも知《し》らぬさまかな死《し》ねるさまかな

1583 (初)「婦人画報」大５・８・１夏のおもひ―与謝野晶子

1584 (初)「婦人画報」大５・８・１夏のおもひ―与謝野晶子

1585 (初)「万朝報」大５・８・５（無題）―選者

1586 (初)「東京日日新聞」大５・８・14（無題）―与謝野晶子

1587 (初)「東京日日新聞」大５・８・14（無題）―与謝野晶子

1588 (初)「万朝報」大５・８・19（無題）―選者

1589 (3)人こごろ→人ごころ
(初)「羅府新報」大５・８・20（無題）―寛

1590 (初)「羅府新報」大５・８・20（無題）―晶子

1591 (初)「東京日日新聞」大５・８・30（無題）―与謝野晶子

1592 家《いへ》の人烈《ひとはげ》しき雨《あめ》の降《ふ》るなりと一室《ま》に寄《よ》れば百合薫《ゆりかを》るかな

1592 初「青年」大5・9・1初秋―与謝野晶子

1593 もの忘《わす》れすなと虫鳴《むしな》くまたいはく恋《こひ》しき人《ひと》に行《ゆ》きもしぶるな

1593 初「青年」大5・9・1初秋―与謝野晶子

1594 雨《あめ》も過《す》ぎ土手《どて》のかや草《ぐさ》しろじろと波《なみ》うちつくる夕《ゆふ》ぐれの風《かぜ》

1594 初「青年」大5・9・1初秋―与謝野晶子

1595 秋《あき》くればわれも鈴振《すゞふ》る風《かぜ》の音虫《おとむし》の声《こゑ》よりまさる鈴《すゞ》ふる

1595 初「青年」大5・9・1初秋―与謝野晶子

1596 こし方《かた》に正《たゞ》しく積《つ》みもこざりけるわが世《よ》なりとは思《おも》ひ知《し》らずも

1596 初「青年」大5・9・1初秋―与謝野晶子

1597 秋来《あききた》り何《なに》か身《み》に沁《し》むこたふらくわが被《かづ》くなるくろ髪《かみ》の色《いろ》

1597 初「婦人画報」大5・9・1長夜―与謝野晶子

1598 わが指《ゆび》の白《しろ》き小皿《こさら》の冷《つめた》きに触《ふ》れて九月《ぐわつ》のかなしくなりぬ

1598 初「婦人画報」大5・9・1長夜―与謝野晶子

1599 ふためきてひざまづくべき王《わう》の威《ゐ》を大《おほ》やんま持《も》つ夕風《ゆふかぜ》の中《なか》

1599 初「婦人画報」大5・9・1長夜―与謝野晶子

1600 鈴虫《すゞむし》と女一人《をんなひとり》は茄子《なす》を食《く》ひ瓜《うり》をたうべて悲《かな》しやと泣《な》く

1600 初「婦人画報」大5・9・1長夜―与謝野晶子

1601 あさましく面《おも》がはりせるわれを見《み》るここちす秋《あき》の野分《のわき》ののちに

1602 自《みづか》らに今日《けふ》はおもねる哀《あは》れにも人顧《ひとかへり》みぬものにおもねる

1603 岩間《いはま》なる磯《いそ》ぎんちやくと遊《あそ》ぶ日《ひ》も紫《むらさき》着《き》たり忘《わす》れざるため

1604 黒馬《くろうま》のしかばねと見《み》ておぢつやと髪《かみ》まさぐりて病《や》めば云《い》ふなり

1605 人恨《ひとうら》むわが身《み》ならんと思《おも》ひつる身《み》の判断《はんだん》のあやまちぬわれ

1606 いと恋《こひ》し水引《みづひき》の花紅《はなべに》のべし渋谷《しぶや》の家《いへ》の栗《くり》の木《き》のもと

1607 海濁《うみにご》り硝煙色《せうえんいろ》になるものか人《ひと》の目《め》ならば悲《かな》しからまし

1608 子《こ》の裾《すそ》に朝顔《あさがほ》の蔓《つる》まつはりて鉢《はち》のまろぶもさびし初秋《はつあき》

1609 弟《おとうと》の行《ゆ》き父《ちゝ》の行《ゆ》き二十日《はつか》して見返《みかへ》りがちに旅立《たびだ》ちし子《こ》よ

1601 初「婦人画報」大5・9・1長夜―与謝野晶子

1602 初「東京日日新聞」大5・9・12(無題)―与謝野晶子

1603 初「東京日日新聞」大5・9・12(無題)―与謝野晶子

1604 初「東京日日新聞」大5・9・12(無題)―与謝野晶子

1605 初「東京日日新聞」大5・9・12(無題)―与謝野晶子

1606 初「東京日日新聞」大5・9・16(無題)―与謝野晶子

1607 初「万朝報」大5・9・16(無題)―選者

1608 初「東京日日新聞」大5・9・24(無題)―与謝野晶子

1609 初「婦人画報」大5・10・1風の音―与謝野晶子

1610 八月《はちぐわつ》の中《なか》の二日《ふつか》の夜《よ》の十時《じふじ》旅立《たびだ》ちし子《こ》の白《しろ》きよこ顔《がほ》

1611 病《や》める子《こ》を浪華《なには》に置《お》きて見《み》がたしとみんみん蟬《せみ》も日《ひ》ぐらしも鳴《な》く

1612 大空《おほぞら》にあるならねども眺《なが》めらるわが一の子《こ》の病院《びやうゐん》のゆめ

1613 六人《にん》の走《はし》りありけどうら淋《さび》しそれ一の子《こ》の足音《あしおと》に似《に》ず

1614 子《こ》の病《やまひ》見《み》ま欲《ほ》しやとぞ思《おも》ふ時走《ときはし》る雲《くも》さへうらやましわれ

1615 まばらなる花隠元《はないんげん》のくれなゐの魚《うを》めきうごく秋《あき》の夕《ゆふ》ぐれ

1616 いみじくも静《しづ》かなるこそ悲《かな》しけれわが真実《しんじつ》のうす墨《ずみ》のいろ

1617 わが丈《たけ》とひとしき人《ひと》の行《ゆ》きずりに肩《かた》の並《なら》べるふと悲《かな》しかり

1618 うつろなる空《そら》を仰《あふ》ぎて吐息《といき》しぬ秋風《あきかぜ》に立《た》つ街《まち》の並木《なみき》は

1610 初「婦人画報」大5・10・1風の音―与謝野晶子

1611 初「婦人画報」大5・10・1風の音―与謝野晶子

1612 初「婦人画報」大5・10・1風の音―与謝野晶子

1613 初「婦人画報」大5・10・1風の音―与謝野晶子

1614 初「婦人画報」大5・10・1風の音―与謝野晶子

1615 初「婦人画報」大5・10・1風の音―与謝野晶子

1616 初「婦人画報」大5・10・1風の音―与謝野晶子

1617 初「婦人画報」大5・10・1風の音―与謝野晶子

1618 初「婦人画報」大5・10・1風の音―与謝野晶子

1619
人皆《ひとみな》の寄《よ》らんとせざる片隅《かたすみ》に小暗《をぐら》き花《はな》を見《み》まもりぬわれ

1620
嬉《うれ》しくもわれに帰《かへ》りてある心地《こゝち》朝昼夜《あさひるよる》におほゆる秋《あき》よ

1621
かたはらへ何時《いつ》来《き》て旅《たび》に病《やまひ》せしそこばくの日《ひ》を子《こ》は語《かた》るらむ

1622
世《よ》に知《し》らぬ烈《はげ》しき願《ねが》ひ自《みづか》らは本末《もとすゑ》しらぬ烈《はげ》しきねがひ

1623
死《し》ぬことは己《おのれ》に酔《ゑ》へる哀《あは》れなる人《ひと》ならねども目《め》に置《お》かずわれ

1624
晩秋《おそあき》の月《つき》のいみじく澄《す》む下《もと》の風《かぜ》にもまれし草《くさ》のおとろへ

1625
あさはかに我《わ》が歎《なげ》く時驕《ときおご》るとき忘《わす》れたる時《とき》おもひ入《い》る時《とき》

1626
正目《まさめ》して見《み》よと云《い》ふをば聞《き》き知《し》らぬさましてありしわれならむこれ

1627
失《うしな》ひて得《う》るに易《やす》きは少女《をとめ》ぞと皆人思《みなひとおも》ふ君少《きみすこ》しおもふ

1619 初「万朝報」大５・10・７（無題）―選者

1620 初「東京日日新聞」大５・10・８（無題）―与謝野晶子

1621 初「東京日日新聞」大５・10・８（無題）―与謝野晶子

1622 初「東京日日新聞」大５・10・16（無題）―与謝野晶子

1623 初「婦人画報」大５・11・１林間抄―与謝野晶子

1624 初「婦人画報」大５・11・１林間抄―与謝野晶子

1625 初「婦人画報」大５・11・１林間抄―与謝野晶子

1626 初「万朝報」大５・11・４（無題）―選者

1627 初「大阪毎日新聞」大５・11・６秋―与謝野晶子

1628 この人《ひと》にうち妬《ねた》まれて身《み》の痩《や》せてゆく女《をんな》とも葉《は》の落《お》つる桐《きり》

1629 はかなげに端居《はしゐ》したりし少女《をとめ》ゆゑその街《まち》のいとなつかし吾《われ》は

1630 十坪《つぼ》ほど紐鶏頭《ひもけいとう》の氈《かも》敷《し》かれ見附《みつけ》の松《まつ》の朝《あさ》鳴《な》る家《いへ》よ

1631 妬《ねた》みゆゑ少《すこ》したかぶる否心《いなこゝろ》悲《かな》しきまでにつよく昂《たかぶ》る

1632 わが心《こゝろ》一時《ひとゝき》ものを思《おも》ふのち月夜《つきよ》のごとく重《おも》くあかるし

1633 みづからを突《つ》き進《すゝ》ましむ傷《きず》つくも昨日《きのふ》に知《し》らぬこと得《う》るなれば

1634 君知《きみし》るや暫《しばら》くここに居《ゐ》たりきと云《い》ひて去《さ》りつるものありぬあな

1635 外濠《そとぼり》の底《そこ》に曇《くも》りてある日《ひ》いと暑苦《あつくる》しきや日《ひ》ぐらしの鳴《な》く

1636 夕《ゆふ》ぐれにまた帰《かへ》らじとわが背子《せこ》を思《おも》ひなす時《とき》さと降《ふ》りぬ雨《あめ》

1628 (初)「大阪毎日新聞」大5・11・6秋―与謝野晶子

1629 (初)「大阪毎日新聞」大5・11・6秋―与謝野晶子

1630 (初)「大阪毎日新聞」大5・11・6秋―与謝野晶子

1631 (初)「東京日日新聞」大5・11・17(無題)―与謝野晶子

1632 (初)「大阪毎日新聞」大5・11・20秋の雲―与謝野晶子

1633 (初)「大阪毎日新聞」大5・11・20秋の雲―与謝野晶子

1634 (初)「大阪毎日新聞」大5・11・20秋の雲―与謝野晶子

1635 (初)「大阪毎日新聞」大5・11・20秋の雲―与謝野晶子

1636 (初)「大阪毎日新聞」大5・11・20秋の雲―与謝野晶子

1637 たまたまに岩木《いはき》がなせし酔《ゑひ》なりと飽《あ》き足《た》らずして恨《うら》みけるかな

1638 失《うしな》ひしものを何《なん》ぞと思《おも》ひえず起《お》き臥《ふし》なやむ人《ひと》ならしこれ

1639 自《みづか》らをいとみやびかにありなどゝ夏《なつ》の灯影《ほかげ》に思《おも》ひつゝ居《を》り

1640 茅《ち》ケ崎《さき》の浜《はま》の貸家《かしや》に去年《こぞ》の冬赤《ふゆあか》き芽《め》をはる木《き》の立《た》ちしこと

1641 こと〴〵に諦《あきら》めつくれかく云《い》ひて冬《ふゆ》は昨日《きのふ》も今日《けふ》も雨降《あめふ》る

1642 霜踏《しもふ》めば四五日前《しごにちまへ》にわが切《き》りし紅絹《もみ》の片《きれ》などわが胸《むね》に浮《う》く

1643 地《ち》の下《した》に禍《わざはひ》　来《きた》り住《す》むごとし踏《ふ》めば悲《かな》しき霜《しも》ばしらゆゑ

1644 手《て》をとりて巴里《パリー》の話《はなし》聞《き》かんなど人《ひと》ごゝちする水仙《すいせん》の花《はな》

1645 冬籠《ふゆごもり》春《はる》また秋《あき》の我等《われら》より地《ち》に低《ひく》く居《ゐ》るこゝちこそすれ

1637 初「大阪毎日新聞」大５・11・20秋の雲—与謝野晶子

1638 初「大阪毎日新聞」大５・11・20秋の雲—与謝野晶子

1639 初「大阪毎日新聞」大５・11・20秋の雲—与謝野晶子

1640 初「東京日日新聞」大５・11・29（無題）—与謝野晶子

1641 初「東京日日新聞」大５・11・29（無題）—与謝野晶子

1642 初「婦人画報」大５・12・１下品下生—与謝野晶子

1643 初「東京日日新聞」大５・12・10（無題）—与謝野晶子

1644 初「東京日日新聞」大５・12・15（無題）—与謝野晶子

1645 初「東京日日新聞」大５・12・15（無題）—与謝野晶子

1646 みづうみの堅《かた》き氷《こほり》のおもてより霧《きり》立《た》ち黄《き》なり冬《ふゆ》の太陽《たいやう》

1647 霜《しも》降《ふ》りて土《つち》の壊《くゆ》ればわが身《み》さへ崩《くづ》るゝものゝこゝちしてうし

1648 木立《こだち》など裸《はだか》になりて冬《ふゆ》の日《ひ》は遠《とほ》きもの皆筋《みなすぢ》がちに見《み》ゆ

1649 夜《よ》に渡《わた》る橋《はし》朝《あした》見《み》る山《やま》の塔京《とうけう》のしのばゆ秋来《あきく》といへば

1650 椿《つばき》咲《さ》くものを通《とほ》して地《ち》の底《そこ》の火《ひ》を見《み》る如《ごと》しあぢきなきかな

1651 寒《さむ》き日《ひ》はなすこと少《すこ》し身《み》にしみてわが恋《こひ》の日《ひ》の初《はじ》めも見《み》ゆる

1652 目《め》じるしに何《なに》をすべきとこの年《とし》の初《はじ》め中頃《なかごろ》思《おも》ひしものを

1646 初「東京日日新聞」大5・12・16（無題）―与謝野晶子

1647 初「東京日日新聞」大5・12・16（無題）―与謝野晶子

1648 初「東京日日新聞」大5・12・16（無題）―与謝野晶子

1649 初「大阪毎日新聞」大5・12・18歌―与謝野晶子

1650 初「東京日日新聞」大5・12・19（無題）―与謝野晶子

1651 初「東京日日新聞」大5・12・19（無題）―与謝野晶子

1652 初「万朝報」大5・12・30（無題）―選者

大正六年（一九一七）

1653 雪《ゆき》降《ふ》りて生駒《いこま》の山《やま》も葛城《かつらぎ》もいと角《かど》がちになりぬ故郷《ふるさと》

1654 昨日《きのふ》より今日《けふ》白《しろ》しとて驚《おどろ》ける人《ひと》と雪《ゆき》ふる山《やま》と河原《かはら》と

1655 山々《やま〳〵》に雪《ゆき》の置《お》かれて痩《や》せし身《み》は氷《こほり》の宮《みや》の姫《ひめ》かとぞ思《おも》ふ

1656 雪《ゆき》したる山々《やま〳〵》を据《す》ゑはろばろと波来《なみき》て寄《よ》する茅《ち》が崎《さき》の浜《はま》

1657 真白《ましろ》なる春《はる》の初《はじ》めの富士《ふじ》を褒《ほ》め松《まつ》かげ行《ゆ》きぬ男《をとこ》まじりに

1658 小雨《こさめ》降《ふ》る春《はる》の初《はじ》めの或一日《あるひとひ》世《よ》になつかしと白《しろ》き富士《ふじ》見《み》る

1659 船《ふね》の影《かげ》わななく水《みづ》に添《そ》ひし道君《みちきみ》と歩《あゆ》めば唯事《たゞごと》を過《す》ぐ

1653 初「婦人画報」大6・1・1遠山雪―与謝野晶子

1654 初「婦人画報」大6・1・1遠山雪―与謝野晶子

1655 初「婦人画報」大6・1・1遠山雪―与謝野晶子

1656 初「婦人画報」大6・1・1遠山雪―与謝野晶子

1657 初「婦人画報」大6・1・1遠山雪―与謝野晶子

1658 初「婦人画報」大6・1・1遠山雪―与謝野晶子

1659 初「万朝報」大6・1・13（無題）―選者

1660 わが恋《こひ》にひとしからぬを歎《なげ》くこと君《きみ》が心《こゝろ》をうちなげくこと

1661 あぢきなく背《そむ》きし心《こゝろ》わが前《まへ》に泣《な》きし心《こゝろ》も君《きみ》がもつもの

1662 悩《なやま》しさ量《はか》りも知《し》らぬ身《み》と思《おも》ひ稚子《ちご》めく心《こゝろ》もつ身《み》と思《おも》ひ

1663 生きがひの稀《まれ》に見《み》ゆれば七八人《ななやたり》はぐくむ母《はゝ》も若《わか》やかにして

1664 寒牡丹《かんぼたん》疎《うと》ましとする灰色《はひいろ》の空《そら》すと籠《こも》る人《ひと》のかたはら

1665 少《すこ》しづつ移《うつ》り行《ゆ》くとて唯事《たゞごと》に恋《こひ》をのたまふ日《ひ》となりしかな

1666 あぢきなし底《そこ》無《な》きものか奥《おく》持《も》たぬものか二《ふた》つの一《ひと》つと思《おも》へば

1667 よろこびの増《ま》して愁《うれ》ひの数《かぞ》へるとゆめも思《おも》はずかつやるせなし

1668 まことには恋《こひ》の初《はじ》めを人知《ひとし》らずさやかに見《み》るは終《をはり》のかたち

1660 初「婦人画報」大6・2・1珊瑚抄—与謝野晶子

1661 初「婦人画報」大6・2・1珊瑚抄—与謝野晶子

1662 初「婦人画報」大6・2・1珊瑚抄—与謝野晶子

1663 初「東京日日新聞」大6・2・3（無題）—与謝野晶子

1664 初「大阪毎日新聞」大6・2・12みどりの草—与謝野晶子

1665 初「大阪毎日新聞」大6・2・12みどりの草—与謝野晶子

1666 初「東京日日新聞」大6・2・26（無題）—与謝野晶子

1667 初「東京日日新聞」大6・2・26（無題）—与謝野晶子

1668 初「東京日日新聞」大6・2・26（無題）—与謝野晶子

1669
そそのかし惑《まど》はすものの混《まじ》りたるその敬《うやま》ひの甘《あま》かりし味《あぢ》

1670
ものゆゑに揺《ゆら》ぎ初《そ》めぬと云《い》ふことを尊《たふと》くなすも異《こと》なるやわれ

1671
尊《たふ》とかる身《み》の一切《さい》も君《きみ》ゆゑに唯《た》だ花《はな》びらのさまして動《うご》く

1672
いみじかる人《ひと》のやうなる円柱《まろばしら》つらなる廊《ろう》の春《はる》の夜《よ》のかぜ

1673
恋《こひ》こそはものの根《ね》となり枝《えだ》となれわれに於《お》いては皆花《みなはな》と咲《さ》く

1674
自《みづか》らに見出《みい》づることのありやなし病《やまひ》しかつは死《し》にたる心《こゝろ》

1675
雲《くも》うごき秋《あき》の夕《ゆふべ》の思《おも》はるる雨《あめ》ののちなり梅白《うめしろ》くちる

1676
何《なに》とかの鳥《とり》の尾《を》のごと連翹《れんげう》の枝《えだ》うちうごくあかつきの雨《あめ》

1677
由《よ》るところ君《きみ》とも知《し》らずおのれとも知《し》らねど春《はる》の雨《あめ》のなつかし

1669 初「東京日日新聞」大6・2・26（無題）—与謝野晶子

1670 初「東京日日新聞」大6・2・26（無題）—与謝野晶子

1671 初「東京日日新聞」大6・2・26（無題）—与謝野晶子

1672 初「東京日日新聞」大6・2・27（無題）—与謝野晶子

1673 初「東京日日新聞」大6・2・27（無題）—与謝野晶子

1674 初「東京日日新聞」大6・2・27（無題）—与謝野晶子

1675 初「婦人画報」大6・3・1麗日—与謝野晶子

1676 初「婦人画報」大6・3・1麗日—与謝野晶子

1677 初「婦人画報」大6・3・1麗日—与謝野晶子

1678 西京《さいきやう》の嵯峨《さが》の道《みち》など泣《な》きながらわれは目《め》に描《か》く蓬《よもぎ》にほへば

1679 蓬《よもぎ》の香《か》野《の》芹《ぜり》の匂《にほ》ひ嗅《か》ぐここち今《いま》三月《ぐわつ》の雲《くも》見《み》ておぼゆ

1680 女《をんな》の目《め》空《そら》に懸《か》るとわが従兄《いとこ》垂《た》れ籠《こ》めくらす山《やま》ざくら花《ばな》

1681 一人《ひとり》居《ゐ》て苦《くる》しきことも嬉《うれ》しきも身《み》を離《はな》れ行《ゆ》くここちする時《とき》

1682 すずろにも雨《あめ》となりたる春《はる》の日《ひ》の硝子《がらす》の下《した》のうすき紫《むらさき》

1683 そよかぜや君《きみ》と居《ゐ》る日《ひ》に玳瑁《たいまい》の簾《すだれ》をつくる連翹《れんげう》の花《はな》

1684 市中《いちなか》に人《ひと》よな打《う》ちそ痩馬《やせうま》を食《く》はしめずしてな取《と》りそ力《ちから》を

1685 君花《きみはな》を見《み》よと云《い》ひけり桜《さくら》よりいみじきもののあらぬ家《いへ》かは

1686 桜《さくら》ちる庭《には》に立《た》つこと恋《こひ》と云《い》ふよき匂《にほ》ひをばきく日《ひ》に似《に》たり

1678 初「婦人画報」大6・3・1麗日—与謝野晶子

1679 初「婦人画報」大6・3・1麗日—与謝野晶子

1680 初「東京日日新聞」大6・3・15（無題）—与謝野晶子

1681 初「東京日日新聞」大6・3・15（無題）—与謝野晶子

1682 初「東京日日新聞」大6・3・15（無題）—与謝野晶子

1683 初「東京日日新聞」大6・3・15（無題）—与謝野晶子

1684 初「万朝報」大6・3・17（無題）—選者

1685 初「東京日日新聞」大6・3・24（無題）—与謝野晶子

1686 初「東京日日新聞」大6・3・24（無題）—与謝野晶子

1687 東山《ひがしやま》おなじ色《いろ》とも見《み》ゆる塔御堂《たふみどう》どもより靄破《もややぶ》れ行《ゆ》く

1688 浅葱《あさぎ》する川《かは》を渡《わた》りて菜《な》の花《はな》を花《はな》の中《なか》なる大君《おほぎみ》としぬ

1689 雨《あめ》の日《ひ》の二階《かい》より見《み》る芍薬《しやくやく》の赤《あか》きかたまり哀《あは》れとぞ思《おも》ふ

1690 天地《あめつち》もわが脱《ぬ》ぎ捨《す》てし匂《にほ》ひする衣《きぬ》とぞ思《おも》ふ春《はる》の月夜《つきよ》に

1691 いみじくも胡粉《ごふん》を盛《も》りて造《つく》りたる京《けう》のさくらと京《けう》の舞姫《まひひめ》

1692 暁《あかつき》の桜《さくら》のもとにたゝずめば所《ところ》を得《え》たる心地《こゝち》こそすれ

1693 唯一人《たゞひとり》われこの人《ひと》に思《おも》はれてこしことにさへ似《に》たり半《なかば》は

1694 恨《うら》まじと心《こゝろ》に立《た》てしるしをば見《み》るやおのづと涙《なみだ》のくだる

1695 いつまでも仲直《なかなほ》らじと我等《われら》をばあばまずかつは悲《かな》しまぬ時《とき》

1687 初「東京日日新聞」大6・3・24（無題）―与謝野晶子

1688 初「大阪毎日新聞」大6・3・26春の歌―与謝野晶子

1689 初「大阪毎日新聞」大6・3・26春の歌―与謝野晶子

1690 初「大阪毎日新聞」大6・3・26春の歌―与謝野晶子

1691 初「大阪毎日新聞」大6・3・26春の歌―与謝野晶子

1692 初「万朝報」大6・3・31（無題）―選者

1693 初「中央文学」大6・4・1ある時に―与謝野晶子

1694 初「中央文学」大6・4・1ある時に―与謝野晶子

1695 初「中央文学」大6・4・1ある時に―与謝野晶子

1696 気《き》の触《ふ》れし日《ひ》か思《おも》ふこと皆告《みなつ》げし日《ひ》かこころよさまた類《たぐ》ひなし

1697 ある夕《ゆふべ》小姑《こじうと》に似《に》る身《み》のかたち顕《あら》はにつくりもの食《は》む人《ひと》よ

1698 恐《おそ》ろしきものゝ噂《うはさ》に伝《つた》はれる女《をんな》にまさるものにくみしぬ

1699 病《やまひ》をば自《みづか》ら歎《なげ》く思《おも》ひなど混《まじ》れる顔《かほ》をかなしとぞ思《おも》ふ

1700 人《ひと》よりは勝《すぐ》れしものとこと〴〵に思《おも》ひ慣《なら》ひし自《みづか》らながら

1701 言葉《ことば》もて争《あらそ》ひしなど云《い》はんこと猶《なほ》死《し》ぬ日《ひ》まで数《かず》なかるべし

1702 かゝること思《おも》ひつゞけしはてのわれ病《やまひ》すなりとさびし侮《あなど》る

1703 春雨《はるさめ》の面《おもて》を見《み》つつ物忘《ものわす》れせずやと言《こと》のとはまほしかり

1704 紫《むらさき》の角《かど》あるものの数《かず》しらず流《なが》るる春《はる》の山《やま》あひの川《かは》

1696 初「中央文学」大6・4・1ある時に―与謝野晶子

1697 初「中央文学」大6・4・1ある時に―与謝野晶子

1698 初「中央文学」大6・4・1ある時に―与謝野晶子

1699 初「中央文学」大6・4・1ある時に―与謝野晶子

1700 初「中央文学」大6・4・1ある時に―与謝野晶子

1701 初「中央文学」大6・4・1ある時に―与謝野晶子

1702 初「中央文学」大6・4・1ある時に―与謝野晶子

1703 初「婦人画報」大6・4・1（無題）―与謝野晶子

1704 初「婦人画報」大6・4・1（無題）―与謝野晶子

1705 春《はる》と云《い》ふ潮《しほ》湧《わ》く音《おと》の反響《はんきやう》をわれより君《きみ》のきくと思《おも》ひぬ

1706 この世《よ》をば誰《たれ》もめでたき我世《わがよ》ぞと思《おも》はぬは無《な》き花《はな》のもとかな

1707 弥生《やよひ》には少女《をとめ》の如《ごと》く四月《うづき》には女《をんな》となりて桜《さくら》咲《さ》くなり

1708 桜《さくら》咲《さ》く世《よ》に上《うへ》もなき幸《さいは》ひを知《し》る人《ひと》のため恋人《こひびと》のため

1709 うしろより背《せ》のびしながら見《み》る我《われ》は先《ま》づ花《はな》よりも人《ひと》を目《め》にせし

1710 牡丹《ぼたん》ちりいと華《はな》やかにかさなれば悲《かな》しけれども誇《ほこ》らしきかな

1711 悲《かなし》みもその尽《つ》くるまで身《み》に堪《た》へん今《いま》はかくこそ思《おも》ふなりけれ

1712 ふくよかによき衣着《きぬき》たるこの国《くに》の少女《をとめ》に似《に》たる八重桜《やへざくら》かな

1713 しらじらと桜《さくら》散《ち》れども水上《みなかみ》は江戸《えど》紫《むらさき》の隅田川《すみだがは》かな

1705 初「婦人画報」大６・４・１（無題）―与謝野晶子

1706 初「婦人画報」大６・４・１卯月集―与謝野晶子

1707 初「婦人画報」大６・４・１卯月集―与謝野晶子

1708 初「婦人画報」大６・４・１卯月集―与謝野晶子

1709 初「婦人画報」大６・４・１卯月集―与謝野晶子

1710 初「婦人画報」大６・４・１卯月集―与謝野晶子

1711 初「婦人画報」大６・４・１卯月集―与謝野晶子

1712 初「婦人画報」大６・４・１卯月集―与謝野晶子

1713 初「大阪毎日新聞」大６・４・２春の歌―与謝野晶子

1714 木《こ》のもとにはねずの色《いろ》の氈《かも》敷《し》きぬ下《お》りよ鶯《うぐひす》ひがし山《やま》より

1715 人間《にんげん》の若《わか》き姿《すがた》もわれに見《み》ゆ赤《あか》き桜《さくら》を日《ひ》の透《とう》す時《とき》

1716 白金《はくきん》か銀《ぎん》か知《し》らねど冷《つめ》たけれわが今年《ことし》見《み》る都《みやこ》の桜《さくら》

1717 やはらかき緑《みどり》のいろも桃色《もゝいろ》も二十年《はたとせ》すれば名《な》も変《かは》りつつ

1718 山吹《やまぶき》のうちくつろぎて黄《き》を散《ち》らす春《はる》の雨《あめ》よりみだらなるなし

1719 今《いま》はまた抱《いだ》くべからぬ大人《おとな》ともおほし立《た》てつれ病《やまひ》去《い》ねかし

1720 子《こ》が病《や》むと声《こゑ》さへ立《た》てゝ泣《な》かれぬれ死《し》なむ日《ひ》などは死《し》にてあるべし

1721 我子《わがこ》たゞ癒《い》ゆる月日《つきひ》を待《ま》つなりと長閑《のどか》に思《おも》ふそれは束《つか》の間《ま》

1722 あぢきなく衰《おとろ》へ行《ゆ》くを覚《おぼ》ゆなり身《み》の病《やまひ》より君《きみ》の病《やまひ》に

1714 初「大阪毎日新聞」大6・4・2春の歌―与謝野晶子

1715 初「大阪毎日新聞」大6・4・2春の歌―与謝野晶子

1716 初「万朝報」大6・4・14（無題）―選者

1717 初「東京日日新聞」大6・4・16（無題）―与謝野晶子

1718 初「東京日日新聞」大6・4・16（無題）―与謝野晶子

1719 初「東京日日新聞」大6・4・18（無題）―与謝野晶子

1720 初「東京日日新聞」大6・4・18（無題）―与謝野晶子

1721 初「東京日日新聞」大6・4・18（無題）―与謝野晶子

1722 初「万朝報」大6・4・28（無題）―選者

1723 わが涙《なみだ》子《こ》の重《おも》く病《や》むことに落《お》ち春《はる》の世界《せかい》を掻《か》き濁《にご》すかな

1724 鈍色《にびいろ》に身《み》のかたはらへ積《つも》るもの何《なに》と名《な》づけん何《なに》と思《おも》はん

1725 世《よ》にしらず心淋《こゝろさび》しきこの時《とき》の木立《こだち》の上《うへ》の藍《あゐ》の空《そら》かな

1726 子《こ》の病癒《やまひい》ゆる日待《ひま》てる人《ひと》に咲《さ》く桜《さくら》も藤《ふぢ》も灰色《はひいろ》に見《み》ゆ

1727 君《きみ》が寝《ぬ》る病院《びやうゐん》に行《ゆ》く街々《まち〳〵》は物《もの》を思《おも》はぬ人《ひと》ぞ歩《あゆ》める

1728 朝々《あさ〳〵》に踏《ふ》む病院《びやうゐん》の敷石《しきいし》も青白《あをじろ》ければうらがなしけれ

1729 君《きみ》と子《こ》の病《やまひ》のうさが身一《みひと》つに移《うつ》りあつまる夜《よ》さへひるさへ

1730 わが涙《なみだ》あはれしみじみ夕《ゆふ》ぐれの白《しろ》き桜《さくら》の枝《えだ》より零《こぼ》る

1731 天地《あめつち》に唯一人《たゞひとり》居《ゐ》る心地《こゝち》する淋《さび》しき春《はる》の夕《ゆふ》ぐれの風《かぜ》

1723 初「婦人画報」大6・5・1悪夢―与謝野晶子

1724 初「婦人画報」大6・5・1悪夢―与謝野晶子

1725 初「婦人画報」大6・5・1悪夢―与謝野晶子

1726 初「婦人画報」大6・5・1悪夢―与謝野晶子

1727 初「婦人画報」大6・5・1悪夢―与謝野晶子

1728 初「婦人画報」大6・5・1悪夢―与謝野晶子

1729 初「婦人画報」大6・5・1悪夢―与謝野晶子

1730 初「婦人画報」大6・5・1悪夢―与謝野晶子

1731 初「東京日日新聞」大6・5・3（無題）―与謝野晶子

1732 髭《ひげ》の生《お》ひ痩《や》せたる人《ひと》を見《み》むために春《はる》の夕《ゆふ》ぐれ病院《べういん》に行《ゆ》く

1733 おこたれと病《やまひ》を祈《いの》り今日《けふ》明日《あす》のうちと望《のぞ》みぬあはれ狂《くる》ほし

1734 子《こ》の病《やまひ》祈《いの》るしるしの唯《たゞ》少《すこ》し見《み》えたる朝《あさ》を何《なに》とたとへん

1735 山《やま》ざくら枝《えだ》にふるへて花《はな》のあり木《き》のこゝろよく鳴《な》れる夕風《ゆふかぜ》

1736 山《やま》ざくらそれにぞ春《はる》は盛《さか》りなまし吾《わ》が身《み》に恋《こひ》を燃《も》えしめしごと

1737 むくつけき木《き》の卓《たく》ながら山《やま》ざくら千歳《ちとせ》鍛《きた》へし姿《すがた》して散《ち》る

1738 このこともよき初夏《はつなつ》の風《かぜ》動《うご》くさまと見《み》なしぬ恋《こひ》しきことを

1739 若《わか》き日《ひ》の夢《ゆめ》より出《い》でし君《きみ》なればおのれと思《おも》ふうきもつらきも

1740 いくそたびいみじく忍《しの》びわが胸《むね》へ帰《かへ》り来《きた》りしこの忍術師《にんじゆつし》

1732 初「東京日日新聞」大6・5・4（無題）―与謝野晶子

1733 初「東京日日新聞」大6・5・4（無題）―与謝野晶子

1734 初「東京日日新聞」大6・5・4（無題）―与謝野晶子

1735 初「大阪毎日新聞」大6・5・7歌―与謝野晶子

1736 初「大阪毎日新聞」大6・5・7歌―与謝野晶子

1737 初「大阪毎日新聞」大6・5・7歌―与謝野晶子

1738 初「万朝報」大6・5・12（無題）―選者

1739 初「大阪毎日新聞」大6・5・21皐月雨―与謝野晶子

1740 初「大阪毎日新聞」大6・5・21皐月雨―与謝野晶子

1741 疑《うたが》はば知《し》ると云《い》へかしこのことを一《ひと》つかなはぬ望《のぞ》みとて持《も》つ

1742 いつしかと入《い》りにけらしな二筋《ふたすぢ》にひとつひとつの分《わか》れたる道《みち》

1743 芍薬《しやくやく》の芽《め》ごとに白《しろ》き蝶《てう》の居《ゐ》て羽振《はふ》れば雲《くも》の散《ち》りこしごとき

1744 自《みづか》らに代《かは》りて君《きみ》が云《い》ひ給《たま》ふ妬《ねた》みとばかりなつかしきかな

1745 夏《なつ》の野《の》の雛罌粟《ひなげし》の花血《はなち》に似《に》るをめでゝ恐《おそ》れず君得《きみえ》たるのち

1746 はるかにも木立《こだち》重《かさ》なりなつかしき橘《たちばな》の香《か》にあくるしのゝめ

1747 藤《ふぢ》の花机《はなつくゑ》に倚《よ》れる藤《ふぢ》の花《はな》ものを思《おも》へるむらさきの藤《ふぢ》

1748 とりかへせその船《ふね》をとて呼《よ》ぶ声《こゑ》す半《なかば》おぼれしわが船《ふね》のため

1749 自《みづか》らを愛《め》づると知《し》りてこの君《きみ》はまた離《はな》れじとなし給《たま》ふかな

1741 初「大阪毎日新聞」大６・５・21皐月雨―与謝野晶子

1742 初「大阪毎日新聞」大６・５・21皐月雨―与謝野晶子

1743 初「大阪毎日新聞」大６・５・21皐月雨―与謝野晶子

1744 初「大阪毎日新聞」大６・５・21皐月雨―与謝野晶子

1745 初「東京日日新聞」大６・５・25（無題）―与謝野晶子

1746 初「東京日日新聞」大６・５・25（無題）―与謝野晶子

1747 初「東京日日新聞」大６・５・25（無題）―与謝野晶子

1748 初「万朝報」大６・５・26（無題）―選者

1749 初「東京日日新聞」大６・５・28（無題）―与謝野晶子

1750 おのれをば賞《ほ》めたゝへたるもの丶ごと散《ち》りし牡丹《ぼたん》を拾《ひろ》へるはわれ

1751 恥《はづか》しく念《ねん》を断《た》つをば願《ねが》はずて今日《けふ》を見《み》たりき君《きみ》とおのれは

1752 わが部屋《へや》の灰色《はひいろ》の壁《かべ》それにさへ初夏《はつなつ》は押《お》す若《わか》きにほひを

1753 シベリヤの七日目《なぬかめ》ほどに見《み》たる街《まち》ふとうち思《おも》ひ夕道行《ゆふべみちゆ》く

1754 子等《こら》を見《み》て行《ゆ》くなかれとも云《い》はん道《みち》わが踏《ふ》みてこし道《みち》にあるなし

1755 人《ひと》の世《よ》のもののしるしのこころもて雛罌粟《ひなげし》の花愛《はなめ》づるなりわれ

1756 或時《あるとき》の平《たひら》かならぬ心《こゝろ》なほこのあやまたぬ道《みち》を選《えら》びし

1757 初夏《はつなつ》やモンマルトルの白《しろ》き塔見《たふみ》ゆる辻《つじ》かと心《こゝろ》まよひし

1758 しのびつゝ女人《によにん》の受《う》くる苦《くる》しみをしるごと啼《な》きぬ山《やま》ほとゝぎす

1750 初「東京日日新聞」大6・5・28（無題）―与謝野晶子

1751 初「婦人画報」大6・6・1白塔―与謝野晶子

1752 初「婦人画報」大6・6・1白塔―与謝野晶子

1753 初「婦人画報」大6・6・1白塔―与謝野晶子

1754 初「婦人画報」大6・6・1白塔―与謝野晶子

1755 初「婦人画報」大6・6・1白塔―与謝野晶子

1756 初「婦人画報」大6・6・1白塔―与謝野晶子

1757 初「婦人画報」大6・6・1白塔―与謝野晶子

1758 初「東京日日新聞」大6・6・4（無題）―与謝野晶子

1759 一心《しん》寺《じ》石《いし》ぼとけより白《しろ》ければ骨仏《こつぶつ》をいと悲《かな》しとぞ思《おも》ふ

1760 金堂《こんどう》も五重《じふ》の塔《たふ》も人《ひと》ならば見《み》がたききはの少女《をとめ》ならまし

1761 物思《ものおも》ふ和泉式部《いづみしきぶ》の籠《こも》るやと金堂《こんどう》のぞく天王寺《てんおうじ》かな

1762 七《なゝ》つ八《や》つそびゆる武庫《むこ》の頂《いたゞき》の琅玕《ろうかん》と見《み》ゆ雲《くも》のつつめば

1763 蜻蛉《あきつ》いと近《ちか》く飛《と》び来《き》て灰色《はひいろ》の雲《くも》より山《やま》の雨《あめ》の降《ふ》るかな

1764 猪《ゐ》名川《ながは》の橋長《はしなが》くして哀《あは》れなり旅人《たびびと》なれば月《つき》の夜《よ》なれば

1765 風《かぜ》吹《ふ》けば夜《よ》の川波《かはなみ》に早書《はやがき》の文字《もじ》かく灯《ひ》かな湯《ゆ》の街《まち》にして

1766 羽音《はおと》して山《やま》の松《まつ》より飛《と》び立《た》てば黒《くろ》き烏《からす》もにくからぬかな

1767 山《やま》に居《ゐ》て卯《う》の花白《はなしろ》く咲《さ》く渓《たに》を星《ほし》の棲家《すみか》と思《おも》ひけるかな

1759 初「東京日日新聞」大6・6・9六甲山麓にて—与謝野晶子

1760 初「東京日日新聞」大6・6・9六甲山麓にて—与謝野晶子

1761 初「東京日日新聞」大6・6・9六甲山麓にて—与謝野晶子

1762 初「大阪毎日新聞」大6・6・11山雨余滴（六甲山苦楽園にて）—与謝野晶子

1763 初「大阪毎日新聞」大6・6・11山雨余滴（六甲山苦楽園にて）—与謝野晶子

1764 初「東京日日新聞」大6・6・11（無題）—与謝野晶子

1765 初「東京日日新聞」大6・6・11（無題）—与謝野晶子再「歌劇」大7・8・15

1766 初「大阪毎日新聞」大6・6・18山雨余滴（六甲山苦楽園にて）—与謝野晶子

1767 初「大阪毎日新聞」大6・6・18山雨余滴（六甲山苦楽園にて）—与謝野晶子

1768 親《おや》ありし日《ひ》を思《おも》ひつゝ故郷《ふるさと》の和泉《いづみ》の国《くに》に一夜《ひとよ》寝《ね》にけり

（旅中にて）

1769 山《やま》の水《みづ》流《なが》るゝ岸《きし》の白《しら》あやめ哀《あは》れに見《み》ゆる夕《ゆふ》ぐれの雨《あめ》

1770 なつかしと夜《よ》の雨雲《あまぐも》の下《した》に見《み》る住吉《すみよし》の灯《ひ》よ大阪《おほさか》の灯《ひ》よ

1771 鳥《とり》のごと雲《くも》の中《なか》より生《うま》るると白帆《しらほ》も見《み》ゆれ遠方《をちかた》にして

1772 螢《ほたる》いで宿屋《やどや》の横《よこ》の路次《ろじ》を飛《と》ぶ湯《ゆ》の街《まち》を飛《と》ぶ山《やま》這《は》ひて飛《と》ぶ

1773 わがために灯《ひ》の海《うみ》つくる大阪《おほさか》もなつかしされど子《こ》の恋《こひ》しけれ

1774 青《あを》き象《ざう》はた白鳥《はくてう》の眠《ねむ》り居《を》り雲《くも》うち迷《まよ》ふ石《いし》の渓《たに》にて

1775 ふつふつと泉《いづみ》湧《わ》くなる音《おと》聞《き》けば君《きみ》を見《み》たりしわが日《ひ》思《おも》ほゆ

1776 武庫《む》山《こやま》の松《まつ》も雑木《ざふぎ》もめでたかり雲《くも》負《お》ひ海《うみ》を前《まへ》に抱《いだ》けば

1768 初「万朝報」大6・6・23（無題）—選者

1769 初「大阪毎日新聞」大6・6・25六甲にて詠める—与謝野晶子

1770 初「大阪毎日新聞」大6・6・25六甲にて詠める—与謝野晶子

1771 初「大阪毎日新聞」大6・6・25六甲にて詠める—与謝野晶子

1772 初「東京日日新聞」大6・6・25（無題）—与謝野晶子

1773 初「婦人画報」大6・7・1山に居て—与謝野晶子

1774 初「婦人画報」大6・7・1山に居て—与謝野晶子

1775 初「婦人画報」大6・7・1山に居て—与謝野晶子

1776 初「婦人画報」大6・7・1山に居て—与謝野晶子

1777 山《やま》なれば草《くさ》の葉《は》を打《う》つ雨《あめ》の音《おと》身《み》に沁《し》み入《い》りて夕《ゆふべ》は悲《かな》し

1778 人《ひと》ならばいぶせからまし滝《たき》おとす山《やま》の大岩岩《おほいはいは》ゆゑに撫《な》づ

1779 みどりなる曲玉なして冷たかる山国川の岸の道かな

1780 山も皆透き通り行くここちして世にあさましき河鹿鳴くなり

1781 山の夜の螢の火にてわが四人見かはす馬車もなまめかしけれ

1782 わが馬車を追ひくる螢さもなくてあてに山這ふ彼方の螢

1783 海見《うみみ》ゆる武庫《むこ》の山辺《やまべ》に二十日程《はつかほど》ありて端居《はしゐ》に馴《な》れにけるかな

1784 武庫《むこ》の山岩《やまいは》と小松《こまつ》を風吹《かぜふ》けば白 緑《びやくりよく》の海空《うみそら》に湧《わ》き立《た》つ

1785 巖《いは》かげに夜鳴《よるな》る泉《いづみ》澄《す》み通《とほ》る恋《こひ》の心《こゝろ》のたぐひなるべし

1777 初「婦人画報」大6・7・1山に居て―与謝野晶子

1778 初「婦人画報」大6・7・1山に居て―与謝野晶子

1779 初「中央公論」大6・7・15㈡耶馬渓にて―与謝野晶子

1780 初「中央公論」大6・7・15㈡耶馬渓にて―与謝野晶子

1781 初「中央公論」大6・7・15㈡耶馬渓にて―与謝野晶子

1782 初「中央公論」大6・7・15㈡耶馬渓にて―与謝野晶子

1783 初「東京日日新聞」大6・7・18（無題）―与謝野晶子

1784 初「東京日日新聞」大6・7・18（無題）―与謝野晶子

1785 初「東京日日新聞」大6・7・20（無題）―与謝野晶子

1786 夜咲《よるさ》きて朝《あさ》は萎《しほ》るゝ月見草《つきみそう》など憂《う》きことを早《はや》く知《し》るらん

1787 蘆《あし》などのすくすくとして立《た》つさまの恋《こひ》を頼《たの》める人《ひと》の目《め》によし

1788 乗物《のりもの》に玉《たま》の簾《すだれ》の鳴《な》るものか千百《せんひやく》尺《しやく》の地《ち》の底《そこ》の水《みづ》

1789 採炭《さいたん》の鶴嘴《つるはし》光《ひか》る神《かみ》と云《い》ふいみじきものの使《つか》ひのやうに

1790 坑内《こうない》は日月《じつげつ》あらず一草《いつそう》の生《お》ひたるもなし歌《うた》へるもなし

1791 小島《こじま》なる尖《とが》れる石《いし》を踏《ふ》む心地《こゝち》あはれに淋《さび》し夏《なつ》の旅人《たびびと》
（備前の伊里村にて）

1792 石投《いしな》げて水煙《みづけぶり》をばよろこびぬ嫉《ねた》まぬ人《ひと》もありのすさびに

1793 睡蓮《すいれん》はなほ水《みづ》に居《ゐ》ぬいみじくも身《み》をあてなりとなすさまながら

1794 紫《むらさき》を着《つ》くることもて粧《よそほ》ひと思《おも》ひしころの若《わか》きおもひで

1786 (初)「東京日日新聞」大6・7・20（無題）―与謝野晶子
1787 (初)「東京日日新聞」大6・7・21（無題）―与謝野晶子
1788 (初)「東京日日新聞」大6・7・21（無題）―与謝野晶子
1789 (初)「東京日日新聞」大6・7・21（無題）―与謝野晶子
1790 (初)「東京日日新聞」大6・7・21（無題）―与謝野晶子
1791 (初)「万朝報」大6・7・21（無題）―選者
1792 (初)「大阪毎日新聞」大6・7・22（無題）―与謝野晶子
1793 (初)「大阪毎日新聞」大6・7・22（無題）―与謝野晶子
1794 (初)「大阪毎日新聞」大6・7・22（無題）―与謝野晶子

1795 身《み》の半《なかば》裸体《はだか》の少女《をとめ》たわやかにもの云《い》ふことも千尺《せんしやく》の地下《ちか》

1796 君《きみ》もとりおのれもとれる重《おも》き燭《しよく》恋《こひ》かとぞ思《おも》ふ坑道《こうどう》にして

1797 若《わか》くして恋《こひ》をめづると同《おな》じ人《ひと》死《し》をくさぐさの形《かたち》にぞ見《み》る

1798 心《しん》の臓《ぞう》まづ化石《くわせき》して虚無《きよむ》来《きた》る淋《さび》しさもなしわびしさもなし

1799 自らをかしづく心類ひなし程を過ぐすといやはてに泣く

1800 たたかふと誓ひけらしな知らねどもその初めの日口つけんとて

1801 他を知らぬわざはひなりと君ゆゑにもののみとなりぬ女王みづから

1802 憎むべし恨みはてむと定め得ずいく年月を過しつるかな

1803 いみじかる恋の続きとなす中も一人は心数しらず持つ

1795 初「東京日日新聞」大6・7・23（無題）―与謝野晶子

1796 初「東京日日新聞」大6・7・23（無題）―与謝野晶子

1797 初「大阪毎日新聞」大6・7・29（無題）―与謝野晶子

1798 初「大阪毎日新聞」大6・7・29（無題）―与謝野晶子

1799 初「新潮」大6・8・1萱の葉―与謝野晶子

1800 初「新潮」大6・8・1萱の葉―与謝野晶子

1801 初「新潮」大6・8・1萱の葉―与謝野晶子

1802 初「新潮」大6・8・1萱の葉―与謝野晶子

1803 初「新潮」大6・8・1萱の葉―与謝野晶子

1804 さるもののありと知らねど或時は君唯だすこし仇にぞ似る

1805 男先づ動くをさがと心をば思ひ知りたりあやにかしこし

1806 あらかじめ苦《くる》しき路《みち》と知《し》れるよりあはれと旅《たび》のうめかるるかな

1807 旅《たび》に居《ゐ》てわりなき愁《うれひ》作《つく》りつる身《み》が水色《みづいろ》のあさがほの花《はな》

1808 病《やまひ》する心《こゝろ》おのれを脅《おびや》かす日《ひ》なりと知《し》りて心《こゝろ》さびしき

1809 恋《こひ》などをないがしろにも思《おも》ふまであさましきまで暑《あつ》き夏《なつ》かな

1810 むつかしく曇《くも》れる空《そら》につつまれてそこばくの蟬《せみ》むせび啼《な》くなり

1811 夏《なつ》の日《ひ》を泉《いづみ》のもとに居《ゐ》がたしと畳《たゝみ》の上《うへ》になげく白鳥《しらとり》

1812 じつとして物書《ものか》く身《み》にも汗流《あせなが》る夏《なつ》は我《われ》さへ火夫《くわふ》のたぐひぞ

1804 初「新潮」大6・8・1萱の葉―与謝野晶子

1805 初「新潮」大6・8・1萱の葉―与謝野晶子

1806 初「大阪毎日新聞」大6・8・4（無題）―与謝野晶子

1807 初「万朝報」大6・8・4（無題）―選者

1808 初「東京日日新聞」大6・8・8（無題）―与謝野晶子

1809 初「東京日日新聞」大6・8・9（無題）―与謝野晶子

1810 初「東京日日新聞」大6・8・10（無題）―与謝野晶子

1811 初「東京日日新聞」大6・8・10（無題）―与謝野晶子

1812 初「大阪毎日新聞」大6・8・11（無題）―与謝野晶子

1813 おのが身《み》の禍《わざはひ》などは小《ちひ》さしと我《われ》もしばらく偽《いつは》らましを

1814 その身《み》をばへりくだるとも驕慢《けうまん》の限《かぎ》り無《な》きとも見知《みし》らざる人《ひと》

1815 窓《まど》のもと縁《えん》のはしばし唯《た》だ暑《あつ》し死《し》にたる家《いへ》と夏《なつ》は云《い》はまし

1816 青玉《せいぎよく》の蘆《あし》すくすくと生《お》ふるさま目《め》に見《み》ゆ我身《わがみ》のある棺《ひつぎ》より

1817 あなわりな思《おも》ひ乱《みだ》るゝかたはらへ強《つよ》げに寄《よ》るも己《おのれ》のこころ

1818 人《ひと》の見《み》ば地《ち》に置《お》かれたる身《み》なるべし心《こゝろ》はさしもならはざれども

1819 小石《こいし》もて身《み》は囲《かこ》まれて石《いし》の音間《おとま》なく聞《き》くとしうとみぬ蟬《せみ》を

1820 裏《うら》ありてものゝ表《おもて》をうしなひしことを悪《あく》とはかけて思《おも》はず

1821 疑《うたが》ひはいくつのものを繫《つな》ぐ綱縫《つなぬ》ふ糸何《いとなに》かうとく思《おも》はむ

1813 初「大阪毎日新聞」大6・8・11（無題）―与謝野晶子

1814 初「大阪毎日新聞」大6・8・17（無題）―与謝野晶子

1815 初「大阪毎日新聞」大6・8・17（無題）―与謝野晶子

1816 初「万朝報」大6・8・18（無題）―選者

1817 初「東京日日新聞」大6・8・22（無題）―与謝野晶子

1818 初「東京日日新聞」大6・8・22（無題）―与謝野晶子

1819 初「東京日日新聞」大6・8・30（無題）―与謝野晶子

1820 初「中央文学」大6・9・1草の庭―与謝野晶子

1821 初「中央文学」大6・9・1草の庭―与謝野晶子

1822 しづくする山《やま》の巌《いはほ》に似《に》る甕《もたひ》一人《ひとり》ある日《ひ》はさびしきもたひ

1823 もとの身《み》と今日《けふ》の異《こと》なる思《おも》ひする病《やまひ》の一《ひと》つ癒《い》えぬ頃《ころ》かな

1824 ひるがほを侮《あなづ》らはしく軽々《かろぐ》に風《かぜ》のもてなす草《くさ》の中《なか》かな

1825 われさへも貧《まづ》しき生活《みすぎ》保《たも》つをば生命《いのち》とおもひ行《ゆ》く人《ひと》と見《み》ゆ

1826 上《うへ》の空恋《そらこひ》しき顔《かほ》を見《み》むための近道《ちかみち》のごと鳥《とり》かよふかな

1827 秋《あき》の風《かぜ》思《おも》ひ上《あが》れる心《こゝろ》より吹《ふ》くもののごと涙《なみだ》のくだる

1828 冷《つめた》さの泉《いづみ》の水《みづ》に勝《まさ》らむと掛念《けねん》したりし風来《かぜきた》り吹《ふ》く

1829 側目《わきめ》がち何人《なにびと》となく見向《みむき》がち恋慕《れんぼ》がちなるわが桔梗《ききやう》かな

1830 琴作《ことつく》り笛《ふえ》切《き》り秋《あき》の楽師《がくし》来《き》ぬ木草《きぐさ》の中《なか》にこころの中《なか》に

1822 初「中央文学」大6・9・1草の庭―与謝野晶子

1823 初「中央文学」大6・9・1草の庭―与謝野晶子

1824 初「中央文学」大6・9・1草の庭―与謝野晶子

1825 初「中央文学」大6・9・1草の庭―与謝野晶子

1826 初「中央文学」大6・9・1草の庭―与謝野晶子

1827 初「婦人画報」大6・9・1新涼―与謝野晶子

1828 初「婦人画報」大6・9・1新涼―与謝野晶子

1829 初「婦人画報」大6・9・1新涼―与謝野晶子

1830 初「婦人画報」大6・9・1新涼―与謝野晶子

1831 淡《うす》く濃《こ》く藍《あゐ》もてしたる装《よそほ》ひの今《いま》めかしけれ夕《ゆふべ》の磯《いそ》は

1832 風《かぜ》は唯《た》だ常《つね》の習《なら》ひに端居《はしゐ》して聞《き》かまし秋《あき》はさびしみづから

1833 広《ひろ》き野《の》の風鳴《かぜな》る草《くさ》をあさましくあらはに見《み》する秋《あき》の夜《よ》の月《つき》

1834 いつよりかまたなく清《きよ》き楽《たのし》みをかけたる秋《あき》の初《はじ》めとなりぬ

1835 ほがらかに野《の》を吹《ふ》き渡《わた》る秋風《あきかぜ》のかざしにしたる天《あま》つしら雲《くも》

1836 あるものは夢《ゆめ》まぼろしのもののごと或《ある》ものはいと鮮《あざや》けし秋《あき》

1837 銀《ぎん》の水銀《みづぎん》の夕風《ゆふかぜ》もとめえしあかしやの木《き》の枝《えだ》の下《した》かな

1838 大空《おほぞら》のごとおほうかに居《ゐ》る人《ひと》か思《おも》はるる子《こ》か楽《たのし》む秋《あき》を

1839 恋《こひ》すれば冷熱度《れいねつど》なし春秋《はるあき》のおほよそごとに心《こゝろ》たとへじ

1831 初「婦人画報」大6・9・1新涼―与謝野晶子

1832 初「婦人画報」大6・9・1新涼―与謝野晶子

1833 初「婦人画報」大6・9・1新涼―与謝野晶子

1834 初「婦人画報」大6・9・1新涼―与謝野晶子

1835 初「婦人画報」大6・9・1新涼―与謝野晶子

1836 初「婦人画報」大6・9・1新涼―与謝野晶子

1837 初「婦人画報」大6・9・1新涼―与謝野晶子

1838 初「婦人画報」大6・9・1新涼―与謝野晶子

1839 初「婦人画報」大6・9・1新涼―与謝野晶子

1840 いなづまの幾筋《いくすぢ》落《お》ちてそののちの黒《くろ》き木立《こだち》はそよ風《かぜ》を吹《ふ》く

1841 ことごとく鉛《なまり》の重《おも》さ持《も》つ如《ごと》き夏《なつ》のものにしもれず心《こゝろ》も

1842 ややものの体《たい》もこころも知《し》りて今《いま》わびしやとなし苦《くる》しやとなす

1843 部屋《へや》のうち机《つくゑ》の上《うへ》のものも皆《みな》七八つねびぬ君《きみ》を得《え》たれば

1844 許《ゆる》さじとかのいにしへを更《さら》がへりわれ思《おも》ふらし痩《や》せぬこの頃《ごろ》

1845 こは何《なに》ぞ知《し》らぬ荷引《にひ》けり空《そら》を行《ゆ》く馬《うま》の身《み》なれど地《ち》の上《うへ》にして

1846 人《ひと》よびて家《いへ》と云《い》ふらし気《け》だるしと思《おも》へる顔《かほ》の並《なら》ぶところを

1847 暑《あつ》ぐるし恨《うら》めしごとも懐《なつ》かしきことも忘《わす》れむ夏《なつ》の心《こゝろ》は

1848 夏《なつ》の夜《よ》の暁近《あけちか》しなどつぶやくは恋人《こひびと》めきし女《をんな》ともだち

1840 初「大阪毎日新聞」大6・9・1（無題）―与謝野晶子

1841 初「大阪毎日新聞」大6・9・1（無題）―与謝野晶子

1842 初「東京日日新聞」大6・9・1（無題）―与謝野晶子

1843 初「東京日日新聞」大6・9・3（無題）―与謝野晶子

1844 初「東京日日新聞」大6・9・3（無題）―与謝野晶子

1845 初「東京日日新聞」大6・9・4（無題）―与謝野晶子

1846 初「東京日日新聞」大6・9・6（無題）―与謝野晶子

1847 初「大阪毎日新聞」大6・9・7（無題）―与謝野晶子

1848 初「大阪毎日新聞」大6・9・7（無題）―与謝野晶子

1849 あるが中《なか》の貧《まづ》しき人《ひと》も勝《か》つとなし勝《まさ》ると知《し》りて世《よ》には居《ゐ》しかな

1850 人《ひと》ときに狂《くる》ふがごとし何《なに》しかもわれ雨《あめ》ふると憤《いきどほ》る雨《あめ》

1851 幸《さいはい》の重《おも》さとあらぬ日《ひ》に持《も》ちしさすらひ心地《ごゝち》見《み》ゆる今日《けふ》かな

1852 簾《すだれ》より病《やまひ》の床《とこ》に風《かぜ》かよひ萎《しほ》るゝ秋《あき》の草《くさ》ごこちする

1853 死《し》ぬことを身《み》のめでたさに足《た》る人《ひと》の思《おも》はんごとくわれも悲《かな》しむ

1854 翼《つばさ》のみ得《え》て逃《に》げなまし死《し》なむとか聞《き》くあさましき病《やまひ》の身《み》より

1855 病《やまひ》する生命護《いのちまも》れとさけぶなり君《きみ》に似《に》たれど君《きみ》ならぬもの

1856 葉《は》の靡《なび》き花咲《はなさ》く草《くさ》を方人《かたうど》になせども秋《あき》は身《み》の哀《あは》れなり

1857 死《し》なむ日《ひ》はこの心《こゝろ》さへ消《き》ゆるかと子《こ》を前《まへ》にして歎《なげ》きぬ母《はゝ》は

1849 初「東京日日新聞」大６・９・７（無題）――与謝野晶子

1850 初「東京日日新聞」大６・９・７（無題）――与謝野晶子

1851 初「東京日日新聞」大６・９・７（無題）――与謝野晶子

1852 初「東京日日新聞」大６・９・７（無題）――与謝野晶子

1853 初「東京日日新聞」大６・９・８（無題）――与謝野晶子

1854 初「東京日日新聞」大６・９・８（無題）――与謝野晶子

1855 初「東京日日新聞」大６・９・８（無題）――与謝野晶子

1856 初「大阪毎日新聞」大６・９・12（無題）――与謝野晶子

1857 初「万朝報」大６・９・15（無題）――選者

1858 窓々《まど〳〵》へ空《そら》より滝《たき》のさかしまに落《お》ちくるごとし夏《なつ》の山《やま》かぜ

1859 夜《よる》の家《いへ》表《おもて》 通《とほり》の拍子木《へうしぎ》と百里《り》こなたの庭《には》に虫《むし》啼《な》く

1860 わが心《こゝろ》秋《あき》の来《きた》らば動《うご》くべき思《おも》ひを一《ひと》ついだけるごとし

1861 恋《こひ》をする女《をんな》の心《しん》の臓《ざう》までも突《つ》き進《すゝ》みくる虫《むし》の声《こゑ》かな

1862 堪《た》へがたく暑《あつ》しと云《い》ふも君《きみ》とわが間《あひた》に云《い》ふはたはぶれに似《に》ぬ

1863 蟬《せみ》の声《こゑ》深山《みやま》の奥《おく》の滝川《たきがは》のながれにまがふ昼《ひる》も暑《あつ》かり

1864 わがもとに祭司《さいし》となりて幣《ぬさ》振《ふ》れど二心《ふたごゝろ》をば知《し》らずみづから

1865 二人《ふたり》見《み》て潔《きよ》かりしもの今日《けふ》となりいかなる姿《すがた》なすと知《し》らずも

1866 この乞食《かたゐ》千人《せんにん》の長万人《てうまんにん》の頭《かしら》が知《し》らぬよき祈《いの》りする

1858 初「大阪毎日新聞」大6・9・16（無題）―与謝野晶子

1859 初「大阪毎日新聞」大6・9・16（無題）―与謝野晶子

1860 初「大阪毎日新聞」大6・9・19（無題）―与謝野晶子

1861 初「大阪毎日新聞」大6・9・19（無題）―与謝野晶子

1862 初「大阪毎日新聞」大6・9・23（無題）―与謝野晶子

1863 初「大阪毎日新聞」大6・9・23（無題）―与謝野晶子

1864 初「東京日日新聞」大6・9・23（無題）―与謝野晶子

1865 初「東京日日新聞」大6・9・23（無題）―与謝野晶子

1866 初「東京日日新聞」大6・9・25（無題）―与謝野晶子

1867 二《ふた》つ三《み》つ室仕切《まじきり》をして住《す》めるもの在《あ》る心《こゝろ》もち強《つよ》き恋《こひ》もち

1868 巴旦杏《はだんけう》七八《ななや》つ紅《あか》しわがこころややうちおごり日《ひ》を軽《かろ》んずる

1869 なほ人《ひと》か何《なに》ぞ冷《つめた》き玉《たま》に似《に》る床《とこ》かな病《や》める八月《ぐわつ》の夜《よる》

1870 病《や》む夜《よ》わが上目《うはめ》して見《み》るいなづまはつひに入行《いりゆ》く門《かど》のここ地《ち》す

1871 ひたむきにめでたきものへあくがるる若《わか》き目《め》などに悪《あし》かりし人《ひと》

1872 或《ある》るものの前《まへ》なる壇《だん》にある如《ごと》くわりなしわれも思《おも》はるる時《とき》

1873 誰《たれ》見《み》ても尋《たづ》ぬることのある心地《こゝち》する己《おのれ》より哀《あは》れなるなし

1874 こほろぎはやがて家《いへ》をも世界をもつゝむ羽《はね》もつ虫《むし》かとぞ思《おも》ふ

1875 病《や》むわれの折節泣くは何《なに》ならんものに負《ま》けたるこゝちにも似《に》ず

1867 初「東京日日新聞」大6・9・25（無題）—与謝野晶子

1868 初「大阪毎日新聞」大6・9・27（無題）—与謝野晶子

1869 初「大阪毎日新聞」大6・9・27（無題）—与謝野晶子

1870 初「大阪毎日新聞」大6・9・27（無題）—与謝野晶子

1871 初「東京日日新聞」大6・9・27（無題）—与謝野晶子

1872 初「東京日日新聞」大6・9・28（無題）—与謝野晶子

1873 初「万朝報」大6・9・29（無題）—選者

1874 初「短歌雑誌」大6・10・1こほろぎ—与謝野晶子

1875 初「短歌雑誌」大6・10・1こほろぎ—与謝野晶子

1876 汗《あせ》じみてしどろになれる髪《かみ》なりや木のごと朽《く》つる病なるらむ

1877 あかつきの蚊帳《かや》が描くなる紋のごと跡方《あとかた》も無《な》く消ゆるなるらし

1878 遊《あそ》ばまし雲《くも》など来《こ》よと山荘《さんさう》のわが白菊《しらぎく》の花《はな》咲《さ》きにけり

1879 まだかつて光《ひかり》を知《し》らぬ人《ひと》かとも身《み》のひがまるる白菊《しらぎく》の花《はな》

1880 わが裾《すそ》にこすもすめきし薄紅《うすべに》の菊《きく》を這《は》はせて君《きみ》ともの云《い》ふ

1881 紅《べに》の菊《きく》めでたき菊《きく》の羽《はね》のはしよしやと思《おも》ふ朝夕《あさゆふ》に見《み》て

1882 寒《さむ》き日《ひ》の来《こ》むと乱《みだ》れず悲《かな》しまぬ摩訶不可思議《まかふかしぎ》の菊《きく》の花《はな》かな

1883 わがどちに理《ことわり》ごとを知《し》らぬなしかくうち誇《ほこ》る菊《きく》とこそ思《おも》へ

1884 白菊《しらぎく》をわがよそほひに似《に》るとなし更《さら》にめでたき紫《むらさき》を着《き》る

1876 初「短歌雑誌」大6・10・1こほろぎ—与謝野晶子

1877 初「短歌雑誌」大6・10・1こほろぎ—与謝野晶子

1878 初「婦人画報」大6・10・1菊—与謝野晶子

1879 初「婦人画報」大6・10・1菊—与謝野晶子

1880 初「婦人画報」大6・10・1菊—与謝野晶子

1881 初「婦人画報」大6・10・1菊—与謝野晶子

1882 初「婦人画報」大6・10・1菊—与謝野晶子

1883 初「婦人画報」大6・10・1菊—与謝野晶子

1884 初「婦人画報」大6・10・1菊—与謝野晶子

1885 うらがれし戸山《とやま》が原《はら》の中程《なかほど》に菊立《きくた》つ門《かど》を見《み》たる思《おも》ひ出《で》

1886 願《ねが》ふこと皆《みな》ことごとくなりぬべきここちこそすれ菊咲《きくさ》きしより

1887 若《わか》やかに菊《きく》の畑《はたけ》を歩《あゆ》みこし朝《あした》のかぜとむらさきの裙《すそ》

1888 柿《かき》の木《き》に紅《べに》の硝子《がらす》の入日《いりひ》射《さ》し魔《ま》法使《ほうづかい》の家《いへ》めくところ

1889 馬《うま》の顔《かほ》二《ふた》つ描《ゑが》ける燐寸《マッチ》の箱《はこ》かかるものさへ濡《ぬ》れぬ涙《なみだ》に

1890 その足《あし》の走《はし》り止《と》まらぬ病《やまひ》すと秋《あき》かぜをきく夜《よる》のここちに

1891 わが簾《すだれ》朝風《あさかぜ》吹《ふ》けば薄《すゝき》より人《ひと》の肌《はだ》よりさむしとなげく

1892 満《み》ち足《た》らひこの大《おほ》きなる円《えん》の今崩《いまくづ》れむとする束《つか》のつかの間《ま》

1893 衰《おとろ》へとなりて形《かたち》に及《およ》ぶらし恋《こひ》のはてなる秋《あき》のおち髪《がみ》

1885 初「婦人画報」大6・10・1菊―与謝野晶子

1886 初「婦人画報」大6・10・1菊―与謝野晶子

1887 初「婦人画報」大6・10・1菊―与謝野晶子

1888 初「東京日日新聞」大6・10・15（無題）―与謝野晶子

1889 初「東京日日新聞」大6・10・15（無題）―与謝野晶子

1890 初「大阪毎日新聞」大6・10・16（無題）―与謝野晶子

1891 初「大阪毎日新聞」大6・10・16（無題）―与謝野晶子

1892 初「東京日日新聞」大6・10・16（無題）―与謝野晶子

1893 初「東京日日新聞」大6・10・16（無題）―与謝野晶子

1894 天地《あめつち》は秋《あき》より何《なに》に続《つゞ》くとも思《おも》はず朝《あさ》の心地《こゝち》よきかな

1895 君《きみ》とあるこの中《なか》らひに少《すこ》し似《に》る交《まじ》らひをすること許《ゆる》されず

1896 美《うつく》しき人《ひと》褒《ほ》めがたし見《み》つるのちやがて反《そむ》きし我《われ》ならなくに

1897 君《きみ》とあるわが喜《よろこ》びを偸《ぬす》み見《み》るものもおのれと知《し》らざりしかな

1898 蔭《かげ》をもてある所《ところ》とは思《おも》はねど光《ひか》れるものは酔《ゑ》へり自《みづか》ら

1899 約束《やくそく》を忘《わす》れず咲《さ》くと紅芙蓉白《べにふようしろ》き芙蓉《ふよう》と見《み》かはして居《ゐ》ぬ

1900 秋《あき》は似《に》ぬ強《つよ》く張《は》りたる金《きん》の糸膝《いとひざ》にもつれし白《しろ》き絹糸《きぬいと》

1901 祝《いは》はれてありと心《こゝろ》に思《おも》ふ日《ひ》の秋《あき》の空《そら》をば君《きみ》と仰《あふ》げる

1902 秋《あき》の雨《あめ》よき白玉《しらたま》を尖《さき》として降《ふ》りそゝぐなり涙《なみだ》のさまに

1894 初「万朝報」大6・10・20（無題）—選者 再「大阪毎日新聞」大6・11・21—与謝野晶子

1895 初「東京日日新聞」大6・10・22（無題）—与謝野晶子

1896 初「東京日日新聞」大6・10・22（無題）—与謝野晶子

1897 初「東京日日新聞」大6・10・22（無題）—与謝野晶子

1898 初「東京日日新聞」大6・10・22（無題）—与謝野晶子

1899 初「大阪毎日新聞」大6・10・23（無題）—与謝野晶子

1900 初「大阪毎日新聞」大6・10・23（無題）—与謝野晶子

1901 初「大阪毎日新聞」大6・10・23（無題）—与謝野晶子

1902 初「大阪毎日新聞」大6・10・27（無題）—与謝野晶子

1903 水色《みづいろ》の高《たか》き空《そら》までひろごりてわが愁《うれひ》鳴《な》る秋《あき》の来《こ》しより

1904 その一《ひと》つ心《こゝろ》にありぬ秋風《あきかぜ》が建《た》て崩《くづ》しする白《しろ》き楼閣《ろうかく》

1905 恋《こひ》したる極《きは》めて敏《さと》き日《ひ》のこころ見《み》ゆ秋風《あきかぜ》に白花《しらはな》立《た》てば

1906 わが「寸《そん》」はまた癒《い》えがたき病《やまひ》ぞと教《をし》ふる医師《いし》の前《まへ》にして死《し》ぬ

1907 とりどりに弟《おとうと》の死《し》を驚《おどろ》ける子等《こら》を見《み》るさへ悲《かな》しきものを

1908 門《かど》に来《き》て子《こ》の柩《ひつぎ》つむ雨《あめ》の日《ひ》のオオトモビルを透見《すきみ》する時《とき》

1909 子《こ》の柩《ひつぎ》載《の》せて車《くるま》の走《は》せ去《さ》れば先《ま》づ地《ち》の底《そこ》へわが心《こゝろ》入《い》る

1910 落合《おちあひ》の焼場《やきば》に子《こ》をば置《お》ける夜《よ》のわが心地《こゝち》など何《なに》にたとへむ

1911 雨《あめ》の日《ひ》に沖野《おきの》牧師《ぼくし》が破《や》れ毬《まり》に似《に》るとわが子《こ》の骨拾《こつひろ》ひこし

1903 初「大阪毎日新聞」大6・10・27（無題）―与謝野晶子

1904 初「大阪毎日新聞」大6・10・31（無題）―与謝野晶子

1905 初「大阪毎日新聞」大6・10・31（無題）―与謝野晶子

1906 初「婦人画報」大6・11・1白蠟―与謝野晶子

1907 初「婦人画報」大6・11・1白蠟―与謝野晶子

1908 初「婦人画報」大6・11・1白蠟―与謝野晶子

1909 初「婦人画報」大6・11・1白蠟―与謝野晶子

1910 初「婦人画報」大6・11・1白蠟―与謝野晶子

1911 初「婦人画報」大6・11・1白蠟―与謝野晶子

1912 君《きみ》にはた子《こ》に別《わか》れ去《さ》る外《ほか》にまた死《し》てふ悲《かな》しき境《さかひ》のありや

1913 うつゝには前後《あとさき》ぞある恋をする心は夢に相似たるかな

1914 君と立ち座して対《むか》へるならはしのふるめかしけれ鴛鴦《をし》の鳥《とり》めく

1915 倶楽部なる煙草の香はた君ゆゑにうつゝと思ふいにしへの宵

1916 おなじ時君もおのれも色変り移り行くゆゑ飽かぬ仲《なか》らし

1917 ことごとくよこしま心裂けて散るさま明かに知りぬ君ゆゑ

1918 雨の日の暗き食堂調《てう》じたる羊《ひつじ》の肉がむせぶ淋しと

1919 日も夜もなぐさめられて来《こ》しならひいまだ離れぬ二人なりけり

1920 日に進み恋のとゞまる所をばかく定ると知らざりきわれ

1912 初「婦人画報」大6・11・1白蠟─与謝野晶子

1913 初「三田文学」大6・11・1火中真珠─与謝野晶子再「新潮」大6・12・1

1914 初「三田文学」大6・11・1火中真珠─与謝野晶子再「新潮」大6・12・1

1915 初「三田文学」大6・11・1火中真珠─与謝野晶子再「新潮」大6・12・1

1916 初「三田文学」大6・11・1火中真珠─与謝野晶子再「新潮」大6・12・1

1917 初「三田文学」大6・11・1火中真珠─与謝野晶子再「新潮」大6・12・1

1918 初「三田文学」大6・11・1火中真珠─与謝野晶子

1919 初「三田文学」大6・11・1火中真珠─与謝野晶子

1920 初「三田文学」大6・11・1火中真珠─与謝野晶子

1921 忽然《こつぜん》と死は前にありうつそみはさもあらばあれ忘れ給ふな

1922 愚かさのその大《だい》なるをふりかへり哀れとぞ思ふ人とおのれと

1923 猛火ともはた白玉《しらたま》の流れとも知らず君見て胸を湧き出づ

1924 筋《すぢ》と云ふもの立て人は語れどもいかさまなりし知らず二人は

1925 もつまじき悪心のごと云ひたりし花ごころをばわれに見出でし

1926 こし方を忘るゝばかり心ひくものに逢はぬと世を侮《あなど》るも

1927 君はなほ石ひろはむを念《ねん》とせり玉の身なればかゝはりもなし

1928 面杖《つらづゑ》の肱に見惚《みほ》れてありやともなほ思ふこと云ひがたきかな

1929 わがこゝろ君が恋をば蓄《たくは》ふるいみじき倉《くら》と云ひて祝はむ

1921 初「三田文学」大6・11・1火中真珠―与謝野晶子

1922 初「三田文学」大6・11・1火中真珠―与謝野晶子

1923 初「三田文学」大6・11・1火中真珠―与謝野晶子

1924 初「三田文学」大6・11・1火中真珠―与謝野晶子

1925 初「三田文学」大6・11・1火中真珠―与謝野晶子

1926 初「三田文学」大6・11・1火中真珠―与謝野晶子

1927 初「三田文学」大6・11・1火中真珠―与謝野晶子

1928 初「三田文学」大6・11・1火中真珠―与謝野晶子

1929 初「三田文学」大6・11・1火中真珠―与謝野晶子

1930 自《みづか》らの鞭《むち》振《ふ》るまゝに琴高く鳴るとて君をかしこむわれは

1931 生《せい》の質《しつ》かばかりとしも自《みづか》らが思ひ上《あが》りしその日見し君

1932 声も無く形もなさぬおのれをば人と仕立てし君とこそおもへ

1933 水色の君が愁ひとうす紅《べに》のわがもの思ひうち並ぶかな

1934 いつしかと君われとなりわれ君となり行くらしも形ならねど

1935 二《ふた》もとの寄りたる根のみ絶えずてふ人間の木の繁《しげ》れとこしへ

1936 君は憂《う》し人の生《せい》をば戯れて思はぬ身ゆゑ涙こぼるゝ

1937 男いま思ひたがへり占《うらな》はれト《ぼく》してわれを迎へしごとく

1938 形なきわれ囚《とら》へられ形なき君をとらへてあるごとしこれ

1930 初「三田文学」大6・11・1火中真珠─与謝野晶子

1931 初「三田文学」大6・11・1火中真珠─与謝野晶子

1932 初「三田文学」大6・11・1火中真珠─与謝野晶子

1933 初「三田文学」大6・11・1火中真珠─与謝野晶子

1934 初「三田文学」大6・11・1火中真珠─与謝野晶子

1935 初「三田文学」大6・11・1火中真珠─与謝野晶子

1936 初「三田文学」大6・11・1火中真珠─与謝野晶子

1937 初「三田文学」大6・11・1火中真珠─与謝野晶子

1938 初「三田文学」大6・11・1火中真珠─与謝野晶子

1939 まだかつて豊《ゆた》かに優《いう》に天地《あめつち》を見ざりし日より今日にうつれる

1940 この若《わか》さ君見過《みすぐ》さばちりひぢと侮《あなど》りにけむわれは自《みづか》ら

1941 懺悔すと聞けどもこれはたはけたる支那の公子の物語《ものがたり》らし

1942 今生《こんぜう》の身《み》を置《お》くところ或時《あるとき》は小《ちさ》き青磁《せいじ》の皿《さら》とおもほゆ

1943 君《きみ》と来《こ》し道《みち》は薔薇《さうび》の花《はな》のみち昔《むかし》と云《い》ふも昨日《きのふ》と云《い》ふも

1944 わが心朱《こゝろしゆ》と紫《むらさき》をもてなれる激《はげ》しき波《なみ》にあはれまかれし

1945 風《かぜ》の持《も》つくちばしに由《よ》り一葉《ひとは》づゝ散《ち》り零《こぼ》れ行《ゆ》く銀杏《いてふ》なりけり

1946 静《しづ》かにも人《ひと》を思《おも》へと暗《くら》き夜《よ》を設《まう》けし神《かみ》もさてはかしこし

1947 われ知《し》りぬ目《め》もて聞《き》く声《こゑ》あることをあたかも君《きみ》を見《み》つる初《はじ》めに

1939 初「三田文学」大6・11・1火中真珠―与謝野晶子

1940 初「三田文学」大6・11・1火中真珠―与謝野晶子

1941 初「三田文学」大6・11・1火中真珠―与謝野晶子

1942 初「大阪毎日新聞」大6・11・3(無題)―与謝野晶子

1943 初「大阪毎日新聞」大6・11・10(無題)―与謝野晶子

1944 初「大阪毎日新聞」大6・11・10(無題)―与謝野晶子

1945 初「東京日日新聞」大6・11・12(無題)―与謝野晶子

1946 初「東京日日新聞」大6・11・12(無題)―与謝野晶子

1947 初「東京日日新聞」大6・11・14(無題)―与謝野晶子

1948 二《ふた》やうの華紋《くわもん》なりけりわが心《こゝろ》乱《みだ》れし時《とき》と乱《みだ》れぬ時《とき》と

1949 おとなしく身《み》にかなひたることゝして愁《うれ》ひをかくすことに馴《な》れたり

1950 躊躇《ためら》ひて時《とき》はた君《きみ》のおのれより去《さ》るを見《み》むとはなさざりしかな

1951 冬《ふゆ》きたり侮《あなど》られたる身《み》のやうに低《ひく》く居倚《ゐよ》りて夜《よ》毎《ごと》炉《ろ》を撫《な》づ

1952 神《かみ》などを見《み》るよろこびの百千《もゝち》にも勝《まさ》ることとする君《きみ》とおのれと

1953 自《みづか》らの望《のぞ》めるものを知《し》らざりしおそのわろ者《もの》打《う》ちてわれ泣《な》く

1954 いつはりを設《もう》くることも限《かぎ》りある世《よ》に哀《あは》れなる仲《なか》らひにして

1955 思《おも》はれて嫁《とつ》ぎ給《たま》ふをことほぐとわが云《い》ふことの顕《あか》らさまなる

1956 この少女《をとめ》恋《こひ》をなすとて嫁《とつ》ぐとてめでたき名《な》をばとり給《たま》ひけり

1948 初「東京日日新聞」大6・11・14（無題）―与謝野晶子

1949 初「東京日日新聞」大6・11・15（無題）―与謝野晶子

1950 初「大阪毎日新聞」大6・11・16（無題）―与謝野晶子

1951 初「万朝報」大6・11・17（無題）―選者

1952 初「大阪毎日新聞」大6・11・21（無題）―与謝野晶子

1953 初「東京日日新聞」大6・11・22（無題）―与謝野晶子

1954 初「大阪毎日新聞」大6・11・28（無題）―与謝野晶子

1955 初「婦人画報」大6・12・1明珠―与謝野晶子

1956 初「婦人画報」大6・12・1明珠―与謝野晶子

1957 うら若《わか》き妹背《いもせ》をすゑてうち光《ひか》る夜遊《よいう》となりぬわれも舞《ま》はまし

1958 高砂《たかさご》の能《のう》の役者《やくしや》の足《あし》どりのいみじさならへ二人《ふたり》の君《きみ》よ

1959 蝶《てふ》となり二《ふた》つの花《はな》のほとりをば立《た》ちさまよへる心地《こゝち》こそすれ

1960 思《おも》はれて嫁《とつ》ぎ行《ゆ》く子《こ》がしろがねのかんざしとしも身《み》をかへてまし

1961 君《きみ》ゆきて今日《けふ》かの天《あめ》とこの土《つち》のへだてはるかに思《おも》ほゆるかな

1962 媚と云ふものを君より得てあれば薬よりげにいみじかりけり

1963 君を得む欲に駆られし若き日の心のダリヤ真紅のダリヤ

1964 或時は心ひとしく湿り行く男をんなの君とわれかな

1965 やや長く常にことなる思ひして忘れし後の夢に似ること

1957 初「婦人画報」大６・12・１明珠―与謝野晶子

1958 初「婦人画報」大６・12・１明珠―与謝野晶子

1959 初「婦人画報」大６・12・１明珠―与謝野晶子

1960 初「婦人画報」大６・12・１明珠―与謝野晶子

1961 初「文章世界」大６・12・１ロダン翁《をう》を偲《しの》びて―与謝野晶子

1962 初「早稲田文学」大６・12・１火の心―与謝野晶子

1963 初「早稲田文学」大６・12・１火の心―与謝野晶子

1964 初「早稲田文学」大６・12・１火の心―与謝野晶子

1965 初「早稲田文学」大６・12・１火の心―与謝野晶子

1966 ここちよく青き葉しげる心をば君来て遊ぶ園とこそ思へ

1967 さとも澄みかき濁さるる水を置く心となりぬ君も然るや

1968 鼓うち太鼓をたたく秋の雨いよと間を置きやあと鞭上ぐ

1969 恨めしさ消《け》ぬ夕ぐれに見る君も星のたぐひにあらず清かり

1970 知《し》りたるは王《わう》と后《きさき》に同《おな》じもの二人《ふたり》思《おも》へば得《う》ると云《い》ふこと

1971 目《め》に見《み》えずならむと恐《おそ》る見《み》えざるともの語《かた》らひし慣《なら》ひなければ

1972 よききはにあらぬ心《こゝろ》とかへりみるわれを愛《め》でよと云《い》ふは何《なに》ごと

1973 白《しろ》き花《はな》ほしいままなる手《て》にありぬ神代《かみよ》の昔《むかし》その初《はじ》めの日《ひ》

1974 白《しろ》き雲《くも》動《うご》くさまなど病《やみ》臥《ふ》せる小《を》床《どこ》にのぞく秋《あき》のあけがた

1966 初「早稲田文学」大6・12・1火の心—与謝野晶子

1967 初「早稲田文学」大6・12・1火の心—与謝野晶子

1968 初「早稲田文学」大6・12・1火の心—与謝野晶子

1969 初「早稲田文学」大6・12・1火の心—与謝野晶子

1970 初「万朝報」大6・12・1（無題）—選者

1971 初「大阪毎日新聞」大6・12・8（無題）—与謝野晶子

1972 初「東京日日新聞」大6・12・12（無題）—与謝野晶子

1973 初「東京日日新聞」大6・12・12（無題）—与謝野晶子

1974 初「大阪毎日新聞」大6・12・15（無題）—与謝野晶子

1975 二人《ふたり》寄《よ》りよく悲《かなし》めと天地《あめつち》に養《やしな》はれたる君《きみ》とおのれと

1976 来《こ》む世《よ》にも親《おや》たらむなど誓《ちか》ひせむ心地《こゝち》も覚《おぼ》ゆ子《こ》のかばねゆゑ

1977 みめぐみは露《つゆ》より繁《しげ》し下草《したくさ》の枯《か》れし一葉《は》もうるほひにけり。

1978 新《あた》らしきこの妹脊《いもせ》より始《はじ》まりぬ力《ちから》ある世《よ》と美《うつ》くしき世《よ》と。

1979 この妹脊《いもせ》しろき孔雀《くじやく》と見《み》るばかりいと気高《けだか》くも美《うつ》くしきかな。

1980 しろがねの朧月《ろうげつ》に居《ゐ》て黄金《わうごん》の春来《はるく》ることを夜毎語《よごとかた》れる

1975 初「大阪毎日新聞」大6・12・15（無題）—与謝野晶子

1976 初「大阪毎日新聞」大6・12・15（無題）—与謝野晶子

1977 初「大阪毎日新聞」大6・12・28（無題）—与謝野寛

1978 初「大阪毎日新聞」大6・12・28（無題）—与謝野寛

1979 初「大阪毎日新聞」大6・12・28（無題）—与謝野寛

1980 初「万朝報」大6・12・29（無題）—選者

大正七年（一九一八）

1981 死ぬてふも仄かにわれをよぶ人も迎へて胸を何と名づけむ

1982 しどけなく雪の消ゆるもいにしへのおのれの上も哀れとぞ思ふ

1983 この頃のおこたりのもと知りがほに自動車過ぎぬ追ひて問はまし

1984 この思ひ何に当ると人の云ふ何にあたらん何にあたらん

1985 街の灯の斜にあかしみどりなり車に笑めば君となげけば

1986 くるほしくそぞろがはしくおもひやりなさでえあらぬ人の身のはて

1987 わが心白馬つけたる車して年賀や申すうつけてさびし

1981 初「新潮」大7・1・1紅炉雪片―与謝野晶子

1982 初「新潮」大7・1・1紅炉雪片―与謝野晶子

1983 初「新潮」大7・1・1紅炉雪片―与謝野晶子

1984 初「新潮」大7・1・1紅炉雪片―与謝野晶子

1985 初「新潮」大7・1・1紅炉雪片―与謝野晶子

1986 初「新潮」大7・1・1紅炉雪片―与謝野晶子

1987 初「中外新論」大7・1・1新年雑詠―与謝野晶子

1988 元日は昨日に老のまさる声出づと惜みてもの云はずわれ

1989 淋しさに霰ふるやと思ひしは四五町先の羽子の音かな

1990 炉に倚りて衣を裁つはよけれども正月すでにものゝ恨めし

1991 正月ぞ孔雀の羽も拾ひこよ子よ母の羽も挿して行けかし

1992 吐息つくかつて逢はざる幸に逢ふとゆめみし正月のごと

1993 一階をよぢをへ次のものを見むわが元日の来るが遅けれ

1994 子等はなほひざまづくなる礼知らずかしこき人も淋し正月

1995 元日《ぐわんじつ》を恋人《こひびと》のごと見《み》む掟《おきて》知《し》らぬ少女《をとめ》はあらじとぞ思《おも》ふ

1996 春《はる》と云《い》ふ車《くるま》の脇《わき》にむらさきの衣《ころも》をしたるおのれ舞《ま》ひ行《ゆ》く

1988 初「中外新論」大７・１・１新年雑詠―与謝野晶子

1989 初「中外新論」大７・１・１新年雑詠―与謝野晶子

1990 初「中外新論」大７・１・１新年雑詠―与謝野晶子

1991 初「中外新論」大７・１・１新年雑詠―与謝野晶子

1992 初「中外新論」大７・１・１新年雑詠―与謝野晶子

1993 初「中外新論」大７・１・１新年雑詠―与謝野晶子

1994 初「中外新論」大７・１・１新年雑詠―与謝野晶子

1995 初「婦人画報」大７・１・１春の初めに―与謝野晶子

1996 初「婦人画報」大７・１・１春の初めに―与謝野晶子

1997 渚《なぎさ》辺《べ》のさわさわ鳴《な》りぬ春来《はるく》ると衣着《きぬき》装《よそほ》へる松《まつ》のあるらし

1998 四五本《ほん》の松《まつ》の間《あひだ》におはします櫛笥《くしげ》がほどの浜《はま》やしろかな

1999 鮮《あざ》やかに寄《よ》るしら波《なみ》も琅玕《らうかん》の柱《はしら》と見《み》ゆる松《まつ》もめでたし

2000 わが恋《こひ》と春《はる》に若《わか》さを繕《つくろ》はれ百年《ねん》も猶《なほ》全《まった》からまし

2001 わりなくも持《も》ちもならはぬ無情《つれな》さのくづれ行《ゆ》くごと梅《うめ》の花《はな》ちる

2002 わが心《こゝろ》雪解《ゆきげ》の水《みづ》にあらねどもうすくれなゐに君《きみ》へ流《なが》るゝ

2003 かたはりに人《ひと》も無《な》けれど褒《ほ》められてあるこゝちすれ正月《せうぐわつ》の夜《よ》は

2004 松《まつ》立《た》てゝいかなる声《こゑ》のなすかとて春風《はるかぜ》を待《ま》つ家《いへ》と云《い》はまし

2005 初春《はつはる》と共《とも》に雲《くも》より来《きた》りけむ天津少女《あまつをとめ》はここに舞《ま》ふなり

1997 初「婦人画報」大7・1・1春の初めに—与謝野晶子

1998 初「婦人画報」大7・1・1春の初めに—与謝野晶子

1999 初「婦人画報」大7・1・1春の初めに—与謝野晶子

2000 初「婦人画報」大7・1・1春の初めに—与謝野晶子

2001 初「婦人画報」大7・1・1春の初めに—与謝野晶子

2002 初「東京日日新聞」大7・1・2春《はる》の歌《うた》—与謝野晶子

2003 (1)かたはりに(ママ) 初「東京日日新聞」大7・1・2春《はる》の歌《うた》—与謝野晶子

2004 初「東京日日新聞」大7・1・2春《はる》の歌《うた》—与謝野晶子

2005 初「大阪毎日新聞」大7・1・5春の舞—与謝野晶子

2006 まろうどの酔《よ》ひたる顔《かほ》とうつくしき舞《まひ》の帯《おび》とを照《て》らす春《はる》の灯《ひ》

2007 主人《あるじ》なる若《わか》き夫人《ふじん》も舞《ま》ひたまふこの宴《うたげ》より初春《はつはる》に入《い》る

2008 あてはかに舞《ま》ひ終《をは》りたる春《はる》の神《かみ》つばさをさめて人《ひと》に来《き》たまふ

2009 花《はな》を撒《ま》くフロラの神《かみ》の心地《こゝち》して春《はる》の初《はじ》めに舞《ま》ひたまふかな

2010 舞《まひ》を見《み》る後《うしろ》の窓《まど》の硝子《がらす》越《ご》し正月《せうぐわつ》の夜《よ》の月《つき》の白《しろ》さよ

2011 さるほどに夜《よ》の白《しら》むまで皆《みな》ありぬ主人《あるじ》の舞《まひ》を猶《な》ほも賛《たゝ》へて

2012 戸《と》開《あ》くれば雪《ゆき》の笹《さゝ》むら大鳥《おほとり》の今《いま》立《た》ちぬべき翅《つばさ》するかな

2013 春《はる》の神《かみ》今日《けふ》のうたげに立《た》ちまじり少女《をとめ》となりて舞《ま》ひ給《たま》ふらむ

2014 初春《はつはる》の人《ひと》の心《こゝろ》のよろこびをさとうちひらく舞扇《まひあふぎ》かな

2006 [初]「大阪毎日新聞」大7・1・8春の舞―与謝野晶子

2007 [初]「大阪毎日新聞」大7・1・8春の舞―与謝野晶子

2008 [初]「大阪毎日新聞」大7・1・8春の舞―与謝野晶子

2009 [初]「大阪毎日新聞」大7・1・11春の舞―与謝野晶子

2010 [初]「大阪毎日新聞」大7・1・11春の舞―与謝野晶子

2011 [初]「大阪毎日新聞」大7・1・11春の舞―与謝野晶子

2012 [初]「万朝報」大7・1・12（無題）―選者

2013 [初]「大阪毎日新聞」大7・1・14春《はる》の舞《まひ》―与謝野晶子

2014 [初]「大阪毎日新聞」大7・1・17春の舞―与謝野晶子

2015 少女子《をとめご》の初春《はつはる》の舞《まひ》これをしも地《ち》に天《あま》つ国《くに》ありといはまし

本山彦一氏の母刀自を悼みて

2016 羽衣《はごろも》の松《まつ》もさびしくなりぬらん其処《そこ》に住《す》みたる天《あま》つ人《ひと》無《な》し

2017 一輪《いちりん》の牡丹《ぼたん》のひかり大空《おほぞら》の月《つき》より白《しろ》く人《ひと》に照《て》るかな

2018 快《こころよ》さ鼓《つゞみ》にひとし春《はる》の立《た》つ朝《あさ》の大路《おほぢ》の馬《うま》の足《あし》おと

2019 な忘《わす》れそな忘《わす》れそとて数《かぞ》へあぐこの世《よ》に人《ひと》の二人《ふたり》見《み》しこと

2020 夜《よ》のうちに水《みづ》ことごとく漏《もら》しつる傷《きず》ある甕《かめ》の清《きよ》き青《あを》かな

2021 いく人のとりとめもなく恋しけれ皆少しづつ君に似るため

2022 初めより知らず永久《とは》にも別れ去る道のたまたま逢へる辻かな

2023 わが驕り過ぐれば誰も軽しめずつつしめば云ふ世も淋しなど

2015 初「大阪毎日新聞」大7・1・17春の舞―与謝野晶子

2016 初「大阪毎日新聞」大7・1・19（無題）―与謝野寛

2017 初「大阪毎日新聞」大7・1・19（無題）―与謝野寛

2018 初「大阪毎日新聞」大7・1・19（無題）―与謝野寛 再「太陽」大8・1・1

2019 初「大阪毎日新聞」大7・1・24（無題）―与謝野晶子

2020 初「万朝報」大7・1・26（無題）―選者

2021 初「帝国文学」大7・2・1落梅集―与謝野晶子 再「新潮」大7・3・1

2022 初「帝国文学」大7・2・1落梅集―与謝野晶子 再「新潮」大7・3・1

2023 初「帝国文学」大7・2・1落梅集―与謝野晶子 再「新潮」大7・3・1

2024 綱渡り醜きものも危ふけれまして恋する身はわりなけれ

2025 かんばしき涙流してひがごとを思ふと今日も昨日も覚ゆ

2026 臘梅も花にしあればめでたかる日も持ちしごとふるまひて散る

2027 なにもののみなし児なるや知らねども冬にをさをさ馴染まぬ心

2028 なつかしく月《つき》のにほひて夕《ゆふべ》よりうすもの着《き》たる梅《うめ》の花《はな》かな

2029 しら梅《うめ》に漸《やうや》くこころ近《ちか》づくや哀《あは》れに見《み》ゆれ朝《あさ》も夕《ゆふべ》も

2030 一《ひと》もとの梅《うめ》は淋《さび》しき花《はな》ながらわが恋《こひ》にさへ似《に》たる香《か》ぞする

2031 梅《うめ》ちるやうらなつかしき言葉《ことば》など残《のこ》してかへる人《ひと》のここちに

2032 しら梅《うめ》に伴《ともな》はれこし花《はな》のごと紅梅《こうばい》立《た》てりきさらぎの庭《には》

2024 初「帝国文学」大7・2・1落梅集―与謝野晶子 再「新潮」大7・3・1

2025 初「帝国文学」大7・2・1落梅集―与謝野晶子 再「新潮」大7・3・1

2026 初「帝国文学」大7・2・1落梅集―与謝野晶子 再「新潮」大7・3・1

2027 初「帝国文学」大7・2・1落梅集―与謝野晶子 再「新潮」大7・3・1

2028 初「婦人画報」大7・2・1早春《さうしゅん》―与謝野晶子

2029 初「婦人画報」大7・2・1早春《さうしゅん》―与謝野晶子

2030 初「婦人画報」大7・2・1早春《さうしゅん》―与謝野晶子

2031 初「婦人画報」大7・2・1早春《さうしゅん》―与謝野晶子

2032 初「婦人画報」大7・2・1早春《さうしゅん》―与謝野晶子

2033 春《はる》いまだうすくれなゐの梅《うめ》のみをいつきて稀《まれ》に霰《あられ》さへ打《う》つ

2034 白《しろ》き梅見飽《うめみあ》くおもひのつのりきて身《み》は寒《さむ》けれど門《かど》を出《い》で行《ゆ》く

2035 しら梅《うめ》や二十年《はたとせ》まへの伯父達《をぢたち》の云《い》ひしことなど思《おも》ふ寒《さむ》き日《ひ》

2036 梅《うめ》の花《はな》かたへにすれば君《きみ》とわれ初《はじ》めてものを云《い》ふここちする

2037 白《しろ》き梅《うめ》わがかたはらへ歩《あゆ》みくと月夜《つきよ》の影《かげ》をおもひけるかな

2038 いつしかも地上《ちじやう》の花《はな》と云《い》ふことを憚《はゞか》るほどの梅咲《うめさ》きにけり

2039 梅《うめ》の花咲《はなさ》き満《み》ちし頃見《ころみ》に行《ゆ》きぬ北野《きたの》の神《かみ》の黒《くろ》き石牛《いしうし》

2040 愛欲《あいよく》の色《いろ》とおもひし紅梅《こうばい》も春《はる》かぜ吹《ふ》けば速《すみや》かにおつ

2041 一《ひと》むらの猩々木《せうぐ〵ぼく》の赤《あか》き葉《は》に彼女《かのじよ》の髪《かみ》を思《おも》ふまぼろし

2033 初「婦人画報」大7・2・1早《さう》春《しゆん》―与謝野晶子

2034 初「婦人画報」大7・2・1早《さう》春《しゆん》―与謝野晶子

2035 初「婦人画報」大7・2・1早《さう》春《しゆん》―与謝野晶子

2036 初「婦人画報」大7・2・1早《さう》春《しゆん》―与謝野晶子

2037 初「婦人画報」大7・2・1早《さう》春《しゆん》―与謝野晶子

2038 初「婦人画報」大7・2・1早《さう》春《しゆん》―与謝野晶子

2039 初「婦人画報」大7・2・1早《さう》春《しゆん》―与謝野晶子

2040 初「婦人画報」大7・2・1早《さう》春《しゆん》―与謝野晶子

2041 初「大阪毎日新聞」大7・2・2(無題)―与謝野寛 再「三田文学」大7・5・1「太陽」大8・2・1

2042 シヤボテンは物《もの》に怒《いか》れり大《おほい》なる爪《つめ》を身《み》として空《そら》を掻《か》き裂《さ》く

2043 青《あを》き花《はな》つぼめるまゝに枯《か》れたるを我《われ》は目《め》にしぬ夢《ゆめ》ならずして

2044 海《うみ》を見《み》てひろき不思議《ふしぎ》を愛《め》づる君身《きみみ》の小《ちひさ》きをはかなめるわれ

2045 のどかにも赤《あか》き唐紙《とうし》を裂《さ》く如《ごと》き笑《わら》ひ起《おこ》りぬ初春《はつはる》の家《いへ》

2046 すさまじく髪《かみ》ふり乱《みだ》す冬《ふゆ》の風朽柳《かぜくちやなぎ》より吹《ふ》き出《い》づるかな

2047 髭《ひげ》少《すこ》し生《お》ひてはものの哀《あは》れさへうす墨色《ずみいろ》に身《み》に沁《し》むらしも

2048 そよ風《かぜ》となりてわが見《み》し君《きみ》と云《い》ふ真白《ましろ》き花《はな》もそよ風《かぜ》となる

2049 善心《ぜんしん》も悪心《あくしん》もなくなりにけり君《きみ》を見《み》たりしその日《ひ》このかた

2050 春《はる》の月《つき》なよ白樺《しらかば》の木立《こだち》よりはなれて歩《あゆ》むみづうみの上《うへ》

2042 初「大阪毎日新聞」大7・2・2（無題）―与謝野寛

2043 初「大阪毎日新聞」大7・2・2（無題）―与謝野寛 再「三田文学」大7・5・1

2044 初「大阪毎日新聞」大7・2・3（無題）―与謝野寛

2045 初「大阪毎日新聞」大7・2・3（無題）―与謝野寛 再「太陽」大8・1・1

2046 初「大阪毎日新聞」大7・2・3（無題）―与謝野寛

2047 初「大阪毎日新聞」大7・2・4（無題）―与謝野晶子

2048 初「大阪毎日新聞」大7・2・4（無題）―与謝野晶子

2049 初「大阪毎日新聞」大7・2・5（無題）―与謝野晶子

2050 (2)なよ白樺《しらかば》の→なき白樺《しらかば》の 初「大阪毎日新聞」大7・2・7（無題）―与謝野晶子 再「大阪毎日新聞」大7・2・18

2051 止《や》み難《がた》き悲劇《ひげき》のはてにあらねども我等《われら》が恋《こひ》ぞ死《し》に終《をは》るべき

2052 美《うつ》くしき或撫肩《あるなでがた》をおもはせて円《まろ》く吹《ふ》くなり春《はる》のそよ風《かぜ》

2053 桃色《もゝいろ》に壁《かべ》を塗《ぬ》らんと思《おも》ふなりうつゝなき身《み》を投《な》げて倚《よ》るため

2054 遠《とほ》くより彼《か》の女《をんな》とて数多見《あまたみ》るわが書斎《しょさい》ゆゑあぢきなきかな

2055 うら淋《さび》し何《なに》に向《むか》ひて進《すゝ》むぞとわきまへて行《ゆ》くわが道《みち》なれば

2056 君《きみ》とわれ思《おも》ふ心《こゝろ》の大《おほ》きさの揃《そろ》ひそろはぬ月日《つきひ》なるかな

2057 よき思《おも》ひ抱《いだ》けどならぬおほかたのわがならひには恋《こひ》ぞ異《ことな》る

2058 パンの神《かみ》ものを思《おも》へば疎《まば》らなる髯《ひげ》かたぶきて動《うご》かざるかな

2059 白楊《はくよう》の尖《とが》るを愛《め》でて紫《むらさき》の噴水立《ふんすいた》つと思《おも》はぬは無《な》し

2051 初「大阪毎日新聞」大7・2・16（無題）―与謝野寛

2052 初「大阪毎日新聞」大7・2・16（無題）―与謝野寛

2053 初「大阪毎日新聞」大7・2・16（無題）―与謝野寛

2054 初「東京日日新聞」大7・2・18（無題）―与謝野晶子

2055 初「東京日日新聞」大7・2・18（無題）―与謝野晶子

2056 初「東京日日新聞」大7・2・18（無題）―与謝野晶子

2057 初「東京日日新聞」大7・2・18（無題）―与謝野晶子

2058 初「大阪毎日新聞」大7・2・22（無題）―与謝野寛 再「三田文学」大7・5・1

2059 初「大阪毎日新聞」大7・2・22（無題）―与謝野寛 再「太陽」大8・1・1

2060 その後《のち》に寒《さむ》き黙《もだ》しの来《きた》ること習《なら》ひとなりぬ我《われ》の興奮《こうふん》

2061 人多《ひとおほ》く座《ざ》に居《ゐ》る時《とき》もまぼろしを見《み》るやごとなき若《わか》さなりけり

2062 我等《われら》より病《やまひ》伝《つた》はり恋《こひ》するときくこと多《おほ》くなりにけるかな

2063 貧《まづ》しくて病《やまひ》するなり世《よ》の常《つね》のなげきなれども涙流《なみだなが》るゝ

2064 金星《きんせい》もすばるの星《ほし》も備《そな》はれる三尺《じやく》の梅《うめ》さと薫《かほ》るかな

2065 白梅《しらうめ》は女《をんな》の恋《こひ》のなやましさつゆも知《し》らずて終《おは》らむとする

2066 石炭《せきたん》の欠片《かけ》のやうなる片隅《かたすみ》の闇《やみ》ばかり見《み》てもの云《い》ひしかな

2067 靄《もや》うごく野山《のやま》林《はやし》の紅《あか》き靄《もや》わかきこころのむらさきの靄《もや》

2068 自《みづか》らに克《か》つと知《し》る時負《ときま》けたるを覗《のぞ》く涙《なみだ》のまた無《な》くもがな

2060 初「大阪毎日新聞」大7・2・22（無題）—与謝野寛

2061 初「東京日日新聞」大7・2・23（無題）—与謝野晶子

2062 初「東京日日新聞」大7・2・23（無題）—与謝野晶子

2063 初「万朝報」大7・2・23（無題）—選者

2064 初「東京日日新聞」大7・2・24（無題）—与謝野晶子

2065 初「東京日日新聞」大7・2・24（無題）—与謝野晶子

2066 初「東京日日新聞」大7・2・25（無題）—与謝野晶子

2067 初「東京日日新聞」大7・2・25（無題）—与謝野晶子

2068 初「東京日日新聞」大7・2・25（無題）—与謝野晶子

2069 わが心《こゝろ》春《はる》の夜《よ》春《はる》の寝覚《ねざめ》にはうすき緑《みどり》の色《いろ》してながる

2070 あさましく猶地《なほち》の上《うへ》に戦《たゝか》へり戦《いくさ》に還《かへ》る人《ひと》の世《よ》かたれ

2071 かぐはしく息塞《いきふさ》ぐまで思《おも》ひ出《で》を薫物《たきもの》にする春《はる》の日《ひ》のあめ

2072 水色《みづいろ》の石《いし》の浴槽《ゆぶね》の湯《ゆ》のひだをうち思《おも》はする春風《はるかぜ》ぞ吹《ふ》く

2073 さくら草身《さうみ》をふるはして匂《にほ》ふ時《とき》 涙《なみだ》ぐましき三月《やよひ》となりぬ

2074 ものの本読《ほんよ》むに溺《おぼ》れし人《ひと》よりも問《と》はばいらへん雨《あめ》としぞ思《おも》ふ

2075 あぢきなき都《みやこ》の中《なか》に五六町《ごろくちやう》 浅《あさ》みどりせる土手《どて》の草《くさ》かな

2076 靄《もや》の朝小雨《あさこさめ》のひるもうしごめの揚場《あげば》 町《ちやう》をば背《せ》にする柳《やなぎ》

2077 鶯《うぐひす》は深《ふか》く心《こゝろ》に蔵《をさ》めよと啼《な》き仇言《あだごと》ぞわすれよと啼《な》く

2069 初「東京日日新聞」大7・2・25（無題）―与謝野晶子
2070 初「東京日日新聞」大7・2・25（無題）―与謝野晶子
2071 初「婦人画報」大7・3・1さくら草―与謝野晶子
2072 初「婦人画報」大7・3・1さくら草―与謝野晶子
2073 初「婦人画報」大7・3・1さくら草―与謝野晶子
2074 初「婦人画報」大7・3・1さくら草―与謝野晶子
2075 初「婦人画報」大7・3・1さくら草―与謝野晶子
2076 初「婦人画報」大7・3・1さくら草―与謝野晶子
2077 初「婦人画報」大7・3・1さくら草―与謝野晶子

2078 水《みづ》に立《た》つ泡《あわ》のつぶるるそれに似《に》る鳥《とり》の声《こゑ》する春雨《はるさめ》の中《なか》

2079 小雨降《こさめふ》り灯《ひ》のうつる時敷石《ときしきいし》の道《みち》は玉《たま》よりなつかしきかな

2080 旅《たび》をして知《し》らぬ国追《くにお》ひ行《ゆ》くごとし靄《もや》のあさあさ降《ふ》り下《くだ》る頃《ころ》

2081 春《はる》の雨《あめ》しろき少女《をとめ》が数《かず》しらず浴《ゆあ》みにくだるここちこそすれ

2082 たたかひを静《しづ》むる為《ため》にたたかひぬ今日見《けふみ》る世《よ》にはよしあしもなし

2083 一大事《だいじ》いまはじまるが如《ごと》くにもやと打《う》ち出《い》づる大鼓《おほつゞみ》かな

2084 さかづきを挙《あ》げて我言《われい》ふ喜《よろこ》びはこの溢《あふ》れたる酒《さけ》にひとしと

2085 しのびつゝうら寒《さむ》しやとかこちけり人《ひと》の心《こゝろ》を恨《うら》む夕《ゆふ》ぐれ

2086 卑怯者稚児昨日《ひけうものちごきのふ》まで君《きみ》が見《み》し少女《をとめ》の群《むれ》を抜《ぬ》けて出《い》で立《た》つ

2078 初「婦人画報」大7・3・1さくら草―与謝野晶子

2079 初「婦人画報」大7・3・1さくら草―与謝野晶子

2080 初「婦人画報」大7・3・1さくら草―与謝野晶子

2081 初「婦人画報」大7・3・1さくら草―与謝野晶子

2082 初「婦人画報」大7・3・1さくら草―与謝野晶子

2083 初「大阪毎日新聞」大7・3・1（無題）―与謝野寛 再「三田文学」大7・5・1

2084 初「大阪毎日新聞」大7・3・1（無題）―与謝野寛

2085 初「大阪毎日新聞」大7・3・1（無題）―与謝野寛

2086 初「大阪毎日新聞」大7・3・2（無題）―与謝野晶子

2087
わが云《い》ふは男《をとこ》の胸《むね》を出《い》でて来《く》る言葉《ことば》にあらぬ恋《こひ》のことの葉《は》

2088
四十路《よそぢ》にて我《わ》れの今見《いまみ》る天地《あめつち》は隻葉《かきは》の末《すゑ》も命《いのち》なりけり

2089
八《や》とせほどこの沈黙《ちんもく》のどす黒《ぐろ》く寒《さむ》き無聊《ぶれう》を嗅《か》ぎなれしかな

2090
徒《いたづ》らに何《なに》か久《ひさ》しく惑《まど》ひけん唯《た》だ試《こゝろ》みよ外《ほか》の路無《みちな》し

2091
丹波路《たにはぢ》を思《おも》へば哀《かな》し唯《た》だ一人《ひとり》ありつる友《とも》を亡《うしな》ひしかな

2092
今日《けふ》よりは見《み》てなぐさまん美《うつ》くしきかの大空《おほぞら》を君《きみ》が形見《かたみ》と

2093
人《ひと》すべて古《いにしへ》となるこの事《こと》は誰《たれ》のうへにも悲《かな》しかりけり

2094
泣《な》く時《とき》にむかしの日見《ひみ》ゆ雨降《あめふ》れば知《し》らぬ野山《のやま》の思《おも》はるゝごと

2095
聖霊《せいれい》の鳩《はと》かとばかりやはらかにいみじくあてに春《はる》の月《つき》いづ

2087 初「大阪毎日新聞」大7・3・2（無題）―与謝野晶子
2088 初「大阪毎日新聞」大7・3・13（無題）―与謝野寛
2089 初「大阪毎日新聞」大7・3・13（無題）―与謝野寛
2090 初「大阪毎日新聞」大7・3・13（無題）―与謝野寛
2091 初「大阪毎日新聞」大7・3・23（無題）―与謝野寛
2092 初「大阪毎日新聞」大7・3・23（無題）―与謝野寛
2093 初「大阪毎日新聞」大7・3・23（無題）―与謝野寛
2094 初「大阪毎日新聞」大7・3・28（無題）―与謝野晶子
2095 初「大阪毎日新聞」大7・3・28（無題）―与謝野晶子

2096 木蓮《もくれん》の法気《ほうげ》づきたる下《した》かぜも忘《わす》れぬものとなりにけるかな

2097 この君《きみ》を恋《こ》ひまつること誤《あやま》りと千万年《せんまんねん》の後《のち》も思《おも》はじ

2098 利根川《とねがは》の水《みづ》の上《うへ》をば行《ゆ》く水《みづ》のありやと思《おも》ふ月《つき》の夜《よ》にして

2099 いたりあの青《あを》き海《うみ》より泳《およ》ぎ来《こ》し人魚《にんぎよ》を今日《けふ》も人《ひと》は見《み》に来《き》ぬ

2100 紅梅《こうばい》を我《わ》がかたはらに据《す》ゑたれば初恋《はつこひ》の日《ひ》の微風《そよかぜ》ぞ吹《ふ》く

2101 散《ち》りてまた小草《をぐさ》の末《すゑ》を匂《にほ》はせぬ行《ゆ》き過《す》ぎがたき紅梅《こうばい》の花《はな》

2102 柳《やなぎ》立《た》つ加茂《かも》の川辺《かはべ》の水鏡《みづかゞみ》そこにて見《み》つる人《ひと》の恋《こひ》しき

2103 遠方《おちかた》の夢《ゆめ》の国辺《くにべ》へかへり行《ゆ》くひきしほ時《どき》のむらさきの波《なみ》

2104 二月《きさらぎ》や羊《ひつじ》の皮《かは》を被《かぶ》りたる円《まろ》き月居《つきゐ》ぬ屋根《やね》のあなたに

2096 初「大阪毎日新聞」大7・3・30（無題）—与謝野晶子

2097 初「婦人画報」大7・4・1春《しゅん》月《げつ》抄《せう》—与謝野晶子

2098 初「婦人画報」大7・4・1春《しゅん》月《げつ》抄《せう》—与謝野晶子

2099 初「婦人画報」大7・4・1春《しゅん》月《げつ》抄《せう》—与謝野晶子

2100 初「大阪毎日新聞」大7・4・1（無題）—与謝野寛 再「三田文学」大7・5・1

2101 初「大阪毎日新聞」大7・4・1（無題）—与謝野寛

2102 初「大阪毎日新聞」大7・4・1（無題）—与謝野寛

2103 初「夢の世界」大7・4・3夢—選者

2104 初「大阪毎日新聞」大7・4・5（無題）—与謝野晶子

2105 そのことに初《はじ》めもはてもあらぬ故夢《ゆゑゆめ》と思《おも》へど忘《わす》られぬかな

2106 いと重《おも》き緋《ひ》の帯《おび》しめし日《ひ》も見《み》ゆれ打出《うちいだ》したる鼓《つゞみ》の中《なか》に

2107 わが心《こゝろ》昨日《きのふ》の鈍《にぶ》き色《いろ》なしと思《おも》ふはしより曇《くも》るわびしさ

2108 わが恋《こひ》の昔《むかし》も今《いま》も中頃《なかごろ》も知《し》る雨降《あめふ》ると思《おも》ひけるかな

2109 夏来《なつく》れば人《ひと》も心《こゝろ》もわが恋《こひ》も皆《みな》新《あたら》しくなると思《おも》ひぬ

2110 春の花なべてめでたし背に置かむ思へる人を前に置くべく

2111 悲みに疲れて心変りぬと疲れて寝ぬる夜の夢に云ふ

2112 われは逢ふ一人黙《もだ》してある時に劣ると思ふことにしば〱

2113 人により問はるゝ程の愁ともなき愁もつ春の夕ぐれ

2105 (初)「大阪毎日新聞」大7・4・5（無題）―与謝野晶子

2106 (初)「万朝報」大7・4・6（無題）―選者

2107 (初)「大阪毎日新聞」大7・4・11（無題）―与謝野晶子

2108 (初)「大阪毎日新聞」大7・4・15（無題）―与謝野晶子

2109 (初)「大阪毎日新聞」大7・4・29（無題）―与謝野晶子

2110 (初)「中外」大7・5・1初夏へ―与謝野晶子

2111 (初)「中外」大7・5・1初夏へ―与謝野晶子

2112 (初)「中外」大7・5・1初夏へ―与謝野晶子

2113 (初)「中外」大7・5・1初夏へ―与謝野晶子

2114 春の雨捕子《とりこ》の十手くゞりゆく江戸紫のつばくらめかな

2115 恋をしも求めんとしてわが心進みいでたる後をしらずも

2116 藤の花片恋つくる人のごと哀れに夜さへ面影に見ゆ

2117 初夏の外なる力押しくればわれは云ふなりこの君のこと

2118 藤《ふぢ》の花《はな》の裾《すそ》の朧《おぼ》ろにはかなげに靡《なび》きこそすれ心《こゝろ》のごとく

2119 ふぢばなの白《しろ》と紫《むらさき》 恋《こひ》のごとたのみあひたるしろとむらさき

2120 山鳥《やまどり》の尾《を》のながながと靡《なび》くともなでう劣《おと》らむわが藤《ふぢ》の花《はな》

2121 かたはらの三尺《じやく》の藤《ふぢ》そのかみのわれとぞ思《おも》ふおのれも君《きみ》も

2122 わがためにさかしら人《びと》を隔《へだ》てむと垂《た》れひろごれる藤《ふぢ》の花《はな》かな

2114 初「中外」大7・5・1初夏へ―与謝野晶子

2115 初「中外」大7・5・1初夏へ―与謝野晶子

2116 初「中外」大7・5・1初夏へ―与謝野晶子

2117 初「中外」大7・5・1初夏へ―与謝野晶子

2118 初「婦人画報」大7・5・1藤《ぢふ》―与謝野晶子

2119 初「婦人画報」大7・5・1藤《ぢふ》―与謝野晶子

2120 初「婦人画報」大7・5・1藤《ぢふ》―与謝野晶子

2121 初「婦人画報」大7・5・1藤《ぢふ》―与謝野晶子

2122 初「婦人画報」大7・5・1藤《ぢふ》―与謝野晶子

2123 雪消えてより所なき心地しぬ裸木《はだかぎ》ばかり立てる原かな

2124 呻《うめ》くにも恋人の名の出づるかな黄金《こがね》の口を持つと云はまし

2125 春の月ほそき黄金《こがね》の魚となり近き木立を泳ぐ夕ぐれ

2126 春かぜは若き二十《はたち》の手を持つや触れて匂はぬ草も木も無し

2127 泳ぐなり命を賭くる抜き手もて荒き歎きの海と知れども

2128 今年より始まりぬべき善きことの兆《きざし》の如く青む若草

2129 後ろより椿の花を我に投ぐ人恋しきや森のそよかぜ

2130 この事におのれ惑ふと云ふことを語り終ればうら安きかな

2131 貝をもて首環とすなる島にても涙は落ちぬ恋の小唄に

2123 〔初〕「三田文学」大7・5・1折々の歌（五十首）―与謝野寛

2124 〔初〕「三田文学」大7・5・1折々の歌（五十首）―与謝野寛〔再〕「大阪毎日新聞」大7・8・12

2125 〔初〕「三田文学」大7・5・1折々の歌（五十首）―与謝野寛

2126 〔初〕「三田文学」大7・5・1折々の歌（五十首）―与謝野寛

2127 〔初〕「三田文学」大7・5・1折々の歌（五十首）―与謝野寛〔再〕「大阪毎日新聞」大7・8・12

2128 〔初〕「三田文学」大7・5・1折々の歌（五十首）―与謝野寛

2129 〔初〕「三田文学」大7・5・1折々の歌（五十首）―与謝野寛

2130 〔初〕「三田文学」大7・5・1折々の歌（五十首）―与謝野寛〔再〕「大阪毎日新聞」大7・5・11

2131 〔初〕「三田文学」大7・5・1折々の歌（五十首）―与謝野寛

2132 哀しみて破らずと云ふことわりは早く忘れし我の涙ぞ

2133 ことわりかはた過《あやま》りか言ひ難し恋は不思議の啞にこそあれ

2134 西風がちひさき口を菱形《ひしがた》に開きて揚ぐる秋のソプラノ

2135 をりをりに熱き気息《いき》するさくら草《さう》人の如くに胸の騒ぐや

2136 ひるがへる港の船の青き旗秋の袖かとなつかしきかな

2137 瞬《またた》きを一つ静かにしたる後玄耳《げんじ》が筆を下す短冊

2138 世の中の賢き人も悪運の洞《ほら》に滑《すべ》れば砂にひとしき

2139 草の葉のほのかに紅《べに》をさしたるは身を惜むにも似て悲しけれ

2140 おもしろく春より夏に世は移りぬ君が心も我に来りぬ

2132 初「三田文学」大7・5・1折々の歌（五十首）—与謝野寛 再「大阪毎日新聞」大7・10・15

2133 初「三田文学」大7・5・1折々の歌（五十首）—与謝野寛 再「大阪毎日新聞」大7・10・15

2134 初「三田文学」大7・5・1折々の歌（五十首）—与謝野寛 再「大阪毎日新聞」大7・10・15

2135 初「三田文学」大7・5・1折々の歌（五十首）—与謝野寛 再「大阪毎日新聞」大7・8・12

2136 初「三田文学」大7・5・1折々の歌（五十首）—与謝野寛

2137 初「三田文学」大7・5・1折々の歌（五十首）—与謝野寛 再「大阪毎日新聞」大7・7・19

2138 初「三田文学」大7・5・1折々の歌（五十首）—与謝野寛 再「大阪毎日新聞」大7・7・26「太陽」大8・1・1

2139 初「三田文学」大7・5・1折々の歌（五十首）—与謝野寛 再「大阪毎日新聞」大7・10・2

2140 初「三田文学」大7・5・1折々の歌（五十首）—与謝野寛

2141 静かにも脚《あし》をとどめし大馬を横より見れば土偶の如し

2142 啞のごと同じ方《かた》むくスフィンクス悲鳴にまさる薄笑ひかな

2143 知らずして我が歩みつるこの路は四天王寺の門《もん》に当りぬ

2144 へりくだりまた物言はじ我ながら柩のなかの声にこそ似れ

2145 蛙なく小き沢と見るばかり小き国に物言へるかな

2146 春の磯にはかに跳《をど》る浪白し人魚の伸ばす手の心地して

2147 春の月黄ばめる下《もと》に二三本木立けぶりて水のせせらぐ

2148 知りつつも深く酔ひたる人として我が振舞ふは笑ふべきかな

2149 うちつづく緑のなかに一刷毛《ひとはけ》の赤き線《せん》ひくひなげしの花

2141 初「三田文学」大7・5・1折々の歌(五十首)—与謝野寛 再「大阪毎日新聞」大7・8・7

2142 初「三田文学」大7・5・1折々の歌(五十首)—与謝野寛 再「大阪毎日新聞」大7・8・7

2143 初「三田文学」大7・5・1折々の歌(五十首)—与謝野寛 再「大阪毎日新聞」大7・8・7

2144 初「三田文学」大7・5・1折々の歌(五十首)—与謝野寛 再「大阪毎日新聞」大7・8・16

2145 初「三田文学」大7・5・1折々の歌(五十首)—与謝野寛 再「大阪毎日新聞」大7・7・26

2146 初「三田文学」大7・5・1折々の歌(五十首)—与謝野寛

2147 初「三田文学」大7・5・1折々の歌(五十首)—与謝野寛

2148 初「三田文学」大7・5・1折々の歌(五十首)—与謝野寛 再「大阪毎日新聞」大7・7・26

2149 初「三田文学」大7・5・1折々の歌(五十首)—与謝野寛

2150 我歌は空しく悲したとぶれは大空に吹く白き嵐か

2151 うしろより我肩を見て犬吠えぬあさましきまで恋に痩せけん

2152 あやにくに振返りみることをせず早く入りける悲しみの里

2153 いつしかと心倦むにも似たるかな我等の恋の安かりしまま

2154 相寄れば心細さを語りけり恋をたのまぬ人の如くに

2155 花多き椿の木立黒ずみて後ろに黄なり片われの月

2156 年を経て心の傷《きず》の痛むまま吸へよと頼む君がくちびる

2157 洩れにけり我がみそかごと古へも之を悲しと人の歌ひし

2158 畑に立ち土の匂ひを嗅ぐ時も涙は落ちぬ恋びとのため

2150 初（3）たとぶれは→たとふれば　「三田文学」大７・５・１折々の歌（五十首）―与謝野寛

2151 初「三田文学」大７・５・１折々の歌（五十首）―与謝野寛

2152 初「三田文学」大７・５・１折々の歌（五十首）―与謝野寛

2153 初「三田文学」大７・５・１折々の歌（五十首）―与謝野寛

2154 初「三田文学」大７・５・１折々の歌（五十首）―与謝野寛　再「太陽」大８・２・１

2155 初「三田文学」大７・５・１折々の歌（五十首）―与謝野寛

2156 初「三田文学」大７・５・１折々の歌（五十首）―与謝野寛

2157 初「三田文学」大７・５・１折々の歌（五十首）―与謝野寛

2158 初「三田文学」大７・５・１折々の歌（五十首）―与謝野寛

2159 一人減り二人減りゆく辻に立ち声高く喚ぶことの悲しき

2160 大空の雲を指《さ》しては誓はねど君が心はやがて変りぬ

2161 卒爾《うちつけ》にいみじき声を聞きにけりやがて消えゆく木魂《こだま》ならずや

2162 刀根川の秋のいさごに下《お》り立ちて片手に締むる馬の腹帯

2163 言ふたびに我が言葉にも高々《たかだか》と胸のときめく恋の日はきぬ

2164 愛に行く我等が道は人の種《たね》土の境《さかひ》を目の外《ほか》に置く

2165 とり出でて干《ほ》せば筑紫のさみだれに濡れし衣《きぬ》より上《のぼ》る陽炎《かげろふ》

2166 草の尖《さき》みな耳立つる馬となり涼しき風を待てる夕ぐれ

2167 いにしへもくるしき恋をする人は発作《ほっさ》の如く死を思ひけん

2159 〔初〕「三田文学」大7・5・1折々の歌（五十首）―与謝野寛

2160 〔初〕「三田文学」大7・5・1折々の歌（五十首）―与謝野寛

2161 〔初〕「三田文学」大7・5・1折々の歌（五十首）―与謝野寛

2162 〔初〕「三田文学」大7・5・1折々の歌（五十首）―与謝野寛〔再〕「大阪毎日新聞」大7・8・16

2163 〔初〕「三田文学」大7・5・1折々の歌（五十首）―与謝野寛

2164 〔初〕「三田文学」大7・5・1折々の歌（五十首）―与謝野寛

2165 〔初〕「三田文学」大7・5・1折々の歌（五十首）―与謝野寛〔再〕「中学世界」大8・7・1

2166 〔初〕「三田文学」大7・5・1折々の歌（五十首）―与謝野寛

2167 〔初〕「三田文学」大7・5・1折々の歌（五十首）―与謝野寛

2168 正忠《まさただ》はめでたく那覇《なは》に帰りけり今は酔ふとも泣かずやあるらん

2169 醒《さ》めし子《こ》と夢見《ゆめみ》る人《ひと》と二人《ふたり》あるあぢきなき日《ひ》を末《すゑ》につくりぬ

2170 おろかなる驢馬《ろば》もなすべき夢《ゆめ》がたりいとしどけなきわが夢語《ゆめがたり》

2171 よき夢《ゆめ》をつくれといはふ夏草《なつくさ》の小《ちひ》さき種《たね》を土《つち》にをさめて

2172 焰《ほのほ》立《た》ついねずて見《み》たる夢《ゆめ》のごと君《きみ》ゆゑつくる思《おも》ひのごとく

2173 あかつきや犬吠岬《いぬぼうさき》の燈台《とうだい》をうしろになしてなびく磯草《いそぐさ》

2174 木立《こだち》より菖蒲《あやめ》の色《いろ》の光《ひかり》洩《も》れ夕月夜《ゆふづくよ》ともなりにけるかな

2175 堪《た》へがたく淋《さび》しと心《こゝろ》吠《ほ》ゆる日《ひ》のかたはらに咲《さ》くたちばなの花《はな》

2176 罌粟《けし》咲《さ》きぬ身《み》の願《ねが》ひ事現《ごとげん》じぬと涙《なみだ》をながすわがかるはずみ

2168 初「三田文学」大7・5・1折々の歌（五十首）—与謝野寛

2169 初「夢の世界」大7・5・1夢《ゆめ》—与謝野晶子

2170 初「夢の世界」大7・5・1夢《ゆめ》—与謝野晶子

2171 初「夢の世界」大7・5・1夢《ゆめ》—与謝野晶子

2172 初「夢の世界」大7・5・1夢《ゆめ》—与謝野晶子

2173 初「夢の世界」大7・5・1夢《ゆめ》—与謝野晶子

2174 初「大阪毎日新聞」大7・5・3（無題）—与謝野晶子

2175 初「大阪毎日新聞」大7・5・3（無題）—与謝野晶子

2176 初「大阪毎日新聞」大7・5・3（無題）—与謝野晶子

2177　われ病《や》みてかの並《なら》びなき明眸《めいぼう》の在処《ありか》知《し》らむと云《い》ふ声《こゑ》を聞《き》く

2178　大皿《おほざら》に盛《も》りたる林檎《りんご》たをやめの唇《くちびる》と見《み》ゆあなまがまがし

2179　清《きよ》らにも高《たか》く新《あたら》しうちつけに君《きみ》が心《こゝろ》の家《いへ》と見《み》るかな

2180　駱駝《らくだ》にも乗《の》らん砂《すな》にも眠《ねむ》りなん行《ゆ》きて帰《かへ》らぬ旅《たび》に出《い》ではや

2181　ものの音《おと》けたたましきも静《しづ》かなるさまに響《ひゞ》くも初夏《はつなつ》はよし

2182　悲《かな》しみの跡《あと》もあらずと云《い》はむ日《ひ》を見《み》じと願《ねが》へり若《わか》き子《こ》は皆《みな》

2183　基督《クリスト》の青《あを》ざめたるを後《うし》ろにし我《わ》　十字《じ》架《か》の待《ま》つ国《くに》へ行《ゆ》く

2184　基督《クリスト》の指《ゆび》さす方《かた》とおのづから我《わ》が行《ゆ》く方《かた》と同《おな》じ嬉《うれ》しさ

2185　君《きみ》とわれ七度《なゝたび》ばかり生《い》き変《かは》り逢《あ》へる心地《こゝち》すたちばな嗅《か》げば

2177　初「万朝報」大7・5・4（無題）―選者

2178　初「大阪毎日新聞」大7・5・5（無題）―与謝野寛

2179　初「大阪毎日新聞」大7・5・5（無題）―与謝野寛

2180　初「大阪毎日新聞」大7・5・5（無題）―与謝野寛

2181　初「大阪毎日新聞」大7・5・9（無題）―与謝野晶子

2182　初「大阪毎日新聞」大7・5・9（無題）―与謝野晶子

2183　(4)我《わ》(不明)十字《じ》架《か》　初「大阪毎日新聞」大7・5・11（無題）―与謝野寛

2184　初「大阪毎日新聞」大7・5・11（無題）―与謝野寛

2185　初「大阪毎日新聞」大7・5・14（無題）―与謝野晶子

2186 白《しろ》き手《て》を高《たか》くうち挙《あ》げ物歌《ものうた》ふ男《をとこ》まさりの初夏《はつなつ》の雨《あめ》

2187 今日《けふ》のわれ君《きみ》と立《た》てたるそのかみの若《わか》き標《しる》しに黄金《わうごん》を塗《ぬ》る

2188 藤《ふぢ》咲《さ》けばリラによそへて思《おも》ふなり巴里《パリー》に見《み》たるそこばくの人《ひと》

2189 ああ皐月《さつき》いかに寒《さむ》けき心《こゝろ》ぞや牡丹《ぼたん》につぎて燕子花《かきつばた》咲《さ》く

2190 かきつばた君《きみ》が袂《たもと》にあらねどもその紫《むらさき》にこころ匂《にほ》ひぬ

2191 （人の賀に）
蓬萊《ほうらい》にいませる君《きみ》が齢《よはひ》をば仮《かり》に数《かぞ》へて七十路《なゝそじ》と云《い》ふ

2192 五六人《にん》皐月《さつき》の花《はな》の形《かたち》してものうち語《かた》る浪華《なには》の少女《をとめ》

2193 白罌粟《しろけし》の一重《へ》の花《はな》となりつるやはかなと言《い》ひし夜《よる》の一言《こと》

2194 若葉《わかば》洩《も》る朝《あさ》のひかりに薄赤《うすあか》く楓《かへで》の幹《みき》の匂《にほ》ふ初夏《はつなつ》

2186 (初)「大阪毎日新聞」大7・5・14（無題）―与謝野晶子

2187 (初)「大阪毎日新聞」大7・5・14（無題）―与謝野晶子

2188 (初)「大阪毎日新聞」大7・5・17（無題）―与謝野寛

2189 (初)「大阪毎日新聞」大7・5・17（無題）―与謝野寛

2190 (初)「大阪毎日新聞」大7・5・17（無題）―与謝野寛

2191 (初)「万朝報」大7・5・18（無題）―選者

2192 (初)「大阪毎日新聞」大7・5・21（無題）―与謝野晶子

2193 (初)「大阪毎日新聞」大7・5・21（無題）―与謝野晶子

2194 (初)「大阪毎日新聞」大7・5・22（無題）―与謝野寛

2195 ひと本《もと》の濃《こ》き紫《むらさき》のかきつばた折《を》らばや君《きみ》を妬《ねた》ましむべく

2196 初夏《はつなつ》の一重《へ》のきぬを着《き》たれども心《こゝろ》は重《おも》き冬《ふゆ》を被《かづ》けり

2197 悲《かな》しみに堪《た》ふと思《おも》ひし灰色《はひいろ》の日《ひ》も過《す》ぎ心今《こゝろいま》くたけ散《ち》る

2198 いつしかと石《いし》に混《まじ》りて一八《いちはつ》の咲《さ》けばわが身《み》に似《に》る心地《こゝち》する

2199 日《ひ》に叛《そむ》き冷《つめ》たき月《つき》を喜《よろこ》ぶも吾《わが》みづからを憎《にく》むあまりぞ

2200 路《みち》さへも我《われ》より逃《のが》れ山《やま》さへも我《われ》を拒《こば》めり孤独《こどく》なれよと

2201 柿《かき》の花《はな》ほろほろ散《ち》りぬ之《これ》を見《み》て花《はな》ぞと惜《をし》む人《ひと》はなけれど

2202 初夏《はつなつ》は悲《かな》しく人《ひと》は恋《こひ》しけれ商《あきな》ひをして町《まち》に住《す》めども

2203 美《うつ》くしき人《ひと》の方《かた》より聞《きこ》え来《く》る音《おと》と思《おも》ひぬ初夏《はつなつ》の風《かぜ》

2195 初「大阪毎日新聞」大7・5・22（無題）—与謝野寛

2196 初「大阪毎日新聞」大7・5・22（無題）—与謝野寛

2197 初「大阪毎日新聞」大7・5・25（無題）—与謝野晶子

2198 初「大阪毎日新聞」大7・5・25（無題）—与謝野晶子

2199 初「大阪毎日新聞」大7・5・29（無題）—与謝野寛

2200 初「大阪毎日新聞」大7・5・29（無題）—与謝野寛

2201 初「大阪毎日新聞」大7・5・29（無題）—与謝野寛

2202 初「婦人画報」大7・6・1夏《なつ》木《こ》立《だち》—与謝野晶子

2203 初「婦人画報」大7・6・1夏《なつ》木《こ》立《だち》—与謝野晶子

2204 そぞろにも恋《こひ》する人《ひと》や縫《ぬ》ひけらしうすら衣《ごろも》はよき薫《かをり》する

2205 奥山《おくやま》の独住居《ひとりずまゐ》のここちすれ雑木《ざふぼく》なべて若葉《わかば》しぬれば

2206 薫物《たきもの》のくゆる所《ところ》か見《み》まほしと声《こゑ》する波《なみ》の寄《よ》する所《ところ》か

2207 罵《のゝし》らん言葉《ことは》もいでず君《きみ》が前去《まへさ》らんとすれど足《あし》なへとなる

2208 砂浜《すなはま》の真白《ましろ》き海《うみ》にわが寄《よ》れば黄金《こがね》を鳴《な》らす初夏《はつなつ》の海《うみ》

2209 そよ風《かぜ》の少女《をとめ》か花《はな》の少女《をとめ》かと夏草《なつぐさ》に居《ゐ》てものを問《と》ふ人《ひと》

2210 初夏《はつなつ》の朝《あさ》も夕《ゆふべ》も吹《ふ》くものは恋《こひ》の怒《いか》りとかなしみの風《かぜ》

2211 日本橋《にほんばし》神田《かんだ》京橋《きやうばし》灰色《はひいろ》の靄《もや》の中《うち》にて咽《むせ》ぶゆふぐれ

2212 われ泣《な》けど箱根《はこね》の渓《たに》に早川《はやかは》の咽《むせ》ぶと少《すこ》しおもむきたがふ

2204 初「婦人画報」大7・6・1夏木立《なつこだち》—与謝野晶子

2205 初「婦人画報」大7・6・1夏木立《なつこだち》—与謝野晶子

2206 初「婦人画報」大7・6・1夏木立《なつこだち》—与謝野晶子

2207 初「婦人画報」大7・6・1夏木立《なつこだち》—与謝野晶子

2208 初「婦人画報」大7・6・1夏木立《なつこだち》—与謝野晶子

2209 初「婦人画報」大7・6・1夏木立《なつこだち》—与謝野晶子

2210 初「婦人画報」大7・6・1夏木立《なつこだち》—与謝野晶子

2211 初「夢の世界」大7・6・1皐月《さつき》—与謝野晶子

2212 初「夢の世界」大7・6・1皐月《さつき》—与謝野晶子

2213 皐月《さつき》来《き》てものを歎《なげ》けばかたはらに彼《かれ》も咽《むせ》びぬたちばなの花《はな》

2214 三時《みとき》ほど咽《むせ》び泣《なき》などしたりけむおもやつれたるうす黄《き》のさうび

2215 みづからを石《いし》の柱《はしら》に倚《よ》りて咲《さ》く金蓮花《きんれんくわ》とも見《み》て歎《なげ》く人《ひと》

2216 帆《ほ》は来《きた》る白《しろ》き翼《つばさ》を張《は》りながらレダに近《ちか》づく鳥《とり》のここちに

2217 草《くさ》の上《うへ》に少《すこ》しの金箔《はく》を撒《ま》くひかり木立《こだち》を洩《も》りて朝《あさ》の涼《すゞ》しき

2218 青《あを》ざめて一人《ひとり》かなしむことのみを甘《あま》き日頃《ひごろ》の蜜《みつ》とするかな

2219 我《わ》が身《み》をばいと悩《なや》ましき境《さかひ》より奪《うば》ひて走《はし》る初夏《はつなつ》の風《かぜ》

2220 天王寺《てんおうじ》西《にし》へ向《む》きたる大門《だいもん》に入《い》り日《ひ》を見《み》るも旅《たび》のよろこび

2221 薔薇《ばら》赤《あか》く縁《ふち》をとりたる嬉《うれ》しさに恋《こひ》の小路《せうぢ》と名《な》をつけて過《す》ぐ

2213 (初)「夢の世界」大7・6・1皐月《さつき》―与謝野晶子

2214 (初)「夢の世界」大7・6・1皐月《さつき》―与謝野晶子

2215 (初)「万朝報」大7・6・1(無題)―選者

2216 (初)「大阪毎日新聞」大7・6・2(無題)―与謝野寛(再)「太陽」大8・1・1

2217 (初)「大阪毎日新聞」大7・6・2(無題)―与謝野寛

2218 (初)「大阪毎日新聞」大7・6・2(無題)―与謝野寛

2219 (初)「大阪毎日新聞」大7・6・7(無題)―与謝野晶子

2220 (初)「大阪毎日新聞」大7・6・8(無題)―与謝野寛

2221 (初)「大阪毎日新聞」大7・6・8(無題)―与謝野寛

2222 蜂《はち》と虻《あぶ》薔薇《ばら》を離《はな》れず香《か》に浸《ひた》り身《み》に黄金《きん》を塗《ぬ》る遊《あそ》びすらしも

2223 初夏《はつなつ》の蔵《くら》の二階《かい》の板梯子《いたはしご》石《いし》を踏《ふ》むよりこゝちよきかな

2224 夕暮《ゆふぐれ》の黒《くろ》き雲《くも》さへ悲《かな》しかり永《なが》き戦争《いくさ》を憎《にく》むこころに

2225 伏《ふ》して歎《なげ》き起《お》きて祈《いの》ると云《い》ふ事《こと》す恋《こひ》ゆゑ直《なほ》き道《みち》に入《い》るらん

2226 わが命《いのち》 薬《くすり》を得《え》たる心地《こゝち》しぬ、 君《きみ》が涙《なみだ》のうるはしきため

2227 蜂《はち》一つ硯《すゞり》のうへに来《き》て舞《ま》ひぬ山《やま》に住《す》むとも書《か》かまほしけれ

2228 人《ひと》の世《よ》はこの戦《たゝか》ひの血《ち》によりて浄《きよ》まれとのみ祈《いの》らるるかな

2229 骸骨《がいこつ》を花《はな》もて掩《おほ》ひ愚《おろ》かにも平和《へいわ》の像《ぞう》と褒《ほ》めんとぞする

2230 水無月《みなづき》の街《まち》の中《なか》にて虫鳴《むしな》きぬ数《かず》知《し》れぬ灯《ひ》がもの云《い》ふごとく

2222 初「大阪毎日新聞」大7・6・8（無題）―与謝野寛

2223 初「大阪毎日新聞」大7・6・12（無題）―与謝野晶子

2224 初「万朝報」大7・6・15（無題）―選者 再「夢の世界」大7・8・1―与謝野晶子

2225 初「大阪毎日新聞」大7・6・16（無題）―与謝野寛

2226 初「大阪毎日新聞」大7・6・16（無題）―与謝野寛

2227 初「大阪毎日新聞」大7・6・16（無題）―与謝野寛

2228 初「東京日日新聞」大7・6・16（無題）―与謝野晶子

2229 初「東京日日新聞」大7・6・16（無題）―与謝野晶子

2230 初「大阪毎日新聞」大7・6・17（無題）―与謝野晶子

2231 君《きみ》と居《ゐ》て矢車草《やぐるまそう》の一つかと林《はやし》の上《うへ》の空《そら》をおもひし

2232 人恋《ひとこ》ふる心《こゝろ》の闇《やみ》のうつくしさ薔薇《さうび》の作《つく》れる蔭《かげ》と言《い》はまし

2233 旅《たび》の身《み》の服《ふく》の釦《ぼたん》に指《ゆび》さきの触《ふ》るる心地《こゝち》も清《きよ》き初夏《はつなつ》

2234 大阪《おほさか》の霧《きり》ふる川《かは》のうつくしさ人《ひと》の恋《こひ》しき朝《あさ》の心《こゝろ》に

2235 彼《か》の人《ひと》は何《なん》の病《やまひ》ぞ日《ひ》に三度《たび》薬《くすり》にすとて文《ふみ》かかせけり

2236 卑怯《ひけう》にも浦島《うらしま》が子《こ》の愚《おろ》かさを学《まな》ばじとして開《ひら》かざる箱《はこ》

2237 今日《けふ》となり心《こゝろ》の隅《すみ》に残《のこ》りたる少《すこ》しの闇《やみ》もおもしろきかな

2238 一むらの明《あか》るき木立《こだち》笑《ゑ》むごとく近《ちか》き磯《いそ》より見《み》ゆる此朝《このあさ》

2239 いと青《あを》き海《うみ》を見下《みおろ》すこゝちしぬこの頃《ごろ》つくる愁思《うれひおも》へば

2231 (初)「大阪毎日新聞」大7・6・17（無題）―与謝野晶子

2232 (初)「大阪毎日新聞」大7・6・23（無題）―与謝野寛

2233 (初)「大阪毎日新聞」大7・6・23（無題）―与謝野寛

2234 (初)「大阪毎日新聞」大7・6・23（無題）―与謝野寛 (再)「太陽」大8・1・1

2235 (初)「大阪毎日新聞」大7・6・24（無題）―与謝野晶子

2236 (初)「大阪毎日新聞」大7・6・29（無題）―与謝野寛 (再)「太陽」大8・1・1

2237 (初)「大阪毎日新聞」大7・6・29（無題）―与謝野寛

2238 (初)「大阪毎日新聞」大7・6・29（無題）―与謝野寛

2239 (初)「万朝報」大7・6・29（無題）―選者

2240 この悩みひそかに作る恋かとも人のならひに推《お》して思はる

2241 心の臓禍の来る音はすれ今生がひをおぼゆるわれは

2242 あはやかに鈴蘭の花なびくなり人を見むとも思はざるらし

2243 片側に真珠の色の月射せる街行く時も涙こぼれぬ

2244 山の水徒歩《かち》わたりする足よりも胸のあたりの冷たかりけれ

2245 君恋ふる心をわれのものとしてある日は半夢に似るかな

2246 かのことに関《かかは》る思ひ断つと云ふわたくしごとの苦しき夜かな

2247 天地の危きことに触れてあることかとあらぬことを恐るる

2248 この仲を恋の姿と思へるも一人つくづく歎くあやまり

2240 初「新潮」大7・7・1煙―与謝野晶子

2241 初「新潮」大7・7・1煙―与謝野晶子

2242 初「新潮」大7・7・1煙―与謝野晶子

2243 初「新潮」大7・7・1煙―与謝野晶子

2244 初「新潮」大7・7・1煙―与謝野晶子

2245 初「新潮」大7・7・1煙―与謝野晶子

2246 初「新潮」大7・7・1煙―与謝野晶子

2247 初「新潮」大7・7・1煙―与謝野晶子

2248 初「新潮」大7・7・1煙―与謝野晶子

2249 味気なしなほ自らをもととしてよろづに思ふよのつねの恋

2250 あるは君わがあけくれの思ひより朧気ならぬ恋やつくれる

2251 家近き夏の木草をめざましと今年は思ふ衰へにけん

2252 わが胸のわたくしごとをさしのぞく夏の夕の水いろの風

2253 このことは恋と呼ばんに欠けたるや斯く自らに問へど答へず

2254 加茂川の橋のあなたの芝居の灯山の色より涼しき夜かな

2255 つややかに竹のなびくと見えながらかつ漂へるあけぼのの靄

2256 何ごとも少し時へて思ふ時皆あはれなり自らのため

2257 日の夕君が涙に濡れし風吹くと思ひぬ白げしの花

2249 初「新潮」大7・7・1煙―与謝野晶子

2250 初「新潮」大7・7・1煙―与謝野晶子

2251 初「新潮」大7・7・1煙―与謝野晶子

2252 初「新潮」大7・7・1煙―与謝野晶子

2253 初「新潮」大7・7・1煙―与謝野晶子

2254 初「新潮」大7・7・1煙―与謝野晶子

2255 初「新潮」大7・7・1煙―与謝野晶子

2256 初「新潮」大7・7・1煙―与謝野晶子

2257 初「新潮」大7・7・1煙―与謝野晶子

2258 何ものか君思ふことさへぎりぬ夏の靄とも今朝は云はまし

2259 大海《おほうみ》の燐《りん》の虫《むし》とも侮《あなど》りぬわが寝《ぬ》る山《やま》の夏《なつ》の夜《よ》の月《つき》

2260 夕立《ゆふだち》はやがて心《こゝろ》の上《うへ》にまでしろがね色《いろ》の三角《かく》を描《か》く

2261 こゝろなる苦《くる》しきことも逃《に》げ去《さ》りぬ怪《あや》しき夏《なつ》の夕《ゆふ》ぐれの風《かぜ》

2262 うちつけに夏《なつ》を苦《くる》しとなげきけりある一人《いちにん》のことによれども

2263 その中《なか》にわが秘事《ひめごと》もある如《ごと》く雲居《くもゐ》る山《やま》の窪《くぼ》を恐《おそ》れぬ

2264 夏《なつ》の夜《よ》に薄《うす》き衣《ころも》を着《き》て寝《ぬ》れば雲《くも》の中《なか》かと思《おも》ふあけがた

2265 薔薇《さうび》より罌粟《けし》の花《はな》よりにほはしき夏《なつ》の人《ひと》をば来《き》ても見《み》よかし

2266 世《よ》を知《し》りてまだ浅《あさ》き身《み》の心地《こゝち》しれ朝霧《あさぎり》しろく降《ふ》れる木《こ》の下《もと》

2258 [初]「新潮」大7・7・1煙—与謝野晶子

2259 [初]「婦人画報」大7・7・1涼《りやう》榻《たふ》集《しふ》—与謝野晶子

2260 [初]「婦人画報」大7・7・1涼《りやう》榻《たふ》集《しふ》—与謝野晶子

2261 [初]「婦人画報」大7・7・1涼《りやう》榻《たふ》集《しふ》—与謝野晶子

2262 [初]「婦人画報」大7・7・1涼《りやう》榻《たふ》集《しふ》—与謝野晶子

2263 [初]「婦人画報」大7・7・1涼《りやう》榻《たふ》集《しふ》—与謝野晶子

2264 [初]「婦人画報」大7・7・1涼《りやう》榻《たふ》集《しふ》—与謝野晶子

2265 [初]「婦人画報」大7・7・1涼《りやう》榻《たふ》集《しふ》—与謝野晶子

2266 [初]「夢の世界」大7・7・1世—選者

2267 夏花《なつはな》とめでたき人《ひと》を納《おさ》めたる箱《はこ》を宜《よろ》しと許《ゆる》しかねつも

2268 二日《か》ほど我《わ》が悲《かな》しめばかたはらの牡丹《ぼたん》の花《はな》の黒《くろ》み行《ゆ》くかな

2269 美《うつく》しき涙《なみだ》の中《うち》に溶《と》け去《さ》りぬ恋《こひ》に勝《か》つべき憂《う》き事《こと》も無《な》し

2270 萱《かや》に依《よ》り薔薇《さうび》に隠《かく》る微風《そよかぜ》よ女《をんな》ごゝろを持《も》つ微風よ

2271 かなしくも母《はゝ》の生《う》みたる健男《たけを》等《ら》を砲《ほう》の餌《ゑ》として外《ほか》にすべなし

2272 戦《たゝか》ひによき人《ひと》の子《こ》は尽《つ》きぬべし日《ひ》を経《ふ》　ままに世《よ》ぞ黒《くろ》みゆく

2273 淋《さび》しさを忘《わす》れず人《ひと》と異《ことな》れる光《ひかり》を見《み》むと身《み》もたのまれぬ

2274 白楊《はくよう》を並木《なみき》に植《うゑ》し大路《おほぢ》など君《きみ》を思《おも》へば目《め》に見《み》ゆるかな

2275 この瓶《びん》は混沌《こんとん》として青《あを》めども抱《いだ》けば優《やさ》し人《ひと》の肌《はだ》より

2267 初「大阪毎日新聞」大7・7・1（無題）―与謝野晶子

2268 初「大阪毎日新聞」大7・7・7（無題）―与謝野寛

2269 初「大阪毎日新聞」大7・7・7（無題）―与謝野寛

2270 初「大阪毎日新聞」大7・7・7（無題）―与謝野寛 再「太陽」8・2・1

2271 初「東京日日新聞」大7・7・10（無題）―与謝野晶子

2272 (4)経《ふ》（欠）ままに 初「東京日日新聞」大7・7・11（無題）―与謝野晶子

2273 初「東京日日新聞」大7・7・11（無題）―与謝野晶子

2274 初「大阪毎日新聞」大7・7・13（無題）―与謝野寛

2275 初「大阪毎日新聞」大7・7・13（無題）―与謝野寛

2276 わが袖《そで》を風《かぜ》の吹《ふ》くなり刀根川《とねがは》の真菰《まこも》の中《なか》の小《ち》さき桟橋《さんばし》

2277 水晶《すいせう》の瓶《かめ》の口《くち》よりしたゝりし水《みづ》のようなる野《の》のうばらかな

2278 飢《うゑ》んには雪《ゆき》を噛《か》みてもありぬべし如何《いか》にすべきや恋《こひ》の無《な》き日《ひ》は

2279 むすぼれしああこの心《こゝろ》髪《かみ》ならば春《はる》の風《かぜ》にもとき放《はな》たまし

2280 わが心《こゝろ》責《せ》め得《え》たりとはなさねども寝《い》ねず疲《つか》れし身《み》は哀《あは》れなり

2281 昔《むかし》にも前《まへ》うしろにも自《みづか》らに二《に》なきを知《し》れば涙《なみだ》流《なが》れぬ

2282 心《こゝろ》をば白《しろ》と浅葱《あさぎ》のだんだらに染《そ》めて晴《は》れたる初夏《はつなつ》の雨《あめ》

2283 何時《いつ》の日《ひ》か書《か》きつる文《ふみ》の墨《すみ》の香《か》が被《かづ》く髪《かみ》よりきこえくる時《とき》

2284 自《みづか》らの恋《こひ》の掟《おきて》と君《きみ》が法相容《のりあひい》れがたき歎《なげ》きをぞする

2276 謝野寛 (初)「大阪毎日新聞」大7・7・13（無題）―与

2277 謝野晶子 (初)「大阪毎日新聞」大7・7・15（無題）―与

2278 謝野寛 (初)「大阪毎日新聞」大7・7・19（無題）―与

2279 謝野寛 (初)「大阪毎日新聞」大7・7・19（無題）―与

2280 謝野晶子 (初)「東京日日新聞」大7・7・20（無題）―与

2281 謝野晶子 (初)「東京日日新聞」大7・7・20（無題）―与

2282 謝野晶子 (初)「大阪毎日新聞」大7・7・21（無題）―与

2283 謝野晶子 (初)「大阪毎日新聞」大7・7・21（無題）―与

2284 謝野晶子 (初)「東京日日新聞」大7・7・24（無題）―与

2285 かたはらに唯今《たゞいま》ありと云《い》ふ価《あたひ》かたじけなくも疎《おろ》かにも見《み》ゆ

2286 水《みづ》に居《ゐ》る睡蓮《すゐれん》空《そら》の明　星《みやうじやう》をあてに思《おも》へりおのれのごとく

2287 危《あやふ》くもいつしか心《こゝろ》くつがへるものと思《おも》へり君《きみ》もおのれも

2288 夜半《よは》の雨《あめ》　暁《あかつき》のあめひるの雨皆《あめみな》たはぶれの心地《こゝち》す夏《なつ》は

2289 町《まち》に住《す》み嬉《うれ》しきことを朝顔《あさがほ》の初《はじ》めて咲《さ》ける日《ひ》にたとへけり

2290 わが知《し》らぬ女《をんな》の声《こゑ》のこゝちする波《なみ》の音《おと》をばしみじみと聞《き》く

2291 夜《よ》の汽車《きしや》はなべてつれなく残《のこ》し行《ゆ》く子等《こら》にも似《に》たる小《ちひさ》き駅《えき》を

2292 しら玉《たま》と石《いし》と二《ふた》つの並《なら》ぶなりこの姿《すがた》をばおのれと思《おも》ふ

2293 わが胸《むね》に潜《くゞ》り入《い》りたる虫《むし》かこれ全《また》きおのれかあゝ知《し》りがたし

2285 初「東京日日新聞」大7・7・24（無題）—与謝野晶子

2286 初「万朝報」大7・7・27（無題）—選者

2287 初「大阪毎日新聞」大7・7・28（無題）—与謝野晶子

2288 初「婦人画報」大7・8・1ゆふ雲《ぐも》—与謝野晶子

2289 初「婦人画報」大7・8・1ゆふ雲《ぐも》—与謝野晶子

2290 初「婦人画報」大7・8・1ゆふ雲《ぐも》—与謝野晶子

2291 初「婦人画報」大7・8・1ゆふ雲《ぐも》—与謝野晶子

2292 初「婦人画報」大7・8・1ゆふ雲《ぐも》—与謝野晶子

2293 初「婦人画報」大7・8・1ゆふ雲《ぐも》—与謝野晶子

2302
地獄《ぢごく》の火燃《ひも》ゆる音《おと》をば立《た》てゝ啼《な》くゆゆしき業《ごふ》を持《も》てる蟬《せみ》かな

2301
わが胸《むね》に蛇《へび》の形《かたち》をなして住《す》む思《おも》ひと云《い》ふもおぞましきかな

2300
われは泣《な》く一人《ひとり》の人《ひと》に思《おも》はれて足《た》らぬ心地《こゝち》に安《やす》からぬため

2299
夕闇《ゆふやみ》のそこ彼処《かしこ》より蚊《か》の唸《うな》るあな凶々《まが〲》し人《ひと》の世《よ》に似《に》て

2298
恋《こひ》をして自《みづか》ら塗《ぬ》れる金色《こんじき》の塔《たふ》に住《す》めりと世《よ》の人《ひと》に云《い》ふ

2297
風吹《かぜふ》きぬ高々《たか〲》として葦《あし》の葉《は》の青《あを》き世界《せかい》を作《つく》る処《ところ》に

2296
大海《おほうみ》のつなみのさまに夏《なつ》の雨《あめ》降《ふ》る時《とき》にのみ少《すこ》し忘《わす》れぬ

2295
水《みづ》いろに朝顔《あさがほ》の咲《さ》くしづかなる夏《なつ》の朝《あした》を君《きみ》とよろこぶ

2294
入日《いりひ》見《み》て悲《かな》しくなりぬ四十日《よそか》ほどありつる船《ふね》に思《おも》ひ到《いた》れば

2302 初「万朝報」大７・８・10（無題）―選者

2301 初「大阪毎日新聞」大７・８・10（無題）―与謝野晶子

2300 初「大阪毎日新聞」大７・８・10（無題）―与謝野晶子

2299 初「夢の世界」大７・８・１葦《あし》の葉《は》―与謝野晶子

2298 初「夢の世界」大７・８・１葦《あし》の葉《は》―与謝野晶子

2297 初「夢の世界」大７・８・１葦《あし》の葉《は》―与謝野晶子

2296 初「婦人画報」大７・８・１ゆふ雲《ぐも》―与謝野晶子

2295 初「婦人画報」大７・８・１ゆふ雲《ぐも》―与謝野晶子

2294 初「婦人画報」大７・８・１ゆふ雲《ぐも》―与謝野晶子

2303 武庫川の板の橋をばぬらすなり河鹿の声も月の光も

2304 酔《ゑ》ひぬれば漢《かん》も胡《ご》も無《な》しかの空《そら》と同《おな》じ心《こゝろ》に覗《のぞ》く杯《さかづき》

2305 語《かた》らひてわれ涼《すゞ》しさを覚《おぼ》えたる唯事《たゞごと》なりと思《おも》ふ三日《か》四日《か》

2306 瓦《かはら》濡《ぬ》れ髪《かみ》の色《いろ》する夜《よ》の屋根《やね》は海《うみ》を見《み》るよりなつかしきかな

2307 我早《われはや》く廃《すた》れし人《ひと》の中《うち》に在《あ》り倦《う》める悲《かな》しさ黙《もく》す悲《かな》しさ

2308 行《ゆ》きなれし道《みち》の易《やす》さよ見《み》なれたる人《ひと》の易《やす》さよ淋《さび》しけれども

2309 黙《もだ》したる我《わ》が上《うへ》にしも遷《うつ》りきぬ黒《くろ》く死《し》したる悪運《あくうん》の星《ほし》

2310 人間《にんげん》の下品下《げぼんげ》 生《しやう》をおびやかすもののみ多《おほ》き天地《あめつち》のこと

2311 君《きみ》を見《み》ずここにいたると死《し》ぬ際《きは》に云《い》ふを恐《おそ》るる火《ひ》の地獄《ぢごく》より

2303 [初]「歌劇」大7・8・15武庫川の夕—与謝野晶子
2304 [初]「大阪毎日新聞」大7・8・16（無題）—与謝野寛
2305 [初]「大阪毎日新聞」大7・8・20（無題）—与謝野晶子
2306 [初]「大阪毎日新聞」大7・8・20（無題）—与謝野晶子
2307 [初]「大阪毎日新聞」大7・8・22（無題）—与謝野寛
2308 [初]「大阪毎日新聞」大7・8・22（無題）—与謝野寛
2309 [初]「大阪毎日新聞」大7・8・22（無題）—与謝野寛
2310 [初]「万朝報」大7・8・24（無題）—選者
2311 [初]「大阪毎日新聞」大7・8・25（無題）—与謝野晶子

2312 この頃《ごろ》の初秋《はつあき》のかぜ朝《あさな》夕《ゆうな》心《こゝろ》にものの足《た》らぬ身《み》を吹《ふ》く

2313 かたはらへ白《しろ》きものをば積《つ》みに来《く》る秋風《あきかぜ》としも思《おも》ひけるかな

2314 わが心《こゝろ》いとあさましく穢《ゑ》を舐《な》むる蠅《はへ》となりつゝ離《はな》れざるかな

2315 憂《う》き事《こと》の中《なか》に淋《さび》しき忍従《にんじう》は之《これ》のみ我《われ》の独《ひと》り悟《さと》りき

2316 人採《ひとと》らで久《ひさ》しくなれば自《みづか》らも棄《す》つべきものと思《おも》ひぬるかな

2317 五間《けん》ほど後《うしろ》に野馬《やま》の息《いき》ありてせゝらぎのごと昼《ひる》の虫啼《むしな》く

2318 秋風《あきかぜ》のつめたき沓《くつ》に踏《ふま》れたる雑草《ざつそう》を見《み》てものを思《おも》ひぬ

2319 川霧《かはきり》の上《うへ》に七八つ薄《うす》く濃《こ》く藍色《あゐいろ》の山《やま》ならぶ朝《あさ》かな

2320 月《つき》の夜《よ》のあまき悲《かな》しさ限《かぎ》りなし海《うみ》の上《うへ》なる九月十月《くぐわつじふぐわつ》

2312 初「大阪毎日新聞」大７・８・25（無題）―与謝野晶子

2313 初「大阪毎日新聞」大７・８・25（無題）―与謝野晶子

2314 初「大阪毎日新聞」大７・８・27（無題）―与謝野寛

2315 初「大阪毎日新聞」大７・８・27（無題）―与謝野寛

2316 初「大阪毎日新聞」大７・８・27（無題）―与謝野寛

2317 初「大阪毎日新聞」大７・８・31（無題）―与謝野晶子

2318 初「大阪毎日新聞」大７・８・31（無題）―与謝野晶子

2319 初「大阪毎日新聞」大７・８・31（無題）―与謝野晶子

2320 初「大観」大７・９・１印度洋上の月―与謝野晶子

2321 日暮《ひくる》れば船《ふね》を淋《さび》しき水色《みづいろ》によそほふ月《つき》と思《おも》ひけるかな

2322 船《ふね》の上月《うへつき》が笑《ゑ》むとて美《うつ》くしき西班牙《スペイン》の女《ぢよ》の騒《さわ》ぐ夜《よ》となる

2323 白《しろ》き足斜《あしなゝ》めに見《み》せて月《つき》も居《ゐ》ぬ船《ふね》のサロンの長椅子《ながいす》の上《うへ》

2324 前景《ぜんけい》にセイロン島《たう》の見《み》えそめし一時《ひととき》のちに月上《つきのぼ》りきぬ

2325 紅萩《べにはぎ》にむらむらまじる白萩《しろはぎ》は日《ひ》たけて後《のち》の露《つゆ》ごこちする

2326 ここちよく物皆濡《ものみなぬ》れてよろこびぬ天《あめ》の涙《なみだ》を流《なが》す村雨《むらさめ》

2327 ももいろの夾竹桃《けふちくたう》を思《おも》はする初秋《はつあき》の夜《よ》の舞《まひ》ごろもかな

2328 青玉《せいぎよく》と白《しろ》と金色《こんじき》この中《なか》に秋《あき》のこころは涙《なみだ》ながしぬ

2329 秋風《あきかぜ》は野菊《のぎく》の咲《さ》ける草原《くさはら》も部屋《へや》の障子《さうじ》もさびしらに吹《ふ》く

2321 初「大観」大7・9・1印度洋上の月――与謝野晶子

2322 初「大観」大7・9・1印度洋上の月――与謝野晶子

2323 初「大観」大7・9・1印度洋上の月――与謝野晶子

2324 初「大観」大7・9・1印度洋上の月――与謝野晶子

2325 初「婦人画報」大7・9・1麻《あさ》の葉《は》――与謝野晶子

2326 初「婦人画報」大7・9・1麻《あさ》の葉《は》――与謝野晶子

2327 初「婦人画報」大7・9・1麻《あさ》の葉《は》――与謝野晶子

2328 初「婦人画報」大7・9・1麻《あさ》の葉《は》――与謝野晶子

2329 初「婦人画報」大7・9・1麻《あさ》の葉《は》――与謝野晶子

2330 花《はな》よりもめでたく燐《りん》の光《ひか》るなり十日陸見ぬ旅人《びと》のため

2331 つと入れば船《ふね》の浴槽《ゆぶね》に大海の燐の虫居て光る悲《かな》しさ

2332 いたりあの尼君《あまぎみ》出《い》でゝ大船の欄干《てすり》に倚れり燐光《ひか》る時《とき》

2333 燐の火のいみじく光《ひか》りはてもなく砂金《しやきん》受けたる天竺《てんじく》の海《うみ》

2334 ふらんすの光の街《まち》を思《おも》ふ人《ひと》船の窓より燐の虫見《み》る

2335 何《なん》となく歎《なげ》き合《あ》ふ夢見《ゆめみ》つるのちその人来《ひとく》れば涙《なみだ》こぼれぬ

2336 思《おも》ふこと秋風《あきかぜ》のごと心地《こゝち》よく人《ひと》に示《しめ》さばうれしからまし

2337 友《とも》は云《い》ふまことの恋《こひ》のある如《ごと》く身《み》を守《まも》るこそはかなかりけれ

2338 何《なに》にかも主《しゆ》と仕《つか》ふるや骸骨《がいこつ》の常《つね》に睨《にら》める目《め》にぞ仕《つか》ふる

2330 初「夢の世界」大７・９・１光―選者
2331 初「夢の世界」大７・９・１光―選者
2332 初「夢の世界」大７・９・１光―選者
2333 初「夢の世界」大７・９・１光―選者
2334 初「夢の世界」大７・９・１光―選者
2335 初「大阪毎日新聞」大７・９・４（無題）―与謝野晶子
2336 初「大阪毎日新聞」大７・９・４（無題）―与謝野晶子
2337 初「大阪毎日新聞」大７・９・４（無題）―与謝野晶子
2338 初「大阪毎日新聞」大７・９・６（無題）―与謝野寛

2339
素直《すなほ》には養《やしな》ひ難《がた》き枝《えだ》ぞかし荒《あら》き巌間《いはま》に生《を》ひし醜《みにく》さ

2340
妻《つま》と子《こ》を置《お》きて死《し》ぬ日《ひ》に似《に》たるかな祈《いの》るは唯《たゞ》に妻《つま》と子《こ》の為《ため》

2341
陶器《すえもの》の中《なか》に置《お》かれてある如《ごと》き味気《あぢき》なき夜《よ》のつづく初秋《はつあき》

2342
秋《あき》の空夜《そらよ》はいなづまを投《な》げうちぬ物狂《ものくる》ほしき恋《こひ》の如《ごと》くに

2343
灰色《はひいろ》に砂《すな》の起《おこ》るを悲《かな》しみぬ倦《う》める人《ひと》には風《かぜ》もつらきか

2344
香《かを》る木《き》も用《よう》の無《な》き木《き》も夜《よ》となれば一つの影《かげ》に合《あ》はされて行《ゆ》く

2345
一切《さい》を臆病《おくべう》の身《み》は否《いな》みけり小《ち》さき我《われ》を常《つね》に閉《と》ぢつゝ

2346
秋風《あきかぜ》に身《み》もこぼたるる心地《こゝち》しぬ外《そと》よりとなく内《うち》よりとなく

2347
大《おほ》きなる空《そら》に居《ゐ》てさへ霧《きり》などは流《なが》れもあへず物《もの》をこそ思《おも》へ

2339 (初)「大阪毎日新聞」大7・9・6（無題）―与謝野寛
2340 (初)「大阪毎日新聞」大7・9・6（無題）―与謝野寛
2341 (初)「大阪毎日新聞」大7・9・9（無題）―与謝野晶子
2342 (初)「大阪毎日新聞」大7・9・9（無題）―与謝野晶子
2343 (初)「大阪毎日新聞」大7・9・15（無題）―与謝野寛
2344 (初)「大阪毎日新聞」大7・9・15（無題）―与謝野寛
2345 (初)「大阪毎日新聞」大7・9・15（無題）―与謝野寛
2346 (初)「大阪毎日新聞」大7・9・18（無題）―与謝野晶子
2347 (初)「大阪毎日新聞」大7・9・18（無題）―与謝野晶子

2348
天地《あめつち》のいとよきものを自《みづか》らの物《もの》と定《さだ》めていまだ得《え》ぬ時《とき》

2349
刑罰《けいばつ》の等《ひと》しき如《ごと》くことごとく秋《あき》の花草《はなくさ》おとろへて行《ゆ》く

2350
わが前《まへ》に一片《ひら》の紙灰色《かみはひいろ》に展《の》ぶと見《み》ゆるは世《よ》にぞありける

2351
自《みづか》らを人《ひと》に示《しめ》さぬ卑怯《ひけう》さよはた醜《みに》くさよはた淋《さび》しさよ

2352
我《われ》に告《つ》ぐ自《みづか》ら詫《わ》ぶな醜《みに》くさは死《し》の救《すく》ひゆゑやがて止《や》まんぞ

2353
自《みづか》らを毀《こぼ》たんとして躊躇《ためら》ひぬ生《い》ける屍《かばね》は死《し》より醜《みにく》し

2354
ふさはしや無為《むゐ》の身《み》なれば無為《むゐ》に置《お》く灰《はひ》の身《み》なれば灰《はひ》に抛《なげう》つ

2355
やうやくに争《あらそ》ふ日《ひ》にも争《あらそ》はず寒《さむ》き涙《なみだ》を身《み》より流《なが》しぬ

2356
水色の煙のみ噴《ふ》く山なりと嘲笑ふなりみづからのこと

2348 初「大阪毎日新聞」大７・９・18（無題）―与謝野晶子

2349 初「万朝報」大７・９・21（無題）―選者

2350 初「大阪毎日新聞」大７・９・23（無題）―与謝野寛

2351 初「大阪毎日新聞」大７・９・23（無題）―与謝野寛

2352 初「大阪毎日新聞」大７・９・23（無題）―与謝野寛

2353 初「大阪毎日新聞」大７・９・25（無題）―与謝野寛

2354 初「大阪毎日新聞」大７・９・25（無題）―与謝野寛

2355 初「大阪毎日新聞」大７・９・25（無題）―与謝野寛

2356 初「中外」大７・10・１工人―与謝野晶子

2357 一人居て思ひ沈めば何となき秋の黄なる日心をば焼く

2358 秋風は吹きもまよへど地に一つ穴もえあけずあさましきかな

2359 芙蓉おつ錆びたる針のここちするわびしき雨の降れるたそがれ

2360 心をば動きも止まぬものとなしもの云ふ時は哀れなりけり

2361 いと若き風流《みやび》男達《をたち》をかぞへ居ぬ都の中のいとど鈴虫

2362 もの来りかき載せやがて走せ出でぬわが見る所かくて異る

2363 楽しき日悲しきことの極りに似ると思ひきつゆも似ぬかな

2364 さまあしき衣を着たればただわれの肩をのみ吹く秋の夕風

2365 はなだなる袷着たれどわが木立早く葉おちぬ感ずる如く

2357 初「中外」大7・10・1工人―与謝野晶子

2358 初「中外」大7・10・1工人―与謝野晶子

2359 初「中外」大7・10・1工人―与謝野晶子

2360 初「中外」大7・10・1工人―与謝野晶子

2361 初「中外」大7・10・1工人―与謝野晶子

2362 初「中外」大7・10・1工人―与謝野晶子

2363 初「中外」大7・10・1工人―与謝野晶子

2364 初「中外」大7・10・1工人―与謝野晶子

2365 初「中外」大7・10・1工人―与謝野晶子

2366 何と云ふさかひに進み来し日ぞとしづかに君はとひ給ふかな

2367 輪の半《なかば》われをめぐれど輪の半《なかば》ありかも知らぬ歎きをぞする

2368 いつしかと心おごりてなす業か淋しきまゝになすわざかこれ

2369 皆人は怪しまねどもこのところ地上《ちじやう》ならんや百尺の地下《ちか》

2370 堀割のくろき流に流ぞ立つ心と云へるものに似るかな

2371 虫の声潮のごとく身をめぐる夜は大海の魚かとぞ思ふ

2372 加茂川の松の堤を五町ほどゆきもどりして忘られぬこと

2373 君《きみ》と居《ゐ》て秋《あき》かぜよりも寒《さむ》きもの数《かぞ》へうるこそわりなかりけれ

2374 眺《なが》むればこひしなど云《い》ふ細《ほそ》き文字《もじ》現《あらは》れて消《き》ゆ秋風《あきかぜ》のそら

2366 初「中外」大7・10・1工人―与謝野晶子

2367 初「中外」大7・10・1工人―与謝野晶子

2368 初「中外」大7・10・1工人―与謝野晶子

2369 初「中外」大7・10・1工人―与謝野晶子

2370 (3)流ぞ立つ（ママ）
初「中外」大7・10・1工人―与謝野晶子

2371 初「中外」大7・10・1工人―与謝野晶子

2372 初「中外」大7・10・1工人―与謝野晶子

2373 初「婦人画報」大7・10・1かくれが―与謝野晶子

2374 初「婦人画報」大7・10・1かくれが―与謝野晶子

2375 秋《あき》の空野分《そらのわき》がしたる悪行《あくぎやう》のあとにはらはら村雨《むらさめ》ぞ降《ふ》る

2376 まぼろしに向《むか》へる人《ひと》がいつまでもわれを放《はな》たぬわりなき日《ひ》かな

2377 天雲《あまぐも》と人《ひと》のこころを混《ま》ぜ合《あは》す魔法《まはふ》づかひの秋《あき》の夕風《ゆふかぜ》

2378 風来《かぜきた》り萩《はぎ》薄《すゝき》など押分《おしわ》くるさまに衣《ころも》をもてあそぶ時《とき》

2379 わが心《こゝろ》半《なかば》をどりてその後《のち》の静《しづ》かになると似《に》たる空《そら》かな

2380 秋《あき》の雨墓《あめはか》の中《なか》にしある如《ごと》くはるかにものの恋《こひ》しかりけり

2381 屋《や》の中《なか》の広室《ひろま》などにも来《き》て泣《な》きぬ秋風《あきかぜ》と云《い》ふ真白《ましろ》なる鬼《おに》

2382 秋《あき》の霧深《きりふか》き所《ところ》にわが思《おも》ひ真白《ましろ》き花《はな》となりて散《ち》るらし

2383 高名《かうみやう》のたわやめなれど秋《あき》くれば旅人《たびびと》に似《に》る涙《なみだ》ぞ下《くだ》る。

2375 初「婦人画報」大7・10・1かくれが―与謝野晶子
2376 初「婦人画報」大7・10・1かくれが―与謝野晶子
2377 初「婦人画報」大7・10・1かくれが―与謝野晶子
2378 初「婦人画報」大7・10・1かくれが―与謝野晶子
2379 初「婦人画報」大7・10・1かくれが―与謝野晶子
2380 初「婦人画報」大7・10・1かくれが―与謝野晶子
2381 初「婦人画報」大7・10・1かくれが―与謝野晶子
2382 初「婦人画報」大7・10・1かくれが―与謝野晶子
2383 初「夢の世界」大7・10・1名―与謝野晶子

2384 蘆《あし》の根《ね》に夕《ゆふべ》の雲《くも》のまつはると浜名《はまな》の湖《うみ》を眺《なが》めけるかな

2385 海《うみ》に来《き》て海草《うみくさ》の名《な》を七《なゝ》つ八《や》つ覚《おぼ》えしころの淋《さび》しきこゝろ

2386 心《こゝろ》にも名香《めいかう》を焚《た》き秋《あき》と云《い》ふいみじき時《とき》をかしこむわれは

2387 わが名《な》よりまた尊《たふと》きを知《し》らぬもの相《あひ》も向《むか》へり薔薇《さうび》とわれと

2388 こざかしく慣《な》れて物《もの》言《い》ふ籠《かご》の鳥《とり》わが好《す》かぬをも人《ひと》愛《め》でにけり

2389 かよわなる魂《たましひ》なれど呼《よ》ばはりぬ悲《かな》しみを経《へ》て少《すこ》し目《め》あくと

2390 身《み》を曲《ま》げて窓《まど》をのぞけば初秋《はつあき》の明眸《めいぼう》ありぬ空《そら》のあなたに

2391 休《やす》みなく火《ひ》の恋《こひ》をしてある事《こと》を己《おの》れに求《もと》む天《てん》地《ち》に求《もと》む

2392 めでたくもこの宴《うたげ》より君達《きみたち》の長《なが》五《い》百《ほ》秋《あき》は初《はじ》まりにけり

2384 初「夢の世界」大7・10・1名―与謝野晶子

2385 初「夢の世界」大7・10・1名―与謝野晶子

2386 初「夢の世界」大7・10・1名―与謝野晶子

2387 初「夢の世界」大7・10・1名―与謝野晶子

2388 初「大阪毎日新聞」大7・10・2（無題）―与謝野寛

2389 初「大阪毎日新聞」大7・10・2（無題）―与謝野寛

2390 初「大阪毎日新聞」大7・10・5（無題）―与謝野晶子

2391 初「万朝報」大7・10・5（無題）―選者

2392 初「大阪毎日新聞」大7・10・7（無題）―与謝野寛

2393
美《うつく》しき二つの命《いのち》いみじくも妹脊《いもせ》と呼《よ》びて逢《あ》ひにけるかな

2394
大空《おほぞら》も瑠璃《るり》の帷《とばり》を展《の》べにけりわかき妹脊《いもせ》の第《だい》一の宵《よひ》

2395
今日《けふ》の後淋《のちさび》しく居《ゐ》よと呪《のろ》はれて紫苑《しおん》の花《はな》は伸《の》びぬすくすく

2396
雲《くも》うごく空《そら》も木草《きぐさ》も人《ひと》の子《こ》も同《おな》じことをば思《おも》へる夕《ゆふべ》

2397
秋《あき》と云《い》ふ白《しろ》き川《かは》をば流《なが》れ行《ゆ》く舟《ふね》の一つにおのれあるかな

2398
何《なに》ごとかものを言《い》はむと立《た》てるなり霧《きり》の中《なか》なる竹橋《たけばし》の門《もん》

2399
わが心春《こゝろはる》は天飛《てんと》び秋《あき》の日《ひ》は大《おほ》わたつみのしら波《なみ》に乗《の》る

2400
仄《ほの》かにも草《くさ》の葉《は》の鳴《な》る枕《まくら》して秋《あき》は思《おも》ひぬそのかみのこと

2401
をりをりに蛾《が》の羽叩《はたゝ》きの音《おと》おこる部屋《へや》の隅《すみ》など哀《あは》れなりけり

2393 (初)「大阪毎日新聞」大7・10・7（無題）—与謝野寛
2394 (初)「大阪毎日新聞」大7・10・7（無題）—与謝野寛
2395 (初)「大阪毎日新聞」大7・10・14（無題）—与謝野晶子
2396 (初)「大阪毎日新聞」大7・10・14（無題）—与謝野晶子
2397 (初)「大阪毎日新聞」大7・10・14（無題）—与謝野晶子
2398 (初)「万朝報」大7・10・19（無題）—選者
2399 (初)「大阪毎日新聞」大7・10・28（無題）—与謝野晶子
2400 (初)「大阪毎日新聞」大7・10・28（無題）—与謝野晶子
2401 (初)「大阪毎日新聞」大7・10・28（無題）—与謝野晶子

2402
手《て》ふれたる机《つくゑ》の端《はし》が自《みづか》らの唇《くちびる》のごと冷《つめ》たかりけれ

2403
唯《た》だ一人《ひとり》秋《あき》の初《はじ》めの青玉《せいぎよく》の空《そら》をほと見《み》るよき疲《つか》れかな

2404
汽船《きせん》など哀《あは》れなりける港《みなと》など霧《きり》の降《ふ》る日《ひ》はまぼろしに見《み》ゆ

2405
浅間山雷鳥《あさまやまらいてう》の羽《は》の如《ごと》くにも初雪《はつゆき》したり紅葉《もみぢ》の上《うへ》に

2406
利根川《とねがは》の岸《きし》の桜《さくら》の落葉《おちば》踏《ふ》む女《をんな》まじりの七八人《なゝやたり》かな

2407
プラタンはわが心《こゝろ》ほど青《あを》ければすでに半《なかば》の葉《は》を落《おと》しけり

2408
自《みづか》らのむすぼほれたる心《こゝろ》より散《ち》るかと思《おも》ふ黄《き》の銀杏《いてふ》かな

2409
ほのかなる思《おも》ひ外《ほか》より届《とゞ》き来《き》て心《こゝろ》めでたく夕《ゆふ》ぐれを愛《め》づ

2410
大空《おほぞら》の雲《くも》の中《なか》にて咲《さ》きぬべき白《しろ》き菊《きく》とも思《おも》ひけるかな

2402 初「大阪毎日新聞」大7・10・29（無題）―与謝野晶子

2403 初「大阪毎日新聞」大7・10・29（無題）―与謝野晶子

2404 初「大阪毎日新聞」大7・10・29（無題）―与謝野晶子

2405 初「婦人画報」大7・11・1秋《あき》の終《をは》りに―与謝野晶子

2406 初「婦人画報」大7・11・1秋《あき》の終《をは》りに―与謝野晶子

2407 初「婦人画報」大7・11・1秋《あき》の終《をは》りに―与謝野晶子

2408 初「婦人画報」大7・11・1秋《あき》の終《をは》りに―与謝野晶子

2409 初「婦人画報」大7・11・1秋《あき》の終《をは》りに―与謝野晶子

2410 初「婦人画報」大7・11・1秋《あき》の終《をは》りに―与謝野晶子

2411 秋《あき》の朝《あさ》わづらふ思《おも》ひ一《ひと》つをば白《しろ》き笠《かさ》被《き》せ遠《とほ》きに放《はな》つ

2412 嵐山《あらしやま》わがまぼろしに描《か》きなれし橋《はし》のもとにも紅葉《もみぢ》ちりしく

2413 夕《ゆふ》ぐれにうちも並《なら》びぬいと白《しろ》くめでたき菊《きく》とはかなき人《ひと》と

2414 深山《みやま》よりわれの心《こゝろ》に転《まろ》びてし円《まろ》き小《ちひ》さき秋《あき》と云《い》ふ石《いし》

2415 角吹《かくふ》くや十一月《ぐわつ》の山里《やまさと》の霧《きり》の中《なか》をば通《かよ》ひ来《く》る馬車《ばしや》

2416 いみじくも金《きん》の翅《はね》する公孫樹《こうそんじゆ》そを仰《あふ》ぎつつ海《うみ》の音《おと》聞《き》く

2417 菊《きく》の影《かげ》霜《しも》の上《うへ》にも鮮《あざや》かに置《お》かれし園《その》の朝月夜《あさづくよ》かな

2418 白《しろ》き菊波《きくなみ》がしらほど乱《みだ》れ咲《さ》く神無月《かみなづき》来《き》ぬ君《きみ》とわが家《いへ》

2419 自《みづか》らの上《うへ》と忘《わす》れて思《おも》ふ時《とき》いと哀《あは》れなることの筋《すぢ》かな

2411 初『婦人画報』大7・11・1秋《あき》の終《をは》りに―
与謝野晶子

2412 初『婦人画報』大7・11・1秋《あき》の終《をは》りに―
与謝野晶子

2413 初『婦人画報』大7・11・1秋《あき》の終《をは》りに―
与謝野晶子

2414 初『婦人画報』大7・11・1秋《あき》の終《をは》りに―
与謝野晶子

2415 初『婦人画報』大7・11・1秋《あき》の終《をは》りに―
与謝野晶子

2416 初『婦人画報』大7・11・1秋《あき》の終《をは》りに―
与謝野晶子

2417 初『婦人画報』大7・11・1秋《あき》の終《をは》りに―
与謝野晶子

2418 初『婦人画報』大7・11・1秋《あき》の終《をは》りに―
与謝野晶子

2419 初『婦人画報』大7・11・1秋《あき》の終《をは》りに―
与謝野晶子

2420 自《みづか》らを水《みづ》の中《なか》なるしら玉《たま》と思《おも》ひ給《たま》へるかなしき人《ひと》よ

2421 宝玉《ほうぎよく》の中《なか》また恋《こひ》の火《ひ》の中《なか》にあらばふさはむいみじかりけん

2422 美《うつ》くしき話《はなし》なれども身《み》に沁《し》まずかの玉売《たまうり》のたぐひと思《おも》ひぬ

2423 わがたとへ玉《たま》と聞《き》くさへあさましき貶《いやし》め言《いふ》と憎《にく》みけるかな

2424 一人居《ひとりゐ》て心《こゝろ》の洞《ほら》に鳴《な》る水《みづ》のある時《とき》おつる涙《なみだ》なりけり

2425 友去《ともさ》りぬ我《われ》を離《はな》れぬ此《こ》の事《こと》は悲《かな》しけれども我《われ》にもとづく

2426 風《かぜ》なくて木《こ》の葉《は》真直《ますぐ》に降《くだ》るなり芝居《しばゐ》に似《に》たる紫《むらさき》の月《つき》

2427 一《ひと》しきり悲《かな》しみて散《ち》る木《こ》の葉《は》あり死《し》の色《いろ》の月《つき》しろく照《てら》せば

2428 形《かたち》などもてるものとも打《う》ち忘《わす》れ天《あめ》をわれとし遊《あそ》ぶ秋《あき》の日《ひ》

2420 初「夢の世界」大7・11・1玉—与謝野晶子

2421 初「夢の世界」大7・11・1玉—与謝野晶子

2422 初「夢の世界」大7・11・1玉—与謝野晶子

2423 初「夢の世界」大7・11・1玉—与謝野晶子

2424 初「大阪毎日新聞」大7・11・9（無題）—与謝野晶子

2425 初「大阪毎日新聞」大7・11・14（無題）—与謝野寛

2426 初「大阪毎日新聞」大7・11・14（無題）—与謝野寛

2427 初「大阪毎日新聞」大7・11・14（無題）—与謝野寛

2428 初「大阪毎日新聞」大7・11・20（無題）—与謝野晶子

2429 むくつけき面《おもて》はもてどしみじみと物《もの》を思《おも》へる月《つき》の夜《よ》の雲《くも》

2430 自《みづか》らの涙《なみだ》の音《おと》を聞《き》くごとくそぞろになりぬこほろぎ啼《な》けば

2431 大船《おほふね》の白《しろ》きが一つ沖《おき》を行《ゆ》くそれに集《あつま》る秋《あき》の夕焼《ゆふやけ》

2432 磨《す》れる朱《しゆ》の乾《かは》くが如《ごと》し白粉《おしろい》の剝《は》ぐるが如《ごと》し恋《こひ》の其後《そののち》

2433 曇《くも》りたる空《そら》の下《した》ゆく秋《あき》の川《かは》わが愁《うれひ》より流《なが》れたるかな

2434 わが机森《つくえもり》の道《みち》かとふと思《おも》ふ涙《なみだ》つめたく零《こぼ》れけるのち

2435 赤土《あかつち》のくづれて落《お》つるあさましき切崖《きりぎし》などの見《み》ゆる雨《あめ》かな

2436 君《きみ》ならぬ君《きみ》の心《こゝろ》に生《うま》れけんその初《はじ》めこそ悲《かな》しかりけれ

2437 行《ゆ》く秋《あき》の長雨《ながあめ》晴《は》れし三日四日《みかよか》の後《のち》に咲《さ》きたり君《きみ》に似《に》る菊《きく》

2429 (初)「大阪毎日新聞」大7・11・20（無題）―与謝野晶子

2430 (初)「大阪毎日新聞」大7・11・20（無題）―与謝野晶子

2431 (初)「大阪毎日新聞」大7・11・25（無題）―与謝野寛

2432 (初)「大阪毎日新聞」大7・11・25（無題）―与謝野寛(再)「太陽」大8・1・1

2433 (初)「大阪毎日新聞」大7・11・25（無題）―与謝野寛

2434 (初)「大阪毎日新聞」大7・11・29（無題）―与謝野晶子

2435 (初)「大阪毎日新聞」大7・11・29（無題）―与謝野晶子

2436 (初)「婦人画報」大7・12・1霜枯《しもがれ》―与謝野晶子

2437 (初)「婦人画報」大7・12・1霜枯《しもがれ》―与謝野晶子

2438 草枯《くさか》るる香《か》の通《かよ》ひ来《く》る暮方《くれがた》の秋《あき》の心《こゝろ》を書斎《しよさい》に置《お》くも

2439 あでやかに薄《うす》く黄《き》ばみて仄《ほの》かなる木犀《もくせい》の香《か》を散《ち》らす夕月《ゆふづき》

2440 七八日《なゝやうか》秋《あき》の終《をは》りに病《やまひ》して身《み》も霜枯《しもがれ》の草《くさ》かとぞおもふ

2441 滅《ほろ》び行《ゆ》く屋根草《やねぐさ》またはかづらなど哀《あは》れなりけり霜《しも》がれの来《き》て

2442 言葉《ことば》こそ三月尽《さんぐわつじん》に似《に》たれども秋《あき》の終《をは》りは喪《も》にひとしけれ

2443 園《その》のうち熱《ねつ》に頰染《ほそ》めて白菊《しらぎく》のあてに病《や》みたりわれも病《や》む日《ひ》に

2444 龍胆《りんだう》は萼《がく》まづ霜《しも》におびえつつ花咲《はなさ》かしめず玉虫《たまむし》に似《に》る

2445 あるが中《なか》の宝《たから》の王《わう》の心地《こゝち》する梅《うめ》もどきこそめでたかりけれ

2446 幸《さいはひ》の小《せう》なるもの丶去《さ》りぬとて破《やぶ》れし恋《こひ》も時《とき》になげかる

2438 初「婦人画報」大7・12・1霜枯《しもがれ》―与謝野晶子

2439 初「婦人画報」大7・12・1霜枯《しもがれ》―与謝野晶子

2440 初「婦人画報」大7・12・1霜枯《しもがれ》―与謝野晶子

2441 初「婦人画報」大7・12・1霜枯《しもがれ》―与謝野晶子

2442 初「婦人画報」大7・12・1霜枯《しもがれ》―与謝野晶子

2443 初「婦人画報」大7・12・1霜枯《しもがれ》―与謝野晶子

2444 初「婦人画報」大7・12・1霜枯《しもがれ》―与謝野晶子

2445 初「婦人画報」大7・12・1霜枯《しもがれ》―与謝野晶子

2446 初「夢の世界」大7・12・1幸―与謝野晶子

2447 いつの日《ひ》かめでたき幸《さち》をもつ人《ひと》とき丶し心地《こゝち》す身《み》のほとりにて

2448 幸《さいはひ》も禍《わざはひ》もなき真白《ましろ》なる冬《ふゆ》の世界《せかい》に今《いま》はいりゆく

2449 大声《おほごゑ》に歌《うた》ひし男《をとこ》桟橋《さんばし》を行《ゆ》き尽《つく》しつ丶行方《ゆくへ》知《し》らずも

2450 あはれにもさと秋風《あきかぜ》にはためきぬ前《まへ》の運河《うんが》の小《ちさ》き蓆帆《むしろぼ》

2451 空寝《そらね》して事《こと》の様子《ようす》をしばし見《み》ん彼《かれ》の怒《いか》るは愛《あい》か憎《にく》みか

2452 君《きみ》と云《い》ふ太陽《たいよう》一つあらはれて隈《くま》なくなりぬ我《われ》の心《こゝろ》は

2453 街《まち》に出《い》づ我《われ》が本能《ほんのう》を売《う》らんため野《の》に出《い》づ天《てん》を侮《あなど》らんため

2454 新《あたら》しく険《けは》しき路《みち》を行《ゆ》く人《ひと》の日《ひ》にのみ見《み》ゆる美《うつく》しき空《そら》

2455 そぞろにも人《ひと》の匂《にほ》ひを立《た》つるなり日《ひ》の暮方《くれがた》のうすいろの菊《きく》

2447 (初)「夢の世界」大7・12・1幸—与謝野晶子

2448 (初)「夢の世界」大7・12・1幸—与謝野晶子

2449 (初)「大阪毎日新聞」大7・12・6(無題)—与謝野寛(再)「太陽」大8・1・1

2450 (初)「大阪毎日新聞」大7・12・6(無題)—与謝野寛

2451 (初)「大阪毎日新聞」大7・12・6(無題)—与謝野寛(再)「太陽」大8・2・1

2452 (初)「大阪毎日新聞」大7・12・8(無題)—与謝野寛

2453 (初)「大阪毎日新聞」大7・12・8(無題)—与謝野寛(再)「太陽」大8・1・1

2454 (初)「大阪毎日新聞」大7・12・8(無題)—与謝野寛

2455 (初)「大阪毎日新聞」大7・12・9(無題)—与謝野晶子

2456 岩踏《いはふ》みて湯《ゆ》に下《くだ》る時菊《ときぎく》の香《か》のほのかに立《たち》し山《やま》を思《おも》ひぬ

2457 月《つき》かげに自《みづか》らの身《み》の光《ひか》るごと銀杏《いてふ》の黄《き》をばよろこびぬわれ

2458 新《あたら》しき興奮《こうふん》の時大鳥《ときおほとり》の羽《は》ばたきをする我《わ》が歌《うた》の時《とき》

2459 一切《さい》の衆生《しゆぜう》の外《ほか》を思《おも》はずと釈迦《しやか》の大《おほ》うそ君《きみ》も吐《つ》く虚言《うそ》

2460 わが窓《まど》の下《した》より出《い》でて野《の》の方《ほう》へ一《ひと》すぢ黄《き》なる秋《あき》の路《みち》かな

2461 身《み》を踏《ふ》みし猛《たけ》き獣《けもの》のいにたりと智恵《ちゑ》の目上《めあ》ぐる日《ひ》もありぬべし

2462 のどかにもなりぬと思《おも》ひある刹那《せつな》危《あやふ》さまさる心《こゝろ》と歎《なげ》く

2463 柿《かき》の葉《は》は茜《あかね》の色《いろ》の音立《おとた》てて夜《よ》もはなやかに散《ち》りぞ零《こぼ》るる

2464 長《なが》く曳《ひ》く塔《とう》の影《かげ》にもうなだれぬ秋《あき》の入日《いりひ》を歎《なげ》く旅人《たびびと》

2456 （初）「大阪毎日新聞」大７・12・９（無題）―与謝野晶子

2457 （初）「大阪毎日新聞」大７・12・９（無題）―与謝野晶子

2458 （初）「大阪毎日新聞」大７・12・13（無題）―与謝野寛（再）「太陽」大８・１・１

2459 （初）「大阪毎日新聞」大７・12・13（無題）―与謝野寛

2460 （初）「大阪毎日新聞」大７・12・13（無題）―与謝野寛

2461 （初）「大阪毎日新聞」大７・12・19（無題）―与謝野晶子

2462 （初）「大阪毎日新聞」大７・12・19（無題）―与謝野晶子

2463 （初）「大阪毎日新聞」大７・12・21（無題）―与謝野晶子

2464 （初）「大阪毎日新聞」大７・12・23（無題）―与謝野寛

2465 わが恋《こひ》は人《ひと》の譬《たと》へて言《い》はねども四季《き》さく薔薇《ばら》の花《はな》にこそあれ

2466 微笑《ほゝゑ》める目《め》に涙《なみだ》して我《わ》れ行《ゆ》きぬ今見《いまみ》る夢《ゆめ》の美《うつく》しきかな

2467 わが心円《こゝろまど》かに過《す》ぐと旅《たび》に出《い》で家《いへ》をはるかに思《おも》ひなどする

2468 太宰府《だざいふ》の刈田水城《かりたみづき》のあたりなる刈田《かりた》わが目《め》に淋《さび》しき刈田《かりた》

2465 初「大阪毎日新聞」大7・12・23（無題）―与謝野寛

2466 初「大阪毎日新聞」大7・12・23（無題）―与謝野寛

2467 初「大阪毎日新聞」大7・12・25（無題）―与謝野晶子

2468 初「大阪毎日新聞」大7・12・25（無題）―与謝野晶子

大正八年（一九一九）

2469 かの鳥《とり》も嬉《うれ》しきことの有《あ》るたびに全身《ぜんしん》をもて大空《おほぞら》に書《か》く

2470 雨《あめ》ふりて冬《ふゆ》より春《はる》に移《うつ》るかな空《そら》も涙《なみだ》に改《あらた》まるらん

2471 熱《あつ》き頬《ほ》を薔薇《ばら》に埋《うづ》めて思《おも》ふなり君《きみ》と花《はな》との中《なか》に生《い》きんと

2472 阿蘇《あそ》に来《き》て万年《ばんねん》の火《ひ》を借《か》らんとす更《さら》に命《いのち》を鍛《きた》へんがため

2473 大《おほ》いなる山《やま》の心《こゝろ》のかしこさに阿蘇《あそ》の宮路《みやぢ》をうなだれて行《ゆ》く

2474 阿蘇《あそ》の湯《ゆ》に今日《けふ》あそべるは人《ひと》ならず旅《たび》を喜《よろこ》ぶしら鳥《とり》の群《むれ》

2475 阿蘇《あそ》の馬車《ばしや》下《お》ろせる幕《まく》の冬《ふゆ》の日《ひ》に赤《あか》く光《ひか》るも快《こゝろよ》きかな

2469 初「太陽」大８・１・１折々の歌―与謝野寛

2470 初「太陽」大８・１・１折々の歌―与謝野寛

2471 初「太陽」大８・１・１折々の歌―与謝野寛 再「東京日日新聞」大８・１・２「大阪毎日新聞」大８・１・６

2472 初「太陽」大８・１・１折々の歌―与謝野寛

2473 初「太陽」大８・１・１折々の歌―与謝野寛

2474 初「太陽」大８・１・１折々の歌―与謝野寛

2475 初「太陽」大８・１・１折々の歌―与謝野寛

2476 旅《たび》に逢《あ》ひてひと夜歌《ようた》よむ事《こと》によりこの四五人《にん》や忘《わす》れかぬらん

2477 杉立《すぎた》ちぬ魔法《まはふ》のころも黒《くろ》きをば被《かづ》きて人《ひと》を呼《よ》ぶけしきかな

2478 砂丘《しやきう》をば上《のぼ》りつめたる一刹那桔梗《いつせつなききやう》の色《いろ》す玄海《げんかい》の青《あを》

2479 君《きみ》も持《も》つ我《われ》も猶持《なほも》つ阿蘇《あそ》に来《き》て火《ひ》さへ踏《ふ》まんと思《おも》ふ心《こゝろ》を

2480 旅《たび》にして青《あを》き涙《なみだ》の流《なが》るなり筑紫《つくし》の海《うみ》や我《われ》を染《そ》めけん

2481 果樹園《くわじゆゑん》の枝《えだ》に懸《かゝ》れる渋紙《しぶがみ》もゆらげば悲《かな》し残《のこ》る葉《は》に似《に》て

2482 燃《も》えさかる内《うち》のちからを堪《こら》へかね愚《おろ》かになりて太陽《たいやう》を呼《よ》ぶ

[2483] めでたかる春《はる》の初《はじ》めの空見《そらみ》ればまづ青雲《あをぐも》に紅椿《べにつばき》咲《さ》く

[2484] 青《あを》き山春《やまはる》の四月《よつき》を見透《みとほ》せる明眸《めいぼう》としもおもはるゝかな

2476 [初]「太陽」大8・1・1折々の歌―与謝野寛

2477 [初]「太陽」大8・1・1折々の歌―与謝野寛

2478 [初]「太陽」大8・1・1折々の歌―与謝野寛

2479 [初]「太陽」大8・1・1折々の歌―与謝野寛

2480 [初]「太陽」大8・1・1折々の歌―与謝野寛 [再]「大阪毎日新聞」大9・9・24

2481 [初]「太陽」大8・1・1折々の歌―与謝野寛

2482 [初]「太陽」大8・1・1折々の歌―与謝野寛

2483 [初]「婦人画報」大8・1・1青陽集《せいやうしう》―与謝野晶子

2484 [初]「婦人画報」大8・1・1青陽集《せいやうしう》―与謝野晶子

2485 旅《たび》をして君《きみ》と見《み》るなり仄《ほの》かなる梅花《ばいくわ》に似《に》たる初春《はつはる》の月《つき》

2486 大海《おほうみ》の清《きよ》らなること限《かぎ》りなし春《はる》の初《はじ》めの天《あま》つ日《ひ》のもと

2487 白椿《しろつばき》雪《ゆき》の隠《かく》れてあるごとし春《はる》の初《はじ》めの人《ひと》を見《み》むとて

2488 はしけやし春《はる》の大神《おほがみ》いつくとて今日《けふ》ぞわれ振《ふ》るもゝ色《いろ》の幣《ぬさ》

2489 なほ今日《けふ》も春《はる》にふさふと思《おも》ふ身《み》は花《はな》のころもす君《きみ》がかたへに

2490 梅花《ばいくわ》などうす白《じろ》く立《た》つ心地《こゝち》して鏡《かゞみ》のかげの哀《あは》れなる春《はる》

2491 家《いへ》の者《もの》春《はる》はひとしく願《ねが》ふなり人《ひと》の幸《さいは》ひわれの幸《さいは》ひ

2492 いつしかと白《しろ》き翅《つばさ》を負《お》ふ如《ごと》き春《はる》の人《ひと》ともなりにけるかな

2493 酒蔵《さかぐら》に樽《たる》をたゝける音《おと》立《た》てばちるやと思《おも》ふ春《はる》のうす雲《ぐも》

2485 初「婦人画報」大8・1・1青陽集《せいやうしふ》—与謝野晶子

2486 初「婦人画報」大8・1・1青陽集《せいやうしふ》—与謝野晶子

2487 初「婦人画報」大8・1・1青陽集《せいやうしふ》—与謝野晶子

2488 初「婦人画報」大8・1・1青陽集《せいやうしふ》—与謝野晶子

2489 初「婦人画報」大8・1・1青陽集《せいやうしふ》—与謝野晶子

2490 初「婦人画報」大8・1・1青陽集《せいやうしふ》—与謝野晶子

2491 初「婦人画報」大8・1・1青陽集《せいやうしふ》—与謝野晶子

2492 初「婦人画報」大8・1・1青陽集《せいやうしふ》—与謝野晶子

2493 初「婦人画報」大8・1・1青陽集《せいやうしふ》—与謝野晶子

2494 おほらかに鳴《な》りぬ鼓《つゞみ》も酒蔵《さかぐら》の木槌《きづち》の音《おと》も春《はる》になりぬと

2495 自《みづか》らをいみじと思《おも》ひはづかしとなすこと多《おほ》し春《はる》の来《きた》りて

2496 指《ゆび》なども雪《ゆき》のひまなる草《くさ》かなどいとやはらかき心地《こゝち》する頃《ころ》

2497 山々《やま〳〵》の青《あを》き髪《かみ》にしかざさるゝ雪《ゆき》くれなゐにしののめするも

2498 浄《きよ》らなる元旦《ぐわんたん》の日《ひ》にたぐへんははてなく積《つも》る野辺《のべ》の白雪《しらゆき》

2499 なつかしき初日《はつひ》の懸《かゝ》る空《そら》の端《はし》見《み》いでぬ雪《ゆき》の真白《ましろ》き上《うへ》に

2500 この年《とし》の日《ひ》の初《はじ》めとてよきことを云《い》ひいでんとす梅《うめ》も椿《つばき》も

2501 春立《はるた》ちぬよそへて祝《いは》ふ第《だい》一に見初《みそ》めし人《ひと》と第《だい》一の日《ひ》と

2502 元日《ぐわんじつ》は日《ひ》の暮《くれ》のくること早《はや》し誠《まこと》に外《よそ》の世界《せかい》なるらん

2494 初「婦人画報」大8・1・1青陽集《せいやうしう》―与謝野晶子

2495 初「婦人画報」大8・1・1青陽集《せいやうしう》―与謝野晶子

2496 初「婦人画報」大8・1・1青陽集《せいやうしう》―与謝野晶子

2497 初「婦人画報」大8・1・1青陽集《せいやうしう》―与謝野晶子

2498 初「夢の世界」大8・1・1日―選者

2499 初「夢の世界」大8・1・1日―選者

2500 初「夢の世界」大8・1・1日―選者

2501 初「夢の世界」大8・1・1日―選者

2502 初「夢の世界」大8・1・1日―選者

2503 恋《こひ》よりも春《はる》の来《きた》るはけざやかに差別《さべつ》見《み》ゆるがをかしかりけれ

2504 元日《ぐわんじつ》や春《はる》の人《ひと》ぞと云《い》ひはやす微風《そよかぜ》ありぬ一人居《ひとりゐ》たれば

2505 春《はる》の雲長安《くもてうあん》の子《こ》の如《ごと》くにも紫《むらさき》を引《ひ》くくれなゐを引《ひ》く

2506 なつかしき年賀《ねんが》の人《ひと》を君《きみ》と見《み》て春《はる》を祝《いは》はであるよしもなし

2507 目《め》の前《まへ》の春《はる》を恐《おそ》れて逃《に》げんともいまだ思《おも》はぬ我身《わがみ》なりけり

2508 この年《とし》の春《はる》の初《はじ》めに起《お》きいでて子《こ》を見《み》る心地《こゝち》何《なに》にたとへむ

2509 かたはらへ寄《よ》るかとすれば遠《とほ》く去《さ》る淋《さび》しき性《さが》の梅花《ばいくわ》のにほひ

2510 望《のぞ》むこと多《おほ》きが故《ゆゑ》に初春《はつはる》を異《ことな》ることもなきさますわれ

2511 欠《か》けたれどその幸《さいはひ》を幸《さいはひ》と知《し》るおのれゆゑ春《はる》をよろこぶ

2503 初「大阪毎日新聞」大８・１・１短歌―与謝野晶子 再「東京日日新聞」大８・１・２

2504 初「大阪毎日新聞」大８・１・１短歌―与謝野晶子 再「東京日日新聞」大８・１・２

2505 初「大阪毎日新聞」大８・１・１短歌―与謝野晶子 再「東京日日新聞」大８・１・３

2506 初「大阪毎日新聞」大８・１・１短歌―与謝野晶子 再「東京日日新聞」大８・１・３

2507 初「大阪毎日新聞」大８・１・１短歌―与謝野晶子 再「東京日日新聞」大８・１・３

2508 初「大阪毎日新聞」大８・１・１短歌―与謝野晶子 再「東京日日新聞」大８・１・３

2509 初「大阪毎日新聞」大８・１・１短歌―与謝野晶子 再「東京日日新聞」大８・１・６

2510 初「大阪毎日新聞」大８・１・１短歌―与謝野晶子 再「東京日日新聞」大８・１・６

2511 初「大阪毎日新聞」大８・１・１短歌―与謝野晶子 再「東京日日新聞」大８・１・６

[2512] 内《うち》なるも外《そと》なるものもなつかしき元日《ぐわんじつ》の日《ひ》はいかにしてまし

[2513] 折節《をりふし》に木々《きゞ》の枝《えだ》より落《おと》す雪《ゆき》ある春《はる》の日《ひ》もなつかしきかな

[2514] 炉《ろ》に倚《よ》りて香焚《こうた》くことを飽《あ》く知《し》らずなす元日《ぐわんじつ》も黄昏《たそがれ》となる

[2515] 日《ひ》を見《み》ればよろこび多《おほ》く生《うま》れ来《く》る身《み》を祝《いは》ふなり春《はる》の初《はじ》めに

[2516] 表町《おもてまち》羽子鳴《はごな》り止《や》めば裏町《うらまち》に仄立《ほのた》ち初《そ》むる羽子《はご》の音《おと》かな

[2517] 春来《はるく》れば桃色《もゝいろ》の糸《いと》われを巻《ま》く美《うつく》しかれと恋《こひ》を思《おも》へと

[2518] 時《とき》に来《き》て書斎《しよさい》を覗《のぞ》く末《すゑ》の子《こ》の足音《あしおと》に似《に》る春《はる》の雪《ゆき》かな

[2519] 日《ひ》の射《さ》せば椿《つばき》の色《いろ》のくれなゐを被《かづ》くと見《み》ゆる雪《ゆき》の山《やま》かな

2520 袖《そで》ふれてつと香《かを》るなり一むらの赤《あか》める草《くさ》に隠《かく》れたる秋《あき》

2512 [初]「大阪毎日新聞」大8・1・1短歌―与謝野晶子[再]「東京日日新聞」大8・1・4

2513 [初]「大阪毎日新聞」大8・1・1短歌―与謝野晶子[再]「東京日日新聞」大8・1・4

2514 [初]「大阪毎日新聞」大8・1・1短歌―与謝野晶子[再]「東京日日新聞」大8・1・4

2515 [初]「大阪朝日新聞」大8・1・2春光抄―与謝野晶子

2516 [初]「大阪朝日新聞」大8・1・2春光抄―与謝野晶子

2517 [初]「大阪朝日新聞」大8・1・2春光抄―与謝野晶子

2518 [初]「大阪朝日新聞」大8・1・2春光抄―与謝野晶子

2519 [初]「大阪朝日新聞」大8・1・2春光抄―与謝野晶子

2520 [初]「東京日日新聞」大8・1・2短歌―与謝野寛[再]「大阪毎日新聞」大8・1・6

2521 恋《こひ》しさは荒《あら》き風《かぜ》なり若草《わかぐさ》の緑《みどり》に似《に》たる人《ひと》を吹《ふ》くなり

2522 遠《とほ》き山靄《やまもや》に覗《のぞ》けり恋人《こひびと》を眺《なが》めに来《こ》しや遊《あそ》びに来《こ》しや

2523 青ぞらにみれは一万五千回日よりめてたきつばさふる鳥

2524 虫食《むしは》みておほかた枯《か》れし薔薇《ばら》ながら思《おも》ふも哀《あは》れ花《はな》の遅《おく》ると

2525 よき物《もの》を遣《や》らんと云《い》へば目《め》ぞ光《ひか》る親《おや》もさもしや子等《こら》もさもしや

2526 美《うつく》しく靡《なび》き合《あ》はざる草《くさ》も無《な》し恋《こひ》を野《の》に置《お》く秋《あき》の夕風《ゆふかぜ》

2527 砂《すな》の丘《をか》守《も》りて崩《くづ》さぬ波《なみ》なれば少女《をとめ》と思《おも》ふ海《うみ》の中道《なかみち》

2528 択《えら》びたる路《みち》の細《ほそ》さよ自《みづか》らの身《み》に塞《ふさ》がれて行《ゆ》き難《がた》きかな

2529 我《われ》を見《み》て恋《こひ》の末路《まつろ》の痴《ち》と為《な》すや薄《うす》き笑《わらひ》を含《ふく》まぬは無《な》し

2521 初「東京日日新聞」大8・1・2短歌―与謝野寛再「大阪毎日新聞」大8・1・6

2522 初「万朝報」大8・1・4（無題）―選者

2523 初「読売新聞」大8・1・5一万五千号を祝ふて―与謝野晶子

2524 初「大阪毎日新聞」大8・1・8（無題）―与謝野寛

2525 初「大阪毎日新聞」大8・1・8（無題）―与謝野寛再「太陽」大8・2・1

2526 初「大阪毎日新聞」大8・1・8（無題）―与謝野寛

2527 初「大阪毎日新聞」大8・1・9（無題）―与謝野晶子

2528 初「大阪毎日新聞」大8・1・12（無題）―与謝野寛

2529 初「大阪毎日新聞」大8・1・12（無題）―与謝野寛

2530 踏《ふ》みなれし昨日《きのふ》の路《みち》を踏《ふ》みにけり明日《あす》も明後日《あさて》も寒《さむ》き敷石《しきいし》

2531 目《め》の前《まへ》の海深《うみふか》くして藍《あゐ》を染《そ》むこのめでたさよ身《み》のはかなさよ

2532 たとふれば玉《たま》を盛《も》るとも器《うつは》なり況《ま》してや悪《あく》を盛《も》る器《うつは》われ

2533 たゞ一日《ひ》開《ひら》きて落《お》つる花《はな》とても名残《なごり》は少時《しばし》なまめくものを

2534 流《なが》さんに積《つ》む舟《ふね》も無《な》し河《かは》も無《な》し我《わ》れの穢《けが》れをすべて嫌《きら》へば

2535 あぢきなく馬車《ばしや》は揺《ゆ》れ行《い》く渓合《たにあひ》に砕《くだ》くる水《みづ》と同《おな》じさまかな

2536 捨《す》て遣《や》りに瓦《かはら》の如《ごと》く黙《もく》すにも身《み》をば守《まも》ると人《ひと》の嗤《わら》ひぬ

2537 自《みづか》らを甲斐《かひ》なきものに卑《いや》しみて此処《ここ》に到《いた》りぬ寒《さむ》き沈黙《ちんもく》

2538 われ惑《まど》ふ憂身《うきみ》一つを持《も》て余《あま》し如何《いか》に死《し》なんと待《ま》つことの為《ため》

2530 初「大阪毎日新聞」大8・1・12（無題）—与謝野寛

2531 初「大阪毎日新聞」大8・1・14（無題）—与謝野晶子

2532 初「大阪毎日新聞」大8・1・18（無題）—与謝野寛

2533 初「大阪毎日新聞」大8・1・18（無題）—与謝野寛

2534 初「大阪毎日新聞」大8・1・18（無題）—与謝野寛 再「太陽」大8・4・1

2535 初「大阪毎日新聞」大8・1・19（無題）—与謝野晶子

2536 初「大阪毎日新聞」大8・1・24（無題）—与謝野寛

2537 初「大阪毎日新聞」大8・1・24（無題）—与謝野寛

2538 初「大阪毎日新聞」大8・1・24（無題）—与謝野寛

2539 地《ち》なるもの抑《おさ》へむとせず諸共《もろとも》に遊《あそ》べと誘《さそ》ふきさらぎの雪《ゆき》

2540 大学《だいがく》の文章生《もんじやうせい》のうら若《わか》き姿《すがた》と見《み》ゆる梅《うめ》の花《はな》かな

2541 鶯《うぐひす》に心《こゝろ》もまじり歌《うた》ふなり啼《な》き初《そ》めてより三日四日《みかよか》のうち

2542 梅《うめ》の花靄《はなもや》の中《なか》なる月《つき》よりも遠方《をちかた》さして香《か》ののぼるかな

2543 温室《をんしつ》の牡丹《ぼたん》は白《しろ》もくれなゐも人《ひと》をはばかりわれにもの云《い》ふ

2544 うぐひすの昨日《きのふ》に勝《まさ》り多《おほ》く啼《な》く竹《たけ》の林《はやし》を君《きみ》と歩《あゆ》まむ

2545 温室《をんしつ》の花《はな》が吐《は》きたる息《いき》かとて君《きみ》を覗《のぞ》きぬ夕《ゆふ》ぐれの雲《くも》

2546 思《おも》ふさま身《み》を投《な》げかけて一転《いつてん》す危《あやふ》き恋《こひ》に似《に》たる飛行機《ひかうき》

2547 黙《もだ》したる釈迦《しやか》を眺《なが》めて眠《ねむ》りぬと十大弟子《じふだいでし》も誤《あやま》りにけん

2539 初「新時代」大8・2・1春夜抄―与謝野晶子

2540 初「新時代」大8・2・1春夜抄―与謝野晶子

2541 初「新時代」大8・2・1春夜抄―与謝野晶子

2542 初「新時代」大8・2・1春夜抄―与謝野晶子

2543 初「新時代」大8・2・1春夜抄―与謝野晶子

2544 初「新時代」大8・2・1春夜抄―与謝野晶子

2545 初「新時代」大8・2・1春夜抄―与謝野晶子

2546 初「太陽」大8・2・1折々の歌―与謝野寛 再「大阪毎日新聞」大8・4・5

2547 初「太陽」大8・2・1折々の歌―与謝野寛

2548 ややありて夢《ゆめ》の始終《しじう》を語《かた》らんとかの若《わか》き人《ひと》云《い》ひ出《い》づるかな

2549 もろともに若《わか》き命《いのち》を嗅《か》ぎ合《あ》ひぬ阿片《あへん》に勝《まさ》るその酔《よ》ひの為《た》め

2550 或時《あるとき》に振返《ふりかへ》りつつ我《われ》を見《み》て面影《おもかげ》のこる梯子段《はしごだん》かな

2551 わが上《うへ》に大厄《だいやく》にても石《いし》にても落《お》ちきて破《やぶ》れ無為《むゐ》の牢獄《らうごく》

2552 いつにても遅《おそ》しと云《い》はで美《うつ》くしき大事《だいじ》を企《たく》む男《をとこ》なるかな

2553 哀《かな》しくも君《きみ》は病《や》むなり秀《すぐ》れたる真白《ましろ》き花《はな》に影《かげ》の射《さ》す如《ごと》

2554 雄《を》ごころは焰《ほのほ》に似《に》たる友《とも》なれど歌《うた》へば優《やさ》し琴《こと》の如《ごと》くに

2555 君《きみ》とわれ中《なか》の隔《へだ》てに薔薇《ばら》を置《お》く余《あま》る情《なさけ》を花《はな》に遣《や》らんと

2556 片端《かたはし》に芸術《げいじつ》と云《い》ふ重《おも》りをば附《つ》けて男《をとこ》の思《おも》ふ恋《こひ》かな

2548 初「太陽」大8・2・1折々の歌―与謝野寛

2549 初「太陽」大8・2・1折々の歌―与謝野寛

2550 初「太陽」大8・2・1折々の歌―与謝野寛 再「大阪毎日新聞」大9・9・1

2551 初「太陽」大8・2・1折々の歌―与謝野寛 再「大阪毎日新聞」大9・9・1

2552 初「太陽」大8・2・1折々の歌―与謝野寛 再「大阪毎日新聞」大9・9・17

2553 初「太陽」大8・2・1折々の歌―与謝野寛 再「大阪毎日新聞」大9・9・17

2554 初「太陽」大8・2・1折々の歌―与謝野寛

2555 初「太陽」大8・2・1折々の歌―与謝野寛

2556 初「太陽」大8・2・1折々の歌―与謝野寛

2557 美《うつ》くしきくれなゐ丸《まる》に今日《けふ》乗《の》りぬ我事《わがこと》すべて之《これ》に似《に》よかし

2558 酔《ゑ》ひ過《す》ぎて言葉《ことば》多《おほ》きは猶《なほ》よろし思《おも》ひ過《すぐ》して我《わ》が黙《もだ》すより

2559 淋《さび》しくも人《ひと》に別《わか》れて我《わ》が行《ゆ》くはおふけなけれど天才《てんさい》の道《みち》

2560 わが妻《つま》の描《ゑが》ける阿蘇《あそ》は木炭《もくたん》をもて塗《ぬ》りたれど紫《むらさき》に見《み》ゆ

2561 長崎《ながさき》のまろき港《みなと》の青《あを》き水《みづ》ナポリを見《み》たる目《め》にも美《うつ》くし

2562 若《わか》き友《とも》肥後《ひご》より追《お》ひて来《く》るもあり博多《はかた》を立《た》たん事《こと》の憂《う》きかな

2563 たやすくは自然《しぜん》の則《のり》に従《したが》はぬ我《われ》さへ阿蘇《あそ》の山《やま》に驚《おどろ》く

2564 大音《だいおん》に人《ひと》を呼《よ》ぶなり阿蘇《あそ》の水《みづ》ザラツストラに似《に》たる水《みづ》かな

2565 わが旅《たび》は未《いま》だ十日《とをか》に足《た》らねども恨《うら》めば長《なが》し君《きみ》が消息《せうそく》

2557 初「太陽」大８・２・１折々の歌―与謝野寛 再「大阪毎日新聞」大９・９・１

2558 初「太陽」大８・２・１折々の歌―与謝野寛 再「大阪毎日新聞」大９・９・15

2559 初「太陽」大８・２・１折々の歌―与謝野寛 再「大阪毎日新聞」大９・９・15

2560 初「太陽」大８・２・１折々の歌―与謝野寛

2561 初「太陽」大８・２・１折々の歌―与謝野寛 再「大阪毎日新聞」大８・３・23

2562 初「太陽」大８・２・１折々の歌―与謝野寛

2563 初「太陽」大８・２・１折々の歌―与謝野寛

2564 初「太陽」大８・２・１折々の歌―与謝野寛

2565 初「太陽」大８・２・１折々の歌―与謝野寛

2566 君《きみ》を見《み》て楽《たのし》む外《ほか》の一大事《だいじ》ややくわれも悟《さと》り行《ゆ》くかな

2567 籠《こ》のうちに捕《とら》へし鳥《とり》を飼《か》ふものとかたみになさぬ日《ひ》も来《きた》りけり

2568 麓《ふもと》より頂《いただき》に行《ゆ》く世《よ》のつねの山《やま》にもあらねけはしはるけし

2569 何人《なにびと》の上《うへ》にも恋《こひ》のさいはひは速《すみやか》にこよすこやかに去《さ》れ

2570 清《きよ》き額《ぬか》美《うつ》くしき目《め》の持主《もちぬし》はおのれなれども君《きみ》とも云《い》はむ

2571 あなかしこかのともがらは自《みづか》らに能《のう》あることを教《をし》へにぞくる

2572 自《みづか》らを重《おも》く思《おも》ふに傾《かたむ》くはよからぬわれか哀《あは》れなれども

2573 美《うつ》くしき雪《ゆき》は解《と》けてぞ流《なが》れ行《ゆ》く思《おも》ふにものの委《まか》せねばとて

2574 流沙川《いさながは》わが涙《なみだ》をば流《なが》すこと幾万年《いくまんねん》にならむとすらん

2566 初「中外」大8・2・1早春の一夜―与謝野晶子

2567 初「中外」大8・2・1早春の一夜―与謝野晶子

2568 初「中外」大8・2・1早春の一夜―与謝野晶子

2569 初「中外」大8・2・1早春の一夜―与謝野晶子

2570 初「中外」大8・2・1早春の一夜―与謝野晶子

2571 初「中外」大8・2・1早春の一夜―与謝野晶子

2572 初「中外」大8・2・1早春の一夜―与謝野晶子

2573 初「中外」大8・2・1早春の一夜―与謝野晶子

2574 初「婦人画報」大8・2・1胸《むね》のおと―与謝野晶子

2575 御心《みこゝろ》に阿《おもね》るやなどわが思《おも》ふ時《とき》より清《きよ》きさいはひのなし

2576 後《のち》の日《ひ》に我等《われら》が恋《こひ》の中頃《なかごろ》のこととなるべき去年《こぞ》今年《ことし》かな

2577 内《うち》へ落《お》ち外《そと》へは遅《おそ》く流《なが》るるや涙《なみだ》を知《し》らぬ身《み》とあやまたる

2578 天地《あめつち》の春《はる》の響《ひゞき》かいと近《ちか》き人《ひと》の響《ひゞき》か胸《むね》のさわぐは

2579 青陽《せいやう》の春《はる》の始《はじ》めに鼓《つゞみ》打《う》つ俳諧師《はいかいし》あるかまくらの里《さと》

2580 地《ち》に埋《うも》れ海《うみ》に沈《しづ》めるものよりは光《ひかり》を見《み》れどありがひもなし

2581 片端《かたはし》も知《し》らぬ昔《むかし》の話《はなし》をばききてなりぬる石《いし》のからだに

2582 わがあるを小《ちひさ》き厄《やく》となす如《ごと》し牡丹《ぼたん》の花《はな》と目《め》には見《み》ながら

2583 君《きみ》も見《み》よ昨《きぞ》の雨《あめ》より涙《なみだ》よりあたたかげなる春《はる》の雪《ゆき》かな

2575 初「婦人画報」大8・2・1胸《むね》のおと―与謝野晶子

2576 初「婦人画報」大8・2・1胸《むね》のおと―与謝野晶子

2577 初「婦人画報」大8・2・1胸《むね》のおと―与謝野晶子

2578 初「婦人画報」大8・2・1胸《むね》のおと―与謝野晶子

2579 初「婦人画報」大8・2・1胸《むね》のおと―与謝野晶子

2580 初「婦人画報」大8・2・1胸《むね》のおと―与謝野晶子

2581 初「婦人画報」大8・2・1胸《むね》のおと―与謝野晶子

2582 初「婦人画報」大8・2・1胸《むね》のおと―与謝野晶子

2583 初「婦人画報」大8・2・1胸《むね》のおと―与謝野晶子

2584 袂《たもと》より転《まろ》び出《い》でしや捨《す》てつるや小兎《こうさぎ》なるや恋人《こひびと》なるや

2585 花多《はなおほ》く物《もの》を云《い》はねど椿《つばき》ほど睡《ねむ》りて何《なに》も云《い》はざるはなし

2586 わが知《し》らず君が見《み》し世を見せて咲《さ》く薔薇《しようび》と思ふ病《や》める心に

2587 わが心《こゝろ》表《おもて》も裏もその外《ほか》も見よと影へと君《きみ》は見《み》ぬかな

2588 桃《もゝ》に添《そ》ひ桜《さくら》にそひぬ浅《あさ》みどり柳のいろの君《きみ》がみこゝろ

2589 君病《きみや》みて籠《こも》り給へば淋《さび》しやと机もわれも同《おな》じこと云《い》ふ

2590 人買《ひとかひ》か人売《ひとう》りかとて問《と》ひなまし只《た》だ二様《ふたやう》に人《ひと》の見《み》ゆる日《ひ》

2591 願《ねが》ふこと下《した》に秘《ひ》めつゝ自《みづか》らも梅《うめ》の心地《こゝち》に春《はる》を待《ま》つかな。

2592 二日目《かめ》にわが幼児《おさなご》は命《いのち》絶《た》ゆこの世《よ》くるしと早《はや》く知《し》りけん。

2584 初「婦人画報」大8・2・1胸《ねむ》のおと―与謝野晶子

2585 初「婦人画報」大8・2・1胸《ねむ》のおと―与謝野晶子

2586 初「夢の世界」大8・2・1君―晶子

2587 初「夢の世界」大8・2・1君―晶子

2588 初「夢の世界」大8・2・1君―晶子

2589 初「夢の世界」大8・2・1君―晶子

2590 初「万朝報」大8・2・1(無題)―選者

2591 初「大阪毎日新聞」大8・2・11(無題)―与謝野寛

2592 初「大阪毎日新聞」大8・2・11(無題)―与謝野寛

2593 都《みやこ》をば泥田《どろた》となして降《ふ》る雨《あめ》も慣《な》れし心《こゝろ》に悲《かなし》まぬかな

[2594] 夕《ゆふ》ぐれは恋《こひ》しきことを書《か》きやれとよき薄様《うすよう》を靄《もや》ののべ行《ゆ》く

[2595] 机《つくゑ》なる裸人形《はだかにんぎやう》いかがせむわが亡《な》き後《のち》の子《こ》と見《み》ゆるかな

2596 をちかたの地《ち》の裂目《さけめ》より悲《かな》しみの白《しろ》き手《て》出《い》でヽ祈《いの》るあけぼの

2597 東京《とうきやう》はオオケストラの中《なか》にあり砲兵廠《はうへいしやう》の笛《ふえ》のひびけば

2598 白粉《おしろい》を塗《ぬ》りて道化《だうけ》の役《やく》もしぬ愁《うれひ》を知《し》らぬ少年《せうねん》の如《ごと》

2599 白粉《おしろい》を塗《ぬ》れる道化《だうけ》の悲《かな》しさは少年《せうねん》の日《ひ》に知《し》らざりしかな

2600 君《きみ》が目《め》の涙《なみだ》ひかりぬ見上《みあ》げたる牛込台《うしごめだい》の雪《ゆき》の明《あか》りに

2601 裸《はだか》にて小《ちさ》き抜手《ぬきで》の振《ふり》をしぬ一歳《いつさい》の児《こ》も冒険《ばうけん》のため

2593 [初]「大阪毎日新聞」大８・２・11（無題）―与謝野寛

2594 [初]「大阪毎日新聞」大８・２・13（無題）―与謝野晶子

2595 [初]「万朝報」大８・２・15（無題）―選者[再]「大阪毎日新聞」大８・４・３―与謝野晶子

2596 [初]「太陽」大８・３・１折々の歌―与謝野寛

2597 [初]「太陽」大８・３・１折々の歌―与謝野寛

2598 [初]「太陽」大８・３・１折々の歌―与謝野寛

2599 [初]「太陽」大８・３・１折々の歌―与謝野寛

2600 [初]「太陽」大８・３・１折々の歌―与謝野寛

2601 [初]「太陽」大８・３・１折々の歌―与謝野寛

2602 あな小《ちひ》さ楽《たの》しき日《ひ》にも日本人《にほんじん》かなしき日《ひ》にもまた日本人《にほんじん》

2602 初「太陽」大8・3・1折々の歌―与謝野寛

2603 温室《をんしつ》を出《い》でんとしつつ躊躇《ためら》ひぬカアネシヨンの甘《あま》きまどはし

2603 初「太陽」大8・3・1折々の歌―与謝野寛

2604 歌《うた》ひつつ自《みづか》ら酔《ゑ》へば悲《かな》しみも薄《うす》き酒《さけ》よりまさりたるかな

2604 初「太陽」大8・3・1折々の歌―与謝野寛

2605 赤《あか》き部屋《へや》あかき寝台《ねだい》に時《とき》も無《な》くうつら、うつらと罌粟《けし》を嗅《か》ぐ人《ひと》

2605 初「太陽」大8・3・1折々の歌―与謝野寛

2606 真赤《まつか》にも我《われ》をめぐりぬ太陽《たいやう》を舐《な》むる感覚《かんかく》罌粟《けし》の感覚《かんかく》

2606 初「太陽」大8・3・1折々の歌―与謝野寛

2607 神曲を書く日となれどダンテの目《め》ビアトリチエより離《はな》れざるかな

2607 初「太陽」大8・3・1折々の歌―与謝野寛

2608 のどかにも恋《こひ》をささやく春風《はるかぜ》に胸《むね》とひとしく海《うみ》の高《たか》まる

2608 初「太陽」大8・3・1折々の歌―与謝野寛

2609 春《はる》のかぜ花《はな》の香《かを》りの音階《おんかい》に先《ま》づつ、つ、まし、き、紅梅《こうばい》を置《お》く

2609 初「太陽」大8・3・1折々の歌―与謝野寛

2610 柳《やなぎ》にも桃《もゝ》にも君《きみ》の笑《え》むことを春《はる》の旅路《たびぢ》に出《い》でて知《し》るかな

2610 初「太陽」大8・3・1折々の歌―与謝野寛

2611 牡丹《ぼたん》をば時《とき》に憎《にく》みぬ放埒《はうらつ》の女《をんな》のごとく悪酒《あくしゆ》のごとく

2612 春《はる》の草《くさ》すべて我身《わがみ》に香《かを》るなり久《ひさ》しき恋《こひ》をこと祝《ほ》がんとて

2613 小雨《こさめ》ふりしろき桜《さくら》も緋《ひ》ざくらも目《め》を泣《な》き脹《はら》す甘《あま》きゆふぐれ

2614 たかだかと弥生《やよひ》の空《そら》に盛《も》り上《あが》り紫《むらさき》の火《ひ》と見《み》ゆる噴水《ふんすゐ》

2615 春《はる》となり九段《くだん》の坂《さか》を吹《ふ》く風《かぜ》に異教《いけう》の鐘《かね》のまじれるも好《よ》し

2616 たかだかと空《そら》を行《ゆ》く身《み》も曇《くも》る日《ひ》は悲《かな》しからずや飛行機《ひかうき》の人《ひと》

2617 仏蘭西《フランス》にコロダンの愛《め》でしゴシツクも我等《われら》の恋《こひ》も同《おな》じ芸術《げいじゆつ》

2618 この指《ゆび》は黄金《わうごん》をもて鋳《い》ざれども熱《あつ》き命《いのち》に触《ふ》れしわが指《ゆび》

2619 紫《むらさき》のリラの花《はな》こそ目《め》に見《み》ゆれ春《はる》の巴里《パリイ》のおもひでのため

2611 〔初〕「太陽」大８・３・１折々の歌―与謝野寛

2612 〔初〕「太陽」大８・３・１折々の歌―与謝野寛

2613 〔初〕「太陽」大８・３・１折々の歌―与謝野寛

2614 〔初〕「太陽」大８・３・１折々の歌―与謝野寛

2615 〔初〕「太陽」大８・３・１折々の歌―与謝野寛

2616 〔初〕「太陽」大８・３・１折々の歌―与謝野寛

2617 (2)コロダン（ママ）〔初〕「太陽」大８・３・１折々の歌―与謝野寛

2618 〔初〕「太陽」大８・３・１折々の歌―与謝野寛〔再〕「六甲」大９・３・25

2619 〔初〕「太陽」大８・３・１折々の歌―与謝野寛

2620 唯《た》だ一《ひと》つ新《あら》たに建《た》つる日《ひ》となりぬ世界《せかい》を容《い》るる鋼鉄《かうてつ》の家《いへ》

2621 旅《たび》をして唯《たゞ》二人《ふたり》のみある時《とき》の余《あま》り続《つゞ》くと憎《にく》みかねつも

2622 水《みづ》と陸《くが》さかひも知《し》らず限《かぎ》りなき港《みなと》の灯《ひ》より楽音《がくおん》を聞《き》く

2623 肥《ひ》の国《くに》の阿蘇《あそ》の山路《やまぢ》に靡《なび》く草《くさ》何時《いつ》の日《ひ》われをまた見《み》んとする

2624 山裂《やまさ》けて出《い》づる湯《ゆ》を浴《あ》み地《ち》の底《そこ》の清《きよ》らなるをばわが思《おも》ふ時《とき》

2625 煤《すゝ》ぐろく詫《わび》しき汽車《きしや》の隅《すみ》に居《ゐ》て都《みやこ》を思《おも》ふ恋《こひ》の如《ごと》くに

2626 あらぬこと旅《たび》に疑《うたが》ふかくて身《み》をいづくともなく失《うしな》はむなど

2627 わが肱《ひぢ》のいと親《した》しやと眺《なが》めらる淋《さび》しき旅《たび》の宿《やど》の机《つくゑ》に

2628 これがゆゑそれがためぞとなくて唯《た》だ哀《あは》れなるこそ哀《あは》れなりけれ

2620 初「太陽」大8・3・1折々の歌—与謝野寛
2621 初「婦人画報」大8・3・1旅《たび》の歌《うた》—与謝野晶子
2622 初「婦人画報」大8・3・1旅《たび》の歌《うた》—与謝野晶子
2623 初「婦人画報」大8・3・1旅《たび》の歌《うた》—与謝野晶子
2624 初「婦人画報」大8・3・1旅《たび》の歌《うた》—与謝野晶子
2625 初「婦人画報」大8・3・1旅《たび》の歌《うた》—与謝野晶子
2626 初「婦人画報」大8・3・1旅《たび》の歌《うた》—与謝野晶子
2627 初「婦人画報」大8・3・1旅《たび》の歌《うた》—与謝野晶子
2628 初「婦人画報」大8・3・1旅《たび》の歌《うた》—与謝野晶子

2629 家《いへ》を出《い》ですでに久《ひさ》しき旅人《たびびと》となす日《ひ》なさずてものがなしき日《ひ》

2630 月越《つきご》しに病《やまひ》をすれば心《こゝろ》さへはかなくなりぬわれに似《に》ぬまで

2631 自《みづか》らの語《かた》りし跡《あと》の白《しろ》く見《み》ゆかかる話《はなし》はあぢきなきかな

2632 自《みづか》らの心貧《こゝろまづ》しき淋《さび》しさとへりくだれどももののうらめし

2633 わが上《うへ》にいと美《うつ》くしき時《とき》は来《き》ぬ歌《うた》へと云《い》ひて花《はな》を投《な》げつゝ

2634 そぼそぼと若《わか》き柳《やなぎ》を染《そ》むる雨桃《あめもゝ》の蕾《つぼみ》を温《あたゝ》むる雨《あめ》

2635 花《はな》の上《うへ》に真珠《しんじゆ》をまぜて紗《しや》の網《あみ》を織《お》りて掛《か》けゆく雨《あめ》の糸《いと》かな

2636 梅《うめ》ありてほと息《いき》つけばさやかにも一むらの木《き》の身《み》を揺《ゆす》るかな

2637 鳥小屋《とりごや》の鳥《とり》みじろがぬ寒《さむ》き日《ひ》に今日《けふ》は心《こゝろ》の似《に》ると思《おも》ひぬ

2629 初「婦人画報」大８・３・１旅《たび》の歌《うた》—与謝野晶子

2630 初「万朝報」大８・３・１（無題）—選者

2631 初「大阪毎日新聞」大８・３・４（無題）—与謝野晶子

2632 初「大阪毎日新聞」大８・３・４（無題）—与謝野晶子

2633 初「大阪毎日新聞」大８・３・６（無題）—与謝野寛

2634 初「大阪毎日新聞」大８・３・６（無題）—与謝野寛

2635 初「大阪毎日新聞」大８・３・６（無題）—与謝野寛

2636 初「大阪毎日新聞」大８・３・13（無題）—与謝野寛

2637 初「大阪毎日新聞」大８・３・13（無題）—与謝野寛

2638 曩《さき》の日《ひ》に雪《ゆき》を少《すこ》しく撒《ま》きし風《かぜ》もの知《し》り初《そ》めて紅梅《こうばい》を吹《ふ》く

2639 ここちよく霰《あられ》降《ふ》るなり早春《そうしゆん》のうすき黄《き》いろのあけぼのの庭《には》

2640 梅《うめ》咲《さ》けば藍色《あゐいろ》の衣《きぬ》つけましとこころすすむもをかしかりけれ

2641 出《い》でたまへ君《きみ》が散歩《さんぽ》を迎《むか》へんと路《みち》も緑《みどり》の草《くさ》に縁《ふち》とる

2642 あやしきは我《わ》が新《あたら》しく切《き》りて読《よ》む書《ふみ》の中《うち》にも光《ひか》る君《きみ》が目《め》

2643 黄昏《たそがれ》の濃《こ》き瑠璃色《るりいろ》の帷《とばり》より金星《きんせい》一つ世《よ》をば覗《のぞ》ける

2644 仄《ほの》かにも結《むす》ぼほれたる思《おも》ひすと告《つ》げんばかりの人《ひと》のこよかし

2645 自《みづか》らを蛇《へび》の姿《すがた》になせどなほ恐《おそ》ろしきものかずしらずある

2646 春《はる》の夜《よ》の星《ほし》を見上《みあ》げて君云《きみい》ひぬ孔雀《くじやく》の羽《はね》を満《み》たす空《そら》かと

2638 (初)「大阪毎日新聞」大8・3・13（無題）—与謝野寛

2639 (初)「大阪毎日新聞」大8・3・16（無題）—与謝野晶子

2640 (初)「大阪毎日新聞」大8・3・16（無題）—与謝野晶子

2641 (初)「大阪毎日新聞」大8・3・17（無題）—与謝野寛

2642 (初)「大阪毎日新聞」大8・3・17（無題）—与謝野寛

2643 (初)「大阪毎日新聞」大8・3・17（無題）—与謝野寛

2644 (初)「大阪毎日新聞」大8・3・20（無題）—与謝野晶子

2645 (初)「大阪毎日新聞」大8・3・20（無題）—与謝野晶子

2646 (初)「大阪毎日新聞」大8・3・23（無題）—与謝野寛

2647 長崎《ながさき》の何《いづ》れの寺《てら》の大門《たいもん》も海《うみ》の入日《いりひ》に染《そ》まるひと時《とき》

2648 長崎《ながさき》の南京寺《ナンキンでら》をそぼ濡《ぬ》らし海《うみ》より来《きた》る青《あを》き雨《あめ》かな

2649 造船所《ぞうせんしよ》この轟《とゞろ》きを今《いま》の世《よ》のオオケストラと喜《よろこ》びぬ我《わ》れ

2650 鉄《てつ》を打《う》ちまた鉄《てつ》を打《う》ち自《みづか》らを鍛《きた》ふる如《ごと》き船《ふね》の工人《こうじん》

2651 あるが中《なか》の少《すこ》しは形《かたち》せよかしとわが宝《たから》をばおもふ日《ひ》のある

2652 くろぐろと川《かは》の流《なが》るる夜《よ》の国《くに》の幻《まぼろし》 見《み》ゆれあらそへる時《とき》

2653 自《みづか》らの幻《まぼろし》 君《きみ》がまぼろしとうれしやと云《い》ひ苦《くる》しやと泣《な》く

2654 恋人《こひびと》と後《うし》ろの庭《には》に物読《ものよ》まん薄黄《うすき》の薔薇《ばら》の匂《にほ》ひ初《そ》むれば

2655 香《かを》りつつ花《はな》を離《はな》れぬそよ風《かぜ》が君《きみ》に関《かゝ》はる年頃《としごろ》の歌《うた》

2647 （初）「大阪毎日新聞」大８・３・23（無題）―与謝野寛

2648 （初）「大阪毎日新聞」大８・３・24（無題）―与謝野寛

2649 （初）「大阪毎日新聞」大８・３・24（無題）―与謝野寛

2650 （初）「大阪毎日新聞」大８・３・24（無題）―与謝野寛

2651 （初）「大阪毎日新聞」大８・３・28（無題）―与謝野晶子

2652 （初）「大阪毎日新聞」大８・３・28（無題）―与謝野晶子

2653 （初）「大阪毎日新聞」大８・３・28（無題）―与謝野晶子

2654 （初）「太陽」大８・４・１折々の歌―与謝野寛 （再）「六甲」大９・３・25

2655 （初）「太陽」大８・４・１折々の歌―与謝野寛

2656 春《はる》の夜《よ》のわが踊子《をどりこ》は舞《ま》ひ乍《なが》ら身《み》を虹《にじ》にさへ成《な》しにけるかな

2657 ひんがしの国《くに》には住《す》めど人並《ひとなみ》に心《こゝろ》の国《くに》を持《も》たぬさびしさ

2658 真赤《まつか》なる牡丹《ぼたん》の花《はな》のわななきぬいみじき恋《こひ》の覚《さ》め際《ぎは》の如《ごと》

2659 大《おほ》いなる葉《は》ありて白《しろ》き裏《うら》を見《み》す風《かぜ》の吹《ふ》く日《ひ》は森《もり》の傷《いた》まし

2660 恋《こひ》すれば積《つも》るが儘《まゝ》に美《うつ》くしや心《こゝろ》のうへのくれなゐの塵《ちり》

2661 折々《をり〱》にわれの歎《なげ》くは身《み》の際《きは》か否《いな》あまりにも冷《ひ》えし心《こゝろ》を

2662 誓《ちかひ》には何《なに》を引《ひ》かまし天地《あめつち》も二人《ふたり》の外《ほか》のものならぬかな

2663 太陽《たいやう》も花《はな》も甲斐《かひ》ある色《いろ》をしぬこのむつまじき恋人《こひびと》のため

2664 大空《おほぞら》と海《うみ》のあひだに時《とき》知《し》らぬ風《かぜ》とあそべる波《なみ》の少年《せうねん》

2656 初「太陽」大8・4・1折々の歌―与謝野寛

2657 初「太陽」大8・4・1折々の歌―与謝野寛 再「六甲」大9・3・25「明星」大11・1・1

2658 初「太陽」大8・4・1折々の歌―与謝野寛

2659 初「太陽」大8・4・1折々の歌―与謝野寛

2660 初「太陽」大8・4・1折々の歌―与謝野寛

2661 初「太陽」大8・4・1折々の歌―与謝野寛

2662 初「太陽」大8・4・1折々の歌―与謝野寛

2663 初「太陽」大8・4・1折々の歌―与謝野寛

2664 初「太陽」大8・4・1折々の歌―与謝野寛

2665 家《いへ》びとに印度洋《いんどやう》より文《ふみ》かきぬ極熱《ごくねつ》の風恋《かぜこひ》にひとしと

2666 貴《あて》やかに薄黄《うすき》の色《いろ》のアマリリス言《い》ふすべ知《し》らぬ春《はる》の心《こゝろ》を

2667 雲《くも》は皆《みな》まろき天使《てんし》の顔《かほ》となり喇叭《らつぱ》を吹《ふ》きぬ初夏《はつなつ》のかぜ

2668 ドン・フワンか弥生《やよひ》の末《すゑ》の階段《きざはし》に惜気《をしげ》もあらず花《はな》を捨《す》て行《ゆ》く

2669 恋人《こひびと》が魔法《まはふ》の靴《くつ》を持《も》つことも知《し》らで往来《ゆきき》を塞《ふせ》ぐ人達《ひとたち》

2670 夜《よる》の間《ま》に歎《なげ》く花《はな》あり人知《ひとし》れず黄《き》なる涙《なみだ》をこぼす木《こ》のもと

2671 すくすくと真紅《しんく》の花《はな》のアマリリス己《おの》れを立《た》てて躊《ためら》はぬかな

2672 悪夢《あくむ》より覚《さ》めし心《こゝろ》に桜《さくら》ちる媚《こ》ぶるをんなの頬《ほ》より冷《つめ》たく

2673 しろがねの魔法《まはふ》の杖《つえ》の如《ごと》くにも桜《さくら》のなかになびく噴水《ふんすゐ》

2665 初「太陽」大８・４・１折々の歌―与謝野寛

2666 初「太陽」大８・４・１折々の歌―与謝野寛

2667 初「太陽」大８・４・１折々の歌―与謝野寛

2668 初「太陽」大８・４・１折々の歌―与謝野寛

2669 初「太陽」大８・４・１折々の歌―与謝野寛

2670 初「太陽」大８・４・１折々の歌―与謝野寛

2671 初「太陽」大８・４・１折々の歌―与謝野寛 再「六甲」大９・３・25

2672 初「太陽」大８・４・１折々の歌―与謝野寛 再「六甲」大９・３・25

2673 初「太陽」大８・４・１折々の歌―与謝野寛

2674 水蜘蛛《みづすまし》舞《ま》へど舞《ま》へどもあきたらず 汝《なんぢ》が舞《ま》ふは踠《もが》くとし見《み》ゆ

2675 わが編《あ》みて我《わ》が見《み》る時《とき》は草《くさ》の束《たば》これを花環《はなわ》となすは君《きみ》が手

2676 土《つち》と草《くさ》われを繞《めぐ》りて香《かを》るなり少年《せうねん》の日《ひ》の野辺《のべ》のここらに

2677 行《ゆ》く春《はる》の海《うみ》のホテルの窓硝子《まどがらす》みな微笑《ほゝゑ》みぬ赤《あか》き入日《いりひ》に

2678 春《はる》の日《ひ》はわれの情《なさけ》の流《なが》れさへいとここちよく水《みづ》かさまさる

2679 桜《さくら》より光《ひかり》射《さ》す日《ひ》はおのれより心《こゝろ》のにほひ君《きみ》へ通《かよ》ふ日《ひ》

2680 見《み》てあればうす黄《き》の月《つき》を放《はな》ちきぬみやび心《ごゝろ》のたそがれの空《そら》

2681 この頃《ごろ》の心《こゝろ》を少《すこ》し遠《とほ》く吹《ふ》く春風《はるかぜ》なれどうれしかりけり

2682 われに似《に》る乱《みだ》れごころか完《まつた》きか霞《かすみ》の中《なか》の春《はる》のあめつち

2674 初「太陽」大8・4・1折々の歌―与謝野寛

2675 初「太陽」大8・4・1折々の歌―与謝野寛

2676 初「太陽」大8・4・1折々の歌―与謝野寛

2677 初「太陽」大8・4・1折々の歌―与謝野寛

2678 初「婦人画報」大8・4・1春《はる》の轟《とどろ》き―与謝野晶子

2679 初「婦人画報」大8・4・1春《はる》の轟《とどろ》き―与謝野晶子

2680 初「婦人画報」大8・4・1春《はる》の轟《とどろ》き―与謝野晶子

2681 初「婦人画報」大8・4・1春《はる》の轟《とどろ》き―与謝野晶子

2682 初「婦人画報」大8・4・1春《はる》の轟《とどろ》き―与謝野晶子

2683 衰《おとろ》へて彼《か》のいけにへの羊《ひつじ》かと侮《あなど》られつる白牡丹《はくぼたん》ちる

2684 なつかしき春《はる》の朝《あさ》かな蜂《はち》の羽《は》の障子《しやうじ》に鳴《なり》ぬとどろとどろと

2685 紫《むらさき》を着《き》たる子《こ》よりも桜花《さくらばな》よろこびいまだ少《すくな》げに見《み》ゆ

2686 花《はな》にやや異《ことな》るものを思《おも》ひつる目上《めあ》げて見《み》ればちる桜《さくら》かな

2687 小《ちさ》き灯《ひ》の人《ひと》を覗《のぞ》けりうづまさの寺《てら》の築地《ついぢ》の山吹《やまぶき》に似《に》て

2688 雨の日はわれの心と混り泣くすういとぴいと青き花瓶

2689 誰も皆わがをさなだち見るかなど菜の花の風吹けば思ひぬ

2690 花となりよき鳥となり大空の日となり君を繞れる心

2691 山吹は春とも知らが自らの思ひにしみて黄なる花咲く

2683 初「婦人画報」大8・4・1春《はる》の轟《とどろ》き―与謝野晶子

2684 初「婦人画報」大8・4・1春《はる》の轟《とどろ》き―与謝野晶子

2685 初「婦人画報」大8・4・1春《はる》の轟《とどろ》き―与謝野晶子

2686 初「婦人画報」大8・4・1春《はる》の轟《とどろ》き―与謝野晶子

2687 初「婦人画報」大8・4・1春《はる》の轟《とどろ》き―与謝野晶子

2688 初「夢の世界」大8・4・1花―選者

2689 初「夢の世界」大8・4・1花―選者

2690 初「夢の世界」大8・4・1花―選者

2691 (2)春とも知らが(ママ)
初「夢の世界」大8・4・1花―選者

2692 馬《うま》の顔描《かほゑが》ける燐寸《マッチ》の箱《はこ》今日《けふ》も机《つくゑ》にあればこころなごみぬ

2693 書斎《しよさい》なる猩々木《せうぜうぼく》を見捨《みす》て行《ゆ》く夜《よ》のここちなど問《と》ふ人《ひと》のなし

2694 大船《おほぶね》の間《あひだ》を走《はし》るこの船《ふね》も我事《わがこと》の如《ごと》こころよきかな

2695 君《きみ》が頬《ほゝ》に船《ふね》の窓《まど》より紫《むらさき》を投《な》げたる海《うみ》の夕明《ゆふあか》りかな

2696 君《きみ》を恋《こ》ひ子《こ》を思《おも》ふこと人《ひと》に過《す》ぐ華奢《くわしや》に見《み》ゆるも自《おのづか》らなり

2697 一時《とき》に氷《こほり》の歌《うた》と火《ひ》の舞《まひ》をなしも初《はじ》めぬ若《わか》きわざはひ

2698 あてやかに雛《ひひな》の群《むれ》の歌《うた》へるとはた立舞《たちま》ふと思《おも》ひけるかな

2699 そことなき薄黄《うすぎ》の波《なみ》は花《はな》よりもあてに悲《かな》しや春《はる》の夕《ゆふべ》に

2700 まことにやもてわづらふと君《きみ》を云《い》ふ真紅《しんく》の花《はな》の尺《しやく》ばかりなる

2692 初「大阪毎日新聞」大8・4・3（無題）―与謝野晶子

2693 初「大阪毎日新聞」大8・4・3（無題）―与謝野晶子

2694 初「大阪毎日新聞」大8・4・5（無題）―与謝野寛

2695 初「大阪毎日新聞」大8・4・5（無題）―与謝野寛

2696 初「万朝報」大8・4・12（無題）―選者

2697 初「大阪毎日新聞」大8・4・15鬱金抄―与謝野晶子

2698 初「大阪毎日新聞」大8・4・19鬱金抄―与謝野晶子

2699 初「大阪毎日新聞」大8・4・19鬱金抄―与謝野晶子

2700 初「大阪毎日新聞」大8・4・27鬱金抄―与謝野晶子

2701 若《わか》やかに競《きそ》ふと見《み》れば抱《いだ》き合《あ》ふ春《はる》の雨《あめ》かな淋《さび》しなやまし

2702 風《かぜ》立《た》ちて桜の枝《えだ》に騒《さわ》げるかわが一瞬《しゆん》のみだれごころか

2703 君《きみ》を知《し》る心《こゝろ》がなべてことごとく恋《こひ》に当《あた》らばいかにしてまし

2704 その下《もと》を行《ゆ》く時《とき》われの振仰《ふりあふ》ぐ淋《さび》しき癖《くせ》の附《つ》きし塔《たふ》かな

2705 この笛《ふえ》は悲《かな》しき事《こと》の初《はじ》めにも楽《たの》しき事《こと》の終《をは》りにも鳴《な》る

2706 誰《た》れ知《し》らん光《ひか》る刹那《せつな》を持《も》ちしとは博物館《はくぶつくわん》の片隅《かたすみ》の石《いし》

2707 美《うつ》くしき我《わ》が昨日《きのふ》さへ少年《せうねん》の前《まへ》に語《かた》れば夢《ゆめ》にひとしき

2708 草《くさ》なびく互《たがひ》になびく人間《にんげん》の未《いま》だ知《し》らざる優《やさ》しさをもて

2709 黄昏《たそがれ》のうす藍色《あゐいろ》を一《ひと》ところ冷《つめた》くしたる山《やま》ざくらかな

2701 初「大阪毎日新聞」大８・４・27 鬱金抄―与謝野晶子

2702 初「大阪毎日新聞」大８・４・27 鬱金抄―与謝野晶子

2703 初「大阪毎日新聞」大８・４・29（無題）―与謝野晶子

2704 初「太陽」大８・５・１ 折々の歌―与謝野寛

2705 初「太陽」大８・５・１ 折々の歌―与謝野寛

2706 初「太陽」大８・５・１ 折々の歌―与謝野寛

2707 初「太陽」大８・５・１ 折々の歌―与謝野寛

2708 初「太陽」大８・５・１ 折々の歌―与謝野寛

2709 初「太陽」大８・５・１ 折々の歌―与謝野寛

2710 ほろほろと桜《さくら》の散《ち》れば上臈《じやうらふ》に泣《な》き給《たま》ふなと言《い》はまほしけれ

2711 静《しづ》かなる夕《ゆふべ》のなかに何事《なにごと》か独《ひと》りうなづく水《みづ》いろの草《くさ》

2712 舞《まひ》の後軽《のちかろ》き疲《つか》れを覚《おぼ》ゆると言《い》ふ人《ひと》と居《ゐ》て海《うみ》を眺《なが》めぬ

2713 むきだしにあさましきまで白《しら》けつつ涙《なみだ》を滾《こぼ》す一本《ひともと》の花《はな》

2714 初夏《はつなつ》の障子《しやうじ》に触《ふ》れし虻《あぶ》の羽《はね》おお何《なに》と云《い》ふ力《ちから》づよさぞ

2715 君《きみ》知《し》るやいと美《うつ》くしき花《はな》は皆露《みなつゆ》しづくにも濡《ぬ》れて傷《いた》むを

2716 戦《わなな》きぬ芸術《げいじゆつ》をさへ愛《あい》をさへ自《みづか》らをさへ否《いな》まんとして

2717 真珠《しんじゆ》こそ底《そこ》の底《そこ》なる貝《かひ》にあれ人《ひと》は低《ひく》くて光《ひか》るすべ無《な》し

2718 エルナニの恋《こひ》の宴《うたげ》に恐《おそ》ろしき死《し》の角笛《つのぶえ》の響《ひゞ》き来《く》るかな

2710 初「太陽」大8・5・1 折々の歌―与謝野寛

2711 初「太陽」大8・5・1 折々の歌―与謝野寛

2712 初「太陽」大8・5・1 折々の歌―与謝野寛

2713 初「太陽」大8・5・1 折々の歌―与謝野寛

2714 初「太陽」大8・5・1 折々の歌―与謝野寛

2715 初「太陽」大8・5・1 折々の歌―与謝野寛

2716 初「太陽」大8・5・1 折々の歌―与謝野寛

2717 初「太陽」大8・5・1 折々の歌―与謝野寛 再「明星」大11・1・1

2718・初「太陽」大8・5・1 折々の歌―与謝野寛 再「明星」大11・1・1

2719　指《ゆび》さして苺《いちご》に宿《やど》る初夏《はつなつ》を見《み》たまへと云《い》ふ若《わか》き園丁《ゑんてい》

2720　大鳥《おほとり》の白《しろ》き雛《ひな》かと見《み》るばかり木隠《こがく》れて咲《さ》く朴《ほほ》の花《はな》かな

2721　紫《むらさき》の火《ひ》の環《わ》みどりの夢《ゆめ》の虹《にじ》われと幻想《ギシヨン》を競《きそ》ふ噴水《ふんすゐ》

2722　憂《う》き時《とき》は薔薇《ばら》をば嗅《か》ぎて打振《うちふ》りぬ胸《むね》に十字《じふじ》を書《か》く僧《そう》の如《ごと》

2723　長崎《ながさき》の港《みなと》の口《くち》を桃《もも》いろに染《そ》めて少女《をとめ》の如《ごと》く日《ひ》の入《い》る

2724　異国《いこく》をば恋《こ》ふる心《こゝろ》に長崎《ながさき》もヹニスと似《に》たり金曜《きんえう》の鐘《かね》

2725　砂《すな》に書《か》く物《もの》と等《ひと》しくかの人《ひと》は我心《わがこゝろ》をば踏《ふ》みにじり行《ゆ》く

2726　雄々《をゝ》しくも若《わか》き太陽野《たいやうの》のはてに真紅《しんく》の楯《たて》を取《と》りて現《あらは》る

2727　廃園《はいゑん》の路《みち》きはまりて高々《たかぐ\》と藪《やぶ》をつくれる枳殻《からたち》の花《はな》

2719　〔初〕「太陽」大８・５・１折々の歌―与謝野寛

2720　〔初〕「太陽」大８・５・１折々の歌―与謝野寛

2721　〔初〕「太陽」大８・５・１折々の歌―与謝野寛

2722　〔初〕「太陽」大８・５・１折々の歌―与謝野寛　〔再〕「明星」大11・１・１

2723　〔初〕「太陽」大８・５・１折々の歌―与謝野寛

2724　〔初〕「太陽」大８・５・１折々の歌―与謝野寛

2725　〔初〕「太陽」大８・５・１折々の歌―与謝野寛

2726　〔初〕「太陽」大８・５・１折々の歌―与謝野寛

2727　〔初〕「太陽」大８・５・１折々の歌―与謝野寛

2728 素直《すなほ》さの人《ひと》に過《す》ぐるを隠《かく》すため裏切者《うらぎりもの》の名《な》を愛《め》でしかな

2729 新《あたら》しき衣《ころも》着《き》るにも着《き》ざるにも同《おな》じ思《おも》ひを寄《よ》するそよ風《かぜ》

2730 お納戸《なんど》の帯《おび》いと長《なが》しわが衣《きぬ》の薄《うす》くなる日《ひ》はもの哀《あは》れなり

2731 草《くさ》あまた裾《すそ》より立《た》ちて花咲《はなさ》くや皐月《さつき》の風《かぜ》のわれをめぐるや

2732 大空《おほぞら》の日《ひ》もこの色《いろ》に本《もと》づくとつつじの花《はな》を摘《つ》みて語《かた》らふ

2733 悲《かなし》みも少《すこ》し心《こゝろ》をどらせぬ皐月《さつき》のかぜにうちまじる時《とき》

2734 人々《ひと〴〵》のあらゆる心《こゝろ》大世界《だいせかい》皆《みな》あざやかにうごく初夏《はつなつ》

2735 かきつばた菖蒲《あやめ》の花《はな》の装《よそほ》ひにいつしか心《こゝろ》なりぬ初夏《はつなつ》

2736 わが前《まへ》の丘《をか》平《たひら》かにつつじ咲《さ》く皐月《さつき》のころのものの悲《かな》しさ

2728 初「太陽」大8・5・1折々の歌―与謝野寛

2729 初「婦人画報」大8・5・1皐月集《さつきしふ》―与謝野晶子

2730 初「婦人画報」大8・5・1皐月集《さつきしふ》―与謝野晶子

2731 初「婦人画報」大8・5・1皐月集《さつきしふ》―与謝野晶子

2732 初「婦人画報」大8・5・1皐月集《さつきしふ》―与謝野晶子

2733 初「婦人画報」大8・5・1皐月集《さつきしふ》―与謝野晶子

2734 初「婦人画報」大8・5・1皐月集《さつきしふ》―与謝野晶子

2735 初「婦人画報」大8・5・1皐月集《さつきしふ》―与謝野晶子

2736 初「婦人画報」大8・5・1皐月集《さつきしふ》―与謝野晶子

2737
心《こゝろ》にも薄藍色《うすあゐいろ》のにじみくるかきつばたぞと思《おも》ひけるかな

2738
つばくらめよき羽振《はねふ》りてはしこくも往来《ゆきき》するやと胸《むね》を思《おも》ひし

2739
わが思《おも》ひはた初夏《はつなつ》の輝《かゞや》きて通《かよ》ふあたりに薔薇《さうび》花《はな》咲《さ》く

2740
おのれをば縦糸《たていと》にして織《お》るものは夏《なつ》の緋《ひ》の糸《いと》青《あを》いろの糸《いと》

2741
たちばなの香《か》もうち混《ま》ぜてあざやかに雨《あめ》とつらなる初夏《はつなつ》の風《かぜ》

2742
水となり流るゝさまに思ほゆれ身はことごとく君が心へ

2743
草むらに太陽の血の流るゝとくづれしけしを思ひけるかな

2744
ここちよく竹の色して流れ行く川のほとりにほととぎす聞く

2745
一人居て流れの上に浮く花も知らぬはかなき思ひごとする

2737 [初]「婦人画報」大8・5・1皐月集《さつきしふ》—与謝野晶子

2738 [初]「婦人画報」大8・5・1皐月集《さつきしふ》—与謝野晶子

2739 [初]「婦人画報」大8・5・1皐月集《さつきしふ》—与謝野晶子

2740 [初]「婦人画報」大8・5・1皐月集《さつきしふ》—与謝野晶子

2741 [初]「婦人画報」大8・5・1皐月集《さつきしふ》—与謝野晶子

2742 [初]「夢の世界」大8・5・1流る—選者

2743 [初]「夢の世界」大8・5・1流る—選者

2744 [初]「夢の世界」大8・5・1流る—選者

2745 [初]「夢の世界」大8・5・1流る—選者

2746 大海の小島へ一人流されて泣く人のごと淋しきさうび

2747 強《つよ》き人《ひと》よわきを分《わ》けて行《ゆ》く路《みち》に虫《むし》の声《こゑ》ほど呻《うめ》く我《わ》が気息《いき》

2748 いち早《はや》く覚《さ》めたる人《ひと》もその果《はて》は寝恍《ねぼ》けし声《こゑ》を挙《あ》げて死《し》に行《ゆ》く

2749 帆《ほ》ばしらの上《うへ》より春《はる》の袖《そで》のごと旗《はた》ひるがへる川口《かはぐち》の風《かぜ》

2750 君来《きみく》べし白《しろ》き翅《つばさ》をうち振《ふ》りてくれなゐの花《はな》おん手《て》にのせて

2751 そのまゝに君《きみ》が心《こゝろ》を心《こゝろ》とし身《み》を身《み》と思《おも》ふ人《ひと》となりぬる

2752 こゝろにも袷《あわせ》着更《きか》へん日《ひ》の来《こ》しと若《わか》びて君《きみ》も物《もの》を云《い》ふかな

2753 地下室《ちかしつ》の隈《すみ》は夜《よ》も日《ひ》も小《を》ぐらくて古《ふる》くだものゝ匂《にほ》ひこそすれ

2754 皐月風《さつきかぜ》君《きみ》を追《お》ひつゝ偸《ぬす》み見《み》よ恋《こひ》の花《はな》をばさゝげて行《ゆ》くを

2746 初「夢の世界」大8・5・1流る—選者

2747 初「大阪毎日新聞」大8・5・1（無題）—与謝野寛

2748 初「大阪毎日新聞」大8・5・1（無題）—与謝野寛

2749 初「大阪毎日新聞」大8・5・1（無題）—与謝野寛

2750 初「大阪毎日新聞」大8・5・9（無題）—与謝野晶子

2751 初「大阪毎日新聞」大8・5・16（無題）—与謝野晶子

2752 初「大阪毎日新聞」大8・5・16（無題）—与謝野晶子

2753 初「大阪毎日新聞」大8・5・16（無題）—与謝野晶子

2754 初「大阪毎日新聞」大8・5・19（無題）—与謝野晶子

2755 よそごとに歎《なげ》く癖《くせ》ある人《ひと》と云《い》ふとりなし言《ごと》も飽《あ》きにけるかな

2756 永久《とこしへ》に老《お》いざることを先見《せんけん》す二十年前《はたとせまへ》のことにかありけん

2757 わが声《こゑ》のよき水色《みづいろ》を作《つく》るやと問《と》はまほしかり夏《なつ》の夕《ゆうべ》に

2758 わたつみの高き波より恐るべしわれ自らの思ひなれども

2759 ここちよくおのれに嗅ぎぬ初夏の土の匂ひと水のにほひと

2760 白き罌粟われを親み紅き罌粟われを憎むと歎きこそすれ

2761 祭日《まつりび》の次の朝かと淋しさをよそへて思ふわれのこのごろ

2762 屋根の草やや大きなる葉のうらを返して物を思ふ朝かな

2763 ひとところダリヤ色すのこころをば唯だおほらかに眺むればわれ

2755 初「大阪毎日新聞」大8・5・19（無題）―与謝野晶子 再「婦人画報」大8・6・1

2756 初「大阪毎日新聞」大8・5・25（無題）―与謝野晶子

2757 初「大阪毎日新聞」大8・5・25（無題）―与謝野晶子

2758 初「改造」大8・6・1こころ―与謝野晶子

2759 初「改造」大8・6・1こころ―与謝野晶子

2760 初「改造」大8・6・1こころ―与謝野晶子

2761 初「改造」大8・6・1こころ―与謝野晶子

2762 初「改造」大8・6・1こころ―与謝野晶子

2763 初「改造」大8・6・1こころ―与謝野晶子

[2764] なみすべし今日の心は行く雲の影のみうつす野の中の池

2765 陶器師《すゑものし》その手《て》の下《もと》に土《つち》は皆 女《みなをんな》のごとく好《よ》き形《かたち》しぬ

2766 酒場《さかば》より深夜《しんや》の辻《つじ》へ紅《くれなゐ》の酒《さけ》を流《なが》すと見《み》ゆるともし火《び》

2767 我《われ》を見《み》てしばしと君《きみ》は手《て》を伸《の》べぬ紫《むらさき》を織《お》る機《はた》の上《うへ》より

2768 われ倦《う》みぬ機械《きかい》の如《ごと》き巧《たく》みさに命《いのち》を持《も》たぬ甘《あま》き言葉《ことば》に

2769 人《ひと》の見《み》て果敢《はか》なしとする草《くさ》ながら命《いのち》に等《ひと》し手《て》に香《かほ》る時《とき》

2770 並倉《なみぐら》の前《まへ》に干《ほ》したる酒桶《さかをけ》に突《つ》き当《あた》りゆく春 嵐《あをあらし》かな

2771 淋《さび》しさよ色白粉《いろおしろい》の濃《こ》き如《ごと》く君《きみ》が言葉《ことば》の常《つね》に美《うつ》くし

2772 華《はな》やかに恋《こひ》に生《い》きんとする人《ひと》も悲《かな》しき時《とき》は目《め》を伏《ふ》せて行《ゆ》く

2764 [初]「改造」大8・6・1こころ―与謝野晶子

2765 [初]「太陽」大8・6・1折々の歌―与謝野寛

2766 [初]「太陽」大8・6・1折々の歌―与謝野寛

2767 [初]「太陽」大8・6・1折々の歌―与謝野寛

2768 [初]「太陽」大8・6・1折々の歌―与謝野寛

2769 [初]「太陽」大8・6・1折々の歌―与謝野寛

2770 [初]「太陽」大8・6・1折々の歌―与謝野寛

2771 [初]「太陽」大8・6・1折々の歌―与謝野寛

2772 [初]「太陽」大8・6・1折々の歌―与謝野寛
[再]「明星」大11・1・1

2773
一切《いつさい》を打壊《うちくだ》く時《とき》やぶる時我《ときわれ》みづからの改《あらた》まる時《とき》

2774
この群《むれ》は放埒《はうらつ》をもて集《あつま》りぬ見《み》て踵《くびす》をば返《かへ》さぬは無《な》し

2775
紫《むらさき》に君《きみ》が片頬《かたほ》を照《てら》したる真昼《まひる》の薔薇《ばら》の花明《はかあか》りかな

2776
仄《ほの》かにも白《しろ》き明《あか》りを残《のこ》すなり遠《とほ》き夕《ゆふべ》のみづうみの色《いろ》

2777
火《ひ》の如《ごと》き心《こゝろ》の人《ひと》も悲《かなし》みを知《し》るがごとくに牡丹《ぼたん》くづれぬ

2778
淋《さび》しくも己《おの》が心《こゝろ》を覗《のぞ》くなり廃墟《はいきよ》のうへの月《つき》の如《ごと》くに

2779
悩《なや》ましき心《こゝろ》を持《も》てる我《わ》が前《まへ》に真紅《しんく》の罌粟《けし》を撒《ま》き散《ちら》す風《かぜ》

2780
誰《たれ》よりも淋《さび》しき我《われ》は誰《たれ》よりも女《をんな》の愛《あい》を隠《かく》れ家《が》にする

2781
狂《くる》ほしき炎熱《えんねつ》の日《ひ》に現《うつゝ》なきたましひの如《ごと》急《いそ》ぐ自働車《じどうしや》

2773 〔初〕「太陽」大８・６・１折々の歌―与謝野寛

2774 〔初〕「太陽」大８・６・１折々の歌―与謝野寛

2775 (5)花《かは》→花《はな》 〔初〕「太陽」大８・６・１折々の歌―与謝野寛

2776 〔初〕「太陽」大８・６・１折々の歌―与謝野寛

2777 〔初〕「太陽」大８・６・１折々の歌―与謝野寛

2778 〔初〕「太陽」大８・６・１折々の歌―与謝野寛

2779 〔初〕「太陽」大８・６・１折々の歌―与謝野寛

2780 〔初〕「太陽」大８・６・１折々の歌―与謝野寛

2781 〔初〕「太陽」大８・６・１折々の歌―与謝野寛

2782 敷石《しきいし》と罌粟《けし》の反射《はんしや》の照《て》る中《なか》に蜻蛉《とんぼ》の羽《はね》の錫箔《すゞはく》を置《お》く

2783 時《とき》として天日《てんじつ》も無《な》く我《われ》も無《な》く混沌《こんとん》として拡《ひろ》がれる謎《なぞ》

2784 灰色《はひいろ》の謎《なぞ》の中《なか》にて手《て》を繋《つな》ぐこの夫婦《めうと》づれはた親子《おやこ》づれ

2785 風《かぜ》吹《ふ》けば青《あお》き芒《すゝき》も取《と》り乱《みだ》し白《しろ》き刃《やいば》となりてひらめく

2786 人《ひと》の飲《の》む酒《さけ》は飲《の》まねど酔《よ》ふ術《すべ》は自《みづか》ら知《し》りぬ狂《くる》ほしきまで

2787 ゆくりなく蒲公英《たんぽぽ》の穂《ほ》も飛《と》び立《た》ちぬ天使《てんし》の如《ごと》く微風《そよかぜ》に乗《の》り

2788 ニコライの鐘《かね》をば送《おく》る微風《そよかぜ》に靡《なび》きて香《かほ》る我庭《わがには》の薔薇《ばら》

2789 羽《は》ばたきはなせど海《うみ》てふ青《あを》き鳥《とり》 翅《つばさ》を上《あ》げてまだ飛《と》ばぬ時《とき》

2790 初夏《はつなつ》は雨《あめ》を塗《ぬ》るなり大《おほ》きなる真白《ましろ》き薔薇《ばら》よさらに匂《にほ》へと

2782 初「太陽」大8・6・1折々の歌――与謝野寛

2783 初「太陽」大8・6・1折々の歌――与謝野寛

2784 初「太陽」大8・6・1折々の歌――与謝野寛

2785 初「太陽」大8・6・1折々の歌――与謝野寛

2786 初「太陽」大8・6・1折々の歌――与謝野寛

2787 初「太陽」大8・6・1折々の歌――与謝野寛

2788 初「太陽」大8・6・1折々の歌――与謝野寛

2789 初「婦人画報」大8・6・1夏《なつ》の吐息《といき》――与謝野晶子

2790 初「婦人画報」大8・6・1夏《なつ》の吐息《といき》――与謝野晶子

2791
ここちよく楓《かへで》柏《かしは》の枝《えだ》よりも伸《の》びぬと恋《こひ》を思《おも》ふこのごろ

2792
君《きみ》もしぬおのれもなしぬ勝《すぐ》れたるよき思《おも》ひやり悪《あ》しき憎《にく》しみ

2793
木《こ》の下《もと》に一人《ひとり》立《た》つ時《とき》ひるがほのはかなき花《はな》の心地《こゝち》するかな

2794
わが恋《こひ》の軽々《かろ〴〵》しくもなりぬると思《おも》ひぬ涙《なみだ》ふとし出《い》づれば

2795
初夏《はつなつ》のよきそよ風《かぜ》はうすものゝ袂《たもと》より吹《ふ》くこころより吹《ふ》く

2796
いつとなく心《こゝろ》に色《いろ》の染《そ》みつけば鏡《かゞみ》はうつす淋《さび》しき顔《かほ》を

2797
木《こ》の間《ま》より膝《ひざ》なりし子《こ》のふためきて走《はし》るさまかと思《おも》ふ風《かぜ》吹《ふ》く

2798
おん胸《むね》へ燃《も》えに燃《も》え行《ゆ》くほのほをばなるに任《まか》すも身《み》の若《わか》きため

2799
夜《よ》もひるも心《こゝろ》の燃《も》ゆと何《なに》ならぬ唯《たゞ》ごとながら告《つ》げて泣《な》かるゝ

2791 初「婦人画報」大8・6・1 夏《なつ》の吐《と》息《いき》― 与謝野晶子
2792 初「婦人画報」大8・6・1 夏《なつ》の吐《と》息《いき》― 与謝野晶子
2793 初「婦人画報」大8・6・1 夏《なつ》の吐《と》息《いき》― 与謝野晶子
2794 初「婦人画報」大8・6・1 夏《なつ》の吐《と》息《いき》― 与謝野晶子
2795 初「婦人画報」大8・6・1 夏《なつ》の吐《と》息《いき》― 与謝野晶子
2796 初「婦人画報」大8・6・1 夏《なつ》の吐《と》息《いき》― 与謝野晶子
2797 初「婦人画報」大8・6・1 夏《なつ》の吐《と》息《いき》― 与謝野晶子
2798 初「夢の世界」大8・6・1 燃ゆ― 選者
2799 初「夢の世界」大8・6・1 燃ゆ― 選者

2800 ひんがしの林《はやし》の上《うへ》に初夏《はつなつ》の夕月《ゆふづき》燃《も》ゆれ黄《き》のほのほして

2801 罌粟《けし》よりもあでに薔薇《ばら》よりにほやかに心《こゝろ》の焔《ほのほ》燃《も》え立《た》ちしかな

2802 いなづまはもとより燃《も》ゆる火《ひ》なれども唯《た》だ束《つか》のまの光《ひかり》よりなし

2803 濃《こま》やかに物《もの》を語《かた》るもふさはしきわたつみ色《いろ》の皐月《さつき》来《きた》れる

2804 わが娘《むすめ》はた人形《にんげう》の頰《ほ》の色《いろ》をなしたる月《つき》の水《みづ》くゞり出《い》づ

2805 傍《かたは》らに釣鐘草《つりがねさう》の花動《はなうご》く草《くさ》の原《はら》なる夏《なつ》の夜《よ》の月《つき》

2806 悲《かな》しみをいと逸早《いちはや》く知《し》れる身《み》は真夏《まなつ》に黄《き》ばむ物《もの》の下葉《したは》か。

2807 我《わ》が上《うへ》を誰《たれ》も春《はる》ぞと云《い》はねども心《こゝろ》は下《した》にわななきて燃《も》ゆ。

2808 新《あたら》しき妹背《いもせ》の道《みち》に先《ま》づ聞《きこ》ゆこの君《きみ》たちの清《きよ》き足《あし》おと。

2800 初「夢の世界」大8・6・1燃ゆ—選者

2801 初「夢の世界」大8・6・1燃ゆ—選者

2802 初「夢の世界」大8・6・1燃ゆ—選者

2803 初「大阪毎日新聞」大8・6・2（無題）—与謝野晶子

2804 初「大阪毎日新聞」大8・6・2（無題）—与謝野晶子

2805 初「万朝報」大8・6・7（無題）—選者 再「婦人画報」大8・7・1—与謝野晶子

2806 初「大阪毎日新聞」大8・6・8（無題）—与謝野寛

2807 初「大阪毎日新聞」大8・6・8（無題）—与謝野寛

2808 初「大阪毎日新聞」大8・6・8（無題）—与謝野寛

2809 恐《おそろ》しき海《うみ》へわが身《み》を投《な》げおろす風《かぜ》すと歎《なげ》く朴《ほう》のちる時《とき》

2810 心《こゝろ》をば何《なん》の双葉《ふたば》と思《おも》へるや弱《よわ》くあらんかに清《きよ》しとぞ云《い》ふ

2811 萩《はぎ》の家《や》のむかし知《し》る人《ひと》おほかたは大人《うし》の歳《とし》より老《お》いにけるかな

2812 ひともとの松《まつ》すく〳〵と緑《みどり》なり常世《とこよ》の春《はる》の路《みち》しるべして

2813 ものがたり唯《た》だ二日《か》して人《ひと》の世《よ》に見《み》ること難《がた》くなり給《たま》ふかな

2814 人故《ひとゆゑ》に物《もの》を思《おも》へば身《み》の撓《たわ》む草《くさ》の葉《は》のごとうすもののごと

2815 しら波《なみ》は渚《なぎさ》の砂《すな》に飽《あ》かぬらしわが心《こゝろ》をば捉《とら》へてぞ打《う》つ

2816 わが前《まへ》を走《はし》る小山羊《こやぎ》の細《ほそ》き脚夏《あしなつ》のあしたの微風《そよかぜ》の脚《あし》

2817 わが恋《こひ》は海《うみ》に似《に》るなり鮮《あざや》かに波《なみ》うごく時墨流《ときすみなが》す時《とき》

2809 初「大阪毎日新聞」大８・６・11（無題）―与謝野晶子
2810 初「大阪毎日新聞」大８・６・11（無題）―与謝野晶子
2811 初「大阪毎日新聞」大８・６・15（無題）―与謝野寛
2812 初「大阪毎日新聞」大８・６・15（無題）―与謝野寛
2813 初「大阪毎日新聞」大８・６・15（無題）―与謝野寛
2814 初「大阪毎日新聞」大８・６・17（無題）―与謝野晶子
2815 初「大阪毎日新聞」大８・６・17（無題）―与謝野晶子
2816 初「万朝報」大８・６・21（無題）―選者
2817 初「大阪毎日新聞」大８・６・23（無題）―与謝野晶子

2818 七月《ぐわつ》の海《うみ》に向《むか》ひて水色《みづいろ》の絽《ろ》の帯《おび》しめし家《いへ》を思《おも》ひぬ

2819 畳職たたみの裏を返すなりあぢきなきかな人の世のこと

2820 わが髪は黒曜石にあらねども手触れんとせず冷げに見て

2821 撫子の花まばらなり微風《そよかぜ》のその水色のうすもの丶裾

2822 心より指の先まで痛きこと相見る日まで止まじとすらん

2823 すずかけの緑の街《まち》を二町ほど歩みてよりぬわがはかりごと

2824 縁側を玩具の汽車の走り去りかなかなの啼き朱の硯磨る

2825 生くること苦しくなりぬ物忘れなすすべ終る人も教へず

2826 動《うご》きけり道化《だうけ》の笛《ふえ》の音《ね》につれて我《わ》が知《し》らざりし第《だい》三の吾《われ》

2818 初「大阪毎日新聞」大8・6・23（無題）—与謝野晶子

2819 初「解放」大8・7・1夏日雑詠—与謝野晶子

2820 初「解放」大8・7・1夏日雑詠—与謝野晶子

2821 初「解放」大8・7・1夏日雑詠—与謝野晶子

2822 初「解放」大8・7・1夏日雑詠—与謝野晶子

2823 初「解放」大8・7・1夏日雑詠—与謝野晶子

2824 初「解放」大8・7・1夏日雑詠—与謝野晶子

2825 初「解放」大8・7・1夏日雑詠—与謝野晶子

2826 初「太陽」大8・7・1折々の歌—与謝野寛 再「明星」大11・1・1

2827 君言《きみい》はず一瞬《しゆん》にして石《いし》となるけうとき術《すべ》を知《し》り給《たま》ふかな

2828 岸《きし》にある大船《おほふね》の帆《ほ》の黒々《くろ〴〵》と涼《すゞ》しき影《かげ》を置《お》ける敷石《しきいし》

2829 千里《せんり》をば遠《とほ》しとせざる風《かぜ》ふきぬ我《わ》が横《よこた》はる三尺《じやく》の上《うへ》

2830 痛《いた》きまで心《こゝろ》を刺《さ》しぬ桃色《もゝいろ》の薊《あざみ》と云《い》ひて君《きみ》を憎《にく》まん

2831 引窓《ひきまど》の紐《ひも》をしぼれば白々《しら〴〵》と厨《くりや》を覗《のぞ》く初秋《はつあき》の朝《あさ》

2832 自《みづか》らを軽《かろ》んずること度《ど》に過《す》ぐと終《つひ》に思《おも》はず言《い》はず一生《しやう》

2833 人並《ひとなみ》に早《はや》く覚《さ》むなと祈《いの》るかないみじき夢《ゆめ》を我《われ》は見《み》ながら

2834 軽《かろ》きかな我《われ》みづからを放《はな》ちたる此世界《このせかい》には負《お》ふ物《もの》も無《な》し

2835 笛《ふえ》の音《ね》よ恋《こひ》と智慧《ちゑ》とを分《わか》たざる光《ひかり》の中《なか》に澄《す》み昇《のぼ》りゆく

2827 初「太陽」大８・７・１折々の歌―与謝野寛

2828 初「太陽」大８・７・１折々の歌―与謝野寛

2829 初「太陽」大８・７・１折々の歌―与謝野寛

2830 初「太陽」大８・７・１折々の歌―与謝野寛　再「明星」大11・１・１

2831 初「太陽」大８・７・１折々の歌―与謝野寛

2832 初「太陽」大８・７・１折々の歌―与謝野寛

2833 初「太陽」大８・７・１折々の歌―与謝野寛

2834 初「太陽」大８・７・１折々の歌―与謝野寛

2835 初「太陽」大８・７・１折々の歌―与謝野寛

2836 さとばかり青《あを》き畳《たゝみ》を吹《ふ》く風《かぜ》に閨《ねや》まで来《きた》る大《おほ》やんまかな

2837 木《こ》がくれてある星《ほし》よりも哀《あは》れなり広場《ひろば》の上《うへ》の白《しろ》き夕月《ゆふづき》

2838 風《かぜ》吹《ふ》けば女郎花《をみなへし》より猶脆《なほもろ》く頽《くづ》れて砂《すな》をこぼす野《の》の石《いし》

2839 露《つゆ》よりも涙《なみだ》に濡《ぬ》るゝ心《こゝろ》なり恋人《こひびと》として旅人《たびびと》として

2840 金魚草《きんぎよさう》うす桃色《もゝいろ》の目《め》を挙《あ》げぬ我《われ》の如《ごと》くや物《もの》に酔《よ》ふらん

2841 くれなゐに又《また》くれなゐを盛上《もりあ》げて自《みづか》ら描《ゑが》く雛罌粟《ひなげし》の花《はな》

2842 まつしろに東京湾《とうきやうわん》を塞《ふさ》ぎたる大成丸《たいせいまる》の朝《あさ》の帆《ほ》の色《いろ》

2843 世界《せかい》をば肩《かた》に支《さゝ》へしアトロスの悲《かな》しみを今人《いまひと》も知《し》るなる

2844 ウイルソン君《きみ》が心《こゝろ》を悲《かなし》むと東《ひがし》に歌《うた》ふ我《わ》が声《こゑ》を聴《き》け

2836 初「太陽」大8・7・1折々の歌―与謝野寛

2837 初「太陽」大8・7・1折々の歌―与謝野寛 再「明星」大11・1・1

2838 初「太陽」大8・7・1折々の歌―与謝野寛

2839 初「太陽」大8・7・1折々の歌―与謝野寛

2840 初「太陽」大8・7・1折々の歌―与謝野寛

2841 初「太陽」大8・7・1折々の歌―与謝野寛

2842 初「太陽」大8・7・1折々の歌―与謝野寛

2843 初「太陽」大8・7・1折々の歌―与謝野寛

2844 初「太陽」大8・7・1折々の歌―与謝野寛

2845 わが船《ふね》に錨《いかり》の上《あが》り汽笛《きてき》鳴《な》り綱《つな》の解《と》かるゝこの刹那《せつな》よし

2846 紫《むらさき》に温泉岳《うんぜんだけ》のいたゞきの深《ふか》く染《そ》まりて海《うみ》に秋立《あきた》つ

2847 闇《やみ》の夜《よ》も恋《こひ》する人《ひと》は美《うつ》くしき黒檀《こくたん》の夜《よ》と愛《め》でゝ通《かよ》ひぬ

2848 君《きみ》が名《な》を畳句《たゝみく》に置《お》き韻《ゐん》に置《お》き千行《せんぎやう》にしてまだ尽《つ》きぬ歌《うた》

2849 街々《まち〱》の並木《なみき》の枝《えだ》を刈《か》る如《ごと》く人《ひと》な揃《そろ》へそ平凡《へいぼん》にのみ

2850 石《いし》くれを積《つ》みて重《かさ》ねて大《おほい》なる家《いへ》はなるとも天才《てんさい》は否《いな》

2851 みづからの心《こゝろ》を蹴《け》りて舞《ま》ひ揚《あが》る鷲《わし》の拡《ひろ》げし金色《こんじき》の翅《はね》

2852 空想《くうさう》を命《いのち》とすると我《わ》が云《い》へば指《ゆび》をぞ弾《はじ》く賢人《けんじん》の群《むれ》

2853 夕立《ゆふだち》や白泡《しらあわ》を噛《か》む馬《うま》のごと孟宗竹《まうそうちく》を振《ふる》はせて降《ふ》る

2845 初「太陽」大8・7・1折々の歌―与謝野寛

2846 初「太陽」大8・7・1折々の歌―与謝野寛

2847 初「太陽」大8・7・1折々の歌―与謝野寛

2848 初「太陽」大8・7・1折々の歌―与謝野寛

2849 初「太陽」大8・7・1折々の歌―与謝野寛

2850 初「太陽」大8・7・1折々の歌―与謝野寛

2851 初「中学世界」大8・7・1夏の思ひ―与謝野寛

2852 初「中学世界」大8・7・1夏の思ひ―与謝野寛

2853 初「中学世界」大8・7・1夏の思ひ―与謝野寛

2854 憤《いきどほ》る事《こと》ある日《ひ》にも目《め》を伏《ふ》せて祈禱《いのり》の如《ごと》くつゝましき君《きみ》

2855 むく〳〵と白金《はくきん》の雲光《くもひか》る雲西《くもにし》に聳《そび》えて草《くさ》の風《かぜ》ふく

2856 風《かぜ》の雲《くも》みだれて蜘蛛《くも》の巣《す》を張《は》れば短剣《たんけん》を投《な》ぐ少年《せうねん》の月《つき》

2857 恋《こひ》にしも我《わ》が魂《たましひ》を誘《さそ》はずば已《や》まじとぞする麝香《じやかう》なでしこ

2858 川口《かはぐち》の船《ふね》の間《あひだ》に涼《すゞ》しきは浅葱《あさぎ》の風《かぜ》と白《しろ》きさゞ波《なみ》

2859 ひるがほと釣鐘草《つりがねさう》は哀《あは》れにも早《はや》く夕《ゆふべ》の色《いろ》をして咲《さ》く

2860 狂《くる》ほしき眩暈《めまひ》のなかに太陽《たいやう》を讃《たゝ》へて尖《とが》る薔薇《ばら》の唇《くちびる》

2861 啼《な》きに啼《な》くあさまし長《なが》し喧噪《かしがま》しいみじき歌《うた》を知《し》らぬ蟬《せみ》かな

2862 夕《ゆふ》ぐれや根《ね》を逆《さか》しまに被《かづ》きたる水草《みづくさ》なども遊《あそ》ぶ川《かは》かな

2854 初「中学世界」大8・7・1夏の思ひ—与謝野寛

2855 初「中学世界」大8・7・1夏の思ひ—与謝野寛

2856 初「中学世界」大8・7・1夏の思ひ—与謝野寛

2857 初「中学世界」大8・7・1夏の思ひ—与謝野寛

2858 初「中学世界」大8・7・1夏の思ひ—与謝野寛

2859 初「中学世界」大8・7・1夏の思ひ—与謝野寛

2860 初「中学世界」大8・7・1夏の思ひ—与謝野寛 再「明星」大11・1・1

2861 初「中学世界」大8・7・1夏の思ひ—与謝野寛 再「明星」大11・1・1

2862 初「婦人画報」大8・7・1夏《なつ》草《くさ》—与謝野晶子

2863 はちはちと竹《たけ》を叩《たゝ》ける夏《なつ》のかぜ罌粟《けし》に及《およ》ばず恋《こひ》を知《し》らぬや

2864 金蓮花《きんれんくわ》わが衣《きぬ》となりわれに添《そ》ひ君見《きみみ》んと云《い》ふ園《その》に出《い》づれば

2865 わが寝覚瑠璃《ねさめるり》の花《はな》おく朝顔《あさがほ》を孔雀《くじやく》の羽《はね》と見《み》てめづるかな

2866 あぢきなきわが生立《おひたち》に似《に》る如《ごと》く似《に》ざるが如《ごと》き雛罌粟《ひなげし》の花《はな》

2867 うすものを着《き》て軽々《かろ〴〵》となりにけりひたひ髪《がみ》より心《しん》の臓《ざう》まで

2868 いと重《おも》く露《つゆ》を含《ふく》むと心《こゝろ》をば君《きみ》の云《い》ふなり薔薇《ばら》の如《ごと》きか

2869 月見草其処《つきみぐさそこ》へ行《ゆ》くとし云《い》はねどもわれ見《み》て靡《なび》く道《みち》の遠方《おちかた》

2870 うまごやし盛《さか》りも知《し》らず衰《おとろ》へに逢《あ》はぬ際《きは》をば歎《なげ》くほのかに

2871 睡蓮《すゐれん》は今《いま》まで知《し》らぬ風《かぜ》を得《え》てなしも初《はじ》めぬ水《みづ》の上《うへ》の舞《まひ》

2863 初「婦人画報」大８・７・１夏草《なつくさ》—与謝野晶子

2864 初「婦人画報」大８・７・１夏草《なつくさ》—与謝野晶子

2865 初「婦人画報」大８・７・１夏草《なつくさ》—与謝野晶子

2866 初「婦人画報」大８・７・１夏草《なつくさ》—与謝野晶子

2867 初「婦人画報」大８・７・１夏草《なつくさ》—与謝野晶子

2868 初「婦人画報」大８・７・１夏草《なつくさ》—与謝野晶子

2869 初「婦人画報」大８・７・１夏草《なつくさ》—与謝野晶子

2870 初「婦人画報」大８・７・１夏草《なつくさ》—与謝野晶子

2871 初「婦人画報」大８・７・１夏草《なつくさ》—与謝野晶子

2872 まだ知《し》らず何《なに》と云《い》ふ名《な》の夏《なつ》ならん暑《あつ》しと歎《なげ》く草《くさ》の葉《は》とわれ

2873 砂原《すなはら》の船《ふね》の蔭《かげ》にてもの丶蔓蟹《つるかに》と遊《あそ》べる夏《なつ》のひるかな

2874 岩蔭《いはかげ》の泉《いづみ》にありて遥《はる》かなる青空《あをぞら》を愛《め》づ花《はな》のここちに

2875 わがあるは君《きみ》が蔭《かげ》ぞと夢《ゆめ》にだに思《おも》ひ忘《わす》れぬとしごろのさま

2876 草蔭《くさかげ》を濁《にご》り水行《みづゆ》く夕立《ゆふだち》の一時《とき》のちの蟬《せみ》の声《こゑ》かな

2877 われはよし梅蘭芳《メイランフアン》を見《み》し夜《よる》もなほ遠《とほ》からぬ思《おも》ひ出《で》にもつ

2878 地《ち》の上《うへ》にわが像《ぞう》およそ二十億《おく》ありとおのれも思《おも》ひ知《し》るかな

2879 鴎《かもめ》ほど岩現《いはあらは》れてこの岩《いは》に水来《みづき》て鳴《な》らす一絃《げん》の琴《こと》

2880 螢《ほたる》のみ華《はな》やかに見《み》え夜《よ》はいとゞ黒檀《こくたん》なしてくらき涼《すゞ》しき

2872 初「婦人画報」大8・7・1夏草《なつくさ》―与謝野晶子

2873 初「夢の世界」大8・7・1蔭―選者

2874 初「夢の世界」大8・7・1蔭―選者

2875 初「夢の世界」大8・7・1蔭―選者

2876 初「夢の世界」大8・7・1蔭―選者

2877 初「大阪毎日新聞」大8・7・8(無題)―与謝野晶子

2878 初「大阪毎日新聞」大8・7・10(無題)―与謝野晶子

2879 初「大阪毎日新聞」大8・7・10(無題)―与謝野晶子

2880 初「大阪毎日新聞」大8・7・10(無題)―与謝野晶子

2881
恋《こひ》をする心《こゝろ》いみじき哲人《てつじん》の心《こゝろ》何《いづ》れを王《おう》と見《み》なさん

2882
忘《わす》れつとなせど心《こゝろ》を覗《のぞ》く時《とき》なほ仄《ほの》じろき花《はな》一つ咲《さ》く

2883
赤き日は凱旋門の中に入り夕風わたるシヤンゼリゼエに

2884
うす衣水にうつれば自らも夕の雲のここちこそすれ

2885
ひなげしが息を吐きつつわれに云ふ踊の後の軽き疲れと

2886
八月の雨の中なるトリヤノンうす桃いろのトリヤノンかな

2887
玉宮の鏡に見えて清らなりしろき噴水森に入る道

2888
あかつきに矢車草の色したるセエヌの水のかたはらを行く

2889
ムウドンの橋をはなるるわが船の欄干より飛ぶ川蜻蛉かな

2881 初「大阪毎日新聞」大８・７・17（無題）―与謝野晶子

2882 初「大阪毎日新聞」大８・７・17（無題）―与謝野晶子

2883 初「解放」大８・８・１遊仏日記より―与謝野晶子

2884 初「解放」大８・８・１遊仏日記より―与謝野晶子

2885 初「解放」大８・８・１遊仏日記より―与謝野晶子

2886 初「解放」大８・８・１遊仏日記より―与謝野晶子

2887 初「解放」大８・８・１遊仏日記より―与謝野晶子

2888 初「解放」大８・８・１遊仏日記より―与謝野晶子

2889 初「解放」大８・８・１遊仏日記より―与謝野晶子

2890 夏雲の重るさまに涼しけれ川より仰ぐ街々の家

2891 香料の風にまじりて降りそそぐ芝居の廊のうすものゝ雨

2892 はしけやし夏の光の渦巻ける御寺の窓の色硝子かな

2893 命《いのち》をば持《も》て余《あま》したる我等《われら》なり自《みづか》ら焼《や》きて火《ひ》の宴《うたげ》する

2894 不死鳥《フエニクス》の羽《は》ばたく音《おと》を朝《あさ》に聞《き》き夕《ゆふべ》に目《め》にすヘルクレスの死《し》

2895 陶酔《たうすゐ》の最上層《さいじやうそう》にのぼる時《とき》われを繞《めぐ》りて火《ひ》の琴《こと》の鳴《な》る

2896 神秘《しんぴ》の木《き》大地《だいち》の底《そこ》の泉源《せんげん》にじ、つ、と根下《ねお》ろし愛《あい》に浸《ひた》れる

2897 さかづきを挙《あ》げて笑《わら》へる酒神《バッカス》の満面《まんめん》に照《て》る落日《らくじつ》の紅《べに》

2898 夕涼《ゆふすゞ》の大気《たいき》のなかに流《なが》るなり恋慕《れんぼ》の香《か》をば散《ち》すそよかぜ

2890 初「解放」大8・8・1遊仏日記より―与謝野晶子

2891 初「解放」大8・8・1遊仏日記より―与謝野晶子

2892 初「解放」大8・8・1遊仏日記より―与謝野晶子

2893 初「太陽」大8・8・1折々の歌―与謝野寛

2894 初「太陽」大8・8・1折々の歌―与謝野寛

2895 初「太陽」大8・8・1折々の歌―与謝野寛

2896 初「太陽」大8・8・1折々の歌―与謝野寛

2897 初「太陽」大8・8・1折々の歌―与謝野寛

2898 初「太陽」大8・8・1折々の歌―与謝野寛

2899
君《きみ》は持《も》つ空《そら》よりくだる紅鶴《べにづる》のにほふ翼《つばさ》を振《ふる》ふ表情《へうじやう》

2900
友《とも》は今深創《いまふかで》を負《お》へる獅《し》子、のごと恋《こひ》を離《はな》れて歎《なげ》きつつ行《ゆ》く

2901
久《ひさ》しくも筋《すぢ》なきことを歌《うた》ふなり覚《さ》めぬ悪夢《あくむ》か妄想 狂《まうさうきやう》か

2902
矢《や》を受《う》けし天《あめ》の白鳥《しらとり》羽《は》ばたきて最期《いまは》の時《とき》に歎《なげ》く一声《ひとこゑ》

2903
この和子《わこ》の御手《みて》よりやがて輝《かゞや》かん新《あたら》しき世《よ》を照《てら》す炬火《たいまつ》

2904
腹太《はらふと》く肥《こ》えたる僧《そう》と仏蘭西《ふらんす》の修道院《しうだうゐん》に聞《き》きし 鶯《ロシニヨル》

2905
とり乱《みだ》し君《きみ》の泣《な》く日《ひ》の悲《かな》しさを一語《いちご》に云《い》へば薔薇《ばら》の悶絶《もんぜつ》

2906
揮発油《きはつゆ》の一滴《いつてき》の香《か》も人《ひと》を置《お》く激《はげ》しく甘《あま》き昂奮《かうふん》の中《なか》

2907
虹《にじ》くづる今美《いまうつ》くしき大音《だいおん》の空《そら》に起《おこ》れど聞《き》く人《ひと》も無《な》し

2899 初「太陽」大8・8・1折々の歌―与謝野寛

2900 初「太陽」大8・8・1折々の歌―与謝野寛 再「明星」大11・1・1

2901 初「太陽」大8・8・1折々の歌―与謝野寛

2902 初「太陽」大8・8・1折々の歌―与謝野寛

2903 初「太陽」大8・8・1折々の歌―与謝野寛

2904 初「太陽」大8・8・1折々の歌―与謝野寛 再「明星」大11・1・1

2905 初「太陽」大8・8・1折々の歌―与謝野寛

2906 初「太陽」大8・8・1折々の歌―与謝野寛

2907 初「太陽」大8・8・1折々の歌―与謝野寛

2908 工場《こうぢやう》の鋼《はがね》のおとをよろこびぬ我歌《わがうた》に押《お》す韻《ゐん》は是《これ》のみ

2909 水清《みづきよ》し白鳥《しらとり》光《ひか》る我《わ》が立《た》つは柱廊《ちうらう》などの心地《こゝち》こそすれ

2910 夕焼《ゆふやけ》に沖《おき》に並《なら》べる帆《ほ》の紅《あか》しクレオパトラヤ乗《の》りて来《き》にけん

2911 砂《すな》の上《うへ》に残《のこ》る入日《いりひ》の紅《くれなゐ》を飢《う》ゑて嗅《か》ぐなり金毛《きんまう》の獅子《しゝ》

2912 白百合《しろゆり》は土《つち》を離《はな》るる一尺《いつしやく》の空《そら》に香《かほ》りぬ我《わ》れの願《ねが》ひも

2913 手《て》を挙《あ》げて未来《みらい》を待《ま》てる我等《われら》には狼火《のろし》にひとし曙《あけぼの》の色《いろ》

2914 たそがれの水晶質《すゐしやうしつ》の川風《かはかぜ》に吹《ふ》かれて出《い》でし金髪《きんぱつ》の月《つき》

2915 梅恨《くわいこん》の鋭《するど》き棘皮《きよくひ》みぐるしき棘皮《きよくひ》を負《お》ひて揺動《ゆる》ぎ行《ゆ》くかな

2916 大鵬《たいほう》か天馬《てんば》か空《そら》を路《みち》として日《ひ》をさへ濁《にご》し颱風《たいふう》を駆《か》る

2908 初「太陽」大8・8・1折々の歌―与謝野寛

2909 初「太陽」大8・8・1折々の歌―与謝野寛
再「明星」大11・1・1

2910 (4)クレオパトラヤ→クレオパトラや
初「太陽」大8・8・1折々の歌―与謝野寛

2911 初「太陽」大8・8・1折々の歌―与謝野寛

2912 初「太陽」大8・8・1折々の歌―与謝野寛

2913 初「太陽」大8・8・1折々の歌―与謝野寛

2914 初「太陽」大8・8・1折々の歌―与謝野寛

2915 (1)梅恨《くわいこん》→悔恨《くわいこん》
初「太陽」大8・8・1折々の歌―与謝野寛

2916 初「太陽」大8・8・1折々の歌―与謝野寛

2917 果樹園《くわじゆゑん》のひくき木《こ》の間《ま》に村雨《むらさめ》のしづくの如《ごと》く残《のこ》る夕蟬《ゆふせみ》

2918 わが心《こゝろ》断食《だんじき》と云《い》ふ行《ぎやう》をなすさまかと思《おも》ふこのごろのこと

2919 山風《やまかぜ》に夢《ゆめ》の断《た》たれし今朝《けさ》のこといと遠《とほ》き世《よ》の心地《こゝち》すと書《か》く

2920 鐘叩《かねたゝ》き鳴《な》く音《ね》を断《た》たず山風《やまかぜ》はとどろと雨《あめ》を送《おく》り来《きた》れど

2921 川《かは》もわれ水《みづ》を断《た》たんとなす岩《いは》もおのれと思《おも》ふわりなきかなや

2922 百人《にん》の工人《こうじん》もなほ断《た》ちがたき糸《いと》の端《はし》をば君《きみ》とわれもつ

2923 人一人《ひとひとり》われに従《したが》ふ証《あかし》をばひなげし立《た》てぬ花《はな》の身《み》ながら

2924 更《さら》にまた我等《われら》の血《ち》をば求《もと》むなり平和《へいわ》の仮面《めん》をつけし戦《たゝか》ひ

2925 おん病頼《やまひたの》もしからずなりてより持《も》ちし不安《ふあん》のこれぞいやはて

2917 初「太陽」大８・８・１折々の歌―与謝野寛

2918 初「夢の世界」大８・８・１断―選者

2919 初「夢の世界」大８・８・１断―選者

2920 初「夢の世界」大８・８・１断―選者

2921 初「夢の世界」大８・８・１断―選者

2922 初「夢の世界」大８・８・１断―選者

2923 初「大阪毎日新聞」大８・８・２（無題）―与謝野晶子

2924 初「万朝報」大８・８・９（無題）―選者

2925 初「大阪毎日新聞」大８・８・10和田垣博士を悼みて―与謝野晶子

2926 帰《かへ》りしは真如《しんによ》のおん世《よ》ありなしを歎《なげ》くさかひを憐《あはれ》み給《たま》へ

2927 天地《あめつち》の暗《くら》しと云《い》ふは君《きみ》なしとよろづの人《ひと》の顰《ひそ》み泣《な》くこと

2928 町角《まちかど》のましろく高《たか》き石《いし》の家《いへ》涙《なみだ》をこぼすプラタンの葉《は》に

2929 ロアル川《がは》その岸歩《きしあゆ》みめでましゝ風《かぜ》のたぐひになり給《たま》ひけり

2930 美《うつ》くしや愛《あい》よりこぼす火《ひ》の花粉夢《くわふんゆめ》より昇《のぼ》る黄金《きん》の陽炎《かげろふ》

2931 高《たか》まるは沖《おき》より来《きた》る青海波《せいかいは》それにも増《ま》して跳《をど》る我胸《わがむね》

2932 自《みづか》らの花《はな》を惜《をし》めるこの蔓《つる》は空《そら》に咲《さ》かんと攀《よ》ぢ上《のぼ》り行《ゆ》く

2933 高《たか》きより初秋風《はつあきかぜ》のささやきぬ我《わ》が憬《あこが》れを誘《さそ》ふ一《ひと》ふし

2934 睡蓮《すゐれん》の尖《とが》れる花《はな》のこころよさ大地《だいぢ》の愛《あい》の迸《ほとばし》るかと

2926 初「大阪毎日新聞」大8・8・18和田垣博士を悼みて―与謝野晶子

2927 初「大阪毎日新聞」大8・8・18和田垣博士を悼みて―与謝野晶子

2928 初「万朝報」大8・8・23（無題）―選者 再「夢の世界」大8・9・1―与謝野晶子

2929 初「大阪毎日新聞」大8・8・26和田垣博士を悼みて―与謝野晶子

2930 初「太陽」大8・9・1折々の歌―与謝野寛

2931 初「太陽」大8・9・1折々の歌―与謝野寛

2932 初「太陽」大8・9・1折々の歌―与謝野寛 再「明星」大11・1・1

2933 初「太陽」大8・9・1折々の歌―与謝野寛

2934 初「太陽」大8・9・1折々の歌―与謝野寛

2935 もどかしや一語《いちご》に我《われ》を尽《つく》さんとして重《かさ》ねたる千万語《せんばんご》かな

2936 父《ちゝ》母《はゝ》を花《はな》の明《あか》りの中《なか》に置《お》く一歳《いつさい》の児《こ》の桃色《もゝいろ》の笑《ゑ》み

2937 夜遊《よあそ》びを知《し》らぬ男《をとこ》のたぐひかと夕《ゆふべ》に萎《しぼ》む花《はな》を思《おも》ひぬ

2938 ためらはで宇宙《うちう》を計《はか》る物尺《ものさし》に我《わ》が自《みづか》らの本能《ほんのう》を取《と》る

2939 一《ひと》しきり蒲公英《たんぽぽ》の穂《ほ》の飛交《とびか》ひぬ野《の》に見《み》さしたる我夢《わがゆめ》の上《うへ》

2940 幾《いく》とせも淋《さび》しき路《みち》を辿《たど》りきぬ明日《あす》の都《みやこ》の狂信《きやうしん》のため

2941 塔《たふ》の尖雲《さきくも》に入《い》りつつ叫《さけ》ぶなりかの彗星《すゐせい》を近《ちか》く見《み》ばやと

2942 君《きみ》に告《つ》ぐ全身《ぜんしん》をもて負《お》ひ給《たま》へ手《て》に取《と》るよりは重《おも》からじかし

2943 天聳《あまそそ》り氷《こほ》れる峰《みね》の岩角《いはかど》に日《ひ》の出《で》を待《ま》てる鷲沈黙《わしちんもく》

2935 初「太陽」大８・９・１折々の歌—与謝野寛

2936 初「太陽」大８・９・１折々の歌—与謝野寛

2937 初「太陽」大８・９・１折々の歌—与謝野寛

2938 初「太陽」大８・９・１折々の歌—与謝野寛 再「明星」大11・１・１

2939 初「太陽」大８・９・１折々の歌—与謝野寛

2940 初「太陽」大８・９・１折々の歌—与謝野寛

2941 初「太陽」大８・９・１折々の歌—与謝野寛

2942 初「太陽」大８・９・１折々の歌—与謝野寛 再「明星」大11・１・１

2943 初「太陽」大８・９・１折々の歌—与謝野寛

2944
あはれなる明方《あけがた》の月《つき》あけがたのピエロの白《しろ》き顔《かほ》と何《いづ》れぞ

2945
ピエロこそ双手《もろで》を挙《あげ》て笑《わら》ひけれ何《なに》ぞ似《に》たるや泣《な》く顔《かほ》にしも

2946
わがピエロ黙《もだ》せる時《とき》の悲《かな》しさよ言葉《ことば》の尽《つ》きて心《こゝろ》尽《つ》きねば

2947
この楼《ろう》に見下《みおろ》す木立海《こだちうみ》を成《な》し中《なか》に浪《なみ》をば立《た》つる白揚《はくやう》

2948
知《し》らぬ人《ひと》われを譏《そし》ると聞《き》く度《たび》に昔《むかし》は憎《にく》み今《いま》は淋《さび》しむ

2949
天地《あめつち》を己《おの》が姿《すがた》と眺《なが》めずば淋《さび》しからまし恋《こひ》はするとも

2950
いつしかと一人離《ひとりはな》れて行《ゆ》く事《こと》の淋《さび》しき癖《くせ》となりにけるかな

2951
今日《けふ》の日《ひ》の疚《やま》しき為《ため》に微笑《ほゝえ》めば人《ひと》 誤《あやま》りて我《われ》をことほぐ

2952
誰《たれ》よりいと逸早《いちはや》く走《はし》らんとして躓《つまづ》ける流《なが》れ星《ぼし》かな

2944 [初]「太陽」大8・9・1折々の歌―与謝野寛

2945 [初]「太陽」大8・9・1折々の歌―与謝野寛

2946 [初]「太陽」大8・9・1折々の歌―与謝野寛 [再]「明星」大11・1・1

2947 (5)白揚《はくやう》→白楊《はくやう》 [初]「太陽」大8・9・1折々の歌―与謝野寛

2948 [初]「太陽」大8・9・1折々の歌―与謝野寛 [再]「明星」大11・1・1

2949 [初]「太陽」大8・9・1折々の歌―与謝野寛

2950 [初]「太陽」大8・9・1折々の歌―与謝野寛

2951 [初]「太陽」大8・9・1折々の歌―与謝野寛

2952 (1)誰《たれ》より→誰《たれ》よりも [初]「太陽」大8・9・1折々の歌―与謝野寛 [再]「明星」大11・1・1

2953 輝《かゞや》けば真珠《しんじゆ》の色《いろ》し流《なが》るれば瀑《たき》の音《おと》する涙《なみだ》なりけり

2954 巨大《きよだい》なる黒《くろ》き掌《てのひら》その蔭《かげ》にあはれ小《ちひ》さき神々《かみぐ〵》の国《くに》

2955 初秋《はつあき》もいまだ木草《きぐさ》の枝繁《えだしげ》り葉《は》のここちよく風《かぜ》に鳴《な》る頃《ころ》

2956 秋来《あきく》ればかたより心《こゝろ》少《すこ》しづゝ引《ひ》き直《なほ》されて更《さら》にはかなし

2957 なつかしき秋《あき》の風《かぜ》来《き》て手《て》をとりぬ白《しろ》き涙《なみだ》の流《なが》るる夕《ゆふべ》

2958 秋来《あききた》り身《み》をえせものになすなりと歎《なげ》くもまこと淋《さび》しきがため

2959 ここちよく秋風《あきかぜ》鳴《な》れば思《おも》ふなり梅蘭芳《めいらんふわん》のかの玉《たま》の帯《おび》

2960 秋《あき》の雨《あめ》わが真上《まうへ》にて髪乱《かみみだ》し泣《な》く人《ひと》のある一日《じつ》暮《く》るる

2961 唯《たゞ》すこし白《しろ》き斑《ふ》などの混《まじ》りたる身《み》も草《くさ》の葉《は》の心地《こゝち》す秋《あき》は

2953 初「太陽」大8・9・1折々の歌―与謝野寛

2954 初「太陽」大8・9・1折々の歌―与謝野寛

2955 初「婦人画報」大8・9・1新秋《しんしう》の歌《うた》―与謝野晶子

2956 初「婦人画報」大8・9・1新秋《しんしう》の歌《うた》―与謝野晶子

2957 初「婦人画報」大8・9・1新秋《しんしう》の歌《うた》―与謝野晶子

2958 初「婦人画報」大8・9・1新秋《しんしう》の歌《うた》―与謝野晶子

2959 初「婦人画報」大8・9・1新秋《しんしう》の歌《うた》―与謝野晶子

2960 初「婦人画報」大8・9・1新秋《しんしう》の歌《うた》―与謝野晶子

2961 初「婦人画報」大8・9・1新秋《しんしう》の歌《うた》―与謝野晶子

2962
こころいと重《おも》くなりぬと雨《あめ》も云《い》ふ彼《かれ》もわりなし我《われ》もわりなし

2963
やや寒《さむ》きわがかたびらを滑《すべ》り行《ゆ》くたそがれ時《どき》の秋《あき》のいなづま

2964
何《なに》よりも秋《あき》はなつかし手《て》をとりて秋《あき》と泣《な》かまく欲《ほ》しき我《われ》かな

2965
あかつきの露《つゆ》もて身《み》をば装《よそほ》はまし小萩《こはぎ》なりせば桔梗《きちかう》ならば

2966
自《みづか》らに思《おも》ひ及《およ》べば秋風《あきかぜ》の吹《ふ》くはけうとし露《つゆ》も冷《つめ》たし

2967
うすものの衣《ころも》を一《ひと》つ掛《か》けたるや心《こゝろ》やまずも秋《あき》にはためく

2968
美《うつ》くしき町娘《まちむすめ》をば見《み》て歩《あ》りく夏《なつ》の月《つき》とも思《おも》ひけるかな

2969
大阪《おほさか》を思《おも》ふ寂《さび》しさ雨《あめ》の日《ひ》のたよりなげなる町町《まちまち》の橋《はし》

2970
山《やま》の町《まち》出《い》づと角《かど》吹《ふ》く馬車《ばしや》に居《ゐ》て人《ひと》を思《おも》ふもわりなかりけれ

2962 初「婦人画報」大8・9・1新秋《しんしう》の歌《うた》—与謝野晶子

2963 初「婦人画報」大8・9・1新秋《しんしう》の歌《うた》—与謝野晶子

2964 初「婦人画報」大8・9・1新秋《しんしう》の歌《うた》—与謝野晶子

2965 初「婦人画報」大8・9・1新秋《しんしう》の歌《うた》—与謝野晶子

2966 初「婦人画報」大8・9・1新秋《しんしう》の歌《うた》—与謝野晶子

2967 初「婦人画報」大8・9・1新秋《しんしう》の歌《うた》—与謝野晶子

2968 初「夢の世界」大8・9・1町—与謝野晶子

2969 初「夢の世界」大8・9・1町—与謝野晶子

2970 初「夢の世界」大8・9・1町—与謝野晶子

2971 備《びん》後《ご》町《まち》大《おほ》戸《ど》の前《まへ》の朝霧《あさぎり》を思《おも》へると告《つ》ぐ総《そう》の海《うみ》より

2972 この博士《はくせ》地《ち》より生《うま》れずあなかしこ天《あめ》より来《きた》り天《あめ》に帰《かへ》りし

2973 或時《あるとき》のいみじき博士《はくせ》或時《あるとき》の若《わか》き歌人《うたびと》ああフアウストよ

2974 雨《あめ》なども身《み》に近《ちか》く吹《ふ》く風《かぜ》なども物《もの》を云《い》ふかな君《きみ》を泣《な》くかな

2975 御心《みこゝろ》はそよ風《かぜ》としもたとへつれ風《かぜ》に混《まじ》りて行《ゆ》けと云《い》はなくに

2976 よきものを全《まつた》くさせずああ天《あめ》は六十年《むそとせ》にして君《きみ》を奪《うば》ひぬ

2977 沼《ぬま》に居《ゐ》て流《なが》れぬ水《みづ》にまさるなり稀《まれ》に恨《うらみ》を人《ひと》の来《き》て聴《き》く

2978 秋《あき》の風竹《かぜたけ》の柱《はしら》に黄金《おうごん》をひと筋《すぢ》ひけるもとにゐてきく
（好文亭にて）

2979 磯《いそ》の浪岩《なみいは》をうつとき月《つき》もまたしづくとなりて近《ちか》く来《きた》りぬ

2971 初「夢の世界」大８・９・１町―与謝野晶子

2972 初「大阪毎日新聞」大８・９・１和田垣博士を悼みて―与謝野晶子

2973 初「大阪毎日新聞」大８・９・１和田垣博士を悼みて―与謝野晶子

2974 初「大阪毎日新聞」大８・９・１和田垣博士を悼みて―与謝野晶子

2975 初「大阪毎日新聞」大８・９・６和田垣博士を悼みて―与謝野晶子

2976 初「大阪毎日新聞」大８・９・６和田垣博士を悼みて―与謝野晶子

2977 初「万朝報」大８・９・６（無題）―選者 再「大阪毎日新聞」大９・１・15与謝野晶子

2978 初「東京日日新聞」大８・９・15歌《うた》の旅《たび》―与謝野晶子 再「大阪毎日新聞」大８・11・４

2979 初「東京日日新聞」大８・９・15歌《うた》の旅《たび》―与謝野寛 再「太陽」大８・10・１

2980 三五人《にん》磯《いそ》に踊《をど》れば草《くさ》むらに入《い》らんと来《きた》る初秋《はつあき》の月《つき》

2981 霧《きり》の磯《いそ》海人《あま》が物干《ものほ》す竹《たけ》なども ぬれて涼《すゞ》しき月夜《つきよ》となりぬ

2982 松原《まつばら》の路《みち》のかなたに桃色《もゝいろ》の布《ぬの》をさらすと見《み》ゆる砂《すな》かな

[2983] もろこしの畑《はた》の中《なか》をば肩《かた》すぼめ逢《あひ》に来《きた》りしこほろぎのなく

2984 俄《には》かにも老《おい》の来《きた》りて急《きふ》を告《つ》ぐ汝《な》が空想《くうさう》の城《しろ》は危《あやふ》し

2985 森《もり》ふかく一点《てん》の灯《ひ》を見《み》る如《ごと》く思《おも》はぬ方《かた》に目《め》の濡《ぬ》るる人《ひと》

2986 一節《ふし》を歌《うた》はんとして自《みづか》らの咽《むせ》ぶが如《ごと》き声《こゑ》に驚《おどろ》く

2987 われ遊《あそ》ぶ時《とき》の流《なが》れを無《な》みしつ太陽《たいやう》の子《こ》と高《たか》く呼《よ》びつつ

2988 白《しろ》がちの桃色《もゝいろ》をして蓼《たで》の花《はな》涙《なみだ》の後《のち》の頬《ほ》の如《ごと》く立《た》つ

2980 初「東京日日新聞」大8・9・15歌《うた》の旅《たび》―与謝野寛 再「太陽」大8・10・1

2981 初「東京日日新聞」大8・9・15歌《うた》の旅《たび》―与謝野寛 再「太陽」大8・10・1

2982 初「東京日日新聞」大8・9・15歌《うた》の旅《たび》―与謝野寛 再「太陽」大8・10・1

2983 初「東京日日新聞」大8・9・15歌《うた》の旅《たび》―与謝野晶子 再「大阪毎日新聞」大8・12・27

2984 初「太陽」大8・10・1折々の歌―与謝野寛 再「明星」大11・1・1

2985 初「太陽」大8・10・1折々の歌―与謝野寛

2986 初「太陽」大8・10・1折々の歌―与謝野寛

2987 初「太陽」大8・10・1折々の歌―与謝野寛

2988 初「太陽」大8・10・1折々の歌―与謝野寛 再「明星」大11・1・1

2989 大海《おほうみ》をはろばろと見《み》て臥《ふ》す牛《うし》の砂丘《しやきふ》の上《うへ》に尖《とが》るその角《つの》

2990 親牛《おやうし》の側《そば》を離《はな》れぬ牛《うし》の子《こ》を見《み》れば目《め》の濡《ぬ》る我《われ》も子《こ》を持《も》ち

2991 世《よ》に在《あ》りて物《もの》の数《かず》には入《い》らねども雑草《ざつさう》よりは少《すこ》し勝《まさ》らん

2992 夕立《ゆふだち》す龍眼肉《りうがんにく》を噛《か》みながら君《きみ》が上目《うはめ》を我《わ》が愛《め》づる時《とき》

2993 物思《ものおも》へば砂《すな》に靡《なび》ける水色《みづいろ》の帯《おび》も目《め》に見《み》ゆ海《うみ》の涙《なみだ》と

2994 二三町《ちやう》きて猶白《なほしろ》く目《め》に入《い》りぬ草《くさ》の間《あひだ》に乗《の》り捨《す》てし船《ふね》

2995 余《あま》りにも人《ひと》の言葉《ことば》に慣《な》れにけり我耳《わがみゝ》洗《あら》へ荒磯《あらいそ》の音《おと》

2996 並《なら》びたる砂丘《しやきふ》の中《なか》に只一《たゞひと》つ日蔭《ひかげ》となれる藤色《ふぢいろ》の丘《をか》

2997 白々《しら〱》と磯《いそ》に拡《ひろ》がる大布《おほぬの》を織《お》りて涼《すゞ》しやわたつみの梭《をさ》

2989 【初】「太陽」大8・10・1折々の歌―与謝野寛
【再】「明星」大11・1・1

2990 【初】「太陽」大8・10・1折々の歌―与謝野寛

2991 【初】「太陽」大8・10・1折々の歌―与謝野寛

2992 【初】「太陽」大8・10・1折々の歌―与謝野寛

2993 【初】「太陽」大8・10・1折々の歌―与謝野寛

2994 【初】「太陽」大8・10・1折々の歌―与謝野寛

2995 【初】「太陽」大8・10・1折々の歌―与謝野寛

2996 【初】「太陽」大8・10・1折々の歌―与謝野寛

2997 【初】「太陽」大8・10・1折々の歌―与謝野寛

2998 磯《いそ》の波《なみ》うへに真珠《しんじゆ》を綴《つゞ》りたる舞衣《まひぎぬ》の如《ごと》ひろがれるかな

2999 啄木《たくぼく》の歌《うた》の中《なか》なる東海《とうかい》の磯《いそ》とも見《み》えて濡《ぬ》れし砂《すな》かな

3000 わが船《ふね》の窓《まど》を明《あか》るく柔《やはら》かき緑《みどり》に染《そ》むる那珂川《なかがは》の蘆《あし》

3001 那珂川《なかがは》の海門橋《かいもんばし》に打《うち》なびき虹《にじ》かと見《み》ゆる水色《みづいろ》の秋《あき》

3002 磯《いそ》の上《うへ》に月《つき》の昇《のぼ》れば岩毎《いはごと》に光《ひかり》の尾《を》をば曳《ひ》きて遊《あそ》べる

3003 磯《いそ》にきて万造寺《まんざうじ》 斉《ひとし》大音《だいおん》に「鎮《しづ》まれ、海《うみ》」と呼《よ》ばはれるかな

3004 磯《いそ》しろし跳《をど》る海馬《かいば》の立《た》つ髪《がみ》か月夜《つきよ》の岩《いは》に遊《あそ》ぶ人魚《にんぎよ》か

3005 美《うつ》くしや我等《われら》を籠《こ》めて桃色《もゝいろ》の靄《もや》なびくとは恋《こひ》してぞ知《し》る

3006 黄金《わうごん》の獄《ごく》よりいでて白玉《しらたま》の家《いへ》に思《おも》へるあまきこし方《かた》

2998 初「太陽」大8・10・1折々の歌—与謝野寛 再「明星」大11・1・1

2999 初「太陽」大8・10・1折々の歌—与謝野寛

3000 初「太陽」大8・10・1折々の歌—与謝野寛

3001 初「太陽」大8・10・1折々の歌—与謝野寛

3002 初「太陽」大8・10・1折々の歌—与謝野寛

3003 初「太陽」大8・10・1折々の歌—与謝野寛

3004 初「太陽」大8・10・1折々の歌—与謝野寛

3005 初「太陽」大8・10・1折々の歌—与謝野寛

3006 初「婦人画報」大8・10・1黄金《わうごん》の獄《ごく》—与謝野晶子

3007
手枕《たまくら》は幽《かす》かに夜《よる》の波《なみ》のおと潮《しほ》の音《ね》などを蓄《たくは》へて来《き》ぬ

3008
悩《なや》ましき悪夢《あくむ》消《け》ぬれば人《ひと》あらず君《きみ》も無《な》き世《よ》にこし心地《こゝち》する

3009
文《ふみ》書《か》けば奇《く》しき模様《もやう》の透《す》きいでぬこの紙《かみ》にさへ劣《おと》れる心《こゝろ》

3010
美《うつ》くしき全身《ぜんしん》をもて心《こゝろ》もて翡翠《ひすゐ》のいろの初秋《はつあき》を待《ま》つ

3011
秋《あき》来《く》れば安《やす》からぬかな仮初《かりそめ》のものと歎《なげ》かる恋《こひ》もいのちも

3012
朝《あさ》も夜《よ》も極《きは》めて心《こゝろ》しづかなりさなり静《しづ》かに思《おも》ひ乱《みだ》るる

3013
はかなさを心《こゝろ》も思《おも》ふ徒《いたづ》らに病《やまひ》のみして身《み》の弱《よわ》きため

3014
たたずめばわれに代《かは》りて忘《わす》れんと波《なみ》の云《い》ふなり甲斐《かひ》なけれども

3015
海岸《うみぎし》の岩《いは》の虚《うつろ》を鳴《な》らす波《なみ》悲《かな》しくさせぬつひにこころを

3007 初「婦人画報」大８・10・１黄《わう》金《ごん》の獄《ごく》――与謝野晶子

3008 初「婦人画報」大８・10・１黄《わう》金《ごん》の獄《ごく》――与謝野晶子

3009 初「婦人画報」大８・10・１黄《わう》金《ごん》の獄《ごく》――与謝野晶子

3010 初「婦人画報」大８・10・１黄《わう》金《ごん》の獄《ごく》――与謝野晶子

3011 初「婦人画報」大８・10・１黄《わう》金《ごん》の獄《ごく》――与謝野晶子

3012 初「婦人画報」大８・10・１黄《わう》金《ごん》の獄《ごく》――与謝野晶子

3013 初「婦人画報」大８・10・１黄《わう》金《ごん》の獄《ごく》――与謝野晶子

3014 初「婦人画報」大８・10・１黄《わう》金《ごん》の獄《ごく》――与謝野晶子

3015 初「婦人画報」大８・10・１黄《わう》金《ごん》の獄《ごく》――与謝野晶子

3016 思《おも》はれず病《やまひ》あつしと云《い》ふことも未《いま》だまことのことに遠《とほ》かり

3017 過《あやま》ちを君《きみ》が再《ふたゝ》び三度《たび》してさとりしことは安《やす》くさとれど

3018 秋風《あきかぜ》の身《み》に添《そ》ふことをふさはしく思《おも》ふも常《つね》のわが軽《かる》はずみ

3019 花草《はなくさ》の群《むれ》にもまして秋風《あきかぜ》の痛《いた》さ寒《さむ》さを感《かん》ずるこころ

3020 はしけやし秋《あき》が来《きた》りし水色《みづいろ》の道《みち》かと思《おも》ふ加茂《かも》の流《ながれ》を

3021 こほろぎは都《みやこ》の道《みち》の敷石《しきいし》の踏《ふ》み心地《ごゝち》など思《おも》ふやと聞《き》く

3022 あさましき秋《あき》の柳《やなぎ》は泣《な》くものと銀座《ぎんざ》の道《みち》の雨《あめ》に思《おも》ひぬ

3023 ほの白《しろ》く日蔭《ひかげ》の道《みち》に臨《のぞ》む門《もん》三四並《なら》ぶもあぢきなきかな

3024 わが絵筆《ゑふで》花園《はなぞの》を描《ゑが》く心《こゝろ》をばあらはすごとく紅《べに》のみを塗《ぬ》る

3016 初「婦人画報」大8・10・1黄《わう》金《ごん》の獄《ごく》―与謝野晶子

3017 初「婦人画報」大8・10・1黄《わう》金《ごん》の獄《ごく》―与謝野晶子

3018 初「婦人画報」大8・10・1黄《わう》金《ごん》の獄《ごく》―与謝野晶子

3019 初「婦人画報」大8・10・1黄《わう》金《ごん》の獄《ごく》―与謝野晶子

3020 初「夢の世界」大8・10・1道―選者

3021 初「夢の世界」大8・10・1道―選者

3022 初「夢の世界」大8・10・1道―選者

3023 初「夢の世界」大8・10・1道―選者

3024 初「大阪毎日新聞」大8・10・24(無題)―与謝野晶子

3025 わが夢《ゆめ》は未《いま》だ廿歳《はたち》の姿《すがた》してその面帕《おもぎぬ》に玉《たま》を飾《とざ》れる

3026 過去《くわこ》の人《ひと》すべて嫌《きら》ひぬわが歌《うた》をいと怖《おそ》るべき未来記《みらいき》の如《ごと》

3027 物書《ものか》かぬ白紙《はくし》なりけん我歌《わがうた》は人《ひと》こそ黒《くろ》く塗消《ぬりけ》しにけれ

3028 ヱルレエヌその石像《せきざう》の前《まへ》に踏《ふ》むリユクサンブルの橡《とち》の落葉《らくえふ》

3029 かの女《をんな》なほ水色《みづいろ》を秋《あき》も着《き》て異邦《いはう》の我《われ》を公園《こうゑん》に待《ま》つ

3030 彼方《かなた》より君《きみ》現《あらは》れて温《あたゝ》かきリユクサンブルの冬木立《ふゆこだち》かな

3031 プラタアヌ一葉《ひとは》落《お》ち来《き》て促《うなが》しぬ君《きみ》に会《あ》ふべき約束《やくそく》の時《とき》

3032 楽《たの》しみを失《うしな》ふ勿《なか》れわが薔薇《ばら》よ秋《あき》もその香《か》を猶《なほ》たもてかし

3033 傷《いた》ましき薔薇《ばら》の心《こゝろ》よ香《か》となりて消《き》え去《さ》り乍《ながら》微風《そよかぜ》に泣《な》く

3025 (5)飾《とざ》れる→飾《かざ》れる 初「太陽」大8・11・1 折々の歌―与謝野寛

3026 初「太陽」大8・11・1 折々の歌―与謝野寛

3027 初「太陽」大8・11・1 折々の歌―与謝野寛

3028 初「太陽」大8・11・1 折々の歌―与謝野寛 再「明星」大11・1・1

3029 初「太陽」大8・11・1 折々の歌―与謝野寛

3030 初「太陽」大8・11・1 折々の歌―与謝野寛

3031 初「太陽」大8・11・1 折々の歌―与謝野寛

3032 初「太陽」大8・11・1 折々の歌―与謝野寛

3033 初「太陽」大8・11・1 折々の歌―与謝野寛

3034 並《なら》ぶなり青《あを》き愁《うれひ》を隠《かく》す薔薇火《ばらひ》の思《おも》ひをば持《も》て余《あま》す薔薇《ばら》

3035 薔薇《ばら》をもて我《われ》も額《ぬか》巻《ま》く我《わが》巻《ま》くは開《ひら》かんとして萎《しを》れたる薔薇《ばら》

3036 美《うつ》くしき形《かたち》の中《なか》に眠《ねむ》りたる琴《こと》の命《いのち》を弾《ひ》き覚《さ》ませ君《きみ》

3037 凡人《ぼんじん》の俄《には》かに揚《あ》ぐる騒音《さうおん》も倦《う》む心《こゝろ》には憎《にく》からぬかな

3038 酔《ゑ》ひたるやはた滑稽《おど》けしや冬《ふゆ》の夜《よ》も頬紅《ほうべに》を塗《ぬ》る踊場《をどりば》の月《つき》

3039 水色《みづいろ》の葉巻《はまき》の煙《けむり》しばらくはわが愁《うれひ》をば柔《やは》らかにしぬ

3040 如何《いか》にせん君《きみ》は怒《いか》れる刹那《せつな》にも仄《ほの》かに甘《あま》き媚《こび》を置《お》くなり

3041 しろき菊《きく》ひと枝《え》臥《ふ》したり秋《あき》の日《ひ》の淋《さび》しき土《つち》に祈《いの》る花《はな》かな

3042 静《しづ》かにも死《し》と疑惑《ぎわく》とに微笑《ほゝゑ》みぬ婆羅門《ばらもん》の花《はな》しら菊《ぎく》の花《はな》

3034 初「太陽」大8・11・1折々の歌—与謝野寛

3035 初「太陽」大8・11・1折々の歌—与謝野寛

3036 初「太陽」大8・11・1折々の歌—与謝野寛

3037 初「太陽」大8・11・1折々の歌—与謝野寛

3038 初「太陽」大8・11・1折々の歌—与謝野寛

3039 初「太陽」大8・11・1折々の歌—与謝野寛

3040 初「太陽」大8・11・1折々の歌—与謝野寛

3041 初「太陽」大8・11・1折々の歌—与謝野寛

3042 初「太陽」大8・11・1折々の歌—与謝野寛

3043 桃色《もゝいろ》の円《まろ》き石《いし》をば敷《し》ける路《みち》アカシヤの樹《き》の紫《むらさき》に立《た》つ

3044 酒瓶《さかがめ》の底《そこ》を見《み》るにも涙《なみだ》おつわが空想《くうさう》の涸《か》れし日《ひ》なれば

3045 幸《さいは》ひは追《お》へど帰《かへ》らず幸《さいは》ひは脆《もろ》く楽《たの》しく消《き》えし顫音《トレモロ》

3046 失《うしな》ひぬ空《そら》は光《ひかり》を花《はな》は香《か》を其《そ》れより先《さ》きに人《ひと》は若《わか》さを

3047 こころよき十一月《ぐわつ》よむらさきの水晶《すゐしやう》を張《は》る大空《おほぞら》のもと

3048 彼《か》れ今宵《こよひ》見《み》ちがふまでに若《わか》やぎて襟《えり》に挿《はさ》みぬ薔薇《ばら》の花束《はなたば》

3049 太陽《たいやう》よわれの祈《いの》りもわが歌《うた》も幻想《げんさう》の王《わう》すべて汝《なんぢ》に

3050 その昔《むかし》少年《せうねん》にして師《し》の大人《うし》の後《うし》ろより見《み》し秋萩《あきはぎ》の花《はな》

3051 年経《としふ》れど同《おな》じ道《みち》ゆくわがどちの心《こゝろ》に在《いま》す萩《はぎ》の家《や》の大人《うし》

3043 初「太陽」大8・11・1 折々の歌――与謝野寛
3044 初「太陽」大8・11・1 折々の歌――与謝野寛
3045 初「太陽」大8・11・1 折々の歌――与謝野寛 再「明星」大11・1・1
3046 初「太陽」大8・11・1 折々の歌――与謝野寛
3047 初「太陽」大8・11・1 折々の歌――与謝野寛
3048 初「太陽」大8・11・1 折々の歌――与謝野寛
3049 初「太陽」大8・11・1 折々の歌――与謝野寛
3050 初「太陽」大8・11・1 折々の歌――与謝野寛
3051 初「太陽」大8・11・1 折々の歌――与謝野寛

3052 君《きみ》を見《み》て蘇生《よみがへ》るなど云《い》ふことに当《あた》るさまかと一人思《ひとりおも》ひぬ

3053 水色《みづいろ》の月《つき》の光《ひかり》を敷《し》きたれば貴《あへ》なり秋《あき》のうらがれ草《くさ》も

3054 夕《ゆふ》ぐれの心地《こゝち》よげなる秋風《あきかぜ》にまじりもはてずわが思《おも》ふこと

3055 余《あま》りにも私《わたくし》ものと君《きみ》を見《み》し文《ふみ》も書《か》きつと歎《なげ》きぬるかな

3056 若《わか》さをばもて悩《なや》むとて折《をり》ふしは一人息《ひとりいき》づく二人息《ふたりいき》づく

3057 わが上《うへ》に紅《あか》き埃《ほこり》の積《つも》ること十丈《ぢやう》なりと思《おも》ふこの頃《ごろ》

3058 なぐさみぬ颶風《ぐふう》の中《なか》にある船《ふね》を我事《わがこと》として目《め》に描《ゑが》く時《とき》

3059 紫《むらさき》の海《うみ》を四方《しはう》にめぐらして人寄《ひとよ》らしめず君《きみ》と遊《あそ》べり

3060 君《きみ》が手《て》の薔薇《ばら》の花《はな》より雫《しづく》して命《いのち》を染《そ》むるくれなゐの夢《ゆめ》

3052 初「万朝報」大8・11・1（無題）―選者

3053 （4）貴《あへ》→貴《あて》 初「大阪毎日新聞」大8・11・2（無題）―与謝野晶子

3054 初「大阪毎日新聞」大8・11・4（無題）―与謝野晶子

3055 初「大阪毎日新聞」大8・11・4（無題）―与謝野晶子

3056 初「万朝報」大8・11・29（無題）―選者

3057 初「太陽」大8・12・1折々の歌―与謝野寛

3058 初「太陽」大8・12・1折々の歌―与謝野寛

3059 初「太陽」大8・12・1折々の歌―与謝野寛

3060 初「太陽」大8・12・1折々の歌―与謝野寛

3061
紫《むらさき》に根《ね》はいと濃《こ》くも染《そ》めつれど打見《うちみ》は早《はや》く枯《か》れ枯《が》れの草《くさ》

3062
しろき菊《きく》みな天童《てんどう》の面差《おもざし》す草《くさ》に降《くだ》れる霧《きり》のなかにて

3063
或時《あるとき》は地獄《ぢごく》に落《おと》す力《ちから》あり指《ゆび》に移《うつ》れる白粉《おしろい》の香《か》も

3064
牡丹《ぼたん》をば描《ゑが》かんとして似《に》も附《つ》かぬ赤紫《あかむらさき》を盛《も》り上《あ》げしかな

3065
淋《さび》しくも東《ひがし》に生《うま》れ天《てん》と云《い》ふ一語《いちご》に事《こと》は定《さだ》まりにけり

3066
夢《ゆめ》をもて高《たか》どのを建《た》つ地《ち》にばかり危坐《きざ》する人《ひと》の知《し》らぬ冒険《ぼうけん》

3067
柿《かき》の実《み》も葉《は》も無《な》くなりて骨《ほね》の如《ごと》霧《きり》の中《なか》よりなびく柿《かき》の木《き》

3068
汽車《きしや》に乗《の》り山《やま》の走《はし》ると思《おも》ふこと大人《おとな》の今《いま》も有《あ》るが楽《たの》しき

3069
橡《とち》の葉《は》の落《お》ちて重《かさ》なる一隅《いちぐう》に白《しろ》く悲《かな》しきヹルレエヌ像《ざう》

3061 初「太陽」大8・12・1折々の歌―与謝野寛

3062 初「太陽」大8・12・1折々の歌―与謝野寛

3063 初「太陽」大8・12・1折々の歌―与謝野寛

3064 初「太陽」大8・12・1折々の歌―与謝野寛
再「明星」大11・1・1

3065 初「太陽」大8・12・1折々の歌―与謝野寛
再「明星」大11・1・1

3066 初「太陽」大8・12・1折々の歌―与謝野寛

3067 初「太陽」大8・12・1折々の歌―与謝野寛

3068 初「太陽」大8・12・1折々の歌―与謝野寛

3069 初「太陽」大8・12・1折々の歌―与謝野寛

3070 黒々《くろぐ》と橡《とち》の並木《なみき》の立《た》つ中《なか》に巴里《パリイ》を染《そ》むる淡《うす》き冬《ふゆ》の日《ひ》

3071 かをるなり昨日《きのふ》も今日《けふ》も我上《わがうへ》に君《きみ》が心《こゝろ》は移《うつ》り香《が》として

3072 外套《ぐわいたう》の襟《えり》を俄《には》かにかき合《あは》せさし俯向《うつぶ》けば旅心地《たびごゝち》する

3073 冬《ふゆ》の風《かぜ》海《うみ》より吹《ふ》けば目《め》に浮《うか》ぶヹニス少女《をとめ》の長《なが》き肩掛《かたかけ》

3074 身《み》は真冬《まふゆ》されど心《こゝろ》は弥生《やよひ》にもわれ隣《となり》しぬ君《きみ》と遊《あそ》びて

3075 五六寸土《すんつち》を出《い》でたる草《くさ》なれど命《いのち》を人《ひと》と争《あらそ》へるかな

3076 小雪《こゆき》をば少《すこ》し散《ち》らして行《ゆ》く風《かぜ》を粉屋《こなや》の若《わか》き妻《つま》かとぞ思《おも》ふ

3077 童部《わらべ》らが辻《つじ》に軋《きし》らす木靴《きくつ》をば五階《かい》の上《うへ》に聞《き》ける冬《ふゆ》の夜《よ》

3078 雪《ゆき》の日《ひ》も瑞西《スイス》生《うま》れの下《しも》をんなマリイの着《つ》くる青《あを》き胸布《エプロン》

3070 初「太陽」大8・12・1折々の歌—与謝野寛 再「明星」大11・1・1

3071 初「太陽」大8・12・1折々の歌—与謝野寛

3072 初「太陽」大8・12・1折々の歌—与謝野寛 再「明星」大11・1・1

3073 初「太陽」大8・12・1折々の歌—与謝野寛

3074 初「太陽」大8・12・1折々の歌—与謝野寛

3075 初「太陽」大8・12・1折々の歌—与謝野寛

3076 初「太陽」大8・12・1折々の歌—与謝野寛

3077 初「太陽」大8・12・1折々の歌—与謝野寛

3078 初「太陽」大8・12・1折々の歌—与謝野寛

3079
歎《なげ》かひの底《そこ》より出《い》でて白波《しらなみ》の立《た》つ悲《かな》しみの上《うへ》に今乗《いまの》る

3080
唯一人影《ただひとりかげ》と形《かたち》ともの云《い》へる世《よ》なりと歎《なげ》く恋《こひ》の上《うへ》にも

3081
消息《せうそく》に梅蘭芳《メイランファン》 の名《な》も書《か》かずなりぬ秋《あき》いとふけにけらしな

3082
人《ひと》の家厩《いへうまや》のさまに柵《さく》したり夷隅《いすみ》の川《かは》と菜畑《なはた》の上《うへ》に

3083
八月《ぐわつ》は赤《あか》きもみぢの帯《おび》しめて簾《すだれ》の下《した》によらまほしけれ

3084
静《しづ》かなる森《もり》の奥《おく》より来《こ》し如《ごと》きこころとわれを蔑《なみ》し向《むか》へる

3085
うら淋《さび》し草《くさ》につけたる黄牛《あめうし》の長《なが》き頸《くび》さへ女《おんな》めくかな

3086
とことはの春《はる》の人《ひと》とは哀《あは》れなること云《い》ふ時《とき》も覚《おぼ》ゆるおのれ

3079 初「大阪毎日新聞」大8・12・2（無題）―与謝野晶子
3080 初「大阪毎日新聞」大8・12・2（無題）―与謝野晶子
3081 初「大阪毎日新聞」大8・12・2（無題）―与謝野晶子
3082 初「大阪毎日新聞」大8・12・5（無題）―与謝野晶子
3083 初「大阪毎日新聞」大8・12・23（無題）―与謝野晶子
3084 初「大阪毎日新聞」大8・12・23（無題）―与謝野晶子
3085 初「大阪毎日新聞」大8・12・27（無題）―与謝野晶子
3086 初「万朝報」大8・12・27（無題）―選者

大正九年（一九二〇）

3087 沈黙《ちんもく》は淋《さび》しけれども言葉《ことば》のみ華《はな》やぐ群《むれ》に在《あ》るに勝《まさ》れり

3088 手《て》ずれたる銀《ぎん》の箔《はく》をば見《み》る如《ごと》く疎《まば》らに光《ひか》る猫柳《ねこやなぎ》かな

3089 路《みち》は今松《いままつ》に入《い》りけり松毎《まつごと》に雪《ゆき》の明《あか》りを受《う》けざるは無《な》し

3090 この父《ちゝ》は白《しろ》き素焼《すやき》の鳩笛《はとぶえ》を子《こ》より少《すこ》しく巧《たくみ》にぞ吹《ふ》く

3091 やうやくに府中《ふちう》の町《まち》は野《の》の上《うへ》の一線《せん》となり広《ひろ》き雪《ゆき》かな

3092 星流《ほしなが》る吾等《われら》の今日《けふ》の心《こゝろ》にはかの空《そら》もまた事《こと》ありと見《み》ゆ

3093 松《まつ》の葉《は》も枯《か》れたる草《くさ》も光《ひか》るなり二月《ぐわつ》の原《はら》の雪《ゆき》のしづくに

3087 〔初〕「太陽」大9・1・1折々の歌―与謝野寛 〔再〕「大阪毎日新聞」大9・3・19

3088 〔初〕「太陽」大9・1・1折々の歌―与謝野寛 〔再〕「大阪毎日新聞」大9・3・7「明星」大11・1・1

3089 〔初〕「太陽」大9・1・1折々の歌―与謝野寛

3090 〔初〕「太陽」大9・1・1折々の歌―与謝野寛 〔再〕「大阪毎日新聞」大9・3・2「明星」大11・1・1

3091 〔初〕「太陽」大9・1・1折々の歌―与謝野寛 〔再〕「大阪毎日新聞」大9・3・31

3092 〔初〕「太陽」大9・1・1折々の歌―与謝野寛 〔再〕「大阪毎日新聞」大9・3・2

3093 〔初〕「太陽」大9・1・1折々の歌―与謝野寛

3094 美《うつ》くしく悲《かな》しきものはむらむらと松立《まつた》つ中《なか》の春《はる》の淡雪《あわゆき》

3095 大人《をとな》には池《いけ》の上《うへ》より噴水《ふんすゐ》の常《つね》に立《た》てるが物足《ものた》らぬかな

3096 泥靴《どろぐつ》を東京駅《とうきやうえき》の入口《いりくち》に踏《ふ》みはだかりて磨《みが》かする人《ひと》

3097 かの空《そら》に光《ひか》れる富士《ふじ》も白鳥《しらとり》の飛《と》ぶ心地《こゝち》する春《はる》の磯《いそ》かな

3098 わが胸《むね》は蜜蜂《みつばち》を抱《だ》く花《はな》のごと君《きみ》が心《こゝろ》を閉《と》ぢて放《はな》たじ

3099 紅塗《べにぬり》の小《ちさ》き玩具《おもちや》の竹笛《たけぶえ》も一つまじれる贈《おく》り物《もの》かな

3100 未来派《みらいは》の絵《ゑ》に現《あら》はれし美神《ヸナス》はカンヴスにあり太《ふと》き尻《しり》のみ

3101 号笛《がうてき》を吹《ふ》く時《とき》にのみ人並《ひとなみ》の心《こゝろ》になるや老《お》いの車掌《しやしやう》も

3102 疲《つか》れつつ今《いま》は身《み》をのみ保《たも》たんと願《ねが》ふことより醜《みにく》きは無《な》し

3094 初「太陽」大9・1・1折々の歌―与謝野寛

3095 初「太陽」大9・1・1折々の歌―与謝野寛 再「大阪毎日新聞」大9・3・19

3096 初「太陽」大9・1・1折々の歌―与謝野寛 再「大阪毎日新聞」大9・1・21

3097 初「太陽」大9・1・1折々の歌―与謝野寛

3098 初「太陽」大9・1・1折々の歌―与謝野寛 再「大阪毎日新聞」大9・3・2

3099 初「太陽」大9・1・1折々の歌―与謝野寛 再「大阪毎日新聞」大9・1・21

3100 初「太陽」大9・1・1折々の歌―与謝野寛 再「大阪毎日新聞」大9・3・31

3101 初「太陽」大9・1・1折々の歌―与謝野寛

3102 初「太陽」大9・1・1折々の歌―与謝野寛

3103 或時《あるとき》の闇《やみ》にて遇《あ》ひし怖《こは》き目《め》が真昼《まひる》の今《いま》も我《われ》を睨《にら》めり

3104 言《い》ひさして我《われ》に手当《てあ》てぬ我《われ》ながら険《けは》しき声《こゑ》の出《い》づる頃《ころ》かな

3105 高《たか》ごゑに語《かた》りし人《ひと》の出《い》で去《さ》りて一人残《ひとりのこ》れば寒《さむ》き食堂《しよくだう》

3106 美《うつ》くしき西湖《せいこ》の春《はる》の船《ふね》のごと卓《たく》に並《なら》べるいろいろの皿《さら》

3107 物毎《ものごと》に若《わか》むらさきの影《かげ》を曳《ひ》くやさしき春《はる》となりにけるかな

3108 紫を着ていみじかるこの春の光の端《はし》につらなりぬわれ

3109 平和をば香料にして生甲斐《いきがひ》を思はぬ日なき世も作りけり

3110 春となり新しき世の光をば負ひて我等のなし出でんこと

3111 うちつけに月《つき》の出《い》づれば梅散《うめち》りて白《しろ》き庭《には》より波《なみ》の音立《おとた》つ

3103 初「太陽」大9・1・1折々の歌―与謝野寛
再「大阪毎日新聞」大9・1・21

3104 初「太陽」大9・1・1折々の歌―与謝野寛
再「大阪毎日新聞」大9・3・19

3105 初「太陽」大9・1・1折々の歌―与謝野寛

3106 初「太陽」大9・1・1折々の歌―与謝野寛

3107 初「太陽」大9・1・1折々の歌―与謝野寛

3108 初「中央公論」大9・1・1平和第一春―与謝野晶子

3109 初「中央公論」大9・1・1平和第一春―与謝野晶子

3110 初「中央公論」大9・1・1平和第一春―与謝野晶子

3111 初「大阪朝日新聞」大9・1・1新春雑詠―与謝野晶子

3112 かぐはしく匂《にほ》へる列《れつ》のおのれより続《つゞ》くこゝちに野行《のゆ》き山行《やまゆ》き

3113 知恩院《ちおゐん》の雪《ゆき》の溜《たま》れる石段《いしだん》を思《おも》へと云《い》ふやうぐひすの声《こゑ》

3114 鶯《うぐひす》の啼《な》くや浅葱《あさぎ》の夕波《ゆふなみ》と材木《ざいもく》あそぶ熊野川《くまのがは》かな

3115 部屋部屋《へやへや》に餅《もちひ》ましろしいち早《はや》く春《はる》の光《ひかり》をおくこゝちする

3116 経巻《けうくわん》は紺紙金泥《こんしきんでい》たをやめは更《さら》に上《うへ》なきむらさきを着《き》る

3117 自《みづか》らを春《はる》の水《みづ》かと思《おも》ふかな小草《こくさ》の原《はら》にたゞ一人《ひとり》居《ゐ》て

3118 風流男《みやびを》も琵琶法師《びはほうし》ほど物食《ものく》ひぬ春《はる》をよろこぶ家《いへ》に来《きた》れば

3119 明方《あけがた》の南宗画《なんさうぐわ》より初春《はつはる》はミケランゼロの彫刻《てうこく》に入《い》る

3120 わが机《つくえ》山草《やまくさ》の葉《は》のかゝりたる柱《はしら》に近《ちか》くあてやかに居《を》る

3112 初「大阪朝日新聞」大９・１・１新春雑詠―与謝野晶子

3113 初「大阪朝日新聞」大９・１・１新春雑詠―与謝野晶子

3114 初「大阪朝日新聞」大９・１・１新春雑詠―与謝野晶子

3115 初「大阪毎日新聞」大９・１・１春の歌―与謝野晶子

3116 初「大阪毎日新聞」大９・１・２春の歌―与謝野晶子

3117 初「大阪毎日新聞」大９・１・２春の歌―与謝野晶子

3118 初「大阪毎日新聞」大９・１・３春の歌―与謝野晶子

3119 初「大阪毎日新聞」大９・１・３春の歌―与謝野晶子

3120 初「大阪毎日新聞」大９・１・４春の歌―与謝野晶子

3121 正月《せうぐわつ》のわが心《こゝろ》ほどいにしへと通《かよ》ふものなく思《おも》ほゆるかな

3122 大海《おほうみ》の小鯛《こたひ》のやうに美《うつく》しく遊《あそ》ぶ子等《こら》かな初春《はつはる》の家《いへ》

3123 梅咲きて雪神技のこゝちすれ春のいとゝくおとづれし里

3124 おのれをば浪華人《なにはびと》ぞと見知《みし》りたる初春《はつはる》としも思《おも》ひけるかな

3125 初春《はつはる》の人《いと》いかさまに渡《わた》るやと浪華《なには》の橋《はし》をあまた思《おも》ひぬ

3126 はしけやし源氏《げんじ》の巻《まき》の名《な》にありしものゝみ春《はる》はかたはらにする

3127 目《め》の前《まへ》にうす紫《むらさき》の道《みち》ひらけ梅《うめ》の花咲《はなさ》く日《ひ》となりしかな

3128 日暮《ひく》るゝを三月尽《やよひじん》より恨《うら》めしきものに思《おも》ひぬ元日《ぐわんじつ》にして

3129 目上《めあ》ぐれば世《よ》も憂《う》し下《した》を見《み》つむれば唯《た》だほの紅《あか》きわが指《ゆび》の節《ふし》

3121 初「大阪毎日新聞」大9・1・4春の歌―与謝野晶子
3122 初「大阪毎日新聞」大9・1・4春の歌―与謝野晶子
3123 初「婦女新聞」大9・1・4(無題)―与謝野晶子
3124 初「大阪毎日新聞」大9・1・6春の歌―与謝野晶子
3125 初「大阪毎日新聞」大9・1・6春の歌―与謝野晶子
3126 初「大阪毎日新聞」大9・1・6春の歌―与謝野晶子
3127 初「大阪毎日新聞」大9・1・7春の歌―与謝野晶子
3128 初「大阪毎日新聞」大9・1・7春の歌―与謝野晶子
3129 初「大阪毎日新聞」大9・1・11(無題)―与謝野晶子

3130　雲急《くもいそ》ぐ何処《いづく》をさすや人《ひと》も世《よ》も見《み》ず死《し》も生《せい》も思《おも》はず走《はし》る

3131　悲《かなし》めば除夜《ぢよや》の時計《とけい》も我《わ》が上《うへ》に沈痛《ちんつう》として十二時《じ》を打《う》つ

3132　此国《このくに》に呟《つぶや》くことをふと愧《は》ぢぬ冬《ふゆ》もめでたき瑠璃《るり》の空《そら》かな

3133　蝶《てふ》を見《み》て恋《こひ》を思《おも》ひぬその蝶《てふ》を捉《とら》へつるにも逃《にが》しつるにも

3134　美《うつ》くしき心《こゝろ》を空《そら》に書《か》きたれば明　星《みやうじやう》は打《う》つ黄金《きん》のピリヨド

3135　白《しろ》き家《いへ》その軒下《のきした》の遠方《をちかた》に一《ひと》もとの樹《き》の頭《づ》抜《ぬ》けたるかな

3136　光《ひか》る魚《うを》かの太陽《たいやう》は難《かた》くとも空《そら》に向《むか》ひて網《あみ》は打《う》たまし

3137　なつかしき恋《こひ》の花《はな》かな君《きみ》が手《て》に上《のぼ》れば森《もり》の一重《ひとへ》椿《つばき》も

3138　我額《わがぬか》を鞭《むち》もて打《う》つは誰《た》が虚仮《こけ》ぞ目《め》ざめて見《み》れば手《て》の上《うへ》の書《ふみ》

3130　初「大阪毎日新聞」大９・１・15（無題）―与謝野晶子

3131　初「太陽」大９・２・１折々の歌―与謝野寛

3132　初「太陽」大９・２・１折々の歌―与謝野寛

3133　初「太陽」大９・２・１折々の歌―与謝野寛　再「明星」大11・１・１「明星」大14・１・１

3134　初「太陽」大９・２・１折々の歌―与謝野寛

3135　初「太陽」大９・２・１折々の歌―与謝野寛

3136　初「太陽」大９・２・１折々の歌―与謝野寛　再「明星」大11・１・１

3137　(4)上《ばの》れば→上《ほの》れば　初「太陽」大９・２・１折々の歌―与謝野寛

3138　初「太陽」大９・２・１折々の歌―与謝野寛

3139 朝毎《あさごと》に花《はな》を贈《おく》れどかの人《ひと》は花《はな》のみ受《う》けて言《い》ふ事《こと》も無《な》し

3140 花園《はなぞの》に薔薇《ばら》の尽《つ》くる日君《ひきみ》が目《め》に吾《われ》の映《うつ》らぬ冬《ふゆ》は来《きた》りぬ

3141 淋《さび》してふ世《よ》の常《つね》に云《い》ふ言《こと》の葉《は》も君《きみ》より聞《き》けば一大事《だいじ》是《こ》れ

3142 燈台《とうだい》の白《しろ》き下《もと》よりひろがれる深《ふか》むらさきの春《はる》の海《うみ》かな

3143 散《ち》る時《とき》に君《きみ》が昨日《きのふ》の涙《なみだ》をば再《ふたゝ》び見《み》する紅梅《こうばい》の花《はな》

3144 吹《ふ》く笛《ふえ》は小《ちひ》さけれども地《ち》の愛《あい》を空《そら》にもたらす揚雲雀《あげひばり》かな

3145 あかあかと二本椿《ふたもとつばき》よろこびを身《み》に集《あつ》めたる二本椿《ふたもとつばき》

3146 大《おほ》いなる傘《かさ》に受《う》くれば一《ひと》しきり跳《をど》れる雨《あめ》も快《こゝろよ》きかな

3147 西比利亜《シベリア》へ軍《いくさ》を出《い》だす事《こと》なども民《たみ》与《あづか》らず昔《むかし》ながらに

3139 初「太陽」大9・2・1折々の歌—与謝野寛

3140 初「太陽」大9・2・1折々の歌—与謝野寛

3141 初「太陽」大9・2・1折々の歌—与謝野寛 再「明星」大11・1・1

3142 初「太陽」大9・2・1折々の歌—与謝野寛

3143 初「太陽」大9・2・1折々の歌—与謝野寛 再「明星」大11・1・1

3144 初「太陽」大9・2・1折々の歌—与謝野寛

3145 初「太陽」大9・2・1折々の歌—与謝野寛

3146 初「太陽」大9・2・1折々の歌—与謝野寛

3147 初「太陽」大9・2・1折々の歌—与謝野寛

3148 世《よ》の隅《すみ》に涼《すず》しき目《め》をば一《ひと》つ持《も》ち静《しづ》かに在《あ》らん事《こと》をしぞ思《おも》ふ

3149 刻《きざ》むべき命《いのち》はいつか過《す》ぎ去《さ》りぬ鑿《のみ》を手《て》にして黙《もだ》す工人《こうじん》

3150 時《とき》の浪《なみ》断《た》えず寄《よ》せては人《ひと》の身《み》を際《はて》なき砂《すな》に埋《うづ》めんとする

3151 雲《くも》を見《み》て高楼《こうろう》に居《ゐ》てあさましや物思《ものおも》ひをばせぬと囁《さゝや》く

3152 病《や》むことも君《きみ》に及《およ》べる禍《わざはひ》と歎《なげ》ける恋《こひ》の熱《ねつ》と病熱《べうねつ》

3153 目《め》の前《まへ》の皿《さら》も木《こ》の間《ま》の月《つき》のごとけうとし夜《よる》の別《わか》れの卓《たく》に

3154 幼児《をさなご》が第《だい》一　春《しゆん》と書《か》ける文字《もじ》太《ふと》く跳《は》ねたり今朝《けさ》の世界《せかい》に

3155 止《と》まりたる柱時計《はしらどけい》を巻《ま》きながらふと思《おも》ふ事天《ことてん》を蔑《な》みせり

3156 沈黙《ちんもく》を氷《こほり》とすれば我《わ》が在《あ》るは今《いま》いと寒《さむ》き高嶺《たかね》ならまし

3148 初「太陽」大９・２・１折々の歌―与謝野寛

3149 初「太陽」大９・２・１折々の歌―与謝野寛

3150 初「太陽」大９・２・１折々の歌―与謝野寛

3151 初「大阪毎日新聞」大９・２・11（無題）―与謝野晶子

3152 初「大阪毎日新聞」大９・２・11（無題）―与謝野晶子

3153 初「万朝報」大９・２・21（無題）―選者

3154 初「太陽」大９・３・１折々の歌―与謝野寛

3155 初「太陽」大９・３・１折々の歌―与謝野寛

3156 初「太陽」大９・３・１折々の歌―与謝野寛

3157 身《み》一《ひと》つの安《やす》きを計《はか》る思《おも》ひなど何時《いつ》か附《つ》きたり麻痺《まひ》症《しやう》の如《ごと》

3158 自《みづか》らを恋《こひ》に置《お》くなりしら玉《たま》よ香《かほ》る手箱《てばこ》にあれと言《い》ひつゝ

3159 広《ひろ》き手《て》を顔《かほ》に押当《おしあ》て恥《はづ》かしと深《ふか》き命《いのち》の洩《もら》す一《ひと》こゑ

3160 春《はる》の雲《くも》銀座《ぎんざ》通《どほり》の灯《ひ》の色《いろ》に紅《あか》く染《そ》まりて覗《のぞ》けるもあり

3161 辻《つじ》に立《た》ち電車《でんしや》の旗《はた》を振《ふ》る人《ひと》もいしく振《ふ》る日《ひ》は楽《たの》しからまし

3162 南蛮《なんばん》の祭《まつり》の如《ごと》く棕櫚《しゆろ》の木《き》が鳥毛《とりげ》の槍《やり》を立《た》つる一列《れつ》

3163 女《をんな》みな流星《りうせい》よりも果敢《はか》なげに我《わ》が世之介《よのすけ》の目《め》を過《す》ぎにけん

3164 行《ゆ》く秋《あき》の三溪園《さんけいゑん》に立《た》てる塔《たふ》さびしく悲《かな》し佳《よ》き歌《うた》の如《ごと》

3165 見《み》る限《かぎ》りみな円光《ゑんくわう》をかざしつゝ聖者《せいじや》さびたる冬木立《ふゆこだち》かな

3157 初「太陽」大9・3・1折々の歌—与謝野寛

3158 初「太陽」大9・3・1折々の歌—与謝野寛

3159 初「太陽」大9・3・1折々の歌—与謝野寛

3160 初「太陽」大9・3・1折々の歌—与謝野寛

3161 初「太陽」大9・3・1折々の歌—与謝野寛

3162 初「太陽」大9・3・1折々の歌—与謝野寛

3163 初「太陽」大9・3・1折々の歌—与謝野寛

3164 初「太陽」大9・3・1折々の歌—与謝野寛

3165 初「太陽」大9・3・1折々の歌—与謝野寛

3166 自《みづか》らを愛《め》づる心《こゝろ》になぞらへてしら梅《うめ》を嗅《か》ぐ臘月《らふげつ》の人《ひと》

3167 地《ち》の上《うへ》に時《とき》を蔑《な》みする何物《なにもの》も無《な》きかと歎《なげ》く草《くさ》の青《あを》めば

3168 目《め》を遣《や》れば世《よ》の恋《こひ》よりも何《なに》よりも燃《も》えて待《ま》つなり片隅《かたすみ》の薔薇《ばら》

3169 逆《さか》しまに薄《うす》むらさきの髪《かみ》を曳《ひ》き葉巻《はまき》は死《し》にぬ前《まへ》の歩道《ほだう》に

3170 黄昏《たそがれ》の青《あを》き明《あか》りに半面《はんめん》を空《そら》に向《む》けつゝ泣《な》ける石像《せきざう》

3171 唇《くちびる》に銀《ぎん》の匙《さじ》など触《ふ》るゝ時冷《ときつめ》たきも好《よ》し智慧《ちゑ》の如《ごと》くに

3172 水色《みづいろ》の葉巻《はまき》の煙《けむり》 フワウストの見《み》たる地霊《ちれい》の心地《こゝち》して立《た》つ

3173 つゝましく隅《すみ》に脱《ぬ》がれし紅絹裏《もみうら》も今宵此場《こよひこのば》を引立《ひきた》てにけり

3174 通《とほ》り魔《ま》と天女《てんによ》の舞《まひ》と入《い》り変《かは》り我空《わがそら》断《た》えず晴《は》れて曇《くも》りぬ

3166 初「太陽」大９・３・１折々の歌—与謝野寛

3167 初「太陽」大９・３・１折々の歌—与謝野寛

3168 初「太陽」大９・３・１折々の歌—与謝野寛

3169 初「太陽」大９・３・１折々の歌—与謝野寛

3170 初「太陽」大９・３・１折々の歌—与謝野寛 再「明星」大11・１・１

3171 初「太陽」大９・３・１折々の歌—与謝野寛 再「明星」大11・１・１

3172 初「太陽」大９・３・１折々の歌—与謝野寛 再「明星」大11・１・１

3173 初「太陽」大９・３・１折々の歌—与謝野寛

3174 初「太陽」大９・３・１折々の歌—与謝野寛

3175 砂《すな》ぼこり淋《さび》しく舞《ま》へる街《まち》かなど心《こゝろ》を見《み》るは淋《さび》しかりけり

3176 ふためきて童声《わらべごえ》する木枯《こが》らしを追《お》ふ白雲《しらくも》と銀杏《いてふ》の葉《は》ども

3177 かんざしの翡翠《ひすゐ》のはしに穿《うが》たれし雪《ゆき》の洞《ほら》にも隠《かく》れてましを

3178 人並《ひとなみ》の心《こゝろ》になりぬこの車掌合図《しやせうあひづ》の笛《ふえ》を吹《ふ》く時《とき》にのみ

3179 春《はる》の日《ひ》の奈良《なら》の大路《おほぢ》は黄昏《たそが》れぬ仁王《におう》の門《もん》を閉《と》づる響《ひゞき》に

3180 仄《ほの》かにも起居《たちゐ》に霧《きり》の動《うご》くなり淋《さび》しからまし君《きみ》とあらずば

3181 緩《ゆるや》かに憎《にく》みくらすと云《い》ふことはやや真実《しんじつ》に似《に》たりと思《おも》へ

3182 唯《たゞ》ひとり焔《ほのほ》の川《かは》を流《なが》れゆく夢《ゆめ》かと思《おも》ふ淋《さび》しきまゝに

3183 嬉《うれ》しきは田舎芝居《ゐなかしばゐ》の舞台《ぶたい》にも幕《まく》の揚《あが》りて木《き》のひびく時《とき》

3175 初「大阪毎日新聞」大9・3・5（無題）—与謝野晶子

3176 初「大阪毎日新聞」大9・3・5（無題）—与謝野晶子

3177 初「万朝報」大9・3・6（無題）—選者

3178 初「大阪毎日新聞」大9・3・7近作より—与謝野寛

3179 初「大阪毎日新聞」大9・3・7近作より—与謝野寛

3180 初「大阪毎日新聞」大9・3・11（無題）—与謝野晶子

3181 初「大阪毎日新聞」大9・3・11（無題）—与謝野晶子

3182 初「大阪毎日新聞」大9・3・11（無題）—与謝野晶子

3183 初「大阪毎日新聞」大9・3・31近作より—与謝野寛

3184
旅《たび》に居《ゐ》て都《みやこ》の靄《もや》のにほひする沈丁花《ぢんてうげ》をばもてはやしけり

3185
蟹《かに》一《ひと》つ雲《くも》の片端《かたはし》歩《あゆ》むごと砂丘《さきう》を行《ゆ》くに伴《ともな》はれ行《ゆ》く

3186
相思《あひおも》ふ恋《こひ》のかたちも変《かは》るべき時《とき》とみづから知《し》るもめでたし

3187
朝《あさ》の日《ひ》の紅《あか》き中《なか》より荒磯《あらいそ》に生《うま》れいでくる船《ふね》の魚《うを》かな

3188
天地《あめつち》のもの手《て》を挙《あ》げてわが女王《によわう》な泣《な》きそとよぶ春《はる》の夕《ゆふ》ぐれ

3189
茴香《うゐきやう》の香《か》のする薄《うす》き湯気《ゆげ》と居《ゐ》ぬひるの月《つき》より白《しろ》き風呂桶《ふろをけ》

3190
さくら草《さう》はた桃《もゝ》の花《はな》絵《ゑ》蠟燭《らふそく》古《ふる》きつづみと雛《ひな》の主人《あるじ》と

3191
誰《たれ》も皆《みな》関《かゝは》りなしと云《い》ひがたき死《し》の愁《うれ》ひをばしめやかにする

3192
夕月《ゆふづき》の上《のぼ》れば春《はる》の花《はな》も皆白《みなしろ》きうれひとなりにけるかな

3184　㊒「大観」大９・４・１日のにほひ（短歌五十首）―与謝野晶子

3185　㊒「大観」大９・４・１日のにほひ（短歌五十首）―与謝野晶子

3186　㊒「大観」大９・４・１日のにほひ（短歌五十首）―与謝野晶子

3187　㊒「大観」大９・４・１日のにほひ（短歌五十首）―与謝野晶子

3188　㊒「大観」大９・４・１日のにほひ（短歌五十首）―与謝野晶子

3189　㊒「大観」大９・４・１日のにほひ（短歌五十首）―与謝野晶子

3190　㊒「大観」大９・４・１日のにほひ（短歌五十首）―与謝野晶子

3191　㊒「大観」大９・４・１日のにほひ（短歌五十首）―与謝野晶子

3192　㊒「大観」大９・４・１日のにほひ（短歌五十首）―与謝野晶子

3193 小雨降《こさめふ》りこの二日三日湯《ふつかみかゆ》の山《やま》の靄《もや》も恋《こひ》しやうぐひすの啼《な》く

3194 追《お》はれたる心《こゝろ》のやうに白《しろ》やかに淋《さび》しき蝶《てふ》の舞《ま》へる木《こ》の下《もと》

3195 白楊《はくやう》の根《ね》は歎《なげ》くなり水《みづ》に居《ゐ》て藻《も》のをかしげに漂《たゞよ》ふを見《み》て

3196 むらさきの海《うみ》の石《いし》かと自《みづか》らの物思《ものおも》ふ目《め》を思《おも》ふかがみに

3197 春《はる》の月楼《つきろう》の角《かど》とも思《おも》はるる岩《いは》にわれ居《ゐ》て海《うみ》をのぞめる

3198 片恋《かたこひ》にあらず相思《さうし》と云《い》ひも得《え》ず心《こゝろ》を人《ひと》に置《お》くならひより

3199 水色《みづいろ》は白《しろ》に並《なら》びて思《おも》ふなり愁《うれひ》をもてる身《み》はあてなりと

3200 わが酔《ゑひ》の前《まへ》に墨磨《すみす》る真力士紙《しんりきしかみ》をまかなふ高力士《かうりきし》かな

3201 胡《こ》の国《くに》の酒《さけ》と蔑《なみ》してありしかど酔《ゑ》へば未央《びえう》の柳《やなぎ》も見《み》えぬ

3193 初「大観」大9・4・1日のにほひ（短歌五十首）―与謝野晶子

3194 初「大観」大9・4・1日のにほひ（短歌五十首）―与謝野晶子

3195 初「大観」大9・4・1日のにほひ（短歌五十首）―与謝野晶子

3196 初「大観」大9・4・1日のにほひ（短歌五十首）―与謝野晶子

3197 初「大観」大9・4・1日のにほひ（短歌五十首）―与謝野晶子

3198 初「大観」大9・4・1日のにほひ（短歌五十首）―与謝野晶子

3199 初「大観」大9・4・1日のにほひ（短歌五十首）―与謝野晶子

3200 初「大観」大9・4・1日のにほひ（短歌五十首）―与謝野晶子

3201 初「大観」大9・4・1日のにほひ（短歌五十首）―与謝野晶子

3202 高郎《かうらう》も真郎《しんらう》もまた匂《にほ》やかに酔《ゑ》へば北夷《ほくゐ》の酒《さけ》もなつかし

3203 そぞろにも弥生近《やよひちか》しとふためきて屋《や》根《ね》瓦《かはら》などおとす雪《ゆき》かな

3204 悩《なやま》しく春《はる》を思《おも》ふははしけやし盛《さか》りの花《はな》と若《わか》き子《こ》ばかり

3205 新《あたら》しく木《こ》の花《はな》ひらく暁《あかつき》を二人《ふたり》見《み》たりと涙《なみだ》ながれぬ

3206 微風《そよかぜ》はあやめと語《かた》り薔薇《ばら》を抱《だ》くわが放《はな》ちたる心《こゝろ》のやうに

3207 病《や》みて寝《ぬ》る窓《まど》より春《はる》の薄雲《うすぐも》の見《み》ゆるや君《きみ》の愁《うれ》ひ給《たま》ふや

3208 春《はる》の水天上《みづてんじやう》を行《ゆ》く瀬《せ》の音《おと》も二人黙《ふたりもだ》せば聞《きこ》えくるかな

3209 この君等《きみら》めでたき時《とき》を得給《えたま》ふと思《おも》ふがままのことほぎすわれ

（田村氏の結婚式の日）

3210 湖《みづうみ》はやよひの朝《あさ》のそよかぜの足《あし》かと思《おも》ふ小波《さゞなみ》ぞ立《た》つ

3202 初「大観」大９・４・１日のにほひ（短歌五十首）―与謝野晶子

3203 初「大観」大９・４・１日のにほひ（短歌五十首）―与謝野晶子

3204 初「大観」大９・４・１日のにほひ（短歌五十首）―与謝野晶子

3205 初「大観」大９・４・１日のにほひ（短歌五十首）―与謝野晶子

3206 初「大観」大９・４・１日のにほひ（短歌五十首）―与謝野晶子

3207 初「大観」大９・４・１日のにほひ（短歌五十首）―与謝野晶子

3208 初「大観」大９・４・１日のにほひ（短歌五十首）―与謝野晶子

3209 初「大観」大９・４・１日のにほひ（短歌五十首）―与謝野晶子

3210 初「大観」大９・４・１日のにほひ（短歌五十首）―与謝野晶子

3211 美《うつ》くしくうたた寝《ね》もせず若《わか》き日《ひ》の一大事《いちだいじ》をば思《おも》ひ暮《くら》せる

3212 恋《こひ》すると紅《あか》き札《ふだ》をばしたれども椿《つばき》はさびし則《のり》を守《まも》れば

3213 春雨《はるさめ》のうち養《やしな》へるさくら草《さう》そのごとわれも寝《ね》なましものを

3214 云《い》ふことは常《つね》に心《こころ》にあることとありぬことをば混《ま》ずるならはし

3215 わが肩《かた》に淡雪《あわゆき》少《すこ》しちりかかる心地《こゝち》おぼゆる物語《ものがた》りしぬ

3216 わが思《おも》ひ後《うしろ》に負《お》ひて山《やま》ざくら咲《さ》くと朝々《あさ〳〵》思《おも》ふこのごろ

3217 美《うつ》くしき恋《こひ》の挿頭《かざし》に薔薇《ばら》を置《お》く飽足《あきた》らずして向日葵《ひまはり》を置《お》く

3218 川二《かはふた》つ漸《やうや》く会《あ》ひて喜《よろこ》びのわたつみにしも流《なが》れ入《い》るかな

3219 ギリシヤの海《うみ》に見《み》るべき白鳥《しらとり》が鵞《あひる》にまじる鵞鳥《がてう》にまじる

3211 [初]「大観」大9・4・1日のにほひ（短歌五十首）—与謝野晶子

3212 [初]「大観」大9・4・1日のにほひ（短歌五十首）—与謝野晶子

3213 [初]「大観」大9・4・1日のにほひ（短歌五十首）—与謝野晶子

3214 [初]「大観」大9・4・1日のにほひ（短歌五十首）—与謝野晶子

3215 [初]「大観」大9・4・1日のにほひ（短歌五十首）—与謝野晶子

3216 [初]「大観」大9・4・1日のにほひ（短歌五十首）—与謝野晶子

3217 [初]「太陽」大9・4・1折々の歌—与謝野寛

3218 [初]「太陽」大9・4・1折々の歌—与謝野寛

3219 [初]「太陽」大9・4・1折々の歌—与謝野寛
[再]「明星」大11・1・1

3220 一《ひと》しきり練兵場《れんぺいば》より上《のぼ》り来《く》る土《つち》ぼこりにも尖《とが》る神経《しんけい》

3221 音《おと》も無《な》く黒《くろ》き衣《ころも》の尼達《あまたち》が過《す》ぎつるあとに残《のこ》る夕焼《ゆふやけ》

3222 この機《はた》に上《のぼ》せて織《お》れば悲《かな》しみも天衣《てんい》の料《れう》となりにけるかな

3223 矢《や》の穿《うが》つこと深《ふか》ければ絶間《たえま》なく噴《ふ》きて流《なが》るる熱《あつ》き心臓《しんざう》

3224 紫《むらさき》の靴《くつ》したを脱《ぬ》ぐ素足《すあし》をば睡蓮《すゐれん》の根《ね》と讃《たゝ》へつるかな

3225 太陽《たいやう》も白《しろ》き月《つき》とはなりにけりつれなき人《ひと》の一言《ひとこと》のため

3226 その蔭《かげ》に人《ひと》もの云《い》へば唖《をし》となる魔法《まはふ》の樹《き》あり紅《あか》き花《はな》さく

3227 紙《かみ》の傘紙《かさかみ》の戸《と》の家《いへ》紙臭《かみくさ》き敷島《しきしま》を吸《す》ふ生甲斐《いきがひ》も無《な》し

3228 違《たが》へ違《たが》へ今見《いまみ》るままに違《たが》はずば我《わ》が行手《ゆくて》こそ淋《さび》しかりけれ

3220 初「太陽」大９・４・１折々の歌―与謝野寛

3221 初「太陽」大９・４・１折々の歌―与謝野寛 再「明星」大11・１・１

3222 初「太陽」大９・４・１折々の歌―与謝野寛 再「明星」大11・１・１

3223 初「太陽」大９・４・１折々の歌―与謝野寛

3224 初「太陽」大９・４・１折々の歌―与謝野寛

3225 初「太陽」大９・４・１折々の歌―与謝野寛

3226 初「太陽」大９・４・１折々の歌―与謝野寛

3227 初「太陽」大９・４・１折々の歌―与謝野寛

3228 初「太陽」大９・４・１折々の歌―与謝野寛

3229 ひとむらの木立《こだち》の中《なか》に隠《かく》れつつ桃色《もゝいろ》の目《め》を投《な》ぐる春《はる》の日《ひ》

3230 新聞《しんぶん》を草《くさ》に拡《ひろ》げて敷《し》きながら物食《ものく》ふ森《もり》の落椿《おちつばき》かな

3231 いませるは春《はる》の大君《おほぎみ》桜《さくら》をば門《もん》とし黄金《きん》の日《ひ》をば刻《きざ》めり

3232 さくら草小《さうちさ》き京雛《きやうびな》かかるをば喜《よろこ》ぶ父《ちゝ》を持《も》ちたまふかな

3233 軽々《かろ〴〵》と馬《うま》に乗《の》りたるき、ほ、ひもて草《くさ》の葉末《はずゑ》を渡《わた》りゆく風《かぜ》

3234 釣《つり》上《あ》げし想《おも》ひの魚《うを》の大《おほ》きさを譬《たと》へんとして宇宙《うちう》を抱《いだ》く

3235 沖《おき》にある白《しろ》き船《ふね》をば花片《はなびら》の如《ごと》くに見《み》せて落《お》つる春《はる》の日《ひ》

3236 美《うつ》くしき阿片《アヘン》の夢《ゆめ》の輪《わ》の中《なか》に巻《ま》かれて廻《めぐ》る日《ひ》と月《つき》とわれ

3237 華《はな》やかに紅《あか》き氈《かも》をば敷《し》けるかな酔《ゑ》ひたる貴妃《きひ》も此処《ここ》に来《こ》よかし

3229 初「太陽」大9・4・1折々の歌―与謝野寛

3230 初「太陽」大9・4・1折々の歌―与謝野寛

3231 初「太陽」大9・4・1折々の歌―与謝野寛

3232 初「太陽」大9・4・1折々の歌―与謝野寛

3233 初「太陽」大9・4・1折々の歌―与謝野寛

3234 初「太陽」大9・4・1折々の歌―与謝野寛

3235 初「太陽」大9・4・1折々の歌―与謝野寛

3236 初「太陽」大9・4・1折々の歌―与謝野寛

3237 初「太陽」大9・4・1折々の歌―与謝野寛

3238 永久《とこしへ》の生命《いのち》に生《い》きて君《きみ》を待《ま》つ人人《ひとびと》として花《はな》を見給《みたま》へ
(母君《はゝぎみ》と御女《ごぢよ》とを亡《うしな》ひ給《たま》へる野口米《*のぐちよね》二郎《らう》の君《きみ》を迎《むか》へて)

3239 広沢《ひろさは》の池《いけ》より靄《もや》の上《のぼ》るらん蓬《よもぎ》の匂《にほ》ふ日《ひ》となりぬらん

3240 荒磯《あらいそ》の波《なみ》の沫《あわ》よりとく消《き》ゆる二月《ぐわつ》の春《はる》の白雪《しらゆき》をめづ

3241 しろがねのわが針進《はりすゝ》むこゝちよしなすこと総《すべ》てこれに似《に》よかし

3242 類《たぐ》ひなき悦《よろこ》びをもてわが針《はり》は全《また》き衣《ころも》を作《つく》るわざする

3243 太陽《たいよう》のびろうどの毛《け》に触《ふ》れたりと春《はる》の光《ひかり》に鶯《うぐひす》の啼《な》く

3244 自《みづか》らを如何《いか》に制《せい》せん我乗《わがの》れる天馬《てんば》は常《つね》に雲《くも》に跳《をど》れり

3245 泣《な》きながら双児《ふたご》の如《ごと》く手《て》をとりぬ禱《いの》るこゝろと貪《むさぼ》る心《こゝろ》

3246 人知《ひとし》らぬ恐怖《きようふ》の中《なか》に身《み》を守《まも》る短剣《たんけん》として執《と》れる我筆《わがふで》

3238 ＊野《の》口《ぐち》米《よね》二郎《らう》→野《の》口《ぐち》米《よね》次《じ》郎《らう》
初「万朝報」大9・4・3(無題)―選者

3239 初「大阪毎日新聞」大9・4・9(無題)―与謝野晶子

3240 初「大阪毎日新聞」大9・4・14(無題)―与謝野晶子

3241 初「大阪毎日新聞」大9・4・20(無題)―与謝野晶子

3242 初「大阪毎日新聞」大9・4・20(無題)―与謝野晶子

3243 初「大阪毎日新聞」大9・4・27(無題)―与謝野晶子

3244 初「太陽」大9・5・1折々の歌―与謝野寛

3245 初「太陽」大9・5・1折々の歌―与謝野寛

3246 初「太陽」大9・5・1折々の歌―与謝野寛

3247 溢《あふ》るるは唯《たゞ》に一時《ひととき》おほかたは醜《みにく》き石《いし》をあらはせる川《かは》

3248 折《をり》ふしに人《ひと》の心《こゝろ》は藻《も》の如《ごと》し涙《なみだ》のなかに濡《ぬ》れて靡《なび》けば

3249 いと多《おほ》き君《きみ》が友《とも》なるその中《なか》に一人淋《ひとりさび》しき名《な》を持《も》つは吾《われ》

3250 夜《よ》となれば野《の》を忍《しの》びきて菜《な》の花《はな》の移《うつ》り香《が》を持《も》つ我《わ》が閨《ねや》の風《かぜ》

3251 山《やま》にきて浴《ゆあ》みするにも自《みづか》らをナルシスに比《ひ》す若《わか》き歌《うた》びと

3252 ナルシスを山《やま》の湯槽《ゆぶね》に見出《みい》でつとニンフの覗《のぞ》く春《はる》の夕《ゆふ》ぐれ

3253 歌《うた》ひけりほつれし髪《かみ》を掻《か》き上《あ》げて身《み》を揺《ゆす》る時女《ときをんな》めく人《ひと》

3254 山《やま》を皆吐息《みなといき》の中《なか》におくごとく雲《くも》のぼるなり底倉《そこくら》の谷《たに》

3255 新《あたら》しき浦島《うらしま》が子《こ》の哀《かな》しみは開《ひら》かん箱《はこ》を持《も》たぬなりけり

3247 [初]「太陽」大9・5・1折々の歌―与謝野寛 [再]「明星」大11・1・1

3248 [初]「太陽」大9・5・1折々の歌―与謝野寛

3249 [初]「太陽」大9・5・1折々の歌―与謝野寛

3250 [初]「太陽」大9・5・1折々の歌―与謝野寛 [再]「明星」大11・1・1

3251 [初]「太陽」大9・5・1折々の歌―与謝野寛

3252 [初]「太陽」大9・5・1折々の歌―与謝野寛

3253 [初]「太陽」大9・5・1折々の歌―与謝野寛

3254 [初]「太陽」大9・5・1折々の歌―与謝野寛

3255 [初]「太陽」大9・5・1折々の歌―与謝野寛 [再]「明星」大11・1・1

3256 風《かぜ》の如《ごと》こころに来《きた》る山賊《やまだち》よ我《われ》をとらへて愁《うれひ》に送《おく》る

3257 美《うつ》くしき小箱《こばこ》を君《きみ》は喜《よろこ》びぬ恋《こひ》をや其《そ》れに秘《ひ》めんとすらん

3258 安物《やすもの》の粗木《あらき》の盆《ぼん》を買《か》ひ来《きた》りたんぽぽの穂《ほ》を刻《きざ》めば淋《さび》し

3259 大《おほ》いなる空《むな》しき車《くるま》何物《なにもの》も載《の》せんとはせず野《の》に横《よこ》たはる

3260 焼《や》けながら沈《しづ》む船《ふね》見《み》ゆ我恋《わがこひ》を海《うみ》にたとへて身《み》を思《おも》ふ時《とき》

3261 藤色《ふぢいろ》を卯月《うづき》の空《そら》に盛《も》り上《あ》げぬ若葉《わかば》の中《なか》の大仏《だいぶつ》の屋根《やね》

3262 たそがれの青《あを》き泉《いづみ》に白白《しらじら》と羽羽《はば》たきするはかなしみの鳥《とり》

3263 秋成《あきなり》は如何《いか》なる事《こと》の悲《かな》しみに癖《くせ》ものがたり筆《ふで》を著《つ》けけん

3264 入口《いりくち》のアマリリスより其処《そこ》に立《た》つ美《うつく》しき目《め》に感動《ときめ》きしかな

3256 初「太陽」大９・５・１折々の歌―与謝野寛

3257 初「太陽」大９・５・１折々の歌―与謝野寛

3258 初「太陽」大９・５・１折々の歌―与謝野寛

3259 初「太陽」大９・５・１折々の歌―与謝野寛

3260 初「太陽」大９・５・１折々の歌―与謝野寛

3261 初「太陽」大９・５・１折々の歌―与謝野寛

3262 初「太陽」大９・５・１折々の歌―与謝野寛

3263 初「太陽」大９・５・１折々の歌―与謝野寛 再「明星」大11・１・１

3264 初「太陽」大９・５・１折々の歌―与謝野寛

3265 心《こゝろ》をば宝石函《はうせきばこ》のたぐひとす君《きみ》を入《い》れつつ光《ひか》る幾《いく》とせ

3266 山《やま》かへではた柏《かしは》木《き》の青《あを》に似《に》る旅《たび》のうれひと思《おも》ひけるかな

阪寄氏長子の祝ひ

3267 いみじかる身《み》は王党《おうとう》の一人《り》ぞと二十とせのちにいふべき子《こ》たれ

3268 明暗《めいあん》も知《し》らず夜《よ》も日《ひ》も思《おも》ふなり恋《こひ》しき人《ひと》を一目《め》見《み》んこと

3269 朝《あした》よりをどる心《こゝろ》を覗《のぞ》くなり若《わか》き目《め》したる初夏《はつなつ》の空《そら》

3270 その足《あし》の土《つち》を離《はな》れぬセントオル身《み》を空《そら》ざまにあせる悲《かな》しさ

3271 百合《ゆり》のごと人《ひと》を憎《にく》まず若《わか》やかに恐《おそ》れを知《し》らぬひなげしの花《はな》

3272 猶《なほ》しばし昨日《きのふ》の夢《ゆめ》にかゝはりぬ覚《さ》め際《ぎは》の目《め》の甘《あま》く重《おも》たく

3273 躑躅《つゝじ》にも藤《ふぢ》にも混《まじ》りいと多《おほ》く昨日《きのふ》見《み》たりし夢《ゆめ》の散《ち》りぼふ

3265 [初]「太陽」大9・5・1折々の歌—与謝野寛

3266 [初]「大正日日新聞」大9・5・3六甲苦楽園にて—与謝野晶子[再]「大阪毎日新聞」大9・6・17

3267 [初]「大正日日新聞」大9・5・3六甲苦楽園にて—与謝野晶子

3268 [初]「大阪毎日新聞」大9・5・9(無題)—与謝野晶子

3269 [初]「万朝報」大9・5・15(無題)—選者

3270 [初]「大阪毎日新聞」大9・5・25(無題)—与謝野晶子

3271 [初]「大阪毎日新聞」大9・5・25(無題)—与謝野晶子

3272 [初]「太陽」大9・6・1折々の歌—与謝野寛[再]「大阪毎日新聞」大9・7・17

3273 [初]「太陽」大9・6・1折々の歌—与謝野寛

3274 夏《なつ》くれば行《ゆ》きて踏《ふ》まんと思《おも》ふなり青《あを》みて香《かを》る春日野《かすがの》の土《つち》

3275 或時《あるとき》に小町《こまち》の集《しふ》に挿《はさ》みたるペン〳〵草《ぐさ》の枯《か》れて出《い》できぬ

3276 帷《とばり》より君覗《きみのぞ》くなり水色《みづいろ》の矢車草《やぐるまさう》を指《ゆび》にはさみて

3277 わが馬《うま》は飛《と》ぶ力《ちから》なし雲《くも》を見《み》て嘶《いなゝ》きつゝも足《あし》ずりをする

3278 盛《も》り上《あが》る緑《みどり》の玉《たま》のキヤベツの葉《は》そを抱《いだ》きたる天鵞絨《びろうど》の土《つち》

3279 諸共《もろとも》に花《はな》をかざして若《わか》き日《ひ》は又無《またな》しとしも歎《なげ》きけるかな

3280 花園《はなぞの》を隣《となり》に持《も》てる心地《こゝち》しぬ匂《にほ》へる君《きみ》をいと近《ちか》く見《み》て

3281 化物《ばけもの》を語《かた》りし母《はゝ》はこの国《くに》の人《ひと》の怖《こは》さを早《はや》く知《し》りけん

3282 日向葵《ひまはり》を一輪《りん》いけて幸《さいは》ひの打溢《うちあふ》れたる青玉《せいぎよく》の壺《つぼ》

3274 初「太陽」大９・６・１折々の歌―与謝野寛

3275 初「太陽」大９・６・１折々の歌―与謝野寛

3276 初「太陽」大９・６・１折々の歌―与謝野寛 再「大阪毎日新聞」大９・７・17

3277 初「太陽」大９・６・１折々の歌―与謝野寛

3278 初「太陽」大９・６・１折々の歌―与謝野寛

3279 初「太陽」大９・６・１折々の歌―与謝野寛

3280 初「太陽」大９・６・１折々の歌―与謝野寛

3281 初「太陽」大９・６・１折々の歌―与謝野寛 再「大阪毎日新聞」大９・８・10「明星」大11・１・１

3282 初「太陽」大９・６・１折々の歌―与謝野寛 再「大阪毎日新聞」大９・８・10

3283 天《あま》つ日《ひ》が四月《ぐわつ》の昼《ひる》に見《み》る夢《ゆめ》か武庫《むこ》の高原《たかはら》つゝじ花咲《はなさ》く

3284 太陽《たいやう》も俄《にはか》に暗《くら》し咲《さ》く花《はな》も反古《ほご》の色《いろ》しぬ君《きみ》が死《し》を聞《き》き

3285 阿蘇《あそ》の火《ひ》を命《いのち》としたる益荒男《ますらを》も天雲《あまぐも》の如《ごと》消《き》え去《さ》りしかな

3286 旅《たび》にきて都《みやこ》の恋《こひ》し愁《うれひ》をば酒《さけ》の中《なか》にも忘《わす》れぬが如《ごと》

3287 藁屑《わらくづ》にひとしき物《もの》も幸運《かううん》の綱《つな》かと時《とき》に頼《たの》まるゝかな

3288 片隅《かたすみ》にありて耳《みゝ》をば澄《す》ますなり盲人《めしひ》の如《ごと》き水色《みづいろ》の壺《つぼ》

3289 山《やま》の土《つち》しろきを堅《かた》め薄赤《うすあか》き土《つち》もて彩《ゑど》る土《つち》の人形《ひとがた》

3290 行《ゆ》く水《みづ》の上《うへ》に書《か》きたる夢《ゆめ》なれど我力《わがちから》には消《け》し難《がた》きかな

3291 銀泥《ぎんでい》の帯《おび》をほのかに引《ひ》きて去《さ》る杉生《すぎふ》の底《そこ》の一《ひと》すぢの川《かは》

3283 初「太陽」大9・6・1折々の歌―与謝野寛

3284 初「太陽」大9・6・1折々の歌―与謝野寛

3285 初「太陽」大9・6・1折々の歌―与謝野寛

3286 初「太陽」大9・6・1折々の歌―与謝野寛

3287 初「太陽」大9・6・1折々の歌―与謝野寛

3288 初「太陽」大9・6・1折々の歌―与謝野寛

3289 初「太陽」大9・6・1折々の歌―与謝野寛 再「大阪毎日新聞」大9・8・10

3290 初「太陽」大9・6・1折々の歌―与謝野寛

3291 初「太陽」大9・6・1折々の歌―与謝野寛

3292 洞門《どうもん》の出口《でぐち》に倚《よ》りて我《われ》を待《ま》つ伊作《いさく》が吹《ふ》きし黄昏《たそがれ》の笛《ふえ》

3293 手拭《てぬぐひ》を床几《しやうぎ》に敷《し》きて春《はる》の日《ひ》の黄昏《たそがれ》に見《み》る玉《たま》だれの滝《たき》

3294 如何《いか》にせん淋《さび》しき謎《なぞ》を背《せ》に負《お》ひて一人《ひとり》ゆくべき路《みち》を前《まへ》にす

3295 草《くさ》なびき裾《すそ》ぬるるまで露白《つゆしろ》しあぢきなけれど恋《こひ》の如《ごと》ゆく

3296 しだれたるものの枝《えだ》より哀《あは》れなり立《た》ちて黄《き》ばめる桑《くは》の一《ひと》むら

[3297] 武庫山《むこやま》に花《はな》の冠《かむり》を置《お》くものは皐月《さつき》の夏《なつ》の若《わか》き天雲《あまくも》

[3298] 靄深《もやふか》し世《よ》にわが知《し》らぬ悲《かな》しみも愁《うれ》ひもありとさとる夕《ゆふ》ぐれ

3299 扇《あふぎ》をばさつと拡《ひろ》げし瞬間《しゆんかん》に裂《さ》けて散《ち》るなり愁《うれひ》の一つ

3300 東京《とうけう》の七月《ぐわつ》の夜《よ》の灯《ひ》の色《いろ》に美男《びなん》の如《ごと》く染《そ》まりたる雲《くも》

3292 [初]「太陽」大9・6・1折々の歌―与謝野寛

3293 [初]「太陽」大9・6・1折々の歌―与謝野寛

3294 [初]「大阪毎日新聞」大9・6・3(無題)―与謝野寛

3295 [初]「大阪毎日新聞」大9・6・3(無題)―与謝野寛[再]「太陽」大9・7・1

3296 [初]「大阪毎日新聞」大9・6・3(無題)―与謝野寛[再]「太陽」大9・7・1

3297 [初]「大阪毎日新聞」大9・6・6(無題)与謝野晶子

3298 [初]「大阪毎日新聞」大9・6・6(無題)与謝野晶子

3299 [初]「大阪毎日新聞」大9・6・12(無題)―与謝野寛[再]「太陽」大9・7・1

3300 [初]「大阪毎日新聞」大9・6・12(無題)―与謝野寛[再]「太陽」大9・7・1

3301 悲《かな》しくも与《あた》へられたる我《わ》が時《とき》は与《あた》へられたる才《さい》に適《ふさ》はず

3302 紅玉《こうぎよく》の中《なか》に隠《かく》れん若《わか》き日《ひ》を名残《なごり》なきまで失《うしな》ひぬとて

3303 美くしき山に来りて人の子はおのれを恥ぢず泉にひたる

3304 青やかに皐月の柏ひろごれる枝に梅ちる伊香保路くれば

3305 わが爪のものの中にもほの白きたそがれ時の山の浴室

3306 つぎつぎに沼の魚など調じ来て人は酔へどもさむき六畳

3307 つつましく沼の水吹く伊香保風ものよく語る山駕籠の衆

3308 恋しさも深くなりぬと書くものかおく山に来てありのすさびに

3309 榛名山ひとへによしと思ふらん昨日の雲の峰をうごかぬ

3301 初「大阪毎日新聞」大9・6・12（無題）―与謝野寛

3302 初「万朝報」大9・6・12（無題）―選者

3303 初「人間」大9・6・15山に遊びて―与謝野晶子

3304 初「人間」大9・6・15山に遊びて―与謝野晶子

3305 初「人間」大9・6・15山に遊びて―与謝野晶子

3306 初「人間」大9・6・15山に遊びて―与謝野晶子

3307 初「人間」大9・6・15山に遊びて―与謝野晶子

3308 初「人間」大9・6・15山に遊びて―与謝野晶子

3309 初「人間」大9・6・15山に遊びて―与謝野晶子

3310 美くしき日の面《おもて》をば覗けるや榛の梢を仰げるやわれ

3311 夏の空榛名の山に青傘すみどりの榛のころもの上に

3312 いとよしと思へるものに勝るとはなさねど旅はなつかしきかな

3313 一人《ひとり》ある世《よ》ならず二人《ふたり》行《ゆ》く如《ごと》く行《ゆ》かぬが如《ごと》き歎《なげ》きのみする

3314 手《て》の上《うへ》の玉《たま》のさかづき底《そこ》のあれど我等《われら》が恋《こひ》に底無《そこな》かれかし

3315 目《め》つぶれば人侮《ひとあなど》りぬ甲斐《かひ》も無《な》く同《おな》じ夢《ゆめ》を見《み》る我《われ》として

3316 露草《つゆくさ》を見《み》れば目《め》に見《み》ゆ幼《をさな》くて母《はゝ》と覗《のぞ》きし里《さと》の池《いけ》など

3317 人知《ひとし》れず涙零《なみだこぼ》るゝならひなどあらずばいかに淋《さび》しからまし

3318 一切《いつさい》の物憎《ものにく》みをば知《し》らぬなり小《ちひ》さき蛇《へび》は君《きみ》を巻《ま》くのみ

3310 初「人間」大9・6・15山に遊びて―与謝野晶子

3311 初「人間」大9・6・15山に遊びて―与謝野晶子

3312 初「人間」大9・6・15山に遊びて―与謝野晶子

3313 初「大阪毎日新聞」大9・6・17（無題）―与謝野晶子

3314 初「大阪毎日新聞」大9・6・20（無題）―与謝野寛 再「太陽」大9・7・1

3315 (4)同《おな》じ夢《ゆめ》を→同《おな》じ夢《ゆめ》をば 初「大阪毎日新聞」大9・6・20（無題）―与謝野寛 再「太陽」大9・7・1

3316 初「大阪毎日新聞」大9・6・20（無題）―与謝野寛 再「太陽」大9・7・1

3317 初「万朝報」大9・6・20夏《なつ》の初《はじ》めに―与謝野晶子

3318 初「万朝報」大9・6・20夏《なつ》の初《はじ》めに―与謝野晶子

3319 薔薇《ばら》匂《にほ》ひ楽音《がくおん》ひゞき焔《ほのほ》立つ乱《みだ》れ心地《ごゝち》になるよしもがな

十首の内

3320 灰《はひ》となる葉巻《はまき》を見《み》つつ狂人《けうじん》となれるニイチエの髪《かみ》を思《おも》ひぬ

3321 衆人《しうじん》を木立《こだち》とすれば一人《にん》の若《わか》き詩人《しじん》は高《たか》き噴泉《ふんせん》

3322 美《うつ》くしき瞳《ひとみ》を持《も》てる若人《わかうど》に惜《を》しや焔《ほのふ》の夢《ゆめ》の無《な》きこと

3323 舞《ま》はんとて若葉《わかば》の山《やま》が挿《かざ》したるうす丹《に》のつゝじ紫《むらさき》つゝじ

3324 靄《もや》かづき眠《ねむ》りの覚むること遅《おそ》し津《つ》の国原《くにはら》に濃《こ》く淡《あは》き森《もり》

3325 ひるがほの素肌《すはだ》かゞやく草《くさ》むらを前《まへ》になしたる水色《みづいろ》の窓《まど》

3326 青《あを》すすき高《たか》く靡《なび》きて暮近《くれちか》きみぎはの船《ふね》に白《しら》みたる月《つき》

3327 更《ふ》けし夜《よ》の活動《くわつどう》小屋《ごや》の明《あか》りのみ白《しろ》く尖《とが》りて雨《あめ》ふり出《い》でぬ

3319 初「万朝報」大9・6・20夏《なつ》の初《はじ》めに—与謝野晶子

3320 初「大阪毎日新聞」大9・6・22（無題）—与謝野寛

3321 初「大阪毎日新聞」大9・6・22（無題）—与謝野寛

3322 初「大阪毎日新聞」大9・6・22（無題）—与謝野寛

3323 初「大阪毎日新聞」大9・6・25（無題）—与謝野晶子

3324 初「大阪毎日新聞」大9・6・25（無題）—与謝野晶子

3325 初「万朝報」大9・6・26（無題）—選者

3326 初「大阪毎日新聞」大9・6・27（無題）—与謝野寛 再「太陽」大9・7・1

3327 初「大阪毎日新聞」大9・6・27（無題）—与謝野寛

3328
踊《をどり》をば知《し》らぬ男《をとこ》はジプシイの群《むれ》に入《い》れども仲間《なかま》はづれす

3329
雲《くも》の影山《かげやま》の青《あを》など仄《ほの》うつる湖水《こすゐ》とおぼゆ紫陽花《あぢさゐ》のいろ

3330
我《われ》ありと青《あを》やんま飛冷《とぶひや》やかに思《おも》ひ上《あが》れるものは美《うつ》くし

3331
昼《ひる》の月《つき》ありもあらずも己《おのれ》さへ知《し》らぬと見《みえ》てなまめかしけれ

十首の内

3332
ふるさとを思ふ病も少しする伊作が寝たる部屋の隅かな

3333
此処よりも彼方の山の先づ暮れて灯をば置くかな恋を作れと

3334
暁《あかつき》の露《つゆ》にしめれる扇《あふぎ》など傍《かた》へにありて君寝《きみね》たまへり

3335
やごとなき夢見《ゆめみ》る人《ひと》は戦《わなゝ》きぬ覚《さ》めたる人《ひと》の知《し》らぬ寒《さむ》さに

3336
男《をとこ》たち巻《ま》くり手《て》をして羹《あつもの》す暁斎《げうさい》の絵《ゑ》を見《み》る如《ごと》きかな

3328 初「大阪毎日新聞」大9・6・27（無題）―与謝野寛

3329 初「万朝報」大9・6・27夏《なつ》の初《はじ》めに（二）―与謝野晶子

3330 初「万朝報」大9・6・27夏《なつ》の初《はじ》めに（二）―与謝野晶子

3331 初「万朝報」大9・6・27夏《なつ》の初《はじ》めに（二）―与謝野晶子

3332 初「あるの」大9・7・1浴泉記―与謝野晶子

3333 初「あるの」大9・7・1浴泉記―与謝野晶子

3334 初「太陽」大9・7・1折々の歌―与謝野寛 再「大阪毎日新聞」大9・7・8

3335 初「太陽」大9・7・1折々の歌―与謝野寛 再「大阪毎日新聞」大9・8・15

3336 初「太陽」大9・7・1折々の歌―与謝野寛 再「大阪毎日新聞」大9・7・8

3337 むらさきの帷《とばり》の端《はし》のそよぐなり風《かぜ》も忍《しの》びて逢《あ》ひに来《こ》しかな

3338 草《くさ》の風《かぜ》ほのかに吹《ふ》きて遠方《をちかた》のパンの笑《わら》ひをわが窓《まど》に置《お》く

3339 幽《かす》かにも水色《みづいろ》の月黄金《つきわうごん》のさし櫛《ぐし》をして初秋《はつあき》を待《ま》つ

3340 堪《た》へ難《がた》し火《ひ》の煙《けむり》より救《すく》へよと吾《わ》が叫《さけ》ぶとき君《きみ》もまた喚《よ》ぶ

3341 夏《なつ》の神《かみ》はかなき草《くさ》の裏葉《うらは》にも慰《なぐさ》めとして好《よ》き色《いろ》を塗《ぬ》る

3342 霧降《きりふ》りて唐黍《もろこし》立《た》てり径《こみち》あり玉菜《たまな》にまじるえぞ菊《ぎく》の花《はな》

3343 端居《はしゐ》せんわが杯《さかづき》に秋《あき》の月《つき》しづくとなりて入《い》らば入《い》るべく

3344 嬉《うれ》しきは秋《あき》の羅馬《ローマ》の大道《だいだう》に旅人《たびびと》として見出《みい》でつる吾《われ》

3345 心《こゝろ》をば玉《たま》によそへて思《おも》ふ人《ひと》伊香保《いかほ》の山《やま》の泉《いづみ》をば愛《め》づ

3337 初「太陽」大9・7・1折々の歌—与謝野寛

3338 初「太陽」大9・7・1折々の歌—与謝野寛

3339 初「太陽」大9・7・1折々の歌—与謝野寛

3340 初「太陽」大9・7・1折々の歌—与謝野寛
再「太陽」大9・9・1「明星」大11・1・1

3341 初「太陽」大9・7・1折々の歌—与謝野寛

3342 初「太陽」大9・7・1折々の歌—与謝野寛

3343 初「太陽」大9・7・1折々の歌—与謝野寛

3344 初「太陽」大9・7・1折々の歌—与謝野寛

3345 初「太陽」大9・7・1折々の歌—与謝野寛

3346
天《あま》つ風《かぜ》ふけば榛名《はるな》のいたゞきに翼休《つばさやす》むる雲《くも》のいろ〳〵

3347
伊香保嶺《いかほね》の磨碓《するす》の巌《いは》の裂目《さけめ》より覗《のぞ》ける世《よ》にもまた不思議《ふしぎ》無《な》し

3348
君《きみ》が乗《の》る榛名《はるな》の籠《かご》に山吹《やまぶき》のひと枝《え》を挿《さ》せば物語《ものがたり》めく

3349
あぢきなく旅《たび》を思《おも》へば前《まへ》に来《き》ぬ夏《なつ》の草《くさ》かと萎《しを》れたる草《くさ》

3350
皐月《さつき》てふいみじき時《とき》を忘《わす》れねど暗《くら》き涙《なみだ》の流《なが》れこそすれ

3351
我友《わがとも》は思郷《しけう》のこころ催《もよほ》すと云《い》ひつつ去《さ》りぬ秋《あき》ならねども

3352
匂《にほ》やかに汗《あせ》うちにじむ心《こゝろ》ぞと出《い》づる涙《なみだ》もなつかしむかな

3353
くれなゐの薔薇《ばら》の花《はな》をば一つ置《お》き二つ据《す》うれどはかなかりけれ

3354
煙《けぶり》より淡《あは》く靡《なび》きてうら悲《かな》し明星岳《めいぜうだけ》のいたゞきの雲《くも》

3346 初「太陽」大９・７・１折々の歌―与謝野寛

3347 初「太陽」大９・７・１折々の歌―与謝野寛

3348 初「太陽」大９・７・１折々の歌―与謝野寛

3349 初「大阪毎日新聞」大９・７・３（無題）―与謝野晶子

3350 初「大阪毎日新聞」大９・７・３（無題）―与謝野晶子

3351 初「大阪毎日新聞」大９・７・８（無題）―与謝野寛

3352 初「万朝報」大９・７・10（無題）―選者

3353 初「大阪毎日新聞」大９・７・14（無題）―与謝野晶子

3354 初「大阪毎日新聞」大９・７・14（無題）―与謝野晶子

3355 いと白《しろ》く底《そこ》の心《こゝろ》も頬《ほ》を伝《つた》ふ涙《なみだ》も見《み》ゆるあさましきころ

3356 或時《あるとき》に子規《しき》の句集《くしう》に挿《はさ》みたるペンペン草《ぐさ》の枯《か》れて出《い》できぬ

3357 藤《ふぢ》の葉《は》の孔雀《くじやく》めきたる青《あを》そよぐ皐月《さつき》の昼《ひる》の園《その》を歩《あゆ》めり

3358 わが如《ごと》く不死《ふし》の身《み》を持《も》つものと見《み》し紅《あか》き薔薇《さうび》の花落《はなお》ちにけり

3359 踊子《をどりこ》の真白《ましろ》き裾《すそ》と見《み》ゆるまで華奢《くわしや》なる波《なみ》を上《あ》ぐる岩《いは》かな

3360 うす紅《べに》の浜撫子《はまなでしこ》と云《い》ふ名《な》をば誰《たれ》もちたりし神代《かみよ》の巻《まき》に

3361 こほろぎの枕上《まくらがみ》にて啼《な》きいでぬ白《しろ》き扇《あふぎ》を顔《かほ》にあつれば

3362 土手《どて》の上《うへ》いぬころ草《ぐさ》の穂《ほ》をつみて涙《なみだ》ながるゝ夕月夜《ゆうづくよ》かな

3363 あかつきの風《かぜ》のほのかに上《のぼ》りきぬわたつみと云《い》ふ蒼《あを》きさざはし

3355 初「大阪毎日新聞」大9・7・14（無題）—与謝野晶子
3356 初「大阪毎日新聞」大9・7・17（無題）—与謝野寛
3357 初「大阪毎日新聞」大9・7・18（無題）—与謝野晶子
3358 初「国民新聞」大9・7・20青玉抄—与謝野晶子
3359 初「国民新聞」大9・7・20青玉抄—与謝野晶子
3360 初「国民新聞」大9・7・20青玉抄—与謝野晶子
3361 初「国民新聞」大9・7・20青玉抄—与謝野晶子
3362 初「国民新聞」大9・7・20青玉抄—与謝野晶子
3363 初「国民新聞」大9・7・20青玉抄—与謝野晶子

3364 おのれの目正《めたゞ》しくわれを見《み》しがため心《こゝろ》をどるとわれ覚《おぼ》ゆらん

3365 うす青《あを》く静《しづ》かに焔上《ほのほのぼ》るなりあてに淋《さび》しき日《ひ》となりしかな

3366 醜《みにく》くも頬《ほ》をば歪《ゆが》めて吹《ふ》かざれば我《わ》が横笛《よこぶえ》の鳴《な》らぬ習《なら》はし

3367 秋《あき》たけて円《まど》かに白《しろ》き菊《きく》さきぬ淋《さび》しき中《なか》に得《え》し友《とも》の如《ごと》

3368 初冬《はつふゆ》のナポリの海《うみ》を前《まへ》にして入日《いりひ》に染《そ》まる片側《かたがは》の街《まち》

3369 二三本乱《ばんみだ》れし草《くさ》を絵《ゑ》に描《か》きて今朝《けさ》の心《こゝろ》を遣《や》りにけるかな

3370 君《きみ》に依《よ》り初《はじ》めて見《み》たる或時《あるとき》の心《こゝろ》のごときくれなゐの薔薇《ばら》

3371 美《うつ》くしき天使《てんし》の翅《はね》を著《つ》けねども心《こゝろ》は通《かよ》ふ君《きみ》がこゝろに

3372 大詰《おほづめ》の後《のち》に序幕《じよまく》の来《きた》ること唯《た》だ恋《こひ》にのみ許《ゆる》されしかな

3364 初「国民新聞」大9・7・20青玉抄―与謝野晶子

3365 初「国民新聞」大9・7・20青玉抄―与謝野晶子

3366 初「大阪毎日新聞」大9・7・23（無題）―与謝野寛

3367 初「大阪毎日新聞」大9・7・23（無題）―与謝野寛再「太陽」大9・9・1「明星」大11・1・1

3368 初「大阪毎日新聞」大9・7・23（無題）―与謝野寛再「太陽」大9・9・1

3369 初「太陽」大9・8・1折々の歌―与謝野寛

3370 初「太陽」大9・8・1折々の歌―与謝野寛

3371 初「太陽」大9・8・1折々の歌―与謝野寛

3372 初「太陽」大9・8・1折々の歌―与謝野寛再「明星」大11・1・1

3373 烈日《れつじつ》の前《まへ》に己《おの》れを試《ため》さんと光《ひか》りて立《た》てる向日葵《ひまはり》の花《はな》

3374 吾《われ》知《し》らず指《ゆび》に残《のこ》りし香《か》も悲《かな》しはかなき草《くさ》を一人《ひとり》編《あ》むとて

3375 昔《むかし》よりいみじき人《ひと》の持《も》つと云《い》ふ淋《さび》しさのみは持《も》つ身《み》なるかな

3376 霧《きり》ふかし別《わか》れんとして暫《しば》らくは二《ふた》つの船《ふね》の喚《よ》びかはす笛《ふえ》

3377 一生《しやう》に之《こ》れに懸《か》くれど吾《わ》が歌《うた》は断章《だんしやう》にして章《しやう》を成《な》さざり

3378 しろき鳥《とり》いよ〳〵光《ひか》り海《うみ》の色《いろ》こき紫《むらさき》に変《かは》りゆくかな

3379 時《とき》として月《つき》にひとしき冷《つめ》たさを清《きよ》く果敢《はか》なく持《も》ちたまふ君《きみ》

3380 貴《あて》やかにこの薔薇《ばら》の花《はな》あさ露《つゆ》を黄金《きん》の涙《なみだ》として泣《な》けるかな

3381 雑草《ざつさう》も小《ちさ》く青《あを》める穂《ほ》を上《あ》げぬ秋《あき》に捧《さゝ》ぐるはかりごとして

3373 初「太陽」大9・8・1折々の歌―与謝野寛

3374 初「太陽」大9・8・1折々の歌―与謝野寛

3375 初「太陽」大9・8・1折々の歌―与謝野寛 再「淑女画報」大9・12・1

3376 初「太陽」大9・8・1折々の歌―与謝野寛

3377 初「太陽」大9・8・1折々の歌―与謝野寛

3378 初「太陽」大9・8・1折々の歌―与謝野寛 再「明星」大11・1・1

3379 初「太陽」大9・8・1折々の歌―与謝野寛 再「明星」大11・1・1

3380 初「太陽」大9・8・1折々の歌―与謝野寛

3381 初「太陽」大9・8・1折々の歌―与謝野寛

3382 花《はな》よりも猶《なほ》かゞやきぬ薄色《うすいろ》の傘《かさ》して園《その》に薔薇《ばら》を観《み》る人《ひと》

3383 上目《うはめ》して何《なに》となけれど物一《ものひと》つ破《やぶ》らまほしき心地《こゝち》するかな

3384 君《きみ》に今朝《けさ》憎《にく》まれながら思《おも》ふなり優《やさ》しく尖《とが》る薔薇《ばら》の花《はな》ぞと

3385 七月《ぐわつ》にさくらの落葉《おちば》黄《き》に染《そ》まり落《お》ちて濡《ぬ》れたる朝《あさ》の敷石《しきいし》

3386 黄昏《たそが》れて鼓子花《たんぽぽ》の穂《ほ》の飛《と》びかひぬ白髪《しらが》の魔女《まぢよ》の来《きた》る細路《ほそみち》

3387 一切《さい》を無《な》みせんとせし吾《わ》が憎《にく》み君《きみ》に及《およ》びて破《やぶ》れつるかな

3388 われ佗《わ》びぬ石《いし》に枕《まくら》はせざれども吾《わ》れを疑《うたが》ふ一大事《だいじ》ゆゑ

3389 かや草《くさ》の細《ほそ》き葉末《はずゑ》も紅《べに》さしぬ入日《いりひ》のまへの甘《あま》きひと時《とき》

3390 蟷螂《たうらう》が羽《はね》をひろげてすゝと飛《と》べば風《かぜ》も入日《いりひ》も青《あを》みわたりぬ

3382 初「太陽」大９・８・１折々の歌―与謝野寛

3383 初「太陽」大９・８・１折々の歌―与謝野寛 再「明星」大11・１・１

3384 初「太陽」大９・８・１折々の歌―与謝野寛

3385 初「太陽」大９・８・１折々の歌―与謝野寛

3386 初「太陽」大９・８・１折々の歌―与謝野寛 再「明星」大11・１・１

3387 初「太陽」大９・８・１折々の歌―与謝野寛 再「明星」大11・１・１

3388 初「太陽」大９・８・１折々の歌―与謝野寛

3389 初「太陽」大９・８・１折々の歌―与謝野寛

3390 初「太陽」大９・８・１折々の歌―与謝野寛

3391 思《おも》ふ子《こ》が忍《しの》びて我《われ》を呼《よ》ぶらしき涼《すゞ》しき風《かぜ》の廊《らう》よりぞ吹《ふ》く

[3392] 雲《くも》となり風《かぜ》に乗《の》り行《ゆ》く心地《こゝち》などまた少《すこ》しづつ覚《おぼ》ゆ病《や》むとて

[3393] 紫陽花《あぢさい》の花《はな》の端《はし》かと夕月《ゆふづき》のひかりを見《み》たる森《もり》の道《みち》かな

[3394] 琴《こと》とりてわが心《こゝろ》より友来《ともき》たる三昧《さんまい》と云《い》ふさかひならまし

[3395] またも見《み》ん日《ひ》のありなしはさし置《を》きて涙《なみだ》ぐまるゝ山川《やまかは》の色《いろ》

3396 桃色《もゝいろ》の一箋《せん》を取《と》り題《だい》すらく佳人《かじん》よ老《おい》を思《おも》ふこと勿《なか》れ

3397 花《はな》さきぬ「二人静《ふたりしづか》」の名《な》を持《も》ちてはかなき草《くさ》も舞《ま》はんとすらん

[3398] やごとなき恋心《こひごゝろ》にも裏《うら》となり表《おもて》と見《み》ゆるものゝあるかな

[3399] つやゝかに虎杖《いたどり》の芽《め》の並《なら》びたる伊香保《いかほ》の奥《おく》の松《まつ》の下道《したみち》

3391 (初)「太陽」大9・8・1折々の歌—与謝野寛

3392 (初)「万朝報」大9・8・7(無題)—選者

3393 (初)「大阪毎日新聞」大9・8・12(無題)—与謝野晶子

3394 (初)「大阪毎日新聞」大9・8・12(無題)—与謝野晶子

3395 (初)「大阪毎日新聞」大9・8・12(無題)—与謝野晶子

3396 (初)「大阪毎日新聞」大9・8・15(無題)—与謝野寛

3397 (初)「大阪毎日新聞」大9・8・15(無題)—与謝野寛

3398 (初)「大阪毎日新聞」大9・8・19(無題)—与謝野晶子

3399 (初)「大阪毎日新聞」大9・8・19(無題)—与謝野晶子

3400 鈴懸《すゞかけ》の広葉《ひろは》は悲《かな》し街《まち》に立《た》ち涙《なみだ》ぐみたる夏《なつ》の朝《あさ》など

3401 一人《ひとり》居《ゐ》て扇使《あふぎつか》へば灯《ひ》のかげの来《き》てたはぶれぬ縁《えん》の板敷《いたじき》

3402 信濃路《しなのぢ》の山《やま》に来《きた》りて臥《ふ》しくらすことなど告《つ》ぐる要《えう》も無《な》けれど

3403 秋風《あきかぜ》や悲《かな》しきばかり紅《くれなゐ》をふかく染《そ》めたるわれもかうかな

3404 落葉松《からまつ》は姿《すがた》も丈《たけ》も大《おほ》かたは変《かは》らず淋《さび》し山《やま》に並《なら》びて

3405 月《つき》しろく更《ふ》くれば街《まち》のわが窓《まど》も夜泊《やはく》の船《ふね》にある心地《こゝち》する

3406 和蘭陀《オランダ》の桟留縞《さんとめじま》のすゞしさを思《おも》へど風《かぜ》の海《うみ》よりぞ吹《ふ》く

3407 薔薇《ばら》の香《か》に打混《うちまじ》りてもそよぐなり我《わ》が覚《おぼ》えある熱《あつ》き囁《さゝや》き

3408 うら若《わか》き今日《けふ》の主人《あるじ》の端近《はしぢか》くあるを覗《のぞ》ける水色《みづいろ》の空《そら》

3400 (初)「大阪毎日新聞」大9・8・20（無題）―与謝野晶子

3401 (初)「大阪毎日新聞」大9・8・20（無題）―与謝野晶子

3402 (初)「国民新聞」大9・8・29明星《みやうじやう》温泉《をんせん》にありて―与謝野晶子

3403 (初)「国民新聞」大9・8・29明星《みやうじやう》温泉《をんせん》にありて―与謝野晶子

3404 (初)「国民新聞」大9・8・29明星《みやうじやう》温泉《をんせん》にありて―与謝野晶子

3405 (初)「太陽」大9・9・1折々の歌―与謝野寛

3406 (初)「太陽」大9・9・1折々の歌―与謝野寛

3407 (初)「太陽」大9・9・1折々の歌―与謝野寛

3408 (初)「太陽」大9・9・1折々の歌―与謝野寛

3409 入《い》る月《つき》の名残《なごり》が海《うみ》に立《た》つ秋《あき》か一《ひと》すぢ白《しろ》く沖《おき》の光《ひか》れる

3410 世《よ》の人《ひと》を和泉式部《いづみしきぶ》もなげきけり一《ひと》つ心《こゝろ》になす由《よし》も無《な》し

3411 こゝろよく山《やま》の鶫《つぐみ》のさへづりぬ朝日《あさひ》の中《なか》の何《なに》の木末《こずゑ》ぞ

3412 雲《くも》ふかく榛名《はるな》の神《かみ》のゐます渓巌《たにいはほ》も杉《すぎ》も塔《たふ》の如《ごと》立《た》つ

3413 夢《ゆめ》なきやかの太陽《たいやう》は映《うつ》らぬや美《うつ》くしき目《め》の凍《こほ》りたる君《きみ》

3414 地《ち》に悶《もだ》え天《てん》を喚《よ》ぶなりうら若《わか》き自《みづか》らの火《ひ》をもてあます山《やま》

3415 山《やま》にきて長《なが》き杖《つゑ》をばよろこびぬ心《こゝろ》は恋《こひ》に支《さゝ》へたれども

3416 夏《なつ》ごろも麻《あさ》を著《き》る日《ひ》に咲《さ》き出《い》でぬ空《そら》の色《いろ》なる露草《つゆぐさ》の花《はな》

3417 簾《すだれ》ごし擬玉《にせたま》を売《う》る支那人《しなじん》が窓《まど》より覗《のぞ》く暑《あつ》き昼《ひる》かな

3409 初「太陽」大9・9・1折々の歌―与謝野寛

3410 初「太陽」大9・9・1折々の歌―与謝野寛

3411 初「太陽」大9・9・1折々の歌―与謝野寛

3412 初「太陽」大9・9・1折々の歌―与謝野寛

3413 初「太陽」大9・9・1折々の歌―与謝野寛 再「大阪毎日新聞」大10・5・11

3414 初「太陽」大9・9・1折々の歌―与謝野寛 再「大阪毎日新聞」大10・5・11

3415 初「太陽」大9・9・1折々の歌―与謝野寛

3416 初「太陽」大9・9・1折々の歌―与謝野寛

3417 初「太陽」大9・9・1折々の歌―与謝野寛

3418 ゆふやけの空《そら》に乱《みだ》れて遊《あそ》ぶなり温泉岳《をんせんだけ》をはなれたる雲《くも》

3419 人《ひと》の身《み》の淋《さび》しき時《とき》は空《そら》を見《み》て木末《こずゑ》も何《なに》か待《ま》つけしきかな

3420 夕雲《ゆふぐも》のうす桃色《もゝいろ》に身《み》を染《そ》めて歌《うた》ふが如《ごと》くそよぐ河《かは》かぜ

3421 羹《あつもの》を盛《も》りたる銀《ぎん》のうつはにも紅《あか》くうつれる支那《しな》の提燈《ちやうちん》

3422 街路樹《がいろじゆ》の黄《き》に染《そ》まる頃《ころ》日《ひ》のひかり酒《さけ》の如《ごと》くに降《ふ》りかゝる頃《ころ》

3423 ニコライの円《まろ》きドオモの光《ひか》れるを前景《ぜんけい》として舞《ま》ひ上《のぼ》る雲《くも》

3424 夏暑《なつあつ》く蟬《せみ》のみ生《い》くる島《しま》にある流人《るにん》の如《ごと》く堪《た》へがたきかな

3425 かたはらの月《つき》の娘《むすめ》の夕顔《ゆふがほ》は天上《てんぜう》の香《か》をこちたくも撒《ま》く

3426 紅鸚鵡《べにおうむ》あかき芙蓉《ふよう》と向《むか》ひたり何《いづ》れをわれの夢《ゆめ》と呼《よ》ばまし

3418 初「太陽」大９・９・１折々の歌―与謝野寛

3419 初「太陽」大９・９・１折々の歌―与謝野寛

3420 初「太陽」大９・９・１折々の歌―与謝野寛

3421 初「太陽」大９・９・１折々の歌―与謝野寛

3422 初「太陽」大９・９・１折々の歌―与謝野寛

3423 初「太陽」大９・９・１折々の歌―与謝野寛

3424 初「大阪毎日新聞」大９・９・４（無題）―与謝野晶子

3425 初「大阪毎日新聞」大９・９・４（無題）―与謝野晶子

3426 初「大阪毎日新聞」大９・９・４（無題）―与謝野晶子

3427 豊国《とよくに》の海辺《うみべ》の湯《ゆ》にて三四人更《にんさら》に別《わか》れを歎《なげ》きけるかな

3428 あはれなる蚊帳吊草《かやつりくさ》よ幼児《をさなご》の手《て》にも二つに裂《さ》かれゆくかな

3429 夜《よ》を通《とほ》し青《あを》き羽《はね》をば磨《みが》きたる蟷螂《たうらう》の飛《と》ぶ砂山《すなやま》のうへ

3430 秋風《あきかぜ》に紅《べに》の芙蓉《ふよう》のひるがへす袖《そで》は四月《ぐわつ》の花《はな》にまされり

3431 逢《あ》ひがたき人《ひと》を求《もと》めて行《ゆ》き歩《あり》く秋《あき》の雨《あめ》かな淋《さび》しかよわし

3432 美《うつ》くしき有明灘《ありあけなだ》も君《きみ》と越《こ》ゆ今《いま》は遂《と》げざる事《こと》も無《な》きかな

3433 かの奇才玄耳《きさいげんじ》一人《ひとり》を容《い》れかねて旅《たび》に在《あ》らしむ小《ちいさ》き日《ひ》の本《もと》

3434 あかつきの麻《あさ》の小床《をどこ》を先《ま》づ撫《な》でぬ紫玉《しぎよく》の質《しつ》の初秋《はつあき》のかぜ

3435 京橋《けうばし》の表通《おもてどほ》りの秋《あき》のかぜ横筋街《よこすじまち》のたそがれのかぜ

3427 謝野寛 (初)「大阪毎日新聞」大9・9・15（無題）—与

3428 謝野寛 (初)「大阪毎日新聞」大9・9・17（無題）—与

3429 (初)「万朝報」大9・9・18（無題）—選者

3430 謝野晶子 (初)「大阪毎日新聞」大9・9・19（無題）—与

3431 謝野晶子 (初)「大阪毎日新聞」大9・9・19（無題）—与

3432 謝野寛 (初)「大阪毎日新聞」大9・9・24（無題）—与

3433 謝野寛 (初)「大阪毎日新聞」大9・9・24（無題）—与

3434 謝野晶子 (初)「大阪毎日新聞」大9・9・28（無題）—与

3435 謝野晶子 (初)「大阪毎日新聞」大9・9・28（無題）—与

3436
恋《こひ》をして清《きよ》くめでたく美《うつ》くしく死《し》ねよとばかり秋風《あきかぜ》ぞ吹《ふ》く

3437
みづからの呟《つぶや》く声《こゑ》をきき知《し》りぬあはれ淋《さび》しき人《ひと》の身《み》のはて

3438
雲霧《くもきり》の銀《ぎん》の帯《おび》をば好《この》み巻《ま》くはこねの山《やま》の明星《みやうぜう》が岳《だけ》

3439
たらちねの親《おや》の恋《こひ》しきことを云《い》ひ灯《ひ》のまたたくと見《み》ゆる山《やま》かな

3440
わが庭《には》の萩《はぎ》の花《はな》ちる片隅《かたすみ》の絵草紙《ゑざうし》めきて秋雨《あきさめ》ぞふる

3441
青《あを》き壺《つぼ》しら玉《たま》の卓紅芙蓉《たくべにふよう》はらからと見《み》ゆ秋《あき》の光《ひかり》に

3442
少女《をとめ》子《ご》をたたへ笛《ふえ》吹《ふ》くこほろぎと思《おも》ひおはせる秋《あき》の夜《よ》の人《ひと》

3443
波《なみ》の音《おと》近《ちか》やかにする暁《あかつき》の由比《ゆひ》が浜辺《はまべ》のながつきのかぜ

3444
われを見《み》て水引草《みづひきさう》ははやりかに物《もの》を云《い》ふなり露《つゆ》の深《ふか》しと

3436 初「国民新聞」大9・9・30秋思十五首―与謝野晶子

3437 初「国民新聞」大9・9・30秋思十五首―与謝野晶子

3438 初「女学生」大9・10・1中頃《なかごろ》の秋《あき》―与謝野晶子

3439 初「女学生」大9・10・1中頃《なかごろ》の秋《あき》―与謝野晶子

3440 初「女学生」大9・10・1中頃《なかごろ》の秋《あき》―与謝野晶子

3441 初「女学生」大9・10・1中頃《なかごろ》の秋《あき》―与謝野晶子

3442 初「女学生」大9・10・1中頃《なかごろ》の秋《あき》―与謝野晶子

3443 初「女学生」大9・10・1中頃《なかごろ》の秋《あき》―与謝野晶子

3444 初「女学生」大9・10・1中頃《なかごろ》の秋《あき》―与謝野晶子

3445 秋草《あきくさ》の花《はな》びらにじむ土踏《つちふ》みてうらなつかしと語《かた》る友達《ともだち》

3446 朝《あさ》かぜに追《お》はるる雲《くも》のはかなさと色《いろ》の似《に》かよふわが紫苑《しをん》かな

3447 秋《あき》の来《き》てわが心《こゝろ》にも草《くさ》の香《か》にひとしき物《もの》の打添《うちそ》へるかな

3448 さわやかに翡翠《ひすゐ》の質《しつ》の風吹《かぜふ》きて空《そら》も大路《おほぢ》も青《あを》き初秋《はつあき》

3449 逸早《いちはや》くいみじき朝《あさ》を知《し》る人《ひと》は先《ま》づ自《みづか》らの祝　鐘《しゆくしよう》を打《う》つ

3450 桃色《もゝいろ》の明《あか》りのなかに白《しろ》を著《き》て少女《をとめ》のごとく走《はし》りくる船《ふね》

3451 悲《かな》しみと云《い》ふ木実《このみ》ありいつしかと諦《あきら》めと云《い》ふ根《ね》に帰《かへ》りゆく

3452 懲《こら》しめて肉《にく》を打《う》ちつゝ過《あやま》ちて魂《たましひ》をさへ砕《くだ》きつる人《ひと》

3453 淋《さび》しさよ此頃《このごろ》落《お》つる髪《かみ》を見《み》て作《つく》り笑《わら》ひも事《こと》にこそよれ

3445 初「女学生」大9・10・1中頃《なかごろ》の秋《あき》—与謝野晶子

3446 初「女学生」大9・10・1中頃《なかごろ》の秋《あき》—与謝野晶子

3447 初「太陽」大9・10・1折々の歌—与謝野寛 再「三田文学」大9・11・1

3448 初「太陽」大9・10・1折々の歌—与謝野寛

3449 初「太陽」大9・10・1折々の歌—与謝野寛 再「三田文学」大9・11・1

3450 初「太陽」大9・10・1折々の歌—与謝野寛 再「三田文学」大9・11・1

3451 初「太陽」大9・10・1折々の歌—与謝野寛 再「三田文学」大9・11・1

3452 初「太陽」大9・10・1折々の歌—与謝野寛 再「三田文学」大9・11・1

3453 初「太陽」大9・10・1折々の歌—与謝野寛 再「三田文学」大9・11・1

3454 霜月《しもつき》の草《くさ》と云《い》へども吾髪《わがかみ》のほろ〳〵落《お》つることに似《に》ぬかな

3455 うち続《つゞ》く大根畑《だいこんばた》のをちかたに赤《あか》き裸体《はだか》と見《み》ゆる煙突《えんとつ》

3456 涙《なみだ》には春秋《はるあき》も無《な》し老《おい》も無《な》し唯《た》だ若《わか》き日《ひ》のまゝに流《なが》れぬ

3457 はしたなく縁《ふち》の取《と》れたる鏡《かゞみ》など露《あら》はに見《み》ゆる吾家《わがいへ》の秋《あき》

3458 君去《きみさ》りてあとに留《とゞ》めし白薔薇《しろばら》の花《はな》のみ匂《にほ》ふ秋《あき》の卓《たく》かな

3459 女《をんな》たち鏡《かゞみ》の間《ま》より裾曳《すそひ》きて窓《まど》に倚《よ》るなり秋《あき》の夜《よ》の月《つき》

3460 紅《べに》を注《さ》し黄《き》を塗《ぬ》ることを忘《わす》れざる秋《あき》は貴《たふと》し草《くさ》の末《すゑ》まで

3461 あやにくに寒《さむ》き笑《わら》ひを覚《おぼ》えけり深山《みやま》にあらぬ人中《ひとなか》にして

3462 空《むな》しきを塗《ぬ》り消《け》さんとてゆくりなく附《つ》けたる色《いろ》の美《うつく》しきかな

3454 初「太陽」大９・10・１折々の歌—与謝野寛
再「三田文学」大９・11・１

3455 初「太陽」大９・10・１折々の歌—与謝野寛
再「三田文学」大９・11・１

3456 初「太陽」大９・10・１折々の歌—与謝野寛

3457 初「太陽」大９・10・１折々の歌—与謝野寛

3458 初「太陽」大９・10・１折々の歌—与謝野寛
再「三田文学」大９・11・１

3459 初「太陽」大９・10・１折々の歌—与謝野寛
再「三田文学」大９・11・１

3460 初「太陽」大９・10・１折々の歌—与謝野寛

3461 初「太陽」大９・10・１折々の歌—与謝野寛
再「三田文学」大９・11・１

3462 初「太陽」大９・10・１折々の歌—与謝野寛
再「三田文学」大９・11・１

3463 御空《そら》より黄金《きん》の笑《わら》ひを投《な》ぐと見《み》ゆ舞《ま》ひて散《ち》り来《く》る秋《あき》の一葉《ひとは》も

3464 見《み》る限《かぎ》り明《あか》るく澄《す》みし群青《ぐんじやう》をひと色塗《いろぬ》れる秋《あき》の大空《おほぞら》

3465 燃《も》えつゝも雁来紅《がんらいこう》の立《た》つ園《その》をめぐりてなびく金色《こんじき》の秋《あき》

3466 世《よ》の中《なか》にある甲斐《かひ》も無《な》きわが歌《うた》は皆自《みなみづか》らの輓歌《ばんか》ならまし

3467 曇《くも》る空《そら》ましろき浪《なみ》を前《まへ》にして網《あみ》を打《う》つなり真裸《まはだか》のひと

3468 美《うつ》くしき宵《よひ》がたりをば数多《あまた》して暁《あかつき》に見《み》るつきくさの花《はな》

3469 冬《ふゆ》きたりかの大空《おほぞら》も灰色《はひいろ》の寒《さむ》き顰《ひそ》みをわが如《ごと》くする

3470 うら淋《さび》し弱《よわ》げに花《はな》の靡《なび》く野《の》とおもむき似《に》たる海《うみ》を目《め》にして

3471 信州の旅より帰り、更に茅ヶ崎の土方氏別荘に友人を訪ひて詠める
山《やま》を下《お》りて二日《ふつか》の後《のち》に海《うみ》にきぬ秋《あき》の旅寝《たびね》の忘《わす》れがたさに

3463 初「太陽」大9・10・1折々の歌—与謝野寛 再「三田文学」大9・11・1

3464 初「太陽」大9・10・1折々の歌—与謝野寛

3465 初「太陽」大9・10・1折々の歌—与謝野寛

3466 初「太陽」大9・10・1折々の歌—与謝野寛

3467 初「太陽」大9・10・1折々の歌—与謝野寛 再「大阪朝日新聞」大9・10・3「三田文学」大9・11・1「大阪毎日新聞」大10・4・19

3468 初「太陽」大9・10・1折々の歌—与謝野寛 再「大阪朝日新聞」大9・10・3

3469 初「太陽」大9・10・1折々の歌—与謝野寛

3470 初「大阪毎日新聞」大9・10・2（無題）—与謝野晶子

3471 初「大阪朝日新聞」大9・10・3海光抄—与謝野寛

3472 水荘《すゐさう》のひろき二階《にかい》に蚊帳《かや》二《ふた》つならべて語《かた》る初秋《はつあき》の人《ひと》

3473 美《うつく》しき涙《なみだ》を胸《むね》に湛《たゝ》へつゝ客《きやく》もあるじも初秋《はつあき》を愛《め》づ

3474 夜《よ》の更《ふ》けて浪《なみ》おと高《たか》くなる窓《まど》は恋《こひ》する胸《むね》のたぐひなるべし

3475 この朝《あさ》の初秋《はつあき》かぜは使《つかひ》なり清《きよ》く身《み》に沁《し》むものを持《も》てきぬ

3476 濡《ぬ》れながら鴨頭草《つきくさ》さきぬ若《わか》き人《ひと》はやく涙《なみだ》を感《かん》ずる如《ごと》く

3477 水荘《すゐさう》を出《い》でて小松《こまつ》のなかに入《い》り磯《いそ》につづける赤《あか》き路《みち》かな

3478 なびきたる芒《すゝき》をとりて踰《こ》えんとす秋《あき》の砂川《すなかは》深《ふか》からねども

3479 萎《しを》れたる月見草《つきみさう》にも添《そ》ひて見《み》ゆ清《きよ》くはかなき秋《あき》の円光《ゑんくわう》

3480 夜明《よあ》くれば泣《な》き萎《しを》れたる目《め》を持《も》てり物《もの》を歎《なげ》ける月見草《つきみさう》かな

3472 (初)「大阪朝日新聞」大9・10・3海光抄―与謝野寛

3473 (初)「大阪朝日新聞」大9・10・3海光抄―与謝野寛

3474 (初)「大阪朝日新聞」大9・10・3海光抄―与謝野寛

3475 (初)「大阪朝日新聞」大9・10・3海光抄―与謝野寛

3476 (初)「大阪朝日新聞」大9・10・3海光抄―与謝野寛

3477 (初)「大阪朝日新聞」大9・10・3海光抄―与謝野寛

3478 (初)「大阪朝日新聞」大9・10・3海光抄―与謝野寛

3479 (初)「大阪朝日新聞」大9・10・3海光抄―与謝野寛(再)「三田文学」大9・11・1

3480 (初)「大阪朝日新聞」大9・10・3海光抄―与謝野寛

3481 大海《おほうみ》も雲《くも》をうつして濁《にご》るなり深《ふか》き惑《まど》ひ持《も》つ胸《むね》の如《ごと》

3482 美《うつ》くしき額《ひたひ》になびくしろがねの捲髪《まきげ》と見《み》えて浪磯《なみいそ》に立《た》つ

3483 大空《おほぞら》を捲《ま》かんと浪《なみ》の立《た》つ見《み》ればわが空想《くうそう》も捨《す》て難《がた》きかな

3484 砂浜《すなはま》のまろき渚《なぎさ》にしらしらと浪《なみ》の拡《ひろ》ぐる秋《あき》のうすもの

3485 磯《いそ》に居《ゐ》て光《ひか》る砂《すな》にも劣《おと》るかな苦《くる》しき浪《なみ》は身《み》に余《あま》れども

3486 荒磯《あらいそ》に海人《あま》のひろげし網光《あみひか》る真珠《しんしゅ》を綴《つゞ》るうすものゝ如《ごと》

3487 初秋《はつあき》の浪《なみ》のうごくは優《やさ》しかり二十四時《にじふしとき》を踊《をど》る胸《むね》より

3488 井《ゐ》に寄《よ》りて足《あし》を洗《あら》へば磯《いそ》の砂跡《すなあと》なきことも秋《あき》は果敢《はか》なし

3489 親達《おやたち》のこゝろを闇《やみ》になしはてゝ消《き》えし星《ほし》とも歎《なげ》かるゝかな

3481 初「大阪朝日新聞」大9・10・3海光抄―与謝野寛

3482 初「大阪朝日新聞」大9・10・3海光抄―与謝野寛

3483 初「大阪朝日新聞」大9・10・3海光抄―与謝野寛

3484 初「大阪朝日新聞」大9・10・3海光抄―与謝野寛

3485 初「大阪朝日新聞」大9・10・3海光抄―与謝野寛 再「大阪毎日新聞」大10・4・19

3486 初「大阪朝日新聞」大9・10・3海光抄―与謝野寛

3487 初「大阪朝日新聞」大9・10・3海光抄―与謝野寛

3488 初「大阪朝日新聞」大9・10・3海光抄―与謝野寛

3489 初「台湾日日新報」大9・10・15小さき霊へ 秋沢烏川氏愛嬢を悼みて―与謝野晶子

3490
喪《も》にこもる親《おや》のこゝろをおもふとき涙《なみだ》を流《なが》す秋《あき》の草木《くさき》も

3491
井筒《ゐづゝ》より水汲《みづく》み上《あ》げて思《おも》ふらくまさに今《いま》より初秋《はつあき》となる

3492
十余年《よねん》再《ふたゝび》見《み》る日《ひ》あらずして君《きみ》のみ天《あめ》にかへり給《たま》ひし

3493
白菊《しらぎく》のかたへにあれば妹《いもうと》も星《ほし》の少女《をとめ》とよばまほしけれ

3494
ほのかなるともしびめきて黄《き》なる菊静《きくしづ》かに立《た》つを喜《よろこ》びぬわれ

3495
白菊《しらぎく》を天《あめ》の国《くに》より贈《おく》りこし花《はな》とぞ思《おも》ふわれにありては

3496
露深《つゆふか》しあるか無《な》きかの蓼《たで》めきて横《よこた》はるなる紅《べに》の菊《きく》かな

3497
うす色《いろ》の痩《や》せたる菊《きく》を動《うご》かして尾長《をなが》き鳥《とり》の出《い》づる草《くさ》むら

3498
見《み》るところ寄竹《よりだけ》がちの菊《きく》ながらいとあでやかに匂《にほ》ふ夕《ゆふ》ぐれ

3490 初「台湾日日新報」大９・10・15小さき霊へ秋沢烏川氏愛嬢を悼みて―与謝野寛

3491 初「大阪毎日新聞」大９・10・16（無題）―与謝野晶子

3492 初「万朝報」大９・10・16（無題）―選者

3493 初「女学生」大９・11・１菊《きく》の歌《たう》―与謝野晶子

3494 初「女学生」大９・11・１菊《きく》の歌《たう》―与謝野晶子

3495 初「女学生」大９・11・１菊《きく》の歌《たう》―与謝野晶子

3496 初「女学生」大９・11・１菊《きく》の歌《たう》―与謝野晶子

3497 初「女学生」大９・11・１菊《きく》の歌《たう》―与謝野晶子

3498 初「女学生」大９・11・１菊《きく》の歌《たう》―与謝野晶子

3499 白菊《しらぎく》のつらなり咲《さ》けば彗星《すいせい》を目《ま》のあたり見《み》る心地《こゝち》こそすれ

3500 菊咲《きくさ》けば調度《てうど》に菊《きく》の模様《もやう》をばつけんことのみ願《ねが》ふ姉妹《をとどひ》

3501 水色《みづいろ》す浅間《あさま》のふもと沓掛《くつかけ》の駅《えき》にて逢《あ》へる初秋《はつあき》のかぜ

3502 自《みづか》らを草《くさ》に等《ひと》しとおもふ人浅間《ひとあさま》の岳《たけ》の風《かぜ》に吹《ふ》かるる

3503 山《やま》の草《くさ》しろき裏葉《うらは》をひるがへし裾野《すその》の風《かぜ》に光《ひか》るひと時《とき》

3504 雲低《くもひく》く裾野《すその》にきたり夜《よ》となれば浅間《あさま》の岳《たけ》と共《とも》に臥《ふ》す人《ひと》

3505 半日《はんにち》は浅間《あさま》の山《やま》の秋草《あきくさ》を諸手《もろで》に摘《つ》みて遊《あそ》びつるかな

3506 八月《ぐわつ》の浅間《あさま》の峰《みね》をかき抱《いだ》き男《をとこ》 泣《な》きする夕《ゆう》ぐれの雲《くも》

3507 浅間山《あさまやま》から松《まつ》の木《き》の立《た》つ路《みち》を白《しろ》く覗《のぞ》ける天《あま》の川《がは》かな

3499 初「女学生」大9・11・1菊《きく》の歌《うた》—与謝野晶子

3500 初「女学生」大9・11・1菊《きく》の歌《うた》—与謝野晶子

3501 初「大観」大9・11・1浅間山遊草—与謝野寛

3502 初「大観」大9・11・1浅間山遊草—与謝野寛

3503 初「大観」大9・11・1浅間山遊草—与謝野寛

3504 初「大観」大9・11・1浅間山遊草—与謝野寛

3505 初「大観」大9・11・1浅間山遊草—与謝野寛

3506 初「大観」大9・11・1浅間山遊草—与謝野寛

3507 初「大観」大9・11・1浅間山遊草—与謝野寛

3508
浅間《あさま》なる明星《みやうじやう》の湯《ゆ》に五六人《にん》はだかとなりて初秋《はつあき》を愛《め》づ

3509
青雲《あをぐも》のなかなる山《やま》の泉《いづみ》にて笑《わら》ひ合《あ》ひたる半神《はんしん》の人《ひと》

3510
明《あか》るくも秋《あき》に花持《はなも》つ山《やま》の草《くさ》わが手《て》の触《ふ》れて愁《うれひ》に曇《くも》る

3511
高原《たかはら》の秋草《あきぐさ》の花《はな》その末《すゑ》に低《ひく》くかさなる水《みづ》いろの山《やま》

3512
秋《あき》のかぜ妙義《めうぎ》を攀《よ》ぢて俄《には》かにも心《こゝろ》けはしく雨《あめ》を吹《ふ》くかな

3513
おほかたは打《うち》しめりつつ雲《くも》に在《あ》り浅間《あさま》の岳《たけ》も物《もの》を悲《かなし》む

3514
雨《あめ》きたる信濃《しなの》の山《やま》の高原《たかはら》を雲《くも》の踊《をどり》のなかに置《お》きつつ

3515
雲《くも》しろく山《やま》を埋《うづ》みてから松《まつ》のたわむ木末《こずゑ》に雨《あめ》の鳴《な》る音《おと》

3516
一台《だい》の田舎《ゐなか》の馬車《ばしや》に乗《の》りこぼれ浅間《あさま》の裾《すそ》を秋《あき》に行《ゆ》く人《ひと》

3508 寛 [初]「大観」大９・11・１浅間山遊草――与謝野

3509 寛 [初]「大観」大９・11・１浅間山遊草――与謝野

3510 寛 [初]「大観」大９・11・１浅間山遊草――与謝野

3511 寛 [初]「大観」大９・11・１浅間山遊草――与謝野

3512 寛 [初]「大観」大９・11・１浅間山遊草――与謝野

3513 寛 [初]「大観」大９・11・１浅間山遊草――与謝野

3514 寛 [初]「大観」大９・11・１浅間山遊草――与謝野

3515 寛 [初]「大観」大９・11・１浅間山遊草――与謝野

3516 寛 [初]「大観」大９・11・１浅間山遊草――与謝野

3517 淋《さび》しくも砂《すな》をいただく花《はな》と見《み》て男郎花《をとこへし》をば悲《かな》しみぬ吾《われ》

3518 山《やま》に居《ゐ》て夕月《ゆうづき》を見《み》るから松《まつ》の木間《このま》より見《み》る泉《いづみ》より見《み》る

3519 渓《たに》のかぜ近《ちか》くきたりて戦《そよ》がせぬ君《きみ》とわれとの山《やま》の詠草《えいさう》

3520 恋《こひ》すれば物《もの》みな恋《こひ》をそそるなり山《やま》の湯《ゆ》に嗅《か》ぐ土《つち》の香《かを》りも

3521 美《うつ》くしき石《いし》をたためる山《やま》の湯《ゆ》に青《あを》き浅間《あさま》のうつる初秋《はつあき》

3522 美《うつ》くしき恋人《こひびと》の目《め》にくらぶべし心《こゝろ》に透《とほ》る秋《あき》の水《みづ》かな

3523 秋《あき》の日《ひ》の浅間《あさま》の岳《たけ》の泉《いづみ》にて吾《わ》が書《か》く歌《うた》は祈《いの》りにぞ似《に》る

3524 旅《たび》の身《み》を浅間《あさま》おろしの吹《ふ》くことも嬉《うれ》しや人《ひと》の薄《うす》なさけより

3525 人行《ひとゆ》きぬ浅間《あさま》の裾《すそ》の神無月《かんなづき》われもかうをば指《ゆび》に挟《はさ》みて

3517 初「大観」大9・11・1浅間山遊草―与謝野寛

3518 初「大観」大9・11・1浅間山遊草―与謝野寛

3519 初「大観」大9・11・1浅間山遊草―与謝野寛

3520 初「大観」大9・11・1浅間山遊草―与謝野寛 再「大阪毎日新聞」大9・11・17

3521 初「大観」大9・11・1浅間山遊草―与謝野寛

3522 初「太陽」大9・11・1折々の歌―与謝野寛

3523 初「太陽」大9・11・1折々の歌―与謝野寛

3524 初「太陽」大9・11・1折々の歌―与謝野寛

3525 初「太陽」大9・11・1折々の歌―与謝野寛

3526 手《て》の上《うへ》に乾《かわ》ける血《ち》とも言《い》ひつべき花粉《くわふん》を残《のこ》す地檎草《われもかう》かな

3527 十月《ぐわつ》の浅間《あさま》もみぢを見《み》て言《い》ひぬ高原《たかはら》の国火《くにひ》の祭《まつり》あり

3528 黄《き》ばみつゝ秋《あき》の日《ひ》暮《く》れぬこぼ〳〵と雑木《ざふき》の中《なか》に水《みづ》の音《おと》して

3529 たつ髪《がみ》を秋《あき》の入日《いりひ》の朱《しゆ》に染《そ》めて佐久《さく》の平《たひら》に嘶《いなな》ける馬《うま》

3530 藤村《とうそん》を読《よ》み初《そ》めしより忘《わす》れざる佐久《さく》の平《たひら》に年長《とした》けて来《き》ぬ

3531 旅寝《たびね》せん秋《あき》の山田《やまだ》の炉《ろ》のほとり香《かを》る藁《わら》にも枕《まくら》してまし

3532 秋《あき》の夜《よ》の千曲《ちくま》の川《かは》の船橋《ふなばし》に三日月《みかづき》を見《み》て悲《かな》しめる人《ひと》

3533 吾《わ》れを引《ひ》きて越後《えちご》ざかひの到《いた》らしむ秋《あき》の旅路《たびぢ》の悲《かな》しみの糸《いと》

3534 筆《ふで》とりぬ渋《しぶ》の旅籠《はたご》の夜寒《よさむ》にも恋《こひ》しきことを多《おほ》く歌《うた》ひて

3526 [初]「太陽」大９・11・１折々の歌—与謝野寛

3527 [初]「太陽」大９・11・１折々の歌—与謝野寛

3528 [初]「太陽」大９・11・１折々の歌—与謝野寛

3529 [初]「太陽」大９・11・１折々の歌—与謝野寛

3530 [初]「太陽」大９・11・１折々の歌—与謝野寛

3531 [初]「太陽」大９・11・１折々の歌—与謝野寛

3532 [初]「太陽」大９・11・１折々の歌—与謝野寛

3533 [初]「太陽」大９・11・１折々の歌—与謝野寛

3534 [初]「太陽」大９・11・１折々の歌—与謝野寛

3535 くれなゐの秋の一葉《ひとは》を手《て》に載《の》せぬ若返《わかがへ》るべき禁厭《まじなひ》の如《ごと》

3536 秋《あき》の路《みち》秋《あき》の川《かは》はた秋《あき》の歌《うた》ほのかに細《ほそ》し白《しろ》し美《うつ》くし

3537 何《なに》をもて表《おもて》とすべき裏《うら》とせん青《あを》き愁《うれひ》の唯《た》だ一重《ひとへ》われ

3538 幾《いく》たびも失《うしな》ひ易《やす》しわが抱《いだ》く小《ちひさ》き玉《たま》は物《もの》にまぎれて

3539 美《うつ》くしきわが空想《くうさう》の絵《ゑ》のなかに前景《ぜんけい》となる絞首台《かうしゆだい》かな

3540 運命《うんめい》は見《み》えぬ鉄鎖《くさり》に繋《つな》ぎたり吾《わ》が悲《かなし》みとギイナスの神《かみ》

3541 古《ふる》びたる国禁《こくきん》の書《しよ》に挟《はさ》まれて日附《ひづけ》のあらぬ啄木《たくぼく》の文《ふみ》

3542 山《やま》さへも路《みち》を塞《ふさ》ぐと時《とき》に見《み》ゆおのが行方《ゆくへ》に打惑《うちまど》ふ人《ひと》

3543 山《やま》の水海《みづうみ》へは行《ゆ》かで仮初《かりそめ》に池《いけ》となる日《ひ》は淋《さび》しからまし

3535 初「太陽」大9・11・1 折々の歌―与謝野寛 再「明星」大11・1・1

3536 初「太陽」大9・11・1 折々の歌―与謝野寛

3537 初「太陽」大9・11・1 折々の歌―与謝野寛 再「明星」大11・1・1

3538 初「太陽」大9・11・1 折々の歌―与謝野寛

3539 初「太陽」大9・11・1 折々の歌―与謝野寛

3540 初「太陽」大9・11・1 折々の歌―与謝野寛

3541 初「太陽」大9・11・1 折々の歌―与謝野寛 再「明星」大11・11・1

3542 初「太陽」大9・11・1 折々の歌―与謝野寛

3543 初「太陽」大9・11・1 折々の歌―与謝野寛

3544 人《ひと》知《し》れず如何《いか》にすべきと歎《なげ》くなり心《こゝろ》に潜《ひそ》む長《なが》き郷愁《きやうしう》

3545 君知るや常に春なり時は無し恋する人と太陽と薔薇

3546 ほそぼそと地虫《ぢむし》の啼きて草の葉のうら枯るる日に遠く去る人

3547 大船が底を出だして傾ける黒き暗礁赤き日没《にちぼつ》

3548 ひだり手に小き鏡を持ちながらいつも見入れる美くしき像

3549 おのが手に獅子を捕へて繋ぎたるよき夢を見て覚めし朝かな

3550 わが凭れる壁に隠れて折々に舌打《したうち》するは何の虫ぞや

3551 向日葵《ひまはり》の前に牛をば繋ぎ置き離れて描く牛と向日葵

3552 ギリシヤの海の泡より成ると云ふ清きギイナス我神は是れ

3544 初「太陽」大９・11・１折々の歌―与謝野寛

3545 初「三田文学」大９・11・１愁人独詠―与謝野寛

3546 初「三田文学」大９・11・１愁人独詠―与謝野寛

3547 初「三田文学」大９・11・１愁人独詠―与謝野寛

3548 初「三田文学」大９・11・１愁人独詠―与謝野寛

3549 初「三田文学」大９・11・１愁人独詠―与謝野寛

3550 初「三田文学」大９・11・１愁人独詠―与謝野寛

3551 初「三田文学」大９・11・１愁人独詠―与謝野寛

3552 初「三田文学」大９・11・１愁人独詠―与謝野寛

3553 わが歌も候鳥《こうてう》ならば帰り来ん常世《とこよ》の春の花を啣《くは》へて

3554 恋すれば北斗《ほくと》の星も指す如し地に余りたる吾の幸《さち》をば

3555 七つほど薔薇さく門《もん》を打過ぎてしら鳥の浮く水に来《こ》しかな

3556 言ふことの残れる如く菊の花べにを注《さ》したり冬となれども

3557 しばらくは好き香の煙草プラチナの冷たさをもて秋に靡《なび》けり

3558 隅にある莚《むしろ》を巻《ま》けば四つ五つ墨汁《ぼくじふ》のごと跳《は》ぬるこほろぎ

3559 はしたなく我が呟《つぶや》くを聞きにけん傍《かたへ》の薔薇の憎みつつ散る

3560 神々のほろびしあとに半獣の踊つづき長き幕かな

3561 寄辺《よるべ》なくつねに思《おも》はでたまさかに思《おも》ひ知《し》るこそ苦《くる》しかりけれ

3553 初「三田文学」大9・11・1愁人独詠―与謝野寛

3554 初「三田文学」大9・11・1愁人独詠―与謝野寛

3555 初「三田文学」大9・11・1愁人独詠―与謝野寛

3556 初「三田文学」大9・11・1愁人独詠―与謝野寛

3557 初「三田文学」大9・11・1愁人独詠―与謝野寛

3558 初「三田文学」大9・11・1愁人独詠―与謝野寛 再「明星」大11・10・1

3559 初「三田文学」大9・11・1愁人独詠―与謝野寛

3560 初「三田文学」大9・11・1愁人独詠―与謝野寛

3561 初「国民新聞」大9・11・8心上の星―与謝野晶子

3562
君《きみ》がためまぼろしに身《み》を変《か》へんなど念《ねん》ずる如《ごと》し湯気《ゆげ》にひたりて

3563
寒《さむ》げなる秋《あき》の空《そら》より来《きた》れどもダリヤに降《くだ》り火《ひ》の海《うみ》となる

3564
ものとなき音《おと》の海《うみ》より伝《つた》はりて淋《さび》しくなりぬわが白《しろ》き室《しつ》

3565
うな垂《だ》れて物《もの》は思《おも》へど太陽《たいやう》の病《やまひ》とまでは云《い》ふを許《ゆる》さず

3566
大空《おほぞら》の北斗《ほくと》に勝《まさ》る白光《びやくくわう》の瑠璃《るり》をおくなり秋《あき》の日《ひ》の薔薇《ばら》

3567
まがごとに似《に》たることとは思《おも》へども並《なら》べてめづる薔薇《ばら》と経巻《けうくわん》

3568
忘《わす》れんとなす力《ちから》など無《な》きことはわが衰《をとろ》へもにくからぬかな

3569
木《こ》の葉《は》ちる嵐《あらし》の中《なか》に美《うつく》しく青《あを》くなびくは天雲《あまぐも》の髪《かみ》

3570
一瞬《しゆん》を光《ひかり》失《うしな》ひたちまちに輝《かゞや》く玉《たま》はたたふべきかな

3562 初「国民新聞」大9・11・8心上の星―与謝野晶子

3563 初「国民新聞」大9・11・8心上の星―与謝野晶子

3564 初「国民新聞」大9・11・8心上の星―与謝野晶子

3565 初「国民新聞」大9・11・8心上の星―与謝野晶子

3566 初「国民新聞」大9・11・8心上の星―与謝野晶子

3567 初「国民新聞」大9・11・8心上の星―与謝野晶子

3568 初「国民新聞」大9・11・8心上の星―与謝野晶子

3569 初「国民新聞」大9・11・8心上の星―与謝野晶子

3570 初「国民新聞」大9・11・8心上の星―与謝野晶子

3571 寒《さむ》げにも霜《しも》の附《つ》きたる縄《なは》の端《はし》それと並《なら》べるうす色《いろ》の菊《きく》

3572 別《わか》れをば近《ちか》き岬《みさき》に告《つ》げながら涯《はて》なき浪《なみ》を前《まへ》にする船《ふね》

3573 この孔雀《くじやく》うはべの彩《あや》を持《も》たねども自《みづか》らたのむ幻想《げんそう》の舞《まひ》

3574 砂山《すなやま》に来《きた》りて青《あを》く背《せ》の光《ひか》る網《あみ》の魚《うを》などのぞく秋風《あきかぜ》

3575 わが恋《こひ》に慊《あきた》らぬ日《ひ》の来《きた》りけん斯《か》くとし思《おも》ふ山荘《さんさう》に居《ゐ》て

3576 山荘《さんさう》の橋《はし》を数《かぞ》ふる中《なか》に居《ゐ》てわれはうき世《よ》の渓《たに》の数《かず》よむ

3577 菊《きく》の花苦《はなくる》しきまでに真白《ましろ》けれ雁鳴《かりな》きわたる山荘《さんさう》にして

3578 常磐木《ときはぎ》はつねに愁《うれ》ひぬあさはかに時《とき》の流《ながれ》を悲《かな》しまねども

3579 山荘《さんさう》の樺太犬《からふといぬ》と夕月《ゆふづき》と安《やす》げにありて菊《きく》の香《か》の立《た》つ

3571 初「国民新聞」大9・11・8心上の星―与謝野晶子

3572 初「大阪毎日新聞」大9・11・17近詠より―与謝野寛

3573 初「大阪毎日新聞」大9・11・17近詠より―与謝野寛

3574 初「大阪毎日新聞」大9・11・18（無題）―与謝野晶子

3575 初「国民新聞」大9・11・25野水抄（葛飾の十橋荘にて）―与謝野晶子

3576 初「国民新聞」大9・11・25野水抄（葛飾の十橋荘にて）―与謝野晶子

3577 初「国民新聞」大9・11・25野水抄（葛飾の十橋荘にて）―与謝野晶子

3578 初「国民新聞」大9・11・25野水抄（葛飾の十橋荘にて）―与謝野晶子

3579 初「国民新聞」大9・11・25野水抄（葛飾の十橋荘にて）―与謝野晶子

3580 春秋《はるあき》を目《め》におかぬごとたをやかに華奢《くわしや》に反身《そりみ》をしたる山茶花《さざんくわ》

3581 山茶花《さざんくわ》は十一月《じふいちぐわつ》の夕風《ゆふかぜ》に清《きよ》く貴《あて》なるしら波《なみ》を上《あ》ぐ

3582 我思《わがおも》ひ空《そら》に立《た》つ日《ひ》は白雲《しらくも》を超《こ》ゆれど人《ひと》にとどきかねつも

3583 白麻《しろあさ》の小床《こどこ》にさめてあかつきの月夜《つきよ》のはしに居《ゐ》る心地《こゝち》しぬ

3584 わが家《いへ》の第《だい》一義《ぎ》には之《これ》を欠《か》く甘《あま》き糖菓《ボンボン》サンチマンタル

3585 火事《くわじ》の鐘《かね》しばし続《つゞ》きて次《つぎ》にきぬ死《し》の鎌《かま》に似《に》る闇《やみ》の夜《よ》の雪《ゆき》

3586 秋《あき》の風《かぜ》わが身《み》を吹《ふ》けば散《ち》りがたの柳《やなぎ》の葉《は》より哀《あは》れなりけれ

3587 帝劇《ていげき》の夜《よる》の明《あか》りに霧降《きりふ》りて挿絵《さしゑ》に似《に》たる甘《あま》だるさかな

3588 太陽《たいやう》を木《こ》の実《み》のごとく包《つゝ》まんと海《うみ》の拡《ひろ》ぐる支那絹《しなぎぬ》の波《なみ》

3580 [初]「国民新聞」大９・11・25野水抄（葛飾の十橋荘にて）―与謝野晶子

3581 [初]「国民新聞」大９・11・25野水抄（葛飾の十橋荘にて）―与謝野晶子

3582 [初]「万朝報」大９・11・27（無題）―選者

3583 [初]「淑女画報」大９・12・１白麻《しろあさ》の床《こと》（南潮詩社詠草）―与謝野晶子

3584 [初]「太陽」大９・12・１折々の歌―与謝野寛

3585 [初]「太陽」大９・12・１折々の歌―与謝野寛 [再]「明星」大11・１・１

3586 [初]「太陽」大９・12・１折々の歌―与謝野寛

3587 [初]「太陽」大９・12・１折々の歌―与謝野寛

3588 [初]「太陽」大９・12・１折々の歌―与謝野寛

3589 浮《うか》びたる芥《あくた》のなかに一《ひと》すぢの船《ふね》の痕《あと》あるたそがれの川《かは》

3590 塵《ちり》さへもうす紫《むらさき》の袖《そで》ふりぬ太陽《たいやう》を得《え》し空《そら》のよろこび

3591 忘《わす》れつゝ時《とき》の過《す》ぎたる片隅《かたすみ》に饐《す》ゑて好《よ》き香《か》を立《た》つる果物《くだもの》

3592 先生《せんせい》がよき歌《うた》を得《え》て嘯《うそぶ》けばもんどりを打《う》つ鼻先《はなさき》の塵《ちり》

3593 冬《ふゆ》となり詩人《しじん》に贈《おく》る薔薇《ばら》無《な》しと歎《なげ》く声《こゑ》しぬ遠《とを》く仄《ほの》かに

3594 風鳴《かぜな》りて枯木《かれき》の落つる冬《ふゆ》はきぬ焚火《たきび》の祭《まつり》森《もり》にしてまし

3595 秋《あき》の水柳《みづやなぎ》をうつす夕《ゆふ》かげに銀《ぎん》の梭《をさ》をばひるがへす魚《うを》

3596 うす紅《べに》の小菊《こぎく》咲《さ》くなり僧院《そうゐん》の奥《おく》に点《とも》れる燭《しよく》と言《い》はまし

3597 自《みづか》らを枯枝《かれえだ》に比《ひ》す冬《ふゆ》の日《ひ》のボオドレエルの歌《うた》の如《ごと》くに

3589 初「太陽」大9・12・1 折々の歌―与謝野寛
再「明星」大11・1・1

3590 初「太陽」大9・12・1 折々の歌―与謝野寛

3591 初「太陽」大9・12・1 折々の歌―与謝野寛

3592 初「太陽」大9・12・1 折々の歌―与謝野寛

3593 初「太陽」大9・12・1 折々の歌―与謝野寛

3594 初「太陽」大9・12・1 折々の歌―与謝野寛

3595 初「太陽」大9・12・1 折々の歌―与謝野寛

3596 初「太陽」大9・12・1 折々の歌―与謝野寛

3597 初「太陽」大9・12・1 折々の歌―与謝野寛
再「明星」大11・1・1

3598 我《われ》を見《み》て傷《いた》ましとする薔薇《ばら》ならん彼方《かなた》を向《む》きて打泣《うちな》けるかな

3599 身一《みひと》つに世《よ》の悲《かなし》みを負《お》ふ如《ごと》き試《た》めしを経《へ》つゝ神去《かみさ》りし君《きみ》

3600 我《われ》は愛《め》づ煙草《たばこ》のけぶり身《み》に近《ちか》く空《そら》の青《あを》より更《さら》に青《あを》きを

3601 冬《ふゆ》のかぜ砂《すな》を蹴《け》りつゝ人間《にんげん》に持《も》てる怒《いか》りを紛《まぎ》らして去《さ》る

3602 わが涙《なみだ》はかなく土《つち》に消《き》ゆべきや否々《いな〳〵》人《ひと》と云《い》ふ海《うみ》に入《い》る

3603 横笛《よこぶえ》を取《と》る手真似《てまね》してわが伯父《をぢ》は口《くち》を歪《ゆが》めき死《し》ぬ日《ひ》にも猶《なほ》

3604 わが如《ごと》く髪《かみ》の落《お》つるを貫之《つらゆき》と兼輔《かねすけ》の歌《うた》ねび合《あ》へるかな

3605 恋人《こひびと》の唇《くちびる》は猶火《なほひ》のごとし我《わ》が秋《あき》の夜《よ》の噴水《ふんすゐ》に落《お》つ

3606 秋《あき》の葉《は》の金《きん》を散《ちら》せば思《おも》ひ出《い》づルウヴル宮《きう》の前《まへ》の川船《かはふね》

3598 〔初〕「太陽」大9・12・1折々の歌―与謝野寛 〔再〕「明星」大11・1・1

3599 〔初〕「太陽」大9・12・1折々の歌―与謝野寛

3600 〔初〕「太陽」大9・12・1折々の歌―与謝野寛

3601 〔初〕「太陽」大9・12・1折々の歌―与謝野寛 〔再〕「明星」大11・1・1

3602 〔初〕「太陽」大9・12・1折々の歌―与謝野寛 〔再〕「明星」大11・1・1「明星」大14・1・1

3603 〔初〕「太陽」大9・12・1折々の歌―与謝野寛

3604 〔初〕「太陽」大9・12・1折々の歌―与謝野寛

3605 〔初〕「太陽」大9・12・1折々の歌―与謝野寛

3606 〔初〕「太陽」大9・12・1折々の歌―与謝野寛

3607 かぐはしき火のしつぐおつ君なしとさらに涙のこの巻におつ

3608 この巻を手にとるだにも胸跳る不滅の歌にふるるよろこび

3609 木《こ》の葉《は》みな真白《ましろ》き霜《しも》の蓑《みの》きたり山荘《さんさう》の庭温泉《にはをんせん》のみち

3610 初秋《はつあき》のあかつき方《かた》と感《かん》ずるは翡翠《ひすい》の玉《たま》かわれの心《こゝろ》か

3611 騒音《そうおん》は猶《なほ》しのぶべし一様《よう》に労働服《ろうどうふく》を着《き》たるさびしさ

3612 人《ひと》すべて鱈《たら》の魚《うを》にもなる日《ひ》きぬ食《く》はん言《い》はんと唯《たゞ》に口《くち》あく

3613 一人《にん》のレニンを怖《おそ》れ次《つぎ》に来《く》る億《おく》のレニンを忘《わす》れたるかな

3607 (2)火のしつぐおつ（ママ）
初「三田文学」大9・12・1（『牧羊神』広告）—晶子

3608 初「三田文学」大9・12・1（『牧羊神』広告）—寛

3609 初「万朝報」大9・12・11（無題）—選者

3610 初「大阪毎日新聞」大9・12・19（無題）—与謝野晶子

3611 初「大阪毎日新聞」大9・12・26近詠より—与謝野寛 再「明星」大11・1・1

3612 初「大阪毎日新聞」大9・12・26近詠より—与謝野寛

3613 初「大阪毎日新聞」大9・12・26近詠より—与謝野寛

解　題

大正期の拾遺歌は寛と晶子併せて七四四八首である。

大正元年は晶子の歌八四首のみで、はじめに「東京朝日新聞」（8・8）掲載の「倫敦」を詠んだ二首あり。その一首目をあげる。

1　はた清《きよ》しフルハムの街歩《まちあゆ》めるはおしろい塗《ぬ》らずもの足《た》らねども

化粧もせずに倫敦のフルハムの街歩きする自らの思いを結句で詠みながら、感慨に耽っている。次の一八首も同じ「東京朝日新聞」（8・19）に、「晶子女史の哀歌　崩御の報に接せる在仏日本人」とあり、明治天皇崩御を

3　俄《にはか》にも東《ひがし》の空《そら》のかきくづれ天津日《あまつひ》の無《な》き歎《なげ》きするかな

5　大君《おほぎみ》の崩《かく》れませるを旅《たび》に聞《き》くひがひがしさよ涙《なみだ》ながるゝ

などと、その悲しみを満身こめて詠じている。渡欧中の晶子がこの年に詠んだセーヌ河の歌は

35　長《なが》やかに青《あを》き絹《きぬ》ひくセエヌ河《がは》その遠方《をちかた》のむらさきの街《まち》。

など四首（23・35・38・39）で、他に船旅の歌は「船中にて詠める歌」五首（25〜29）、「平野丸にて」二首（30・31）、「巴里より」一〇首（21、32〜40）あるが、その中の帰朝時の歌五首（41〜45）を見ると、

41　われ一人《ひとり》もの恐《おそろ》しき大海《おほうみ》をかへり来《き》にけり鬼《おに》にかあらむ

一人きりの船旅の恐怖を「鬼にかあらむ」と結句で詠んでいるのは、晶子自身の懐妊中のことや金銭面などの不

安もあってか、それらを自白するかのように力強い表現で歌っている。その一方で

[44] わが心子《こゝろこ》をおもふなど古《ふる》めきし涙《なみだ》の外《ほか》にありはあれども

と、七人の子供たちのことが気懸りで帰国する自らを「古めきし」と自省を促すかのようでもある。さらに

[49] 断ちがたき親子の中のおもひより帰りきつるに外ならねども

[50] 子の方にかい放ちたる心もて君と別れしわれならなくに

など夫より子供への思いを優先した母親らしい晶子を思わせる。こんな気持ちとは別に「三田文学」掲載の「不浄」二四首（[46]〜[69]）には様々な内面が忌憚なく詠まれている。その中に、

[46] 去年今年ひがごと多くなり行くやさばかり老の近きならねど

と「ひがごと多く」とあるのは、恐らく渡欧した二人に対する批判めいた罵言であろうか。当時は渡欧が文学者にとって羨望の的であってか、二人の渡欧中のことを「黒猫」二号（大元・12）の「見た儘読んだ儘」に寛、同誌三号（大2・1）の「露台の上」に寛、晶子への激烈な罵声が連年掲載されたこともあってか、それ以外にも帰朝後の二人には色々の意味で陰鬱に陥ることが多かった。こうした傾向から、この頃の晶子には内面的な葛藤、矛盾、苦悶、懊悩もあったであろうが、それ以上に当時の二人の間には「恋」と「君」との繋がりによる情感を

[56] いみじかる恋の力にひかれ行く翅負《はねおひ》ごこち忘れかねつも

と歌いながら、その一方で

[71] かへり見《み》て苦《く》をうくること三十年《みそとせ》にあまると泣《な》くは寂《さび》しき身《み》かな

と三十余年の「苦」の連続であった自らを「寂しき身」と顧み、辛かった夫婦としての思いを、更に深めてか、

[76] まぼろしに白刃《しらは》の見《み》ゆれ身《み》を殺《ころ》し君《きみ》を刺《さ》さむとまだ思《おも》はなくに

[79] 涙《なみだ》する中《なか》に二人《ふたり》の終《をは》りの日《ひ》見《み》ゆるが如《ごと》く見《み》えざるごとし

70 みにくさか恋《こひ》か妬《ねた》みか何故《なにゆゑ》のもつとも高《たか》きわが名《な》なるらん

など並の夫婦とは違った恐ろしさも波及するほどに、それぞれの思いが偲ばれる。

大正二年は晶子の歌四九一首。この年にも「恋」とか「君」の歌が多く、二人の人生をしみじみ想い返してか、

100 わがやつれはなはだしくばかなしくも帰《かへ》りし君《きみ》はものがくしせむ

と詠み、「やつれ」の原因は帰宅後の「君」の隠しごとにあったと歌い、さらに

102 冷《ひや》かにいと冷《ひや》かに死《し》のたより待《ま》つごと君《きみ》を一度《ひとたび》は見《み》む

と深刻な冷酷さすら感ずるが、下句に於て期待する思いになったものか、気持ちを取り戻してか、

108 味気《あぢき》なく心《こゝろ》みだれぬ病《や》みたれば熱《ねつ》ある手《て》もて子《こ》を撫《な》でながら

109 子おもふはあからさまにも云ひぞうるわりなき方《かた》の涙《なみだ》とへかし

と陰鬱な夫婦仲だったが、ふとわが子を思って涙し、やるせなさを抱きながら、その思いはさらに夫へ向けて

192 恋《こひ》しつゝ相《あひ》くりかへし味《あぢは》ふはわれのつらさと彼《かれ》のつらさと

と歌い、その「つらさ」を夫と共に分け合う恋心を抱くようになる。その「恋」は

199 われを見《み》ぬ君《きみ》が涙《なみだ》になぞらへむ異国《いこく》の紅《あか》き酒《さけ》をたまひぬ

と心の通い合える熱い思いとなってゆく。

渡欧の歌は僅かだが、旅の終り近い頃を思いやって

544 かなしくも地中海《ちゝうかい》をば見返《みかへ》りぬ我世《わがよ》に二度とまた越《こ》えじかし

と再度の渡欧はもはや望めないという悲しみを残して、大正二年は終わる。

大正三年は晶子の歌四七四首、寛の歌七首。晶子のはじめの「春」一九首の中には「元朝」の伊勢神宮の杉を

586 天《あま》てらす神《かみ》のいませる大宮《おほみや》の杉《すぎ》の枝鳴《えだな》る元朝《ぐわんてう》の風《かぜ》。

などと歌い、また「社頭の杉」一三首にも同様に

620 神《かみ》います伊勢《いせ》の大宮《おほみや》すくすくとみまへの杉《すぎ》の天《あま》そそるかな

とも詠み、「伊勢神宮」の歌は618〜624・626・628にあり。

全体的に「恋」と「君」に関わる歌が非常に多い。その中で「塵土集」七首のうちで寛自らの揺らぐ内面を

634 わが時《とき》は常《つね》に新《あたら》し黄金《わうきん》をもて塗《ぬ》れるなり飛行《ひかう》するなり

635 狼煙《らうえん》と光《ひかり》にまじり血《ち》にまじり爆鳴《ばくめい》ぞする我《わ》れのたましひ

とも歌う。これら二首には常に新しさを求めて前進する、また激烈な心魂の生き方が見られる。

「白梅」一五首にみられる「梅」について『与謝野寛年譜』（『与謝野寛短歌全集』末尾）の明治一八年の項に「梅を愛することに由りて自ら雅号を鉄幹と改む」とあることからか、

639 この君《きみ》の思《おも》ひ人《びと》なる梅咲《うめさ》きぬわれは帳《とばり》を出《い》でずもありなむ

640 しら梅《うめ》を花《はな》とおもはずしら梅《うめ》を人《ひと》とおもへり君《きみ》もおのれも

645 たそがれのしら梅《うめ》の花君《はなきみ》と居《ゐ》るしら梅《うめ》の花妬《はなねた》ましきかな

など「梅」と「君」との関わりを、晶子の切々たる心情からいろ〳〵に歌っている。

この年の三月一七日、与謝野夫妻にとってもっとも大切な存在だった平出修が他界した。

780 十歳《とを》の子《こ》と九《こゝの》つの子《こ》と打並《うちなら》び魂《たま》なき骸《から》に物《もの》をこそ言《い》へ（故平出氏を悼みて）

たった一首だけだが、幼い遺児らへの晶子の深い思いやりが感じられる。

この年の渡欧中の歌を見る。

765 巴里《パリー》なる市庁《してう》の屋根《やね》にひるがへる古《ふる》き旗《はた》など思《おも》へる夕《ゆふべ》

809 君《きみ》と見《み》しユウ公園《こうゑん》の温室《をんしつ》の花《はな》のやうなる夕映《ゆふばえ》にして

などと詠む。また第一次世界大戦を

959 九月《ぐわつ》来《き》てプラタンの葉《は》の散《ち》る巴里《パリー》目《め》に浮《うか》べつ、いくさ思《おも》へる

967 西《にし》の国内《くにうち》に満《み》ちたる力《ちから》もて戦《たゝか》ふことも羨《うらや》ましけれ

などと詠む。

明治天皇の御后だった昭憲皇太后崩御の「輓歌」一一首中からは、

792 ひんがしの女《をんな》のために新《あたら》しき光《ひかり》となりていませしものを

797 ひろやかに世《よ》の女子《をみなご》の行《ゆ》く道《みち》は大后《おほきさき》こそ教《をし》へ給《たま》ひし

など、皇太后の偉大さをしみじみ歌う。

「君」への「心」を詠み込んだ歌に夫婦間の思いが見られる。

821 十余年君《じふよねんきみ》が心《こゝろ》を見《み》きはめて少《すこ》しのどかに思《おも》ふものから

大正四年は晶子の歌二九〇首、寛の歌四首。この年の晶子の一月の「朝雲集」一〇首には

1061 明《あ》けて行《ゆ》く元旦《ぐわんたん》の空初恋《そらはつこひ》のいのちの色《いろ》に似《に》ていみじけれ

と、「元旦の空」を「初恋のいのちの色」とは、晶子ならでは歌い得ない大胆な感性の濃い詠みぶりである。

「短歌」二一首には

1076 死は悲し死は咀ふべしかく思ひ見れど見れども君の恋しき

「死」から「悲」や「呪」を思うが、それ以上に「君の恋しき」と寛への一途な思慕を深刻に歌う。

「梅」一七首には

1103 しら梅《うめ》は花《はな》と思《おも》へど悲《かな》しかり人《ひと》の中なる恋人《こひびと》のごと

があり、前記したが「鉄幹」とは「老梅の幹の雅称」であることから「しら梅」を「恋人のごと」と詠んで寛に

最愛の思いをこめている晶子らしい優雅さを感ずる。「君」・「われ」という二人と「梅」との関わりも

1111 君《きみ》とわが梅《うめ》見て歩《ある》くひがし山北野《やまきたの》のほとり洛西《らくさい》の野辺《のべ》

などとも詠んで楽しんでいる。

「夜の国の歌」九首に

1121 死《し》ねと云《い》ひ狂《くる》へと君《きみ》のなしにつることよりわれはめでたくならむ

と詠み、「死ね」とか「狂へ」と言う「君」に比べて、自分は逆に「めでたく」生きようとするその相違を、恰も誇示するかのように歌っている。

　この年のはじめ頃から寛は衆議院議員として出馬するが、最低の九九票で落選。その時の状況を晶子は「良人のはなむけに」一〇首に歌う。

1135 身一つに飽き足らざるやわが背子はまた新しく国を思へり

1144 ふるさとへ君まづ行きて翅《（つばさ）》ある身と名のりこよたゆたふなゆめ

選挙中の夫を励ましながらも心細く不安を感じてか、「水あかり」二〇首中に歌う。

1162 下界《げかい》なる君《きみ》とおのれの逢《あ》へる時《とき》ほそぼそ泣《な》けるおぼろ夜《よ》の月《つき》

また「春愁」一六首にも

1189 君《きみ》なげく夜明《よあけ》に軽《かろ》く空《そら》を飛《と》ぶ雲《くも》さへ思《おも》ひ沁《し》むらんほどに

と「君なげく」と詠む夫の嘆きとは落選のことのように思われる。

それとは別に自らを「橋の下」三首に

1225 自《みづか》らを恋《こひ》の燃《も》えがらなどとして侮《あなど》りつゝもめでぬ薔薇《さうび》を

と自らを「恋《こひ》の燃《も》えがら」と蔑視しつつも愛でてきた生き方を「薔薇《さうび》」に見立てて歌いながらも「朱葉集」一一八

首中に

1285 かぎりなくわれは烈しく衰へむさて笑はまし心老いねば

当時三七歳だった晶子は身の「衰へ」を感じつつも微笑もうとするのは、「心」が老いたからだと歌う。

「寿詞十章」三首中に

1310 大空《おほぞら》を行《ゆ》きかふ雲《くも》もわたつみに立《た》つしら波も寿詞《よごと》申《まを》さく

とご大典を大自然まで悉く祝すかのように動いていると歌って礼讃している。

「山踏の花」六首には

1323 わがためにたゝずみて弾《ひ》くものゝごと琴《こと》めく雨《あめ》の秋《あき》の夕《ゆふ》ぐれ

とあり、秋の夕暮れに降る雨を、私のために佇んで弾く琴のようだと歌う晶子の感受性は、素晴らしい。

大正五年は晶子の歌三〇二首、「春の初めの歌」の一五首に

1364 天地《あめつち》を恋人《こひゞと》のごと眺《なが》むるは春《はる》の初《はじ》めのこころなりけり

と天地を恋人のように眺めるのは初春の心だと歌う晶子の、温情豊かな自然観は「恋」を愛する心そのもののように思われる。「歯朶《(しだ)》の葉」二〇首にみる

1387 君《きみ》と居《ゐ》て命《いのち》うれしく思《おも》ふことかの百歳《ひやくさい》の翁《おきな》にまさる

1390 かぎりなく君《きみ》なつかしく幸《さいはひ》を自《みづか》らに知《し》る春《はる》とこそ思《おも》へ

は夫婦の至福感をこよなく讃美している歌である。また、

1389 元日《ぐわんじつ》やわが恋《こひ》のごと清《きよ》らなるもちひに並《なら》ぶ温室《をんしつ》の花《はな》

1409 正月《しやうぐわつ》はいとしづかにて潮鳴《うしほな》る音街《おとまち》にすれ堺《さかひ》を行《ゆ》けば（「春の歌」）

などとも詠む。1389の初二句には晶子ならでは歌い得ない大胆さを思わせる。1409の歌には懐郷の思いが正月につ

くづく染み入るように歌われている。

「雪」一四首を見る。

1442 その中《なか》に渚《なぎさ》の砂《すな》は人《ひと》の子《こ》のあたたかさあり雪《ゆき》とくらべて

1447 庭《には》の木《き》の雪《ゆき》にたわむをわが見《み》ればなべて少女《をとめ》の姿《すがた》とぞ思《おも》ふ

1442の、人が踏む渚の砂の暖かさと雪の冷たさを比べている。また1447の庭木に戯むる雪を「少女の姿」に見るのは晶子ならではの感受性と言えようか、

「陽春雑詠」一〇首に

1479 庭《にわ》の木《き》に鶯《うぐひす》来啼《きな》く、産屋《うぶや》にて我《わ》が児《こ》の啼《な》くと共《とも》に尊《たふと》し。

と詠み、この年の三月八日に無痛分娩出産した五男健と「鶯」の啼き声を聞いて、しみじみと命の尊さを実感して「共に尊し」と詠んでいるところに晶子の母親らしい感動を思わせる。

「幻と病」一〇首の中に

1505 生死《いきしに》の中の渓をばさまよへる今の病に恋も似たりし

とあり、生死を彷徨う「今の病」は「恋」に似て共に迷いの中にいる、と歌うのは、晶子らしい詠みぶりである。

「噴水盤」六首のうち「薔薇」の歌二首を見る。

1550 いみじかる薔薇《さうび》ぞ匂《にほ》ふうす暗《ぐら》き雨《あめ》ふりくらす梅雨《つゆ》の世界《せかい》に

1554 うすいろの薔薇《さうび》の花《はな》のかたまりに白《しろ》き糸巻《いとま》く初夏《はつなつ》の雨《あめ》

とあり、1550は梅雨期に漂う薔薇の香を「いみじかる」と初句で詠み、1554は薔薇に降りかかる梅雨を「白き糸巻く」と梅雨期の薔薇を、それぞれ微細に美化して歌っている。（無題）の歌にも

1562 衰《おとろ》ふることを悲《かな》しとなす病《やまひ》われして君《きみ》もわれも悲《かな》しき

と詠み、衰えを悲しむ病を君も私も共通の悲しみとしていて、衰えを労り合う夫婦愛を痛感させる。
大正六年から旅の歌が多くなる。晶子の歌三二五首、はじめの「遠山雪」六首の中の一首に

1655　山々《やま〳〵》に雪《ゆき》の置《お》かれて痩《や》せし身《み》は氷《こほり》の宮《みや》の姫《ひめ》かとぞ思《おも》ふ

があり、これは幻想と比喩を交えた叙景の歌である。
他は相変わらずさまざまな「恋」の歌が多い。

1660　わが恋《こひ》にひとしからぬを歎くこと君《きみ》が心《こゝろ》をうちなげくこと
1668　まことには恋《こひ》の初《はじ》めを人知《ひとし》らずさやかに見《み》るは終《をはり》のかたち
1673　恋《こひ》こそはものの根《ね》となり枝《えだ》となれわれに於《おい》ては皆花《みなはな》と咲《さ》く
1686　桜《さくら》ちる庭《には》に立《た》つこと恋《こひ》と云《い》ふよき匂《にほ》ひをばきく日《ひ》に似《に》たり
1736　山《やま》ざくらそれにぞ春《はる》は盛《さか》りなまし吾《わ》が身《み》に恋《こひ》を燃《も》えしめしごと

渡欧の想い出は僅かである。

1753　シベリヤの七日目《なぬかめ》ほどに見《み》たる街《まち》ふとうち思《おも》ひ夕道行《ゆふべみちゆ》く
1757　初夏《はつなつ》やモンマルトルの白《しろ》き塔見《たふみ》ゆる辻《つじ》かと心《こゝろ》まよひし

この年に晶子の痛恨の極みであった「寸《（そん）》」の死について「婦人画報」（11月）に「白蠟」一五首が掲載され、そのうち八首が『火の鳥』（大8・8）に採られ、七首が拾遺歌となった。その中から見る。

1906　わが「寸《そん》」はまた癒《い》えがたき病《やまひ》ぞと教《をし》ふる医師《いし》の前《まへ》にして死《し》ぬ
1909　子《こ》の柩《ひつぎ》乗《の》せて車《くるま》の走《は》せ去《さ》れば先《ま》づ地《ち》の底《そこ》へわが心《こゝろ》入《い》る

大正七年は全歌四八八首、寛の出詠歌一五二首、晶子は三三六首。この年は寛、晶子にとって生涯にわたり至上の親友ともいうべき関西の小林天眠の、明治三六年から企画していた天佑社が設立した。これによって帰朝以

来、陰鬱だった寛は物心共に安定して心穏やかになり、漸く歌を出すような気分になったように思われる。

2083　一大事《だいじ》いまはじまるが如《ごと》くにもやと打《う》ち出《い》づる大鼓《おほつゞみ》かな

2084　さかづきを挙《あ》げて我言《われい》ふ喜《よろこ》びはこの溢《あふ》れたる酒《さけ》にひとしと

2083の「一大事《だいじ》いまはじまる」や2084の「我言《われい》ふ喜《よろこ》び」は天佑社創設の歓喜を精一杯に表現し、また前記した帰朝前後のことどもを顧みて

2088　四十路《よそぢ》にて我《わ》れの今見《いまみ》る天地《あめつち》は隻葉《かきは》の末《すゑ》も命《いのち》なりけり

2089　八《や》とせほどこの沈黙《ちんもく》のどす黒《ぐろ》く寒《さむ》き無聊《ぶれう》を嗅《か》ぎなれしかな

2128　今年より始まりぬべき善きことの兆《きざし》の如く青む若草

とも詠む。2088の四〇歳になって「今見《いまみ》る天地《あめつち》」のすべてが「隻葉《かきは》の末《すゑ》」のようなわが命だったとも思い、2089も帰朝以来の八年間を深刻に受け止め、2128では一変して今年から始まるべき「善きことの兆《きざし》」こそ天佑社創設への希望であるかのように歌っている。

これまで晶子は「君」と「われ」について多く詠んできたが、寛もまた二人の仲を歌う。

2153　いつしかと心倦むにも似たるかな我等の恋の安かりしまま

2452　君《きみ》と云《い》ふ太陽《たいよう》一つあらはれて隈《くま》なくなりぬ我《われ》の心《こゝろ》は

2153にみる二人の恋の安らかさ、2452の「君《きみ》」を「太陽《たいよう》」と仰ぐ「我《われ》の心《こゝろ》」の幸せを歌う。

「梅」に因んで晶子は「君」と「恋」について多く詠んできたが、二人はそれぞれに

2065　白梅《しらうめ》は女《をんな》の恋《こひ》のなやましさつゆも知《し》らずて終《おは》らむとする　晶子

2100　紅梅《こうばい》を我《わ》がかたはらに据《す》ゑたれば初恋《はつこひ》の日《ひ》の微風《そよかぜ》ぞ吹《ふ》く　寛

ともに「恋」に心寄せて詠んでいる。

大正八年は六一八首（寛335・晶子283）、寛の「太陽」掲載の「折々の歌」一四首から始まる。これは前年の一一、一二月の同人らとの歌作りの九州旅行の歌である。

2476　旅《たび》に逢《あ》ひてひと夜歌《ようた》よむ事《こと》によりこの四五人《にん》や忘《わす》れかぬらん
2479　君《きみ》も持《も》つ我《われ》も猶《なほ》持《も》つ阿蘇《あそ》に来《き》て火《ひ》さへ踏《ふ》まんと思《おも》ふ心《こゝろ》を
2480　旅《たび》にして青《あを》き涙《なみだ》の流《なが》るなり筑紫《つくし》の海《うみ》や我《われ》を染《そ》めけん

など、2479の「火《ひ》さへ踏《ふ》まん」と2480の「青《あを》き涙《なみだ》の流《なが》る」の思いを対照させて感慨を深めている。晶子は旅を「初春」に繋げて想い出し、さらに自己を顧みて歌う。

2485　旅《たび》をして君《きみ》と見《み》るなり仄《ほの》かなる梅花《ばいくわ》に似《に》たる初春《はつはる》の月《つき》
2495　自《みづか》らをいみじと思《おも》ひはづかしとなすこと多《おほ》し春《はる》の来《きた》りて

などと歌う。寛も自己を見つめてか、

2529　我《われ》を見《み》て恋《こひ》の末路《まつろ》の痴《ち》と為《な》すや薄《うす》き笑《わらひ》を含《ふく》まぬは無《な》し
2537　自《みづか》らを甲斐《かひ》なきものに卑《いやし》みて此処《ここ》に到《いた》りぬ寒《さむ》き沈黙《ちんもく》
2538　われ惑《まど》ふ憂身《うきみ》一つを持《も》て余《あま》し如何《いか》に死《し》なんと待《ま》つことの為《ため》

と深刻に歌う。また寛は心のうちを覗かせても歌う。

2772　華《はな》やかに恋《こひ》に生《い》きんとする人《ひと》も悲《かな》しき時《とき》は目《め》を伏《ふ》せて行《ゆ》く
2777　火《ひ》の如《ごと》き心《こゝろ》の人《ひと》も悲《かな》しみを知《し》るがごとくに牡丹《ぼたん》くづれぬ

晶子もまた「君」への思いを憚りなく歌う。

2792　君《きみ》もしぬおのれもなしぬ勝《すぐ》れたるよき思《おも》ひやり悪《あ》しき憎《にく》しみ
2798　おん胸《むね》へ燃《も》えに燃《も》え行《ゆ》くほのほをばなるに任《まか》すも身《み》の若《わか》きため

最後に晶子の「こし方」と寛の「ゆめ」を見る

[3006] 黄金《わうごん》の獄《ごく》よりいでて白玉《しらたま》の家《いへ》に思《おも》へるあまきこし方《かた》　晶子

3060 君《きみ》が手《て》の薔薇《ばら》の花《はな》より雫《しづく》して命《いのち》を染《そ》むるくれなゐの夢《ゆめ》　寛

幸せな過去、未来への熱情に生きる二人の生活を寿ぐかのようである。この年の三月三一日、末女藤子出産す。

大正九年は五二七首（寛344・晶子183）あり。寛の「太陽」掲載の「折々の歌」二一首から始まる。

3087 沈黙《ちんもく》は淋《さび》しけれども言葉《ことば》のみ華《はな》やぐ群《むれ》に在《あ》るに勝《まさ》れり

3098 わが胸《むね》は蜜蜂《みつばち》を抱《だ》く花《はな》のごと君《きみ》が心《こゝろ》を閉《と》ぢて放《はな》たじ

3107 物毎《ものごと》に若《わか》むらさきの影《かげ》を曳《ひ》くやさしき春《はる》となりにけるかな

などと精神面の「沈黙《ちんもく》」、「君《きみ》が心《こゝろ》」、「やさしき春《はる》」などについてそれぞれを歌っている。晶子も「春」を

[3110] 春となり新しき世の光をば負ひて我等のなし出でんこと

[3121] 正月《せうぐわつ》のわが心《こゝろ》ほどいにしへと通《かよ》ふものなく思《おも》ほゆるかな

などとも詠む。[3110]は春になって「我等の」なすべきことを、[3121]は正月ほど回想が湧くとも歌う。

また二人は「恋」の形をおのおの歌う。

3158 自《みづか》らを恋《こひ》に置《お》くなりしら玉《たま》よ香《かほ》る手箱《てばこ》にあれと言《い》ひつゝ　寛

3168 目《め》を遣《や》れば世《よ》の恋《こひ》よりも何《なに》よりも燃《も》えて待《ま》つなり片隅《かたすみ》の薔薇《ばら》　寛

この年の五月一七日の植田安也子あての晶子の絵葉書に「州榛絵ハガキ（上州榛名天神峠）」とあって左の二首があり、この時の二人の旅と思わせる歌を見る。

3286 旅《たび》にきて都《みやこ》の恋《こひ》し愁《うれひ》をば酒《さけ》の中《なか》にも忘《わす》れぬが如《ごと》（「折々の歌」）　寛

[3309] 榛名山ひとへによしと思ふらん昨日の雲の峰をうごかぬ（「山に遊びて」）　晶子

八月一九日の小林雄子あて絵葉書に「浅間山」とあり、このとき寛は浅間山の噴火と登山を想い出すように

3414　地《ち》に悶《もだ》え天《てん》を喚《よ》ぶなりうら若《わか》き自《みづか》らの火《ひ》をもてあます山《やま》

3415　山《やま》にきて長《なが》き杖《つゑ》をばよろこびぬ心《こゝろ》は恋《こひ》に支《さゝ》へたれども

と詠んでいる。この二首のあと寛は一一月の「大観」に「浅間山遊草」二一首を詠み、その拾遺歌に

3519　渓《たに》のかぜ近《ちか》くきたりて戦《そよ》がせぬ君《きみ》とわれとの山《やま》の詠草《えいさう》

3520　恋《こひ》すれば物《もの》みな恋《こひ》をそそるなり山《やま》の湯《ゆ》に嗅《か》ぐ土《つち》の香《かを》りも

など。この後も「浅間山」の歌は「太陽」の「折々の歌」二三首中に拾遺歌四首（3523・3524・3525・3527）あり。その一首をあげる。

3523　秋《あき》の日《ひ》の浅間《あさま》の岳《たけ》の泉《いづみ》にて吾《わ》が書《か》く歌《うた》は祈《いの》りにぞ似《に》る

以上、大正九年までの作品には旅をテーマにしたもの以外に、夫婦の複雑な心境を詠んだ歌などが散見される。

（逸見久美）

鉄幹晶子全集　別巻　3

著　者　与謝野　寛

与謝野　晶　子

発行者　池　嶋　洋　次

発行所　勉　誠　出　版㈱

〒101-0051 東京都千代田区神田神保町三-一〇-二

電　話（〇三）五二一五-九〇二一（代）

平成三十一年三月二十五日　初版発行

装幀　舟　橋　菊　男

印刷　㈱太平印刷社

製本

ISBN978-4-585-01088-3　C0392　　Printed in Japan

鉄幹晶子全集　全巻完結!

明治期篇

1　東西南北（鉄幹　詩歌集）
天地玄黄（鉄幹　詩歌集）
鉄幹子（鉄幹　詩歌集）

2　紫（鉄幹　詩歌集）
みだれ髪（晶子　歌集）
新派和歌大要（鉄幹　詩歌文集）
うもれ木（鉄幹　詩歌文集）

3　小扇（晶子　歌集）
毒草（鉄幹・晶子　詩歌文集）
恋衣（登美子・雅子・晶子　詩歌集）
舞姫（晶子　歌集）
夢之華（晶子　歌集）

4　常夏（晶子　歌集）
佐保姫（晶子　歌集）
相聞（寛　歌集）
女子のふみ（晶子　書簡文手引書）

5　檞之葉（寛　詩歌集）
おとぎばなし少年少女（晶子　童話集）
春泥集（晶子　歌集）

6　一隅より（晶子　評論集）
青海波（晶子　歌集）
雲のいろいろ（晶子　短篇小説集）

7　新訳源氏物語上巻（晶子　現代語訳）
新訳源氏物語中巻（晶子　現代語訳）

8　新訳源氏物語下巻の一（晶子　現代語訳）
新訳源氏物語下巻の二（晶子　現代語訳）

大正期篇Ⅰ

9　明るみへ（晶子　長篇小説）
夏より秋へ（晶子　詩歌集）

10　巴里より（寛・晶子　紀行文集）
八つの夜（晶子　童話）

11　新訳栄華物語上巻（晶子　現代語訳）
新訳栄華物語中巻　前半（晶子　現代語訳）

12　新訳栄華物語中巻　後半（晶子　現代語訳）
新訳栄華物語下巻（晶子　現代語訳）

13　リラの花（寛　訳詩集）
和泉式部歌集（寛・晶子　現代語訳）

14　さくら草（晶子　詩歌集）
雑記帳（晶子　評論集）
鴉と雨（寛　詩歌集）
うねうね川（晶子　童話）

15　歌の作りやう（晶子　歌評論）
朱葉集（晶子　歌集）

大正期篇Ⅱ

昭和期篇